RAFAEL CARDOSO

O remanescente
O tempo no exílio
volume 1

Companhia Das Letras

Copyright © 2016 by Rafael Cardoso

Grafia atualizada segundo o Acordo Ortográfico da Língua Portuguesa de 1990, que entrou em vigor no Brasil em 2009.

Capa
Victor Burton

Imagens de sobrecapa e miolo
Arquivo pessoal do autor

Preparação
Mariana Delfini

Revisão
Jane Pessoa
Carmen T. S. Costa

Os personagens e as situações desta obra são reais apenas no universo da ficção; não se referem a pessoas e fatos concretos, e não emitem opinião sobre eles.

Dados Internacionais de Catalogação na Publicação (CIP)
(Câmara Brasileira do Livro, SP, Brasil)

Cardoso, Rafael
    O remanescente : O tempo no exílio – volume 1 / Rafael Cardoso —
1ª ed. — São Paulo : Companhia das Letras, 2016.

    ISBN 978-85-359-2813-6

    1. Alemanha – Emigração e imigração – História 2. Banquei-
ros – Biografia 3. Família – História 4. Relatos 5. Romance bio-
gráfico 6. Simon, Hugo, 1880-1950 I. Título.

16-07186   CDD-869.9803

Índice para catálogo sistemático:
1. Histórias de famílias : Memórias : Literatura brasileira
    869.9803

[2016]
Todos os direitos desta edição reservados à
EDITORA SCHWARCZ S.A.
Rua Bandeira Paulista, 702, cj. 32
04532-002 — São Paulo — SP
Telefone: (11) 3707-3500
Fax: (11) 3707-3501
www.companhiadasletras.com.br
www.blogdacompanhia.com.br
www.facebook.com/companhiadasletras
instagram.com/companhiadasletras
twitter.com/cialetras

Para meu irmão, em memória do nosso pai.

Porém deixarei um remanescente, para que tenhais entre as nações alguns que escaparem da espada, quando fordes espalhados pelas terras.

Ezequiel 6,8

Quem pretende se aproximar do próprio passado soterrado deve agir como um homem que escava. Antes de tudo, não deve temer voltar sempre ao mesmo fato, espalhá-lo como se espalha a terra, revolvê-lo como se revolve o solo. Pois "fatos" nada são além de camadas que apenas à exploração mais cuidadosa entregam aquilo que recompensa a escavação.

Walter Benjamin, "Escavando e recordando"

Sumário

Árvore genealógica, 11

Prelúdio, 13
PARTE I: ELES VIGIAM E VACILAM, 17
Interlúdio (1), 103
PARTE II: ELES DISPERSAM E FOGEM, 113
Interlúdio (2), 251
PARTE III: ELES EMBARCAM E CHEGAM, 259
Interlúdio (3), 357
PARTE IV: ELES SE ENTOCAM E SOMEM, 365

Glossário de expressões em língua estrangeira, 461
Compêndio de personagens históricos, 467
Referências bibliográficas, 481
Agradecimentos e fontes, 491

Árvore genealógica

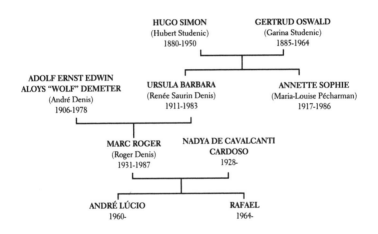

Prelúdio

Meu bisavô, Hugo Simon, foi uma figura de proa da República de Weimar. Banqueiro por profissão, pacifista e socialista por convicção, participou ativamente dos movimentos que buscaram reformular a sociedade na esteira da Primeira Guerra Mundial. Logo depois da revolução de novembro de 1918, ocupou o cargo de ministro das Finanças do Estado da Prússia durante o breve período em que o Partido Social-Democrata Independente da Alemanha (USPD) controlou o governo. Desiludido com o desfecho da revolução e o abandono de seus ideais, retirou-se da vida política e passou a se dedicar à reforma social e cultural, em especial por meio do empreendimento agrícola-modelo que fundou na cidade de Seelow, cerca de uma hora a leste de Berlim. Hugo Simon era um colecionador de arte ativo e participou de conselhos de museus e editoras. Em sua coleção, contava com alguns dos maiores nomes artísticos do período: Lyonel Feininger, George Grosz, Erich Heckel, Ernst Ludwig Kirchner, Oskar Kokoschka, Franz Marc, Otto Mueller, Edvard Munch, Max Pechstein, entre muitos outros. A versão em pastel de *O grito*, de Munch, que ganhou manchetes há alguns anos como uma das obras mais caras já vendidas em leilão, pertenceu a ele entre 1926 e 1937.

Por conta de suas posições políticas de esquerda e origem judia, Hugo Simon foi obrigado a fugir de Berlim em 1933, imediatamente após a ascensão de Hitler. Mudou-se com sua esposa, Gertrud, para Paris, onde permaneceriam até junho de 1940, quando a capital francesa sucumbiu à invasão das forças nazistas. A essa época, suas duas filhas e seu genro já residiam na França, e meu pai nasceu em Paris em 1931. Meu avô, Wolf Demeter, era artista e havia se mudado para lá a fim de trabalhar com Aristide Maillol, um dos maiores escultores da época. Como muitos artistas alemães que moravam na França, ele acabou por se fixar no sul, primeiro em Villefranche-sur-Mer, perto de Nice, e depois em Grasse. Nos sete anos que passou em Paris, Hugo Simon engajou-se ativamente nos meios exilados alemães. Serviu em comitês de assistência a refugiados, ajudou a financiar o mais importante jornal antinazista — o *Pariser Tageszeitung* [*Diário de Paris*] — e apoiou projetos literários e artísticos, incluindo as exposições *Art Allemand Libre* [Arte Alemã Livre], em Paris, e *Twentieth Century German Art* [Arte Alemã do Século xx], em Londres, ambas em 1938, como resposta à exposição *Entartete Kunst* [Arte Degenerada] montada pelos nazistas no ano anterior. Em 1937, teve sua nacionalidade alemã cassada pelo governo em Berlim.

Após o colapso da França, a família inteira foi obrigada a se deslocar novamente. Fugiram para Marselha e, de lá, atravessaram a fronteira para a Espanha. Tanto Hugo Simon quanto Wolf Demeter eram procurados pela Gestapo — o primeiro, por seu passado, e o segundo, pelas atividades antinazistas com que estava envolvido. Em meados de 1941, meus bisavôs, meus avós e meu pai — então um menino de dez anos — moravam todos no

Brasil. Conseguiram sair da Europa no último momento, escapando dos horrores enfrentados por quem ficou para trás. O preço que pagaram foi o sacrifício não somente de tudo que possuíam, como também de suas identidades. Para a fuga da Europa, Hugo e Gertrud Simon usaram passaportes tchecos falsos e se tornaram Hubert e Garina Studenic. Meus avós, por sua vez, conseguiram documentos franceses clandestinamente e assumiram nomes de guerra que continuariam a usar durante quase trinta anos. Nenhum deles jamais retornou à Europa. Hugo Simon morreu em São Paulo em 1950, praticamente esquecido, apesar de esforços para restabelecer sua identidade, que incluíram cartas de apoio de Albert Einstein e Thomas Mann. Gertrud Simon morreu em 1964, duas semanas depois do meu nascimento. Meus avós conseguiram finalmente retomar seus próprios nomes em 1972. Três anos antes disso, meu pai emigrou uma segunda vez, partindo do Brasil para os Estados Unidos, onde ficaria até o fim da vida.

Esta é a história da família do meu pai e, em especial, de sua fuga da Europa e dos primeiros anos de exílio no Brasil. É também o relato de como essa história chegou até mim. Como muitos descendentes de famílias que sobreviveram à catástrofe de 1933 a 1945, esse era um assunto tabu na minha infância. Meus avós quase nunca o mencionavam, a não ser por uma ou outra anedota estrategicamente desprovida de detalhes comprometedores. Se alguém discutisse a Segunda Guerra Mundial na presença do meu pai, ou mesmo se ouvisse alguém falar em alemão, ele se levantava discretamente e se afastava. O resultado é que fui criado quase sem conhecimento do passado da minha família. Até os dezesseis anos, acreditava que a família do meu pai era francesa, só então fiquei sabendo de minhas origens alemãs e judias. Meu avô faleceu quando eu tinha catorze anos, e minha avó, cinco anos depois. Minha tia-avó e meu pai os seguiram, com curto intervalo de um mês entre os dois, quando eu tinha 23. Na sequência dessas perdas, ao desmontar e empacotar a casa dos meus avós em São Paulo, descobri todo um arquivo de fotografias, cartas e outros documentos históricos. Foram as primeiras peças de um quebra-cabeça que venho montando desde então.

Este é um livro com muitas histórias, mas não um livro de História. Embora resulte de ampla pesquisa, ele não se propõe a ser objetivo e exato. Ao contrário, tentei explorar a dimensão extraordinária das pessoas que o inspiraram. Os personagens remetem, com frequência, a pessoas reais, vivas nas lembranças dos outros. Alguns dos nomes foram trocados, mas a maioria foi mantida. A história é real, baseada em fatos; mas alguns dos fatos não aconteceram necessariamente como são narrados aqui. Esta é uma obra de ficção; portanto, é fiel à sua verdade. Fiquem avisados: todo esforço foi feito para incuti-la de vida. Palavras podem conter imagens. Imagens podem ter significados múltiplos. Tudo pode não ser bem o que parece. Este livro não é um simples inventário de achados, mas o memorial da enxada que revira a terra escura do passado.

PARTE I

Eles vigiam e vacilam

Julho de 1930

Gertrud jogou a cabeça para trás e soltou uma gargalhada. A anedota do conde Kessler sobre o papagaio e o macaco nem era tão engraçada assim, ela só precisava de uma desculpa para rir alto. Viviam o apogeu, não havia dúvida. Ela repassou mentalmente a lista de convidados. A nata de Berlim estava bem ali, no pátio dos fundos da casa. Perto do chafariz, Sammy Fischer erguia a mão sobre os olhos para protegê-los do sol forte de verão. Ao lado dele, Albert Einstein, possivelmente o mais famoso dos convidados. Não que fosse questão de celebridades. Einstein e Fischer eram amigos queridos, era esse o critério para ser convidado. Ser divertido também ajudava. Era um ponto a favor de Harry Kessler, sempre espirituoso e a par de tudo sobre todos na Europa. Em seguida, o convidado de honra, o escultor Aristide Maillol, cuja passagem por Berlim fora a razão do encontro. Que atrevimento de monsieur Maillol, aliás, trazer a amantezinha para o almoço dela! Ela deveria ficar furiosa com Kessler por permitir isso. Imagine o constrangimento se, algum dia, ela fosse apresentada à madame Maillol, que tinha fama de ser louca de ciúmes do velho sátiro. Por outro lado, haviam lhe assegurado que mademoiselle Lucile Passavant não era apenas uma aventura, era ela também artista. Não se pode aplicar os padrões usuais de comportamento aos artistas. Veja só Renée Sintenis, ali. Onde mais se encontraria uma figura assim? Feições masculinas, mais alta do que qualquer um dos homens presentes, porém tão encantadora num vestido sem mangas e aqueles sapatos adoráveis. *Quelque chose de risqué.* Senão, a festa ficava aborrecida.

— *Charmante soirée!* Que delícia! Conta essa para o Hugo, Harry. Acho que ele não ouviu ainda.

— Ah, ele já conhece. Contei ontem para ele.

Einstein riu baixinho, entre tragos curtos no cigarro. Gertrud procurou à sua volta, mas não localizou Hugo no pátio. Onde teria se metido no auge da festa? Tomara que não tivesse se enfurnado na biblioteca para discutir as eleições com seus amigos da Liga pelos Direitos Humanos. Ela pediu licença do pequeno grupo e saiu em busca do marido.

Encontrou-o junto aos rododendros, o pé pousado senhorial sobre um vaso, em meio a um grupo que incluía Max e Martha Liebermann, Julius Meier-Graefe e Annemarie, Ludwig Justi, Herr Gropius e sua Ise. Perfeito. Bem onde merecia estar: no seio do mundo artístico, momentaneamente deslocado para sua casa, na Drake Strasse. Naquele cantinho do pátio, reuniam-se a Academia Prussiana, a Galeria Nacional, o Museu Kaiser Friedrich, o Museu Pergamon e a Bauhaus, com Hugo ao centro como patrono e anfitrião. Que bom que ele estava dedicando mais tempo à arte e menos à política e às finanças. É o que o fazia feliz, de verdade. Seu marido completaria cinquenta anos em setembro; estava na hora de diminuir o ritmo. Seu cunhado, Dagobert, dava conta dos negócios do banco, já que ele gostava mesmo daquilo. Sempre dizia que ninguém vive para sempre, que a vida é curta demais para ser gasta em reuniões de conselho.

Lamentava apenas a ausência de Herr von Bode. Ele teria complementado tão bem a lista de convidados, caso não tivesse falecido no ano passado. Pena que essas coisas tinham que mudar.

— Então, Simon, qual sua opinião sobre o Feilchenfeldt? Parece que ele está conduzindo bastante bem o negócio do Cassirer, não é mesmo?

Gertrud aproximou-se de Hugo, tomando a palavra antes que ele respondesse à pergunta de Herr Liebermann. Tocou seu braço levemente, assinalando sua intenção de interromper.

— Caros amigos, não queria interromper, mas o almoço está prestes a ser servido. Passamos para a sala de jantar?

— Já não era sem tempo! Estava começando a achar que eu mesmo ia ter que assumir a cozinha.

O olhar de Gertrud acusou o marido em silêncio. Sempre que ele tentava ser engraçado, acabava soando grosseiro.

— O senhor fica mesmo muito bem de cozinheiro, Herr Simon. Nunca esquecemos sua fantasia na Hessenfest. Quando foi isso, dois anos atrás?

Com um sorriso fino, Martha Liebermann conseguiu desviar a atenção do comentário desagradável de Hugo. Martha, querida!

Ao atravessar a sala de jantar, Gertrud foi interceptada por Ursula. Não havia dúvida de que sua filha retomaria o assunto de Paris no ponto exato em que tinham parado pela manhã. Decidiu se antecipar a ela, estrategicamente.

— Você viu sua irmã?

— Deve estar lendo no quarto, como sempre.

— Vá dizer para ela descer, já.

— Você já falou com papai?

— Ainda não consegui um único momento a sós com ele.

— Eu e Wolf estamos ansiosos para nos mudarmos logo. Ele

já acertou tudo com monsieur Maillol. Só preciso que papai abra uma conta bancária para nós em Paris.

O jeito dela, mais exigindo do que pedindo, despertou a lembrança da campanha triunfal da pequena Ursula, aos nove anos de idade, para ganhar um pônei.

— Eu sei, minha querida, eu sei. Já discutimos isso três vezes. Vou falar com ele assim que for possível.

— É exatamente porque já discutimos isso três vezes que estou ficando impaciente. Quantas vezes ainda vou ser obrigada a cobrar isso de você?

Gertrud fez uma associação involuntária entre o tom ríspido e o novo penteado da filha. Ela estava se tornando uma dessas mulheres ultramodernas, racionais, que os colunistas dos jornais denunciavam e elogiavam, alternadamente. Era irritante demais.

— Vá lá e diga para sua irmã descer agora, e deixe seu pai por minha conta.

Partiram em direções opostas, seus passos ecoando furiosos no cômodo vazio. Francamente! Ela estava começando a gostar da ideia de despachar Ursula para Paris. Pelo menos, ficaria livre da amolação constante da filha. Desde que se casara com Wolf Demeter, vinha se tornando cada vez mais abusada. Não que a culpa fosse dele. O rapaz era tolo demais para pensar em outra coisa que não sua própria beleza. Faltava-lhe dinamismo, ambição. Os jovens de hoje padeciam de um excesso de Hermann Hesse. Era um milagre que não partissem todos para viver em Monte Verità. Pelo menos ele vinha de uma boa família. Talvez Paris lhes fizesse bem. Ele poderia chegar a algum lugar sob a tutela de monsieur Maillol. E, afinal das contas, uma filha morando em Paris era sempre um bom pretexto para visitar a cidade quando quisesse.

Enquanto ela conduzia Maillol pelo braço para a sala de jantar, conde Kessler comentou que o convidado de honra nunca ouvira falar de Einstein. Impressionado com o rosto singular do cientista, o velho escultor havia indagado se era algum poeta.

— Não pode ser verdade, monsieur Maillol! Ele é o cientista mais famoso do mundo.

Maillol riu com os outros, mas aparentemente sem muita convicção de que lhe escapara qualquer coisa de importante. Gertrud ficou encantada. Era o tipo da anedota perfeita, e estava acontecendo na festa dela. Precisava ter certeza de que todo mundo tinha ouvido. A mesa estava linda, forrada com a melhor toalha de linho português e a passadeira com motivos geométricos por Josef Hoffmann, tudo em tons puros de branco e cinza e detalhes perpendiculares em vermelho, que realçavam a elegância arredondada dos talheres que Herr Van de Velde havia criado para eles. Tudo perfeito! Ao examinar a arrumação impecável uma última vez, ela não pôde conter uma nota de tristeza ao pensar que todo esse requinte seria desfeito. Dentro de alguns instantes, seu arranjo primoroso sucumbiria à desordem da vida. Desejou poder congelar esse instante para todo o sempre. Onde se metera o fotógrafo na hora em que mais precisavam dele?

Ursula apareceu na porta ao fundo da sala, conduzindo Annette pela mão e seguida de perto por Demeter. Os dois cercavam a menina, a presença do cunhado impedindo que ela voltasse em disparada escada acima. Gertrud acenou para eles e fingiu ignorar as caretas infames de protesto da filha menor. Ela podia parar com essa mania. Quando estufava as bochechas, parecia um sapo. Como se não bastasse ter herdado a boca do pai e os olhos esbugalhados da tia. Imagine só a piada maldosa: Fräulein Annette Simon, filha do banqueiro berlinense Hugo Simon, conseguiu inverter o conto da princesa e do sapo, ao se tornar o primeiro sapo a aspirar à condição de princesa. Era o tipo de coisa que geraria facilmente uma daquelas charges antissemitas na *Kladderadatsch*. Não, realmente, não era admissível que se tornasse alvo de pilhéria aos doze anos de idade. Ela precisava dar um jeito naquilo. Assim que cruzaram a sala, chamou a atenção de Maillol para eles.

— Monsieur Maillol, acho que o senhor já conhece meu genro, Wolf Demeter?

— Ah, sim, claro! Participamos de um delicioso piquenique ao luar perto de Weimar, duas semanas atrás. Não é mesmo, Demeter?

Essa informação pegou Gertrud de surpresa. Ela inquiriu o genro com o olhar.

— Piquenique ao luar? Não soube de nada disso.

— Coisas do conde Kessler.

Demeter sorriu, desengonçado. Já os olhos do velho brilhavam, gaiatos.

— Sim, dançamos na floresta, como pagãos, mas ao som de um disco de tango.

— O senhor dançou também, monsieur Maillol?

— É claro! Em geral só danço valsa, mas a noite estava tão quente e perfumada que abri uma exceção.

A expressão de Annette era de tédio, como se ouvisse a história pela décima vez. Gertrud examinou o rosto dos presentes. Por um momento, não teve certeza se deveria manifestar aprovação ou censura. O olhar insistente da filha mais velha despertou-a de volta à ação.

— E o senhor já foi apresentado às minhas filhas? Esta é Ursula, madame Demeter.

— *Enchanté, madame.* Tão jovem e já casada! Você não perde tempo, hein, Demeter? Percebi isso pelo modo com que dançou com Lucile naquela noite.

Feroz, Ursula encarou o marido, que fingiu não ter registrado o comentário, o olhar perdido sobre o dedo que o velho sacudia em sua direção.

— E esta é Annette, a caçula da casa e já um talento artístico nascente.

— *Enchanté, ma petite.* Quer dizer que você quer ser artista?

— Não, eu vou ser poeta.

A resposta petulante de Annette, enunciada em francês de colegial malcriada, provocou um acesso de riso no velho escultor. Sua longa barba subia e descia em ondas, acompanhando o sacolejar do peito. Gertrud gelou por dentro, ciente de que sua filha suportava tudo, menos que rissem dela. Antes que pudesse esboçar qualquer reação, a menina disparou, agora em alemão:

— Você sabia que parece um bode berrando quando ri desse jeito?

— Já chega!

Ursula agarrou a irmã pelo braço e puxou-a em direção à porta. Antes, sussurrou no ouvido da mãe, indicando Maillol de rabo de olho. O velho ainda ria alto e indagava a Demeter o que a menina havia dito.

— Você nos colocou ao lado dele na mesa?

— Melhor do que isso. Coloquei vocês ao lado da tal Passavant. Assim, os olhos dele estarão sobre vocês o tempo todo. Faça o favor de ser gentil com ela.

Ursula conduziu a irmã para o pátio, desaparecendo em meio aos convidados que faziam o caminho inverso. Demeter permaneceu ali, conversando com Maillol e Kessler, que havia se juntado ao grupo. Gertrud tinha de fazer algo a respeito de Annette, antes que fosse tarde demais. A menina estava ficando impossível. Se não fossem judeus, ela a despacharia para algum internato na Suíça. No mesmo instante, recriminou-se por pensar algo tão cruel.

Gertrud fez a ronda da sala de jantar, trocando uma palavra com cada convidado, vendo se estavam bem acomodados. Ficou um pouco apertado, mas ela se orgulhou de ter conseguido colocar todo mundo em torno de uma única mesa. Ela não aprovava essa moda dos *buffets* que estavam importando da América. Sua finada avó diria que uma refeição em que as pessoas não sentam juntas à mesa não era uma refeição, apenas uma comilança. Assim que todos estavam em seus devidos lugares e o primeiro prato foi servido, ela finalmente começou a relaxar e permitiu que seu olhar se desviasse para a janela por um instante. A brisa se movia pela folhagem das árvores, densa com o verde-escuro do verão, e o sol lavava as paredes cor de areia com uma intensidade quase insuportável. De repente, ela sentiu vontade de chorar. Mas por quê, se tudo corria tão bem? Teria sido a lembrança de sua avó querida? Ou, talvez, por conta da frieza de sua filha? Gertrud tinha plena consciência de que tudo estava errado entre elas. Ela e Hugo haviam mimado Ursula quando era pequena. Não tinha sentido tentarem apertar agora o que deixaram correr frouxo no passado. É o que dissera dr. Simmel. Talvez fosse melhor mesmo permitir que ela se mudasse para Paris. A distância física daria espaço para repensarem as novas circunstâncias. Ursula era uma mulher casada e, em breve, ia querer ser mãe. Mas ela tinha apenas dezenove anos! A pobre criatura mal podia avaliar o que isso significava. Avó, aos quarenta e cinco anos de idade — era jovem demais.

Gertrud insurgiu-se contra esse pensamento desgostoso e voltou a atenção para seus convidados. Embora não tivesse se distraído por mais do que alguns segundos, foi tempo suficiente para que alguém lembrasse aquela discussão medonha na casa dos Fischer, alguns anos antes, quando Alfred Kerr teve a falta de delicadeza de interrogar Einstein sobre suas crenças religiosas. Monsieur Maillol ficou interessadíssimo em saber os detalhes, e Kessler fornecia-lhe um relato completo. Do outro lado da mesa, sentado entre Martha Liebermann e mademoiselle Passavant, o próprio Einstein fingia ignorar a conversa, mas Gertrud flagrou-o

26

olhando para Kessler de tempos em tempos. Arrastaram Sam Fischer para o assunto, pedindo que ele confirmasse se Gerhart Hauptmann estivera mesmo presente naquela ocasião. Maillol por fim voltou-se para Einstein e perguntou bem alto qual era verdadeiramente sua opinião sobre o tema. As conversas paralelas cessaram quase de imediato, todo mundo parou para ouvir o pronunciamento do grande físico. Uma ou duas pessoas, que não haviam escutado a pergunta ou não entendiam bem francês, ainda demoraram para se inteirar; mas logo a mesa inteira estava mergulhada em silêncio, aguardando a resposta. Einstein explicou sua posição, um tanto constrangido:

— Não entendo por que minhas opiniões religiosas se tornaram assunto recorrente, mas vou repetir o que disse da outra vez. Guardo um profundo respeito, pode-se mesmo dizer, veneração, por tudo que não compreendemos sobre o universo. Se quiserem chamar isso de religião, não vou me opor. Meu deus é o de Espinosa.

O tom da resposta era calmo e razoável. Entre expressões de concordância geral, parecia que o assunto delicado seria posto de lado, afinal. Como Einstein havia respondido em alemão, Maillol ainda ouvia atentamente a tradução de Kessler. Assim que se certificou do que havia sido dito, dirigiu nova pergunta ao cientista.

— Mas o senhor não crê em um deus com uma barba comprida como a minha, que senta sobre um trono e rege a vida das pessoas?

Einstein devolveu o olhar de provocação do velho escultor e, com infinita paciência, desencavou uma resposta em francês.

— Com todo respeito por sua barba magnífica, é claro que não.

Todos riram, inclusive Maillol, que pôs um ponto final no

assunto ao comentar que acreditavam na mesma coisa: no mistério da natureza.

Gertrud lançou um olhar de desespero para o marido. Um episódio desses podia vir a se tornar uma boa anedota para os livros de História, mas corria igualmente o risco de azedar o espírito festivo do seu almoço. Hugo reagiu prontamente à sua súplica muda e perguntou para Fischer se era verdade que Hauptmann estava escrevendo uma peça nova. A mudança de assunto foi acatada de bom grado e as conversas, reatadas em vários pontos da mesa. Bem nesse momento o segundo prato começava a ser servido — um filé de linguado com molho de raiz-forte. Se, ao menos, fosse tão simples assim banir as discussões sobre política. Era impossível afastar esse vício mesmo das festas mais divertidas, ainda mais a poucos meses de uma eleição. O máximo que ela podia almejar era postergar o debate até depois da sobremesa. Não seria uma tarefa fácil. Na outra ponta da mesa, alguém havia voltado o assunto para o processo de Herr Brecht contra a adaptação cinematográfica de sua *Ópera dos três vinténs*; e a discussão ameaçava escalonar para uma disputa de Brecht versus Pabst, Herr Gropius e Herr Justi como os antagonistas e Herr Meier-Graefe fazendo o papel de árbitro relutante. Gertrud arrependeu-se de não os ter distribuído melhor pela mesa. Nunca era boa ideia colocar arquitetos com historiadores da arte.

Felizmente, Ursula captou o sinal da mãe e envolveu mademoiselle Passavant numa discussão sobre os méritos de tomar banho de sol despidas, assunto que atraiu também a atenção de Annemarie Meier-Graefe. A visão das três moças conversando sobre sua nudez foi suficiente para atiçar a imaginação dos homens presentes, e logo a mesa inteira estava entregue a um debate caloroso sobre os méritos do naturismo. Monsieur Maillol mostrou-se o mais entusiasmado defensor do culto moderno ao corpo, comparando o que vira na Alemanha à Grécia Antiga.

Kessler e Einstein apoiaram sua reflexão, mas de modo circunspecto. Renée Sintenis questionou as jovens sobre a relação entre o corpo nu e a desinibição sexual. Ela considerava a nudez em excesso decididamente antierótica, disse, baixando os olhos com um ar que conseguia ser blasé e picante a um só tempo. Nudez e sexo — finalmente, um assunto livre de perigo! Gertrud relaxou e rendeu-se agradecida à torta de cerejas com amêndoas.

A conversa correu da nudez para as fantasias, do travestismo para os últimos e mais escandalosos números de cabaré. O vinho fluiu livremente, e o nível de hilaridade atingiu seu ápice para o dia. Quando chegou a hora de servir café e licores, os ânimos mais exaltados já haviam se acalmado e um contentamento suave se apoderava de todos os presentes. Gertrud experimentou um misto de satisfação e alívio. O almoço fora um sucesso. Mesmo sabendo que não devia misturá-lo com o champanhe, ela aceitou um cálice de Chartreuse. Era seu licor favorito, e ninguém se importaria se ela bebesse um pouquinho além da conta em sua própria casa. Ela dirigiu o olhar para o outro lado da mesa, onde o marido estava envolvido numa conversa com Elsa Einstein, e conseguiu atrair sua atenção. Gertrud ergueu o pequeno cálice verde em sua direção, e Hugo devolveu o brinde, sorridente. Viviam o apogeu. Não havia dúvida quanto a isso. Ela refestelou-se na cadeira e espreguiçou-se no calor gostoso do verão.

Dezembro de 1931

Wolf Demeter perscrutou sua imagem no espelho do corredor, afetando poses com um cigarro apagado. Quisera ele possuir um espelho daquele tamanho, mas o apartamento de Paris era pequeno demais. Além disso, Ursula nunca concordaria. Ela desaprovava tudo que lembrasse a casa dos pais. No entanto, sempre encontrava pretextos novos para vir ficar ali. Era a terceira visita deles a Berlim desde o nascimento de Roger. A cada viagem demoravam-se um pouco mais. Duas semanas se esticavam para três; três semanas viraram um mês; e agora ela o convencera de que não havia sentido em voltar antes do Natal. Por ele, tudo bem. Maillol estava mesmo em Banyuls-sur-Mer, ocupado com o bendito memorial de guerra. Ele manteve a mão esquerda erguida a um palmo diante do peito, o cigarro equilibrado precariamente entre o dedo do meio e o indicador. Sim, muito bem composto, a medida certa de displicência planejada, com a vantagem adicional de destacar seu relógio novo e a magnífica aliança de platina.

— Wolf, você pode vir aqui um instante?

Ao entrar no quarto, descobriu que a mulher ainda não estava vestida. Dois vestidos de noite — um azul, sem mangas, o outro preto, frente única — estavam dispostos sobre a cama. Sentada no chão, Annette abraçava os joelhos, o rosto afundado numa das golas de pele de Ursula.

— Qual dos dois eu devo vestir?

— O que há com sua irmã?

— Annette? Nada, não. Ela está emburrada porque é nova demais para sair conosco.

Uma queixa abafada escapou de dentro da gola de pele.

— Não sou nada nova demais. Tenho catorze anos!

— E isso não é nova demais?

— Greta Landauer tem catorze anos e já vai para todos os lugares.

— Greta Landauer é uma vagabundinha proletária. Você, não. Cala a boca e para de fungar na minha pele de raposa.

Demeter caminhou até sua cunhada e afagou os cabelos dela. Ele não aprovava a dureza com que Ursula tratava a irmã, mas não estava disposto a começar outra briga.

— Então, qual deles devo usar?

— Os dois são bonitos.

Ele sabia que era precisamente a única resposta que ela não queria ouvir.

— Nesse caso, me diz pelo menos *onde* vamos encontrá-los. Pode ser que isso me dê uma luz, já que você não quer ajudar.

O tom contido não escondia a irritação crescente de Ursula.

— Combinamos nove e meia no terraço do Wintergarten.

— Ah, não! O Wintergarten?!

— Por que não?

— É o tipo de lugar que meus pais frequentariam. Ninguém mais vai lá.

Ele mal conseguiu disfarçar seu contentamento com a contrariedade dela. Ursula estava se comportando como uma menina mimada esses dias, e lhe dava prazer torturá-la. Demeter olhou com carinho para seu relógio.

— Você podia se apressar. Já estamos atrasados.

— Georg e Ilse podem muito bem esperar. Além do mais, não estamos atrasados. Pedi para mamãe nos emprestar o carro e Heinz.

Annette ergueu os olhos avermelhados da gola de pele. Demeter ofereceu-lhe sua mão bem cuidada, recém-egressa da manicure. Ela a tomou e estendeu-lhe a outra. Ele a pegou por ambas as mãos e a levantou para um abraço apertado.

— Aquele não é o Max Beckmann, lá na frente?

Demeter seguiu o olhar de Ursula até a área que dava para o palco. A menção do nome de Beckmann fez seu coração disparar, mesmo que tentasse não deixar transparecer seu entusiasmo. Ele admirava tanto o grande pintor que, certa vez, quando ainda não decidira se tornar escultor, havia considerado a possibilidade de se mudar para Frankfurt e estudar com ele. Seus olhos corriam de mesa em mesa, em busca do carão franzido e do olhar implacável que conhecia de tantos retratos, mas ele não localizou Beckmann em meio à multidão de homens de casaca e mulheres a cacarejarem entre taças de champanhe.

— Onde? Não estou vendo.

— Quem? Ah, vai ver era outra pessoa.

Irritado com a resposta, Demeter lembrou que Beckmann devia estar mesmo em Paris. Ele tinha certeza de que Ursula o enganara de propósito, estava se vingando por ele não a ter ajudado a escolher o vestido. Que garota mimada!

— Olha, lá estão eles.

Ursula abriu caminho até o fundo do terraço, onde Ilse

Tietz agitava com insistência desnecessária seu bracinho roliço. Ele não gostava de Ilse, mas não sabia se era porque ela era gorda demais ou vulgar demais, ou por ambos os motivos. Agora, porém, que ela estava namorando Georg, um dos poucos amigos artistas que lhe restavam em Berlim, era obrigado a suportá-la. O fato de as duas mulheres terem estudado juntas na escola também facilitava as saídas a quatro. Ilse monopolizava Ursula, o ídolo de sua adolescência a cujo patamar ela se via elevada, deixando-o livre para conversar sobre arte com Georg.

— Não entendo como vocês escolhem vir para este lugar por livre e espontânea vontade.

— Como assim, Ursula? Por que não?

— É tão burguês.

— Aonde você queria ir?

— Ao Katakombe, é claro. É o único lugar que vale a pena em Berlim atualmente.

Demeter fingiu ignorar a afetação de sua mulher. Ela só tinha ido ao Katakombe uma única vez e passou o tempo todo reclamando que as cadeiras de madeira eram duras.

— Ai, eu nunca fui lá. Vamos, depois daqui? Ou, melhor ainda, podemos ir agora. Georg, vamos embora?

— Acabei de pedir outra garrafa de champanhe, *mein Schatz*. Vamos bebê-la e depois partimos, antes que comece o show.

— Ah, sim, por favor. Deve ser uma daquelas cantoras diletantes tentando imitar a Claire Waldoff. A maioria delas nem domina o *Berlinisch*.

Demeter podia imaginar Ursula revirando os olhos e agitando as pálpebras para demonstrar todo seu desprezo. Seu olhar estava fixado sobre a mesa atrás de Georg, onde duas mulheres se acariciavam e se beijavam abertamente. A primeira era uma loura bastante atraente, num elegante vestido prateado que pendia solto de seus ombros nus, realçando a brancura dos braços e dos dedos longos e delicados pousados sobre a bochecha de sua companheira; esta estava vestida de homem, envergando um smoking cortado perfeitamente para disfarçar seus seios. Seus cabelos eram curtos e engomados, em contraste com o exagero de delineador que lhe atribuía o perfil de uma deusa egípcia. Quando descolaram seus rostos, a boca dela estava borrada com o vermelho profundo do batom da loura. Sua língua explorou brevemente a substância cerosa sobre os lábios, dando lugar a um sorriso que se pretendia secreto. Encantador. Demeter desviou o olhar, consciente de que devia estar observando-as com demasiada atenção. Sua vista acabou pousando na figura de um rapaz nervoso encostado no bar, de terno ruim, que também espreitava as mulheres com uma expressão entre o fascínio e a repulsa. No instante em que seus olhares se cruzaram, compartilharam o segredo de seu voyeurismo mútuo. O rapaz no bar ruborizou e desviou o olhar para o chão.

— Georg estava me contando como vocês se conheceram. É verdade que Ursula caiu no seu colo numa festa, Wolf?

A contragosto, ele se voltou para Ilse e suas risadinhas.

— Sim, eu estava quieto no meu canto e essa daí caiu no meu colo, sem querer. Um mero acidente.

Ele indicou Ursula com um leve movimento da cabeça, enquanto extraía um cigarro da cigarreira prateada que ela lhe presenteara de aniversário.

— Sem querer, nada. Esse mero acidente exigiu todos os conhecimentos de coreografia que eu adquiri em quatro anos de aulas de balé.

Ilse riu tanto que o champanhe subiu para o nariz dela, formando pequenas bolhas de espuma que se desprendiam do canto de suas narinas. Era impressionante como uma mulher nascida tão rica conseguia ser tão reles.

— Wolf Demeter! É você?

Demeter virou lentamente a cabeça até dar de cara com Otto Sprengel. Eles haviam trabalhado juntos no ateliê de Hasemann anos atrás, antes que o outro desistisse da escultura para se tornar cenógrafo de teatro político. Uma boa decisão, já que ele era tão desprovido de talento quanto dotado de convicção. Pelo aspecto pseudoproletário de suas roupas maltrapilhas, nenhuma das duas qualidades havia se alterado.

— Quando você voltou para Berlim? Quer dizer que não procura mais os velhos amigos, seu burguês safado?

Sprengel estava bêbado. Tentou abraçar Demeter, que permaneceu sentado a fim de evitar o contato. Infelizmente, isso obrigou Sprengel a se curvar para cumprimentá-lo, o que o desequilibrou e quase o levou ao chão. Um garçom irritantemente atencioso apareceu e providenciou uma cadeira. Eles nunca estavam por perto quando se precisava deles. Sprengel sentou-se sem ser convidado e, sem ao menos esperar para ser apresentado, dirigiu-se aos outros em tom camarada.

— Não sei se vocês sabiam, mas este burguês safado e eu somos amigos de longa data. Muito antes de ele ficar rico e se mudar para Paris. Por falar nisso, ouvi dizer que você vai fazer uma exposição na galeria Ferdinand Moeller... É verdade?

Ele laçou o pescoço de Demeter com um braço suado e estreitou-o ao seu colo. Com a outra mão, apalpava a lapela de sua casaca. Demeter hesitou entre fingir que não conhecia Sprengel e apresentá-lo ao grupo. No final das contas, desistiu de ambas as táticas. Alcançou sua cigarreira e ofereceu-a a seu velho conhecido, em parte para se desvencilhar do abraço indesejado. Animado, Sprengel retirou um cigarro, cheirou-o, examinou a cigarreira com um dedo ensebado e pegou mais um, que guardou no bolso interno do paletó.

— É sério, este aqui é o jovem escultor mais talentoso da

Alemanha. E, ainda por cima, é uma autoridade sobre a Antiguidade grega. Não é mesmo, Demeter? Você passou um tempo na Grécia, não passou?

Havia admiração verdadeira em sua fala empastada. Era sem dúvida um chato, mas não dava para evitar entabular conversa com ele.

— E você, Sprengel? Estou surpreso de encontrar você aqui.

— Nisso você tem razão, velho amigo. Eu não entraria nem morto num antro burguês como este, a não ser pelo fato de que estou aqui a trabalho... no cenário do novo espetáculo. Sabe como é: preciso ganhar a vida. Assim é o capitalismo.

As palavras encadearam-se com relativa coerência. Talvez ele não estivesse tão bêbado quanto procurava aparentar, mas continuava mais maçante do que nunca. Criando cenários para o Wintergarten: uma penitência condizente para quem um dia sonhou em produzir arte revolucionária para as massas. De repente Sprengel arregalou os olhos e um sorriso lambão tomou conta de seu rosto. Era evidente que tivera uma ideia e que sentia a necessidade de anunciar o fato. Segurando o cigarro entre indicador e dedão, como uma batuta, passou a reger uma orquestra invisível em frente ao rosto de Demeter.

— Veja só, meu caro! Aposto que sei algo sobre a Grécia Antiga que você não sabe.

Demeter preparou-se para a idiotice prestes a irromper dos lábios de Sprengel. Ele tinha certeza absoluta de que nada de minimamente interessante poderia emanar daquela mente.

— Você sabia que o friso no Museu Pergamon, aquele da batalha entre os deuses e os gigantes, como se chama mesmo? Tem um nome especial para isso...

Ele cerrou os olhos e contraiu seu rosto avermelhado, buscando a palavra fugidia. Demeter deu uma olhadela rápida pela mesa, para sentir as reações. Ursula, irritada, e Ilse, estarrecida, mantinham um silêncio gélido. Foi Georg, intrigado, que sugeriu a resposta.

— Gigantomaquia?

— É isso! É isso! Giganto… gimanto… gimantogaquia…

Sua língua relutava em abraçar a palavra estranha, embora isso provavelmente não passasse de encenação. Era tudo parte do seu esforço maior para ganhar credibilidade como um operário rude, o que ele não era. Demeter sabia muito bem que seu pai era tabelião em Karlsruhe.

— Isso que você falou, é isso aí. Você sabia que, na verdade, o tema é a luta de classes? Os gigantes contra os deuses, é como o proletariado contra a burguesia.

Ah, sim, a grande conclusão. Claro. Por que o friso do Pergamon não seria sobre a luta de classes? Tudo se resumia a isso, afinal. Sprengel arqueou as sobrancelhas e lançou um olhar triunfante sobre a mesa. Georg sorriu sarcástico e piscou para Demeter, prenunciando sua intenção de provocar o intruso.

— Qual é qual?

— Como assim?

— Os gigantes são o proletariado ou a burguesia?

— Sei lá. Imagino que os gigantes sejam o proletariado.

— Você sabe que os deuses vencem ao final, não sabe?

O rosto de Sprengel ficou sério. Ele indicou Georg, apontando para o lado com o dedão.

— Acho que seu amigo está caçoando de mim, isso não é muito gentil. O que você acha, Demeter? Você sabia que o friso do Pergamon é sobre a luta de classes? Eu me rendo ao seu conhecimento superior. Afinal das contas, você é a autoridade em Grécia Antiga.

Finalmente, Sprengel lembrou-se de enfiar o cigarro entre os lábios. Ficou dependurado ali, abaixo dos olhos molhados que imploravam por aprovação. Demeter sentiu um pouco de pena, mas também queria se ver livre dele. Caso se compadecesse do bêbado, apenas o encorajaria a permanecer a noite toda na mesa deles. Além do mais, era leal a Georg, seu verdadeiro amigo, e não a esse bufão encharcado de cerveja falando bobagens sobre a luta de classes. A decisão era fácil. Ele deu um trago no cigarro e soltou a resposta com a maior equanimidade possível.

— Pergamon não ficava na Grécia Antiga, mas na Ásia Menor. Portanto, o assunto não me interessa.

A indiferença fingida da resposta não disfarçou nem um pouco sua rispidez. A cabeça de Sprengel pendeu, decepcionada. Ele a sacudia levemente, chamando a atenção para a caspa que se formava em torno do repartido dos cabelos. Demeter desviou o olhar para longe, vagamente à procura das mulheres que se beijavam. De rabo de olho, ele viu Georg estender o isqueiro aceso para Sprengel. O outro aceitou humildemente o fogo e absorveu o repúdio com o primeiro trago do cigarro.

— Sabe de uma coisa, Demeter? É pena que você não é membro do partido.

— Ah, é? Por quê?

— Porque, se fosse, poderíamos expulsar você.

Seguiu-se um momento de silêncio atônito, antes que todos caíssem na gargalhada. Demeter foi o que ficou o mais aturdido com a eficácia feroz que Sprengel conseguiu injetar na tirada. Seu senso de oportunidade e ritmo eram impecáveis; e ele havia caído sem perceber na armadilha. Ilse Tietz fez questão de enfatizar o óbvio, caso pairasse qualquer dúvida.

— Isso é Tucholsky, não é?

Sim, Ilse, era justamente o fato de a piada ter origem numa conhecida peça satírica de Kurt Tucholsky que a tornava mais engraçada ainda. Uma farpa anticomunista lançada, com fina ironia, por um comunista. Sprengel fumava com toda a serenidade do mundo o cigarro ofertado por Demeter, exultando em sua vitória.

Demeter lançou um olhar distraído pelo salão, simulando tédio para disfarçar seu constrangimento. Conseguiu localizar novamente o casal de mulheres e aproveitou a ocasião para focar sua atenção nelas. A menor e mais escura estava de pé agora, ao lado da loura sentada, e imprimia um beijo apaixonado sobre a boca que a outra voltava para cima. Suas línguas se exploravam num ritmo lento e visivelmente erótico. Demeter admirava essa cena deliciosa com crescente animação. Quase ficou grato a Sprengel por ter lhe dado o pretexto para desviar sua atenção da mesa. Seu olhar deslizou das línguas entrelaçadas por sobre a plasticidade forte do pescoço e dos ombros desnudos da loura, para os seios que arfavam levemente sob o tecido prateado. Subitamente, um copo de cerveja lançado pelos ares estourou na coluna atrás da moça de pé. Por poucos milímetros não acertou sua cabeça. Ela olhou para trás, assustada, a tempo de ver os cacos de vidro voarem para todos os lados e a cerveja escorrer num rastro amarelo-escuro, manchando a brancura da coluna. A loura soltou um grito lancinante e saltou da cadeira para ver se sua companheira estava machucada. Ouvia-se por toda parte o barulho de cadeiras sendo arrastadas à medida que as pessoas se viravam na direção do acontecimento, seguido por um silêncio que foi tomando conta do salão. Todos acompanharam os olhares das duas moças em direção ao ponto de onde havia partido o copo, que pousaram sobre a figura do rapaz junto ao bar. Seu aspecto não era mais de nervosismo, mas de desafio e ódio. Ele encarava a mulher vestida de homem com uma expressão enlouquecida e cerrava os punhos com tanta força que os nós dos dedos estalavam.

Por segundos infinitos, ninguém fez ou disse nada. O terraço do Wintergarten mergulhou num mutismo incongruente com o murmúrio alegre que subia do salão principal, no andar debaixo. Os dois antagonistas se enfrentavam como num duelo de western, cada um esperando que o outro sacasse primeiro sua arma. Avolumou-se uma onda de comentários e sussurros. Sprengel contribuiu com sua opinião:

— Conheço esse sujeito. Acho que ele é nazista.

Alguém deveria fazer algo, pensou Demeter. Ele trocou olhares com Georg, buscando inspiração. Eles eram homens fortes e jovens, vagamente simpatizantes da esquerda, como todos os artistas. Tinham, portanto, obrigação de tomar uma atitude em defesa daquelas mulheres. O que esse arruaceiro estava pensando, que podia fazer o que quisesse simplesmente porque não tolerava o comportamento alheio? Precisavam dar-lhe uma lição. Isto era Berlim, oras! Os direitos e as liberdades da República estavam em jogo! Demeter costumava ser o último a se meter em política, mas assim também já era demais. Em todo o salão, rostos e gestos se agitavam, mas ninguém fazia nada. O que *deveriam* fazer, afinal? Ele hesitou mais um segundo, aguardando que alguém desse a deixa. Espantou-se infinitamente quando ela veio de sua própria mesa. Ursula saltou da cadeira e bradou, com sua voz mais imperiosa:

— Garçom! Traga uma vassoura e uma pá para que nosso amigo aí possa limpar a porcaria que fez.

Ela esticou o braço e apontou para o nazista de terno ruim. Toda a autoridade de seu olhar desabou sobre o rosto apavorado do garçom, que se retirou obediente para buscar o que fora solicitado. O comando de Ursula ainda ecoava no silêncio quando uma onda de aplauso fervoroso partiu de todos os cantos do terraço. Enquanto as pessoas gritavam palavras de apoio, diversos jovens surgiram das mesas próximas e cercaram o arremessador de copos. Demeter e Georg se juntaram ao movimento, bloqueando a saída à direita com três outros homens. O nazista ainda esboçou uma tentativa de se evadir, primeiro numa direção, depois noutra, mas acabou se dando conta de que estava cercado. Ergueu os punhos e postou-se em posição de boxeador, esperando para atacar o primeiro que se aproximasse. O garçom voltou com vassoura e pá. Trouxe-as até Ursula, que o instruiu a levá-las até o rapaz e mandá-lo limpar a sujeira.

— Eu não vou limpar porcaria nenhuma!

— Vai limpar, sim, e vai pedir desculpas. Caso contrário, vamos exigir do gerente que o entregue à polícia.

Demeter olhava embasbacado para sua mulher. Ela parecia gigante. Aqui, estava em seu ambiente. Não era apenas uma menina rica acostumada a conseguir o que queria; havia se transformado numa heroína defendendo sua aldeia das invasões bárbaras, uma Joana d'Arc da Kurfürstendamm. Seu coração encheu-se de orgulho e admiração. Talvez tivesse sido injusto ao julgá-la mimada e malcriada.

Os homens apertaram o cerco. Uma senhora de meia-idade com um cordão duplo de pérolas enfiou a cabeça por entre seus ombros e cuspiu na cara do nazista, soltando uma quantidade copiosa de saliva cor de tabaco bem no olho dele. Atônito, o rapaz baixou os punhos e retirou um lenço do bolso, para limpar o rosto. Todo o ar de afronta havia se esvaziado de sua postura, agora curva. Resignando-se ao desfecho inevitável, pegou a vassoura e a pá das mãos do garçom e encaminhou-se em direção à coluna. O círculo de homens de casaca se transformou em corredor para lhe dar passagem. Quando terminou de varrer os cacos, verteu a pá cheia numa lixeira providenciada por outro garçom. Um exército deles tinha aparecido atrás do gerente, o qual se deslocou bravamente para a linha de frente, agora que já não existia mais perigo de violência. Ele olhou para Ursula, seu bigodinho eriçado de cólera.

— O que está acontecendo aqui?

Demeter sentiu que era hora de entrar em ação, adivinhando que sua esposa não se rebaixaria a dar explicações para ninguém, muito menos para um funcionariozinho do Wintergarten. Com seu melhor ar mundano, ele abordou o gerente e pousou levemente as costas da mão sobre o peito arredondado do homem. Fez questão de usar a mão esquerda, dando destaque para seu caríssimo relógio novo e a aliança de platina.

— Esse idiota desastrado quebrou um copo e está limpando a sujeira que fez. Estamos aguardando que ele peça desculpas para essas senhoritas, cujo bem-estar ele colocou em risco.

O gerente fitou Demeter e a multidão, que se manifestava com gestos e palavras de apoio. Examinou o terno ruim do nazista e deu-se por convencido.

— Muito bem, o que você tem a dizer?

— Eu... eu sinto muito.

— Peça desculpas para essas senhoritas.

Demeter apontou para as duas moças, que mantinham distância estratégica dos acontecimentos. A baixinha acariciava o punho cerrado com a outra mão, a cabeça recostada sobre o peito da loura. O nazista olhou para o chão, o rosto quase púrpuro de ódio, e resmungou um pedido de desculpas. A mulher vestida de homem desgarrou-se da companheira, empinou o queixo e lançou, de baixo para cima, um olhar de desafio.

— Você não tem desculpa, seu porco nojento.

O opressor vencido devolveu o olhar furioso, mas nada respondeu. O gerente mandou o contingente de garçons acompanhar o desgraçado até a saída e expulsá-lo. O incidente estava encerrado, oficialmente. Grupos de frequentadores ergueram seus copos para brindar Ursula, Demeter e o casal lésbico. As duas mulheres se beijaram timidamente, selando sua vitória, entre aplausos.

Ao regressarem para a mesa, Demeter encontrou Sprengel sentado exatamente na posição em que o haviam deixado.

— Você por aqui ainda, Sprengel? Será que nada disso despertou seu interesse?

— Ao contrário, meu caro Demeter. Fiquei muito impressionado com a atuação de sua mulher. Precisamos de gente como ela para nossa causa, de verdade.

— Quer dizer que você não ficou nem um pouco impressionado comigo?

— Ah, sim, claro. Você sempre me impressiona. Mas, você tem que admitir, é fácil ver quem conduz quando vocês dançam.

Era claro que Sprengel estava tentando provocá-lo. Vai ver ainda estava ressentido por conta daquela história do Pergamon. Um chato, definitivamente. Nem a piada do Tucholsky era suficiente para redimi-lo. Demeter decidiu se livrar dele.

— Ah, é mesmo? E você? Não vi você tomar a menor atitude.

— Nós, comunistas, não agimos por ímpeto romântico ou para defender noções burguesas de cavalheirismo. Nossa luta se baseia em convicção racional e cálculo político.

Demeter sorveu o resto de champanhe da sua taça. Estava morna e choca. Dirigiu-se para Georg, antes que ambos se sentassem.

— Então, vamos embora? Acho que este lugar já deu o que tinha que dar por hoje.

— Vamos para onde?

— O Katakombe?

— Ótimo! Estou louca para sair daqui.

Ursula levantou-se e arrastou Ilse pelo braço. Georg as seguiu. Demeter permaneceu um momento para se despedir de Sprengel.

— Boa sorte com seus cenários, meu caro. Quem sabe, a gente se encontra da próxima vez que eu vier a Berlim. Prometo lhe enviar um convite para minha exposição.

Setembro de 1932

Georg Bernhard levantou-se da mesa e contemplou o nada, com a expressão solene de quem organiza as ideias. Por trás dos óculos tartaruga redondos, seus olhos traíam o cansaço. Bem, o jantar fora mesmo longo, e a perdiz forrava solidamente todos os estômagos. Parecia, contudo, ser sua consciência que pesava. Manteve-se de pé, imóvel, braços cruzados atrás das costas, escorando-se contra uma ventania inexistente. Não pediu licença para deixar a mesa, nem retomou seu assento. Não pretendia ir ao banheiro, concluiu Hugo. A maioria dos convidados continuou suas conversações particulares, todos menos a anfitriã, Fritze Bernhard, que se endireitou na cadeira e fixou um olhar de admiração no marido. Hugo espreitou um, depois a outra, tentando decifrar o comportamento estranho de ambos. Bernhard tossiu alto e limpou a garganta. Que singular, deduziu Hugo, ele vai fazer um discurso. Estava um tanto fora de moda esse hábito de discursar após o jantar, não? Mas ninguém ali se preocuparia com modismos. Tirando uma trinca de jovens jornalistas congregados em torno de Bernhard, a média de idade da mesa ficava bem acima de cinquenta.

Hugo deu uma olhada à sua volta. Várias pessoas daquele ambiente ele conhecia havia mais de vinte anos. A maioria pertencia à Liga pelos Direitos Humanos, incluindo o atual secretário-geral, Kurt Grossmann, assim como seu predecessor, Lehmann-Rußbüldt. Alguns — como Harry Kessler, Heinrich Mann e ele próprio — eram sócios desde 1914, quando a liga ainda atendia pelo nome de Bund Neues Vaterland. A maioria havia integrado também os quadros dos socialistas independentes, ou pelo menos apoiado o partido em seus anos de glória. Hugo recostou-se e sorriu para Bernhard, com o intuito de encorajá-lo. O velho jornalista tirou um charuto do bolso e rodou-o entre os dedos. Olhou para o charuto com carinho e pousou-o, sem acender, num cinzeiro de prata. As conversas paralelas cessaram aos poucos, dando lugar a uma expectativa muda. Bernhard lançou-se ao discurso. Seu rosto ganhava vivacidade enquanto falava, a voz cavernosa baixando quase para um rosnado nos pontos críticos, em que exprimia raiva ou exaltação. Foi um discurso eficaz, pronunciado com ritmo e força, embora não dissesse nada além do óbvio. O tema principal é que precisavam fazer algo a respeito do clima antidemocrático que começava a prevalecer. Desde julho, quando Papen derrubara o governo da Prússia sem a menor cerimônia e em nome da manutenção da ordem, a situação ameaçava fugir do controle. Ao mencionar esse episódio, Bernhard acenou na direção de Otto Klepper, em reconhecimento à sua importância como ministro das Finanças, recém-removido do cargo. Papen dissolvera novamente o Reichstag, em essência como manobra para protelar uma moção de não confiança que o teria destituído. Apesar das perdas recentes, os nazistas continuavam sendo o maior partido, e sua campanha de terror parecia impossível de deter. Quanto mais o governo adiava tomar uma atitude contra eles, mais audazes se tornavam. Bernhard encerrou sua análise crítica da situação com uma cara de repugnância absoluta, endireitando a gravata para efeito retórico.

Tão logo o orador se sentou, Fritze Bernhard sugeriu que as mulheres se retirassem para a sala de estar e deixassem os homens com suas deliberações. Foi só aí que Hugo se deu conta do estranho desequilíbrio numérico entre convidados e convidadas. Bernhard havia arquitetado o jantar como encontro político sem avisar a ninguém — ou, pelo menos, sem avisar a ele. Hugo trocou olhares com Kessler, que parecia igualmente por fora. Entre os doze homens à mesa, havia dois ex-ministros das Finanças, um membro do antigo conselho superior de Estado e meia dúzia dos jornalistas mais influentes de Berlim, incluindo Carl Misch e Rudolf Olden, assim como o próprio Bernhard, que rivalizava com Theodor Wolff pelo papado dessa igrejinha. O convite para jantar nada mais era do que um pretexto para uma reunião de cúpula extraoficial de socialistas e pacifistas. Muito esperto da parte de Bernhard não avisar a ninguém; senão, vários dos presentes poderiam ter declinado o convite, inclusive ele.

Bernhard acendeu o charuto e vários outros seguiram seu exemplo. Um cheiro forte de tabaco logo tomou conta do ambiente.

— O que precisamos, senhores, é de um grupo de ação. Algo pequeno, com tamanho para agir com agilidade e unidade sem discussões intermináveis sobre procedimentos e princípios, mas poderoso o suficiente para atacar com força e garantir ampla divulgação de seus propósitos. Esse é o motivo pelo qual tomei a liberdade de reuni-los hoje. Em torno dessa mesa, temos influência determinante sobre a linha editorial de vários jornais: o *Voss* e o *Tageblatt*, com certeza, além de uma excelente entrada no *Weltbühne* e *Das Tage-Buch*. Se juntarmos as forças, podemos dobrar a opinião pública.

Ele era ousado, Bernhard — por vezes, um pouco agressivo e ambicioso demais, mas seu fervor era contagiante. Tinha a capacidade de propor e realizar, e poder de decisão era uma qualidade rara no meio dessa gente cautelosa. Enquanto os radicais de direita e esquerda corriam soltos, entregues a todo tipo de violência e mentira, os homens de juízo se embaralhavam em disputas doutrinárias e se afundavam no desdém pela política. Bernhard tinha razão em dizer que eles precisavam se organizar melhor. Hugo chegara ao desespero com a fraqueza e a impostura das lideranças do SPD, que pareciam querer discutir pontos de protocolo parlamentar enquanto os outros atiravam bombas. Ele tinha certeza de que Kessler e Mann compartilhavam dessa opinião.

— O que você propõe que façamos?

A pergunta de Rußbüldt estava em todos os lábios, mas ganhou solenidade em sua voz professoral. Seguiu-se uma troca de olhares entre Bernhard e seus colegas mais jovens — em especial Grossmann, Misch e Heinz Pol —, os quais sorriam e guardavam silêncio, cedendo ao chefe o privilégio de tecer a trama. Não havia mais dúvida de que se tratava de uma conspiração de jornalistas.

— Alguns de nós temos discutido a questão e chegamos à conclusão de que a Liga não é o melhor foro para lidar com a emergência atual. Precisamos de algo mais ágil.

Bernhard inclinou a cabeça para Grossmann, que devolveu o gesto, antecipando-se à crítica de que uma reunião formal da Liga pelos Direitos Humanos teria sido a arena mais indicada para esse debate. Antes que qualquer dos presentes objetasse, ele prosseguiu:

— Queremos criar um movimento dedicado à defesa da livre expressão, reunindo escritores, artistas, jornalistas e quem mais for simpático à causa.

Ergueu alto a mão e pausou, e pausou, dramático:

— E queremos nomear Heinrich Mann para a liderança.

Bernhard estendeu a mão na direção de Mann, a palma voltada para cima perfazendo um convite. Uma expressão de surpresa, aparentemente genuína, apoderou-se do rosto do escritor, mas ele não deu resposta alguma. A indicação não era nada contenciosa, visto que, de todos os presentes, o nome de Mann era o mais conhecido e admirado do público. O único que rivalizava com ele em idade e prestígio era Harry Kessler. Todos os olhares voltaram-se então para a figura aristocrática do conde, que se mantinha ereto em sua cadeira numa combinação peculiar de rigidez e elegância. Hugo sabia que o pronunciamento dele, qualquer que fosse, decidiria a opinião do pequeno grupo. Bernhard também parecia consciente disso, pois voltou os olhos para ele em silêncio. Conde Kessler pousou seu charuto e apertou os cantos da boca num sorriso duro.

— Pessoalmente, sou a favor de eleger Heinrich Mann para qualquer cargo neste país. Porém, meu caro Bernhard, devo perguntar antes qual seria, precisamente, a ação desse grupo que você propõe criar. Sei que vários senhores nesta mesa já participam de mais conselhos consultivos e comitês de patrocínio do que seria possível frequentar em cem anos de vida. Mesmo reconhecendo que devemos nos organizar melhor, a última coisa de que precisamos é de mais uma organização.

Seguiu-se um murmúrio geral de concordância. Como sempre, Kessler havia acertado o cerne da questão. A palavra foi devolvida a Bernhard, que não demorou a responder.

— Sim, com certeza, você tem razão. Não temos a menor intenção de fundar uma nova liga ou sociedade. Não é uma instituição que temos em mente, mas uma atividade. Queremos organizar um congresso dedicado à defesa da liberdade de expressão — o maior congresso que já se viu em Berlim, com conferencistas de todas as tendências que se opõem aos nazistas. A ideia seria juntar o maior número possível de participantes — milhares, dezenas de milhares — como uma demonstração pacífica de força. Acreditamos que liberdade de expressão é um tema capaz de agregar todo mundo, e por isso propomos que o congresso se chame: *Das freie Wort*.

Hugo gostou do nome, simples e claro: "a palavra livre". Era um princípio que todos apoiariam, de católicos a comunistas. Talvez conseguissem arrolar até mesmo um conferencista de algum grupo nacionalista menor. Preocupava-o apenas seu próprio papel em tudo isso, uma vez que ele era a única pessoa na mesa que reunia condições para financiar uma empreitada desse porte. Quanto isso iria lhe custar? Ele olhou novamente para Kessler. O conde arqueou levemente a sobrancelha.

— Acho que é uma ideia esplêndida. O que você diz, Mann?

Dado o voto de confiança de Kessler, só faltava Heinrich Mann concordar em presidir o evento. As atenções voltaram-se então para o escritor, cujos olhos azuis fixavam a taça de vinho vazia à sua frente. A idade fortalecera o rosto de Mann. As faces carnudas e os cabelos grisalhos acrescentavam ao seu olhar expressivo uma distinção que lhe faltara quando jovem. Ele havia adquirido um ar grave, quase venerável.

— Senhores, fico grato por me honrarem com esse convite. Confiam a mim uma grave responsabilidade, e não consigo encontrar nenhum motivo para fugir dela. Tenho para mim que uma das causas principais de nossa miséria atual está na distância que a classe intelectual tem mantido da política. Em parte, isso se deve à esperteza dos políticos, que preferem dirigir as coisas sem ter que prestar contas a ninguém, mas se deve também a uma preguiça nossa de nos engajarmos nas demandas do presente. Por isso, recusar esse convite seria tão impensável para mim quanto algum de vocês se negarem a apoiar nossa causa. Aliás, só me sinto seguro para aceitá-lo porque tenho certeza de que poderei contar com a solidariedade de cada um de vocês.

O pronunciamento de Mann foi perfeito. Talvez ensaiado demais, refletiu Hugo. Talvez o fosse mesmo, refletiu Hugo. Era possível que ele tivesse fingido a reação inicial de surpresa. Após uma vida inteira correndo atrás de atrizes, seria inevitável adquirir alguns trejeitos teatrais. Mas, pensando bem, não fazia diferença se tinha ou não participado da conjuração. Hugo seguiu o exemplo dos outros e externou seu apoio com pancadinhas curtas na mesa e exclamações de "Muito bem!". Bernhard retomou a palavra. Após agradecer a Kessler e Mann, passou a enumerar as dificuldades práticas. Um congresso desse porte exigiria planejamento. Onde seria realizado? Precisavam de um lugar com capacidade para abrigar milhares de participantes. Quem seriam os organizadores? A quem poderiam recorrer para pedir ajuda? As sugestões pipocaram de todos os cantos da mesa: nomes, alianças, recursos compartilhados. Hugo sentiu seu coração contente. Fazia uma década, ao menos, que não participava de uma reunião de estratégia como essa. Ele recordou com nostalgia seus tempos de governo, sua experiência breve e inglória como ministro das Finanças nas semanas que se seguiram à Revolução de 1918. Talvez Mann tivesse razão. Eles haviam errado ao negligenciar a tarefa cotidiana de administrar o país. Afinal, a política era importante demais para ser deixada aos políticos.

O Packard deslizava pela Landsberger Chaussee, em meio ao mar de casinhas de madeira aglomeradas contra o vento frio de outono. Hugo ia na frente, com o motorista Heinz; atrás, Gertrud se empenhava em ajustar a coberta sobre os ombros da filha. Annette costumava dormir durante a viagem. Mais de uma vez, dormira o trajeto inteiro até Seelow. Parecia quase uma criança, aninhada e embrulhada, a cabeça deitada no colo da mãe. Hugo observou a preocupação materna da esposa, que se debatia em vão com o cobertor de lã, curto demais para cobrir tanto os ombros quanto os pés da filha. Ela ergueu os olhos e, ao encontrar os seus, sorriu. A expressão de um tranquilizou o outro. Por um breve instante, deixou-se acreditar que tudo estava bem com o mundo. Contanto que o ronco macio do motor se mantivesse, contanto que nenhuma palavra fosse proferida, contanto que não piscassem, tudo ficaria igual. No fundo, ele sabia que isso era impossível. Mais cedo ou mais tarde, o carro iria parar; antes disso, Annette iria acordar, esticar os braços e pôr-se a reclamar da feiura dos subúrbios. Piscar, era preciso. Voltou o olhar a tempo de ver passar, à direita, a usina de tratamento de água.

Hugo examinou a extensão da miséria sonolenta. Em cada um daqueles casebres, uma família trabalhadora despertaria em breve. As cozinhas se encheriam do cheiro de café, preparado fraco por conta do preço alto do pó. Lembrou o diálogo da cena final do filme *Kuhle Wampe*, em que os passageiros de um trem de subúrbio discutem a decisão do governo do Brasil de queimar milhões de sacos de café para aumentar o preço do produto. Como sempre, Brecht havia resumido o momento numa metáfora poderosa ao alcance de todos. A quem pertencia o mundo, verdadeiramente? Seria mesmo àqueles que o transformariam? E quem eram estes? Em cada uma daquelas casas, enquanto sorviam a bebida amarga e fraca, homens estariam contemplando a decisão de se alinhar com os comunistas ou os nazistas em sua batalha mútua contra a República capenga. Com o Reichstag dissolvido novamente, o velho babão Hindenburg titubeava, enquanto Hitler avançava. A serpente Schleicher mordia seu próprio rabo rebelde, Papen, numa disputa para ver quem era mais capaz de arregimentar as hordas de camisas marrons em prol de suas ambições pessoais. As eleições se aproximavam, e não havia motivo para esperar outro resultado que não o fortalecimento dos extremistas. Enquanto isso, prosseguia o derramamento de sangue. Toda semana havia conflitos e fatalidades na luta até a morte entre juventudes nazista e comunista. Amanhã seria domingo, o dia consagrado para quebrar cabeças proletárias. Qual seria o número de mortos? Quantos jovens naqueles casebres de madeira acordavam para seu último final de semana? Seus cadáveres eram o combustível que alimentava a brasa da República, um fogo que queimava fraco demais para esquentar o inverno mas que produzia fumaça suficiente para sufocar a todos.

Do banco traseiro, Annette bocejou teatral, anunciando que estava acordada.

— Ainda estamos em Berlim?

Era mais uma reclamação do que uma pergunta. De soslaio, Hugo reparou que Trude alisava os cabelos escuros da filha. Annette afastou a mão da mãe com uma careta indignada. Estava prestes a completar quinze anos, no auge da rebeldia. Hugo ficava agradecido por sua angústia adolescente ainda não ter encontrado vazão na militância política. Não eram tempos para uma menina de sua criação superprotegida descer às ruas.

— Tecnicamente, o limite do *Landkreis* de Seelow fica logo ali, no alto da estrada.

Hugo gostava de usar a palavra "Landkreis", porque transparecia uma autoridade prussiana. Sentia um orgulho secreto sempre que a pronunciava. Diferentemente das muitas gerações de judeus, proibidos de possuir imóveis antes da emancipação, ele era proprietário de terras. E em Brandemburgo, o coração da Prússia, o solo ancestral sobre o qual os *Junkers* haviam fincado a bandeira de sua pretensão ao domínio alemão. Aos poucos, homens como ele e Rathenau, cujo exemplo o inspirara, iam comprando essas terras da pequena nobreza falida. Eles provariam que poderiam fazê-la produzir, com ciência e indústria, o que gerações de *Junkers* não conseguiram em séculos de militarismo e servidão.

Hugo quase nunca conseguia completar o trajeto de uma hora e meia até Seelow sem se lembrar de Walther Rathenau. Passara-se uma década desde seu assassinato por extremistas de direita, que o acusavam absurdamente de fazer parte de uma conspiração judaica comunista. Rathenau, comunista! Que ideia ridícula. O único motivo que Hugo tinha para recriminá-lo, aliás, era que nunca se aproximara o suficiente da esquerda. Mesmo assim, sempre supôs que Rathenau um dia governaria a Alemanha, e, apesar de suas diferenças políticas, essa perspectiva o agradava. Ele se recordava de ansiar pelo dia em que um judeu se tornaria chanceler ou mesmo presidente, não por ser judeu, mas por ninguém o considerar outra coisa senão alemão. Nesse dia, estariam livres do ranço do gueto. O carro aproximava-se da bifurcação que levava a Bad Freienwalde, onde Rathenau mantivera sua casa de veraneio. Não uma casa qualquer, mas um legítimo *Schloss* que pertencera um dia à Friederike Luise, rainha da Prússia. Saudoso Rathenau. Precisavam de um homem como ele agora. Tudo seria diferente caso tivesse sobrevivido. Heinz lançou um olhar para Hugo, arqueando as sobrancelhas como quem indaga se pegariam a bifurcação. Hugo ateve sua visão fixa sobre a estrada, instruindo-o silenciosamente a manter o rumo em direção a Seelow.

Rodaram mais pela estrada vazia, deixando Berlim para trás. À sua volta, os primeiros brotos da nova safra de centeio já rebentavam dos campos que, um mês antes, tinham estado prontos para a colheita do milho. O pensamento de Hugo voltou-se para seus próprios empreendimentos agrícolas. As peras e maçãs prometiam esse ano — já se aproximavam da cifra de vinte mil pés plantados —, mas seu maior motivo de entusiasmo eram as uvas.

A grande estufa finalmente operava a todo vapor, e ele tinha esperança de tomar o mercado de assalto este ano. Seria uma cartada e tanto. Espalharia a reputação de sua Landgut Schweizerhaus para além das fronteiras da Alemanha, onde já era famosa, reconhecida pela Sociedade Kaiser Wilhelm como fazenda-modelo, e atraía visitantes de todas as regiões do país. Durante o verão, milhares de pessoas vinham de Berlim para admirar os faisões prateados e dourados, deslumbrar-se com os guaxinins e periquitos ou apenas para sentar na sombra dos pomares e contemplar lagos, chafarizes e esculturas.

Não que se tratasse de um parque ornamental, alguma distração de um rico desocupado. Era uma fazenda produtiva — trinta e oito alqueires de terra, comportando plantação de árvores frutíferas, suinocultura, aviário e apiário, além da grande estufa, medindo setenta e dois metros de comprimento, uma das maiores da Alemanha, seguindo o projeto da *orangerie* de Sanssouci. Mais importante ainda, a fazenda era um modelo de relações sociais racionais. Os empregados viviam em casas modernas, com água encanada e eletricidade, lado a lado com seu empregador na sede da propriedade. A começar por Alfred Kutta, o artista e paisagista que ele havia contratado para gerir a iniciativa, e até o último dos lavradores. Em pouco menos de uma década de trabalho duro e investimento inteligente, eles haviam transformado a Schweizerhaus original — uma modesta paragem de beira de estrada que ele comprara em 1919 — no grande empreendimento agrícola que era atualmente. Ali Hugo colocava em prática sua visão do socialismo, juntando homem e natureza, indústria e agricultura, as várias classes sociais, todas unidas sob a influência civilizadora da arte e da arquitetura. Era sua própria utopia realizada, e o principal legado que ele pretendia deixar para o mundo.

A primeira pessoa que viram ao chegar foi Frieda, filha de

Richard Lange. Ela sempre dava um jeito de ficar por perto da porteira quando sabia que eles viriam. Assim que o Packard estacionou, Annette saltou do carro, e as duas moças correram para se abraçar. Hugo reparou o quanto sua filha parecia frágil em comparação com a outra, de corpo forte e rosto radiante. Ele costumava pensar em Frieda apenas como a amiguinha de Annette, mas percebeu que a menina se transformara numa jovem. Em que momento isso aconteceu? Essas disjunções no tempo o inquietavam. As coisas estavam sempre mudando, e era impossível se manter a par de tudo.

— Olá, Frieda. Você sabe me dizer onde está Herr Kutta?

— Acho que ele está na estufa.

— Ah, muito bem. Diga ao seu pai para vir falar comigo mais tarde.

— Sim, senhor, Herr Simon.

Ela era uma menina inteligente, que ia bem na escola. Ele precisava pensar um pouco a respeito do futuro dela.

Lotte, a caseira, postava-se no topo da escadaria que conduzia à casa. Ela desceu alguns degraus ao seu encontro e apanhou a pequena mala das mãos de Heinz. Gertrud seguiu-a para dentro, já entabulando conversa sobre as últimas novidades da casa. Hugo largou-se sobre um dos bancos da varanda e divisou a paisagem, descortinando sua vista predileta — *sua* vista. Primeiro, o terraço da frente, com seu gramado bem aparado, as mesas e cadeiras sobre as quais tomavam as refeições no verão, sob a sombra dos grandes carvalhos. Depois do pequeno muro de pedra, enquadrado entre dois pinheiros simétricos, situava-se o jardim, com seus canteiros de flores bem cuidados e alamedas pitorescas cercadas por arbustos, árvores e bancos. Em seguida vinha o lago com sua ponte e pavilhão. Ao fundo, depois da última cerca, uma bela perspectiva da terra de Brandemburgo estendia-se até o horizonte límpido. O dia de outono estava claro e ensolarado. Apesar do frio, Hugo sentiu os músculos de seus braços e pernas relaxarem. Aqui ele estava protegido da roda-viva dos acontecimentos em Berlim. Caso as coisas piorassem, pensou, ele se retiraria para Seelow e passaria uma temporada entocado, deixando que os fanáticos de ambos os lados resolvessem sua guerra nas ruas. Se tivesse tido essa opção em novembro de 1918, teria se poupado da angústia de cuidar de mulher e filhas pequenas em meio a uma revolução. Os nazistas jamais conseguiriam transplantar seus tumultos para o campo. Por mais que discorressem sobre "povo" e "terra", seu movimento era de lojistas, empregados e motoristas de táxi, o pior da pequena burguesia. O ódio e rancor deles não encontraria solo fértil aqui, pois entravam em conflito com o profundo respeito dos camponeses por autoridade e ordem.

— Você não vai entrar? Está frio demais para ficar sentado aí fora.

Trude vivia preocupada com seu conforto térmico. Um homem de cinquenta e dois anos e ainda submetido a exortações para se agasalhar. Pior seria ficar discutindo isso. Um tanto a contragosto, Hugo pôs-se de pé e esticou os braços sobre a cabeça.

— Vou dar um pulo na estufa. Preciso falar com Kutta.

— Bem, vê se não demora muito. Temos truta para o almoço.

— Truta? Você trouxe de Berlim?

— Não, Lotte conseguiu com Herr Krüger, em Eggersdorf.

— Maravilha!

A perspectiva da truta injetou ânimo adicional em seus passos enquanto ele se encaminhava para a estufa. Na área defronte à oficina de trabalho, Langer, o ferreiro, supervisionava dois homens que carregavam pedras de pavimentação sobre uma carreta.

— Bom dia.

— Herr Simon, bom dia.

Ele avançou alguns passos em direção a Hugo. Atrás dele, os operários ergueram os bonés, em sinal de respeito.

— Você sabe se Herr Kutta está na estufa?

— Não, ele estava lá, mas foi para o apiário. Nós ficamos de levar essas pedras para lá.

— Obrigado, Langer. Ah, e como vai seu filho Fritz?

— Melhor, obrigado.

Hugo decidiu dar a volta pelo caminho mais longo, para inspecionar sua propriedade. Passando pela magnífica estufa, à direita, admirou as macieiras plantadas em terraços, perfeitamente podadas e amarradas em forma piramidal. Essa ideia de Kutta era fantástica. Além de renderem mais frutos, ficavam muito decorativas assim. Chegando no gerador, pouco antes da casa do guardião florestal, dobrou à direita e subiu a escadaria que levava ao topo do morro principal. Do alto, parou para apreciar a vista. Logo abaixo, do outro lado, ficava o centro produtivo do empreendimento: canteiros para jardinagem, viveiros e sementeiros para mudas, o laboratório botânico, depósitos de materiais, tudo ao alcance da grande *Gartenhaus*, em cujo térreo funcionava a administração da fazenda, com a residência de Kutta no andar do meio e o apartamento de hóspedes em cima. Era realmente bonito de se ver — uma operação integrada, eficiente e elegante. Haviam construído algo especial aqui: tudo planejado e cuidado até o último detalhe. Depois da *Gartenhaus*, o caminho conduzia de volta à sua própria casa, fechando um perímetro interno que separava o núcleo agrícola das criações animais e florestas circundantes. Era, de fato, uma *Kulturwerk* — conforme havia observado Thomas Mann no registro do livro de convidados —; não um simples objeto de cultivo, no sentido de trabalhar a terra, mas objeto de cultura, no senso mais elevado do termo.

Enquanto se comprazia em considerar tudo isso, ouviu uma voz chamar seu nome, vinda do caminho que acabara de percorrer. Richard Lange corria, mais do que andava, em sua direção, ainda ofegante da subida. A expressão no rosto dele não deixava dúvidas de que havia algo errado. Lange era o encarregado do trato dos animais e, por vezes, faltava-lhe sutileza para as interações mais complexas com seres humanos. Hugo foi logo se preparando para a má notícia. O que seria dessa vez? Outro surto de gripe entre os gansos?

— Herr Simon, que bom que achei o senhor. Preciso lhe dizer...

— Olá, Lange. Calma. Recupera o fôlego primeiro.

— Sim, sim.

Lange ficou parado um momento com as mãos apoiadas nos joelhos. Era provável que tivesse corrido o caminho inteiro, desde a oficina, quando soube que Hugo tinha vindo nessa direção. Era um bom homem, Lange, dedicado e entusiasmado. Adorava discutir filosofia à noite; grande leitor de Nietzsche.

— Lamento informar que tenho uma notícia muito ruim.

— Sim, fale logo...

— Hans morreu.

Hugo precisou buscar fundo na memória para extrair sentido dessa afirmação. Pela cara de tragédia de Lange, ele imaginou que se referisse a um ser humano. Em vão buscou a imagem de alguma criança ou algum operário chamado Hans que ele pudesse ter esquecido. Aí, de repente, ele entendeu.

— Hans, o burro?

— Sim, Hans!

A expressão muda de ultraje nos olhos de Lange parecia dizer: Claro, quem mais seria?. Aliviado que a tragédia era menor do que imaginara, Hugo se viu obrigado a reprimir sua vontade de rir. Hans era mascote da fazenda, tão amado por todas as crianças — em especial, suas próprias filhas — que ele havia encomendado a Renée Sintenis uma estátua da figura do burrinho, a qual foi colocada sobre uma coluna de dois metros de altura com capitel coríntio. Ao longo dos anos, havia se tornado uma atração turística, e nenhuma visita à Landgut Schweizerhaus estaria completa sem a peregrinação até o monumento para ver o *Esel von Seelow*. Imortalizado em bronze, tornara-se quase impensável o fato de que o verdadeiro Hans era uma criatura de carne e osso.

— Que triste. Quando aconteceu?

— Terça-feira passada. O jovem Schröder foi ao estábulo pela manhã para alimentá-lo e o encontrou morto. Pensamos em telefonar para o senhor em Berlim, mas achamos melhor dar a notícia em pessoa.

— Sim, claro. Muito bem, Lange, muito bem pensado.

Os dois homens guardaram um silêncio respeitoso. Da parte de Hugo, era mais por consideração pelo sofrimento inesperado do outro do que por conta da morte do burro. Em segundo plano, ele tentava calcular a idade de Hans. Teria doze, talvez treze anos. Tinha vivido uma vida boa. Hugo espantou-se com os olhos marejados do seu funcionário. As pessoas de interior não costumavam ser tão sentimentais com relação aos bichos, principalmente alguém como Lange, que lidava com eles às centenas, todo santo dia. Mas, de fato, Hans era um caso especial. Seria uma comoção e tanto quando Annette soubesse. Talvez fossem obrigados a fazer um enterro.

— Ele já foi enterrado?

— Ao lado da estátua. Achamos que o senhor iria querer assim. Tudo bem?

— Sim, uma escolha perfeita. Não podia ser melhor. Obrigado, Lange.

Hugo pousou a mão sobre o ombro de Lange, sacudiu a cabeça com ar grave e deu um tapinha nas costas dele. Iniciaram juntos a descida do morro, em direção à *Gartenhaus*. Então, Hans estava morto. Era mesmo o fim de uma era.

Março de 1933

Hugo sentiu o sangue gelar nas veias. Era uma sensação curiosa, que ele pensava só existir como metáfora. No entanto, ele a sentia agora. O pavor represado havia semanas inundou seu corpo com força repentina e transbordou dos poros como um suor frio. O telefone começou a escorregar de suas mãos. Ele o devolveu ao gancho, com a mão trêmula. A voz de Abegg ainda ecoava em seus ouvidos. Von Papen não podia mais garantir a segurança dele. Mas ele não havia afirmado o contrário na semana anterior? Não havia conseguido promessas de Hitler em pessoa? Sim, mas isso fora na semana passada. Sete dias eram muito tempo na conjuntura atual. Uma semana atrás, o gabinete de Hitler não possuía plenos poderes. Duas semanas atrás, não havia Ministério de Esclarecimento Popular e Propaganda, e Goebbels era apenas um vigarista vendendo antissemitismo disfarçado de jornalismo. Três semanas atrás, ainda não haviam detido Ernst Thälmann. Um mês atrás, o prédio do Reichstag não havia sucumbido às chamas. Meros dois meses antes, ninguém considerava possível que Hitler um dia viesse a ser nomeado chanceler! A velocidade com que tudo mudava era inacreditável.

Hugo apoiou-se na mesa e respirou fundo. "Você precisa fugir, já", cochichara Abegg ao telefone. Fazia semanas que ele ouvia conselho idêntico de diversas fontes. Brecht foi um dos primeiros a partir, logo depois do incêndio do Reichstag. Hugo recordou um jantar em que algum imbecil achincalhara o autor: "Um frouxo de marca maior, saiu correndo ao primeiro sinal de perigo". Ele tinha rido com os outros, buscando convencer a si mesmo de que estava tudo bem. No fundo, porém, sabia que Brecht não era nenhum covarde, apenas mais perspicaz que a maioria. Naquele mesmo dia, a SA iniciou a detenção em massa de seus inimigos, prendendo até deputados do Reichstag. Mesmo assim, Hugo se recusara a acreditar que agiriam contra ele. Estavam prendendo apenas os envolvidos nos distúrbios políticos — comunistas, na maioria. Ele era um cidadão de bem, um banqueiro, um homem influente; pairava acima dessas questões, é o que lhe asseguravam seus amigos mais bem-postos. Os sinais de aviso multiplicaram após a nomeação de Göring como ministro do Interior da Prússia. O novo ministro chegou a anunciar que sua tarefa era "liquidar e extirpar" e explicitou que suas medidas não seriam tolhidas por "considerações legais". Depois disso, os pelotões da SA passaram a circular livremente pelas ruas, dotados de poder oficial como polícia auxiliar. A vitória esmagadora dos nazistas na eleição de 5 de março foi o último aviso. A partir de então, a certeza se alojara em seu estômago. Ele demorara inacreditáveis três semanas para aceitar aquilo que já sabia. Agora as palavras de Abegg removiam o bloqueio. O medo se desalojava como um coágulo de sangue em direção ao cérebro.

Hugo convocou Frau Böhler e mandou que trouxessem o carro. "O senhor ainda volta?" Era uma pergunta de praxe. Era sexta-feira. Ela se referia à parte da tarde, depois do almoço. A situação o incomodava. Ele queria confiar nela, avisar que se ausentaria por uma semana, dez dias, instruí-la a cancelar os compromissos agendados. Seria mais correto poupar a pobre mulher da preocupação e do trabalho que teria na segunda-feira, quando ele não aparecesse. Seria pouco prudente, contudo. Eram os porteiros e as secretárias, os motoristas e as empregadas que constituíam a rede de informantes deles. Aquele incidente com o criado de Kessler pairava em sua lembrança. Os nazistas tinham tentáculos em todas as partes. Frau Böhler não era uma funcionária tão antiga que estivesse acima de qualquer suspeita.

— Não, se alguém telefonar, diga que não volto hoje.

O dito pelo não dito. Hugo aguardou que ela saísse e deu uma última olhada pela sala. Destrancou a gaveta superior e despejou seu conteúdo na maleta de mão. Apólices e obrigações, títulos e bônus, certificados de depósito bancário. O couro da alça rangia sob o peso da papelada. Requereria algum esforço caminhar com naturalidade carregando um peso desses.

O carro desceu a Mauer Strasse, passando pelos fundos do Hotel Kaiserhof, e dobrou à direita na Leipziger Strasse. Acontecera ali, em frente ao Kaiserhof, a concentração dos nazistas para comemorar a nomeação de Hitler como chanceler, em 30 de janeiro. Uma segunda-feira, Hugo lembrou. Tiveram que descer até a Koch Strasse e fazer o retorno na Potsdamer Platz para fugir da multidão que ocupava a região, desde as bordas do Tiergarten, atravessando o Portão de Brandemburgo, derramando-se pela Pariser Platz e Unter den Linden, aglomerando-se por toda a extensão da Wilhelm Strasse. Hugo recordou aflito a arrogância com que xingara a turba por bloquear as ruas, esconjurando os desocupados e donas de casa que erguiam seus braços em saudação ao mentecapto bávaro e celebravam sua elevação à categoria de "raça-mestre". Heinz, o motorista, se mantivera em silêncio o tempo todo. Ele refletia se Heinz poderia ser simpatizante nazista, ou mesmo informante. Deveria ter considerado antes essa possibilidade. Hoje o trânsito fluía bem. Já estavam na Tiergarten Strasse. Logo chegaria em casa.

— O senhor ainda vai precisar de mim hoje?

— Não, Heinz, você poder ir.

Será que devia lhe dar o fim de semana de folga? Não, isso poderia despertar suspeita. Melhor manter um ar de normalidade completa. Qualquer desvio da rotina podia acarretar perigo.

— Mas vou precisar que você leve uma encomenda para Seelow amanhã. Herr Kutta está esperando por ela.

— O senhor não vai para Seelow?

— Não, temos um compromisso amanhã à noite. Se você puder fazer a entrega durante o dia e estar de volta antes das seis para nos levar a Grünewald...

— Pois não. Chegarei às oito amanhã para buscá-la.

— Não precisa ser tão cedo, amanhã é sábado. Não tem tanta pressa. Chegue às dez e pegue a encomenda com Frau Landauer. Assim, você pode tomar o café da manhã com sua família.

— Está certo, Herr Simon, obrigado. Boa noite.

— Boa noite, Heinz.

Heinz era um bom funcionário. Não era nazista, com certeza. Mas melhor prevenir do que remediar. Hugo espantou-se com sua própria astúcia. Fazia décadas que não se prestava a esse tipo de maquinação. Ficou espantado, e ao mesmo tempo desgostoso. Metido em intrigas, como um espião. Tramando enredos para enganar os empregados. Era tudo desprezível.

Edith Landauer veio ao seu encontro no hall de entrada e tomou seu casaco. Hugo encarou a velha, examinando com desconfiança seu rosto ossudo e sua pele furada. Não havia motivo para se preocupar com ela. Estava com eles havia dezesseis anos. Além do mais, era judia e vinha de uma família socialista antiga em Neukölln. Ele conhecia a todos. O filho mais velho estava empregado no escritório regional do Socorro Operário Internacional, graças a uma recomendação de Hugo. Edith recebeu-o com poucas palavras. Ela sempre sabia quando havia algo errado.

— Boa noite, Herr Simon.

— Boa noite, Edith. Minha esposa se encontra?

— Acho que ela está no quarto de hóspedes.

Será que estavam aguardando hóspedes? Isso seria realmente o fim da picada. Ao subir a escadaria principal, Hugo mal reparou na maciez do tapete que acolchoava seus passos. Mesmo preocupado com outras coisas, não conseguiu deixar de contar os degraus — dez até o patamar do meio, mais dez até em cima. A porta estava aberta. Ao adentrar o quarto, encontrou Gertrud entre a cama e o divã, arrumando malas. Sua consternação foi tamanha que estacou, sem palavras, e assim permaneceu por um longo momento, durante o qual se entreolharam em silêncio. Quando finalmente lhe ocorreu algo, falou apenas o óbvio.

— Você está fazendo malas?

— Sim, não está vendo?

Ela fez um gesto largo com o braço, indicando o entorno.

— Quem contou para você?

— Contar o quê? Está em todos os jornais.

— O quê?

— A lei de Concessão de Plenos Poderes! Hindenburg assinou ontem o decreto.

— Sim, eu sei.

A mesma expressão de perplexidade cobria ambos os rostos. O de Gertrud parecia indagar por que existiria qualquer dúvida.

— Fiz algo de errado? Tem algo que preciso saber?

— Não, minha querida, você está certíssima. Pode terminar o serviço que começou aí. Eu vou descer e dar início à biblioteca.

— Mandei colocar um baú lá.

— Mais alguém sabe o que estamos fazendo?

— Só Edith. Dei folga para o resto dos empregados.

Ele se aproximou da mulher e tomou a mão dela entre as suas. Estava fria e suada. Seu corpo cambaleou levemente, como se estivesse prestes a cair em seus braços, mas ela se manteve de pé. Hugo buscou uma palavra, um gesto para tranquilizá-la, mas não havia nada. Vinham ensaiando essa eventualidade havia meses, sem discutirem os detalhes do roteiro que seguiriam. Agora que a ação se desenrolava, lembrava um filme ruim, com trama banal porém irresistível.

— Quando partimos?

— Quanto antes, melhor. Se pegarmos o primeiro trem para a Suíça, podemos estar em Villefranche amanhã à noite.

— Para ver as meninas?

— Sim. Depois, decidiremos o que fazer.

Gertrud forçou um sorriso e apertou sua mão. Hugo sentia gratidão por ela ter lhe poupado o drama de participar a má notícia, mas não entendia como ela já sabia de antemão. De que modo ela poderia ter certeza do desfecho antes mesmo do telefonema de Abegg? Foi aí que se deu conta do quanto era óbvia a situação toda. Bastava um mínimo de perspectiva sobre os fatos. Todo mundo sabia, com exceção daqueles que costumavam estar por dentro de tudo. O clima superaquecido dos últimos meses, de conspirações e negociatas, ciladas e traições, havia feito com que perdessem de vista o essencial. Somente os nazistas mantiveram a lucidez, agindo com intuição infalível. Mesmo os comunistas, sempre tão objetivos, haviam tropeçado quando deixaram seus deputados serem presos sem oferecer resistência. Quanto aos outros partidos, pagavam o preço por uma década de apatia e vacilação. Os nazistas ativeram-se de modo implacável a seus princípios — por mais desprezíveis que fossem — e haviam triunfado contra todas as probabilidades. Arriscaram tudo e venceram.

Ao deslizar escada abaixo, Hugo sentiu os pés afundando na escuridão. A tarde nublada cedia a um crepúsculo precoce, mergulhando a casa em penumbra. Haveria tempo depois para analisar o que tinha dado errado e como deveriam proceder para corrigir os rumos. A questão agora era sair de Berlim antes que a SA viesse prendê-los. Quanto tempo precisaria ficar fora? Um mês? Três meses? Seis meses? Um ano? Não, os nazistas não durariam tanto tempo no poder. O fascínio dos alemães pela autoridade logo seria vencido pelo descontentamento com a perda de liberdades. Mesmo agora, no auge de seu sucesso eleitoral, o NSDAP obtivera apenas quarenta e quatro por cento dos votos, ou seja, a maioria do povo alemão não os apoiava. Era fácil conseguir votos da classe média baixa prometendo ordem, e os da classe operária prometendo emprego. Outra coisa era cumprir essas promessas. De onde viria o dinheiro? A Europa estava em frangalhos. A produção britânica caíra por um terço, e havia mais de três milhões de desempregados no país. A França estava estagnada, vacilante, apesar de suas reservas de ouro. Quanto aos soviéticos, o principal resultado que colhiam do seu plano quinquenal era a fome. Com a crise financeira atingindo em cheio os Estados Unidos, os bancos federais lá haviam fechado as portas de novo para evitar o colapso, o que significava uma nova rodada de recessão e depressão para todos. Os nazistas não conseguiriam realizar seu milagre econômico; os operários entrariam em greve novamente; haveria desordem nas ruas; e estariam de volta à estaca zero. Seis meses, no máximo.

Hugo atravessou o corredor escuro e adentrou a biblioteca. Examinou os quadros na parede, os livros, os móveis, a profusão de bibelôs para os quais nem sequer costumava olhar, preparando-se para seis meses sem sua presença. O cenário e o figurino que davam verossimilhança ao seu personagem. O que deveria levar? A caneta-tinteiro que ganhara de Herr Carsch no dia em que fundaram o banco. Sim, com certeza. Era pequena e leve. Ele a colocou no bolso e procedeu pelo cômodo com olhar de ladrão. Livros? Quais e quantos? Havia as primeiras edições de Goethe e Heine e Lessing, em lugar de honra na estante com portas de vidro. Eram livros para toda a vida. Abaixo deles, os volumes autografados de autores contemporâneos, organizados em ordem alfabética, com dedicatórias para Hugo. Não, estes não. Por mais que se orgulhasse de possuí-los, eram muitos, ele não ia relê-los no futuro próximo. E quanto às obras de arte? Será que ele conseguiria viver sem seus Pechstein, Kokoschka, Grosz, Kirchner, Meidner, Heckel? O Feininger, o Otto Mueller, o Franz Marc e o Klee? Não havia tempo hábil para embalá--los para transporte, nem mesmo para removê-los das molduras e enrolar as telas. E as esculturas? Lehmbruck, Gaul, Barlach, Kolbe, Sintenis, Maillol? Teria que se privar delas também. De jeito nenhum podiam carregar esse peso todo. E as obras de arte em Seelow? Ou aquelas que havia emprestado para a Galeria Nacional? Estavam fora do seu alcance agora. Tentou inventariar mentalmente o restante de sua coleção: o Poussin, o Guardi, o Van Cleve, os Friedrich, o Courbet, o Puvis de Chavannes, o Corot, o Monet, o Renoir, os Pissarro, o Toulouse-Lautrec. Já era tempo de ter providenciado uma catalogação. Ah, sim, havia aquele pequeno pastel do Munch que ele tanto prezava. A última obra que Paul Cassirer lhe recomendara, logo antes de sua morte. Saudoso Cassirer! Hugo resolveu levar consigo o busto de seu finado amigo que encomendara a Georg Kolbe. Media apenas vinte centímetros de altura e não pesava tanto assim. Removeu-o do seu posto acima da lareira e enfiou-o debaixo do braço.

Já passava da meia-noite quando Gertrud desceu para buscá--lo. Hugo ergueu os olhos do baú atolado, ao encontro da expressão de preocupação dela. Seu corpo estava recostado contra a moldura branca da porta na exata marcação que um diretor de teatro teria escolhido para uma peça de Ibsen.

— Quanto tempo você acha que teremos que ficar fora?

— Creio que a tempestade passará em alguns meses... talvez três ou quatro.

Que mais podia lhe dizer? Ele não tinha como saber. Mas afirmar isso só pioraria tudo. Hugo tomou a decisão de violar seu código de sinceridade doméstica. Então era assim que as pessoas iam se afundando no subterfúgio. Primeiro, um pequeno jogo de máscaras para iludir os empregados; em seguida, verdades seletivas para proteger a esposa. O próximo passo seria mentir para si mesmo.

— Não sei se estou levando roupa suficiente para quatro meses. Até lá vai ser julho, e você sabe como faz calor na França no verão.

— Compraremos roupas novas.

Hugo baixou o tampo e fechou os trincos. Havia tanta coisa que ele queria levar ainda, mas despertariam suspeitas se despachassem bagagem demais.

— Você deu instruções para Edith?

— Mandei ela dizer que fomos chamados para Nice, às pressas, por conta da saúde de Annette.

— Muito bem, minha querida. Uma desculpa perfeita. Explica a pressa em partir e deixa o retorno em aberto.

Gertrud fez uma careta sarcástica, botando a língua para fora do canto da boca, como quem diz que não precisa afirmar o óbvio. O deboche dela pegou-o de surpresa e trouxe aos seus lábios o primeiro sorriso genuíno do dia.

— Você pensa em tudo. Agora preciso arrumar uma encomenda para Kutta.

— Kutta? Para quê?

— Instruí o Heinz a entregá-la em Seelow amanhã, só para despistá-lo.

O rosto dela voltou a ficar sério.

— Você desconfia do Heinz?

— Não, claro que não. Apenas uma precaução. Por sinal, peça a Edith para chamar um táxi para nós.

— Que horas?

— Cinco? Podemos tentar dormir um pouco.

— Bem, você pode, se quiser. Você está com fome? Quer que eu prepare algo?

— Não, obrigado. Estou sem apetite.

Hugo sentou-se à escrivaninha e retirou da gaveta uma folha de papel de carta. O que escrever para Kutta? Um bilhete rápido ou um testamento? Sem melodrama. A vida continuaria em Seelow; as árvores floresceriam na primavera e frutificariam no verão; as galinhas ciscariam e os porcos chafurdariam, cada um de acordo com sua natureza. Era a grande lição que ele aprendera do campo: a vida segue seu rumo, estação após estação, e a morte faz parte da vida. Uma filosofia modesta, caseira, mas reconfortante. Levara cinquenta anos para chegar a essas verdades simples, e agora a verdade seria testada. Para começar, ele precisava de um pretexto. Se Heinz fosse mesmo informante, poderia mostrar a encomenda para seus superiores antes de entregá-la. Nesse caso, o embrulho não podia conter apenas uma carta e não devia fazer menção aberta à sua fuga. Hugo aproximou-se da estante e selecionou um volume sobre jardinagem que adquirira num leilão de livros raros — *The Hot-House Gardener, on the General Culture of the Pine-Apple, and Methods of Forcing Early Grapes, Peaches, Nectarines, and other Choice Fruits, Hot-Houses, Fruit-Houses, Hot-Walls, &c. with Directions for Raising Melons and Early Strawberries*, de autoria de John Abercrombie, publicado em Londres, 1789 —, um lindo volume octavo com cinco pranchas coloridas à mão. Recordou-se de tê-lo mencionado a Kutta, que ficou interessado em vê-lo. Isso acontecera à época em que o comprou, e depois ambos esqueceram completamente o assunto. Se o recebesse agora, entenderia tudo. Hugo escreveu um bilhete rápido e enfiou-o na guarda do livro:

Meu caro Kutta, aqui está o livro técnico que você pediu. Não posso ir a Seelow esta semana, mas espero estar com vocês em breve. Com saudações de todo coração, Hugo Simon.

Pronto. Um "livro técnico" de 1789. Seria impossível ele não juntar os pontos.

O céu ainda estava escuro quando o motorista terminou de acomodar os baús na traseira do táxi. As últimas malas tiveram que ser atadas ao teto, visto que não havia mais espaço no interior. Hugo admirou-se que o jovem tivesse força suficiente para dar conta de tudo sozinho. Merecia uma boa gorjeta. Postada à porta, Edith Landauer chorava abertamente. Gertrud abraçou-a e desceu incerta os degraus até a rua. Hugo olhou a casa uma última vez. Adivinhou a força das duas colunas delgadas que sustentavam o pórtico, embora quase não as visse na luz fraca do lampião. Era uma casa boa, sólida, confortável. Quando poderia se refestelar mais uma vez em seus cômodos? Caminhar novamente pelo pátio aos fundos e observar os botões de flores nos rododendros? Quanto tempo passaria antes que visse mais uma vez as árvores do Tiergarten verdes e cheias com a plenitude do verão? Ou minguando vermelhas e douradas no outono? Ele não tinha a menor vontade de deixar Berlim. Não haviam nem partido e já sentia saudade.

Agosto de 1934

O zumbido incessante das cigarras envolvia seu cérebro numa gosma sonora. Como ela as odiava. Durante todo o verão, aquele barulho de serrote enferrujado vinha se interpondo entre seus pensamentos, a ponto de ela mal conseguir se concentrar em suas ideias. Para piorar, as criaturas horrendas pareciam moscas gigantes. Annette não entendia como era possível considerá-las poéticas ou pastoris. Estavam analisando a fábula "A cigarra e a formiga", de La Fontaine, na aula de literatura francesa no Centre Universitaire Méditerranéen, e uma de suas colegas — a insuportável Georgette — comentara que as achava meigas. Ela trouxe até um broche em forma de cigarra, herdado da mãe, que fez questão de dizer que era Lalique. Como se isso fosse algo tão especial. Georgette era desprezível. Passava seus dias a desfilar pelo Promenade des Anglais em seu pijama de praia e enorme chapéu de palha. A maioria de suas colegas de classe era dessas *traînées* desmioladas, burguesinhas obsedadas pelo glamour. O restante, como ela, eram pessoas deslocadas. Annette recordou com nostalgia seus tempos de Hohenzollern-Lyzeum. É verdade que ela reclamava da escola à época, mas daria tudo para voltar. Como sentia falta de sua vida em Berlim! Ela fora feliz lá, embora só tivesse se dado conta disso depois que fora obrigada a se mudar. Tão característico: a felicidade pairava distante, sempre fugaz, fora de alcance. Quando ela era mais nova, acreditava que era questão de tempo até que a atingisse; agora que tinha dezessete anos quase completos, compreendia melhor a vida. Hoje ela entendia a frase de Verlaine: a felicidade era realmente *"cet ailé voyageur qui de l'Homme évite les approches"*.

Não que o Centre Universitaire fosse tão ruim. Era bem menos deprimente do que aquele Institut Masséna, onde a haviam matriculado inicialmente para melhorar o francês. O administrador era ninguém menos do que Paul Valéry, poeta e discípulo de Mallarmé. Ela chegou a vê-lo uma vez, quando ele compareceu à cerimônia de abertura do ano letivo. Fazia quase um ano. Annette mal podia acreditar que estava morando em Nice havia tanto tempo. Bem, a rigor, não era nem Nice, já que a casa ficava em Villefranche-sur-Mer. Haviam-na despachado em fevereiro do ano passado para "ficar algumas semanas com sua irmã", segundo sentenciara papai. Passaram-se as semanas e, em vez de ela voltar para casa, foram seus pais que vieram ao seu encontro, fugindo dos camisas marrons de Herr Hitler. Mamãe ficava fingindo que voltariam logo. Ela se recusava a usar a palavra "émigré" para definir sua condição. "Não somos exilados, querida, estamos apenas vivendo temporariamente no exterior." Pois, sim. Então por que papai estava tentando montar uma granja em Mallorca? Será que isso estaria relacionado ao confisco de todos os seus bens na Alemanha? Será que eles imaginavam que ela ignorava a verdade? Ela não era nenhuma criança. Causava-lhe amargura que ninguém a consultasse sobre as decisões familiares. Só davam importância ao que ela queria quando estava doente.

Annette contemplou o azul ofuscante do Mediterrâneo. A

gare ficava bem na beira da praia, aninhada na face rochosa da falésia, propiciando uma vista ampla da baía de Villefranche. Era lindo, sem dúvida, para quem gosta desse tipo de coisa. Pessoalmente, ela não entendia essa mania de mar. A maresia era péssima para sua respiração e enrugava as páginas dos livros. Costumava fazer calor demais, ou ventar demais, para ficar ao ar livre por muito tempo. Ainda por cima, havia as malditas cigarras. Nenhum momento de silêncio por meses a fio. Como esperar que alguém se concentrasse assim? Tomar banho de mar era um alívio nas tardes de calor, mas as pedras afiadas espetavam o pé da gente ao entrar e sair da água. Ela não compreendia como pessoas realmente cultas — Herr Meier-Graefe, por exemplo — podiam morar num lugar desses por opção. Para Wolf, estava bom. Ele era meio louco mesmo: um artista, um aventureiro, um primitivo. A alma de um grego antigo no corpo de um homem moderno. Era fácil imaginá-lo a navegar os mares obscuros, como Odisseu, ou a lavrar imensos blocos de mármore talhados da pedreira do Pentelikon, como Fídias. Ele vivera meses em tendas, afinal, sem nada para comer a não ser o polvo que pescava do mar Egeu e as ostras arrancadas das rochas com as próprias mãos. Era verdade, ele mesmo havia lhe contado. Outra coisa que ela não entendia é como um homem desses tinha escolhido se casar com sua irmã. Aventura marítima, para Ursula, era alugar um barquinho em Wannsee e velejar pelo Havel por meia hora, até que se entediasse e exigisse que a levassem de volta para algum lugar civilizado. Depois, quem tinha fama de ser enjoada era ela, Annette!

Não era culpa sua que tinha a constituição fraca. Nascera assim, e os médicos nunca conseguiam determinar uma causa, menos ainda um remédio. Dr. Brand dissera que era deficiência de cálcio e receitara meio litro de leite por dia. Dr. Baumgarten afirmara o contrário, que ela era alérgica a laticínios e a proibira de consumir queijo. E assim por diante, a vida inteira. Eram todos charlatães. Estava cansada das infindáveis prescrições de banhos, massagens, dietas, tônicos, exercícios. A última moda eram as irrigações colônicas. A amiga de mamãe, Frau Weiss, contava maravilhas. Ela não se deixaria dobrar nessa direção. Em sua modesta opinião, havia uma ênfase excessiva na saúde nos dias de hoje. Byron e Rimbaud morreram antes dos quarenta e fizeram mais para a humanidade do que a maioria dos que chegam aos cem. Todo gênio verdadeiro atingia cedo seu ápice; e não havia lá muito sentido em viver sem ser gênio, não é mesmo? O trem irrompendo do túnel cortou seu raciocínio. Atrasado, como sempre.

Annette sentou-se do lado direito para evitar se distrair com a vista do mar. Tirou da mochila o volume de Rilke, mais seu caderno, mais sua tabela de verbos irregulares, o estojo de lápis, o chaveiro da sorte, e postou-se na parte vazia do compartimento de segunda classe. A viagem inteira levaria quase duas horas e meia, contando com a baldeação em Toulon. Por que Herr Bondy tinha que morar tão longe? Não importava; ela não permitiria que isso a dissuadisse do seu propósito. Ursula fizera de tudo para envenenar a mente de mamãe contra a ideia de ela estudar fotografia. Wolf, ao contrário, a apoiara desde o primeiro momento, afirmando se tratar de uma carreira bem mais promissora do que literatura francesa, especialmente para uma moça cujo francês era menos do que perfeito. Foi ele que lembrou da existência do estúdio de Herr Bondy em Sanary-sur-Mer e indicou-o como a melhor pessoa para aconselhá-la. O nome de Walter Bondy fora suficiente para convencer papai. Bondy era primo de Paul Cassirer e amigo dos Meier-Graefe. Se já não bastasse para recomendá-lo, papai recordou que ele chegara a possuir uma bela coleção de arte asiática. Foram feitos os arranjos para uma visita a Sanary, com direito a chá depois com os Meier-Graefe em Saint-Cyr. Esta era a parte que ela mais temia. A presença augusta de Herr Meier-Graefe costumava deixá-la totalmente embaraçada. Quanto mais afável ele tentava ser, mais nervosa e envergonhada ela ficava. Da última vez, ele lhe perguntou se gostava de Cézanne, e ela respondeu que nunca o conhecera. Claro que havia entendido a pergunta. Não é que ela fosse burra. Porém, a simples presença de Herr Meier-Graefe era suficiente para suscitar nela o tal pânico gaguejante. Annemarie, sua jovem esposa, olhara para ela com ar de pena. Como se sentiu idiota. Ela esperava fazer menos feio dessa vez. Precisava mostrar-lhes que não era mais uma criança desmiolada.

O que a deixava tão perturbada quando cruzava com os Meier-Graefe? Não podia ser apenas porque eram cultos e refinados e conviviam com artistas e escritores famosos. Papai conhecia todo mundo em Berlim, e ela própria foi apresentada a boa parte da intelectualidade alemã antes de completar quinze anos, sem nem sair de casa. Havia algo de diferente nas pessoas que encontrava aqui na Côte d'Azur, e ela desconfiava que tinha a ver com sexo. Annette era obrigada a admitir que nada sabia sobre esse assunto. Ela não possuía experiência prática, claro, e a quem poderia pedir informações? As francesas de sua idade no Centre Universitaire pareciam tão mais conscientes do seu poder de atração e sedução. Elas a intimidavam, completamente. Comentava-se que Georgette tinha um amante. Segundo haviam lhe dito, seria um oficial da Marinha amigo do seu pai. Outra garota, da classe acima dela, tinha supostamente engravidado de um professor, o qual foi obrigado a fugir para Aix-en-Provence por conta do escândalo. Esses boatos abriam um horizonte que a repelia e a fascinava, a um só tempo. Seriam tais ocorrências um efeito colateral dos ares marítimos infectos?

A *quem* ela poderia recorrer, afinal? Havia Ursula. Como mulher casada, ela teria algum conhecimento do assunto. Mas, pensando bem, não, nunca poderia falar com ela. Só de imaginar sua irmã envolvida com Wolf em (qual seria o melhor termo para isso?) conjunção carnal... eca! Nojento demais. Ela queria tanto poder rever Frieda. Não teria a menor dificuldade de conversar com ela, e Frieda certamente saberia mais do que ela, por ser mais velha e criada no interior. Sentia tanta falta da amiga. Annette ponderou a possibilidade de escrever uma carta para ela. Mas como tocaria no assunto? O que perguntar, exatamente? Não eram coisas sobre as quais se escrevesse. Ela abriu o caderno e anotou algumas palavras, só para testar a possibilidade: "vulva", "pênis", "relação sexual". Muito clínico. Deu uma olhada à sua volta e descobriu-se sozinha no compartimento. Resolveu tentar outra abordagem: "boceta", "caralho", "foda". Assim que viu as palavras escritas sobre a página, apagou-as com violência, suas bochechas ardendo, vermelhas.

Decidiu voltar a atenção para o volume de Rilke. Era em francês, então ela podia ao mesmo tempo estudar a língua e ler algo que valesse a pena. *"Tes douces forces qui dorment/ dans un désir incertain/ développent ces tendres formes/ entre joues et seins."* Fechou o livro em desespero. Pelo visto, Rilke não iria ajudá-la a desviar os pensamentos. O assunto do poema não eram as rosas? Por que diabos tudo levava de volta ao sexo? Ela pensou em Annemarie Meier-Graefe. Era uma mulher jovem, de menos de trinta anos, e, no entanto, era casada com Herr Meier-Graefe, que era pelo menos dez anos mais velho do que papai. Com certeza, ele tinha idade suficiente para ser pai dela, se não avô. Annette se perguntou se eles praticavam (qual seria o melhor termo?) o dever conjugal. Era de se presumir que sim. Mas seria mesmo possível? Annette não conseguia imaginar Herr Meier-Graefe em outro traje que não fosse terno e gravata; muito menos — a própria ideia a fez estremecer — despido. Era um homem imponente, sem dúvida, muito distinto com seus cabelos grisalhos e olhos solenes e penetrantes. Ela bem podia imaginá-lo a discursar durante horas com aquela voz aveludada, discorrendo com fluência sobre Cézanne e os impressionistas. Ela o tinha como um estudioso, um homem letrado e erudito, e eram talvez essas qualidades que a deixavam sobressaltada. E, no entanto, Annemarie enxergava nele algo a mais. Ela o via como uma mulher adulta encara um homem. Ela o tocava e era tocada por ele. Ele estivera dentro dela. O pensamento ressoou com tamanha violência em sua mente que ela temeu ouvir seu eco no compartimento vazio. Um calafrio atravessou seu corpo. Esforçava-se para ignorar o calor inoportuno que formigava entre suas coxas. A imagem de Wolf em traje de banho invadiu sua mente: seus ombros fortes, os braços musculosos largados ao longo do tronco esguio, o tecido molhado do calção aderindo à saliência... Ela buscou afastar o pensamento de qualquer jeito. O livro! Por favor, Rilke, por favor! *"Rose, toute ardente et pourtant claire,/ que l'on devrait nommer reliquaire/ de Sainte-Rose..., rose qui distribue/ cette troublante odeur de sainte nue."* Um odor perturbador de santa nua, que perfeito. Valha-me Rilke.

O condutor anunciou finalmente a parada em Sanary-sur--Mer. Pela janela, Annette avistou as montanhas distantes. Conferiu seu relógio, meia hora de atraso. Herr Bondy prometera mandar alguém para buscá-la na estação. Ela esperava apenas que a pessoa ainda estivesse lá; senão, estaria perdida. Ursula anotara o endereço num pedaço de papel, mas ela o havia esquecido dentro do outro livro que estava lendo. Menina tonta! Guardou seus pertences dentro da mochila e aguardou impaciente que o trem chegasse à estação. Ao final da plataforma, uma moça francesa parecia aguardar alguém. Era escura, comum e rechonchuda — o tipo da camponesa *provençale*. Assim que pousou os olhos em Annette, veio ao seu encontro.

— Você é mademoiselle Annette?

Graças a Deus! Ela havia esperado. Annette ficou tentando adivinhar quem poderia ser. Pela aparência, era possível que fosse a filha da *concierge* ou até mesmo a faxineira de Herr Bondy. Melhor não presumir nada. Ela poderia ser sua assistente, ou algo assim.

— Sou. Você trabalha para monsieur Bondy?

— Eu sou a mulher de monsieur Bondy. Camille Bertron, *enchantée*.

Camille estendeu-lhe uma mão forte, que Annette apertou com flacidez espantada. O termo que ela empregara era "femme", mas será que ela queria dizer esposa ou somente mulher, mesmo? Ninguém mencionara que Herr Bondy era casado. Ela era jovem demais para ser esposa dele, não? Pelo que Annette havia entendido, ele regulava em idade com papai, e essa Camille não podia ter mais que vinte e cinco anos, talvez menos. Será que todos os alemães da Côte eram casados com moças novinhas? Será que ela era a amante dele? Ele não teria a audácia de mandar uma concubina para apanhá-la; ou teria? Seria escandaloso! E excitante também. Saíram da gare para a rua ensolarada. Aproximava-se do meio-dia, e o calor já era intenso. O clamor das cigarras era tão alto e contínuo que se transformava quase num novo patamar de silêncio. Camille estacou diante de um par de bicicletas.

— Você sabe andar de bicicleta?

— Acho que sim... Quer dizer, aprendi uma vez.

— Ótimo. Assim, não preciso levar você de carona.

Logo desciam uma alameda ladeada de amendoeiras. O céu estava azul, límpido e luminoso, o que dava um aspecto um tanto irreal aos objetos que iam passando em velocidade. À direita, adentraram a cidade; em seguida Camille dobrou à esquerda e virou mais duas vezes. Annette tentava segui-la de perto, mas sempre com receio de perder o equilíbrio e ser jogada da bicicleta. Mais alguns meandros e foram dar num ancoradouro lotado de mastros de veleiros, apertados um junto ao outro e cintilando brancos no sol de verão. Pararam afinal à beira do cais. Annette, ofegante, apertava os olhos para protegê-los da claridade. O sorriso de Camille despontava sob a sombra da mão erguida à testa.

— Chegamos.

Annette perscrutou as palmeiras, os canteiros de flores, as casinhas brancas com venezianas azuis. O cenário era tão perfeito que parecia artificial. Camille a conduziu por baixo de uma arcada até a porta do estúdio. Ingressaram numa antessala decorada com retratos fotográficos, a maioria de bebês, primeiras comunhões e casamentos. Quatro poltronas em torno de uma mesinha de centro, sobre a qual jaziam números antigos da revista *Vu*. Camille pediu que ela aguardasse e se retirou para os fundos. Uma das revistas chamou sua atenção. Uma mulher deitada no chão lutava com uma cobra enorme. Annette afastou-a e descobriu a de baixo, cuja capa era uma pirâmide de casais a se beijarem. A legenda dizia *"Le marathon du baiser"*. Pôs-se a folheá-la enquanto esperava.

Herr Bondy surgiu dos fundos e atravessou a antessala. Ele era alto e elegante, correto em mangas de camisa branca e uma gravatinha-borboleta graciosa, encimados por um avental escuro que pouco condizia com o restante do figurino. Ainda possuía cabelos em abundância, alguns grisalhos, e um bigode bem austríaco. Lembrava Fred Astaire, só que mais velho e com olhos mais tristes. Cumprimentou-a com um meneio seco da cabeça e estendeu-lhe a mão cavalheirescamente, para que se apoiasse nela. De imediato, Annette sentiu-se mais velha em sua presença, como se fosse uma dama antiga de Viena.

— Então, você é a filha de Hugo Simon? Conheci seu pai uma vez, em Berlim. Como ele está?

— Bem, obrigada. Ele e mamãe estão em Mallorca.

— E você está morando aqui, na Côte?

— Estou, em Villefranche, com minha irmã e meu cunhado.

— Você gosta daqui?

— Bem, n-não. Não muito. Quer dizer... Sim, um pouco. Sinto falta de Berlim.

— Acho que todos sentimos falta de Berlim. Como era antes, claro.

Sua maneira de perguntar deixava Annette encabulada. Era polido ao extremo, mas direto e inquiridor, a ponto de incomodá-la. Logo ela começaria a tropeçar nas respostas e gaguejar nas palavras. Isso, não podia. Ela queria tanto que Herr Bondy a considerasse uma adulta, alguém que ele teria como assistente ou, pelo menos, como aluna. Ela resolveu inverter a situação. Faria uma pergunta de ordem pessoal para desarmá-lo, colocá-lo na defensiva. Havia visto mamãe e Ursula fazerem isso inúmeras vezes.

— Posso saber, Herr Bondy, por que está vestindo avental?

O fotógrafo examinou seus próprios trajes com ar distraído. Seu olhar ficou distante, ainda mais triste do que antes.

— Estava no laboratório, revelando fotografias.

— O senhor tem um laboratório aqui?

— É claro.

— Poderia vê-lo, por favor? Nunca estive num laboratório fotográfico.

Ele assentiu com a cabeça e esticou o braço em direção aos fundos do estúdio.

Atravessando a porta, ingressava-se num cômodo em L, cerca de três vezes maior do que a antessala. Na parte menor do L, onde sentava Camille, havia uma escrivaninha e um arquivo. A parte maior da sala era montada como estúdio fotográfico, incluindo um fundo infinito de papel e refletores de luz. Sobre uma estante baixa, várias câmeras, lentes, medidores de luz, tripés e outros equipamentos. Annette encantou-se com o espaço. Havia toda uma espécie de objetos e texturas interessantes: superfícies lustrosas de aço e baquelite, estojos de couro marrom, latinhas e vasilhames, uma fileira de cadeiras de madeira curvada, tapetes enrolados, uma arara com grande variedade de roupas dependuradas. Mesmo assim, o ambiente era despojado, não atulhado como os ateliês de artista que se viam em quadros. Lembrou-se dos bastidores da Ópera Kroll, em Berlim, que visitara uma vez. Um leve cheiro de alvejante no ar.

— Você não queria ver o laboratório?

Do outro lado da sala, Herr Bondy abria uma portinha que parecia dar para o toalete. Mal havia lugar para duas pessoas lá dentro, entre as bandejas de líquidos dispostas na bancada, duas pias, um ampliador, estantes estocadas com produtos químicos em garrafas marrons e dezenas de fotografias penduradas num barbante para secar. O que mais impressionou Annette foi a estranheza das formas iluminadas somente pela lâmpada de segurança vermelha. Mas por que se surpreender com isso? Era uma câmara escura; precisava ser escuro. Tratava-se de uma escuridão peculiar, no entanto, que podia ser olhada e observada. Um pouco como aqueles quadros de Rembrandt e Terbrugghen que ela havia visto com papai no Museu Kaiser Friedrich. Provocou-lhe uma satisfação profunda estar envolta na escuridão visível. Sentiu-se muito à vontade no cubículo e desejou em seu íntimo que Herr Bondy fosse embora e a deixasse sozinha ali. Em vez disso, postava-se à porta, impassível, aguardando que ela saísse para poder apagar a escuridão.

Foram almoçar no café ao lado. Annette cutucava com o garfo os aliches que havia catado de cima de sua *salade niçoise*.

A cor e a textura desses peixinhos a incomodavam, eles pareciam espécimes de uma dissecção zoológica, mais do que algo de comer. Ela lembrou com horror das pequenas espinhas em conserva, que davam a sensação de cabelo na língua. Camille aproveitava para sorver com um pedaço de pão os restos de azeite e vinagre no fundo do prato. Herr Bondy bicava um copo de vinho rosé, aguardando com paciência que as duas terminassem suas saladas. Uma única garfada ainda ornava seu prato, os talheres descruzados de modo proposital para fingir que ele não acabara de comer.

— Diga-me, Fräulein, por que você quer ser fotógrafa?

Annette endireitou-se na cadeira. O momento crítico. Estivera considerando como abordar o assunto, mas não conseguia decidir o que dizer sem ser inconveniente. Herr Bondy tomava a iniciativa, dirigindo-se a ela em alemão, o que ainda a livrava do encargo de ter que formular seus propósitos em francês. Ela lançou uma olhada rápida na direção de Camille, preocupada em não excluí-la da conversa, mas a moça parecia tranquila com a mudança de idioma. Annette trouxe à tona o pequeno discurso que ensaiara, esforçando-se para soar sensata e adulta.

— Bem, preciso fazer algo depois de terminar a escola em Nice. Não tem muito sentido tentar o *baccalauréat* porque dificilmente passaria. Tive que negligenciar física, química e matemática, que já não são meu forte, para me equiparar na gramática francesa quando viemos para cá. Mesmo que eu conseguisse passar, não tem sentido começar um curso universitário nas circunstâncias atuais. Quem sabe o que vai acontecer daqui a quatro anos?

— Acho que entendi. Então você quer que eu lhe ensine fotografia porque você não encontrou nada melhor para fazer?

Oh, não! Saiu tudo errado. Não era nada disso que ela queria dizer. Agora que já tinha falado, compreendia o quanto fora imatura e insensível sua resposta. Por que era sempre assim? Por que era tão difícil se fazer entender e dizer o que se pretendia? Ela precisava consertar o erro. Ela queria tanto voltar àquela câmara escura.

— N-não! N-n-não era i-isso que qu-queria d-d-d-dizer.

Droga, ela estava gaguejando de novo. Annette sentiu seu rosto ruborizar e sua respiração encurtar. O pânico começava a tomar conta dela. Camille encheu um copo com água e deu-lhe de beber. Ela tomou tudo, em pequenos goles, e respirou fundo, tentando se recompor. Herr Bondy aguardava placidamente, com um olhar cansado.

— Qu-quero re-realmente estudar fo-fotografia. É uma arte m-maravilhosa e quero aprender. Acho que posso ser boa fotógrafa. Meu cunhado disse que tenho bom olho. E o senhor é... é a única pessoa que pode me ensinar. Eu vi no seu la-la-laboratório...

As palavras saíram emboladas, atropeladas, sem ordem ou coerência. Annette sentiu vergonha de si mesma, de sua fraqueza e incompetência e, sobretudo, de sua gagueira. Não ousou encarar Herr Bondy, mas desviou os olhos para Camille. A jovem sorria para ela, compadecida de sua angústia. Annette ansiava pelo momento em que pedalariam juntas, em silêncio, no caminho de volta para a gare. Após derrota tão fragorosa, ela não daria conta de tomar chá com os Meier-Graefe. Pior ainda seria suportar o desprezo de Ursula quando fosse obrigada a relatar o episódio. A voz de Herr Bondy voltou com outra pergunta.

— O que você viu no laboratório? Me diga.

— Eu vi suas fotos.

Ele insistiu, com sua polidez rígida.

— O que mais você viu?

As palavras jorraram de sua boca. Ela ainda tentou moldar uma resposta à altura, mas não foi possível contê-las.

— Eu vi a forma da escuridão.

Um sorriso fino apertou os lábios de Bondy. Era a primeira vez, desde que Annette o conhecera, que sorria com os olhos também. Camille pediu a Bondy para repetir em francês o que ela dissera. Ele traduziu: *Elle a dit qu'elle a vu la forme de l'obscurité.* Sim, era isso, precisamente. Soava tão mais poético em francês.

— Vou lhe fazer uma proposta, mademoiselle. Não levo muito jeito para ensinar. No fundo, nem me considero fotógrafo. Mas estou disposto a lhe mostrar o básico do laboratório e talvez lhe passar umas dicas sobre como tirar fotos. Você tem uma câmera?

— Meu cunhado tem uma, que poderia me emprestar.

— É de que tipo?

— Uma Leica, modelo C.

— Ah, uma camerazinha muito boa. Seu cunhado sabe das coisas.

Annette sorriu, animada. Ela não sabia muito bem por que isso estava acontecendo, mas sentiu-se agraciada.

— Você pode voltar no sábado da semana que vem, para passar o dia?

— Claro, posso.

— Muito bem, então. Quero que você tire um rolo inteiro de filme até lá. Pelo menos uma paisagem, um retrato e uma natureza-morta. E quero que você fotografe o mesmo assunto várias vezes, usando essas posições diferentes da câmera que vou anotar aqui...

Ele começou a escrever uma lista de números, frações e proporções, ordenados com perfeição numa tabelinha. Annette aguardou enquanto ele a completava.

— Não se preocupe se você não entender isso agora. Depois do almoço, vou lhe mostrar as posições na câmera.

— Eu entendo, sim. São valores de abertura do diafragma, não?

— Sim, exato. E estes aqui são tempos de exposição e medidas de luminosidade. Então você já tirou fotos?

— Sim. Wolf... meu cunhado me ensinou a operar a câmera.

— Muito bem. Volte na semana que vem com o filme que você fotografou, e iremos revelá-lo juntos. Depois disso, veremos como fazer.

Annette transbordava de felicidade. Herr Bondy lhe daria uma chance, apesar de tudo. Será que era por causa do comentário sobre enxergar a escuridão? Fosse lá o motivo, sentia-se grata a ele e, em especial, a Camille, que havia sido um amor e estava anunciando a chegada do prato principal.

— *Voilà les calamars qui arrivent!*

Lulas. Isso era ainda mais repulsivo do que os aliches. Enquanto Camille enchia os pratos, Annette pensou em dar uma desculpa qualquer, dizer que não estava com fome, mas ficou sem graça diante do entusiasmo de ambos. Lulas. Bem, ela poderia provar uma, uma só, só dessa vez. Não ia morrer por causa disso. Ela espetou um pedaço e colocou na boca, temendo que fosse ser visguento e malcheiroso. Mastigou devagar, de início, e depois com animação crescente. Era uma delícia. Quem diria? Lula! Comeu sua porção com uma vontade que teria chocado seus familiares, caso estivessem presentes. A sobremesa era uma *tarte* de cerejas, que Annette devorou com igual apetite, chegando ao inusitado de beber um gole do rosé.

Enquanto Herr Bondy sorvia o resto de seu cafezinho, Annette notou uma expressão súbita de espanto tomar conta de seu rosto. Parecia observá-la assustado. Ela chegou a imaginar que pudesse haver algo atrás dela, mas antes que pudesse se virar para conferir, ele perguntou:

— Você está se sentindo bem, Fräulein?

— Sim, claro. Por quê? Há algo errado?

A essa altura, Camille também lhe encarava, os olhos arregalados. Ela apontou para o rosto de Annette com uma mão e, com a outra, cobriu a boca.

— O quê, o que é?

Annette saltou da cadeira e correu até a pia, onde havia um espelho. Descobriu horrorizada que seu nariz estava inchado, enorme, quase o dobro do tamanho normal. Vieram consolá-la. Camille ergueu um dedo maternal e o encostou delicadamente em seu nariz.

— Está doendo?

— Não, não sinto nada. Talvez esteja formigando um pouquinho, mas muito pouco.

— Acho que você é alérgica a lulas, Fräulein. Mas, felizmente, não parece ser nada sério.

O diagnóstico de Bondy foi tão conclusivo quanto sucinto. Ela examinou seu rosto no espelho. Estava ridícula. Tão ridícula que não pôde conter uma risada. Vendo que estava tudo bem, Camille começou a rir também. Até Bondy riu. Os três voltaram para o estúdio, as moças ainda a trocarem risadinhas.

— Posso usar seu telefone, Herr Bondy?

— Claro. Você quer que eu chame um médico?

— Não, apenas preciso cancelar um compromisso.

Bem, não tinha o menor cabimento ela chegar nos Meier-Graefe nessa condição: parecendo *il capitano* da commedia dell'arte. A decisão encheu-lhe de alívio. Tanto que nem reparou no canto das cigarras.

Setembro de 1935

Ursula andava agitada pela sala, ajeitando pela décima vez o arranjo da mesa, conferindo se não havia manchas nos copos e talheres. Gertrud desceria a qualquer momento, e ela não suportava o olhar de desaprovação da mãe caso algo estivesse errado. Era fácil para *ela* receber gente. Mesmo vivendo em circunstâncias reduzidas, em Paris, seus pais contavam com um número suficiente de empregados. Aqui ela era obrigada a se virar com uma única faxineira, madame Fresnot, que vinha somente duas vezes por semana e ainda por cima era preguiçosa. Já pedira a Wolf se não podiam engajá-la mais um dia por semana, pelo menos, mas ele fora taxativo: não tinham como arcar com qualquer despesa adicional. Quando ele chegou a ventilar a hipótese de dispensar de vez os serviços de *la* Fresnot, ela resolveu deixar o assunto para lá. Pelo menos por enquanto. Pretendia persuadir a mãe a convencer papai a lhe mandar mais dinheiro. Aí ela contrataria a faxineira três vezes por semana, independentemente de Wolf. Ele estava impossível nestes últimos tempos, desde que regressara de Berlim.

Wolf continuava cismado por conta de seu encontro com Herr Abetz, seu velho conhecido que se tornara nazista. Ela também ficou espantada com o fato, naturalmente. Quando partiram para a França o homem era socialista, e agora chegara à patente de Oberscharführer na SS. Uma conversão completa em apenas cinco anos. Wolf dizia que o ambiente da cidade estava totalmente transformado. Haviam lido sobre as ações contra judeus nas reportagens publicadas pelo *New York Times*, em julho, que expuseram a brutalidade nazista para o mundo. Boicotes de negócios pertencentes a judeus, expurgos de judeus e comunistas de diversas profissões, judeus espancados a esmo na Kurfürstendamm. Era difícil conceber uma coisa dessas. Como podia? Senhoras e senhores de idade arrastados para fora de cafés e surrados na rua por marginais pelo único motivo de serem judeus. E logo na Kurfürstendamm! Era inacreditável. Ela compreendia que Wolf houvesse voltado alterado. Uma coisa era ler sobre esses acontecimentos, outra era testemunhá-los.

Mesmo assim, levou uma semana inteira para arrancar dele o motivo profundo do seu mau humor. Herr Abetz o havia aconselhado a permanecer em Berlim e abandonar sua família na França. Ele dissera que Wolf, por ser ariano, poderia se redimir caso renunciasse à sua mulher judia e a seu filho *Mischling*. Ainda o intimou a se registrar com a Reichskulturkammer, senão não poderia mais trabalhar como artista. Ele chegou a prometer que, se Wolf se filiasse ao partido, ele o ajudaria a galgar uma posição como escultor oficial. Caso contrário, a situação ficaria difícil para ele. Quando seu passaporte expirasse, eles não o renovariam. Ele não poderia mais ir e vir da Alemanha, e portanto perderia sua clientela lá. A julgar pela cara insossa de Abetz, ela nunca teria adivinhado que ele fosse capaz de tanta maldade. Wolf voltou para a França, é claro, o que depunha a seu favor. Mas ela tinha certeza de que o assunto continuava a pesar sobre sua mente. Qualquer um ficaria balançado. Estavam obrigando-o a escolher entre a família e a carreira. Qualquer que fosse sua opção, se ressentiria da perda.

— Você precisa de ajuda, Ursula?

Era a prima Henny, de volta do passeio com Mucki. Que bom que ela estava aqui. Sempre tão jovial, o contrário de Annette. Se não fosse a presença de Henny, a situação já teria desandado de vez, Ursula tinha certeza. Wolf de mau humor; sua mãe visitando de Paris; Annette doente e amuada, como sempre. Era demais para uma pessoa só. Todas as flores e o sol de Villefranche eram pouco para trazer harmonia a um lar como esse. E, agora, o verão chegava ao fim. O primeiro vento frio de outono já se insinuava nas brechas. Por falar em flores, onde estariam eles?

— Não, minha querida, acho que está tudo em ordem aqui. Você sabe dizer se Wolf e Annette já voltaram de Nice?

— Não os vejo desde o café da manhã. Mas o carro está na alameda, então não devem ter ido longe.

Ela contemplou a expressão risonha e prestativa de Henny. Que rosto simpático: redondo, sem ser gordo; macio, sem ser mole. Seria tão bom se a prima pudesse ficar mais um pouco com eles. Embora o alvoroço atual fosse demais, ela receava o momento em que todos partiriam, deixando-a sozinha com Wolf, Annette e Roger. O pequeno círculo familiar estava no limite das tensões, e as coisas só piorariam agora que a renda deles ameaçava minguar ainda mais.

— Você não pode mesmo ficar mais um mês, meu bem?

— Você sabe que não posso, Ursula. Adoraria ficar por aqui para sempre, mas preciso ganhar a vida. Meus pais querem que eu vá para perto deles, em Gothenburg.

— A Suécia! É longe demais. Quase não nos veremos mais.

Ursula estendeu ambos os braços e tomou as mãos da prima

nas suas. As duas mulheres permaneceram um momento em silêncio, a se entreolharem com pesar. Será que nunca mais conseguiriam reunir a família toda num único lugar? Pairava na lembrança de Ursula a excursão deliciosa aos pomares de Saint-Mathieu, três domingos antes. Mucki fuçava seus tornozelos e abanava o rabo diminuto.

— Então, me conta, quem mais vem para o aniversário de Wolf?

— Não sei bem, para ser sincera. Mamãe convidou Herr Mann com sua mulher, mas é pouco provável que venham. E também o nefasto René Schickele e sua esposa, mas eles não sabem se vão conseguir vir de Saint-Cyr.

— É muito longe?

— Duas horas de carro, mas Herr Schickele é difícil.

— É por isso que você o chamou de nefasto?

— Claro que não. Ele é nefasto porque não hesita em arrancar dinheiro de papai, embora no fundo nos despreze.

Ursula percebeu o constrangimento que tomou conta do rosto de Henny. Pelo visto, sua prima não estava acostumada a falar mal das pessoas com tanta franqueza. Curioso que ela fosse tão delicada. Ursula precisava disfarçar seu *Berliner Schnauze* para não deixá-la chocada.

— Enfim, coloquei quatro lugares a mais na mesa. Senão, somos só eu, você, mamãe, Wolf e Annette.

— E Pieter. Não esqueça Pieter.

— Claro, meu bem. Não esqueci seu Pieter. Preparei almoço para dez.

A menção trouxe à lembrança um assunto que ela havia negligenciado: o jovem Eysold, vizinho deles e aluno de Pieter. Ursula havia reparado que Annette gostava do rapaz e resolvera aproximá-los. Estava mais do que na hora de sua irmã arranjar um namorado. Ela tinha quase dezoito anos e continuava inexperiente. Sua queda infantil por Wolf começava a incomodar, agora que já não era mais criança. Eysold era o candidato perfeito, com seus olhos marejados e ar melancólico. Eles poderiam discutir poesia e, quem sabe, insuflar um no outro um furor romântico que a tiraria de casa durante algumas horas por dia, pelo menos, se não para sempre. Estivera tão ocupada com os outros preparativos que se esquecera dele. Será que era muito tarde para convidá-lo? Comida não faltaria. Era certo que Heinrich e Nelly Mann não viriam. Estavam todos em Nice havia dois anos e quase nunca se cruzavam. Mamãe ainda alimentava a ilusão de que as pessoas se importavam com ela. Ela não era mais a grande dama que fora em Berlim, apenas mais uma *émigrée* decadente.

— Querida Henny, você acha que conseguiria convencer o jovem Eysold a vir hoje? Eu pretendia convidá-lo, mas esqueci completamente.

— Não tenho certeza, mas não custa perguntar. De todo modo, Pieter disse que queria passar lá antes do almoço.

— Você faria isso por mim, querida? Seria tão bom se tivesse alguém da idade de Annette, para fazer companhia a ela... se é que você me entende.

— Ah, claro! Vou chamar Pieter e damos um pulo lá, agora mesmo.

Os olhos de Henny brilharam ante a perspectiva de arranjar um novo par romântico. Por mais secular que fosse a criação, as mulheres judias nunca abdicavam totalmente da tradição *Schadchan*. Era uma das poucas palavras de iídiche que Ursula sabia, e ela a rememorava com o orgulho secreto do etnógrafo que ostenta seu conhecimento de algum dialeto obscuro. Se papai a apanhasse nessa brincadeira, logo mandaria que tirasse a língua do gueto e a elevasse ao universo de Heine.

Já passava das dez, e sua mãe ainda não havia descido. Por

entre as persianas, a brisa trazia o canto dos passarinhos. Sozinha na penumbra da sala de jantar vazia, Ursula permitiu-se sonhar um pouco com a vida sem a presença incômoda da irmã. Como seria bom, isso. Nazismo ou não, fora uma injustiça da parte de seus pais terem abandonado Annette aos seus cuidados. Tudo bem se tivesse durado apenas alguns meses. Uma vez estabelecidos em Paris, poderiam ter mandado buscá-la. Havia melhores oportunidades educacionais por lá, e, além do mais, uma moça da idade dela devia ficar junto dos pais. Fazia dois anos e oito meses que aguentava a figura problemática da irmã em seu lar. Era insuportável. A hipersensibilidade dela, assim como suas doenças imaginárias e sua pretensão intelectual. Dezessete com alma de setenta, era o que dizia seu pai. O que ela precisava era de um rapaz simpático para despi-la do vestido mal-ajambrado, bem como de suas manias de velha, e acabar com essa histeria de uma vez por todas. Pensando bem, talvez o rapaz precisasse ser um pouco menos simpático e mais *méchant*. Senão a coisa não iria progredir. Será que o jovem Eysold teria habilidade suficiente?

— Como vão os preparativos? Tudo em ordem?

Ursula assustou-se com a voz da mãe. Como ela conseguia infiltrar esse tom de acusação nas entrelinhas de uma pergunta tão simples?

— Tudo sob controle, mamãe. Do jeito que você gosta.

— Você sempre faz as coisas como eu gosto, querida. Você puxou a mim.

O beijo de Gertrud, estalado, provocou um contraste irritante com a suavidade das palavras sussurradas ao pé do ouvido. Por que sua mãe acordara tão amável, hoje? O que estava querendo aprontar?

— O carteiro já passou?

Ursula olhou o relógio.

— Ainda não está na hora dele. Por quê? Você está aguardando alguma correspondência?

— Eu tinha esperança de receber uma confirmação de Herr Mann.

— Ele não sabe telefonar?

— Os escritores não gostam de falar ao telefone, querida. Tem café quente ainda?

— É claro, mamãe. Está na cozinha, em cima do fogão.

— Você é tão inteligente.

Estranhou o calor da mão de sua mãe, alisando seus cabelos. Tanta ternura assim tinha que ter um motivo. Será que ela estava doente? Ou, quem sabe, tivera um pesadelo? Talvez estivesse apenas amolecendo com a idade. Gertrud completara cinquenta anos, mas aparentava mais. O exílio cobrava seu preço, privando-a dos tratamentos de beleza caros. Tinham chegado ao fim os tempos em que ela se elevava invencível e ereta sobre seus saltos altos. Ao observar a mãe se afastar em direção à cozinha, Ursula constatou como ela era baixinha.

Encontrou Wolf e Annette no jardim, jogando bobinho com Roger. Uma cena comovente de harmonia familiar. Causava-lhe satisfação sincera que o menino se entendesse tão bem com o pai e a tia. O único senão era que ela gostaria de ser incluída também. Sempre recaía nela o papel de mãe, obrigada a disciplinar as travessuras das três crianças. De fato, seu primeiro ímpeto era passar um pito em Wolf e Annette por terem deixado as compras no carro. As flores já deviam estar murchas, para não falar da manteiga. Mas, não, ela não seria tão tola assim, entrar no jogo só para perder. Ocuparia seu lugar na roda dos espertos em vez de se prestar sempre ao papel de bobinha no meio. Ursula correu até Roger e levantou-o do chão, rodopiando o corpo do menino no ar.

— Meu macaquinho!

O menino choramingou e relutou, esticou os braços em direção ao pai, ansioso por agarrar a bola. Quatro anos de idade e já louco para sair de debaixo da barra da saia da mãe. Ursula fingiu não notar o desespero dele e carregou o menino até a bola, estendida na mão do pai. Depositou Roger no chão e ergueu sua boca em direção a Wolf. O marido concedeu uma beijoca rápida e familiar. Por quanto tempo ainda conseguiria segurá-lo? Esse homem lindo, ainda mais bonito hoje do que quando se conheceram, enquanto ela perdia com rapidez assustadora os atrativos da juventude. O menino refugiou-se atrás do pai, abraçando sua perna com uma mão e a bola com a outra.

Uma campainha de bicicleta anunciou a chegada do carteiro, que entregou um envelope de cor marfim para Ursula, anunciando com pompa: "Uma carta de monsieur Heinrich Mann". Presumivelmente, havia lido o endereço do remetente e se sentira levado a anunciar o fato, como se fosse um pajem real. O carteiro pronunciou o primeiro nome "ein riche", à moda francesa. Talvez se tratasse de algum aspirante a escritor, ou não demonstraria tamanho interesse em Herr Mann. Ursula levou o envelope até sua mãe. Mann lamentava não poder comparecer. Nelly estava indisposta, e ele não queria deixá-la sozinha.

— Pobrezinha. Precisamos fazer uma visita a eles, qualquer hora dessas.

— Sim, precisamos.

Ursula fez semblante de dividir a decepção da mãe, fingindo que suas relações com a família Mann continuavam intactas, embora soubesse que não fariam visita alguma. Ela desconfiava que a mãe também soubesse disso, no fundo. Ela era inteligente demais para não perceber o quanto as coisas haviam mudado. Mesmo assim, motivada por uma compaixão inteiramente inédita, Ursula resolveu compactuar com a encenação de boa etiqueta e sentimentos ternos. Como ela odiava tudo isso: sentir pena da mãe, bancar a adulta ao acomodar os caprichos dela. Será que o exílio iria subtrair-lhe até mesmo o direito divino de se comportar como uma menina mimada?

Herr Schickele superou suas dificuldades e chegou com meia hora de atraso. Era bem do seu feitio, pensou Ursula, importante demais para chegar na hora, mas servil demais para deixar de vir. Ela detestava esse tipo de irresolução num homem. Fazia meses que papai e mamãe travavam campanha para que ele desse respaldo para as poesias juvenis de Annette. Ela chegara a ler dois ou três dos poemas da irmã. Não eram dos piores, estavam no nível das porcarias que se publicavam atualmente. Era evidente, porém, que Schickele não gostava dos versos dela. Sempre que a questão vinha à tona, ele encontrava uma forma de mudar de assunto, geralmente com uma falta de habilidade que depunha contra sua grande reputação como escritor. Ela o teria respeitado, como homem, se saísse com uma resposta sincera. "A poesia de sua filha não me agrada." Teria sido uma maneira rude, porém honrosa, de dar sua opinião. Caso quisesse ser educado, poderia ter se esquivado da incumbência: "Não sou a melhor pessoa para julgar o trabalho dos outros. Vocês deveriam perguntar para outra pessoa". Em vez disso, ele sempre dava um jeito de manter a porta aberta. O motivo não era delicadeza ou pruridos, mas o velho rastejar atrás de dinheiro. Ursula sabia muito bem que ele era beneficiário das mesadas que seu pai distribuía a artistas exilados, assim como Annette Kolb, sua astuciosa amiga enrugada. Ambos bajulavam seus pais com um grau de subserviência que lhe provocava nojo. Ela ficara sabendo que depois falavam mal deles pelas costas. Ursula não entendia o fascínio que eles exerciam sobre seu pai. Ele parecia encantado eternamente com o fato de que Schickele o imortalizara como personagem no livro *Symphonie für Jazz*. Será que papai era tão vaidoso e narcisista que precisava de algum romancezinho para justificá-lo?

— Trude, como você está jovem!

— Que mentira deslavada, René. Fico mais velha a cada minuto que passa.

— Não, é verdade, o ar da Côte está rejuvenescendo você. Não a vejo tão bem desde Berlim.

Schickele contorceu sua máscara crocodiliana até esboçar uma paródia de sorriso, revelando seus dentes estragados. Seu aspecto estava péssimo hoje, sua pele, pálida, e seus cabelos, mais oleosos que de costume. Parecia um inspetor de polícia. Ursula afastou-se deles, desgostosa.

Na sala de estar, a festa estava animada. Pieter havia sacado um violão, e Henny e Wolf cantavam músicas de cabaré em dueto. Fazia tempo que Ursula não via o marido animado para cantar. Ela sentou-se na velha poltrona, ajustou a manta para cobrir as manchas de vinho e entregou-se ao prazer de sua voz. Deixou-se transportar para dias melhores, para a época em que eles se conheceram em Berlim. Como tudo isso parecia distante, como cinquenta anos antes, e não cinco ou seis. *"Ich bin von Kopf bis Fuß auf Liebe eingestellt. Denn das ist meine Welt, und sonst gar nichts."* Henny forçava sua voz para soar grave como a de Marlene Dietrich, mas sem sucesso. Wolf carregou no barítono, exagerando nas linhas: *"Männer umschwirren mich, wie Motten um das Licht. Und wenn sie verbrennen, ja dafür kann ich nicht"*. Ele inclinou a cabeça para o lado, colocou as mãos na cintura, revirou os olhos e, finalmente, jogou as mãos para o alto, requebrando de um jeito que fez todo mundo rir. Ursula queria rir também, mas, em vez disso, lágrimas brotaram de seus olhos e escorreram bochecha abaixo. *Denn das ist meine Welt* — este *era* seu mundo. E, agora, não mais. Desfez-se em um pranto silencioso e afundou-se mais na poltrona na tentativa inútil de esconder o choro. Ainda a cantar, Wolf veio até ela e tirou-a para dançar, conduzindo-a pela sala e abraçando-a com força. Fez um sinal para Pieter, que encerrou a canção e mudou o ritmo para um *paso doble* frenético.

Gertrud adentrou a sala, puxando Schickele pela manga. Eram seguidos de perto por sua esposa, Lannatsch. Bastou uma olhadela rápida para que sua mãe se inteirasse da situação.

— Essa cantoria toda deve ter aberto o apetite de vocês. Vamos almoçar?

A sugestão foi recebida com entusiasmo. Pieter guardou seu violão com um floreio final, seguido por duas palmas e um "olé" de Henny. Ursula sentiu-se grata pela fluidez com que a mãe assumira o papel de anfitriã. Mesmo destronada, não perdia a classe. Aproveitou para se esconder atrás de Wolf, desejando no íntimo que pudessem ficar somente em família. Já bastava que Pieter e o jovem Eysold houvessem testemunhado seu acesso de emoção. De jeito nenhum ela queria que os Schickele também soubessem que andara chorando.

O almoço foi um sucesso. A comida estava ótima, e todos se redobraram nos cuidados com Ursula. Henny ficou de mãos dadas com ela, sob a mesa, por bons minutos após se sentarem. Wolf deu-lhe toda a atenção possível, e até Annette se policiou para não gerar conflito. Ursula ficou tão comovida que, depois do almoço, chegou a pedir que a irmã levasse Roger para passear no quintal. Eysold foi instigado a acompanhá-los. Assim que os jovens deixaram a sala, Gertrud manobrou a conversa para o assunto das poesias de sua filha caçula. Ursula reparou nas expressões de escárnio trocadas por Schickele e sua esposa. Então era verdade o que ouvira. Seus pais eram alvo de deboche entre essas pessoas. Um ódio violento avolumou-se em seu peito, varrendo os últimos vestígios de fragilidade. Ela cerrou os dentes para conter a tempestade de desprezo que se armava. De jeito nenhum ela podia se permitir destratar um convidado em sua própria casa, não importava o quão asqueroso ele fosse. Ela domou sua fúria e pediu a Wolf que lhe servisse um conhaque, que engoliu fervendo.

A discussão passou para a situação política, como era de costume nesses tempos infelizes. Schickele teve a falta de tato de mencionar aqueles artigos horrorosos em *Der Angriff*, que publicara em julho uma série de ataques pessoais a Hugo Simon, sob o título sensacionalista *"Veio um homem de Krotoschin"*. Era uma incorreção até em termos geográficos, visto que papai nascera não em Krotoschin, mas em Usch, e à época a província de Posen ainda era parte da Alemanha. Tanto fazia para eles, é claro. O que queriam era retratá-lo como polonês.

— Aquele demônio do Goebbels foi longe demais dessa vez. É inacreditável que haja pessoas dispostas a escrever esse tipo de difamação.

— O que o senhor espera, Herr Schickele? O senhor acha que homens dispostos a matar e torturar pessoas inocentes vão ter escrúpulos em mentir?

A fala de Ursula irrompeu com violência inteiramente excessiva — quase um grito, ecoando irônico e feroz sobre as taças vazias. Sua raiva parecia se voltar contra Schickele, e não contra os nazistas. Como, de fato, era o caso. Os olhos do escritor piscavam nervosos atrás das lentes fundas e redondas de seus óculos, manifestando incerteza de como reagir. Um sorriso tenso cobriu o rosto de sua esposa. Gertrud moveu-se inquieta na cadeira, mas não interveio, apesar de seu incômodo aparente. Ursula presumiu que a mãe também estivesse chocada com a indelicadeza de tocarem nesse assunto na presença dela. Teve que se segurar para não agarrar um copo e arremessá-lo contra a cabeça do parasita alsaciano. Henny encarou a prima com preocupação. Wolf alisou seu braço, tentando acalmá-la. Sobreveio um silêncio nervoso, em que Ursula e Schickele se desafiavam com o olhar, cada um esperando que o outro recuasse primeiro. Foi Pieter quem finalmente desarmou a tempestade, ao sugerir que ligassem o rádio para ouvir as últimas notícias da Alemanha. Pobre Pieter. Teria feito melhor se os tivesse deixado partir para as vias de fato. A voz do rádio anunciava um pronunciamento dirigido à sessão extraordinária do Reichstag, convocada para a convenção anual do partido nazista em Nuremberg. Até entenderem o que estava por vir, já era tarde demais. A curiosidade mórbida os condenava a ouvir. A voz odiada de Göring veio trazida pelas ondas, anunciando a promulgação de uma tal Lei para a Proteção do Sangue Alemão e da Honra Alemã. Todos ficaram paralisados pelo grotesco do que escutavam.

Inteiramente convicto de que a pureza do sangue alemão é essencial para a existência continuada do povo alemão, e inspirado por uma determinação inflexível de salvaguardar o futuro da nação alemã, o Reichstag delibera por unanimidade promulgar a seguinte lei:

Seção 1 — 1) São proibidos casamentos entre judeus e cidadãos alemães ou de sangue correlato. Casamentos realizados em desobediência a essa lei são considerados nulos, mesmo que, para fins de burlar essa lei, tenham sido celebrados no exterior.

Era monstruoso, impensável. O que tinha sobrado do Reichstag dignificando com o estatuto de lei aquilo que, até então, havia sido imposto somente por terror e ameaças. Os olhos de Ursula buscaram Wolf, que fixava o rádio em silêncio, seu rosto contorcido por uma expressão de tristeza. A partir de agora, eles seriam criminosos, além do mais, vivendo em contravenção da chamada lei. Gertrud levantou-se e ameaçou sair da sala. Já chegava para ela, disse.

— Desliga o aparelho, Pieter, por favor.

Pieter fez um esforço para obedecer, mas seus movimentos eram lentos e ineficazes, como num sonho. A voz no rádio prosseguiu, estridente:

Seção 2 — São proibidas relações sexuais fora do casamento entre judeus e cidadãos alemães ou de sangue correlato.

Era inimaginável! Será que ousariam legislar até a intimidade sexual? Estavam no século XX ou pretendiam voltar para a Idade Média? Só de ouvir essas palavras, Ursula sentiu vergonha de ser alemã. Ao mesmo tempo, e de modo perverso, um sentimento patriótico de fundo causava-lhe constrangimento por saber que Pieter, holandês por nascimento, era capaz de compreender e julgar o que fora dito. Ela buscou o rosto de Henny, a qual devolvia seu olhar estupefato. Era impossível que isso estivesse mesmo acontecendo.

Seção 3 — É proibido que judeus empreguem cidadãs abaixo da idade de quarenta e cinco anos, de sangue alemão ou correlato, como empregadas domésticas.

De todas as cláusulas detestáveis que compunham o texto da lei maldita, essa era com certeza a mais sórdida. A implicação era que um judeu não seria capaz de resistir à tentação de agarrar a empregada. Uma imagem aberrante passou por sua cabeça: madame Fresnot, cansada e desleixada, nua sobre o colo de seu pai. Ursula sentiu-se enjoada. Ecoou o pedido da mãe:

— Sim, Pieter, por favor, desliga isso.

Pieter girou devagar o botão para a esquerda, até ouvir o clique. Uma mudez profunda pesou sobre a sala por vários minutos. Lannatsch rompeu finalmente o silêncio, ao sussurrar algo no ouvido do marido. Juntos ficaram de pé, e Schickele dirigiu-se a Gertrud, que cambaleava pálida, com o aspecto de quem está prestes a desmaiar.

— Caríssima Trude, acho que chegou a hora de irmos embora. Está ficando tarde, e o caminho é longo até Saint-Cyr.

— Sim, compreendo... diante dos fatos... a viagem. Vou deixar que meu genro os acompanhe até o carro. Preciso me deitar um pouquinho. Diante dos fatos... vocês vão me desculpar.

— Claro, claro. Não se preocupe conosco. Conhecemos o caminho.

Preparavam-se para se despedir de Ursula, quando ela virou as costas e conduziu a mãe escada acima. As boas maneiras que fossem para o inferno! Este não era mais um mundo em que etiqueta tivesse qualquer importância.

Gertrud Simon, Max Liebermann, Albert Einstein, Aristide Maillol e Renée Sintenis, casa de Hugo e Gertrud Simon (Drake Strasse 3, Tiergarten, Berlim), em 15 de julho de 1930.

Interlúdio (1)

Tive a sorte de morar em Paris por um ano, entre 1983 e 1984. Não saberia dizer se ainda se aplica o dito de Ernest Hemingway — segundo o qual a cidade é uma festa, para quem vive lá quando jovem, que se carrega por toda a vida —, mas aquele foi um momento de descoberta para mim. Era a primeira vez que me encontrava sozinho no mundo, longe da criação restritiva, e livre portanto para testar minhas propensões e formar opiniões próprias. Na verdade, não estava completamente afastado das influências familiares. Antes de partir para Paris, recebi dois endereços da mão da minha tia-avó Malou (Annette Simon, em outra encarnação). Um deles era do fotógrafo Willy Maywald, famoso retratista, hoje cultuado por seu trabalho na área de fotografia de moda. Conheci-o apenas uma vez, numa reunião em seu apartamento. Minha lembrança é de encontrá-lo esparramado no sofá, cercado de gente sofisticada e elegante, um verdadeiro séquito. Ele me apresentou para todos os presentes: "Vejam só, foi o bisavô deste rapaz que me deu a primeira chance na vida". Como se já não bastasse minha timidez natural diante dos olhares curiosos, meu constrangimento piorou pelo fato de eu não fazer a menor ideia do que ele dizia. Hugo Simon era então um enigma para mim.

O outro endereço que Malou me deu foi de seu primo-irmão (e da minha avó também, naturalmente), Charles Bloch, que era professor de História na Universidade de Paris (Nanterre). Ele e sua esposa, Jacqueline, moravam numa torre de concreto da Avenue de Choisy, no Décimo Terceiro Arrondissement, bem no meio do bairro vietnamita de Paris. No domingo da primeira semana que passei na cidade, me convidaram para almoçar. Lembro-me de ficar um bom tempo parado diante da porta de vidro da Tour Verdi sem descobrir como se fazia para entrar, muito menos encontrar o apartamento em meio ao sistema confuso de numeração. A falta de qualquer elemento pitoresco no lugar afrontava as concepções românticas de Paris que eu partilhava com a maioria dos visitantes que chegam lá do Novo Mundo. Fiquei tentando imaginar que tipo de pessoa escolheria um lugar daqueles para morar. Assim que a porta do apartamento se abriu, no entanto, todo o meu receio se dissipou. Jacqueline me envolveu num abraço apertado, sem qualquer cerimônia, e foi logo me chamando de *"mon cher petit Raphaël"*, conforme ela continuaria a grafar sempre, por mais que eu insistisse que meu nome se escreve com F e por mais que a passagem do tempo me destituísse de qualquer possibilidade de ser considerado *petit*. Charles sentou-se numa poltrona ao meu lado e explicou, com satisfação evidente, que meu bisavô fora uma influência determinante em sua vida e que repassaria para mim tudo que recebera dele. Era a segunda vez em uma semana que ouvia um depoimento desse tipo sobre Hugo Simon e fiquei intrigado que dois homens tão diferentes se lembrassem dele com o mesmo afeto e a mesma gratidão.

O que mais aproximava Charles e Jacqueline eram suas experiências da Segunda Guerra Mundial. Jackie, como é chamada (com a tônica na segunda sílaba, à moda francesa), gostava de dizer que sua vida se dividia em duas metades iguais: os cinco anos da Segunda Guerra e todo o resto. Vinda de uma mulher então sessentona, essa afirmação me impressionou. Era raro, porém, falarem sobre a guerra. Como muitas pessoas que viveram esse período na Europa, evitavam o assunto. Só muitos anos depois descobri que Jackie fora ativa na Resistência quando jovem. Ela não ficava contando vantagem. Entendia isso como o cumprimento de uma obrigação, fizera a coisa certa, embora tal atitude tenha sido muito menos comum do que quis o triunfalismo do período pós-guerra. Jackie insistia que a França só fora salva de si mesma pelos Estados Unidos. *"Qu'ils étaient beaux, les américains!"*, ela exultava a respeito das tropas americanas que libertaram Paris em 1944. A frase servia também, um pouco, para provocar Charles, cuja atitude em relação ao mundo anglo-americano era bem menos calorosa.

Charles resultava de uma mistura peculiar: judeu alemão, criado na Palestina sob o domínio britânico, para onde sua família se mudara em 1934, militante socialista a vida toda e francófilo arrebatado. Era filho e sobrinho, respectivamente, de Alexander e Joseph Bloch, ambos ativistas políticos em Berlim nas décadas de 1910 e 1920. Seu tio Joseph era membro do SPD, o Partido Social-Democrata da Alemanha, e Alexander ingressou para o USPD, os Social-Democratas Independentes, quando eles romperam com o partido majoritário, em 1917, em oposição à Primeira Guerra Mundial. Charles me contou que seu pai devia sua orientação política a Hugo Simon, embora seja impossível saber se foi mesmo o caso ou se era apenas dessa forma que ele queria lembrar a história. O contrário pode muito bem ser verdade. Segundo o historiador Walter Grab, colega e amigo de Charles, Alexander Bloch era tão próximo de Karl Liebknecht que deu para o seu único filho o nome de Karl (afrancesado, posteriormente, para Charles), em homenagem ao amigo martirizado na Revolução de 1918. É bem provável, de todo modo, que Hugo Simon tenha exercido influência considerável sobre o jovem Charles durante o breve período em que conviveram em Paris, entre 1933 e 1934. Para um menino de doze anos vivendo como refugiado, um "tio" rico, ativo na causa antinazista, seria uma fonte indubitável de apoio e orgulho.

Charles me deu o que tinha recebido, transformando-se em meu "tio" e mentor intelectual durante minha temporada em Paris — exatamente meio século depois da época em que conviveu na cidade com seu *Onkel* Hugo. A principal tarefa à qual se propôs foi assegurar minha educação política. Entre os presentes que recebi dele está um livro sobre a história do socialismo, dado com o propósito de me demover da minha perigosa inclinação juvenil ao radicalismo insurgente. Aos dezenove anos de idade, eu gostava de ler Trótski e fumar cigarros Gitanes sem filtro, ambos em doses pequenas, porém com o maior alarde possível. Em boa parte, não passava de uma encenação para me afastar da criação conservadora e interiorana da qual eu sentia vergonha. O engraçado é que surtia efeito. Naqueles tempos de final da Guerra Fria, um alinhamento político obscuro era fonte de prestígio no meio estudantil. Quando minha namorada de Nova York foi me visitar em Paris, ela ficou impressionada com meu novo cosmopolitismo de filme de Godard.

Dei trabalho para o velho "tio" Charles, ao fingir levar minhas convicções políticas mais a sério do que eram de fato. Em algum momento, porém, ocorreu uma mudança imperceptível na nossa relação, e eu passei a querer agradá-lo mais do que chocá-lo. Recordo-me de um jantar festivo na Tour Verdi — devia ser o Réveillon de 1983 — e do meu esforço para ostentar meus novos conhecimentos de política e cultura. Não era para minha namorada que eu queria me mostrar, nem mesmo para meu irmão, que também estava presente naquela ocasião, mas para Charles e Jackie. Ao me acolherem como sobrinho, abriram para mim uma porta muito mais impenetrável do que a da entrada do seu edifício. Em poucos meses, haviam se tornado meu elo com um passado perdido. Por meio deles, consegui acessar a grande tradição — da qual meu bisavô faz parte — de pensar a Europa como projeto cultural unificado, e passei a enxergar o mundo por uma ótica internacionalista. Hoje em dia, quando a unidade europeia e seu sonho iluminista estão ambos sob ameaça, esse pequeno trabalho de inclusão, uma pessoa de cada vez, me parece uma realização nada desprezível.

Por meio de Charles, pude observar em primeira mão a mentalidade que permitiu a toda uma geração se posicionar contra nação e religião e se voltar para o objetivo de uma humanidade comum. Charles foi um dos fundadores da Universidade de Tel Aviv e seu primeiro professor de História Europeia Moderna, mas nunca foi um nacionalista israelense, muito menos sionista. Certa vez, diante da minha recusa em acreditar que ele soubesse falar árabe, desandou a recitar uma surata do Alcorão, de cor, até que eu cansei e pedi para ele parar. Foi uma surpresa e tanto, vindo de alguém que era judeu por nascimento, não possuía nenhuma convicção religiosa e viveu boa parte da sua vida adulta em Israel. Esse homem extraordinário costumava pregar que a Guerra Fria não era uma ameaça, que o verdadeiro perigo para a paz mundial vinha do conflito entre o fundamentalismo islâmico e as propensões militaristas do Estado israelense. Cinco anos antes da queda do Muro de Berlim, essa opinião era nada menos do que excêntrica. Ele não viveu o suficiente para ver suas análises geopolíticas alçadas à condição de profecia.

A lição duradoura que aprendi com Charles é que o mundo é complexo e que não há mérito em tomar partido somente por afinidade com um ou outro lado. Por mais clichê que possa parecer, reduzido assim a um mote, pôr-se no lugar do outro é tomar o partido da humanidade. Foi esse espírito que levou o jovem socialista, de origem judaica e alemã, a aprender não somente árabe (e hebraico também, claro), mas também a estudar a cultura e a religião de seus novos vizinhos quando ele se viu despejado nas areias da Palestina na década de 1930. As palavras determinantes são abertura e inclusão, coisas que ele me ofereceu de modo muito prático. Como parte de sua campanha para me arrebanhar para o campo pacifista e socialista dos meus antepassados, Charles esforçou-se para me convencer de que apenas devolvia o que lhe fora confiado por meu bisavô, como uma espécie de legado familiar. É possível que fosse apenas uma tática para me fazer sentir especial; ou, talvez, ele quisesse injetar vida e emoção no frio labirinto do pragmatismo político, ao qual não era nenhum estranho.

Charles e Jackie nunca tiveram filhos. Suponho que isso tenha a ver com a vida que levavam, indo e voltando entre Paris e Tel Aviv, quase como exilados permanentes. Que espécie de pertencimento se pode obter quando se vive sempre a se colocar no lugar do outro? Essa questão me veio à mente quando reencontrei Jackie, em Paris, depois de mais de uma década sem contato. Jantamos num restaurante vietnamita, a poucos passos da Tour Verdi, do qual ela parecia ser frequentadora habitual. Charles morreu em 1987, e ela ainda manteve a rotina de dividir a vida entre os dois países por mais vinte anos depois disso, até que não dava mais conta dos deslocamentos. Agora, ela me contava, sua saúde fragilizada a obrigava a permanecer em Paris, cidade onde não estava sozinha, mas onde, era visível, ela sentia certa solidão. Ninguém é imune à perda, nem mesmo alguém com a vitalidade de Jackie, que sempre se postou firme e impávida contra as intempéries mais cruéis. Quando penso na Tour

Verdi, erguendo-se alta e nua contra o vento de inverno em meio ao descampado concreto da Avenue de Choisy, imagino a dor de permanecer no mundo para sobreviver aos estragos do tempo. Hoje, sei que este foi meu primeiro encontro com o legado de Hugo Simon.

PARTE II

Eles dispersam e fogem

Maio de 1937

Hugo depositou a carta sobre a mesa, tirou os óculos de leitura e esfregou os olhos. Münzenberg tinha toda razão de ficar aborrecido. O pequeno poder que haviam cedido a Fritz Wolff subira-lhe à cabeça. O *Pariser Tageszeitung* não era seu jornal particular, para fazer dele o que bem entendesse. Como porta-voz da comunidade exilada, o jornal precisava representar o público leitor como um todo e refletir o espectro amplo de opiniões políticas. Hugo sabia disso melhor do que ninguém. Se era para continuar a injetar dinheiro no projeto, o mínimo que podia pedir é que o jornal mantivesse seus leitores. O *PTZ* era a face impressa da frente popular antinazista que eles pretendiam estabelecer, agregando todas as facções da emigração alemã, à sombra e à imagem da Front Populaire de Léon Blum, a qual conseguira juntar os partidos de esquerda franceses num governo de coalização. No entanto, a unidade permanecia um sonho distante, e o jornal se tornara foco de disputas. Com a recusa tanto de Heinrich quanto de Thomas Mann de servirem como coeditores, os dias do *PTZ* pareciam contados. Mesmo que não falisse de vez, poderia parar nas mãos de Arnau, Schwarzschild ou um dos outros pretendentes a dono. O próprio Münzenberg era suspeito, nesse sentido. Ele era bem esperto e poderia estar manobrando para ganhar o controle definitivo do jornal.

Mãos unidas diante do rosto, como quem reza, Hugo movia a cabeça para cima e para baixo, esfregando o bigode e cavanhaque contra os dedos eretos.

— Queria tanto que você parasse com essa mania horrível. A impressão que dá é que você está com os dedos enfiados no nariz.

A voz de Gertrud, vinda da porta, despertou-o de suas maquinações. Há quanto tempo ela estava a espiá-lo? Reparou que ela usava um vestido branco, o que indicava o início da temporada de calor. O verão chegava mais cedo neste ano, embora sempre começasse antes ali do que em Berlim.

— Já falei para você, minha querida. Pretendo enfiá-los até em cima, qualquer dia desses, para ver se consigo catar algum pensamento no cérebro.

Ela forçou um sorriso sarcástico. Que bom que estava com ânimo suficiente para se queixar de bobagens.

— Alguma notícia interessante das meninas, em Nice?

— Nada de muito bom. Ursula está com problemas de vesícula e Annette está com colite.

— Elas já foram ao médico?

— Elas precisam mais de um banqueiro do que de um médico.

— Você está dizendo que eu deveria mandar mais dinheiro?

— Não estou dizendo nada. Vou deixar a carta delas aqui para você ler.

Gertrud foi até a poltrona e depositou o envelope em cima da carta de Münzenberg. Assim que a viu aberta, fez um gesto desdenhoso.

— Não me diga que você anda lendo isso de novo. Ainda não conseguiu resolver esse assunto?

— Ernst Feder está vindo daqui a pouco, e vamos discutir o caso.

— Ainda tem algo para discutir? Münzenberg não é de confiança. Foi você mesmo que disse.

— Não tenho mais tanta certeza. É por isso que quero conversar com Ernst. Você poderia mandar servir um café quando ele chegar?

— Claro. E não precisa me dispensar com pedidos de café. Eu sei muito bem quando você quer ficar sozinho... para esfregar sua barba.

— E enfiar os dedos no nariz, não esqueça.

Os dedos dela percorreram levemente seu pescoço até fazerem uma massagem rápida no ponto que sempre doía. Hugo reclinou a cabeça, fechou os olhos e aproveitou o alívio momentâneo. Cedo demais, a mão se retirou, e ele ouviu os passos de Gertrud a caminhar até o fundo do gabinete.

— Está faltando luz aqui dentro, e talvez um pouco de ar. Não tem cabimento você e Ernst ficarem conspirando no escuro, como dois anarquistas num porão.

Foi abrindo as cortinas que escondiam as janelas altas voltadas para a Rue de Grenelle. O cômodo encheu-se de sol. O dia estava lindo. Dava até para enxergar a cúpula do Invalides, à distância.

— Não abra as janelas, por favor. O barulho da rua me atrapalha.

— Tudo bem, como quiser. O senhor é quem manda. Ah, e não esqueça que você está devendo uma resposta a Herr Brecht. Ele vem para Paris em breve.

— Eu nunca esqueço nada, minha querida Trude. E, mesmo que esquecesse, você estaria aqui para me lembrar.

Ela mostrou a língua, desaforada, e saiu levando consigo os ruídos do mundo exterior.

Hugo ficou sozinho no gabinete, agora renovado pela claridade. Passou a examinar as obras de arte que cobriam as paredes. Na pior das hipóteses, venderia mais uma delas. Todo mundo sempre presumia que ele dispunha de reservas ilimitadas de dinheiro, por conta do banco, e ele deixava que pensassem. Bem sabia que a fonte de sua influência secaria, caso imaginassem o contrário. A verdade, porém, é que o orçamento apertava mais a cada dia. Suas contribuições à Caisse Israëlite des Prêts e ao Comité d'Assistance aux Réfugiés estavam pesando, mas ele não tinha como se safar desses compromissos. O que seriam dos seus famosos bons contatos com o governo parisiense se ele decepcionasse o barão de Rothschild? Ele era um dos poucos, afinal, que recebera asilo pleno e permissão para fazer negócios na França. Não que sobrassem tantos negócios assim para fazer. As outras despesas iam se avolumando. A manutenção do apartamento não era barata, e os pedidos de suas filhas por dinheiro só faziam aumentar. Seu genro cometera a sandice de afundar tudo que tinha no cultivo de frutas. Seriam anos até que conseguisse recuperar esse investimento. Enquanto isso, o que fazer? Não podia deixar seu único neto morrer de fome. Talvez a solução fosse mesmo vender outro quadro. Goudstikker havia dito que conseguia comprador para um dos antigos, mas que o mercado estava péssimo para obras modernas. Precisava de alguém para aconselhá-lo. Que falta fazia Cassirer! Nunca mais encontrara um marchand no qual pudesse confiar, como amigo.

Hugo olhou o relógio e constatou aliviado que ainda faltava um pouco para as duas da tarde. Tinha a sensação, às vezes, de que a emigração lhe roubara o ritmo do tempo. Alguns dias, ele chegava a dormir até as nove da manhã. Noutros, o crepúsculo o surpreendia quando menos esperava. O pior era conseguir adormecer à noite. Mais de uma vez Gertrud fora obrigada a resgatá-lo das tarefas inúteis que o prendiam à escrivaninha até de madrugada. Ele evitava tomar Veronal, remédio que havia se tornado o pior vício entre os exilados. Pudera, as últimas notícias eram de tirar o sono de qualquer um. O bombardeio de Guernica era o assunto principal nas mesas do Le Dôme por esses dias. Um jornalista recém-chegado da Espanha contara histórias de horror. Ninguém conseguiu não se sensibilizar, nem mesmo aqueles que viviam focados exclusivamente em seu próprio sofrimento.

Feder chegou pontualmente com notícias da Exposition Internationale, aberta havia poucos dias nos Jardins du Trocadéro. Trouxe um cartão-postal colorido para Hugo, com uma vista da exposição. Do lado esquerdo, o austero pavilhão alemão, coroado por uma águia gigantesca e ameaçadora; do lado direito, o soviético, encimado pela escultura monumental de um trabalhador e uma camponesa, foice e martelo erguidos sobre suas cabeças. Os dois edifícios ficavam um defronte ao outro, num duelo mudo, com a Torre Eiffel ao meio. Hugo observou que o pavilhão alemão era maior e mais imponente. Sua solidez vertical parecia capaz de conter com facilidade o avanço do pavilhão soviético.

— A composição deveria ser ao contrário. Pelo visto, o fotógrafo não tinha a menor noção de esquerda e direita.

A tirada de Feder fez com que Hugo sorrisse.

— O mais estranho, para mim, é que ele tenha cortado o topo da Torre Eiffel. Esse fotógrafo deve ser estrangeiro. Nenhum francês faria uma foto dessas.

Os dois homens sacudiram a cabeça com gravidade. Seria mais um mau augúrio para a democracia liberal ou estavam atribuindo importância demais a um cartão-postal? Feder voltou a conversa para o tópico do dia.

— O que você me diz do jogo de gato e rato de Bernhard? Você acha que ele está tentando dar um golpe e tomar conta do jornal?

— Não, de jeito nenhum. Conheço Georg Bernhard há vinte anos, ele não seria capaz de tamanha falsidade. Ninguém vira canalha na idade dele.

— Não estou acusando ele de ser canalha. Mas todo mundo sabe que ele tem uma tendência a pegar o rumo errado e insistir nele até se perder completamente.

— Sim, é verdade. Mas, Bernhard não é o problema, no momento.

— Não? Qual é o problema, então?

— Willi Münzenberg.

À menção do nome, Feder ajeitou-se na poltrona, visivelmente incomodado. Como líder da propaganda soviética no Ocidente, Münzenberg passara a rondar o jornal e a cortejar Bernhard com promessas de dinheiro. Embora tivesse sido substituído recentemente por Walter Ulbricht como dirigente do KPD, suas notórias ligações com Moscou ainda geravam preocupação. Especialmente no clima de caça às bruxas instaurado pelos expurgos de Stálin.

— Você acha que Münzenberg está agindo por conta própria ou a mando da Comintern?

— Não tenho certeza. Vou fazer uma visita a Harry Kessler logo mais, para ver se ele consegue jogar uma luz sobre essa questão.

— Kessler já saiu do hospital?

— Há poucos dias. Esse é o motivo da minha visita.

Sentados frente a frente, em silêncio, os dois homens contemplavam distraídos a distância. Sua conjuração foi interrompida pela chegada de Gertrud, trazendo uma bandeja com café e *palmiers*. Feder levantou-se para cumprimentá-la.

— Sente-se, Ernst, por favor. Eu só vim trazer o café e te dar boa-tarde. Não quero interromper porque sei que meu marido fica aborrecido comigo.

Hugo fez-se de indignado, descartando a acusação com um gesto largo e teatral.

— Como vai Erna?

— Bem, dadas as circunstâncias. Ela mandou um abraço para vocês.

— Mande um beijo para ela. Vocês precisam vir jantar conosco qualquer dia desses. Faz muito tempo que não nos vemos socialmente. Não é justo com nós, mulheres, que nos privem do convívio civilizado enquanto vocês, homens, tramam a resistência em cafés.

— Não terminamos de tramar ainda, minha querida.

— Nesse caso, senhores, vou pedir sua licença. Senão, serei eu a culpada pelo colapso da *Volksfront* alemã.

Ela estava em excelente forma hoje. As apreciações de Gertrud costumavam ser mais certeiras que a da maioria dos políticos. Enquanto Breitscheid e Klepper continuavam a nutrir esperanças, Hugo já desistira da possibilidade de formarem uma frente unida. Os comunistas estavam fazendo de tudo para atiçar a discórdia entre as diversas facções, o que os mantinha na posição de maior influência. Era questão de tempo até que Heinrich Mann perdesse a paciência e se retirasse da presidência do comitê. Assim que Mann saísse, a frente desmoronaria e os diversos partidos voltariam às brigas e picuinhas que caracterizavam a comunidade de exilados em Paris. Hugo apanhou o cartão-postal e examinou-o mais uma vez. Espremidos entre Hitler e Stálin, os exilados eram como os minúsculos pedestres que apareciam na foto, caminhando pelos Jardins du Trocadéro. Bastava uma tempestade, ou mesmo um vento mais forte, para que saíssem correndo em todas as direções.

Feder esperou que Gertrud se retirasse para retomar o assunto.

— O que você está pensando, Hugo? Você teve alguma ideia?

— Talvez. Acho que sim.

Hugo relaxou um pouco a expressão, suavizando as rugas na testa. Buscou as palavras certas antes de anunciar seu plano.

— E se oferecermos uma alternativa para Bernhard? Uma maneira de ele continuar como editor sem ter que se submeter à proposta de Münzenberg?

— Como o quê, por exemplo?

— Você acha que ele toparia um conselho consultivo?

— Depende. Quem seriam os integrantes?

Esse era o detalhe crítico, é claro, e o motivo pelo qual convocara Feder para conversar. Ele precisava ensaiar nomes com alguém de confiança.

— Bem, faria sentido convidar Heinrich Mann de novo. Ele não quis encabeçar o jornal sozinho, mas acho que aceitaria participar de um conselho.

— Mann é sempre um bom nome, alguém acima das desavenças partidárias. Quem mais?

— Podemos chamar Rudolf Breitscheid. Assim o SPD se sente representado. Caso contrário, vão acabar abafando o projeto, como sempre.

— Sim, fica mais equilibrado. E você? Não quer fazer parte desse conselho? Afinal, é você quem vai pagar as contas.

Hugo tentou disfarçar seu prazer com a sugestão de Feder, embora fosse o que mais desejasse ouvir.

— Pode ser. Assim não fica parecendo que estamos loteando as vagas entre os partidos políticos.

— Mas você não acha que Bernhard vai se sentir ameaçado?

— Não se o colocarmos no conselho também.

O sorriso que atravessou o rosto de Feder confirmou para Hugo que o plano tinha potencial. Bernhard seria tolo se deixasse de reconhecer que a criação de um conselho fortaleceria sua posição e manteria o jornal fora do controle exclusivo de qualquer partido.

— Dar um cargo mais alto para ele, como forma enviesada de redistribuir o poder?

— De certo modo, sim. Pode até ser que ele se sinta suficientemente seguro, como conselheiro, para abrir espaço para você entrar como editor-assistente.

Os olhos de Feder brilharam.

— Parece um bom plano. Você acha que Fritz Wolff vai topar?

— Deixe que eu falo com Wolff.

— Mas Münzenberg não vai ficar parado, esperando você puxar o tapete dele.

— Não pretendo puxar o tapete de ninguém. Vou falar com Münzenberg e tentar incluí-lo no conselho. Acho que ele não está em posição de recusar.

Uma ponta de medo transpareceu no rosto de Feder. Hugo conhecia essa expressão. Era o velho temor de lidar com a Comintern, mesmo que de modo indireto.

— Você acha mesmo uma boa ideia? Com ou sem Ulbricht, Münzenberg ainda é KPD, não?

— É o que eu pretendo descobrir logo mais. Münzenberg é uma figura complicada. Ele costuma apostar em mais de um cavalo.

— É mesmo? Em Berlim, sempre achei que ele era o ungido de Moscou.

— É o que ele queria que todos pensassem.

— Você parece saber bastante a respeito dele.

— Você esquece, meu caro Ernst, que fui seu banqueiro

durante anos. Eu sabia quanto tinha não somente na conta do Socorro Operário Internacional, mas também nas suas contas particulares, até o último centavo.

Os dois homens recostaram-se nas cadeiras e terminaram de tomar o café. Hugo pensava na importância que o jornal ganhara, não apenas como instrumento para combater os nazistas. Esse fora seu propósito original, evidentemente. Depois vieram os problemas e as acusações de traição, o que quase precipitou o empreendimento a um fim inglório. Um ano depois, o *PTZ* estava renovado e combativo. Força política era a menor de suas preocupações. O que impressionou Hugo naquele momento era o quanto o jornal se transformara em eixo existencial para os intelectuais exilados — o quanto todos eles dependiam dele para dar sentido às suas vidas. Tornara-se o único canal de expressão para as opiniões de homens que, poucos anos antes, estavam acostumados a comandar a atenção de toda uma nação. Era importante demais para que acabasse. Hugo decidiu fazer tudo que pudesse para salvá-lo, mesmo que isso significasse investir mais do que os quinhentos mil francos que já adiantara.

— Conte-me mais sobre a *Exposition*, Ernst. Você chegou a entrar no pavilhão alemão?

— Não, não tive paciência para encarar a multidão.

— Imagino que não era só a multidão que você não queria encarar.

— Sim, é verdade. Você sabe, Hugo, o que mais me deixa revoltado é essa política francesa de reconciliação com a Alemanha. Vi vários comissários da exposição fazendo salamaleque para os visitantes oficiais do Reich.

— O que você esperava? O Quai d'Orsay está completamente infiltrado de simpatizantes da Action Française e da Croix de Feu. Aposto que não foi nada difícil encontrar funcionários dispostos a ciceronear os nazistas.

— Pode ser, mas você há de concordar que é um absurdo, considerando-se que o governo francês é nominalmente de esquerda.

— O governo de Blum está por um fio. Com a recusa deles de armar os republicanos espanhóis, perderam todo o apoio que tinham à esquerda. Eles precisam de novos aliados.

Feder ponderou a proposição, seu rosto uma carranca de desgosto e desconfiança.

— Não entendo como eles pretendem reconquistar o apoio dos comunistas cortejando os nazistas.

— Pois é. Blum está desesperado. Ele tem esquerda e direita contra ele e está tentando agradar aos dois lados. É um jogo que só pode perder, mas ele tem medo de tomar partido e arriscar uma guerra civil por aqui. Aposto que não esqueceu os tumultos de fevereiro de 1934, muito menos o fato de a extrema direita querer a morte dele.

— Você acha mesmo que eles chegariam a tanto?

— É só dar espaço. Como foi que Charles Maurras escreveu naquele artigo? Ele disse que tinham que derrubar Blum, mas o verbo que ele usou em francês era *abattre*. Quer dizer, abater mesmo, matar, e ele fez questão de explicitar que poderia ser no sentido literal, quando surgisse o momento propício. Foi por isso que ele foi preso.

A expressão de Feder passou de inquieta a deprimida. Era esse tipo de análise que gostariam de ver publicada no *PTZ*, mas Bernhard impusera sabiamente uma proibição de discutir política francesa. Devia ser difícil para um jornalista calar sobre algo que merecia ser alardeado aos quatro ventos.

— E o pavilhão espanhol? Você entrou nele?

— Não, a fila era maior ainda. Você sabia que o mural de Picasso vai tomar Guernica por tema?

— Sim, me contaram no Le Dôme. Já anunciaram uma data para a inauguração?

— Acho que não. Parece que ele ainda está pintando.

— Bem, vamos ver. Espero que seja melhor do que as gravuras que ele anda produzindo para Vollard. Eu vi algumas delas na Rue de Martignac e não gostei. Muito "retorno à ordem" para o meu gosto.

Depois que Feder partiu, Hugo voltou à correspondência. Precisava responder à carta de Rudolf Leonhard. Queriam colocar o nome de Hugo no prêmio da Schutzverband para escritores alemães exilados. Era justo, argumentara, uma vez que ele havia doado o dinheiro para o prêmio. Um bom sujeito, Leonhard, um dos poucos leais nesse mundo traiçoeiro dos exilados políticos. Mesmo assim, resolveu declinar a homenagem. Preferia se manter anônimo nessas coisas. Quanto menos seu nome aparecesse, menos ele se expunha como alvo para represálias. Não pôde conter certo orgulho perverso ao escrever a carta. Que isso servisse de exemplo às pessoas que o acusavam de agir unicamente por interesse.

Harry Kessler estava sentado à escrivaninha, trajado impecavelmente com um de seus ternos ingleses feitos sob medida, tão imerso no que escrevia que mal pausou para receber o visitante. Hugo temera encontrá-lo ainda acamado ou então a convalescer numa poltrona, lendo Goethe. Tentara imaginá-lo vestido de roupão e touca de dormir, como um personagem de anúncio antigo de xarope tônico medicinal, mas Kessler era imune a manifestações exteriores de fragilidade. Depois de quase três meses de hemorragia intestinal, cirurgias, transfusões de sangue e até pneumonia, seu rosto retinha a mesma altivez que sempre fora sua característica mais marcante. Quando se levantou, contudo, Hugo reparou que o terno pendia solto do seu corpo macerado. Quem diria que o sempre elegante Kessler conseguiria ficar ainda mais magro? Ele deu a volta na escrivaninha e apertou calorosamente a mão de Hugo, abrindo aquele sorriso meio maroto que dava a impressão de estar prestes a soltar uma piada de gosto duvidoso. O bom e velho Kessler! Quem mais faria um banqueiro esperar ao pé da mesa, como se fosse um mensageiro, e logo depois o receberia como um parente perdido? Um verdadeiro aristocrata.

— Meu caro Hugo Simon! Quanta gentileza sua visitar um fantasma em vias de desaparecer. Você pode constatar por si mesmo que a notícia da minha morte foi fortemente exagerada.

Hugo achava uma graça fora do comum nos gracejos de Kessler, talvez porque costumasse se levar excessivamente a sério. Ele riu muito da piada velhíssima de seu velho amigo.

— Meu caro *Herr Graf*. Vejo que está em ótima forma.

— Os médicos conseguiram me manter vivo até agora, e eu não vou dar a satisfação aos meus inimigos de morrer antes de completar setenta anos.

— Se não me engano, foi seu aniversário semana passada, não foi?

— Dia 23, para ser exato. O melhor presente que ganhei foi receber alta da casa de saúde.

Hugo revelou um embrulho escondido atrás das costas e entregou-o a Kessler.

— Consegui isso na L'Arpège. Sei quanto você os aprecia. Feliz aniversário.

Kessler pegou a caixa, pousou-a na mesa e quebrou o selo com um leve tremor das mãos. Extraiu um dos charutos Rafael González e levou-o até o nariz, deliciando-se com o aroma.

— Espero que seus médicos não os tenham proibido.

Bufando, Kessler despachou a opinião dos médicos com um

gesto de desprezo. Ofereceu um charuto a Hugo, e ambos se acomodaram para fumar em conforto.

— É disto que eu mais senti falta na casa de saúde. Não me permitiam nem cigarros lá. Você acredita? Aceita um gole do conhaque?

Hugo fez que sim com a cabeça e entregou-se sensualmente à fumaça. Conhaque e charutos com Kessler — era como estar de volta a Berlim. Ele saboreou o momento, deixando os olhos vagarem pela sala, apreciando à distância o letramento dourado das encadernações que enchiam as estantes. Seu olhar encontrou pouso numa figurinha de cavalo, em bronze, próxima à borda da mesa.

— Isso é Renée Sintenis?

— Sim, nossa amiga em comum. Trouxe comigo para Paris, não suportava a ideia de ficar sem ela. Estava em Weimar antes. Você gostou?

Kessler alcançou a peça e a passou para Hugo, que a reteve na mão, sentindo seu peso, alisando as orelhas e as pernas do cavalo.

— Entendo bem por que você quer tê-la por perto.

— Seu trabalho tem tanta força e, ao mesmo tempo, uma delicadeza excepcional. É contraditório como a própria artista. Pequenas preciosidades das mãos de uma mulher gigante.

Hugo adiava o momento de devolver a escultura. Já não sentia mais a frieza do bronze, cuja temperatura se igualava aos poucos àquela de sua mão. Finalmente recolocou-a no lugar. Estava ansioso para chegar ao assunto principal. Kessler fumava em silêncio, dando espaço para que falasse.

— Pode não ser a melhor hora, mas queria pedir seu conselho sobre um assunto ligado ao KPD.

— Céus, Simon! Estou começando a achar que você quer

mesmo que eu volte para o hospital. Primeiro os charutos, agora os comunistas.

Era demais para Hugo, que quase engasgou de tanto rir. Kessler limitou seu triunfo humorístico a um pequeno sorriso malicioso.

— Vá lá, então, me diga o que você quer saber. Mas, vou logo avisando, faz uns dois meses que não tenho notícias da Comintern, e isso é uma eternidade por lá. A essa altura, é possível que já tenham matado Trótski.

— Que eu saiba, ele continua na Noruega. Mas não é nada tão complicado assim que quero saber. Acho que você vai conseguir me responder sem dificuldade.

Hugo respirou fundo e deslizou até a ponta da cadeira, chegando junto de Kessler, que também se esticou para ficar mais perto.

— Münzenberg está manobrando para ganhar o controle do *Pariser Tageszeitung*, e ele vem se aproximando de mim, estrategicamente. Acho que ele quer juntar forças com os socialistas, para criar uma frente unida, e me vê como ponte.

Kessler meneou levemente a cabeça, manifestando sua concordância e encorajando Hugo a prosseguir com o relato.

— O que eu quero saber é até onde vai a rixa dele com o KPD. Se eu me aliar a ele, estarei ajudando a entregar o jornal nas mãos de Moscou?

Kessler recostou-se na cadeira. Passou a rolar o charuto entre os dedos, rolando, rolando, com uma expressão concentrada. Finalmente pousou-o no cinzeiro e fixou um olhar sereno sobre Hugo.

— Surpreendentemente, diria que você tem razão. De fato, eu sei a resposta para sua pergunta.

Hugo aproximou-se mais ainda, quase caindo da cadeira. O velho conde sorriu matreiro e estreitou os olhos, como se avaliasse um espécime raro antes de comprá-lo. Fez uma pausa dramática, valorizando o pequeno momento de suspense, e soltou sua conclusão.

— Willi Münzenberg chegou ao fim do seu jogo duplo. Soube de uma fonte segura que o próprio Stálin mandou expurgá-lo. Acho que ele está à procura de um lugar para se esconder e, portanto, vai aceitar a primeira boa oferta que aparecer.

— Nesse caso, não preciso me preocupar com uma traição?

— Você sabe tão bem quanto eu que sempre precisa se preocupar com isso, ainda mais em se tratando de uma figura tão escorregadia quanto Münzenberg. Mas você pode ter certeza de que com o comitê executivo da Comintern ele não negocia mais nada. Essa é uma porta que se fechou e não tem como reabrir.

Hugo observou a fumaça a subir do cinzeiro e serpentear pelo ar. Era tudo que ele precisava saber. Nesse caso, ele levaria sua proposta para Münzenberg, Mann e Bernhard, nessa ordem. Se eles chegassem a um acordo, ele se dispunha a colocar mais duzentos e cinquenta mil francos. Teria que vender alguns quadros, sem dúvida, talvez dois ou três, mas era por uma boa causa.

— Será que você não gostaria de participar do meu plano para salvar o *PTZ* da ameaça vermelha, meu caro Kessler?

— Espero que não esteja se referindo a mim. Já fui chamado de vermelho, mas nunca de ameaça.

— Você consegue ser ameaçador, do seu jeito elegante.

O conde pareceu gostar do comentário.

— É, pode ser. Que espécie de participação você imagina para mim?

— Estou com ideia de montar um conselho consultivo. Tirar o jornal das mãos de qualquer facção. Seu nome teria muito peso.

Kessler sorriu enviesado, prendendo o charuto no canto da boca. Hugo sabia que ele não aceitaria o convite e só o fizera por delicadeza. Talvez Kessler soubesse que ele sabia disso. Mesmo assim deu-se ao trabalho de fingir que ponderava sua resposta.

— Fico lisonjeado com o convite, claro, mas não posso me comprometer com nada no momento. Viajo para Pontanevaux na semana que vem. Os médicos querem me engordar e acham que os ares interioranos abrirão meu apetite. Vamos ver como seu plano se desenrola. Talvez eu possa ser útil mais adiante.

— Não quero você por utilidade, meu amigo; quero você como ornamento.

— Muito bem. É assim que eu gosto.

Os dois conversaram ainda um pouco, bebendo e fumando, até que Hugo se deu conta de que Kessler estava ficando cansado. Apesar de sua bravata sobre chegar aos setenta anos e sua indiferença fleumática pela opinião dos médicos, era evidente que seu estado havia deteriorado. Sua pele exibia a mesma palidez cerosa que aflorara no rosto da mãe de Hugo logo antes de sua morte. O conde ficou em pé e se postou, firme e ereto como o herói de guerra que era, para a despedida. Enquanto trocavam as últimas palavras, no tom jocoso de sempre, Hugo se perguntou se a partida de Paris não tinha por propósito poupar os amigos do trabalho de visitá-lo em seu leito de morte. Alguns momentos depois, já na rua, teve a sensação nítida de que não voltaria a ver Kessler.

Junho de 1940 (1)

O policial empurrou-os para dentro do carro.

— Por favor, monsieur, não temos tempo a perder.

— Pode pelo menos me dizer para onde estão nos levando?

— Para um lugar seguro, para sua proteção.

— O lugar seguro tem nome?

— Montauban. Agora entre.

Montauban. Ficava ao sul, perto de Toulouse. Eles sentaram no banco de trás, de mãos dadas, enquanto o policial tomou lugar à frente, ao lado do motorista. Hugo não registrara seu nome. Ele entrara no gabinete atrás de Gertrud, dizendo que era da Sûreté. Hugo nem pediu para ver sua identificação. De repente deu-se conta de que podia ser uma armadilha. Era tática típica da Gestapo sequestrar a vítima fazendo-a crer que estava sendo resgatada. Mas, não, isso não fazia o menor sentido. Por que a Gestapo arriscaria uma operação dessas quando, dali a alguns dias, poderia prendê-lo à hora que quisesse? O último boletim dizia que a Wehrmacht chegara em Rouen e cruzara o Sena sem resistência. Estaria em Paris em menos de setenta e duas horas. Ele mal conseguia acreditar.

O carro varou o Boulevard Raspail em velocidade. A cidade já se esvaziava. As pessoas começaram a partir no fim de semana, quando as ferrovias ainda operavam com normalidade. Ontem já não emitiam mais bilhetes. Hoje havia mais boatos do que trens. Hugo repassou mentalmente os eventos do último mês: a queda da Holanda em cinco dias; a batalha de Sedan e a ofensiva alemã pelas Ardenas; o colapso do Exército francês na Bélgica; o desastre britânico em Dunquerque. A cada etapa, esperavam um milagre — uma mudança de estratégia, do tempo ou mesmo da sorte —, mas nenhum ocorrera. A cada noite, dormiam na esperança de que o dia seguinte fosse melhor; a cada manhã, acordavam com a notícia de que tudo piorara. No sábado, Gertrud começara a fazer as malas, e ele caçoara do nervosismo dela. Os exércitos avançam devagar, pontificara; na Grande Guerra, passaram anos disputando um trecho de cem metros. Poucos dias depois, fora obrigado a engolir suas opiniões presunçosas. Se não fosse por ela, estariam partindo sem nada.

Passaram a Porte d'Orléans. Era mesmo necessário fugir assim, no meio da noite? Gertrud perguntou baixinho se seriam internados. Quase todos os exilados que conheciam estavam em campos de detenção para "estrangeiros inimigos". Seu genro estava preso num campo desses perto de Aix-en-Provence. Os relatos eram terríveis: nada de camas ou de banho, comida escassa e imundície. Eles estavam entre os poucos que tinham sido poupados disso — "dispensados de convocação" — graças aos bons contatos com as autoridades francesas. Onde estariam essas autoridades agora? Hugo ouvira no dia anterior que o governo estava em processo de abandonar Paris e se deslocar para Tours. O presidente Lebrun já estaria lá. Será que o primeiro-ministro Reynaud ainda estava no poder? Por quanto tempo seu governo se sustentaria? O que aconteceria a Blum e Grumbach — judeus e socialistas como ele? A ira dos antissemitas franceses era, no mínimo, igual à dos nazistas. Procurariam acertar contas antigas. Em momentos como aquele, quando tudo era caos, os inimigos podiam ser eliminados na surdina. Acontecera na Baviera em 1919.

A estrada estava entupida. À sua volta, apesar do avançado da hora, milhares de pessoas fugiam — a pé e de bicicleta, puxando carroças ou empurrando carrinhos de bebê, carregados de panelas, brinquedos, passarinhos em gaiolas, móveis e badulaques. Um automóvel enguiçado jazia abandonado numa valeta. Hugo examinou os veículos vizinhos, todos abarrotados de famílias, malas, pertences domésticos. A cabeça de um pequeno Dachshund pendia para fora da janela do carro ao lado, a língua arfando, os olhos tristonhos. Hugo pensou em seu fox terrier, Mopschen, que ficara em Seelow. O que seria dele a essa altura? Voltou-se para Gertrud, na expectativa de que ela respondesse à sua indagação muda, mas encontrou-a paralisada, o olhar fixo na cabeça do policial. O único movimento do seu corpo era um espasmo ocasional da mão esquerda, jogada ao seu lado no banco. Nunca antes a vira assim, transfigurada pelo pavor, nem mesmo quando abandonaram Berlim. Hugo apertou a mão dela com força. Ela se assustou com o toque. O silêncio abafado do carro foi se tornando insuportável. Sentiu-se obrigado a rompê-lo.

— Veja bem, monsieur, não sei seu nome...

— *Inspecteur* Pétetin, Albert.

— Monsieur *l'Inspecteur*, exijo saber aonde o senhor está nos levando. Temos o direito a saber.

O policial fitou Hugo de soslaio, entediado. Ele resmungou o nome Montauban, com uma má vontade que era quase preguiça. Sua atitude blasé era enlouquecedora. Normalmente, Hugo faria questão de dar queixa dele, mas sabia que as circunstâncias eram tudo menos normais. Gertrud nem precisava ter apertado sua mão na escuridão, exortando-o a ficar quieto. De todo modo, era melhor saber logo se o propósito dos policiais era interná-los. Se soubessem o que os aguardava, seria mais fácil decidir como reagir. Poderiam até tentar negociar uma saída. Nunca se devia descartar a corrupção da polícia francesa.

— Sim, o senhor já disse isso. O que quero saber é se vamos ser internados em algum campo. Minha mulher e eu fomos dispensados de internação, há três semanas, pela Comissão Militar de Verificação. Tenho o carimbo bem aqui na minha carteira de identidade.

Hugo pôs a mão no bolso para alcançar a carteira. Havia colocado o documento de identidade dentro dela, estrategicamente, para que ficassem bem visíveis as numerosas cédulas de cem francos ali contidas, caso fosse instado a mostrá-lo. O inspetor virou o corpanzil e limpou a garganta com um eco áspero de cigarro e tosse. Seu rosto era uma máscara dura de desprezo ao escarrar a resposta.

— Pode guardar seus documentos, monsieur. Não tenho o menor interesse neles. Não os estamos levando para um campo de internação, embora seja onde todos da sua laia mereçam parar, na minha opinião. Minhas ordens são de entregar o senhor e sua esposa ao comando militar em Montauban, onde serão postos sob proteção. Não me pergunte o porquê. A meu ver, é um desperdício do meu tempo, do combustível neste carro e do dinheiro do Tesouro francês.

Hugo observou que os ombros do motorista sacudiam numa risada mal contida. Apesar do orgulho ferido, o tom do inspetor o convenceu de que não corriam perigo imediato.

A viagem arrastou-os por Orléans, Limoges, Cahors. Quando chegaram a Montauban, já era a madrugada da quarta-feira. Um tenente sonolento assinou um papel e o entregou ao inspetor, assumindo a guarda deles. Outro carro, do Exército, conduziu-os cinco ou seis quilômetros pelos arredores da cidade, por estradas de terra no meio da floresta. Chegaram a um portão imponente. O automóvel saiu da estrada, rodou mais uma centena de metros por uma alameda de carvalhos antigos e parou diante de uma casa cinza de pedra. O motorista comandou abruptamente que descessem ali.

— Onde estamos?

— Vocês ficam aqui. Alguém passará em seguida para dar instruções.

Hugo e Gertrud saíram do carro. O soldado descarregou suas bagagens e partiu. Embora fosse cedo ainda, o sol já brilhava forte. Hugo esquadrinhou a paisagem ao redor. O lugar parecia abandonado. Era o tipo de chácara que algum comerciante rico de Montauban teria construído, no século anterior, para bancar o grande senhor.

Alguém tossiu logo atrás deles. Assustados, Hugo e Gertrud giraram quase em sincronia para ver quem era. Um homem postava-se no portal, de mãos dadas com uma menina pequena. Devia ter uns trinta anos, era magro e tinha a barba por fazer, o pé torto e uma desconfiança camponesa nos olhos. Era o caseiro.

— Vocês estão com sorte, monsieur, madame, ainda temos um quarto disponível nesta casa. Não sei o que faremos se mandarem mais gente. Terão que dormir na sala de jantar.

Monsieur Matthias parou no meio da escada para recuperar o fôlego. A escadaria era íngreme e as malas, pesadas. Hugo ficou surpreso ao saber que havia outras pessoas hospedadas ali. A casa dava a impressão de ter sido abandonada anos antes.

— O senhor tem outros hóspedes aqui?

— Ah, sim. Todo dia chega mais gente. A sede está lotada desde a semana passada. Gente chegando do norte: Holanda, Bélgica, Lille, Amiens. E agora esta casa de hóspedes está enchendo também. Fazer o quê? *C'est la guerre.*

Conduziu-os até um pequeno cômodo no segundo andar e abriu a janela para arejar o cheiro de mofo. Estavam nos fundos da casa, e a vista dava para um lindo vale todo plantado de árvores, que se estendia até as montanhas distantes como um tapete verde. A propriedade era chamada La Terrasse, em homenagem ao terraço logo abaixo da janela, ocupado por um par de mesas de madeira, de onde os residentes desfrutavam do prazer de tomar o café da manhã descortinando a paisagem esplendorosa do Midi. Parecia irreal, quase um sonho, terminar num lugar daqueles após os transtornos e temores da noite precedente. O inspetor não havia mentido: não se tratava de nenhum campo de internação. Era mais como estar internado dentro de um Corot.

Hugo relia o jornal pela terceira vez. Por mais que vasculhasse o *La Petite Gironde*, nunca tinha certeza do que estava acontecendo. Para um jornal de província, não era tão ruim, mas ele ansiava por notícias atualizadas. Ainda estavam publicando editoriais sobre a ordem do marechal Pétain para que cessassem os combates, e o apelo do general De Gaulle para que o povo francês continuasse a lutar. Esses fatos haviam ocorrido quatro e cinco dias antes, respectivamente. Acontecera tanta coisa desde então. Os soviéticos haviam ocupado a Lituânia, a Letônia e a Estônia; os italianos, atacado a França; os alemães, bombardeado Bordeaux. Hugo estava desesperado por notícias frescas sobre o governo francês. Onde estavam Reynaud e Lebrun em tudo isso? Eles simplesmente entregariam o poder a Pétain? De que modo o marechal havia galgado a posição de comando após a realocação do governo para Bordeaux? A questão premente, claro, era o que seria deles, ali em Montauban, caso o governo de Reynaud tivesse caído. Se Pétain era o novo primeiro-ministro, era certo que não gastaria nem mais um tostão do dinheiro do Tesouro francês protegendo refugiados políticos.

Hugo desgrudou os olhos do jornal para ver quem estava saindo para o terraço. Viu um homem de idade, trajado de modo peculiar com jaqueta marrom mal-ajambrada, calças beges de cintura alta, sapatos de duas cores e uma gravata triangular larga. Uma auréola de cabelos brancos fofos cercava sua testa, destacando o rosto escuro, cujos traços eram difíceis de enxergar por conta do sol refletido pelas lentes de seus óculos. Hugo conseguia apenas adivinhar os lábios protuberantes a sugarem um cigarro recém-aceso, sob a sombra de um bigodinho raspado num ângulo em direção aos cantos da boca. Parecia-se muito com Theodor Wolff, o jornalista, só que era mais magro e mais velho. O homem olhou distraído na direção de Hugo, soltou uma baforada de fumaça e, na sequência, com um movimento rápido do pescoço, voltou a fixá-lo.

— Hugo Simon?

Seu nome ficou pendurado ali, de modo irreal, no ar cristalino do campo. O canto dos passarinhos soava mais alto, e o sol era refletido pelas paredes com uma luminosidade insuportavelmente intensa. O burburinho da natureza foi diminuindo de volume até ficar suspenso num ponto fora do tempo. Hugo respirou fundo, sentindo o ar expandir em seus pulmões. Seria isso que os budistas chamavam de *sati*?

— Hugo Simon? É você?

A insistência da indagação fez com que entendesse não se tratar de nenhuma aparição mística. O homem postado ali parecia, de fato, com Theodor Wolff. Até sua voz era a de Wolff. Talvez fosse o próprio?

— Wolff? Theodor Wolff?

— Sim, ora bolas!

O homem cruzou o terraço até Hugo. Eles apertaram as mãos, um a fixar o outro com incredulidade.

— Wolff, o que você está fazendo aqui?

— O mesmo que você, imagino. Chegamos ontem à noite.

— Você e mais quem?

— Änne, claro. Änne! Vem cá. Você não vai acreditar quem está aqui.

Änne Wolff apareceu na porta, instigada pelo chamado do marido. Ao deparar com Hugo, sua expressão se transmudou de curiosa em estupefata, mas ela a emendou rapidamente para uma de surpresa e alegria. Uma vez atriz, sempre atriz; é o que Gertrud dizia dela. Ele recordou que as duas mantinham uma distância polida em Berlim. Ele e Wolff tampouco eram amigos, mas tinham uma trajetória em comum. Ambos haviam abandonado a política partidária na década de 1920 — Hugo pertencera ao USPD, e Wolff, ao DDP. Ambos haviam se tornado alvo dos mesmos grupos nacionalistas, acusados de serem representantes da suposta conspiração judaica de banqueiros e jornalistas. Ambos haviam sido expulsos da Alemanha em março de 1933 e destituídos da nacionalidade alemã pelo mesmíssimo decreto, em 26 de outubro de 1937. Agora, parecia que estavam destinados a compartilhar o mesmo lugar de desterro.

— Estava esperando Gertrud descer para o café da manhã. Juntem-se a nós, por favor.

— Obrigado, já tomamos o café. Quer dizer que Frau Simon está aqui também?

— Sim, faz dez dias que chegamos. E vocês, vieram de onde?

— Eles nos evacuaram de Nice para Montauban, segunda-feira passada, por conta da invasão italiana. Ontem o Exército requisitou o hotel onde estávamos hospedados. Foi todo mundo posto na rua, sem a menor cerimônia.

— Que horror.

— Bem, você sabe como são os militares. Acham que estão acima da lei, ainda mais em tempos de guerra.

— É fato. Este lugar aqui não é ruim. Não é o Adlon, mas tem seus méritos.

Era um comentário decididamente imbecil. Hugo procurava qualquer coisa para dizer. Fazia tempo que não se prestava a esse tipo de conversa fiada.

— Vocês já conheceram monsieur Matthias?

— Sim, ontem à noite. Ele nos levou até o quarto. Ou, melhor dizendo, até a sala de jantar. É lá que nos acomodaram.

— O senhor tem um quarto, Herr Simon?

Era a primeira vez que Änne Wolff lhe dirigia a palavra. Sob o verniz amigável da pergunta, ele detectou uma ponta de rivalidade. Com toda certeza, seria um motivo de incômodo se ela soubesse que eles tinham não apenas um quarto, mas um quarto com vista do vale. Seria muito simples explicitar o fato, sem o menor risco de faltar com a educação. Bastava apontar para a janela, logo acima deles. Alguns anos antes, ele teria achado espirituoso uma desfeita dessas, extrairia prazer de esnobar as pretensões alheias. Porém, o exílio o havia mudado. Ele não sentia mais a menor inclinação de jogar esse jogo. Ao contrário, inspirava-lhe uma ternura inesperada encontrar essas pessoas com quem dividia tantas lembranças de tempos melhores. Elas eram o resquício de um passado que se evaporava com inquietante rapidez. Hugo foi tomado por uma vontade súbita de esquecer as desavenças do passado e estreitar laços de amizade com o casal Wolff.

— Nos deram um quartinho no segundo andar. Está à disposição de vocês, se quiserem trocar.

— Nada disso, Simon. Não podemos interferir no planejamento de monsieur Matthias. Estamos de saída para uma caminhada, antes que fique calor demais. Que tal nos encontrarmos logo mais, à noite, para beber algo?

— Acho uma ótima ideia.

Eles se afastaram pelo terraço. Wolff movia-se com agilidade, considerando sua idade. Na hora de descerem a escadaria de pedra, ele se apoiou em Änne, pelo braço. Hugo ficou a observá-los, até desaparecerem na paisagem, e voltou-se em seguida para a casa.

Gertrud estava na janela. Há quanto tempo estava ali? Teria reconhecido os Wolff? Seu rosto trazia uma expressão que sugeria tudo menos afeição por seus antigos conhecidos. Ele havia se precipitado ao oferecer o quarto. Sorte que Wolff recusara. Änne Wolff mantivera-se distante também. Seria tão difícil superar os velhos desentendimentos? Ele não se lembrava de nenhum incidente específico que tivesse azedado suas relações; mesmo assim, devia haver uma explicação. Será que tinha algo a ver com a velha rivalidade entre Wolff e Georg Bernhard? Com o fato de que ele havia ajudado a financiar o jornal? Hugo vasculhou a memória em busca de detalhes do passado, mas era inútil. Por quanto tempo iriam alimentar ainda essas disputas? Homens com tudo em comum, porém incapazes de se juntar nas questões mais essenciais. Era por isso que a horda nazista os varrera do mapa com tamanha facilidade.

Sorte que haviam conseguido a garrafa de pastis. Hugo remexeu o gelo no líquido turvo, na esperança de que o cheiro de anis o devolvesse a tempos mais felizes. Ainda tentavam recuperar os ânimos depois de ouvirem a transmissão. O locutor da Rádio Stuttgart alongara-se com prazer perverso na leitura dos termos do Armistício, linha por linha, artigo por artigo, saboreando cada sílaba humilhante como um bombom. Wolff havia tachado seu tom de "êxtase sádico", descrição que Hugo considerava perfeita.

— Mais um pouco de pastis?

Ele empurrou a garrafa para Wolff. Estavam sentados juntos no terraço assistindo ao pôr do sol sobre o vale. O céu ia se transfigurando do azul e branco luminoso da tarde para um exagero listrado de rosa e violeta. Sorviam o silêncio, suas mentes ainda impregnadas do Artigo 19 do Armistício:

> O governo francês obriga-se a entregar sob demanda do governo alemão todo nacional alemão por este requisitado, na França, assim como nas possessões francesas, colônias, protetorados ou outros territórios sob seu mandato.

Não havia dúvida de que era uma referência direta a eles e seus semelhantes. Para essa finalidade sórdida, pelo menos, eles seriam novamente considerados de nacionalidade alemã. Os homens que os entregavam aos nazistas não tinham escrúpulo em violar a tradição francesa de dar proteção a exilados. O que importava a Pétain, Laval e ao resto dessa cambada se Berlim queria de volta os judeus e comunistas que expulsara? Seria um bom começo para a tarefa de juntar os judeus e comunistas franceses, para quem logo chegaria a vez. Hugo compreendeu que seus dias ali estavam contados. Quanto tempo poderiam permanecer ainda em Montauban antes que algum funcionário se lembrasse deles e enviasse a Sûreté para apanhá-los? Ele não tinha a menor vontade de reencontrar o inspetor Pétetin, incumbido dessa vez não da missão de proteger mas de prender, maltratar e entregar para a Gestapo. O sol já ia se pondo, e o avanço da sombra engolia a massa de árvores do vale. Junto à beirada do terraço, um par de ciprestes balançava em memória dos mortos ausentes.

Teriam que partir o quanto antes, mas como e para onde?

Não havia mais tanto tempo para decidir. Aguardavam apenas Ursula, Annette e Roger. As meninas finalmente obtiveram autorização para viajar a Montauban e estavam para chegar a qualquer momento. Poderiam tentar prosseguir juntos para Marseille, contanto que conseguissem salvo-condutos para todos. Lá havia a esperança de arranjar vistos para os Estados Unidos. A American Federation of Labor empenhava-se, diziam, para conseguir vistos de emergência para exilados políticos. Souberam que se fizeram pedidos tanto em seu nome quanto no de Wolff.

— Alguma notícia do seu contato americano?

— Por enquanto nada.

Wolff respondeu em tom de irritação, como se a pergunta tivesse interrompido algum raciocínio importante. Ele nem se deu ao trabalho de olhar para seu interlocutor, manteve a visão altiva na contemplação do crepúsculo. Hugo disfarçou sua mágoa e aproveitou para se servir de mais pastis. Dava-lhe prazer assistir aos líquidos formarem a poção translúcida, como algum experimento escolar de química: três pedras de gelo, uma dose do néctar âmbar e água fresca até em cima. Misturou a bebida com o dedo indicador, lambendo-o em seguida do modo mais acintoso possível.

— O que você vai fazer se não saírem os vistos?

— Devo ficar por aqui, imagino, para terminar meu manuscrito.

Sua voz transmitia calma, quase tédio. Ele era mesmo inabalável, esse Wolff, beirando a presunção. Hugo queria entender o que seu companheiro pensava que lhe dava o direito de se portar com esse ar impassível de importância. Era bem verdade que galgara o topo da carreira como jornalista, chegando a ocupar por quase três décadas o cargo de editor-chefe da *Berliner Tageblatt*. Um homem de grande influência. Por sua vez, a carreira de Hugo como banqueiro não era de se desprezar. Era possível que ele o desdenhasse precisamente por ter conseguido ficar rico. Hugo conhecia bem o esnobismo de certos judeus que haviam enriquecido uma geração antes em relação aos que vieram logo depois. Dedicara boa parte dos últimos vinte anos a realizar a transição do dinheiro para a cultura, a fim de que suas filhas pudessem escapar desse tipo de juízo. Wolff nascera numa família próspera e frequentara o Wilhelms Gymnasium — ainda nos tempos em que o colégio detinha a prerrogativa de ser chamado de *Königliches* Wilhelms Gymnasium —, mas será que tais privilégios de infância deveriam ainda contar alguma coisa entre dois velhos? Mesmo no exílio, com ambos reduzidos à mesma condição desgarrada e miserável, o jornalista ainda o tratava com ar de superioridade.

— Estava mesmo para lhe perguntar sobre isso. Você está escrevendo sobre o quê, exatamente?

Wolff deu-se ao trabalho de olhar para Hugo, de cima a baixo, como quem avalia se o interlocutor seria ou não digno de confiança.

— É um ensaio chamado *Os judeus*. Talvez lhe interesse.

A primeira reação de Hugo foi de horror. Um ensaio sobre os judeus! O que Wolff estaria pensando? Será que faria o jogo dos antissemitas, confirmando a suposição deles de que os judeus eram uma raça à parte, distinta do resto da humanidade? A mera existência de um livro com esse título, escrito por ele, seria uma arma nas mãos de Goebbels e sua laia. Mas, pensando melhor, tratava-se de Theodor Wolff. Era um dos escritores mais habilidosos da Alemanha, dono de uma prosa tão cortante que a única forma que encontraram de combatê-lo foi queimar seus livros e expulsá-lo do país. Não se devia subestimar sua capacidade de transformar essa armadilha aparente em vantagem. Era necessário ouvi-lo, antes de descartar a proposta.

— Com certeza me interessa. Faz tempo que você está escrevendo?

— É algo em que venho trabalhando, aos pouquinhos, desde que parti para o exílio. Será meu último grande projeto.

— Não, claro que não! O último, não.

— Sabe, Simon, vou completar setenta e três anos em agosto. Sei que não tenho mais tanto tempo. Já estou francamente em declínio. Cinco, dez anos, no máximo... isto, se os nazistas não me pegarem antes.

Hugo esvaziou seu copo de pastis. Como retorquir a isso? Se, aos sessenta, ele já se sentia velho e cansado, como recriminar Wolff por sua lucidez em encarar o fim?

— Me conte mais sobre esse ensaio...

— Bem, ando pensando sobre o caso Dreyfus. Quero chegar à raiz do antissemitismo. Por que nos odeiam tanto? O que fizemos ou deixamos de fazer? E o que faz com que continuemos a ser judeus, aconteça o que acontecer?

Era uma reviravolta e tanto. Se Hugo se lembrava bem, Wolff sempre evitara discussões sobre antissemitismo na *Berliner Tageblatt*. Ele era percebido por muitos como um paladino da simbiose entre judeus e alemães. Havia se assimilado à sociedade não judaica tanto quanto possível. Todos sabiam que Änne era de família protestante e que seus filhos tinham sido criados como luteranos.

— Você acha mesmo que continuamos a ser? Aconteça o que acontecer?

— Acho, sim. Você não acha? Eu e você não acreditamos nessa baboseira religiosa toda, claro, mas isso não impede que eles nos coloquem no mesmo saco com os egressos dos guetos, no Leste, quando chega a hora de começarem novamente seus pogroms. É ou não é?

Hugo ponderou a questão, rolando uma pedra de gelo entre

os dentes e a língua antes de esmagá-la com os dentes. A textura saibrosa gelava sua boca, contrastando com o calor que fervia em suas têmporas. Sim, para os outros, ele era um judeu, inegavelmente. Mas era assim que ele se via? A palavra "judeu" era a primeira coisa que lhe vinha à cabeça quando pensava em si próprio? Ou em Wolff, por exemplo? Claro que não. Se eles se concebessem como judeus primeiramente, e somente em segundo lugar como homens, como indivíduos, como Hugo Simon e Theodor Wolff, então os nazistas haviam vencido. Ele não estava disposto a ceder essa trincheira sem lutar.

— Não, não acho. Acho que somos judeus somente até o ponto em que nos enxergamos como judeus. Não importa o que eles pensam. O que essa gente pensa está abaixo da crítica.

— E você não se enxerga como judeu?

— Em segundo ou terceiro plano, talvez. Sou gente, antes de mais nada.

Um sorriso irônico atravessou de leve os lábios de Wolff, dando lugar à severidade de costume. Era nitidamente um argumento que já considerara e refutara.

— Não compartilho seu otimismo, infelizmente. Creio que nos enganamos, nesses anos todos, pensando que podíamos ser judeus e alemães, em medidas iguais.

— Não sei se entendo...

O velho jornalista recostou-se na cadeira e bebericou um gole de pastis. O sol se punha atrás das montanhas distantes, banhando o céu com um último esplendor dourado. Hugo aguardava, não sem ansiedade, qualquer palavra de sabedoria que pudesse ser proferida por seu companheiro de exílio. Havia muito que deixara de considerar esse problema, não porque houvesse encontrado qualquer solução, mas porque ele se revelara tão insolúvel que o paralisava. A partir do momento que parara de se preocupar com a questão de ser ou não judeu, conseguira realizar todas as coisas às quais se propunha. Somente agora, com o desmoronamento de suas muitas realizações, a velha charada voltava a intrigá-lo. Ele era, afinal, aquilo que conquistara para si ou outra coisa que já existia desde os tempos imemoriais? Ele sabia no que queria acreditar; mas ali, naquele lugar que era a um só tempo deserto e oásis, era obrigado a admitir que não tinha mais tanta certeza.

— Você se lembra do mito de Tântalo?

— Tântalo? Aquele que foi preso a uma árvore e não conseguia alcançar o fruto no galho logo acima dele?

— Esse mesmo. Você lembra por que Tântalo foi punido?

— Não, não lembro.

— Muito bem, vou refrescar sua memória. Tântalo era rei da Frígia, filho de Zeus com uma ninfa chamada Pluto. Isso significa "riqueza" em grego, por sinal. É a raiz da palavra "plutocracia".

Hugo meneou depressa a cabeça, fingindo que já sabia o significado da palavra, embora não o soubesse e isso lhe incomodasse, no fundo. Esses conhecimentos de língua grega eram vestígio da educação ginasial de Wolff.

— Como filho predileto de Zeus, ele era recebido para banquetear no Olimpo.

— Sim, sim...

Hugo começava a ficar impaciente com a lentidão de Wolff em contar a história. A cada frase, o outro parava para olhar para ele, certificando-se de que estava mesmo seguindo o fio da meada.

— Certo dia, Tântalo resolve sacrificar o próprio filho, Pélops. Mandou preparar um guisado com a carne do menino e o serviu para os deuses.

— Por que ele faria uma coisa dessas? Matar o próprio filho?

— Bem, ou para testar os deuses, ou como uma brincadeira

de mau gosto. Depende da fonte que você lê. Quer dizer, é aí onde quero chegar. Vou terminar a história primeiro.

Wolff parecia um tanto incomodado que Hugo tivesse atinado tão rapidamente para a questão central. Ele acelerou um pouco o ritmo da narrativa.

— Ele serviu o guisado como parte de um banquete, mas os deuses desconfiaram imediatamente do prato e se recusaram a comer. Todos menos Deméter, que estava distraída por conta da perda de sua filha Perséfone, raptada para as profundezas por Hades. Você conhece essa história, imagino?

— Sim, claro, o mito de Deméter e Perséfone.

Dessa vez era legítima a objeção de Hugo. Ele conhecia bem a história e costumava se divertir com o fato de que o sobrenome de seu genro era o nome da deusa grega da colheita. Quando Demeter resolveu se dedicar à fruticultura, Hugo brincara que, no mínimo, ele possuía o nome certo para o ramo.

— Em seu estado distraído, Deméter comeu um dos ombros do menino. Os deuses ficaram enojados, naturalmente. Zeus mandou ressuscitar o menino, com direito a um ombro de marfim fabricado por Hefesto. Em seguida, ficaram sabendo que Tântalo roubara néctar e ambrosia do Olimpo para distribuí-los entre seus amigos mortais. Zeus ficou tão enfurecido que não somente condenou Tântalo à morte, como também ao suplício eterno no Tártaro. Ele foi amarrado a uma árvore, com água até o queixo e uma fruta dependurada de um galho logo acima da cabeça. Toda vez que baixava a cabeça para beber, o nível da água recuava. Toda vez que esticava o pescoço para morder a fruta, o galho subia até ficar fora do seu alcance.

Wolff cravou os olhos nele em triunfo, como se acabasse de rematar uma conclusão brilhante. Hugo pausou para pensar, revendo a história em sua mente, tentando avaliar se havia algum aspecto oculto que negligenciara. Era um bom mito para ser analisado por Sigmund Freud. Infanticídio, canibalismo, ressurreição do filho morto — totem e tabu, sem dúvida alguma. Por mais que buscasse, contudo, não conseguia adivinhar a ligação entre uma coisa e outra.

— E qual a relação disso tudo com o antissemitismo?

— Será que você não percebe, Simon? O crime de Tântalo era a presunção. Ele roubou o que os deuses haviam cedido a ele, como graça e privilégio, e ousou distribuí-lo entre seu próprio povo. De início, não descobriram a falcatrua. Então ele foi ficando abusado e resolveu zombar dos deuses, para provar que podia mais do que eles.

— Você está comparando os alemães a deuses e os judeus a Tântalo?

— Estou dizendo que alguns poucos judeus foram tão presunçosos que acharam que podíamos fazer o que quiséssemos com a cultura e a sociedade alemãs, sem atentar para o fato de que estávamos à mesa como hóspedes e convidados, não como filhos da casa.

Hugo ficou chocado com a perversidade ousada do raciocínio de Wolff. Não teve certeza se deveria reagir com indignação ou com calma e ponderação. Não havia dúvida de que Wolff o incluía entre os "alguns poucos" judeus que haviam presumido demais. Considerando o passado político de ambos, era de imaginar que as recriminações dele fossem dirigidas contra os socialistas e comunistas à esquerda do DDP. Então fora presunção deles querer mudar a sociedade alemã? Estiveram equivocados ao se considerarem iguais aos outros no país onde nasceram e cujo idioma era sua língua materna? A acusação era um disparate. Porém, no espírito de superar desavenças antigas, Hugo decidiu manter o tom cordial. O que passou, passou, e não adiantava ficar brigando pelo que já estava perdido.

— Mas você disse que Tântalo era filho de Zeus, não foi?

Nesse caso, ele não era apenas um convidado ou hóspede. Também era filho da casa.

— Você precisa entender, Simon. Para os gregos, havia um mundo de diferença entre um deus e o filho mortal de um deus.

— Eu entendo muito bem. Mas o filho mortal também tem direitos, não? Héracles era filho de uma mãe mortal, e se tornou um deus...

— É um exemplo especialmente complicado. Mas, sim, Héracles se tornou um deus por meio de seus trabalhos e feitos heroicos. Ele não presumiu nada. Muito menos que possuía qualquer direito por nascença.

Hugo estava prestes a perder a paciência. Então Wolff era o bom judeu, que merecia virar alemão em recompensa por seus trabalhos, enquanto ele era o intruso mau que tentara usurpar uma posição que não lhe pertencia, por meio do subterfúgio. Hugo sentiu-se tentado a jogar na cara dele toda e qualquer ofensa que viesse à cabeça — "Pelo menos não criei minhas filhas como protestantes", foi a primeira que lhe ocorreu —, mas rapidamente se deu conta de que isso só confirmaria os pressupostos de Wolff. Além do mais, era perturbadora a atitude de se posicionar como judeu e sair em defesa do grupo. Ele não tinha dito, havia pouco, que não se enxergava em primeiro plano como judeu? Sua confusão temperou seu ódio. Custasse o que custasse, decidiu não deixar transparecer nenhum dos dois sentimentos. Ele não daria essa satisfação a Wolff.

— Você não vai botar essa história de Tântalo no seu livro, vai?

— Bem, não... Quer dizer, não tenho certeza... É só uma ideia. Por quê?

Ha! A pergunta atingira o objetivo de desestabilizá-lo. Hugo esquivou-se de dar qualquer resposta, com o propósito de introduzir uma ponta de dúvida na mente do jornalista.

— Não, nada. Mas quero fazer mais uma pergunta. Você disse que a questão central da narrativa era o motivo de Tântalo para matar o filho. O que você quis dizer com isso?

— Ah, sim. É o aspecto mais fascinante do mito. Ele o fez porque estava tão inebriado com o próprio poder que quis testar os deuses? Nesse caso, devia ter plena consciência de que eles teriam como ressuscitar Pélops. Ou ele o fez por conta de alguma falha essencial de caráter que o levou a arriscar seu próprio destino por um capricho? Como um criminoso que não resiste a fazer troça com o juiz que está prestes a sentenciá-lo?

— Essas são as únicas opções? Será que uma exclui a outra?

Pela primeira vez Wolff pareceu dar consideração séria a um comentário seu. Hugo não pôde deixar de experimentar certa satisfação por isso, embora sentisse ódio de si mesmo por ainda desejar a aprovação do jornalista, depois de tudo que já escutara.

— Existe uma terceira versão, de Eurípides, se não me engano, segundo a qual Tântalo sacrificou o filho porque não tinha comida suficiente para oferecer aos deuses. Se você admite essa hipótese, a coloração da narrativa muda um pouco.

— Eu diria que sim. Mais do que um pouco.

O sol já desaparecera, e a penumbra circundante aumentava a pressa de Hugo em deixar Wolff e pôr um ponto final nos acontecimentos sombrios da tarde. Primeiro o Artigo 19, e agora essa história de Tântalo. Era muita afronta para um dia só. Ele esvaziou o resto de pastis no copo e fez menção de se retirar.

— Terei muito interesse em ler seu livro quando você terminá-lo. É uma pena que não esteja pronto. Bem que eu queria ter um livro novo para ler. monsieur Matthias prometeu que arranjaria algo para mim, já faz alguns dias, mas pelo visto eles têm mais facilidade para conseguir álcool do que livros por aqui.

— Pelo menos não os queimam em fogueiras.

Os dois homens compartilharam uma risadinha amarga,

buscando consolação no humor que era sua herança. Wolff levantou-se em seguida e cada um tomou seu rumo, sem se darem ao trabalho de se despedir.

Junho de 1940 (ii)

Os homens circulando pelo pátio estavam cobertos em poeira ocre, seus cabelos e rostos, da cor de tijolo. Peitos e braços haviam adquirido o mesmo lustre baço que suas camisetas, antes brancas. À distância, deviam parecer uma manada de animais de pele vermelha, cercados pelo arame farpado que separava o complexo dos campos vizinhos. Wolf Demeter demorou-se um momento a contemplar seus companheiros, que iam e vinham pelo terreiro ensolarado ou disputavam um cantinho à sombra atrás do prédio principal. O vulto do grande edifício de tijolo projetava-se sobre eles, suas duas chaminés monumentais espetadas contra o céu azul da Provence. O nome do lugar era Les Milles. Um dia fora uma olaria, uma fortaleza maciça de tijolo, projetada para produzir mais tijolos. Ele estava internado ali havia sete semanas, tempo mais do que suficiente para endurecer um homem ou para esmigalhá-lo — reduzi-lo a caco e pó, matéria-prima para novos tijolos.

Demeter examinou o local onde seus pés estavam plantados e tentou determinar o limite exato entre o saibro avermelhado e os sapatos, vermelhos de barro. Diante da impossibilidade da tarefa, sentiu vontade de chorar, mas nenhuma lágrima brotava, seu corpo estava ressecado demais para a sentimentalidade. A poeira emplastrava seus cabelos e cobria o céu da boca com um visgo pastoso que tornava palpáveis os pensamentos a se arrastarem sobre sua língua. Podia ser pior. Até agora, evitara contrair o tifo, um surto que provocara várias mortes, e também a disenteria. Atribuía sua sorte, nesse sentido, às suas viagens pelo norte da África, que haviam fortalecido suas entranhas. Com somente sete latrinas no campo inteiro, as filas às vezes chegavam a uma centena de homens. Nem todo mundo aguentava a espera, e a área em torno das cabaninhas de madeira se tornara um lamaçal fedorento, cheio de moscas. Quem tivesse o azar de se sujar, tinha que raspar e esfregar as calças a seco, já que o racionamento de água não permitia lavar roupas.

A essa altura, Demeter havia presenciado a chegada de várias levas de novatos. Ele recordou a comoção quando Lion Feuchtwanger fora admitido, no final de maio. O famoso escritor era apenas um dentre vários presos célebres. Havia outros escritores: Alfred Kantorowicz, Walter Hasenclever e Franz Hessel; Otto Meyerhof, o prêmio Nobel em medicina; políticos eminentes, jornalistas, historiadores, cientistas, atores, músicos. A lista era interminável — um verdadeiro "Quem é quem" do exílio alemão no sul da França. Os pintores Max Ernst e Hans Bellmer dividiam um ateliê improvisado dentro de um dos fornos antigos, que batizaram de Le Four Sud, com um toque de humor negro bem ao gosto surrealista. Demeter considerara a possibilidade de procurá-los, mas desistira da ideia. Havia uma hierarquia social bastante definida no campo, e ele era apenas mais um artista, relativamente desconhecido, dentre muitos. Caso tentasse se enfronhar com seus colegas de profissão famosos, poderia até recair sobre ele a suspeita de ser espião. Todos sabiam que havia numerosos simpatizantes nazistas entre os detentos. Era melhor esperar a ocasião propícia.

Não havia muito o que fazer em Les Milles a não ser esperar. Tirando a rotina de arrumar e faxinar a área de dormir — tarefa bem ligeira, sem vassoura, esfregão ou água —, não havia quase serviço algum. Não era um campo de trabalho. O governo francês simplesmente ajuntara todos os homens alemães, austríacos, tchecos e de diversas outras nacionalidades da Europa Central e os declarara a todos "estrangeiros inimigos", despejando-os em campos de internação sem mais planejamento do que se estivessem botando fora trastes velhos. Não importava se eram judeus, ativistas antifascistas ou pais de filhos franceses; iam presos, junto com os outros. Os guardas não eram soldados treinados, mas civis convocados para o serviço militar de emergência. Trajavam barretes vermelhos ridículos, ao estilo turco, para marcar sua autoridade, o que os fazia parecer figurantes de algum épico sobre o Império Otomano. Na falta de outra tarefa, as autoridades do campo às vezes forçavam os detentos a organizar tijolos. Uma grande pilha era montada com todo o cuidado em determinado ponto e, poucos dias depois, era desmontada e transferida para outro lugar. Com a declaração de guerra da Itália contra a França, comentava-se que iriam começar a cavar trincheiras, em preparação para os bombardeios aéreos esperados.

O boato era moeda corrente no campo. Qualquer notícia passava de boca em boca, mesmo a menos crível, e abundavam rumores sobre toda espécie de assunto. Seriam evacuados para outro lugar? Seriam soltos? Agora que Paris fora ocupada; até onde avançaria o Exército alemão? Alguns diziam que a Wehrmacht chegaria a qualquer momento. Outros sustentavam que o sul seria invadido pela Itália e que a França seria partilhada entre seus conquistadores. Havia disputas e apostas, mas costumavam faltar informações suficientes para dirimi-las. As autoridades do campo haviam proibido os jornais. Mesmo assim, era possível obtê-los, naturalmente. Havia um tráfico ativo de todas as espécies: alimentos, café, álcool, cigarros, sabonete, remédios. Os guardas faziam vista grossa para esse comércio, em troca de uma comissão sobre as vendas. Quando aparecia um oficial, as taças de café e os jornais ilícitos sumiam como por passe de mágica.

Com uma disciplina tão relaxada, teria sido fácil fugir. Demeter considerara a possibilidade, mas logo viu que era inútil. Seus passaportes e documentos haviam sido confiscados, juntamente com seu dinheiro, ao ingressarem no campo; e era impossível ir muito longe sem essa papelada. Uma permissão de viagem era necessária para chegar a qualquer lugar, ou uma permissão de residência para ficar parado. O país estava cheio de gendarmes, patrulhas militares, barricadas e controles policiais. Era questão de tempo até que alguém pedisse seus documentos. Quem não os possuía era mandado para a prisão ou de volta para um campo de internação. Mais de um foragido fora devolvido a Les Milles após um ou dois dias, e condenado na sequência a passar duas semanas a pão e água no depósito piolhento que servia de solitária. Escapar para onde? A França inteira tornara-se uma arapuca para os inimigos dos nazistas, e os caçadores iam fechando o cerco em torno de suas presas indefesas.

Quando voltava das latrinas, uma súbita comoção tomou conta do pátio. De todas as direções, centenas de presos convergiam sobre o prédio principal. Gritavam e gesticulavam animados. Demeter apertou o passo, mas foi ultrapassado por outros companheiros que vinham atrás. Logo viu-se no meio da multidão ouriçada; todos tentavam abrir caminho até a frente, todos queriam saber o que estava acontecendo. Um colega do seu esquadrão vinha na direção oposta, com largo sorriso estampado no rosto.

— Willy, o que está acontecendo?

— Você não soube? O trem! Vai acontecer mesmo! Seremos evacuados, finalmente.

Willy jogou os braços para o alto e abraçou Demeter, rodopiando o amigo numa dancinha de celebração. Falava-se do trem havia dias. Chegou a circular uma lista a ser assinada por quem preferisse ser evacuado do campo. A maioria a subscrevera, com exceção dos simpatizantes nazistas e daqueles que eram velhos ou fracos demais para arriscar a viagem. Estes optaram por ficar e aguardar o Exército invasor. Demeter abriu caminho até a frente e conseguiu ler o aviso postado: o trem partiria de Les Milles às onze horas da manhã seguinte, 22 de junho.

Para onde o trem os levaria? A única resposta lógica era que não havia para onde ir. Nenhum lugar seguro, pelo menos. Naquele momento, contudo, a simples perspectiva de sair de lá era suficiente para motivá-los. Ninguém aguentava mais o desespero da inatividade forçada. A possibilidade de agir, qualquer que fosse a ação, bastava para atiçar as ambições. Ninguém dormiu naquela noite. Aqueles que iam partir na manhã seguinte arrumavam seus pertences e separavam o que deixariam para trás. Dizia-se para levar o estritamente necessário, somente aquilo que daria para carregar numa marcha prolongada. As pessoas doaram artigos tidos como mercadorias valiosas no dia anterior. Foi com um misto de magnanimidade e desdém que Demeter presenteou o velho Herr Mayer, que dormia ao seu lado, com uma panela esmaltada, toda lascada. Experimentou um sentimento de ternura ao ver lágrimas nos olhos do homem que ele maldizia todas as noites por roncar alto. Após semanas e meses de intimidade forçada, era impossível não sentir alguma ligação.

Terminadas as despedidas chorosas da madrugada, a dura batalha pela sobrevivência reafirmou-se na hora de embarcar no trem. Aos trancos e empurrões, os homens atropelavam-se para adentrar os vagões vazios. A previsão era de quarenta homens por vagão, mas logo ficou evidente que não haveria espaço. Demeter contou dezoito vagões, vinte no máximo, e devia haver nada menos que dois mil homens. Do alto dos estribos, ele inspecionava a massa de gente. Os mais jovens e fortes já estavam a bordo, mas ainda havia muitos para embarcar. Em meio à confusão, divisou Feuchtwanger ao pé do seu vagão, incapaz de subir sozinho. Na condição de preso mais famoso e homem de posses, o escritor encontrava-se no topo da aristocracia do campo. Ele costumava receber tratamento especial, era recebido pelo comandante e dispunha até de empregado, um austríaco rastejante que se oferecera para servi-lo, mas que agora desaparecera de vista. Lá estava Feuchtwanger, sem jeito, abandonado e frágil, suando às bicas, com bagagem em excesso e as lentes dos óculos inteiramente embaçadas. Demeter estendeu a mão e puxou-o para dentro do vagão. Outros ajudaram, empurrando de baixo. Feuchtwanger era o símbolo do destino coletivo dos presos, e todos nutriam um desejo secreto de mantê-lo em segurança. Ele era o amuleto deles.

Quando o trem finalmente partiu, estava tão lotado que não havia espaço para todos sentarem. Dois guardas argelinos vigiavam o vagão. Como falavam mal o francês, Demeter lançou mão do árabe rudimentar que adquirira no Egito e no Marrocos. Numa negociação rápida, envolvendo um maço de cigarros para cada um, eles aceitaram deixar as portas abertas durante a viagem. Assim, pelo menos, entrariam luz e ar. Daquele momento em diante, Demeter viu-se alçado ao papel informal de líder do vagão. Como sua primeira decisão executiva, calculou que haveria espaço para deitarem se dividissem o contingente em dois turnos. Metade descansaria durante uma hora, enquanto os outros permaneciam de pé, e depois trocariam. O fato de terem uma regra para seguir, e patrulhar, impôs um princípio de ordem ao grupo. Cessaram as brigas sobre quem deveria sentar onde, e os homens se acomodaram para a viagem imponderável.

A dúvida principal era para onde iriam. Nem os guardas sabiam, embora todos especulassem a esse respeito. Os mais otimistas tinham esperanças de que terminassem em Gurs, um lugar perto de Pau, onde diziam que existia um campo de internação para mulheres e crianças alemãs. Os mais pessimistas achavam que seriam despachados para as colônias. Conjecturas eram formuladas e refutadas, facções, formadas, e alianças, dissolvidas com rapidez extraordinária, em contraste com a lentidão desesperadora do avanço do trem. Sentado na beirada do vagão, pernas dependuradas para fora da porta aberta, Demeter observava a paisagem. O progresso lento proporcionava, pelo menos, oportunidade para estudar a topografia. Pastos verdes e amarelos estendiam-se até o horizonte em faixas contínuas, sem outra divisória a não ser alguma cerca viva ou um grupo de árvores. De vez em quando, um par de ciprestes ou uma plantação azul de íris quebrava a monotonia. A região lembrava uma paisagem de Van Gogh. Um pouco depois das três da tarde, passaram a estação de Arles e pararam numa lateral da ferrovia. Haviam levado quase quatro horas para rodar míseros setenta quilômetros.

Uma dupla de soldados franceses apareceu e ordenou que todos descessem do trem. Fariam uma parada. A maioria dos homens saiu de imediato, aproveitando para esticar as pernas ou se deitar na relva. Uns poucos protestaram que deviam atravessar logo o rio Rhône, para ficarem livres do avanço da Wehrmacht. Os soldados vigiavam essa minoria barulhenta, liderada por um empresário holandês rechonchudo, internado na última leva de refugiados chegados do colapso no norte. Sua corpulência destoava tanto do restante de homens esfomeados que ele parecia pertencer a outra espécie. O menor dos dois soldados voltou-se para seu companheiro e comentou, sarcástico: "Olha só, Pierre, esse daí está se achando estrategista militar. Será que ele tem alguma informação secreta dos alemães?". Pierre concordou com um sorriso malicioso e voltou-se feroz contra o holandês, gritando para que descesse do trem, chamando-o de *"sale Boche"*. Os guardas argelinos varreram os últimos renitentes do vagão, e o assunto ficou por isso mesmo, para a satisfação de todos menos do holandês, acusado injustamente de conivência com os nazistas que o haviam expulsado de sua terra.

Sentaram-se à beira de um riacho com vista para o Rhône que passava abaixo plácido e cinza. Vários homens dormiam ao sol. Alguns aproveitavam a ocasião para trocar informações com conhecidos de outros vagões. Alguém na frente conseguira falar com o condutor; tudo que ele sabia era que seria substituído em Toulouse. Era ali que a linha bifurcava para os Pireneus, então alguns deduziram que estariam mesmo a caminho de Pau. A notícia espalhou-se depressa entre os homens, reacendendo as especulações. Demeter evitava pensar muito sobre aquilo que não podia controlar. Mesmo assim, não conseguia se desviar das preocupações. Ursula, Roger e Annette ainda estariam no sítio em Grasse? Ou teriam sido enviados para esse tal campo em Gurs? Pensou em seus pomares, que deviam estar carregados a essa altura. Alguém se lembraria de espantar os pássaros? Talvez nunca viesse a provar os damascos que tivera tanto trabalho para cultivar ao longo dos últimos quatro anos. Chegou a se perguntar, pela primeira vez, se veria novamente a mulher e o filho. Tudo estava desmoronando à sua volta, e nada era mais fácil do que se perder no caos. Talvez ele já estivesse sozinho no mundo. A ordem para voltar ao trem livrou-o dessas ruminações soturnas.

As condições de viagem pioravam, especialmente depois que os oficiais franceses obrigaram os guardas a viajarem com as portas fechadas. Com pequenas aberturas, o vagão passou a ser dominado por obscuridade e fedor. Um homem com disenteria teve que ser separado num canto com um balde. Anoitecia aos poucos. Seria uma noite longa: uma centena de homens confinados no escuro, doloridos e apreensivos. De todos os lados, mas de nenhum ponto em particular, vinham gemidos e o murmúrio de orações sussurradas. O pensamento de Demeter voltou-se para seu filho. O garoto tinha nove anos de idade e idolatrava o pai. O que seria dele caso se perdessem um do outro? Sucumbiu a um sono sobressaltado, sua mente angustiada a se debater contra as exigências do corpo exausto. Na manhã seguinte o trem encontrava-se em Sète, meros cem quilômetros mais adiante na linha. Chovera a noite toda, e os homens estavam molhados e de mau humor. A superlotação, o sono e a fome surtiam seus efeitos. Alguns começaram até a se arrepender de ter deixado Les Milles. "Pelo menos estávamos secos lá, e tínhamos espaço para deitar." "Sim, a essa altura, você poderia estar deitado num túmulo bem sequinho." As pirraças e as picuinhas recomeçaram.

O segundo dia foi dominado por um silêncio irritadiço, quebrado por xingamentos e brigas ocasionais. Ainda o líder presumido, Demeter era chamado para apartá-las quando ficavam muito acaloradas. Por que diabos recaíra sobre ele a tarefa de organizar essa cambada de idiotas e covardes? Lembrou-se de uma época quando teria se comportado como eles — um menino mimado a reclamar seus privilégios perdidos, incapaz de enfrentar os obstáculos da vida. Sentiu uma ponta de arrependimento pela arrogância do passado, por ter sido a pessoa que fora. O que havia mudado? Seria por conta dos sofrimentos da guerra? Olhou os camaradas à sua volta. Todos emergiam do mesmo moinho em que fora moído e pareciam ter saído piores do que entraram. Tinha certeza, em contraposição, que vinha se tornando uma pessoa melhor. Talvez fosse a rotina dura dos últimos anos em Grasse, marcada por um esforço cada vez mais maior para ganhar a vida. Estava com quase trinta e quatro anos, e os tempos de promessa juvenil haviam ficado para trás. Talvez o nascimento de Roger tivesse sido o ponto de virada. Ele não era mais responsável apenas por si mesmo, mas pelo menino também. Decidiu que encontraria o filho, custasse o que custasse.

O trem avançava, atravessando dia e noite e a chuva interminável que invadia o vagão e infiltrava as rachaduras no teto e nas laterais. De tempos em tempos paravam, para que os homens pudessem se aliviar e buscar mantimentos. Em muitos lugares, camponeses se postavam à beira da ferrovia para vender ovos ou frutas. Depois de Toulouse, o trem continuou em direção ao sudoeste. As estradas e as ferrovias estavam cada vez mais abarrotadas de refugiados vindos do norte e encaminhando-se para a fronteira da Espanha ou para o litoral mediterrâneo. Cruzaram vários trens de passageiro que trafegavam na mesma direção que eles e, inexplicavelmente, também na direção oposta. Demeter nunca vira tanta gente em movimento. Multidões humanas avançavam pela chuva: ricos e pobres, velhos e moços, famílias inteiras puxando carroças carregadas de pertences. Parecia que toda a França batia em retirada ante a hoste invasora, qual os israelitas fugindo dos exércitos do faraó. Um carro atulhado de bagagens jazia à beira da estrada. Seus ocupantes descarregavam baús e desfaziam malas, escolhiam roupas e jogavam na lama aquilo que não levariam. Uma maleta de vime boiava na enxurrada que transbordava de uma vala próxima. A imagem gravou-se de modo quase palpável em sua imaginação de artista. Desejou em vão um lápis para registrá-la.

Quando passaram Pau e o trem continuou em direção ao oeste, ficou claro que não estavam a caminho de Gurs. Alguns homens que conheciam a região concluíram que o único destino possível era Bayonne, o fim da linha, e o oceano Atlântico. Tudo indicava que seriam mesmo despachados para as colônias. Isso explicava os guardas argelinos, diziam. Muitos entraram em desespero. Demeter, que conhecia o norte da África, consolava-os, dizendo que nem era tão longe. Seria fácil voltar de lá. Muito mais assustador, ele sabia, era a possibilidade de irem parar na Martinica ou na ilha do Diabo. Se isso acontecesse, era pouco provável que voltasse a ver o filho. Seria melhor fugir, nesse caso. Com o país todo em caos, ele poderia se misturar a outros refugiados e sumir na clandestinidade. A questão era escolher o momento certo. Tantas oportunidades perdidas nesses últimos dias.

O trem atravessou a cidade de Bayonne e continuou direto até o porto. Os homens apertavam-se na sombra do vagão, uns em pé, outros sentados, alguns tossindo, todos esperando. Dava para sentir o cheiro da maresia e ouvir o clamor das gaivotas ao redor. Demeter focou sua atenção em Feuchtwanger. O escritor estava sentado um pouco à parte, espiando a frente marítima por uma rachadura na lateral do vagão. Ele era o único que tinha qualquer valor para os franceses, o único ali cuja deportação poderia suscitar consequências para quem a autorizasse. Será que eles ousariam despachá-lo junto com os outros? Naquele instante o trem voltou a se mover, agora na direção contrária. Uma dezena de vozes se ergueu em protesto, de todas as partes do vagão. Como assim? Por que estavam voltando? A composição parou na estação de Bayonne. A porta foi aberta, um soldado chamou Feuchtwanger pelo nome. O comandante requeria a presença dele e de mais um voluntário, como representantes do vagão. Demeter foi o primeiro a se oferecer. Andaram até a frente do trem, onde depararam com o comandante em pé na porta do único vagão de fato destinado a passageiros, seus oficiais a seu redor. Cerca de duas dezenas de presos, a maioria pertencente à aristocracia do campo, aglomeravam-se na plataforma. Ao avistar Feuchtwanger, o comandante fez um gesto para que se aproximassem.

— Finalmente estamos todos reunidos. Messieurs, digam a

seus camaradas que iremos voltar. Os alemães estarão em Bayonne em duas horas. Conto com os senhores para evitar o pânico. O alvoroço tomou conta do grupo. Voltar para onde? Toulouse, Marselha, Les Milles? A proposição era tão característica da incompetência militar francesa que dava vontade de rir. Após levarem três dias para transportar dois mil prisioneiros de um lado do país para o outro, nas condições mais precárias possíveis, propunham-se a devolvê-los para o lugar de onde tinham vindo, sem ao menos uma hora de descanso. O comandante manteve-se impassível diante das queixas e recriminações, com um ar de professor de colégio aturando alunos malcomportados.

— Então nos deixem livres para seguirmos nosso caminho. Teremos mais chances por conta própria.

A proposta partiu de August Thalheimer, ex-deputado comunista do Reichstag. Encontrou eco imediato, primeiro de um, depois de outros, e acabou por se transformar em pedido coletivo. A resposta do capitão, tipicamente francesa, conjugava o poder autocrático com o desprezo pela disciplina.

— Bem, fiquem à vontade. Quem quiser se arriscar sozinho, terá liberdade para fazê-lo. Porém, eu não aconselho. Terão mais chances sob proteção militar.

Proteção, pois sim! Era risível. Mesmo assim, a maioria mostrou-se contrária à ideia de fugir. Era difícil superar a velha reverência alemã pela ordem e pela autoridade. Feuchtwanger argumentou que seriam alvos ambulantes, a vagar pelo campo francês sem documentos, em especial os que não falavam bem o idioma. Quem conseguisse escapar dos nazistas era capaz de ser fuzilado pelo Exército francês, acusado de espionagem. Outra voz se elevou em protesto:

— Pelo menos, devolvam nossos documentos... e o que sobrou do nosso dinheiro.

O capitão fez-se de ofendido, como se fosse alvo de uma

acusação das mais disparatadas. Respondeu com toda a prudência fleumática de um burocrata no exercício do seu pequeno poder.

— Não estou autorizado a fazer isso. Mesmo que estivesse, não haveria tempo para processar centenas de pedidos. Quiçá, milhares. Quem resolver partir assume por conta própria a responsabilidade e o risco. Agora, messieurs, peço que retornem aos seus vagões. Tenho muito a resolver em prol de todos nós.

Dito isto, retirou-se para o interior do vagão de passageiros, seguido pelos outros oficiais. Travou-se uma discussão entre os homens na plataforma. Alguns estavam decididos a se evadir, em especial os comunistas, mas a maioria insistia em ficar. Parecia impossível chegar a um consenso, e o tempo era curto demais para negociar. Ficou decidido que voltariam a seus respectivos vagões e exporiam os fatos aos camaradas. Cada homem ficaria livre para seguir seu próprio caminho. Demeter tentou convencer Feuchtwanger a fugir também, mas sem sucesso. O escritor encarava com calma espantosa a perspectiva de voltar para o território do qual acabavam de bater em retirada. Afirmava que ainda tinha catorze livros para escrever e que nada poderia acontecer com ele antes que os terminasse. Aqueles que decidiram fugir juntaram seus poucos pertences e se dispersaram pelo terreno baldio em torno da gare. No fim, foi apenas uma centena. A vasta maioria permaneceu no trem, agarrada ao fetiche do destino coletivo.

Restava uma hora, no máximo, até escurecer. Demeter apertou o passo, antes que os franceses mudassem de ideia. Um grupo grande de foragidos cruzava a ponte em direção à cidade de Bayonne. Todos pareciam seguir todos. Desciam uma rua de prédios sóbrios à beira-rio quando toparam com dois policiais postados à sua frente e mais dois que bloqueavam o cruzamento, à direita, que levava para o centro da cidade. A presença deles obrigou o grupo a dobrar à esquerda e atravessar outra ponte, afastando-se dos bons burgueses de Bayonne. Caminhando em silêncio, os homens foram se juntando aos poucos a outros refugiados que seguiam para o leste ao longo do rio Adour. Mais uma centena de metros e ganharam a estrada aberta.

Demeter sabia que sua situação não era boa. Ele não tinha mapa nem documentos, e apenas oitenta e seis francos no bolso. Chovia forte, e ele possuía apenas uma noção vaga do seu destino. Decidira-se a caminhar até Gurs. Ficava ao sudeste, uns sessenta quilômetros, na direção de Pau. Se Ursula e Roger estivessem lá, ele os encontraria. Era seu único propósito. A clareza dessa resolução inspirou-lhe uma calma inesperada. De repente, lá de trás, ouviu alguém chamar seu nome. Era Willy, do campo, que caminhava em sua direção com mais dois. Demeter parou e esperou por eles. Foi só aí que percebeu o quanto estava molhado. Tremia de leve, enquanto aguardava que o trio de maltrapilhos o alcançasse. Será que parecia tão surrado e abatido quanto eles?

— Olá, Willy, que bom ver você.

— Você decidiu fugir também. Que ótimo! Wolf Demeter, estes são Max Lindner e Fritz Seidel, ambos de Düsseldorf. Wolf era do meu esquadrão no campo.

Os homens se cumprimentaram com a devida correção. Willy não tinha chapéu; Max estava sem casaco; Fritz calçava apenas sapatos de lona, desses de jogar tênis. Deviam formar um grupo interessante: quatro espantalhos vestindo trapos e ensopados em meio à lamaceira da estrada, porém ainda se prestando a apresentações formais.

— Vocês vão para onde?

— Queremos ir para Gurs, tentar encontrar nossas mulheres.

— Vocês sabem o caminho?

— Fritz conseguiu indicações de um companheiro no trem, que já morou por aqui. Não é, Fritz?

Fritz fez que sim com a cabeça, comprimiu a testa e apertou os olhos pequenos, fazendo um esforço visível para evocar os nomes franceses. Conseguiu a proeza de errar a pronúncia de todos.

— Primeiro, pegamos essa estrada para o leste, passando por Bardos, até uma aldeia chamada Escos, logo antes de um rio chamado Gave d'Oloron. Ali, pegamos a estrada para o sul, seguindo pelo rio até Gurs.

— Parece que existe outro caminho mais curto, fora da estrada, mas não teríamos a menor chance sem uma bússola.

— Eu tenho uma bússola.

Se tivesse dito que possuía um tapete mágico, a revelação de Demeter não causaria maior surpresa. Os outros olharam para ele com reverência, admirados que conseguira obter e conservar artefato tão precioso.

— Uma bússola não vai adiantar muito sem mapa, ou pelo menos as indicações de marcos relevantes. É melhor nos atermos à estrada mesmo. Pode ser mais longo, mas correremos menos risco.

As palavras de Max decidiram o plano de ação. Em poucos minutos, Demeter avaliara seus companheiros de estrada. Imaginava-se, a si mesmo, o despachado do grupo, o *débrouillard*, como diziam os franceses. Max era o prudente, a voz do bom senso e da liderança. Willy era o extrovertido, aquele que aglutinava todos e sustentava os ânimos. Fritz parecia ser o ponto fraco. Sua expressão apagada não prometia, mas parecia existir algum elo indissolúvel entre ele e Max. Pelo menos era jovem e forte e havia lembrado o roteiro, já era um ponto a seu favor. Mesmo assim, melhor não arriscar. Demeter memorizou rapidamente os nomes: Bardos, Escos, Gave d'Oloron.

Avançavam noite adentro. Não havia como parar para descansar. À sua volta, só campos encharcados e as luzes eventuais de uma ou outra casa, lares nada acolhedores de pessoas que julgaria quatro alemães esfarrapados como inimigos perigosos. O jeito era continuar caminhando. Quanto antes saíssem da estrada principal, melhor. Seriam trinta quilômetros até as margens do Gave d'Oloron. Talvez conseguissem chegar em cinco horas, com um pouco de sorte. Demeter mantinha o passo, caminhando lado a lado com Willy, seguidos de perto por Max e Fritz. Os quatro marchavam em silêncio. O único som era a sucção de pés pela lama ou a se arrastarem ásperos pelo pedregulho. A chuva arrefeceu um pouco, mas não havia luar. Logo encontraram-se envoltos na escuridão mais profunda, navegando sem guia rumo ao desconhecido. Cataram galhos com os quais tateavam o caminho à frente, como cegos com bengalas. Demeter focou sua atenção no chão que pisava, ajustando os sentidos para reconhecer seu som, seu toque, seu cheiro.

Sentiu alívio por não estar sozinho em meio à garoa invisível. Sua lembrança divagou para uma conversa com Maillol, anos antes, em que o mestre enfatizara a importância do sofrimento solitário. Se você quer ser artista, dissera, precisa estar disposto a largar família, amigos, conforto, dinheiro, e viver unicamente para sua arte. O velho recriminava-o, com certa frequência, por ser muito influenciado pelas opiniões da esposa e, por conseguinte, pelo dinheiro do sogro. O que Maillol diria se o visse? Havia se tornado um prisioneiro de guerra, foragido, a percorrer os recantos do mundo sem nada a não ser a roupa do corpo. Era sofrimento, sem dúvida, mas não era solitário. O mais curioso, constatou, é que nada disso tinha importância mais. Artista ou burguês, seu único propósito era reencontrar sua pequena família.

Essas elucubrações foram interrompidas por um baque surdo, um grito no escuro e o som de um homem caindo. O coração de Demeter disparou. Três vozes temerosas clamaram na noite: a sua, a de Max, a de Willy.

— O que foi isso?

— Quem é?

— O que aconteceu?

A resposta de Fritz surgiu, devagar e dolorida, de algum ponto indefinido.

— Nada, bati com a cabeça e caí.

— Você está bem?

— Acho que sim. Devo ter topado com algum galho mais baixo.

Mãos estenderam-se no escuro e ajudaram-no a se erguer. Na confusão, algo como uma cabeça roçou no braço de Demeter, e ele sentiu um líquido quente contra sua pele. Seria sangue? O sangue de Fritz? Ele preferiu descartar a possibilidade. Podia ser apenas suor ou lama.

Retomaram a marcha. Um aglomerado de luzes se fazia visível na distância. Devia ser Bardos. Era nisso que queriam acreditar. Atravessar a aldeia seria arriscado. Por outro lado, argumentou Max, poderiam se perder, ou algo pior caso tentassem contorná-la pelos pastos escuros. Qualquer obstáculo seria suficiente para retardá-los — outro galho, arame farpado, uma vala. Resolveram arriscar a travessia. Já devia ser bem tarde, as ruas estavam desertas. Atravessaram a aldeia adormecida como ladrões, rápidos e silenciosos, enquanto cães latiam atrás dos muros e das cercas de cada casa por que passavam. Um lampião solitário indicava uma bifurcação na estrada, e uma tabuleta de madeira apontava para a direita, marcada com um nome: Bidache. Mes-

169

mo sem saber se era o caminho certo, resolveram seguir para lá. Uma hora depois, passavam por outra aldeia, mergulhada no sono mais profundo. Sentiam, mais do que viam, as paredes de pedra a ecoarem seus passos e comprimirem sua respiração.

A chuva havia cessado. Demeter estava cansado, mas se forçou a caminhar. Ele buscava impor um ritmo e sentia que Max fazia o mesmo. Todas as vezes que ele ou Willy começavam a desacelerar, Max apertava o passo atrás, seguido obstinadamente por Fritz. O quarteto movia-se em harmonia, mantendo uma distância entre si que permitia a uns ouvir os passos dos outros. Atravessaram uma ponte. Seria o Gave d'Oloron? Era cedo para isso, e o som da água parecia mais de um riacho que de um rio. A estrada adentrou um trecho de floresta. O cheiro da mata invisível era arrebatador. Sem a visão, sons e odores pareciam mais intensos. Demeter escutava o vento açular os galhos das árvores à sua volta. Era como estar dentro de uma floresta de conto de fadas. A imagem de uma fotografia antiga repontou em sua mente: sua mãe e seu pai, vestindo as melhores roupas de verão e posando sorridentes com o filho pequeno numa clareira ensolarada. Andaram ainda um bom trecho até chegarem a outra aldeia. Sem chuva, o ritmo da caminhada melhorava. Atravessaram duas cidades em sucessão rápida, uma maior do que a outra. A percepção da passagem do tempo começava a se distorcer. Quantas horas haviam se passado desde que deixaram Bayonne? A escuridão era infinita. Ocorreu-lhe o pensamento, irracional, de que nunca mais viria o amanhecer. No exato instante em que considerava essa ideia, Willy comentou que a noite parecia sem fim. Demeter ponderou se era possível que um lesse os pensamentos do outro.

Os primeiros raios de sol surpreenderam-nos num pasto aberto. O mundo inteiro foi se materializando pouco a pouco, diante de seus olhos, num estado de suspensão e sonho. Árvores, casas, flores — de início, sem cor alguma —, vultos pálidos e fantasmagóricos a surgirem do vazio disforme. Um segundo depois, esses espectros assumiam o peso e a substância das coisas. Era admirável estar imerso na noite a ponto de se tornar parte dela e, em seguida, assistir à sua suavidade fluida se consubstanciar, como num passe de mágica, na dura clareza da visão. Entreolharam-se com pasmo e espanto, como se enxergassem uns aos outros verdadeiramente pela primeira vez. O encanto foi rompido pelo comentário de Willy de que a testa de Fritz estava coberta de sangue ressecado. O jovem esticou dois dedos e apertou de leve a ferida, mais admirado do que assustado.

Surpreenderam-se ao descobrir que um rio corria plácido à sua esquerda, a menos de cinquenta metros de distância. Seria o Gave d'Oloron? Será que haviam passado por Escos sem se dar conta? Demeter retirou a bússola da mochila. De fato, encaminhavam-se para o sul, sudeste. Se esta não fosse a estrada para Gurs, então estavam mesmo perdidos. Caminharam um pouco, ainda aturdidos com a visão recuperada, até que Max avistou um camponês solitário a arar um campo. Discutiram entre si o que deveriam fazer, esconderem-se ou mudarem a direção, mas o lavrador não parecia dar a menor atenção à aproximação deles. Resolveram tentar a sorte. Demeter estacou à beira da estrada e soltou seu *"bonjour"* mais francês. Perguntou ao lavrador qual era a aldeia mais próxima. Saint Martin, seguindo a estrada uns dois quilômetros. E Escos? Ficava a uns cinco quilômetros na direção oposta, de onde vinham. E Gurs? Ah, Gurs ficava bem longe — uns vinte quilômetros para o sul, talvez mais. Demeter agradeceu ao camponês, e eles prosseguiram animados. O sol brilhava, finalmente, depois de tanta escuridão e chuva.

Em Saint Martin, conseguiram pão, queijo e pêssegos. Encorajado pelo encontro com o lavrador, Demeter entrou na aldeia sem nenhuma cerimônia e comprou tudo de que precisavam no mercado. Ficou um pouco intrigado com a indiferença com que os vendedores o trataram. Gente do interior costumava ser mais curiosa a respeito de estranhos. Será que estava acontecendo algo que eles ignoravam? A fome era demasiada para perderem tempo analisando a questão. Pegaram suas compras e retiraram-se para um local isolado à margem de um riacho. Ali puderam comer, descansar e até se banhar. Ainda levariam algumas horas até Gurs e precisavam recuperar as forças depois da longa caminhada da noite. O sol esquentava a grama onde estavam deitados. Willy e Fritz logo adormeceram. Demeter e Max decidiram se revezar: um dormiria enquanto o outro vigiaria.

Demeter contemplou a paisagem da Aquitânia. O riacho verde a seus pés cintilava ao sol, suas águas manchadas apenas pelo reflexo escuro das árvores circundantes. Campos arados estendiam-se em ondas suaves até o horizonte azul e branco, encimados por pequenos tufos de floresta a intervalos regulares. Na distância, adivinhava-se a torre de uma igreja. Esta era a França que o havia atraído, fazia mais de uma década, e que ele passara a amar. Como muitos artistas alemães, considerava-a sua pátria espiritual: a terra das Luzes, de *liberté, égalité, fraternité*, temperados pela civilidade da cultura latina e a languidez do Mediterrâneo. O que seria dele agora? Da noite para o dia, praticamente, passara de imigrante voluntário e francófilo, pai de um filho francês, quase um francês por adoção, à condição de estrangeiro inimigo, caçado, internado, ameaçado de deportação. Ele nem se considerava mais alemão. Seu passaporte expirara havia anos, e as autoridades do Reich se negavam a substituí-lo. Agora entendia que tampouco era francês, esta era apenas uma ilusão que alimentara. Lembrou-se de Dina Vierny, a nova modelo de Maillol, uma judia baixinha de origem russa, cheia de vida. Ela havia lhe dito para não se fiar demais em *la France éternelle* pela qual se encantara. A alma da França estava em jogo, dissera, e teriam que lutar por ela. À época, Demeter não lhe dera atenção. Atribuíra sua crítica ao fato de ela ser comunista, uma agitadora, além de arrogante e alarmista. Agora descobria que ela tinha razão.

Em pouco tempo estavam de volta à estrada. À medida que se aproximavam de Gurs, iam encontrando, na direção oposta, desgarrados sujos e maltrapilhos, parecendo bastante com eles. Sua curiosidade atingiu o ápice ao cruzar o terceiro desses grupos em menos de vinte minutos. Demeter espreitava o rapaz alto, louro, de olhos azuis, que guiava dois outros homens e três mulheres. Todos pareciam alemães. O jovem encarou-os com fixidez, estudando sua aparência com igual cautela, antes de soltar um sonoro cumprimento de *"Grüß Gott"*, com sotaque austríaco carregado. A incongruência era tamanha que os quatro companheiros ficaram atordoados, sem fala, até que Willy, sorrindo malicioso, lembrou-se da boa resposta: *"wenn ich ihn sehe"*. Seguiu-se um momento de hesitação, antes que o grupo inteiro caísse na gargalhada coletiva. Dez pessoas, no meio daquela estrada do interior, riam incontrolavelmente da piada surrada, tornada hilária pelas circunstâncias absurdas em que fora pronunciada. O rapaz alto segurava a barriga, curvado de tanto rir. Quando a risadaria finalmente arrefeceu, Max perguntou se eles estavam vindo do campo de Gurs.

— O que está acontecendo lá? Está todo mundo indo embora?

— Os militares estão de partida. É quase um campo aberto. O comandante está dando alvará de soltura para qualquer um que tenha para onde ir.

— Por quê? Aconteceu alguma coisa?

— Vocês não souberam? Os franceses assinaram um armistício com a Alemanha. O norte e o oeste vão ser território ocupado, e o sul vai ser "zona livre".

— Como assim?!? Quando aconteceu isso?

— Faz três dias. Vocês estavam onde, escondidos em algum matagal?

Os quatro quedaram estupefatos. Há três dias estavam em Les Milles, embora parecesse ter passado mais de três meses. Alguns fatos começaram a se encaixar — o trem voltando de Bayonne, as estradas cheias de refugiados indo tanto para o leste quanto para o oeste, a estranha quietude que assomara as aldeias e cidades durante toda a noite e a manhã. A França desmoronava, sucumbia em silêncio humilhado. Indagaram se alguém do grupo de egressos do campo tinha notícias de suas mulheres. Ninguém sabia dizer nada com certeza. Uma das mulheres achava que conhecia a esposa de Max, que, Demeter ficou então sabendo, era também irmã de Fritz. Ela dividira o alojamento com uma Frida, de Düsseldorf, que correspondia à descrição feita por eles.

O campo de Gurs não se parecia em nada com Les Milles. Nada de muros e nenhum edifício de porte; apenas um imenso aglomerado de casernas de madeira cercadas por arame farpado a perder de vista. No interior do perímetro, mais cercas de arame farpado dividiam o campo em setores, chamados de *îlots*. Em toda parte lama, sujeira e miséria. Imperava a baderna quando chegaram, com presos correndo de um lado para o outro, encaixotando equipamentos, carregando caminhões, preparando a mudança. O aspecto geral era de uma instalação em vias de ser fechada. Postados aqui e acolá, alguns soldados mantinham um semblante de ordem; na verdade, faziam vista grossa para tudo que não fosse assassinato ou rebelião aberta. Seu objetivo imediato parecia ser evitar tarefas mais pesadas. Apenas alguns detentos, quase esquecidos, tentavam preservar a rotina do campo. Sem terem para onde ir, aguardavam que alguém providenciasse uma saída para sua situação absurda.

Os quatro homens ainda se deram ao trabalho de explicar

no portão que vinham em busca de suas mulheres. O guarda não respondeu nada; apenas fez sinal para que entrassem, com um ar inconfundível de *"je m'en fous"*. Max e Fritz dirigiram-se diretamente para o setor que fora indicado pela mulher na estrada: *îlot* E. Levou apenas alguns minutos para encontrarem a caserna 18 e, lá dentro, Frida, que parecia aguardá-los para o reencontro feliz. Ela beijou Max e abraçou Fritz.

— Sabia que vocês viriam me buscar, sentia no fundo da minha alma.

Ela abraçou também os outros dois, embora nem os conhecesse. Perguntaram pela irmã de Willy, Friederike, e também por Ursula, Annette e Roger. Frida não conhecia nenhum deles, mas sabia a quem poderiam perguntar. Alguns dos detentos haviam montado uma central de informações, para que os familiares pudessem se encontrar. As pessoas deixavam cartas para maridos e parentes ou assinavam listas que detalhavam para onde seguiriam. Ela conhecia a mulher que administrava a central — Frau Herder, vulgo *Tante* Clara. Todo mundo conhecia *Tante* Clara, e ela sabia de praticamente todo mundo que havia passado por Gurs.

Uma pequena multidão aguardava do lado de fora. O barracão de cinco por cinco metros tinha sido transformado numa espécie de escritório. À cabeceira de uma mesa improvisada — nada mais do que umas tábuas deitadas sobre caixotes de madeira — estava Clara Herder, uma mulher robusta de cinquenta anos, com o ar mal-humorado de uma *concierge* parisiense. Distribuídas pelo piso, milhares de cartas eram organizadas em pequenas pilhas, em ordem alfabética, por três outras mulheres. Uma fila esperava para ser atendida pela própria Clara, a qual manejava uma série de listas manuscritas, riscando o nome caso encontrasse a pessoa procurada. Ela as conferia, uma a uma, com paciência metódica. Não havia registro de ninguém com o sobrenome Demeter: nem Ursula, nem Roger. E Simon, Annette Simon? Ela tinha uma Emma Simon, uma Gertha Simon, uma Rosa Simon, mas nenhuma Annette. Como eram mesmo? Duas irmãs de Berlim e um menino de nove anos, nascido na França? Não, ela não se recordava de nenhuma família assim. Chamou uma das mulheres encarregadas das pilhas no chão:

— Esther, temos carta para um Demeter? Com D, de dado.

Enquanto Esther conferia suas pilhas, Clara voltou sua atenção para o caso de Willy. Sim, havia uma Friederike Maybach, vinte e sete anos, original de Cleves, que constava da lista de partidas do dia 23. Deixara o campo havia dois dias, com destino a Marselha.

— Procure no *poste restante*. Marselha é um lugar fácil para achar quem quer ser achado.

— Aqui tem um cartão-postal para Wolf Demeter. É esse o nome?

Demeter atravessou o barracão quase num salto e arrancou o cartão da mão de Esther. A letra era de Ursula; o carimbo era de Montauban, de 11 de junho de 1940, duas semanas antes. O texto era curto e objetivo, escrito em francês, presumivelmente para aumentar as chances de passar pela censura:

Meu amado marido, estou escrevendo para todos os campos no sul, na esperança de que um desses cartões o alcance. Fomos evacuados para Montauban. Annette e Roger estão comigo. Venha nos buscar, por favor. Sua esposa devotada, Ursula.

Montauban. Era muito longe? Ninguém tinha certeza. Clara Herder sugeriu que ele comprasse um mapa. Havia um sujeito no campo que os vendia, no *îlot* espanhol.

Cerca de duzentos quilômetros o separavam de Montauban, talvez um pouquinho menos, segundo o mapa. Uma caminhada e tanto — longa demais, considerando que o percurso de Bayonne a Gurs fora de apenas sessenta quilômetros. Demeter pesava as alternativas com Enric Puig, o homem dos mapas, buscando traçar uma estratégia. A melhor opção, calcularam, seria caminhar até Pau e lá tentar embarcar num trem. Isso se os trens estivessem funcionando. Puig ouvira dos oficiais que, no momento, somente trens de transporte de tropas estavam partindo para o norte. Será que ele conseguiria pegar um trem de passageiros, sem documentos? Era um problema, sem dúvida. Poderia tentar se esconder no banheiro quando os guardas passassem para conferir as passagens, mas era sempre arriscado. Melhor seria embarcar clandestino num trem de carga, ruminou Puig, com a calma de quem já o fizera muitas vezes. Ele era um personagem de romance — ou, melhor, de panfleto —, um veterano do Exército Republicano Popular, que combatera em Teruel e Ebro, antes de ser capturado e deportado para a França quando da invasão da Catalunha no início de 1939. Adorava contar suas histórias de guerra, com um misto de ardor e comedimento viril, mas sempre de olho no ouvinte para conferir sua reação aos pontos ideológicos mais salientes. Junto com o mapa, Puig fez questão de lhe vender um maço de cigarros — "Não fume todos; você vai precisar deles para os subornos" — pelo preço promocional de quarenta francos. Só o mapa já valia isso, insistiu, "só estou fazendo esse preço porque vejo que você é um camarada antifascista". Pareceu se arrepender de tanta generosidade e retirou dois cigarros do maço, como comissão sobre a venda, antes de entregá-lo e embolsar os quarenta francos.

Puig refestelou-se sobre a palha que lhe servia de assento e acendeu um dos cigarros. Deu um longo trago e ofereceu-o a Demeter, que deu um trago curto e o devolveu.

— Sabe, talvez eu conheça alguém em Montauban que possa ajudar você com seus documentos, contanto que você consiga chegar lá vivo.

Demeter escutou com atenção, sentindo que a conversa tomava um novo rumo, agora que a transação comercial fora encerrada. Aprendera em suas viagens pelo Mediterrâneo a não ter pressa, característica alemã que era especialmente desprezada nessa parte do mundo. Puig deu mais uma baforada e observou distraído a fumaça pendurada no ar.

— Temos muitos amigos lá. Até o prefeito é simpatizante da nossa causa.

Olhou furtivo para a porta, como se temesse ser surpreendido a qualquer momento. Demeter arqueou uma sobrancelha, esticou o ouvido e aproximou seu corpo do catalão. Sabia que seu papel era ficar calado, e esperto. Buscava moldar seu comportamento a uma imagem mental de Jean Gabin. Puig achegou-se também, com o ar de quem se prepara para fazer uma confidência. Demeter encarou-o e aguardou, tomando cuidado para não piscar. Brilho nos olhos, tão perto que se sentia o hálito de tabaco, Puig sussurrou:

— Quero que você leve uma carta para Montauban. Você pode fazer isso?

— Sim, sem problema.

Demeter meneou a cabeça com firmeza. Chegou a ouvir, ou imaginou que ouvisse, o papel do cigarro a queimar atrás das costas do outro.

— Está escrita em código, então você não vai saber o que diz. Mesmo assim, se prenderem você, precisa destruí-la. De maneira alguma ela pode parar nas mãos da polícia ou do Exército. Seria pior para você do que para nós.

— Entendo. Pode deixar.

Puig arrastou-se até o canto e, olhando primeiro por cima

do ombro, deslocou uma seção serrada cuidadosamente de uma das tábuas da parede, revelando um pequeno esconderijo. Retirou um papel minúsculo — dobrado várias vezes e enrolado num pedaço do material emborrachado que cobria o exterior dos barracões — e passou-o para Demeter.

— Você deve entregar para um sujeito chamado Jean-Étienne. É um basco ruivo, baixinho. Você o encontra na Place Nationale, onde fica o mercado. Sob a arcada, do lado norte, tem um café chamado Café du Marché. Pergunte por ele e diz que foi Manuel que mandou você. Gravou tudo?

— Sim... Place Nationale, Café du Marché, Jean-Étienne, Manuel me mandou.

— Isso. Ele vai perguntar para você como vai a mãe de Manuel. Você responde: "Ela está muito melhor agora que sua irmã voltou". Entendeu?

— Entendi.

— Repita.

— Ela está muito melhor agora que sua irmã voltou.

— Perfeito! Sua pronúncia é quase de um francês de verdade. Quando vocês tiverem se identificado, você pode entregar a carta para ele. Depois, talvez ele possa te ajudar com a papelada.

Eles apertaram as mãos. Embora não tivesse muita certeza do que se tratava, Demeter calculou que não tinha nada a perder. Esse era seu único trunfo, aliás, e seria burrice se não fizesse uso dele.

Aproximava-se do meio-dia. Demeter encontrou Willy, que buscava se informar sobre Marselha. Era uma viagem ainda mais longa que a sua para Montauban, mas pelo menos diziam que havia trens partindo naquela direção. Max, Fritz e Frida estavam indecisos quanto ao rumo que tomariam. A opção mais próxima era a fronteira da Espanha, a menos de cinquenta quilômetros. O maior obstáculo para todos era a falta de documentos. O primeiro passo seria a soltura de Frida, o que dependia da boa vontade do comandante do campo. Almoçavam enquanto discutiam os planos. Demeter aproveitara o mercado negro que supria o campo para estocar provisões para a viagem. Restavam-lhe exatos vinte e quatro francos depois das compras. Decidiu partir de imediato, para tentar alcançar Pau antes do anoitecer. Willy resolveu acompanhá-lo. Andariam juntos até lá, depois cada um seguiria seu caminho.

O sul da França estendia-se à sua frente numa vastidão insuspeita. Demeter traçara a rota mais direta possível, atravessando os rios Gers e Garonne, porém tomando o cuidado de transitar pelas áreas menos habitadas; uma diagonal tortuosa que passava por Mourenx, Pau, Auch, Mauvezin, Larrazet, Montech e dezenas de aldeias tão pequenas que nem constavam do mapa. Essa era a região da Gasconha, uma das mais rurais da França, terra do armanhaque e do foie gras, de Leonor da Aquitânia, D'Artagnan e outros nomes pouco lembrados dos livros escolares. O que poderia ser um passeio de algumas horas de automóvel, em tempos mais felizes, prometia ser uma caminhada de vários dias sob o sol e o calor característicos da região. O lado positivo era que haveria menos policiais nas estradas e aldeias do interior. A maior cidade na sua rota era Auch. "Se você quiser desaparecer na França, o Gers é uma das melhores opções", sentenciara Puig. Mesmo assim, era um desafio fugir dos controles militares — em especial no trecho inicial, voltando de Gurs e seguindo o rio em direção a Navarrenx.

Os trinta quilômetros até Pau foram mais fáceis do que eles esperavam. Não cruzaram com nenhuma patrulha militar, somente alguns *isolés*, soldados desgarrados de suas unidades que vagavam perdidos. O sol brilhava, e as pessoas na estrada viajavam aliviadas. Quase todos acreditavam que o pior já passara. Mal ou bem, estavam dentro da chamada "zona livre", a salvo de encontros imediatos com a Wehrmacht. Willy e Demeter juntaram-se a uma caravana de refugiados a caminho de Toulouse. A meta de quase todos era chegar a portos como Narbona e Marselha, já que o Mediterrâneo despontava como única rota de fuga da França. A maioria tinha apenas uma remota ideia de onde iria parar depois disso. O filete de gente foi se adensando até formar um grande rio, carregando em sua correnteza malas, tapetes, colchões, crianças, cachorros, panelas, máquinas de costura, carrinhos de mão, uma mula. Muitos riam e até cantavam. Parecia uma *danse macabre* da Idade Média: uma procissão animada para dentro dos braços abertos da morte.

Logo antes de Pau, num lugar chamado Lascar, chegaram a um pátio da rede ferroviária onde acampava uma multidão. Era difícil contar a massa aflita de gente, mas Demeter calculou que devia haver pelo menos quinhentas ou seiscentas pessoas; homens, mulheres, crianças, famílias e comunidades inteiras, velhos enrolados em cobertores. Alguns tinham demarcado seu território com pertences; outros, recém-chegados, buscavam uma brecha para se abarracar. Discussões animadas e bate-bocas surgiam de todas as partes. O ambiente lembrava um pouco uma feira ou quermesse, só que não havia nada para comprar. Aproximaram-se de um círculo de homens que falavam alemão, e Willy logo se insinuou na conversa. Debatiam as condições exatas para embarque no trem que estava para chegar. Corria a informação de que alguém — ninguém sabia direito quem — fretara um trem de carga até Toulouse. A passagem custava vinte francos para adultos e dez francos para crianças. Não haveria qualquer conforto, nem mesmo assentos, mas também não haveria qualquer formalidade. A contar pelo número de pessoas congregadas ali, a demanda por esse tipo de oferta era grande. O trem partiria logo mais, depois que escurecesse, supostamente.

Willy resolveu ficar e arriscar a sorte. Toulouse era a metade do caminho até Marselha.

Ainda havia umas poucas horas de dia, e Demeter decidiu aproveitá-las para se afastar de Pau. As entradas e saídas de cidades representavam maior perigo para um refugiado sem documentos, pois eram os locais preferidos para fiscalizações policiais. Despediu-se de Willy e encaminhou-se para o norte, seguindo a rota traçada no mapa. A estrada que contornava Pau estava cheia de pedestres e carroças, mas quase nenhum automóvel. Após alguns quilômetros, ele já caminhava entre campos verdes plantados com milho e tabaco, separados de vez em quando por alamedas de pinho marítimo. O sol se punha às suas costas, e Demeter percebeu que estava inteiramente sozinho. Não havia ninguém, nem mesmo uma casa. O som de seus passos pisando a terra seca ecoou mais alto que o normal. O longo dia de verão chegava ao fim e a noite logo envolveria a amplidão em trevas. Ele estava cansado. O melhor seria achar algum lugar para dormir. Olhando à sua volta, só enxergou campos e mais campos. Adentrou uma plantação de milho, abrindo uma clareira em meio aos caules altos, e deitou-se na terra. O chão era duro e espetava. Lembrou-se da última vez que dormira ao relento — no deserto do Marrocos, havia cerca de quinze anos. Naquela ocasião, fora uma aventura. Agora, era por falta de opção. Ouviu os grilos cantando e tentou se convencer de que estava seguro ali. Pior do que o campo de internação, não era. Ali, pelo menos, estava livre.

Despertou assustado com o zumbido de uma mosca no ouvido. O sol já ia alto no céu, mas ele tremia, molhado de orvalho. Ficou desnorteado com a sensação vaga de acordar numa cama estranha. Logo em seguida, quando se deu conta de que não sabia mesmo onde estava, sobreveio o pânico. Demeter levantou do chão num salto, seus músculos doloridos ativados pela adrenalina, e saiu correndo pelo caminho que abrira entre as plantas na noite anterior. Irrompendo na estrada, surpreendeu um velho camponês de passagem pelo local.

— *Sacré bleu!* O que você estava fazendo lá?

O idoso erguia seu cajado como para se defender, nitidamente apavorado com a aparição súbita do estranho. Demeter imaginou a impressão selvagem que devia causar: imundo, esfarrapado e coberto de palha do milharal, como uma espécie de *Struwwelpeter* do mundo real. Quem tinha mais medo de quem? Dava até vontade de rir do absurdo da situação, mas ele teve o bom senso de se conter. Se o velho pensasse, ainda por cima, que se tratava de um maluco, poderia levantar um berreiro.

— *Bonjour, monsieur.* Peço perdão por ter lhe assustado. Estou procurando a estrada para Auch. Seria este o caminho?

O tom educado tranquilizou o camponês, que baixou seu cajado e se recompôs um pouco do susto. Seus olhos, porém, continuavam cheios de desconfiança. Apontou a direção com o queixo.

— Uns cinquenta quilômetros para lá.

Demeter agradeceu, baixando a cabeça com humildade, e começou a se afastar. Quando estava a pouco mais de um metro de distância, ouviu o velho resmungar:

— Tome cuidado, monsieur. Se eu fosse soldado, teria atirado em alguém que saísse correndo assim de um matagal. A região está cheia de *Boches*.

— *Merci, monsieur. Adieu!*

Demeter ponderou essa última fala enquanto tomava distância. Por mais que fosse opositor do Reich, ele era apenas mais um *Boche* — um deles, o inimigo ancestral — por ali. As lembranças da Grande Guerra continuavam vivas, agora mais do que nunca por conta da invasão alemã. Dali para a frente, sua sobrevivência dependeria da habilidade para conversar e desconversar.

A paisagem à sua volta eram campos verdes e amarelos, pontuada por pequenos arvoredos e uma ou outra casa de fazenda. Lá longe, no horizonte, despontava uma cadeia montanhosa. Doíam seus músculos e joelhos, mas ele se disciplinava para não lhes dar atenção. A monotonia da caminhada solitária propiciava a reflexão sobre os assuntos mais diversos. Para se distrair das circunstâncias imediatas, pôs-se a pensar sobre arte. Qual seria o propósito, no mundo em que viviam, do fazer artístico? Demeter não acreditava, como alguns, trabalhar em prol de uma utopia coletiva. A própria noção do progresso lhe suscitava dúvidas. Embora se considerasse um homem moderno, ele vira ruínas suficientes da Antiguidade para reverenciar a grandeza do passado. Era isso que o levara a Maillol: a capacidade do mestre de reconciliar a individualidade com a tradição e o despojamento com valores humanos eternos. Acreditara que esse era o caminho verdadeiro da escultura no século turbulento em que viviam. Agora já não tinha mais tanta certeza. Os trabalhos de Maillol faziam sucesso no Reich, incensados por ninguém menos que Arno Breker, que havia debandado para o lado nazista na primeira hora. Breker era bom escultor, ele tinha que admitir, e mergulhara em profundidade nos princípios da Antiguidade e dos gregos. Ao contrário de Demeter, ele escolhera servir os novos mestres e, por isso, seu trabalho estava em alta. Em menos de uma década seu nome saltara da relativa obscuridade para a primazia na Alemanha. Quase paradoxo, sua reputação crescia também na França. Será que isso o justificava? Seria o sucesso pessoal o único critério para julgar um artista? O lugar de Breker na história da arte estava garantido; mas, dali a cinquenta ou cem anos, quem se lembraria de Wolf Demeter? Um misto de amargura e inveja viera se juntar à dor que comprimia suas juntas.

O ruído baixo de um motor chamou sua atenção. Assustou-se com o barulho, depois verificou que se tratava apenas de um trator, não de uma coluna motorizada. Saiu da estrada e embrenhou-se num trecho de floresta. O sol a pino na cabeça descoberta o deixara um pouco tonto e com muita sede. Precisava encontrar água. Viu um pouco à frente uma construção grande, com jeito mais de galpão do que de casa. Aproximou-se com cautela, espiando para ver se havia alguém lá dentro. As grandes portas de correr estavam escancaradas, mas parecia vazio. Aos fundos encontrou uma bomba, da qual conseguiu tirar água. Era fresca e doce. Bebeu com avidez. Constatando que estava mesmo sozinho, encheu um balde e lavou o rosto e os braços. Chegou a considerar a possibilidade de tomar banho e lavar as roupas, mas decidiu que seria arriscado demais. Imaginou a comoção se alguma moça passasse ali e topasse com um *Boche* pelado. Era só o que lhe faltava. Deu uma olhada no interior do galpão, mas não achou nada de interesse, fora umas garrafas vazias e um cesto cheio de rolhas. Catou duas garrafas, encheu-as de água e colocou-as na mochila. Em seguida, retomou a estrada para Auch, tendo cuidado de andar pela sombra.

No início da tarde chegou à aldeia de Maubourguet, onde tardou alguns instantes diante de uma *auberge*, à beira da estrada, ruminando a ideia de entrar e almoçar. Em giz sobre uma lousa, anunciava-se o *menu proposé*: uma fatia de *tarte de cèpes*, seguida por uma tigela de *gabure*, pão e um copo do *vin de pays*. Era quase irresistível, e ele tinha dinheiro suficiente para pagar. Mas era certo que chamaria a atenção. Que espécie de viajante entraria num lugar desses, vestido como mendigo, e devoraria o almoço com a avidez peculiar aos esfomeados? E, ainda, em meio a uma invasão inimiga, dias depois do armistício vexaminoso? Seria mais do que suficiente para atiçar as suspeitas do dono, que se sentiria obrigado a convidar a polícia para um café e uma conversa amigável. Dois fregueses, saindo da *auberge*, comentavam sua aparência maltrapilha sem a menor discrição. Demeter baixou os olhos, engoliu a saliva que enchia sua boca e retomou o caminho. Pensando bem, achava que nem gostava do tal de *gabure*. Dali a pouco atravessou o rio Adour, pela segunda vez em dois dias. Próximo à sua nascente, o grande rio que conhecera na saída de Bayonne não tinha nem vinte passos de largura. Ele cruzou a ponte com pressa, duvidando se conseguiria mesmo chegar até Montauban. Ainda faltavam mais de cem quilômetros.

O final do dia encontrou-o nos arredores de Auch, cansado e com fome. Não tinha comido nada além de algumas espiguinhas de milho verde e frutas silvestres colhidas à beira da estrada. A perspectiva de passar outra noite ao relento era de desesperar. Tomou coragem para abordar um grupo de quatro homens num pequeno vinhedo próximo. Três deles trabalhavam duro, agachados na terra, enquanto o quarto permanecia sentado sobre uma mureta de pedra, fumando cachimbo. Devia ser ele o encarregado. Demeter resolveu cumprimentá-lo. O homem devolveu o *bonjour* por cima do ombro e aproveitou para conferir sua figura de rabo de olho.

— Vejo que estão aparando as folhas do lado mais sombreado.

— Entende alguma coisa de vinhedo?

— Já plantei alguns *terroirs*, no meu tempo.

— Em que lugar?

— Grasse, Alpes Marítimos.

— Não é terra boa para vinho.

— Não é mesmo. O solo lá é melhor para lavanda e jasmim. Já eu plantava damascos.

Conseguira atiçar a curiosidade do homem, que voltou o corpo pesado para Demeter e deu uma pitada no cachimbo. Seus olhos escuros faiscavam com uma vivacidade que desmentia a fachada de desinteresse. Aparentava ter cinquenta e tantos anos.

Mesmo com o rosto encoberto pela sombra do chapéu de palha, dava para ver que pesava cada detalhe enquanto mordia a piteira.

— Acha que terminam tudo hoje?

— São muitas videiras.

O homem fez um gesto largo de resignação. Na sequência, virou o cachimbo apagado e bateu-o contra a quina da mureta, com movimentos lentos e calculados, derramando as cinzas sobre o mato que crescia ao seu pé.

— Eu poderia dar uma ajuda, em troca de um lugar para dormir hoje.

— O dia quase acabou.

— Trabalho amanhã, o dia todo.

— Não posso lhe pagar nada.

— É só me dar comida e hospedagem por hoje. Vou embora assim que terminarmos amanhã.

O homem considerou a proposta, pesando todas as ramificações possíveis, assegurando-se de que não tinha nenhuma desvantagem para ele. Apontou o vinhedo.

— *Eh, bien, allez-y…* Como é mesmo seu nome?

Demeter buscou rapidamente uma resposta. Não convinha dar um nome alemão. Falou o primeiro nome francês que lhe veio à mente:

— André.

— Muito bem, André, mãos à obra. Ainda temos umas duas horas antes do pôr do sol.

Passou o portão aberto, cumprimentou os outros trabalhadores e juntou-se a eles.

Ao final do dia, seguiu os companheiros uma centena de metros pela estrada até um grande terreno com uma casa de pedra ao meio. Monsieur Monlezun despediu-se dos três lavradores e conduziu Demeter até um casebre menor, a pouca distância da casa principal. Era uma espécie de despensa e continha prateleiras abarrotadas de panelas e apetrechos de cozinha, dezenas de vidros com conservas e, dependurados das colunas e barrotes de madeira, tranças de alho e linguiças amarradas em cordão. O cheiro de carne e tempero atingiu Demeter como um murro, e ele chegou a temer que fosse desmaiar de fome. Monsieur Monlezun apontou um colchão no canto.

— Você dorme ali. Não coma nada da despensa. Quando a comida estiver pronta, mando trazer um prato para você.

Já na porta, voltou-se para Demeter com uma expressão dura no rosto.

— Posso confiar em você, André? Você vai se comportar ou preciso trancar a porta?

— Pode confiar, monsieur. Não vou lhe dar nenhum trabalho.

— Muito bem. Se precisar da privada, a casinha fica a uns vinte metros, seguindo esse caminho, perto do chiqueiro.

Demeter observou monsieur Monlezun se encaminhar para a casa grande. Uma menina de seis ou sete anos saiu correndo ao seu encontro e jogou-se em seus braços. De longe dava para ouvir sua risada alegre. Acomodou-se no colchão e esperou a comida que estava prestes a receber. O que seria? Talvez *saucissons*. O cheiro das linguiças era maravilhoso. Ou, quem sabe, um bom *cassoulet*? Mesmo que fosse apenas pão e queijo, ele ficaria feliz. Não se lembrava de ter tido tanta fome em toda a sua vida. A sensação de sentar sobre um colchão, mesmo manchado e sujo, era de puro luxo. No campo de Les Milles dormiam em montes de palha espalhados pelo chão, e até essa palha lhe fizera falta nas noites anteriores, deitado sobre a terra molhada e o piso duro do trem. Demeter recapitulava os acontecimentos dos últimos dias. Perdera a noção das horas. Que dia era hoje? 26, 27? Era junho ou julho, aliás? O cheiro de carne defumada tornava-se quase insuportável. Seu pensamento mergulhou num estado febril, pulando de imagem em imagem, sem ordem nem nexo. Isso pareceu durar várias horas, até que uma voz de mulher o despertou do delírio. Era uma camponesa robusta, cerca de trinta anos, provavelmente a filha de monsieur Monlezun, pois se parecia bastante com ele, talvez a mãe da menininha. Demeter arrancou o prato de comida de suas mãos e atacou o grão de bico, verdura e salsicha com tamanha ferocidade que ela não teve outro recurso senão ficar plantada ali, muda e boquiaberta. Em menos de um minuto, estava raspando o molho com um pedaço de pão. Ainda lambeu o prato, ao final, deixando o esmalte branco brilhante. A mulher apenas observava, sem comentar nada. Esticou a mão para recolher o prato. Demeter devolveu-o constrangido, um pouco a contragosto.

— Espere, vou lhe trazer mais.

Poucos minutos depois estava novamente à porta, com outro prato, maior do que o primeiro. Demeter nunca tinha visto nada tão belo. Devorou a segunda porção também, apesar de sentir seu estômago embrulhado pela falta de costume de comer.

O trabalho era duro, mas nada difícil. Arrancar folhas de videiras não exigia nenhuma habilidade especial. Além do mais, era um alívio ficar um dia inteiro sem caminhar. Demeter teria permanecido mais uma noite de bom grado, para recuperar as forças, mas monsieur Monlezun não ventilou essa possibilidade. Estava na hora de retomar o caminho, de toda forma. De Auch até Montauban, eram menos de oitenta quilômetros. Se saísse ao entardecer, chegaria lá antes do final do dia seguinte. Convenceu o bom monsieur a lhe vender um pouco de pão, queijo e duas linguiças, pelos quais cobrou apenas o dobro do que valiam. Demeter encheu suas garrafas roubadas de água e tomou rumo, reconfortado pelo peso da mochila cheia nas costas. Bem dormido e alimentado, enxergava a reta final da viagem com confiança.

No dia seguinte, à noite, estaria em Montauban, e Jean-Étienne resolveria seu caso, com certeza. Afinal, Manuel o enviara, e sua mãe estava melhor agora que sua irmã voltara.

O céu estava claro e, com o luar, dava para enxergar bem uns dez metros à frente. Demeter apertou o passo, animado com a perspectiva de alcançar sua meta. Seus companheiros de vinhedo haviam confirmado a rota: caminhar até Mauvezin e dobrar à esquerda para Beaumont; mais adiante, quando chegasse a Larrazet, pegar a estrada em direção ao leste até Montauban. Parecia simples, mas, quanto mais se aproximasse das cidades, maior a chance de encontrar uma patrulha. A solidão do Gers testara sua resistência física, mas facilitara o passar despercebido. Dali para a frente, o desafio seria outro. Precisava ficar invisível. Ao atravessar Mauvezin na madrugada, um único cachorro se deu ao trabalho de latir.

Ao amanhecer, Demeter caminhava entre dois campos. Verdes, amarelos, dourados, floridos — o sul da França era um imenso campo fértil. Era fácil entender que vários povos tenham estado sempre de olho na região para invadi-la. A estrada aqui era uma longa subida, e ele se entretinha a observar a aproximação gradativa do horizonte. Havia trechos em que parecia prestes a atingir a crista de um morro que nunca chegava. De vez em quando sobrevinha um breve declive, que empurrava o horizonte para longe, como numa paisagem surrealista. Demeter aproveitava o sol da manhã para se esquentar. Se ele desaparecesse da face da terra agora, alguém sentiria sua falta? Talvez Roger, como a neta de monsieur Monlezun certamente repararia no sumiço dele caso não voltasse do vinhedo um dia. Por outro lado, era bem possível que seu filho já tivesse desistido dele. Dois meses eram muito tempo na vida de uma criança. A estrada voltou a subir, fazendo uma curva para a direita em meio ao pinheiral denso. Demeter caminhava devagar, distraído, esperando encontrar apenas mais morros e campos pela frente. Ao dobrar a curva, deparou com algo inesperado. Primeiro, viu o horizonte distante; depois, a ponte; e, embaixo dela, o Garonne. Estacou um momento para observar as pequenas ilhas que surgiam da superfície do rio e confundiam-se com o reflexo verde das árvores que escurecia suas águas pardacentas. Não era a primeira vez que cruzava um grande rio, mas, dessa vez, entendeu o impacto que essa experiência devia surtir sobre os povos antigos. Caminhar por dias a fio por uma paisagem monótona e, de repente, dar de cara com essa vista magnífica, estendendo-se para todos os lados, infinita em todas as direções. Era muito espaço. Sentiu-se pequeno como um inseto e onisciente como um deus.

Esse pequeno momento de distração foi suficiente para que deixasse de perceber os dois soldados. Somente quando estava na metade da ponte lembrou-se da carta escondida em sua mochila. Foi tomado por um pânico discreto, mas era tarde demais para voltar atrás. Eles o haviam visto e acompanhavam seu progresso com os olhos, trocando comentários que ele teria entreouvido se o vento não soprasse na direção contrária. Demeter temia que os soldados conseguissem captar, nesse mesmo vento, o medo que exalava de seus poros. Poderia tentar passar batido, olhos fixos no chão, ou apenas com um meneio seco da cabeça. Os soldados postaram-se no meio da ponte, bloqueando a passagem. Ele manteve o ritmo constante, não tão rápido que parecesse suspeito, mas tampouco reduzindo a marcha. Se quisessem que ele parasse, teriam que chamar sua atenção. Foi o que fizeram.

— Alto lá! A caminho de Montauban?

— Sim, isso mesmo. Falta muito?

— Qual seu propósito lá?

— Vou encontrar minha mulher e meu filho.

— E você tem um *sauf-conduit*?

A pergunta maldita. Ele não tinha o menor jeito de alguém

que possuísse um salvo-conduto. Eles sabiam disso, e ele sabia que eles sabiam. Então por que jogar esse jogo? Dois soldados rasos, nenhum dos dois com mais de vinte anos, servindo um Exército que acabara de sofrer a derrota mais fragorosa de sua história. Por que diabos haveriam de se importar com ele? Demeter resolveu subir a aposta.

— Olha só, *les gars*, faz três dias que estou caminhando. Estou vindo de Pau. Vocês se importam se eu sentar e fumar um cigarro?

Era um risco assumir um tom tão familiar. Os dois soldados olharam incrédulos para ele e em seguida se entreolharam, um buscando a autorização do outro para fugir da rotina consagrada. Sentiu que despertara o interesse deles. Eram dois jovens entediados, sem ninguém para supervisioná-los. Um ergueu a sobrancelha, o outro esticou o beiço, o primeiro deu de ombros, o segundo meneou a cabeça. Estavam prestes a decidir em seu favor quando um vestígio de raciocínio soldadesco invadiu uma de suas cabecinhas.

— O que você estava fazendo em Pau?

— Estava internado no campo de Gurs, ali perto.

— Ah, ha! E por que você estava internado?

— Porque sou tcheco de nascimento, embora viva na França há mais de dez anos.

Era melhor dizer tcheco do que alemão. Isso não despertaria ódio e talvez até inspirasse simpatia. Ele sabia que a maioria dos franceses tinha pena dos tchecos e que alguns, os mais bem informados, chegavam a sentir culpa pelo fato de Daladier ter assinado o Acordo de Munique, entregando a Tchecoslováquia a Hitler. Era simples se passar por tcheco. O francês médio não sabia distinguir um alemão de um tcheco ou de um suíço. Todos os refugiados alemães faziam isso, especialmente os que não possuíam documentos. Aproveitando a confusão momentânea deles,

Demeter sentou-se e retomou a narrativa, com a intenção de distraí-los.

— Quando o comandante do campo soube do armistício, mandou soltar todos os internos. Ele disse que não ia gastar os recursos do Exército francês prendendo um bando de antifascistas e republicanos espanhóis, só para entregá-los aos porcos nazistas. Um grande homem, o comandante, um verdadeiro patriota.

Subia mais uma vez a aposta. Não existia a menor garantia de que aqueles dois fossem antifascistas, mas ele conhecia a França o suficiente para saber que o discurso patriótico costumava ser bem-visto. Remexendo na mochila com displicência estratégica, achou o maço de cigarros e ofereceu um para cada soldado. Eles aceitaram de imediato. Demeter tragou a fumaça inspiradora, soltou uma baforada e, gesticulando com o cigarro, retomou o fio da meada.

— Então nos soltaram, mas sem papéis, claro. O resultado é que fui obrigado a vir a pé. Minha mulher e filho estão em Montauban. O menino se chama Roger, tem nove anos. Nasceu aqui na França. Pretendo achá-los e tentar resolver nossa situação com a *Préfecture*. Agora que os combates acabaram, cada um tem que fazer sua parte, não é mesmo?

Antes mesmo de terminar a frase, já tinha se arrependido. Talvez tivesse falado demais. Poderia parecer uma recriminação contra o Exército, até mesmo um insulto. Ele deu outro trago no cigarro, quase esperando uma reprimenda; mas os dois jovens fumavam em silêncio, olhando o Garonne, possivelmente contemplando as injustiças da vida. Conseguira se humanizar aos seus olhos. O próximo passo era demonstrar interesse pela situação deles.

— E vocês são de onde? Perto daqui?

— Não, eu sou de Rennes, e François é de La Rochelle.

— Um prazer conhecê-los. Eu sou André.

— Mas este é um nome francês.

— Sim, era Andreas, originalmente. Mas já faz tanto tempo que estou aqui que me acostumei.

Demeter vasculhava a memória, tentando lembrar se seria mesmo Andreas em tcheco, ou Andrej, ou alguma outra variante. Tanto fazia. Era mais do que improvável que os soldados soubessem. Antes que fizessem qualquer pergunta, mudou o assunto, dirigindo-se ao mais falante.

— E qual é o seu nome? Acho que não pesquei.

— É porque eu não falei. Meu nome é Jacques. Você fala francês muito bem, André.

— Depois de tantos anos, a gente aprende.

Ele sorriu para Jacques, que apertou os olhos e devolveu o sorriso, com um sarcasmo evidente. Demeter percebeu que ele tramava algo, mas não tinha como adivinhar o que pudesse ser. Estava confiante de que já haviam ultrapassado o estágio onde poderiam prendê-lo, mas persistia uma ponta de ameaça no olhar do rapaz.

— Sabe, esses cigarros que você tem são muito bons. Fumamos nosso último maço ontem, e só Deus sabe quando vamos conseguir mais.

Então era isso. Claro! O que mais poderia ser? A vida em tempos de guerra. Puig tinha razão: quarenta francos para o mapa e os cigarros foram mesmo uma pechincha. Ele estendeu o maço para Jacques, com a mais perfeita calma.

— Por favor, *je vous en prie*, fique com o resto. Eu consigo mais em Montauban.

O soldado aceitou placidamente o presente, enquanto seu companheiro mais ingênuo se esforçava para conter o ataque de riso que ameaçava destituir sua compostura militar. Demeter viu que Jacques tentava adivinhar quantos cigarros ainda restavam no maço. Levantou-se, esmagou a guimba do cigarro sob o pé e jogou a mochila por cima do ombro.

— Muito bem, se os senhores permitirem, vou retomar meu caminho. Se eu sair agora, consigo chegar em Montauban ainda hoje. Pode ser?

— Claro. Isso não é mesmo da nossa alçada. Essa história de ficar verificando a papelada das pessoas é assunto para os gendarmes, não para o Exército. Mas aconselho você a tomar cuidado, André. Tem muita polícia na estrada, e a ordem deles é para deter pessoas na sua situação.

— Pode deixar, Jacques, vou me cuidar. E vocês também, rapazes, se cuidem. A França precisa de vocês.

Mais uma vez, temeu que pudesse ter exagerado na dose. Era possível que eles detectassem a nota de deboche que imprimira na frase. Mas, não, ele não passara do limite. François endireitou as costas e estufou o peito, importante. Jacques sorriu irônico e olhou para o lado. Atravessando o restante da ponte a passos largos, Demeter ainda escutou as gargalhadas dos soldados, carregadas pelo vento.

Montauban ficava a menos de um centímetro no mapa. Ao atravessar o Canal des Deux Mers, o fluxo de gente aumentou. O caminho de Demeter entroncava ali com as rotas principais para Toulouse, vindas do norte e do oeste. Voltou a ser possível se misturar à multidão de refugiados que ainda enchiam as estradas principais. A tática consistia em se aproximar de algum grupo simpático e caminhar ao seu lado, ou então seguir uma família qualquer. Por duas ou três vezes cruzou com soldados em retirada e até gendarmes, mas eles não tinham paciência para revistar, um a um, o grande número de refugiados, à cata do eventual inimigo. Quem iria querer ficar verificando papéis numa estrada poeirenta no meio da tarde de um dia de calor? Os jornais diziam que o governo provisório fora transferido de Bordeaux para Vichy, e ninguém sabia se os decretos de hoje continuariam válidos amanhã. Para a polícia, o mais simples era deixar os ventos políticos soprarem e a poeira humana baixar, antes de proceder à tarefa ingrata de varrer a sujeira.

Demeter alcançou Montauban um pouco depois das três da tarde. Era 27 de junho, uma quinta-feira, e ele estava de volta ao mundo onde os calendários e os relógios tinham alguma relevância. Sentia-se completamente deslocado, ainda mais *dépaysé* do que à época que regressara do Oriente Médio para a Alemanha. Seu maior temor era que isso fosse visível a todos. Ao atravessar a Pont Vieux, as pessoas pareciam desviar os olhares dele, talvez por pena, talvez por medo. Ele avistou a parte velha da cidade, que se erguia como um antigo burgo, seus edifícios de tijolos vermelhos majestosos e serenos sobre as margens verdes do rio Tarn. Tijolos, sempre os malditos tijolos. Era quase o suficiente para que ele desistisse de Montauban, mas o fato de que sua pequena família se encontrava no interior dessa fortaleza, em algum lugar, o impelia adiante. Como ele os encontraria? Deveria checar no *poste restante*? Ou vasculhar os anúncios que as pessoas colavam nos muros? Demeter foi descobrindo seu caminho em meio ao labirinto de ruas antigas, até sair na Place Nationale, uma praça grande cercada por arcadas. Não havia mercado nesse dia; apenas refugiados acampados sob os arcos, aglomerados nas porteiras, perambulando pelo pátio central cujo piso amplo estava coberto com roupas esticadas para secar no sol de verão.

Embrenhou-se na multidão sob as arcadas, procurando o Café du Marché. As portas de diversos prédios públicos estavam escancaradas, com palha estirada nos corredores e nas escadarias para servir de dormitório para os desabrigados. Lá estava, bem onde Puig indicara, do lado norte da praça. Mal conseguia acreditar. Adentrou o ambiente escuro, na expectativa de achar algum frescor à sombra, mas estava mais quente dentro do que fora. Alguns poucos beberrões sorviam aguardente e exalavam bafo quente, anulando o esforço de um pequeno ventilador para refrescar o ar. O balconista era grande e escuro, com cabelos oleosos e um bigode preto. Em nada lembrava o pequeno basco ruivo que Puig lhe recomendara. Encarou Demeter com desdém hereditário e perguntou o que ele queria ali.

— Estou procurando Jean-Étienne.

Por um longo momento agonizante, o homem continuou a encará-lo como se o nome lhe fosse inteiramente desconhecido. Afinal suspirou, com o ar de quem se desvia de alguma tarefa importante, e berrou:

— Jean-Étienne, alguém quer falar com você.

Voltou a fazer nada. O silêncio só não era total por conta de um gramofone ao longe. Demeter quis identificar a melodia, mas não conseguiu. O homem do balcão ainda o encarava com um misto de tédio e desprezo. Ele não deu importância. Talvez merecesse ser destratado assim, raciocinou, no estado deplorável em que se encontrava. Uma figura ruiva apareceu na porta dos fundos, enxugando a mão com um pano de prato. O balconista indicou Demeter com o queixo.

— O senhor deseja falar comigo?

— Manuel me mandou.

— Não me diga. E como vai a mãe dele?

— Ela está muito melhor agora que sua irmã voltou.

Jean-Étienne fez sinal para Demeter segui-lo até os fundos. A longa jornada chegara ao fim.

Setembro de 1940

A Rue Grignan era longa e estreita, cercada por prédios de quatro andares que a reduziam a uma zona de sombras apesar do sol forte da manhã. Como todo o resto de Marselha, era suja e apinhada de mendigos, soldados e refugiados. Hugo e Gertrud avançavam de braços dados em meio à confusão, contornando automóveis estacionados e desviando dos transeuntes que vinham na direção oposta. Hugo já não tinha mais certeza se era Gertrud que se apoiava no braço dele ou ele no dela. Ela recuperara bem a saúde na temporada em Montauban, mas os ataques de bronquite voltavam a afligi-la, sobretudo à noite.

— Você tem certeza de que dá conta, meu bem? Acho que você devia ter ficado no hotel.

— Nada disso. É o hotel que está me fazendo mal.

Foi fácil identificar o número 60, pelo volume de gente a entrar e sair do prédio. Um jovem forte de uniforme americano, postado diante da porta, parecia ser o responsável. Frente à sua altura e vigor, os demais ficavam baixinhos. Como devo ser insignificante aos seus olhos, pensou Hugo, apenas um velhote judeu sem chapéu. Eram tranquilizadores seus ombros largos e sua atitude viril, quase convencida. Seriam necessários muitos americanos musculosos como aquele para enfrentar a horda de camisas marrons que a Alemanha despejava sobre a Europa.

— *C'est ici le comité Fry?*

O jovem fixou sobre ele um sorriso abobalhado. Seria possível que não compreendesse francês? Hugo resolveu arriscar seu inglês deficiente:

— É aqui o comitê Fry?

O sorriso ficou ainda mais simpático, porém com uma ponta decididamente sarcástica.

— Você chegou ao lugar certo, *mon ami*. É só seguir até o final da fila e esperar a vez.

Hugo acompanhou com os olhos a mão que indicava uma longa fila de refugiados, se estendendo corredor adentro. Teve dificuldade para decifrar o estranhíssimo sotaque americano do rapaz, mas não havia dúvida de que o tom era excessivamente familiar. *Mon ami*, pois sim! Isso lá eram modos de tratar alguém de sua idade e posição? Porém, sabia que de nada adiantava reivindicar uma autoridade que ele não possuía mais. Resolveu apelar para a compaixão.

— Minha esposa está doente. Será que isso nos dá alguma prioridade?

— Infelizmente, não. Metade das pessoas nessa fila está mais para lá do que para cá. O atendimento é por ordem de chegada.

— Daria para conseguir uma cadeira para ela, pelo menos?

— Vou ver se consigo arranjar algo.

O sorriso assumiu um terceiro aspecto, o da despedida graciosa, e o jovem voltou sua atenção para o próximo grupo de recém-chegados. Hugo e Gertrud encaminharam-se para o final da fila, onde foram recebidos com o menosprezo que os penúltimos guardam pelos últimos. Gertrud parecia perplexa. Ele sussurrou em seu ouvido:

— Você deve estar se perguntando por que eu não me identifiquei e pedi para ser atendido prontamente. Para ser sincero, acho que não faria a menor diferença. Esses americanos são terrivelmente democráticos.

— Não estou me perguntando nada disso. Pelo menos, ele foi mais gentil do que aqueles funcionários horríveis do consulado.

A fila ia sendo tragada devagar pelo corredor úmido e escuro que conduzia até os fundos. O tédio da espera era preenchido apenas pelo murmúrio das conversas habituais de refugiados: intrigas políticas, histórias de horror, conselhos práticos; quais oficiais podiam ser subornados, quais hotéis deviam ser evitados, quem tinha conseguido qual visto. Depois de algum tempo, uma cadeira foi trazida para Gertrud. Hugo ficou o tempo todo em pé. Quando chegou a vez deles, subiram um lance de escadas até o primeiro andar e caminharam de volta para a frente do edifício por outro corredor, perfazendo em menos de um minuto a distância que tinham levado uma hora e meia para percorrer no térreo. Uma placa modesta na porta do escritório anunciava Centre Américain de Secours. Foram recebidos por uma moça atenciosa que se identificou como mademoiselle Davenport. Ela perguntou como poderia ajudá-los, em francês impecável, acrescentando um sorriso simpático ao final. Sua atitude informal destoava de tudo que Hugo havia visto ao longo de semanas entrando e saindo de consulados e entidades de socorro. Não lhe escapava a ironia da situação em que se encontrava. Durante anos, servira no conselho do comitê para refugiados alemães em Paris. Agora que estava do outro lado do balcão, sentia uma pontada de remorso por nunca ter se envolvido com o dia a dia do atendimento.

— Gostaria de falar com monsieur Fry. Vim a conselho de

Bedrich Heine, que já mencionou meu caso para monsieur Bohn, se não me engano.

Mademoiselle Davenport estudou-o com curiosidade patente, lançando um olhar discreto para Gertrud. Hugo vestiu seu ar mais grave e circunspecto, com o intuito de causar boa impressão. No fundo, temia que os nomes referidos não tivessem qualquer importância. Sabia que o seu nada significaria para ela.

— Todo mundo aqui quer falar com monsieur Fry. E o seu nome, monsieur, posso saber?

— Simon. Hugo Simon. Esta é minha esposa Gertrud.

Ela anotou os nomes.

— Sabe, monsieur Simon, monsieur Fry lida somente com os casos mais delicados, depois de uma triagem feita por mim ou pelo meu colega ali ao lado, monsieur Richard. O senhor vai ter que falar comigo primeiro.

Ela sorriu com um misto de delicadeza e firmeza. Embora não lhe agradasse ter que se explicar para essa moça, pelo menos ela pedira com jeito. A essa altura, Hugo estava acostumado a narrar sua história e não ficava mais perdido à cata das palavras certas. Lançou-se no relato ensaiado de sua autobiografia.

— Bem, sou banqueiro e cheguei a ministro das Finanças da Prússia, como membro do Partido Social-Democrata Independente, mas me afastei da atividade política após 1919. Desde então, passei a dedicar meu tempo a questões sociais e culturais. Fugi da Alemanha em março de 1933 porque sofria perigo de vida. Em seguida, tive meu patrimônio confiscado pelos nazistas. Destituíram-me da nacionalidade alemã em 1937, então sou apátrida. Bedrich Heine pode testemunhar a meu favor e confirmar todas as informações sobre minha vida pregressa em Berlim. Desde 1933, vivemos em Paris, onde servi no comitê do barão de Rothschild para emigrados alemães. Também tenho participado ativamente da oposição intelectual contra Hitler, como membro da Bund Neues Deutschland, juntamente com Heinrich Mann, Thomas Mann, Lion Feuchtwanger, Stefan Zweig, Franz Werfel... Ah, sim, claro, e o finado Harry Kessler, entre outros.

Hugo foi listando os nomes com naturalidade, real ou fingida, tentando passar uma impressão de proximidade. Observou satisfeito que a moça anotava tudo que ele dizia, em estenografia. Por um momento, sentiu-se transportado de volta ao seu escritório, ditando uma carta à sua secretária, e isso alimentou seu ânimo para continuar o relato.

— Quando a guerra começou, fomos classificados como refugiados políticos, Grupo 1, e isentados de internação nos campos. No início de junho, o antigo governo francês nos enviou para um esconderijo em Montauban, juntamente com Theodor Wolff e sua esposa. Com o colapso geral, estamos tentando sair da França. Estivemos ontem com monsieur Hiram Bingham no consulado dos Estados Unidos, e ele nos prometeu vistos de não imigrante.

Hugo hesitou, quase esperando que mademoiselle Davenport fosse questionar essa última afirmação. Sob as circunstâncias atuais, possuir um visto para os Estados Unidos era algo bem mais impressionante do que ser amigo de Thomas Mann ou Stefan Zweig. Ela permaneceu impassível, terminando suas anotações.

— Bem, monsieur Simon, nesse caso, o que o senhor deseja do Centre Américain de Secours? Se o senhor e sua esposa já possuem vistos para os Estados Unidos, o que mais podemos fazer?

— A senhorita sabe muito bem, mademoiselle, que o visto de entrada para outro país não é suficiente para sair da França. Não temos visto de saída nem de trânsito, tampouco temos passaportes para dar entrada nos pedidos desses vistos. Monsieur Bingham nos aconselhou a vir aqui, na esperança de que monsieur Fry pudesse nos ajudar a resolver pelo menos um desses problemas.

Mademoiselle Davenport anotou mais esses dados. Seu aspecto era de uma calma assombrosa, como se ouvisse essa mesma história pela centésima vez. Gertrud agitava-se na cadeira ao seu lado. Hugo calou-se e deu espaço para que ela falasse. Trude possuía uma capacidade singular de mobilizar o lado emocional das pessoas, e ele aprendera a respeitar a intuição dela nessas situações.

— A Gestapo está nos procurando, mademoiselle. Não é seguro permanecermos em Marselha. Temos trocado de hotel quase todos os dias.

— Por que a senhora acha que a Gestapo está à sua procura?

— Quando estávamos em Montauban, ouvimos uma transmissão da Rádio Stuttgart atacando meu marido da maneira mais violenta possível. Eles anunciaram a intenção de prendê-lo como inimigo do Reich. Ele está na lista deles.

Mademoiselle Davenport concluiu suas anotações e fechou o caderno de estenografia.

— Poderiam aguardar aqui um momento? Vou ver se monsieur Fry está disponível para recebê-los.

Ela desapareceu por uma porta ao fundo da sala. Retornou, não mais do que cinco minutos depois, e pediu que a acompanhassem.

Varian Fry estava sentado a uma escrivaninha quase invisível sob a montanha de papéis que a cobria, no meio de uma saleta vazia, não fosse outra mesinha com uma máquina de escrever e prateleiras abarrotadas com pilhas de ficheiros e pastas. Uma janela quadrada admitia apenas luz suficiente para realçar a obscuridade do ambiente. Estava trajado com sobriedade, num terno de listras finas, com os cabelos ondulados emoldurando sua testa alta e os óculos redondos de tartaruga acentuando o quadrado do rosto. Lembrava, em quase todos os aspectos, um bibliotecário especialmente respeitável. Ficou de pé para receber os visitantes.

— Monsieur Simon, madame. Sentem-se, por favor.

Seu aperto de mão era firme, como o de um homem de negócios. Hugo impressionou-se de imediato com o porte de seu interlocutor e inquietou-se com seu próprio estado, menos do que composto, que talvez não inspirasse a mesma confiança. Fry falava um francês muito correto, mas com forte sotaque americano.

— Mademoiselle Davenport leu suas anotações para mim. É um relato impressionante.

— É bem mais do que um relato, monsieur. É nossa vida.

A resposta impetuosa de Gertrud assustou Hugo. Podia ser levada a mal, como uma reprimenda. Precipitou-se para desfazer essa impressão.

— O que minha esposa quer dizer, monsieur Fry, é que precisamos de sua ajuda. Não se fala em outra coisa, entre os exilados alemães, senão a generosidade do seu comitê em obter hospitalidade americana para intelectuais perseguidos.

— Sim, estou sabendo. Mas, pelo que entendi, o senhor não precisa de nossa ajuda com o consulado americano. Aliás, é melhor assim, porque nossa influência lá é bastante limitada.

O tom irônico desse último comentário surpreendeu Hugo. Até então, tivera poucas relações com americanos e sempre presumira, ingenuamente, que os Estados Unidos eram uma coisa só, unidos não somente em nome como também na atitude e crença comum a todos seus cidadãos. Dava-se conta, subitamente, de que deviam existir entre os americanos as mesmas divisões políticas que apartavam as pessoas na França ou na Alemanha. Era uma conclusão mais do que óbvia, mas ele nunca se dera ao trabalho de considerar o assunto. Será que cometera alguma gafe ao citar o nome de Bingham? Era melhor se distanciar um pouco, por precaução.

— Fomos muito felizes no trato com o vice-cônsul Bingham, mas não saberia dizer se este é sempre o caso.

— É sempre o caso com Harry Bingham. Ele é um sujeito excepcional. Diferentemente do resto daquela gente lá do consulado, lamento informar...

Fry deixou a acusação pendurada, sem fazer o menor esforço para disfarçar sua amargura. Hugo questionava se alguém tão irascível teria a habilidade necessária para o trabalho mais do que delicado de salvar refugiados. Era preciso ser um pouco mais escorregadio para azeitar as engrenagens da burocracia francesa. Manteve-se em silêncio, esperando que Fry retomasse seu raciocínio.

— Mademoiselle Davenport mencionou que o senhor talvez tenha notícias de Theodor Wolff?

— Sim, até pouco tempo dividíamos a mesma casa de fazenda perto de Montauban, para onde o governo francês nos enviou em junho.

— O senhor sabe onde ele está agora?

— Acho que está em Nice. Por quê? O senhor está procurando por ele?

— O nome dele consta de uma lista que me foi passada em Nova York. Ainda não conseguimos localizá-lo.

Então existia mesmo a tal lista. Hugo ponderou se seu nome também estava nela. Talvez fosse o motivo pelo qual Fry aceitara recebê-lo de imediato e discutia com ele de modo tão aberto. Por outro lado, podia ser que não. Quem teria formulado a lista? Será que tinham consultado Albert Einstein ou Thomas Mann? Nesse caso, será que seus antigos amigos teriam se lembrado de incluir seu nome? Hugo recordou com aflição a maldita reunião de 1934, quando proferira, quase bêbado, duras críticas a Thomas Mann por não se posicionar contra os nazistas. Será que Mann soubera do ocorrido? Bem, de todo modo, Einstein o defenderia, não? Eles se conheciam havia mais de duas décadas. Einstein era um homem de total integridade. Com certeza não se esqueceria de Hugo. Ou teria se esquecido? Era uma pergunta que ele não ousava fazer em voz alta.

— Posso intermediar o contato com Wolff, eu acho. Por falar nisso, caso estejam procurando outros jornalistas, tenho como perguntar por Georg Bernhard. Ouvi dizer que ele está em Narbona.

— Sim, exato. Já estamos em contato com o casal Bernhard. Não é mesmo, Miriam? Como é mesmo o nome da madame Bernhard? Me escapou...

Embora Fry se dirigisse a mademoiselle Davenport, ela permaneceu estranhamente quieta, sem esboçar reação. Talvez fosse algum joguinho que eles costumavam jogar, adivinhou Hugo. Era possível que Fry o estivesse testando, para ver se conhecia mesmo Bernhard. Nunca se sabia, afinal, quem era quem. Não querendo parecer afoito, esperou que Gertrud respondesse. Tinha absoluta certeza que ela o faria.

— A atual madame Bernhard? O nome dela é Gertrud, como o meu, mas costumam chamá-la de Gert.

— Claro! É isso mesmo.

A resposta de Fry veio acompanhada de um piscar de olhos quase imperceptível. Haviam passado no teste. Hugo sentiu que o momento era propício para voltar a conversa para seu problema imediato.

— Então, monsieur Fry, o senhor pode nos ajudar com os passaportes e vistos de saída?

— Vou lhe dizer com franqueza, monsieur Simon. O passaporte não é problema. Podemos conseguir passaportes tchecos para o senhor e sua esposa amanhã, contanto que estejam dispostos a viajar sob nomes falsos. O problema maior são os vistos. A *Préfecture* está empurrando com a barriga a questão dos vistos de saída; e os governos de Espanha e Portugal estão segurando os vistos de trânsito. No momento, mesmo a fronteira espanhola é um problema. Num dia abrem, no outro fecham.

— Entendo. E qual é o motivo para essas dificuldades?

— O senhor mesmo disse, monsieur. A Gestapo está agindo com muita liberdade aqui. Nesses últimos dias, a polícia vem apertando a repressão aos imigrantes ilegais. Isso só pode ser por ordem do governo em Vichy, e não preciso lhe dizer quem dá as cartas em Vichy.

Por pior que fosse a situação, era um alívio ouvir esse sujeito Fry falar com tamanha candura e objetividade. Finalmente Hugo encontrava alguém que possuía uma visão clara da situação e não temia dar uma resposta à altura dos fatos. Todos os outros ou se iludiam, dizendo que estava tudo sob controle, como as autoridades francesas, ou ofereciam bagatelas aos refugiados para apaziguá-los.

— O que o senhor aconselha, nesse caso?

— Bem, a meu ver, existem duas opções. Vocês podem ficar sentados à espera de um visto de saída ou tentam sair da França por outros meios. Existem métodos alternativos, e podemos ajudá-los com isso.

— O senhor se refere aos passaportes tchecos, é isso? Mas de que adiantam os passaportes sem vistos de saída?

— É possível atravessar a fronteira a pé. Isso é fato.

— Sim, já me falaram disso. Mas o senhor disse que a fronteira está fechada.

— Ela abre e fecha. Nunca se sabe. O jeito é arriscar.

Hugo refletiu. Tratava-se de um risco gigantesco. Cruzar a fronteira a pé não era brincadeira. Ele e Trude já não eram mais jovens, e a saúde dela era bastante frágil. Além do mais, incomodava-o a ideia de viajar com passaportes falsos, usando pseudônimos. Apesar da queda vertiginosa ao longo dos últimos meses e anos, ele ainda considerava isso como algo ignominioso. Olhou para Gertrud, para sentir a reação dela. Ela parecia tão indecisa quanto ele.

— É uma decisão difícil, monsieur Fry. O que o senhor nos propõe vai contra tudo que sempre defendemos. Não temos o hábito de fugir escondidos na noite, como criminosos.

A boca de Fry apertou-se num sorriso cáustico. Sua resposta foi arrasadora.

— Sabe, monsieur, ouvi a mesma objeção de seus colegas, messieurs Breitscheid e Hilferding. Talvez o senhor deva debater a questão com eles. É fácil encontrá-los; estarão na Boulevard d'Athènes, sentados no mesmo café onde passam todos os dias, esperando que venham lhes prender.

Fry lançou um olhar de impaciência para mademoiselle Davenport, a qual roía a ponta do lápis e espreitava o relógio na parede. Havia muito trabalho a fazer, claramente, e eles não tinham tempo para perder. Fry endireitou-se na cadeira, como quem se prepara para encerrar a entrevista. Foi aí que Gertrud entrou na conversa, agindo com decisão antes que ele o fizesse.

— Monsieur Fry, por favor. Vamos aceitar sua oferta dos passaportes tchecos. Não é, Hugo?

Hugo captou o desespero nos olhos de sua mulher e compreendeu que não tinha cacife para negociar. Esse Fry era lunático ou santo, talvez ambos, mas não era nenhum idiota. Fariam bem em seguir seus conselhos. De todo modo, ainda precisariam dos vistos de saída e de trânsito e, o mais importante, das passagens de navio. Caso contrário, nem teria sentido atravessar para a Espanha. O processo todo levaria não menos do que duas semanas. Seria tempo suficiente para ver o que monsieur Bingham conseguia para eles. Hugo ainda não abdicara da esperança de que o governo americano compreendesse quem ele era e viesse ao seu socorro. Em seu íntimo, no entanto, ele sabia que Hugo Simon já não era mais nada. Na melhor das hipóteses, era mais um nome numa lista. Talvez nem isso. A pior ironia era reconhecer que os únicos que realmente davam importância para ele eram os nazistas. Seu nome com certeza estava no topo da lista deles.

— Sim, sim, ficaremos muito gratos por sua ajuda. Quanto tempo levará para os passaportes ficarem prontos?

— Três ou quatro dias, imagino.

— E depois disso?

— Depois disso, veremos como está a situação com a fronteira. Um dia é muito tempo nas circunstâncias atuais. Eu os aconselho a procurarem um lugar bem discreto e ficarem entocados. Se não conhecerem nenhum lugar assim, mademoiselle Davenport poderá ajudá-los.

Hugo e Gertrud despediram-se de Fry e seguiram a moça de volta para a sala maior. Apossou-se dele a velha sensação de ter fechado um bom negócio. Não seria tão difícil aguentar mais umas semanas em Marselha. Se tudo corresse bem, o consulado americano compareceria não somente com os vistos como também com documentos de viagem provisórios. Eles haviam feito isso para outras pessoas em situação semelhante. Mas, em caso de emergência, os passaportes tchecos de monsieur Fry eram um plano de contingência — uma apólice de seguro, por assim dizer. Qualquer transação comercial precisava ser segurada, por mais tranquila que fosse. Seu pensamento passou para questões mais prementes. Teriam que encontrar nova hospedagem. O Hotel Continental era muito visado. Precisavam de um lugar mais escondido e, de preferência, mais em conta. Ele pediria à mademoiselle Davenport que lhes indicasse algum. Ela parecia tão simpática, e o francês dela era perfeito.

* * *

O sol da tarde fazia arder a praça em torno da *Préfecture*. Hugo e Gertrud resolveram se refugiar num dos cafés cujas mesas se derramavam terraço afora. O local estava cheio de gente tomando café, fumando e lendo jornais, sob uma ilha de guarda-sóis gigantes. Muitos eram estrangeiros — refugiados talvez, mas certamente não turistas. Embora todos os hotéis estivessem lotados, não havia mais nenhum viajante desavisado em Marselha. Hugo precisava descansar um pouco e organizar suas ideias. Tinham marcado horário no Banque de France, para avaliar as possibilidades de retirar seu dinheiro da zona ocupada. Olhando em volta, em busca de uma mesa vaga, encontrou um rosto familiar. Era dr. Adler, seu dentista de Paris, o qual prosperara fazendo obturações nos dentes da comunidade emigrada. Adler costumava ser um homem muito alegre, sempre bem-vestido e bem alimentado. Era o primeiro violino numa orquestra de exilados alemães e, excepcionalmente para o círculo de amizades deles, era profundamente religioso. Agora, no entanto, ele não parecia nada bem: roupas gastas, barba por fazer, encafifado sobre um copo de conhaque quase vazio. Hugo indicou a presença dele para Gertrud, e eles se aproximaram discretamente da mesa. Muitos refugiados em Marselha viviam na clandestinidade, e nunca se sabia como poderiam reagir ao encontrar algum fantasma do passado.

— Dr. Adler?

O dentista ergueu o rosto. A julgar pelo ar embaçado, não era seu primeiro conhaque do dia. Ele apertou os olhos, fazendo um esforço concentrado para juntar o nome à pessoa. Finalmente uma faísca iluminou sua tristeza.

— Herr Simon, *gnädige Frau*! Por favor, sentem, juntem-se a mim.

Seu braço traçou uma órbita torta no ar, indicando, desorientado, a pequena mesa; e a fala pastosa veio acompanhada de um esforço abortado para se levantar. Adler sempre chamava suas pacientes de "graciosa senhora". Era parte do personagem, cavalheiresco mesmo quando raspava a polpa do dente para fazer um canal. Sentaram-se à mesa, os três, em meio aos cumprimentos usuais.

— Então, Herr Doktor, faz tempo que o senhor está em Marselha?

— Muito tempo, muito tempo, *gnädige Frau*, tempo demais.

A pergunta banal de Gertrud suscitou uma resposta totalmente fora das normas convencionadas, quase um lamento. Hugo chegou a pensar em pedir um conhaque também, mas lembrou a tempo que precisaria de todos seus reflexos mentais para o encontro no Banque de France. Acomodou-se na cadeira e preparou-se para ouvir mais uma narrativa trágica da vida refugiada, ministrada sem anestésico. Já perdera a conta das histórias tristes que ouvira ao longo das últimas semanas em Marselha. Cada conhecido que encontravam, e muitos desconhecidos também, relatava detalhadamente a perda de entes queridos, propriedades ou simplesmente confortos e posição. Existia um prazer perverso nessas trocas de queixas e lamúrias. Por mais que se repetissem, contudo, era impossível se tornar indiferente a elas. A tentação de ouvi-las lembrava a compulsão de arrancar a casquinha de um machucado.

A história de dr. Adler era especialmente trágica. Ele e a esposa haviam deixado Paris logo antes do colapso, a fim de visitar a nora e os netos em Le Havre. Eles tinham dois filhos: o mais novo era casado com uma francesa, naturalizado francês e servia como médico na Marinha francesa; o mais velho alistara-se na Legião Estrangeira para evitar a internação e morrera no ataque a Narvik, em maio. Ainda de luto, viajaram para Le Havre para visitar o outro filho, que estava de folga do seu esquadrão no Mediterrâneo. Após o colapso, fugiram para o sul em meio à *pagaille*, como todo mundo, e acabaram chegando a Marselha no final de junho. De posse de uma carta de apoio da irmã de Frau Adler em Nova York, pediram vistos de imigrante para os Estados Unidos. Enquanto esperavam a resposta, sobreveio a notícia do bombardeio da frota francesa em Mers-el-Kébir pelos britânicos. Seu filho caçula estava entre os 1297 marinheiros mortos, sem nem mesmo o consolo de ter dado a vida combatendo os nazistas como seu irmão. Foi demais para Frau Adler — perder dois filhos em dois meses —, e ela apanhou uma pneumonia que a levou à morte em três semanas, apesar de todos os esforços para curá-la. Isso acontecera um mês antes. Desde então, dr. Adler esvaíra-se até seu presente estado liquefeito. Diante de tanto sofrimento, ponderou Hugo, era surpreendente que sua aparência não fosse ainda pior.

— Fomos derrotados, Herr Simon. Tudo está acabado. Deus nos abandonou.

Ao contrário de Jó, dr. Adler não possuía a capacidade de suportar tantas provas sem prejuízo para sua fé. A ironia final era que os vistos americanos acabaram sendo concedidos. O dentista sacou um telegrama amassado do bolso do paletó e o colocou sobre a mesa, alisando-o com a meticulosidade peculiar aos bêbados. "Dr. e sra. Adler são intimados a comparecer ao consulado dos Estados Unidos para receberem seus vistos." Ele fez questão de que Hugo o lesse em voz alta. Ao ouvir as palavras, um sorriso feroz cobriu seu rosto inchado. Sua finada esposa era a detentora daquilo que todo refugiado em Marselha mais cobiçava.

— O senhor tem que ir mesmo assim para a América, dr. Adler. De que adianta ficar aqui? Não vai fazer bem para ninguém.

Gertrud tentava atiçar o instinto de sobrevivência do homem, impedindo-o de submergir na dor. A simpatia com que pronunciara a frase era inconfundível, mas Adler permaneceu alheado. Afundou-se no estofado vermelho da poltrona, cotovelos sobre a mesa, boca e nariz imprensados contra as mãos dobradas em feitio de oração. Quando ergueu finalmente a cabeça e falou, a voz era tão cavernosa que parecia vir de algum monstro que ele houvesse engolido, não do dentista amável que distraía seus pacientes com conversas amenas e anedotas ligeiras.

— Não vai fazer bem nenhum, *gnädige Frau*, porque não existe mais o bem neste mundo.

Ditas essas palavras, dr. Adler endireitou-se na poltrona, aparentemente aliviado, e abriu um sorriso esquisito. A rapidez da transformação recendia à loucura.

— Uma ideia acaba de me ocorrer, Herr Simon. Talvez consigamos convencer as autoridades americanas a transferirem meu visto e o da minha finada esposa para o senhor e Frau Simon. Assim, pelo menos, alguém fará bom uso deles.

Seguiu-se um silêncio incômodo, enquanto Hugo estudava o rosto do dentista, animado por um entusiasmo quase maníaco. A ideia era inteiramente sem pé nem cabeça, claro. Não existia a hipótese de transferir vistos de uma pessoa para outra, como se fossem cheques ao portador. Qualquer um sabia disso, e era impossível que Adler não tivesse consciência de que sua sugestão era impraticável. A menos que estivesse ficando maluco mesmo.

— Não, Herr Doktor, minha esposa tem toda a razão. O senhor precisa ir para Nova York. O senhor tem o dever de se salvar, nem que seja pelo bem de seus netos.

A menção dos netos despertou a lucidez combalida de Adler. Ele voltou à posição antiga, dobrado sobre o copo, cismado e taciturno.

A tarde estava quente, sonolenta, enfadonha. À sua volta, a vida prosseguia com uma normalidade obscena. As pessoas cuidavam de seus afazeres, cruzavam a praça, entravam e saíam da *Préfecture* como se nada mais de extraordinário acontecesse na cidade do que uma exposição colonial na qual eles, os refugiados, eram membros de alguma tribo exótica colocada à mostra. Hugo sabia que, para a maioria dos franceses, a guerra acabara de fato. O armistício afundara suas esperanças, sepultando-as ao fundo do mar ao lado da frota em Mers-el-Kébir. Não havia outro vestígio de guerra ali a não ser o rastro enjoativo de judeus e comunistas que precisava ser drenado das vias respiratórias da nação como uma sinusite. O destino deles era ser expelido, como catarro, ou então serem reabsorvidos pelos campos de concentração que latejavam como úlceras nas vísceras da França. Marselha não ia entregar seus segredos para essa gente. A cidade era antiga e experiente o suficiente para aguardar que partissem, como havia sobrevivido aos fenícios e aos gregos, aos romanos e aos gauleses, aos visigodos e aos francos, à peste e à Revolução. Seu porto encarquilhado ouvira de tudo, mas não entregava nada. Hugo verificou seu relógio. Estava na hora de ir para o Banque de France. Ele não desistira ainda de sair de Marselha, antes que o fluxo fosse estancado. Sem pedir licença, fechou a conta e arrastou Adler para fora do café, arrancando dele uma promessa ébria de que voltaria para o hotel e tentaria dormir. O dentista estava tão fraco e abatido que nem essa última afronta à sua dignidade foi capaz de resistir. Permitiu que lhe enfiassem num táxi, o qual o conduziu embora pela Rue Paradis.

Dezembro de 1940

Annette chorava de desespero. Como se não bastasse Wolf deitado ali a sangrar, Ursula não tinha o menor direito de gritar com ela daquele jeito. Ela por acaso sabia como apertar um torniquete? Não era enfermeira, estava inteiramente despreparada para isso. E sua irmã fazia o que para ajudar? Nada, a não ser correr de um lado para o outro, dando ordens inúteis, criticando, ralhando com as pessoas, como sempre. Podia tirar o menino do quarto, pelo menos. Como Wolf a aguentava? Bruxa maldita!

— Aperta, aperta mais.

Ela não conseguia apertar mais do que já estava apertando. Quem era esse homem, afinal? Será que era médico de verdade? Ninguém se dera ao trabalho de apresentá-lo, mas ela ouvira os outros dois o chamarem de Louis. Era possível que não fosse seu nome verdadeiro. Todos tinham codinomes. O de Wolf era André. Não era para ela saber, mas ela sabia. Bem feito! Pelo menos, ele parecia seguro do que fazia, mesmo que não fosse médico. Era nada menos do que horripilante que estivesse extraindo uma bala sem anestesia. Sorte que Wolf estava desmaiado, senão estaria uivando de dor.

— Preciso que você aperte com mais força.

— Não consigo apertar mais do que isso.

— Aperte, Annette, aperte!

Ursula passou a xingá-la em alemão de inútil, idiota, fraca e um monte de palavrões que ela jamais empregaria, por pior que fosse a situação. Tentou arrancar o torniquete das mãos da irmã, mas Annette se recusava a largá-lo. As duas mulheres disputaram a posse, sem que nenhuma prevalecesse. No final das contas, Louis chamou um dos homens para substituí-la. Ela pôs-se a correr de um lado para o outro, soluçando descontrolada, e só se aquietou quando Ursula a agarrou pelos braços e a sacudiu.

— Leve Roger para passear lá fora.

— Está gelado lá fora. Ele vai se resfriar.

— Leve ele para passear! Agora!

Ursula esperou que ela consentisse com a cabeça antes de soltá-la. Annette foi até o menino, que estava parado no canto, junto à lareira, lágrimas silenciosas escorrendo pelo rosto. Ela tentou fazer cara de sensata e razoável, mas sabia que devia parecer mais uma máscara de pavor mal contido.

— Vem, Roger, vamos ver os patos dormirem.

O menino deixou-se embrulhar num casaco e se arrastar para a noite invernosa.

Annette apalpava o bolso interno do casaco à procura do cigarro que escondera ali para uma emergência. Não havia dúvida de que a presente situação contava como emergência, muito mais do que qualquer outra que ela poderia ter imaginado quando surrupiou o cigarro do maço coletivo. Como as coisas tinham chegado a isso? Percorreu em sua mente os últimos sete anos, desde que tinha sido despachada de Berlim por seus pais. O declínio e a queda, costumava dizer. Quando saiu de lá, contava apenas dezesseis anos — uma menina tolinha cheia de ideias românticas sobre a vida, criada no seio da opulência. Que expressão engraçada, "seio da opulência". Imaginou o seio de sua mãe e tentou fundi-lo com o conceito de opulência. A imagem resultante era algo como *O banho turco*, de Ingres, mas com sua mãe como uma das odaliscas. Mais estranho ainda. Alguns anos antes, ela teria escrito um poema a respeito disso. Agora não havia mais tempo para poesia. Viviam de esconderijo em esconderijo, de mudança na calada da noite. Isso não era vida para um poeta. Ela parou e acendeu o cigarro. Ficou vendo o fósforo se extinguir e percebeu que sua mão ainda tremia.

— Quer ver os patos, Roger?

— Estou com frio.

Ela fizera a pergunta em alemão, e o menino respondera em francês. Era sempre assim quando ele estava cansado ou triste. Ela morria de pena do sobrinho. Amava-o como se fosse seu próprio filho. Havia mesmo horas em que sentia que ele era mais dela do que de Ursula. Sua irmã não tinha a menor paciência para lidar com crianças. Às vezes, Annette desejava que ela simplesmente sumisse. Se fossem só ela, Wolf e Roger, sozinhos, eles poderiam ser felizes. Esse pensamento sempre vinha misturado com uma dose forte de culpa, mas ela não conseguia resistir ao arrepio secreto de prazer que lhe causava. Agachou-se e abraçou o menino, esfregando o corpo dele para esquentá-lo. Roger ficou parado, sem corresponder ao abraço. Ela puxou o gorro dele para baixo de modo a cobrir suas orelhas — o cigarro preso nos dentes, forçando um sorriso torto — e apertou o cachecol no seu pescoço. O movimento lembrou o torniquete em volta da perna de Wolf. Ela ficou de pé num salto brusco e arrastou Roger pela mão em direção ao lago.

Quando voltaram para a cabana, os pontos já haviam sido dados. O tal do Louis fazia um curativo na ferida e explicava para Ursula como limpar e trocá-lo. Annette teve vontade de se aproximar e aprender também, mas estava com vergonha de ter sido tão imprestável e histérica antes. Ela foi até a lareira, onde os dois outros homens se esquentavam. Ambos eram morenos e tinham a barba por fazer — tipos mediterrâneos, talvez italianos ou espanhóis. O menor era muito bonito, com feições delicadas, femininas, e o olhar melancólico. Ela teria gostado de tirar seu retrato. Sorriu para eles, mas eles se limitaram a devolver um sinal respeitoso com a cabeça.

— Vocês querem um chá? Temos alecrim ou camomila. Sinto muito não poder oferecer chá de verdade, nem café.

— Não, obrigado, já estamos de saída.

Annette sorriu mais uma vez, fazendo um esforço para compensar seu comportamento lastimável de antes. Não queria que eles ficassem com a impressão de que a cunhada de Wolf era uma imbecil desmiolada. Olhou de um para o outro, estudando seus rostos fechados.

— Vocês são daqui?

— Eu, sim. Sou de Montauban.

— Eu venho de Aubenas, no Ardèche.

Então eram ambos franceses. Ela tinha tanta vontade de conhecer essas pessoas, o que faziam exatamente, como tudo funcionava, mas sabia que não adiantava perguntar. Wolf nunca falava nada. Sempre que ela tentava descobrir alguma coisa, ele mudava de assunto. Uma vez, quando ele estava de bom humor, ela o havia pressionado um pouco por detalhes, fazendo cócegas e o provocando, como nos tempos em que era criança. (Ele sempre acabava fazendo mais cócegas nela do que ela nele. Deixava-a prevalecer um pouquinho e depois saltava sobre ela, de repente, prendendo-a com seus braços fortes e fazendo cócegas sem misericórdia até que ela implorasse para ele parar.) Quanto mais exigia que ele explicasse o tal "trabalho de espião", mais obstinadamente ele a ignorava. Passou a cantar árias de óperas ligeiras para abafar seus pedidos insistentes. Ele era impossível. Ao final, ela fora obrigada a tapar os ouvidos, fingindo desespero, e a se meter a cantar também — canções populares, cantigas de roda, o que lhe viesse à cabeça; mas sua voz rouca não tinha força para fazer frente ao barítono poderoso dele. Ele venceu com um refrão de "Der Vogelfänger bin ich ja". Mozart, *A flauta mágica.* Como podia competir com isso? Ela foi obrigada a desistir do inquérito e se render à pantomima dele. Ele estava tão engraçado, afinal, dançando em volta dela como o caçador de passarinhos, seus olhos azuis saltados como um cantor de ópera de verdade: *"Ein Netz für Mädchen möchte ich; ich fing sie dutzendweis für mich!".* Aí a levantou do chão e a rodopiou no ar, e o passarinho caiu encantado na arapuca.

— Eu me chamo Annette. E vocês?

— David.

— Pepe. Na verdade, Daniel.

O tal David fuzilou o companheiro com o olhar. Retomaram o silêncio. Não ia conseguir nada com esses dois. Louis chamou-os, do outro lado da sala. Estava na hora de partirem.

Os dias seguintes foram insuportáveis. Ursula a tratava com frieza e dirigia-se a ela em monossílabos, quando muito. Ela vigiava Wolf como um cão de guarda, com o intuito ostensivo de cuidar dele, mas, Annette pressentia, na verdade o fazia para mantê-la à distância. Caso se aproximasse para indagar sobre o estado dele, Ursula a enxotava com recomendações de que o paciente precisava de repouso absoluto. Não era justo puni-la assim. Ursula aproveitava sua posição como irmã mais velha, esposa e mãe para imperar sobre todos. Por quanto tempo ainda ela teria que suportar ser tratada como criança? Era uma mulher adulta, de vinte e três anos, apenas seis a menos do que a irmã. Será que a outra continuaria a se valer desse trunfo quando elas tivessem seus setenta e tantos anos? Além do mais, ela só assumia o papel de esposa e mãe dedicada quando interessava. Vivia a ralhar com Wolf e era um desastre inequívoco como mãe. Todo mundo achava isso, até a prima Henny. Se não fosse pela tia, o menino ficaria jogado às traças. Quem o levava para passear? Quem brincava com ele? Quem lhe contava histórias na hora de deitar? Histórias e contos que ela era obrigada a inventar sozinha, já que eles não tinham quase nenhum livro. Ursula seria incapaz de inventar um conto de fadas, nem que fosse para se livrar da morte.

Annette estava sentada junto à janela, fingindo ler *Crime e castigo*, quando ela viu o tal Louis subindo o caminho até a cabana. Ele estava diferente hoje, com aspecto de médico, vestindo um sobretudo alinhado e carregando uma maleta de couro. O sol da manhã fulgurava brilhante na trilha, mas dava para ver o quanto estava frio pela pressa com que ele caminhava e por sua respiração se condensando, branca e leitosa, contra a palidez do céu azul. Ela foi logo se levantando, aliviada por ter um pretexto para largar o livro. Ela queria gostar de Dostoiévski, principalmente para contrariar Ursula, que o considerava entediante, mas ela tinha que admitir que ele fazia muitos rodeios antes de chegar ao assunto. Talvez fosse a tradução francesa. Decidida a dar uma palavra com o médico, Annette precipitou-se até a porta e admitiu-o em silêncio, antes que ele batesse, esforçando-se para impedir o homem de perguntar alto por que ela estava sussurrando. De nada adiantou. Ursula emergiu do quarto, pegou o médico pelo braço e guiou-o até o paciente acamado. Annette ficou segurando seu sobretudo, chapéu e cachecol, como um cabide humano. Poucos minutos depois, porém, era a própria Ursula que retornava à sala. Aparentemente, o tal Louis queria ficar a sós com Wolf.

Ursula fazia de tudo para evitar Annette, embora fosse difícil ignorar qualquer um no espaço confinado daquela cabana. Fazia mais de três semanas que estavam ali, e ela já começava a se sentir um pouco em casa. Nos cinco últimos meses, eles haviam morado em oito lugares diferentes nas redondezas de Montauban. Segundo Wolf, precisavam manter essa estratégia de mudanças constantes até conseguirem regularizar sua situação. Não podiam correr o risco de serem denunciados por algum vizinho enxerido. Ainda mais ele, que tinha idade para prestar serviço militar e podia ser recrutado para a Legião Estrangeira, ou então preso como desertor. Nada disso fazia muito sentido, quando ela parava para pensar. Por que eles iriam querer recrutar um alemão? Ainda por cima, quando a França nem estava mais em guerra? A cada vez que ela pedia para ele explicar, os detalhes mudavam um pouco. Annette já não acreditava muito nas versões que ele contava. No fundo, achava que o motivo verdadeiro era o tal "trabalho de espião". Era só observar suas idas e vindas. Primeiro, foi o tal do Jean-Étienne, que os enfurnara num hotel da Rue de la République. Aquele ali, com certeza, sabia mais do que contava. Depois veio o "grupo de debate" na biblioteca municipal, do qual ela e Ursula foram barradas de participar. Foi aí que ela começou a desconfiar mesmo. Wolf nunca se metera nessas coisas de partido; então por que diabos estava frequentando um grupo de discussão política? E que espécie de reunião era essa, que não admitia mulheres? E qual o motivo para a biblioteca abrir à noite? Nos três últimos meses, ele dera para sumir durante dias a fio, até uma semana inteira, sem mais explicação do que avisar para não se preocuparem com ele e que alguém viria cuidar delas caso acontecesse algum imprevisto. Agora apareceu com a perna baleada. Ela tinha imaginação suficiente para juntar as coisas. Annette sentia orgulho do que ele estava fazendo e compreendia o motivo para tanto sigilo, mas apenas queria que ele contasse para ela. Não precisava entrar em detalhes, bastava uma dica.

O médico estava demorando demais com Wolf. Ursula havia apanhado o volume de *Crime e castigo* e fingia ler. Da janela, Annette observava Roger brincando. Ele estava juntando pinhas e arrumando-as em duas fileiras, formando uma espécie de corredor. Estava prestes a sair para brincar com ele quando o tal Louis afinal surgiu do quarto. Anunciou, com um sorriso insosso de médico, que o paciente estava melhor e logo teria condições de deixar a cama. Recomendou que continuassem a trocar o curativo pelo menos uma vez ao dia e foi-se embora, sem mais. Assim que saiu, Wolf chamou as duas irmãs no quarto. Perguntou por Roger, gravíssimo, e mandou que se sentassem. Tinha algo importante a comunicar, disse. Annette ficou assustada. Wolf detestava formalidades. Para ele se comportar desse jeito, devia ser algo realmente muito sério.

— Ficou muito perigoso a gente continuar aqui, então vamos nos mudar de novo.

Ele parou e lançou um olhar severo para elas. Era só isso? Tinha que haver algo a mais. A essa altura, estavam tão acostumados com as mudanças que, da última vez, havia lhes avisado à mesa do café da manhã que partiriam assim que terminassem.

— Para onde vamos?

— América do Sul.

As duas fixaram Wolf, estarrecidas, e depois uma fitou a outra. Pela primeira vez em três dias olhavam-se nos olhos. Eram irmãs novamente, unidas pelo mesmo pânico. Foi quase cômico o modo que exclamaram em coro:

— América do Sul?!?

— Sim, está tudo arranjado. Arrumaram passagem para nós saindo de Vigo, no dia 10 de janeiro, num navio espanhol com destino ao Rio de Janeiro. O navio se chama *Cabo de Buena*

Esperanza. Pelo menos em nome é uma boa esperança, não acham?

Wolf emitiu uma risadinha oca, mais parecendo uma fungada. O assunto não tinha a menor graça, como ele ousava fingir que estava levando isso na brincadeira? Annette ficou inteiramente sem reação, estupefata. América do Sul! Revolvia-se em sua imaginação uma confusão de florestas, leopardos, papagaios, palmeiras. Ela se viu cercada de homens com bigodes gigantes, metidos em ternos brancos e chapéus de aba larga. O que eles iam fazer na América do Sul? Sem saber como reagir, aderiu à postura pragmática de Ursula e seguiu atentamente o questionamento da irmã:

— E como propõem que viajemos até lá, sem documentos, sem vistos, sem dinheiro? Sabemos que o governo alemão jamais renovará nossos passaportes.

— Bem, é sobre isso que precisamos conversar agora. Não vamos usar passaportes alemães.

— Eles vão nos providenciar algum tipo de *laissez-passer*?

— Não, não exatamente.

— Fala logo, Wolf! Esse suspense é insuportável.

Normalmente, ela teria ficado com raiva de Ursula por adotar um tom tão ríspido com Wolf. O pobre homem estava convalescendo ainda, tinha tomado um tiro, e a egoísta de sua irmã era incapaz de ter um pouco de consideração por ele. Mas, de fato, ele estava prolongando demais o suspense. Só dessa vez, ela tinha que tomar o partido de Ursula. Que diabos Wolf estava pensando?

— Vão nos dar passaportes novos, franceses... com nomes falsos.

Nomes falsos? Franceses? *Noms de guerre*, claro! A vida toda ouvira a expressão, mas nunca parara para refletir sobre seu significado. Que perfeito. Estavam em guerra; nada mais normal do que ganharem nomes de guerra. O pensamento inspirou-lhe um prazer secreto, como se isso a aproximasse um pouquinho do "trabalho de espião" de Wolf. Ursula ficou sem reação — pela primeira vez na vida, que Annette se lembrasse. Wolf, em compensação, foi se tornando mais animado e falante.

— Não somente passaportes; eles vão providenciar certidões de nascimento e de batismo para Roger, uma certidão de casamento, um *livret de famille*. Eles têm um camarada que forja tudo. Fica perfeito, parece genuíno. Aliás, não deixam de ser. São documentos franceses autênticos que ele modifica. Já vi exemplares do trabalho dele. São excepcionais.

A boca de sua irmã pendia aberta, o queixo literalmente caído. Dava vontade de rir. Annette não se recordava de ter visto a irmã assim, tão pasma que ficasse sem palavras. Na sua cabeça, ao contrário, pululavam perguntas.

— Vamos poder escolher nossos nomes?

— Não, infelizmente. Os documentos são baseados em identidades reais, apenas mudando alguns detalhes estratégicos. Mas Roger vai continuar a ser Roger; vão acrescentá-lo ao meu passaporte.

— Como assim, detalhes estratégicos?

— Data e local de nascimento, nomes dos pais, esse tipo de coisa. Vão ajeitar o *livret de famille* para parecer que vocês são primas. Isso explica por que você está viajando conosco. Também vão mudar minha idade para quarenta e nove anos, para ficar acima do limite para o serviço militar. Pensaram em tudo, até o último detalhe.

— Quarenta e nove! Como você vai conseguir passar por quarenta e nove?

— Vamos ter que dar um jeito.

A mente de Annette rodava, febril. Ela tinha tantas perguntas que mal conseguia decidir qual seria a próxima. Ursula estava pálida, como se fosse desmaiar. Annette tomou a irmã pelo braço e lhe perguntou, em francês, num tom cortês de farsa:

— Minha cara irmã, ou devo dizer, prima?, você quer um copo d'água?

Ursula arrancou o braço da mão da irmã.

— Não tem a menor graça, Annette! Proíbo você de se referir a mim como sua prima. E pode parar também de falar francês comigo. É ridículo.

— Não, sinto informar que Annette tem toda razão. De agora em diante, devemos falar somente em francês, mesmo uns com os outros. Não podemos correr o risco de nos entregarmos por conta de um deslize qualquer, uma palavra errada diante de um funcionário ou um policial. Precisamos começar já a decorar nossas identidades novas, e precisamos ensinar Roger também.

Essa parte seria fácil, ela raciocinou. Roger era uma criança inteligente, e eles apresentariam isso a ele como um jogo. Ele tinha toda a capacidade de cumprir o papel dele. Wolf alcançou uma folha dobrada, na mesa de cabeceira.

— Os detalhes estão anotados aqui, para começarmos logo a decorar as identidades novas. Ainda vai levar alguns dias até os documentos ficarem prontos. Assim que os tivermos em mãos, viajamos para Marselha para buscar os vistos para a Espanha e para a América do Sul.

— E os vistos de saída da França?

— Já estão sendo providenciados... A *Préfecture* de Montauban vai fornecer os primeiros carimbos em nossos passaportes novos.

Annette recebeu o papel da mão de Wolf e começou a ler em voz alta os nomes, as datas e demais dados. "André Denis, nascido em 1º de setembro de 1891, em Calais, *département* de Pas de Calais. Nomes dos pais: Edouard Denis e Louise Chatelain. Casado com Léonie Renée Denis, em 8 de junho de 1928;

pai de Roger Denis, nascido em 16 de fevereiro de 1930, em Montauban, *département* de Tarn-et-Garonne. Léonie Renée Denis, nome de solteira Saurin, nascida em 6 de maio de 1906, em Arras, *département* de Pas de Calais. Pais: Henry Saurin e Germaine Pécharman. Marie-Louise Pécharman, nascida em 9 de setembro de 1920, em Montauban, *département* de Tarn-et--Garonne." 1920? Isso era três anos a menos do que ela tinha, na realidade.

— Pécharman? Que espécie de nome é Pécharman?

— É um nome tradicional daqui da região, segundo Louis.

— Bem, soa inventado para mim. Meio estranho. Já de Marie-Louise eu gosto. Acho que combina comigo. Meu apelido vai ser Malou.

As faces de Ursula readquiriam aos poucos a cor. Da palidez quase de morte, iam se tornando vermelhas de indignação. Annette sentiu que o vulcão da fúria de sua irmã estava prestes a entrar em erupção. Levantou-se e foi dar uma olhada pela janela.

— Não acredito que vocês estão levando isso na brincadeira! Quer dizer, então, que vamos apostar nossas vidas numa papelada forjada e na nossa habilidade para nos fingirmos de franceses perante um público que consistirá basicamente de autoridades e oficiais franceses? Vocês perderam completamente o juízo?

— Qual outra opção você nos propõe?

A singeleza brutal da pergunta de Wolf extinguiu o fogo antes que ele ganhasse força para se alastrar. Dessa vez, Ursula seria obrigada a aceitar que não ia conseguir fazer as coisas do seu jeito. Ela não controlava mais nada. Logo ela, que nunca na vida tivera ocasião para duvidar de sua autoridade sobre tudo e todos. Numa fração de segundo, desmoronou. Seu rosto encheu--se de desespero e, quase choramingando, perguntou:

— O que faremos com nossos passaportes alemães?

— Os antigos? Queimaremos. Não podemos deixar nenhum

rastro de nossas identidades antigas. Nada de cartas, documentos, fotografias. Nem mesmo livros em alemão. Precisamos destruir tudo que possa despertar suspeita.

Com certo prazer sádico, de início, e depois com horror crescente, Annette assistiu à irmã despencar no abismo. Com os punhos cerrados, Ursula golpeava alternadamente a cama, o ar, sua própria cabeça. Quando se cansou disso, contorceu-se no chão numa posição fetal e desabou num pranto desbragado. Seu nariz escorria sem parar, e uma expressão de terror distorcia seu rosto. Annette nunca imaginara que veria a irmã reduzida a um estado tão indefeso. Deu-se conta, subitamente, do sentido profundo da palavra "quebrantado". Sem pensar duas vezes, ela atravessou o quarto e abraçou a irmã. Em qualquer outra circunstância, Ursula a teria despachado com um comentário sarcástico. Agora, ficou ali jogada, chorando lágrimas amargas e deixando-se abraçar. Annette deitou a cabeça da irmã sobre seu ombro e alisou seus cabelos. Nessa posição quase inimaginável, ajoelhada diante da opressora vencida, pôs-se a chorar também. As duas irmãs soluçavam juntas, agarradas uma à outra no frio do quarto, formando uma pequena pirâmide de tristeza. Quando ela abriu os olhos de novo, Roger estava à porta, observando atônito a mãe e a tia.

— O que está acontecendo?

Ele fez a pergunta em francês. Wolf endireitou-se na cama, chamou o filho para perto dele e colocou uma mão sobre seu pequeno ombro.

— Estão vendo? Não vai dar o menor trabalho convencer este aqui a falar francês. Vem cá, meu filho, senta aqui com seu pai. Temos muito o que conversar.

No dia seguinte, Wolf envelheceu quinze anos para virar André Denis. Desbastaram seus cabelos estrategicamente, descoloriram uma mecha branca bem no meio e engomaram o restante com a pomada mais gordurosa que conseguiram. Rasparam seu bigode para ficar menor e tingiram-no de um preto bem falso, dando-lhe todo o ar de um francês provinciano. Acabou não sendo tão complicado quanto Annette imaginara. A verdade era que Wolf envelhecera bastante nos seis meses anteriores. Estava quase de volta ao seu peso normal, mas em seu rosto havia linhas e rugas que não eram visíveis um ano atrás, antes do campo de internação. Louis voltou, trazendo um fotógrafo que tirou retratos dos três, com o cuidado de usar fundos diferentes para simular ocasiões distintas. Ele informou que os documentos estavam quase prontos e explicou mais alguns detalhes.

O passaporte de família para André (Wolf), Renée (Ursula) e Roger traria vistos de saída da França por Marselha e um visto de entrada para a Venezuela. O outro passaporte, para Marie--Louise (ou seja, Annette), traria um visto de saída por Cerbère e um visto de entrada para a Venezuela, bem como vistos de trânsito para Portugal e Panamá. Quer dizer que não viajariam juntos? Annette apavorou-se só de pensar que teria que se separar de Wolf. O que ela faria no Panamá sozinha? Louis esclareceu que viajariam juntos, sim. Os diversos vistos eram apenas um truque para dar uma aparência autêntica aos passaportes. Seria suspeito se todos tivessem as mesmas datas e carimbos. Os vistos de entrada e saída eram tão adulterados quanto os próprios passaportes, forjados por pessoas da sua rede ou comprados de colaboradores e simpatizantes. Sua função era apenas despistar os vários oficiais e funcionários com os quais teriam que lidar em Marselha, induzindo-os a conceder vistos de verdade em substituição aos falsos. Pela lógica torta dos burocratas, ele explicou, era mais provável que concedessem uma determinada autorização ou carimbo se vissem que o requerente já possuía outros. Quanto mais se precisava do primeiro visto, menor a chance de obtê-lo. Annette olhou com admiração para Louis e depois para Wolf, abismada que eles tivessem pensado em tantos detalhes. Wolf limitou-se a sorrir e comentar:

— *C'est la perversité naturelle des choses, ma petite Malou.*

Wolf vinha se atendo à sua decisão de falar somente francês, mesmo quando estavam a sós. Ela atentou para a frase, que não conhecia, "a perversidade natural das coisas". Gostou dela. Gostava também de ser chamada de Malou. Era um bom apelido. Parecia mais adulto... Uma mulher adulta... Uma mulher francesa adulta. Annette decidiu que passaria a agir e raciocinar como uma Malou. Wolf dissera que a melhor técnica para mentir de modo convincente era mesmo acreditar na mentira. Colocando-se no espírito Malou, ela examinou a expressão de terror estampada no rosto de sua irmã e pensou com seus botões: "seria tão bom se Renée parasse de resistir a tudo. Ela vai acabar causando problemas para todos nós". O único aspecto que lamentava era não poder mais pensar em Wolf como "Wolf". Ela adorava esse apelido. Tinha um sabor de aventura e perigo. monsieur André Denis, de Calais, não era páreo para o seu Wolf. Não importava; ela continuaria a pensar nele como Wolf em segredo, mesmo que fosse obrigada a chamá-lo de André.

No dia seguinte, bem cedo, ouviu o barulho de pneus sobre o cascalho que conduzia até a cabana. Um Citroën de quatro lugares aguardava na escuridão para levá-los a Toulouse, onde pegariam o trem para Marselha. Fazia anos que não andava de automóvel, e essa oportunidade encheu-a de uma euforia infantil. Eles deviam ter contatos muito poderosos, essa gente, para conseguirem um carro e combustível, e ainda as permissões necessárias para rodar com ele. O tal do David era o motorista. Ele estava ainda mais sisudo do que da outra vez e mal lhes cumprimentou quando entraram no carro. Annette decidiu ignorá-lo, pois deduziu que era o que Malou faria. Wolf sentou-se à frente, ao lado dele, enquanto ela e Ursula ocuparam o banco de trás, com Roger no meio. Lá dentro, pôde examinar seu passaporte novo pela primeira vez. Era perfeito. Se não soubesse que era falso, jamais desconfiaria disso. Os vistos também tinham cara genuína. Ela checou os detalhes do portador uma última vez, para confirmar que decorara tudo certo. Sobrenome: Pécharman. Prenome: Marie Louise. Nacionalidade: francesa. Local e data de nascimento: Montauban, 9 de setembro de 1920. Qual seria seu signo astrológico? Virgem? Será que alguém perguntaria uma coisa dessas, só para confundi-la? Profissão: s.p. — *sans profession*. Ah, não, que droga! Bem que eles podiam ter perguntado isso para ela antes. Ela queria ter uma profissão, já que ia começar a vida como uma nova mulher. Fotógrafa, de preferência. Conferiu ainda as características físicas. Altura: 1,57 metro. Cabelos: castanho-escuros. Sobrancelhas: idem. Testa: estreita. Olhos: castanhos. Nariz: pronunciado. Boca: média. Barba: espaço riscado com um traço. Queixo: redondo. Face: oval. Sinais particulares: outro traço. Sim, era uma descrição condizente. Poderiam ter lhe poupado o nariz "pronunciado", mas, no geral, ela se reconhecia. Mesmo a foto não saíra tão mal.

Começava, então, a grande aventura. Seus pensamentos voltaram-se para seus pais. Fazia dois meses que não os via. Logo, logo, em Marselha, poderia abraçá-los de novo. Qual seria a primeira tarefa lá? Wolf dissera que precisavam dos vistos para o Brasil. A passagem já estava comprada. Em seguida, podiam pedir a renovação dos vistos de saída da França, assim como o visto de trânsito pela Espanha. Depois disso, estariam prontos para partir. Parecia simples. Ursula — ou, melhor, Renée — dissera que seria impossível, que nunca conseguiriam sair de Marselha. Ela já não dava mais nenhum crédito aos prognósticos sombrios da irmã. Essa gente sabia o que fazia, e Wolf era um deles. Ele os salvaria, a todos, com certeza. A América do Sul era tão longe. Annette puxou Roger para perto de si. O menino tiritava de frio no automóvel gelado. Ela esfregou seu corpo com as mãos, juntando a coberta em volta das pernas dele. Naquele instante, flagrou a irmã olhando para eles de soslaio. Pensou em lhe dizer algo; mas, quando abriu a boca para falar, Ursula fingiu que estava dormindo.

Janeiro e fevereiro de 1941

— Foi aqui que assassinaram o rei Alexandre da Iugoslávia, em 1934.

Gertrud mirou resignada a calçada da Canebière, mais por obrigação, e não porque se interessasse pela conversa de Hugo. O que realmente chamava sua atenção era o cartaz na vitrine da agência de viagens: PASSE A PRIMAVERA EM LISBOA, dizia em vermelho e verde resplendentes. Nunca haviam visitado Portugal, e sua vontade de conhecer o país passou a assumir proporções descabidas. Lisboa era o portal para as Américas — a margem ocidental da Europa e praticamente o único porto que ainda não submergira sob a maré guerreira. Quase todo mundo em Marselha estava querendo passar a primavera em Lisboa, de um modo ou de outro.

— Foram os nacionalistas croatas. Hoje temos perspectiva para dimensionar o quanto isso foi determinante. Mussolini talvez nunca tivesse se juntado a Hitler caso existisse uma aliança forte entre França e Iugoslávia.

Não adiantava reclamar quando ele engrenava nessas elucubrações históricas, era melhor deixar esgotar o assunto. O segredo era demonstrar um leve interesse, por educação, sem nunca chegar a ponto de dar uma resposta ou fazer uma pergunta. Isso só o encorajaria a continuar. Gertrud ficou imaginando como seria o clima em Lisboa nessa época do ano. Será que esfriava muito por lá? Os invernos deviam ser amenos, como em Florença ou Roma.

— Louis Barthou também foi morto naquela ocasião, quase por acidente. O mais irônico é que sua morte acabou gerando consequências mais duradouras do que a do próprio rei Alexandre, que era o alvo do atentado.

Por um segundo, a menção do nome despertou a curiosidade de Gertrud. Quem era mesmo esse Louis Barthou? Algum político francês, presumivelmente. Será que ela chegara a conhecê-lo? Estava quase perguntando quando se lembrou da regra de ouro: deixar ele falar até se exaurir.

— Kessler nunca deu muito valor para ele. Achava que ele era um fanfarrão. Mas fico me perguntando se as coisas seriam diferentes se ele tivesse sobrevivido.

Os pensamentos dela se voltaram para Ursula e Annette. Quando tiveram que deixar Montauban às pressas, Gertrud chegou a temer que nunca mais veria as filhas e o neto. Pelo menos estavam todos juntos na mesma cidade, de novo. Isso era motivo para agradecer. Apesar das circunstâncias pavorosas em que elas viviam em Marselha, alojadas naquela *maison de passe* tétrica, à espera da ocasião propícia para fugir. Ela não podia nem chamar as filhas pelos nomes verdadeiros. Eram Renée e Malou agora, e ela fora apresentada à *concierge* como madame Studenic, uma velha conhecida. Foi a primeira vez que se dignou a lançar mão de sua identidade nova. Na hora, desejou sinceramente que fosse a primeira e última. Os passaportes tchecos de monsieur Fry haviam permanecido trancados num cofre ao longo desses últimos meses. Em breve, seriam obrigados a fazer uso deles para valer.

— Recordo-me que certa vez Kessler dizia... sobre Barthou e Rathenau... quando foi mesmo? No início da inflação. 1923, acho. Ou será que era 1922? Vou ter que perguntar a Hilferding, da próxima vez que o vir...

Santo Deus, a coisa degringolava, de novo. Cada vez mais, Hugo perdia o fio da meada da própria conversa e emaranhava-se em reminiscências sobre os bons tempos. Começava, invariavelmente, com uma menção a Harry Kessler ou Paul Cassirer e passava dali para a lembrança de quem tinha dito o que em qual ocasião, até que ele se enrolava de vez tentando desfiar as opiniões dos mortos. Toda vez que ingressava num desses passeios pelo labirinto da memória, demorava mais para encontrar a saída. O medo de Gertrud era que ele acabasse como o pobre dr. Adler.

— Annette me contou que eles pretendem ir embora de Marselha nos próximos dias. Saíram os vistos de trânsito para a Espanha, e eles precisam usar os vistos de saída franceses antes que expirem.

Sua intenção original era de participar essa notícia à noite, com toda calma, mas agora ela servia à função adicional de pôr fim à digressão dele, antes que se tornasse irreversível. Quando Hugo conseguiu retorquir, afinal, sua voz saiu fraca e derrotada.

— Então quer dizer que vão embora mesmo?

— Sim, meu bem, vão para o Brasil. O que você queria que eles fizessem? Ficassem esperando em Marselha para serem presos com documentos falsos?

Hugo ergueu os olhos na direção do Vieux Port. Por um instante, Gertrud imaginou que fosse vê-lo chorar, pela primeira vez em seus trinta e tantos anos de casamento. Sua reação instintiva foi pousar a mão no braço dele, para consolá-lo, porém se segurou por medo de que ele desmoronasse como um castelo de cartas ao primeiro toque.

— Sei que é difícil, meu querido, mas eles precisam aproveitar essa chance, enquanto ainda é possível.

— Sim, sim, sim. Mas, assim que conseguirmos acertar nossa ida para os Estados Unidos, poderemos dar entrada no pedido para que se juntem a nós.

De novo, a ideia fixa. Ela precisava ser dura com ele. Era para o bem dele e de todos.

— Hugo, por favor! Há três meses estamos esperando esses vistos de saída. Por quanto tempo ainda vamos ficar reféns desse sonho?

— Mas você acaba de dizer que Ursula e Annette conseguiram vistos de saída. É ou não é?

— Ursula e Annette não são mais Ursula e Annette. Estão se passando por cidadãs francesas. Só por isso conseguiram os vistos. Eu e você somos refugiados, *apatrides*...

Hugo sacudiu a cabeça, teimoso, insistindo em negar a lógica evidente do que ouvia. Gertrud fixou os olhos do marido e baixou a voz, como quem ameaça uma criança.

— Hugo, olha para mim. Você é um homem procurado. Você tem valor como refém. O governo de Vichy jamais vai deixar você partir. Você mesmo disse isso. Por favor, preste atenção.

O pescoço dele ainda fazia menção de sacudir a cabeça, mas faltava-lhe ímpeto, como o ponteiro de um relógio em que se precisa dar corda. Observando o marido ali, os olhos a piscarem descontrolados no sol luminoso de inverno, Gertrud temeu que ele pudesse ter um infarto. Conduziu-o pelo braço até um café próximo.

— Um café com leite para mim e um conhaque para o monsieur.

O lugar era uma *torréfaction*. As prateleiras ostentavam latas para os diversos tipos de café, todas vazias, acima de um balcão onde ficavam expostos doces, biscoitos e geleias, embrulhados no estilo mimoso de meio século atrás. A entrada pomposa remontava aos tempos em que os governantes da cidade empreenderam o alargamento da Canebière, a fim de dotar Marselha de uma avenida digna do nome. Era reconfortante o simulacro de luxo do ambiente, e Gertrud lamentou ter escolhido um momento tão pouco feliz para adentrar o estabelecimento pela primeira vez. Quando veio o conhaque, ela incentivou o marido a bebê-lo todo de um gole. Ainda deu um tempo antes de falar, considerando se Hugo teria forças para aguentar uma segunda dose de verdades não ditas. Ele não era tão durão quanto gostava de afetar. A tática usual dela era plantar uma ideia na sua cabeça e fazê-lo acreditar que partira dele. Depois, era só fingir que concordava e obedecia. As circunstâncias obrigavam-na a condensar em poucos minutos uma campanha que, sob condições normais, teria levado semanas para mover.

— Meu bem, você não acha que chegou a hora de aceitarmos a oferta de monsieur Fry?

— Como assim?

— Os passaportes tchecos. Ele disse que poderia interceder junto ao embaixador para conseguirmos vistos para o Brasil.

— Brasil? Por que cargas-d'água iríamos para o Brasil?

Ele recusava-se a enxergar o óbvio. Francamente! Era seu próprio banquete de Belsazar, a escrita na parede: MENE, MENE, TEQUEL, PARSIM. Se deixassem, Hugo ficaria em Marselha, aguardando o visto de saída, até que a Gestapo viesse buscá-lo. Ela precisava fazer com que abrisse os olhos, mas com toda a delicadeza. Nesses últimos meses ele cuidara dela e a impedira de desfalecer. Nunca dera a menor margem para que ela duvidasse de sua constância, nem por um momento. Talvez tivesse sido demais. Agora era a vez dela de ampará-lo. Com ternura e com uma emoção quase esquecida, reencontrou a voz que usava para lhe falar nos tempos de recém-casados.

— Você se lembra do nosso apartamento em Zehlendorf?

Era quase cômica a expressão de perplexidade dele, os olhos apertados e a boca tão esticada que puxava a ponta do nariz para baixo, como um bico de ave. Ficou parecido, de repente, com George Arliss no papel de Rothschild, naquele filme americano bobo ao qual assistiram em Paris. Sob outras circunstâncias, ela talvez tivesse se permitido zombar dele um pouquinho. A resposta veio ainda mais impaciente do que de costume.

— Como poderia me esquecer? Moramos lá quase quinze anos. Mas, se mal lhe pergunto, qual a relação entre Zehlendorf e o Brasil?

— O dia em que Ursula nasceu... Você se lembra? Você disse que não tínhamos mais o direito de pensar em nós mesmos, que nossas vidas dali para a frente seriam dedicadas a cuidar dela. Você se lembra disso?

— Sim, me lembro, claro.

A desconfiança começava a despontar no rosto de Hugo. Ela tinha que agir rápido, aproveitando que ele ainda estava vulnerável. Gertrud permitiu-se derramar uma ou outra lágrima. Não foi difícil. Elas brotavam com muita naturalidade.

— Quando Annette adoeceu e quase morreu, você repetiu isso. Eu estava tão triste que queria morrer também. Você está lembrado? Você disse que precisávamos continuar vivendo por elas, que devíamos isso a elas, acontecesse o que acontecesse...

— Sim, meu bem, eu me lembro. Qual o sentido de repisar tudo isso?

— O sentido, meu querido, é que nossas filhas vão embarcar para o Brasil daqui a menos de uma semana, levando nosso único neto. Será que podemos nos dar ao luxo de deixá-las partir assim, talvez para sempre? Já perdemos todo o resto. Vamos perder isso também?

Ela experimentou uma satisfação quase indecente ao observar o entendimento penetrar na consciência dele. A expressão de dor em seu rosto lembrou a do jardineiro naquele dia em que resgatou um gato do telhado e teve que suportar as garras do bichano cravadas no seu couro cabeludo enquanto descia a escada. Gertrud aguardou com paciência que o instinto paterno aniquilasse o restinho de contrariedade dele. A cena lhe provocou um calafrio tão vívido que ela chegou a checar para ver se vinha algum vento frio da porta. Com um longo suspiro, Hugo desabafou:

— Sim, meu bem. Você tem toda razão. Como sempre, deixei de enxergar o óbvio. Devemos segui-los até o Brasil.

Atingira seu objetivo. Nada de tripudiar. Precisava encorajá-lo, estimulá-lo, senão ele poderia esmorecer.

— Só por um tempo, meu querido, até ficarmos fora de perigo. Quando chegarmos lá, redobraremos os esforços. Nossos vistos para os Estados Unidos são válidos até setembro. São mais nove meses.

— Sim, você tem razão, claro. Será apenas provisório...

— Você vai conseguir ajeitar as coisas de lá, do Brasil. Você sempre dá um jeito.

A cor voltava às faces de Hugo. Ele já se dedicava a repensar a nova situação.

— Mas como vamos conseguir os vistos de saída? Os passaportes tchecos não adiantam muito para isso.

— Um passo de cada vez, meu querido. Primeiro, conseguimos os vistos para o Brasil; depois, compramos passagens e pedimos vistos de trânsito. Na pior das hipóteses, partimos sem visto de saída. Há sempre a rota secreta de monsieur Fry.

— Pelas montanhas, a pé? Você acha que conseguimos, na nossa idade?

— Se ele conseguiu levar o caquético do Heinrich Mann, o balofo do Franz Werfel e aquela maluca da Alma Mahler, nós conseguiremos também.

O Grande Hotel pontuava o final da enseada de Banyuls-sur-Mer, seus contornos cinzelados pelo sol de inverno contra o azul profundo do mar. Era um bom local para encontros secretos com pessoas que não se conhecia — fácil de localizar, mas longe da vista de todo mundo. Havia um único casal sentado no terraço: um homem de cerca de trinta anos, cabeçudo e de orelhas grandes, e uma mulher um pouco mais jovem, de óculos escuros e lenço estampado na cabeça. Ambos bebiam café, com ar emburrado e resoluto. Gertrud conhecia essa cara, de Berlim; eram militantes políticos, sem dúvida. Só podiam ser os tais Jean e Lise que o assistente de monsieur Fry os instruíra a procurar. Incomodava-a o fato de que todos precisavam usar nomes falsos. Parecia que eram criminosos. A moça fez a mais leve menção de olhar para eles quando entraram; já a atenção do homem demorou-se um pouco mais, uma pontada de reconhecimento nos olhos. Hugo e Gertrud aproximaram-se da mesa, sobre a qual repousava a metade rasgada de uma folha de papel colorido. Hugo deitou a outra metade ao lado dela, completando a folha.

Ficaram sentados em silêncio durante alguns segundos, uns avaliando os outros. A moça era muita magra, com a pele um tanto esquálida, como se estivesse se recuperando de alguma doença. Gertrud sentiu uma fisgada de preocupação materna. Espreitou as xícaras de café vazias, tentando avaliar se bebiam café de verdade. O homem pronunciou-se, finalmente, com uma dicção clara, mas tão baixinho que ninguém seria capaz de ouvi-lo na mesa vizinha.

— Sei quem você é. Hugo Simon?

— Sou.

— Conheci você, há muitos anos, no congresso *Das freie Wort*.

Fazia muito tempo que não falavam alemão em público. O efeito era inquietante, sobretudo nesse clima de conspiração. O coração de Gertrud disparou, acompanhado de uma secura na garganta que a impedia de engolir. Hugo devia estar com medo também. Sua voz saiu estranhamente estridente, ao responder.

— Fevereiro de 1933, para ser exato. E você é?

— Você não precisa saber nossos nomes. Aliás, é melhor que não saiba. Vocês estão usando seus nomes verdadeiros?

— Não, temos passaportes tchecos com nomes falsos.

— Vocês, nós e todo o resto do exílio alemão.

O comentário sarcástico da moça assumiu uma ferocidade inesperada. Era para ser engraçado, mas Gertrud sentiu certa ameaça de fundo. Quem eram essas pessoas, afinal? Sua predisposição maternal anterior começava a se transformar em antipatia. Um garçom apareceu no terraço e veio até a mesa. A conversa cambiou imediatamente para o francês.

— Monsieur, madame. O que desejam?

— Tem café de verdade?

— Lamento, madame, temos somente substituto de café.

— Vou querer um café preto e um café com leite para a madame.

— Muito bem, monsieur. E mais alguma coisa para o senhor, monsieur Jean, ou para madame Lise?

— Não, obrigado, Pierre.

O garçom demorou-se ainda, como se tivesse esquecido alguma coisa. Seguiu-se um momento incômodo de silêncio, durante o qual todos se entreolhavam, seus rostos congelados em sorrisos simpáticos, até que ele pediu licença e se afastou.

— É muito bom que vocês tenham os passaportes tchecos.

Nunca conseguiriam passar a fronteira com seus nomes verdadeiros.

Então esse Jean sabia mesmo quem eles eram. Comunistas, provavelmente, pensou Gertrud. Isso explicaria a atitude desdenhosa da mulher. O exílio acirrara as velhas divisões partidárias. A massa dos filiados ao KPD ainda se referia aos do SPD como "fascistas sociais" e considerava qualquer um alinhado ao antigo USPD um *idiot utile*. Tanto fazia para ela se Jean e Lise os menosprezavam ou não, mas será que isso afetaria sua disposição em ajudá-los? Era melhor deixar Hugo conduzir a conversa. Ele tinha bastante experiência em negociar essas fronteiras ideológicas. Seu marido não disse nada. Apenas esperou que Jean retomasse o raciocínio.

— Vou explicar para vocês como organizamos a travessia. Prestem muita atenção, por favor. Tudo tem que correr de modo muito preciso, de acordo com o plano.

Ambos assentiram com a cabeça.

— Logo cedo, antes do amanhecer, esperarei vocês na esquina da avenida Puig del Mas, ao sul da cidade. Vocês sabem onde fica?

— Descobriremos. O *patron* do hotel é muito prestativo.

— Sim, ele é nosso camarada. Quando me virem, vocês acenam com o braço. Caminharei à frente e vocês seguem de longe. Devem se vestir com máxima simplicidade e não carregar nada, como se estivessem indo passear nas montanhas.

— E nossa bagagem?

— Fica aqui. Melhor deixar tudo.

Gertrud pensou nas poucas posses que conseguira salvar durante a fuga de Paris e no trabalho que tivera para preservá-las ao longo da perambulação por Montauban e Marselha. Não queria abandoná-las a essa altura. Por outro lado, tampouco queria confirmar os preconceitos do casal, que devia considerá-la uma dondoca frívola, preocupada unicamente com suas joias e casacos de pele. Hugo nada dizia para apoiá-la. Ela foi ficando exasperada. Francamente! O que importava o que essa gente pensava dela? Resolveu se manifestar, antes que fosse tarde.

— Existem alguns objetos de valor afetivo que preferiríamos não perder. Não existe outro jeito?

Gertrud dirigiu sua indagação para o homem, exclusivamente, evitando olhar a mulher. Jean voltou-se para ela com uma expressão aborrecida.

— O que vocês não quiserem deixar terá que ser despachado por trem. Temos um contato na ferrovia que pode arranjar isso, mas ele cobra bem caro.

— Pagaremos.

Gertrud lançou um olhar para Hugo exigindo confirmação. Ele concordou em silêncio e fez sinal para que Jean continuasse sua exposição.

— Subiremos a estrada uns quatro quilômetros, acompanhando os trabalhadores que vão para os vinhedos. Vocês devem guardar silêncio total e tentar não chamar a atenção. Se acontecer qualquer coisa, se um guarda alfandegário aparecer e perguntar, vocês dizem que estão subindo a montanha para ver a vista. Estarei logo à frente e, em caso de problema, volto para resgatá-los.

— E eu estarei atrás, seguindo vocês.

Gertrud lançou uma olhadela rápida para Lise, surpresa com a mudança do tom de sua voz, agora afável. A moça suava em profusão, como quem tem febre. Talvez tivesse feito mau juízo dela. A dureza que atribuíra antes ao escárnio era resultado, bem possivelmente, de dor e sofrimento físicos. Jean fuzilou sua companheira com o olhar. Bem pausado e didático, como um médico que tenta acalmar uma paciente histérica, falou:

— Acho que você ainda não está em condições de fazer a travessia.

— Sei muito bem o que tenho condição ou não de fazer.

A moça estava mesmo doente. Gertrud começava a gostar dela. Era valente. Só lhe faltava a sabedoria para seduzir em vez de confrontar. Ela aprenderia, com o tempo, como toda mulher inteligente. Era sua vez de fazer um gesto de aproximação. Ela olhou para Lise com ar materno.

— É muito bom saber que você vai estar logo atrás de nós.

Virou-se para Jean e sorriu seu sorriso mais cativante, dando a mão para Hugo sobre a mesa. Houve uma pausa antes que Jean retomasse sua preleção.

— Depois a estrada começa a ficar mais íngreme. Subimos durante algumas horas, até alcançar a fronteira espanhola.

— A subida é muito difícil? Você acha que conseguiremos?

— O caminho não é fácil. São cerca de oito quilômetros até a fronteira. Geralmente, a gente faz em duas horas, um pouco mais. Demora mais se tiver alguém muito fraco ou velho, mas quase todos conseguem, no final das contas.

Hugo espreitava a mulher com preocupação evidente. Gertrud vestiu a cara mais natural possível para tranquilizá-lo. Ela sabia que não podia deixar transparecer seu medo, apesar das dúvidas. A formulação dele era preocupante: "quase todos conseguem". E aqueles que não conseguiam, faziam o quê?

— Se vocês acharem que não têm condições, é melhor avisar logo. O mesmo contato que faz o transporte das bagagens tem um esquema para atravessar pessoas pela ferrovia. O trem dá uma parada e você salta dentro do túnel, uns duzentos metros antes da fronteira. Aí, é só ir tateando o resto do caminho.

— No escuro? Nem pensar! Prefiro me arriscar na montanha.

Gertrud imaginou o quanto devia parecer ridícula — uma velhota apavorada —, mas era isso aí, recusava-se terminantemente a rastejar por um túnel escuro em meio a ratos e lama.

— Estou com você.

Voltou-se agradecida para Lise, em reconhecimento por seu voto de apoio, e, em seguida, lançou um olhar desafiador para Jean, o qual retomou a explanação sem entrar no mérito.

— Quando chegarmos à fronteira, deixamos vocês. Aí, é só descer o caminho até o posto espanhol. Lá vocês pedem aos guardas para carimbarem seus passaportes com a entrada. Isto é muito importante. Quem não tiver o carimbo de entrada pode ser preso na Espanha, mesmo com visto de trânsito. Da fronteira, são uns dois quilômetros de descida até Portbou, e de lá vocês pegam o trem para Lisboa.

— Vamos para Vigo, não Lisboa.

— Vigo? Vigo está entupida de nazistas. É um porto para submarinos alemães.

Pela primeira vez na conversa Jean perdeu seu ar de calma imperturbável. Era evidente que Vigo não fazia parte do esquema consagrado. Gertrud adivinhou que ele precisava de mais informações.

— Nosso genro conseguiu passagens para nós no navio *Cabo de Hornos*, no dia 11 de fevereiro, quando ele para em Vigo.

— Como ele conseguiu uma coisa dessas?

— Ele é um pouco *débrouillard*, que nem você.

Jean olhou para ela, depois para Hugo. A expressão dele era inescrutável. Gertrud chegou a temer que ele fosse abortar o plano ali mesmo. A volta do garçom pôs fim ao impasse momentâneo.

— Um café para o monsieur e um café com leite para a madame.

— Obrigado, Pierre.

— Seus amigos estão visitando do exterior, monsieur Jean?

A pergunta era inesperada. Gertrud refletiu rapidamente

que Jean não sabia nem seus nomes inventados, muito menos qualquer outro detalhe da identidade deles, a não ser que fingiam ser tchecos. Intrometeu-se na conversa, antes que o garçom percebesse qualquer hesitação ou brecha.

— Viemos de Nice para admirar a linda vista das montanhas sobre o mar.

— É muito linda, de fato. E, por falar em beleza, se a madame e o monsieur me permitem uma sugestão, devem aproveitar a passagem por Banyuls para conhecer a obra do grande escultor Maillol, *notre Aristide*. Talvez já tenham ouvido falar dele?

— Claro. Eu e minha esposa somos grandes admiradores de sua obra.

— Ouvi dizer que ele é muito famoso em Paris. É verdade?

— Ele é famoso no mundo todo. Merecidamente.

O rosto do garçom traía um orgulho indisfarçável. Por um momento, Gertrud temeu que Hugo não resistisse à tentação de se gabar por ser amigo pessoal de Maillol e pelo escultor ter sido hóspede na casa deles. Isso levaria a mais perguntas e, possivelmente, a revelações problemáticas. Prendeu a respiração, mas Hugo não disse mais nada. Contentou-se em sorrir, bonachão, até que o garçom os deixou entregues ao casal em cujas mãos o destino deles agora repousava.

"Vejo vocês em Nova York", dissera monsieur Fry ao se despedir deles. Gertrud compreendera, na hora, que essas palavras eram apenas um bordão cansado — algo que ele devia repetir para todos os refugiados que partiam. Deitada numa cama estranha num hotel de terceira, duvidava que algum dia viesse a se concretizar. Uma sucessão de imagens passou voando por sua mente febril. Hugo de mãos dadas com Roger no jardim em

Villefranche. Änne Wolff chorando na mesa da cozinha em Montauban. Uma fila interminável diante do consulado americano em Marselha. O esplendor do Mediterrâneo visto do alto dos Pireneus. O rosto de um guarda pedindo para ver seus documentos. A agência de viagens em Portbou. A paisagem do norte da Espanha passando pela janela do trem. Qual seria a data? Onde ficava esse teto que ela fitava agora, as marcas e rachaduras manchadas com muitas vidas, como os furos na pele de um mendigo que ela vira certa vez na Kurfürstendamm? Estava no Hotel Bompard? De volta a Marselha? Ou, talvez, ainda em Portbou? O vulto sem rosto de Walter Benjamin pairava devagar sobre a cama, oferecendo-lhe um frasco de veneno. Como ela poderia ter certeza de que era mesmo Benjamin, se ele não possuía rosto? Era ele mesmo, o terno o entregava. Mas será que ela podia confiar nele? E se o veneno não a matasse? Era capaz de lhe dar mais sono ainda, fazendo com que dormisse durante sua prisão e deportação. Ela poderia acordar num campo, a cabeça sendo raspada em preparação para o banho contra piolhos. E aí, o que faria? Ela precisava acordar. Acorde, Trude, acorde!

— Acorde, Trude, acorde.

Hugo estava sentado ao seu lado, acariciando sua bochecha e seus cabelos. O contato seco da mão dele contrastava com a umidade pegajosa de sua própria pele. Ela percebeu, assustada, que a roupa de cama estava encharcada. Será que fizera xixi na cama? Espreitou Hugo perplexa, buscando respostas em seu olhar compadecido.

— Calma. Você estava tendo um pesadelo. Está tudo bem agora.

— Onde estamos?

— No hotel, em Vigo.

Ah, sim, Vigo. Ela juntou as peças. Estavam na Espanha. Os

terrores de Marselha tinham ficado para trás. Jamais os encontrariam ali. Ela suspirou e tossiu. Respirar era tarefa pesada. Endireitou-se na cama e alcançou o copo na mesa de cabeceira. Estava vazio. Hugo encheu-o de água. Ela bebeu.

— Que dia é hoje?

— Segunda-feira, 10 de fevereiro.

— E estamos em Vigo?

— Sim, meu bem, embarcamos amanhã para o Brasil. Você se esqueceu?

Brasil. O nome do lugar era fascinante e aterrorizador, a um só tempo. Engraçado, em cinquenta e cinco anos de vida, ela nunca dera a menor importância ao Brasil. Thomas Mann mencionou certa vez que sua mãe nascera lá. Agora ela estava a caminho do Brasil. Lá, pelo menos, conseguiriam café de verdade.

— Logo, logo, veremos Ursula e Annette de novo.

— E Roger?

— Roger também, claro. Tenta dormir mais um pouco, meu bem. Você precisa se refazer.

Hugo sentiu sua testa e seu pescoço com a mão.

— A febre passou, pelo menos. Estava preocupado que não deixassem você embarcar no navio com febre.

Gertrud estudou o rosto do marido. De fato, tinha um ar preocupado — pálido e tristonho, com uma ponta de medo no fundo do olhar. Será que o estado dela era mais grave do que imaginava? Será que ela ia morrer? Será que Hugo estava escondendo a verdade? Lágrimas brotaram de seus olhos, e ela voltou o rosto para o lado, para desviá-lo do escrutínio do marido. Do outro lado do quarto, chamou sua atenção um jornal largado sobre a escrivaninha. Há quanto tempo não via um jornal? Olhou fixamente para ele, fascinada com sua forma e seu tamanho. Estava lá, sem dúvida, inalienável em sua essência cinzenta.

— Esse jornal é francês?

— Não, espanhol.

Por que Hugo haveria de ler um jornal espanhol? Desde quando ele sabia falar espanhol? Gertrud ficou na dúvida se isso não fazia parte ainda do sonho. Talvez estivesse apenas sonhando que estava acordada. Nesse caso, era melhor se deixar levar. Não adiantava lutar contra a lógica do sonho. Olhou novamente para a escrivaninha, só para confirmar que o jornal continuava lá, que não se transformara em gato ou algo parecido.

— Você encontrou alguma notícia interessante?

— Não, meu bem, não encontrei nada.

A pergunta pareceu aborrecê-lo. Ela não estava gostando nada desse Hugo do sonho. Quem sabe nem era ele, mas o Benjamin suicida de novo? Dessa vez, usando um disfarce melhor, com rosto. Talvez ela conseguisse obrigá-lo a admitir que não era Hugo. Teria que confundi-lo com perguntas difíceis, até que tropeçasse nas respostas. Era assim que a Gestapo fazia para obter confissões.

— Está tudo bem?

Hugo ficou em silêncio, esquivando-se da pergunta. Ele deu a volta na cama, com o intuito ostensivo de abrir a cortina, mas Gertrud reparou no cuidado com que evitou olhar para o jornal. Continuava lá, cinzento. Quem sabe ele continha uma pista para resolver o mistério?

— Posso ver o jornal?

— Ora, essa! Nem eu, nem você sabemos falar espanhol. De todo modo, você está muito cansada para ler. Precisa descansar.

Pois sim! Ele estava tentando impedi-la de ver o jornal. Esse Hugo do sonho era ardiloso. Ela teria que tentar outra tática. Se fosse o Hugo de verdade, não lhe negaria uma resposta franca.

— Bem, se você não lê espanhol, por que comprou o jornal?

Hugo sentou-se novamente na beirada da cama. Ela ficou atenta, caso ele se transmudasse subitamente em algo sem rosto e tentasse sugá-la para o vazio. Nesse caso, o que ela faria? Ele pegou a mão dela e olhou fundo nos seus olhos, com ternura. Abriu a boca para dizer algo, mas não saiu palavra alguma. Apenas ficou ali parado, de boca aberta. Gertrud foi ficando mais e mais apavorada. E se saísse alguma coisa de dentro daquela boca? Moscas? Uma mão que tentasse agarrá-la? Hugo suspirou profundamente. Tinha a aparência muito cansada e abatida. Ela começou a sentir pena dele, mesmo que fosse apenas um Hugo de sonho.

— Estava procurando confirmação de um boato que entreouvi hoje no café.

— Que boato?

— Estão dizendo que Breitscheid e Hilferding foram extraditados pelos franceses e entregues aos nazistas.

Breitscheid e Hilferding? Gertrud começou a desconfiar que esse poderia ser mesmo o Hugo de verdade. Era exatamente o tipo de coisa com a qual o Hugo de verdade se preocuparia. Por um momento, ela projetou-se para fora do corpo e ficou se olhando, de cima, a conversar com ele. Dali dava para ver nitidamente que era o Hugo de verdade, pela nuca dele. Caso se tratasse do Benjamin sem rosto, vestindo uma máscara, o laço ficaria à mostra. Claro! Era mesmo Hugo, então; e, nesse caso, ela devia estar acordada. Afundou-se na cama.

— Breitscheid e Hilferding?

— Não devia ter contado para você. Vê se dorme mais um pouco. Você precisa recuperar as forças para amanhã.

Gertrud sentiu as pálpebras pesadas. Mal conseguia mantê-las abertas. Esforçou-se para fixar as manchas no teto, tentando discernir um padrão oculto, tentando se manter acordada. Haviam saído de Marselha na hora H. Mais uma semana e teriam sido presos e entregues aos nazistas também. Pobres Breitscheid e Hilferding! Pobres Frau Breitscheid e Frau Hilferding! Deixou-se despencar na cama de vez. Um ataque de tosse apossou-se do corpo dela, sacudindo-o com tamanha violência que ameaçava arrebatá-la do colchão.

Carte d'identité d'étranger *de Hugo Simon, emitida em 28 de março de 1940.*

Interlúdio (2)

Por volta de 1970, meus avós e minha tia-avó foram morar numa casa em Interlagos, então um bairro distante na periferia de São Paulo. O lugar foi absorvido depois pelo crescimento voraz da metrópole; mas, naquele tempo, era pouco mais do que duas ou três ruas em torno do autódromo onde se disputava a etapa brasileira das corridas de Fórmula 1. Meus avós moravam numa casa térrea modesta na avenida principal, que nem era asfaltada quando se mudaram para lá. Não podia ser mais distante do passado berlinense que haviam conhecido um dia; porém, para eles, era um passo importante no sentido de reingressarem no mundo dos viventes. Depois de quase trinta anos escondidos, habitando áreas rurais e cidades pequenas, a proximidade do centro de São Paulo acenava com a promessa de reatarem laços que haviam renegado durante décadas. Meu avô voltou a trabalhar como artista em tempo integral, retomando sua atividade de onde tinha parado por volta de 1935. Ainda mais significativo, empenharam-se na tarefa de readquirir a nacionalidade alemã e regularizar suas identidades, o que só aconteceu em 1972, 27 anos após o final da Segunda Guerra Mundial. Muita gente me pergunta por que demoraram tanto. É uma história complicada. Diga-se, por ora, que nem sempre é tão fácil encontrar a saída dos labirintos que construímos para nós mesmos.

Todas as minhas lembranças dos meus avós me remetem a Interlagos, local que visitei com regularidade entre 1973 e 1987. Para mim, a casa deles era um lugar mágico, fora do comum, se abrindo para um universo estranho e fascinante. Todos os outros ambientes domésticos que eu conhecia convergiam para a televisão. Quanto maior, mais alta e mais colorida, melhor. Meus avós possuíam um televisor — um aparelho velho dos anos 1960, com imagem em preto e branco —, mas o guardavam dentro de um gabinete especial, projetado e construído por meu avô. A porta era um baixo-relevo de cobre, que escondia o aparelho quando não estava em uso. Havia um buraco na parte de cima, pelo qual se puxava a antena, camuflado por um cinzeiro que encaixava na abertura. Meu avô acoplara até mesmo um dispositivo que permitia à minha avó baixar o volume durante os comerciais, muitos anos antes da introdução do controle remoto. Nesses anos todos, não me lembro de vê-los assistirem à televisão mais do que duas ou três vezes — e, mesmo assim, a pedido meu ou do meu irmão. Em vez disso, jogávamos jogos de tabuleiro, desenhávamos, líamos ou conversávamos sobre assuntos variados. O único tópico que nunca entrava em discussão era o passado deles.

Minha lembrança de visitas de infância àquela casa começa invariavelmente com o dormitório da frente, mobiliado com duas camas de solteiro onde dormíamos eu e meu irmão. Sempre que chegávamos, estava disposta ao pé de cada cama uma arca de tesouros infantis, arrumados com amor e arte. Eram lápis de cor, tubos de tinta de verdade, um bloco de papel de desenho de boa qualidade, frequentemente algum livro e sempre uma barra grande de chocolate, enrolada em papel dourado, maior e mais grossa na minha lembrança do que as barras de hoje. Isso não parecia em nada com a vida regrada que levávamos em casa. Ali éramos príncipes herdeiros, os pretendentes em carne e osso ao trono de um reino desaparecido. Naquele quarto havia um guarda-roupa cujos pertences eu cobiçava. Escondido numa prateleira alta que eu mal conseguia alcançar ao subir numa cadeira, havia um estoque de jogos antigos, a maioria com peças de madeira. Xadrez e damas, gastas pelo muito uso; um jogo de pega-varetas, num tubo preto estiloso dos anos 1950; um jogo antigo de palavras cruzadas, chamado Mexe-Mexe, com os valores impressos no tabuleiro ainda em francês, embora tivesse sido fabricado no Brasil. Cada um desses itens, manuseado em segredo desnecessário, acenava com a promessa da diversão que viveríamos nos dias seguintes com meus avós.

Eles não eram nada parecidos com os adultos que eu conhecia. Vestiam-se com esmero — especialmente as duas mulheres, sempre arrojadas em sua maquiagem carregada e acessórios modernistas — e faziam à tarde uma pausa para bolo e café. Travavam diálogos inteligentes e espirituosos, como num filme de Hollywood dos anos 1930, apesar de tentarem disfarçar sua conversa como normal e corriqueira. De tempos em tempos, meu avô se sentia inspirado a inventar e cantar canções. Ainda possuo aquele guarda-roupa e os brinquedos. A prateleira, antes alta, fica ao alcance fácil do meu olhar adulto, desprovido de romantismo, e os jogos foram esvaziados de sua antiga magia. O excesso de instrução os colocou em seu devido lugar histórico. O guarda-roupa precioso, desmontado e montado ao longo de várias mudanças, acabou por se revelar uma cópia respeitável de uma classe superior de móvel, comprado em segunda mão e tendo pertencido anteriormente a um certo tenente Guedes, do estado do Paraná, cujo nome está pintado em estêncil na parte de trás.

Ao escrever essas palavras, sentado num apartamento aluga-do em Berlim, admiro-me de pensar que aquele ambiente familiar, desaparecido há muito, poderá sobreviver de alguma forma nessa minha evocação dele. Nem por isso sinto-o mais perto de mim. A memória do que experimentei naquela casa de Interlagos só pode ser acessada por intermédio das muitas camadas de tudo que veio depois. A começar pela morte do meu avô, seguido por minha avó e tia-avó, e finalmente meu pai, falecido à idade prematura de cinquenta e seis anos. Numa sucessão rápida e assustadora, o mundo da minha infância desmoronou, deixando-me frente a frente com a vida adulta, para a qual estava espetacularmente despreparado. Aos vinte e três anos de idade, recaiu sobre mim a tarefa de desmontar a casa de Interlagos. Encarei-a com a reserva misteriosa de despacho que brota em algumas pessoas em momentos de crise. Infelizmente, desembaraço não é a mesma coisa que competência. Acabei fazendo quase tudo errado, com a temeridade e teimosia típicas dos jovens quando não têm dimensão do tamanho da encrenca em que se meteram. O dom da memória seletiva me livra de recordar os detalhes do estrago irreversível ocasionado por minhas decisões impulsivas e soluções improvisadas. Basta dizer que objetos preciosos foram quebrados, recursos foram desperdiçados e oportunidades, perdidas.

Uma das poucas coisas que consegui acertar, em meio à turbulência emocional, foi uma pequena ação de salvamento que me valerá o ingresso no paraíso dos historiadores, se é que isso existe. No mesmo quarto onde eu e meu irmão dormíamos quando crianças, um tesouro de verdade me aguardava. Sozinho na casa pela primeira vez na vida, reparei numa cômoda de mogno escuro, estilo Empire francês, posicionada discreta no canto ao lado do guarda-roupa mágico. Nunca lhe dera muita atenção, mas subitamente despontou na minha mente a lembrança de que a terceira gaveta continha fotografias de família. Puxei-a com cuidado e, de fato, encontrei-a cheia de fotos quase até o topo. Ajoelhei-me à sua frente e passei a vasculhar as gavetas, uma a uma. Elas se revelaram uma jazida espantosa de documentos históricos. Os passaportes franceses falsificados usados por meus avós para entrarem no Brasil, junto de certidões de nascimento e batismo para meu pai, todas forjadas também. Uma carta da Resistência francesa apresentando meu avô para o representante do movimento em Buenos Aires. A carteira de identidade de estrangeiro do meu bisavô em Paris, de 1940, bem como um pedido de visto dele para os Estados Unidos, acompanhado de uma exposição de motivos para querer ingressar no país. Cartas de Albert Einstein e Thomas Mann, atestando que conheciam Hugo Simon e que ele era amigo da democracia. Uma caixa grande, abarrotada de papéis, continha o manuscrito do romance autobiográfico inacabado do meu bisavô, intitulado *Seidenraupen* [bichos-da-seda], que eu não podia ler, por estar todo escrito em alemão. Um maço de correspondências com advogados e autoridades, ao longo dos anos 1950 e 1960, revelava tentativas continuadas de recuperar propriedades e receber indenizações. Relatos datilografados da fuga da família do meu pai da Europa estavam guardados com uma série de documentos oficiais, cobertos de selos e carimbos, que atestavam que meus avós eram mesmo cidadãos alemães e que os nomes franceses pelos quais eu sempre os conhecera haviam sido assumidos na época da guerra. Nenhuma lista de adjetivos daria conta de descrever meu estarrecimento. Dava-me conta, subitamente, das tantas perguntas que eu queria fazer. Ainda haveria alguém capaz de respondê-las? Por que ninguém me dissera nada? Será que era arriscado demais? Será que eu não era confiável? Ou será que tentaram me contar e descobriram que eu não era capaz de entender? Quem poderia preencher as lacunas agora que todos estavam desaparecidos?

As vozes do passado são menos eloquentes do que levam a crer os filmes de detetive e de tribunal. O fato de uma nova evidência vir à tona não quer dizer necessariamente que o caso será resolvido a contento. Não basta afirmar o que não era conhecido, nem mesmo comprovar as suspeitas; é preciso que as pessoas estejam dispostas a ouvir a verdade. Em 1987, eu não estava preparado para assimilar a dimensão plena desse pequeno ensaio de arqueologia doméstica, realizada numa cômoda antiga. Impossível dizer se existia alguém mais preparado do que eu para a tarefa. Recordo-me bem de achar que essa história tinha interesse puramente pessoal. Nem passou por minha cabeça a ideia de contar para alguém. Talvez eu estivesse contaminado pelo sigilo paranoico com o qual meus antepassados guardaram seu segredo durante tantos anos? Qualquer que fosse o motivo, eu tinha pressa para ir embora dali. Quando cheguei ao Rio, guardei a papelada recém-descoberta em caixas e tranquei as fotografias num baú velho. Passaram-se alguns anos antes que voltasse a lhes dar atenção.

PARTE III

Eles embarcam e chegam

Março de 1941

O convés já estava lotado de gente quando subiram, às oito e meia. O capitão avisou que avistariam terra naquele dia pela manhã — perspectiva alentadora depois de três semanas no mar. Uma agitação frenética substituiu a letargia usual entre os passageiros. Crianças corriam de um lado para o outro com energia redobrada, enquanto seus pais as admoestavam com uma diligência que quase se esvaíra nos últimos dias. O ambiente do navio se transformara por completo. Até a tripulação espanhola passou a assumir um porte naval correto, no lugar da displicência habitual, e todos desejavam bom-dia com entusiasmo e vigor. A previsão de bom tempo elevava as expectativas ao máximo. Aqueles que haviam feito a viagem outras vezes exultavam no espetáculo da chegada ao Rio de Janeiro. Citavam as opiniões de viajantes célebres — de Manet e Darwin a Kipling — que descreviam a entrada da baía de Guanabara como uma das visões mais encantadoras do planeta.

Hugo reparou que o ar estava diferente, carregado de um

odor distinto da maresia costumeira. Tentava persuadir Gertrud dessa impressão.

— Vai me dizer que você não sente? Um cheiro denso e perfumado. Deve ser da terra, das florestas tropicais.

— Está bem mais quente, isso, sim. Mas, de resto, não sinto cheiro nenhum. Deve ser sua imaginação.

Até a contrariedade dela era motivo para alegria. No último ataque da febre, em Vigo, ficara tão mole que não manifestava vontade alguma. Ele chegou a temer o pior alguns dias antes de embarcarem, mas o mar a revigorara. Encontraram um lugar junto ao guarda-corpo e uniram-se aos outros passageiros no exercício de mirar o horizonte vazio. Hugo pensava no café da manhã. Passaram-se bem uns trinta minutos de tédio antes que um grito partisse da dianteira do navio.

— ¡Tierra a la vista!

A velha expressão passou de boca em boca com um júbilo que desmentia as circunstâncias duvidosas que muitos ali, senão a maioria, enfrentariam na chegada àquela terra.

A silhueta da serra e dos morros fez-se visível no horizonte distante. Suas formas apareceram, de início, borradas e vaporosas, como se nem de pedra fossem. A primeira visão do Brasil era como um sonho. Hugo prestava atenção atípica a essas impressões iniciais, convicto de que seria importante recuperá-las depois. Embora não tivesse nenhuma propensão mística ou religiosa, desconfiava existir um simbolismo profundo por trás das aparências que ora se revelavam. Sua percepção dos cheiros e dos sons tornou-se mais aguçada. Tomou consciência de sua respiração e deixou seu corpo se largar na vastidão circundante.

— Você está bem, meu querido?

A voz de Gertrud soou como se viesse de muito longe. Ele quis responder, confirmar que estava tudo bem, mas seus lábios não formavam as palavras. Permaneceu com o olhar fixo no horizonte, observando o contorno roxo da serra realçado contra o azul do céu.

As montanhas e os morros eram diferentes de qualquer rocha que tinha visto na vida, redondos, cheios, protuberantes. Pareciam interagir uns com os outros — reclinavam, deitavam, levantavam, posavam — qual corpos humanos emaranhados numa cena extravagante de harém. Seu arranjo harmonioso, de uma composição estudada, lembrava esculturas colocadas num jardim. As cores eram fortes e vibrantes, de uma intensidade irresistível. Faziam seus olhos doerem como a luminosidade do sol refletido na neve. Tratava-se, porém, de uma luz desprovida da pureza branca dos Alpes; antes, era dourada, viscosa, quente com um calor que fazia o sangue pulsar grosso em suas têmporas, seus pulsos, seus calcanhares. A visão o subjugava, crescia à sua volta e o engolfava, penetrava sua mente como um espeto em brasa. Hugo tapou os olhos com a mão e obrigou-se a desviar a vista.

— Que paisagem extraordinária. Imagina o que os primeiros exploradores europeus devem ter sentido quando adentraram este porto.

A intenção do comentário era tranquilizar Gertrud, mas o falar exigiu um esforço que fez sua voz soar mais alto do que o pretendido. Outro passageiro, a poucos metros de distância deles, entreouviu sua exclamação. Baixou o binóculo com que observava a vista, voltou-se para Hugo e, sem a menor cerimônia, engrenou um discurso.

— Os portugueses ficaram tão embasbacados com o lugar que confundiram a entrada da baía com um rio. Daí o nome Rio de Janeiro. Trata-se, na verdade, de uma baía, chamada Guanabara, que na língua tupi quer dizer "seio do mar". É a segunda maior baía do Brasil, tão grande que poderia abrigar todos os navios do mundo. A cadeia de montanhas à nossa frente costuma ser apelidada de "o gigante adormecido". Estão vendo como aquela pedra pontuda, ali no final, lembra um nariz acima de uma boca aberta? E como o famoso Pão de Açúcar, aqui mais perto de nós, parece um pouco com o pé dele? É um símbolo adequado do Brasil, essa terra gigantesca e inexplorada, que ainda não despertou do seu sono de séculos.

Hugo e Gertrud ficaram sem reação. Como se não bastasse a surpresa de serem interpelados em alemão por um estranho, o tom pedante da explicação tornava a experiência ainda mais perturbadora. Hugo estudou o homem, receoso de que fosse alguma alucinação gerada pelo estado onírico que experimentava desde o ingresso em águas brasileiras. Não havia dúvida de que ele era alemão, não somente pela fala, mas também pela aparência: alto, magro, grisalho, olhos azuis frios. Tinha um quê de militar, mesmo que seus trajes fossem civis. Gertrud conseguiu formular primeiro uma resposta.

— O senhor parece conhecer bem o assunto. Já esteve no Brasil antes, Herr...?

— Oh, sim, minha senhora. Estive aqui várias vezes, a serviço da minha empresa, I. G. Farben Industrie. Rudolf Hartmann, de Leverkusen, a seu dispor.

A frase veio acompanhada de um movimento afetado em que Herr Hartmann deu um passo para trás com o pé esquerdo, juntou os calcanhares com um estalido ágil e curvou-se de leve, a cabeça pendendo para um lado, o olhar fixo à frente. A rigidez dos gestos lembrava as figuras mecânicas do relógio da Rathaus de Munique, associação que deixou Hugo apreensivo. Depois de tantos anos vivendo entre exilados, fazia tempo que não encontrava um legítimo *Reichsdeutscher*.

— E o distinto casal? São berlinenses, sem dúvida.

— Não, somos tchecos. Hubert Studenic, e minha esposa, Garina. Como vai?

— Tchecos? Mas, seus sotaques...

— Vivemos em Berlim durante muitos anos.

A resposta de Gertrud foi dada em tom ríspido, de corte. Hartmann assentiu com um meneio duro da cabeça, mas sua atitude indicava que pretendia insistir na questão. Hugo interveio para mudar de assunto.

— A I. G. Farben ainda tem muitos negócios no Brasil, apesar da guerra?

— Sim, naturalmente, Herr Studenic. Nossa divisão farmacêutica, a antiga Bayer, está no Brasil desde 1911. Uma relação comercial dessas não se desfaz assim tão rapidamente. Além do mais, o Brasil é um país neutro. Mais do que neutro, eu diria... favorável mesmo à nossa causa.

— Nossa?

— Bem, quero dizer, à causa alemã.

Hartmann apressou-se a se corrigir, mas sua gafe forneceu o pretexto de que precisavam para escapar. Fingindo orgulho nacional ferido, da variedade tcheca, Hugo vestiu uma aparência de indignação e, não sem teatralidade, tomou Gertrud pelo braço.

— Peço sua licença, Herr Hartmann, eu e minha esposa precisamos partir.

— Sim, sim, claro. Desejo-lhes uma boa estadia no Brasil. Espero que tenhamos ocasião para nos reencontrarmos.

Afastaram-se numa fumaça de patriotismo fajuto, torcendo para que a ofensa simulada disfarçasse o medo real. Gertrud tossia, nervosa. Hugo percebeu que a mão dela estava fria e suada, e que seu próprio coração batia forte. Se continuasse assim, dificilmente chegaria aos sessenta e cinco.

— Preciso sentar um pouco.

Ele escoltou Gertrud até o outro extremo do convés, onde havia uma espreguiçadeira livre. Passava das dez horas da manhã, e o sol já ardia impiedoso. Hugo passou o lenço na testa e no pescoço e ficou chocado quando o tecido saiu encardido de suor.

O navio atravessou a entrada da barra para a baía. De perto, o escarpado cinza do Pão de Açúcar revelava riscos brancos e grandes rachaduras, encimadas por mata verde até a metade da rocha. Que formação curiosa, admirou-se Hugo, à medida que contornavam sua base arredondada. Logo à frente, a cidade do Rio de Janeiro desfiava seus primeiros encantos — um panorama curvilíneo de prédios brancos com telhados vermelhos, abrigados ao pé de uma cadeia de montanhas púrpuras e verdes que avultavam com tamanha dramaticidade que somente Caspar David Friedrich teria sido capaz de lhes fazer justiça. Os morros e montanhas iam se sobrepondo em planos pictóricos perfeitos, como se a paisagem fosse toda pintada. Alguns dos picos eram pontiagudos; outros, inteiramente chatos. Encimando o mais alto deles, a famosa estátua do Cristo, luzindo branca no sol da manhã como um pequeno sinal de adição suspenso no céu. O deslumbre que sentia era literal e figurado. Ele vira fotografias, claro, mas nada o preparara para tamanho excesso de luz, cor, espaço. Seu coração se encheu de um contentamento quase infantil. Seria esse novo mundo capaz de cumprir a promessa de exaltação anunciada tão estrondosamente por seu cenário?

O navio prosseguia devagar, embalado pelo sacolejo rítmico das ondas contra seu casco. Hugo sentiu uma languidez tomar conta de seus braços e pernas. Era possível, pensou, que o calor o fizesse delirar.

— Vamos buscar um local à sombra?

Ele ajudou Gertrud a se levantar da espreguiçadeira. O acesso de tosse dela havia cessado. Subiram até a seção coberta no meio do convés, de onde era possível observar, do alto, o desfile do litoral. O vulto concreto de um arranha-céu recém-construído disputava em altura com o morro a seu lado, amesquinhando um conjunto de casas abandonadas que regrediam aos poucos ao estado de vegetação. Hugo foi cegado momentaneamente por um reflexo de sol, espelhado pela fuselagem prateada de um avião a se aproximar do moderno aeródromo, o qual se estendia sobre as águas da baía como um tapete verde. Ao lado, uma pequena ilha conservava as ruínas de uma fortaleza, único vestígio de batalhas esquecidas cujos ecos nunca chegaram às capitais da Europa. Começou a compreender que o Novo Mundo só era novo para ele. Quantos homens viveram e morreram aqui ao longo dos quase cinco séculos, desde que os portugueses reclamaram esta terra em nome do seu rei? Quantos mais os antecederam, habitando o lugar desde o tempo imemorial?

O navio rumou para o oeste, descortinando uma vista que só podia ser uma miragem. Um castelo verde-azulado flutuava magicamente sobre as ondas, ancorado apenas pela doca estreita sobre a qual repousava. Seus torreões e abóbadas góticas formavam um contraste ímpar com as palmeiras que se erguiam altas à sua volta. Estas balançavam, varridas pelo vento, emprestando ao edifício um ar de conto de fadas. Talvez tivesse sido o palácio do imperador do Brasil — um herdeiro da Coroa portuguesa que reinara no século XIX, conforme Hugo lera no guia Baedeker. Ao boreste, cintilando no sol da manhã, o litoral estendia-se em infindável sucessão de enseadas, ilhas e praias. Que cidade estranha, que revela seus mistérios curva após curva, camada sob camada, como uma odalisca a provocar com seus véus.

A animação atingiu seu ápice com o anúncio de que o navio atracaria em meia hora. Abaixo deles, o convés pululava de gente disputando uma brecha junto ao guarda-corpo abarrotado, todos os olhares fixados no espetáculo da chegada. Olhando em direção à terra, Hugo enxergou sobre um morro as torres de uma igreja antiga, elevando-se acima da massa compacta de prédios que constituía a cidade. Elas pairaram ainda um instante, misteriosas, e desapareceram em seguida por trás de uma sucessão de armazéns dispostos ao longo do que parecia ser outra ilha, cercada de embarcações. Satisfeito, identificou a bandeira dos Estados Unidos desfraldada sobre um navio de guerra fundeado ali perto. Era possível que o Brasil não fosse tão simpático à causa alemã quanto queria Herr Hartmann, de Leverkusen. Avistou o porto, finalmente, com seu moderno terminal de passageiros, parecendo um farol, ao lado de uma praça ampla, rodeada de árvores e dominada por um arranha-céu de mais de vinte andares. Atrás do terminal, até onde alcançava a vista, guindastes e armazéns reluziam enfileirados à distância.

O controle de passaportes acontecia num ambiente caótico, barulhento e estranhamente descontraído. A julgar pela informalidade dos funcionários, nunca se imaginaria que estavam em tempos de guerra. A fila de passageiros avançava devagar. Hugo tinha consciência de que o calor não era a única causa do suor que pingava do seu corpo. Haviam sido avisados que seus passaportes tchecos não eram do modelo-padrão, mas antes uma variante reconhecida com facilidade por qualquer especialista. Mesmo tendo sido aceitos na fronteira espanhola, Hugo temia se arriscar de novo. Uma coisa era conseguir autorização para passar por um país em trânsito; outra, ser admitido em definitivo. Pelo menos os vistos brasileiros eram genuínos; ostentavam a assinatura do cônsul em Marselha, bem como uma profusão impressionante de selos e carimbos. Uma anotação manuscrita explicitava que eram vistos diplomáticos, concedidos por ordem direta do embaixador brasileiro em Vichy. Hugo releu o pequeno texto pela décima vez, tentando extrair o significado pleno das palavras estranhas em português.

O funcionário mal viu os passaportes tchecos e já amarrou uma cara feia. Folheou-os cuidadosamente, examinou as fotos e comparou-as com Hugo e Gertrud para verificar se eram mesmo eles. Quando chegou à página com o visto, deteve-se sobre a anotação manuscrita. Voltou-se para o colega na mesa vizinha e mostrou-a para ele, cochichando algo em português. A mesma expressão sombria invadiu o rosto do colega. Seguiu-se um diálogo tenso entre eles. A essa altura, o nervosismo de Hugo já se transformava em pânico. Era evidente que algo estava errado, e ele não fazia a menor ideia do que pudesse ser. Será que deveria dizer algo ou era melhor ficar calado? Poderia não ser nada demais, e ele corria o risco de se expor se falasse a coisa errada.

— *Il y a quelque problème?*

Ele tentou manter uma nota de calma na voz. O primeiro funcionário lançou um olhar de desaprovação.

— *Un moment, monsieur.*

O segundo funcionário terminou de carimbar outro passaporte, levantou-se e apontou um banco sobre o qual mandou que Hugo e Gertrud esperassem.

— *Attendez!*

Cruzou a sala e desapareceu por uma porta lateral. Hugo percebeu que um par de policiais os vigiava com ar de ameaça. O jogo chegava ao fim. Que destino ingrato, após quase nove meses de fuga e três semanas ao mar, chegar até ali, do outro lado do oceano, e ser detido na última barreira.

Não ousou olhar para Gertrud. Permaneceram sentados em silêncio, com medo até de se falarem. O que era pior: ser preso ou deportado? Neste último caso, seriam deportados para onde? A Espanha não os receberia, certamente, e tampouco a França. Quanto ao seu suposto país de origem, não existia mais a Tchecoslováquia. Era agora o protetorado da Boêmia e Morávia, onde as autoridades nazistas os acolheriam de braços abertos e passagem pronta para um campo de concentração. Depois de vinte minutos, o segundo funcionário retornou, carregando um livro enorme. Travou-se novo diálogo entre os dois colegas. Ambos olharam o relógio na parede: 13h15. O segundo funcionário estendeu o livro para o primeiro, que fez questão de ignorá-lo.

Vozes irritadas, parecia que iam se atritar. O segundo funcionário insistiu; apontou para o relógio e jogou as mãos para o alto. O primeiro funcionário deu de ombros e indicou a longa fila de passageiros ainda a serem processados. Focou sua atenção no passaporte à sua frente, carimbando-o com violência desproporcional. Furioso, o segundo funcionário desistiu do colega e chamou Hugo e Gertrud de volta para o guichê. Abrindo o grande livro, anotou seus nomes e os números de passaportes e vistos ao final de uma longa coluna de registros similares.

— Qual o seu domicílio no Brasil?

— Nosso domicílio? Acabamos de chegar.

— Preciso de um endereço onde possamos encontrá-los.

Hugo extraiu do bolso a primeira das duas cartas que lhe foram fornecidas pelo escritório da Assistência Católica a Refugiados, em Marselha — a que o apresentava como Hubert Studenic —, e a entregou ao funcionário. Apontou o nome do destinatário no envelope: d. Thomas Keller, OSB, Mosteiro de São Bento, Rio de Janeiro.

— Aqui, é este o endereço.

O funcionário leu a carta, não sem perplexidade, e olhou mais uma vez para Hugo. Demorou para encontrar as palavras que buscava em francês.

— São Bento? Mas é um mosteiro. Uma igreja católica...

— Sim, isso mesmo.

Hugo afetou um sorriso benigno. O funcionário voltou a examinar a carta, deteve-se no carimbo e na assinatura floreada. O papel não era nem timbrado. Era bastante precário, em se tratando de um ofício formal. Hugo aproveitou para estudar o rosto de seu interlocutor: moreno-claro, com pele lisa e olhos mansos, cabelos pretos bem engomados. Mais uma vez, o homem olhou o relógio na parede. Vencendo a indecisão, anotou o endereço no livro e virou-o para que Hugo e Gertrud assinassem junto aos respectivos registros. Carimbou os passaportes e devolveu-os. Estavam liberados. Hugo ficou parado um instante em frente ao guichê, quase sem acreditar.

O táxi estacionou na sombra do pátio amplo em frente ao mosteiro. A corrida do terminal de passageiros levara apenas alguns minutos, mas o lugar parecia pertencer a outro território, não à cidade barulhenta abaixo. Uma leve brisa do mar açulava as folhas das árvores, jogando sombras cambiantes sobre o calçamento de pedras de cantaria. Hugo admirou a elegância despojada do edifício, a sobriedade de suas paredes caiadas, rematadas com pedras talhadas em formas regulares. Coroando a fachada, mais altas do que o pequeno cruzeiro ao centro, repousavam as duas torres que ele enxergara do navio — pirâmides gêmeas cujos ápices ostentavam globos ocos de bronze, o símbolo tradicional do Império português. Seus navegantes haviam sido os primeiros a empurrar para o Ocidente os limites da civilização europeia; e a igreja e o mosteiro atuais, datando do século XVII, figuravam entre os vestígios mais antigos dessa grande aventura. A quietude do lugar conduzia a tais reflexões históricas, glosadas das páginas do Baedeker.

Hugo procurou algum sinal de vida. Pareciam estar sozinhos a não ser pelo motorista de táxi, que aguardava seu pagamento. Pediu ao taxista que soasse a buzina. O "á-ú-gá" característico do velho klaxon o pegou de surpresa. Havia muitos anos que não escutava esse som. Um senhor alto e negro, de idade indeterminada, apareceu e caminhou devagar até eles. Ele trocou algumas palavras com o taxista e voltou-se para Hugo e Gertrud com ar de desconfiança. Tratava-se do encarregado, ou algo assim. Faziam-se entender por palavras e gestos, intermediados pelo motorista que arranhava uma mistura de francês, inglês e português.

Hugo retirou do bolso a segunda carta, endereçada ao abade do mosteiro, precaução que haviam exigido em Marselha. Apontou para o nome no envelope: "D. Thomas Keller, osb, em mãos, confidencial". Os lábios do encarregado moviam-se devagar enquanto lia o sobrescrito. Hugo ficou tentando adivinhar sua idade. Teria nascido escravo? Afinal, o cativeiro fora abolido no Brasil somente em 1888, quando ele próprio já contava oito anos de existência. O velho negro mandou que aguardassem e sumiu pelo pórtico à direita. Hugo tomou Gertrud pelo braço e conduziu-a para dentro da igreja, em parte para se livrar do taxista que começava a se impacientar com a demora.

Entraram por um vestíbulo com piso de ladrilhos decorados. O ambiente era escuro e fresco, um alívio em comparação ao calor e ao sol do lado de fora. Hugo parou um instante, ajustando sua vista à penumbra. O excesso dos trópicos o oprimia: luz demais, cores demais, barulhos demais, cheiros demais. Uma pequena pausa na sombra seria salutar. Ele deixou Gertrud avançar sozinha para o interior da nave, na expectativa de conseguir alguns minutos a sós. Assim que fechou os olhos, o rosto de Carl Einstein afigurou-se em sua mente, com clareza e vivacidade extraordinárias. O que ele teria achado do Brasil? Era provável que tivesse ficado fascinado, dado seu interesse pela arte africana. Nas poucas horas desde que desembarcara do navio, Hugo vira mais gente negra do que em toda sua existência. A recordação de Carl Einstein foi seguida pela de Paul Cassirer e Kurt Tucholsky. Veio à sua lembrança um jantar, num restaurante em Savignyplatz... como era mesmo o nome? Um restaurante russo, pertencente a emigrados mencheviques. Eles discutiam o caso de George Grosz, sua saída do kpd, suas tribulações com o Exército, assim como a convicção recente de Einstein por blasfêmia. Devia ser por volta de 1923. Hugo deu-se conta de que todos os seus companheiros de mesa daquela noite estavam mortos. Os três, suicidas. Fantasmas de uma Alemanha que se matara também. Ou, possivelmente, era ele o fantasma, perdurando neste mundo novo depois que o velho acabara. O que o prendia tanto à vida, afinal? Talvez lhe faltasse coragem. Os outros tiveram maior dignidade. Somente ele permanecera para murchar e caducar, para pendurar suas esperanças nos caprichos de pequenos funcionários preguiçosos, para suplicar a caridade de monges católicos neste fim de mundo.

— Você não vai entrar, meu querido? Você precisa ver isso.

A voz de Gertrud vibrava com uma euforia estranha. Quanto tempo fazia que ela voltara para o vestíbulo? Tinha a impressão de não terem decorridos mais de dez segundos desde que fechara os olhos. Hugo passou o portal da nave e ingressou num emaranhado descomedido de rosas, dourados e marrons, tão denso à primeira vista que não ousou piscar, por medo de que seus olhos nunca mais recuperassem o foco. Aos poucos, as múltiplas superfícies e texturas foram entrando no lugar: madeira escura entalhada, colunas salomônicas douradas, painéis pintados e esculturas policromadas, candelabros e incensários de latão reluzente, cortinas e passadeiras vermelhas, ladrilhos brancos e pretos cobrindo o piso como um tabuleiro de xadrez oblíquo. Suntuoso, esse era o melhor adjetivo que lhe ocorria. Um feixe de luz penetrava de algum ponto acima do altar, banhando seus esplendores dourados num brilho que se destacava da meia-sombra circundante.

— Não é extraordinário? Dá uma olhada nisso daqui.

Gertrud apontava para a talha de madeira cobrindo os arcos que separavam a nave central das capelas laterais. Meninos gorduchos com bochechas rechonchudas e beicinhos amuados pululavam em altíssimo relevo na folhagem banhada a ouro. Sua nudez era tapada por guirlandas de flores rosas, e seus penteados embonecados ondulavam em meio a uma companhia de bispos de rosto severo e pelicanos que arrancavam as próprias entranhas para dar de comer aos seus filhotes. Era de uma extravagância barroca. Hugo ficou a imaginar que espécie de homens teria talhado figuras tão delirantes e sensuais nas colunas de uma igreja. Obras de puro prazer, equivalentes em fantasia às figuras grotescas medievais.

— Herr Simon?

A menção de seu nome, sussurrado em meio ao silêncio da igreja vazia, pegou Hugo de surpresa. Voltando-se, deparou com um homem magro, de óculos, cerca de trinta anos, vestindo um hábito de monge, calvo na frente, cabelos claros e finos atrás. Falava alemão perfeito.

— O senhor poderia me acompanhar? D. Keller vai recebê-lo.

Hugo estendeu o braço para que Gertrud o tomasse. Os olhos do homem traíram uma angústia repentina.

— Lamento muito, mas preciso lhe pedir para me acompanhar sozinho. Mulheres não são permitidas dentro do claustro.

— Ah, sim. Você ficará bem aqui, minha querida? Ou devemos procurar outro local para você esperar?

— Não, estou muito bem. Vou aproveitar para rezar um pouco.

Hugo não teve certeza se a resposta era sarcástica ou não. O rosto de Gertrud manteve-se inescrutável, mas ele adivinhou uma nota de indignação ao fundo. Não era momento para discutir o mérito. Dirigiu-se ao jovem monge.

— Por favor, qual o seu nome? Herr...?

— Paulus Gordan.

— *Ach, so*. Herr Gordan. Há um pequeno problema com o taxista. Não temos dinheiro em moeda brasileira para lhe pagar.

— Não tem problema, isso será providenciado. Tenha a gentileza de me acompanhar. E, por favor, chame-me de *dom* Paulus, não *Herr*. É o título que usamos.

— D. Paulus. Sinto muito.

Seguiu o monge por um corredor abobadado de paredes grossas, até alcançarem uma porta pesada de madeira. D. Paulus bateu de leve e uma voz os conclamou a entrar. Sentado à mesa estava outro monge, de não mais do que cinquenta anos de idade, com cabelos muito louros aparecendo por debaixo do solidéu. Lia a carta de apresentação. O modo como a luz incidia sobre sua cabeça fazia com que os cabelos parecessem quase brancos — como uma auréola, Hugo reparou, cogitando se a posição fora escolhida estrategicamente para garantir esse efeito. O rosto dele era redondo e rotundo. Um crucifixo pendia de seu pescoço, preso por uma grossa corrente de ouro. Um sinete dourado ornava o dedo anelar de sua mão direita. Assim que avistou Hugo, bradou um cumprimento em alemão.

— Herr Simon, bem-vindo à nossa abadia.

Contornando a mesa com agilidade surpreendente, o abade estendeu molemente sua mão, muito bem tratada. Hugo não sabia se devia apertá-la ou beijar o anel.

— Sou d. Thomas Keller. Faz umas três semanas, mais ou menos, que o estamos aguardando.

— Aguardando a mim?

— Sim, ora. Recebemos uma carta de d. Odon de Württemberg avisando que o senhor era capaz de aparecer por aqui.

Hugo tomou a mão, que apertou a sua com um entusiasmo inteiramente inesperado. A expressão de confusão no rosto de Hugo devia ser perceptível.

— O senhor não conhece d. Odon?

— Acho que não. Pelo menos, não estou recordando o nome.

— Não importa. Ele conhece o senhor. A carta fala muito bem do seu trabalho com o comitê de assistência aos refugiados alemães, em Paris.

— Fico feliz com isso.

Hugo buscou estampar um sorriso cordial, ainda um pouco assustado com o calor da recepção. Não esperara ser acolhido com tanta efusão, a tirar por suas experiências com a assistência católica para refugiados em Marselha. Sabia que existiam sentimentos antinazistas fortes em alguns setores da Igreja católica, mas esse d. Keller era uma surpresa total. Era impossível ter uma aparência mais tipicamente alemã, com suas faces rosadas e olhos azuis aguados. Se não vestisse um hábito de monge, poderia ser confundido com um mestre cervejeiro da Baviera. Mas será que se podia confiar nele? A essa altura, ponderou Hugo, não tinha outra opção.

— Arrumamos um quarto para o senhor e sua esposa em nosso retiro de hóspedes. Poderão ficar conosco até se sentirem aptos para partir.

— É uma notícia muito boa. Só posso lhe estender minha gratidão, de todo coração, d. Keller. Não tenho nada mais para lhe oferecer em troca.

— O senhor já fez o suficiente. De todo modo, a hospitalidade é um dos capítulos da regra deixada por nosso glorioso fundador, São Bento. Lamento, apenas, que não possa lhe dar mais atenção neste momento. Nomeei d. Paulus para atuar como protetor especial durante sua estadia conosco. Ele será seu contato principal com a abadia. O senhor vai ver que tem muito em comum com ele.

D. Keller lançou um olhar carregado de segundas intenções para o jovem monge, o qual se limitou a sorrir sem jeito e baixar a cabeça.

— D. Paulus, acompanhe nossos hóspedes até o quarto, por favor. Herr Simon, teremos ocasião de nos falarmos mais detidamente depois, quando o senhor tiver descansado. Quero saber notícias da viagem... e conhecer Frau Simon, naturalmente.

O outro monge postava-se junto à porta, aguardando. Uma dúvida incomodava a Hugo.

— D. Keller, mais uma coisa...

— Sim?

— O senhor não acha melhor me chamar de Hubert Studenic, principalmente na frente de outras pessoas? É o nome que fui obrigado a adotar para entrar neste país, e vou precisar usá-lo até que consiga esclarecer minha situação.

A expressão do abade ficou grave.

— O senhor tem toda razão de manter essas precauções para o mundo exterior, mas, aqui conosco, estarão inteiramente seguros. Espero vê-los hoje mais tarde, após o ofício divino, se estiverem em condições de conversar. Bom dia, Herr Simon.

Hugo seguiu d. Paulus de volta até o pátio. O hábito do monge pendia escuro em torno de sua figura esguia, gerando um contraponto de melancolia ao fulgor do sol de verão.

— Vamos buscar Frau Simon, e eu lhes acompanharei até o retiro. Devem estar com fome para almoçar, a essa hora.

O monge consultou seu pulso, sobre o qual não havia relógio, e depois o sol. Hugo surpreendeu-se ao constatar que ele permanecia seco e composto, apesar do calor, enquanto suas próprias roupas estavam encharcadas de suor.

— D. Paulus, posso lhe fazer uma pergunta?

— Sim, claro.

— O que d. Keller quis dizer quando falou que temos muito em comum?

O rosto do rapaz ruborizou de leve. Por cima da moldura dos óculos, seu olhar buscou o horizonte distante. Ele limpou a garganta. Era evidente que a pergunta o incomodava.

— Imagino que d. Keller esteja se referindo ao fato de que sou convertido.

— Convertido?

— Sim, convertido. Nasci judeu, Herr Simon, como o senhor. Faz dez anos que me converti à fé cristã.

Hugo estudou o rosto dele com interesse renovado. Sim, reparando bem, havia algo em sua aparência, embora nunca pudesse tê-lo adivinhado. Pela pronúncia, devia ser berlinense. Hugo ficou estarrecido. Quem diria que iria encontrar no Rio de Janeiro uma abadia cheia de monges alemães e, entre eles, um rapaz judeu tímido de Berlim?

— Entendi. E virou logo monge, desde então?

— Não, fiz meus votos em 1936, na arquiabadia de Beuron.

— Fica em Baden-Württemberg, no Danúbio, não é mesmo?

— O senhor já ouviu falar?

— Os monges lá eram artistas, no século XIX, se não me engano…

— Sim, é verdade.

A lembrança de Beuron inspirou satisfação evidente a d. Paulus. Pela primeira vez seu rosto relaxou. Será que era amante das artes também? Talvez possuíssem mesmo alguma afinidade mais profunda, para além da coincidência de suas origens. Hugo ficou esperançoso de encontrar algum interesse em comum com seu protetor especial.

— E como veio parar aqui, se me permite a curiosidade?

— É uma longa história, Herr Simon. Teremos muito tempo para conversar sobre isso nos próximos dias e semanas. Lá está Frau Simon. Vamos até ela?

Gertrud estava sentada em um banco na parte sombreada do pátio. Olhava fixamente para o alto de uma árvore, cativada por algo que Hugo não conseguia enxergar.

— O que você está espreitando, meu bem?

— Olhe, olhe! Lá em cima, no último galho!

De início não viu nada, até que um movimento súbito rebentou do meio da folhagem. Dois pequenos micos agarravam-se a um galho, seus rabos listrados dependurados como cipós exóticos. Tufos de pelo cinza despontavam das laterais de suas cabeças. Lembravam o velho Rothstein, o contador-chefe do banco onde Hugo cumprira seu aprendizado.

— São micos-estrela. Muito comuns por aqui. Às vezes aparecem bandos deles nessas árvores. Chegam a vinte de uma vez.

Os micos os espreitavam, desconfiados. Eram duas pequenas reencarnações de Rothstein, consultando os números em seu livro-razão. Só podia ser um sonho, Hugo pensou. Castelos góticos flutuando no mar tropical; uma igreja católica decorada com figuras de meninos nus; monges alemães que escondiam refugiados e eram judeus em segredo; o velho Rothstein reencarnado como mico. Só podia ser um sonho maluco. Logo, logo, acordaria. Onde estaria então? Talvez em Berlim, em sua própria cama... e, talvez, descobrisse que Hitler, com seu bigodinho ridículo e sua postura burlesca, também não passava de um pesadelo estranho. Hugo não via a hora de deitar e dormir.

Agosto de 1941

— Zweig! Zweig!

Os gritos de Feder atravessaram o silêncio do apartamento, despertando Hugo da concentração com que se debruçava sobre o *Diário de Notícias* da terça-feira. D. Paulus o iniciara na prática de ler jornais como método para aprender o português, e ele vinha mantendo o hábito com disciplina prussiana. Toda manhã, das sete às nove horas, travava uma luta desigual com qualquer periódico que lhe chegasse às mãos, sem outro instrutor que não o pequeno dicionário alemão-português que recebera de presente ao deixar o mosteiro. Bem diferente da passada de olhos pelas manchetes do dia, seu costume em Paris ou Berlim. A leitura agora era lenta e metódica, palavra por palavra, linha por linha, página após página. Ocupava sua atenção toda espécie de itens: política, crime, esportes, coluna social, correio sentimental, até mesmo os pequenos anúncios. Pouco importava que o jornal não fosse do dia. O tempo corria diferente no hemisfério Sul: às vezes de trás para a frente, como as estações, ou então na direção contrária, como a água que descia pelo ralo em sentido anti-horário.

Ensimesmado com seu ritual matutino, Hugo não compreendeu logo as palavras de Feder. Alcançaram-no apenas como notas estridentes a irromper sobre sua meditação. Aos poucos, começaram a tomar forma. *Zwei, zwei*, ecoava em seu cérebro a voz impertinente. "Dois, dois", o quê? Ele demorava para despertar do sonho de letras impressas. Assistiu com indignação muda a seu amigo invadir o quarto ensolarado.

— Zweig! Zweig está aqui!

O rosto de Feder ostentava um sorriso esquisito, que tornava sua aparência ainda mais cômica. De pijama, despenteado e com a barba por fazer, destoava por completo do seu aprumo habitual.

— Por que diabos você está gritando, meu caro Ernst? Ficou maluco?

Feder agitou alto a primeira página do jornal e apontou a notícia da chegada de Stefan Zweig ao Brasil.

— Zweig! Ele chegou ontem de Nova York, a bordo do *Uruguay*.

Hugo tirou os óculos e recostou-se na cadeira. Stefan Zweig! Seria mesmo possível?

— Se soubéssemos, poderíamos ter ido recebê-lo no desembarque. Ele não é seu amigo?

Zweig, seu amigo? A palavra era um tanto forte. O último contato entre eles fora em 1937, quando Hugo angariara seu apoio para a iniciativa da Bund Neues Deutschland, mas isso se dera por correspondência. Havia muitos anos que não se viam em pessoa. Deixou sua lembrança vagar para uma tarde longínqua de domingo, em torno de uma mesa no Wald Café, à beira do lago Krumme Lanke — ele e Gertrud, Paul Cassirer e Tilla Durieux, os Schickele —, bebendo espumante e sorvendo os últimos raios de sol do verão. Devia ser por volta de 1919 ou 1920.

Alguém do grupo apresentara Zweig, então de passagem por Berlim. Impressionaram-se todos, de imediato, com seu refinamento vienense, seus modos impecáveis, seu porte elegante. O promissor escritor austríaco já conquistara certo renome à época — sobretudo, por sua defesa do pacifismo. A peça *Jeremias* atingira grande repercussão em Zurique. Apesar de proibida na Alemanha, seu texto circulara dentro e fora dos meios pacifistas. Até mesmo Rathenau a elogiara. Isso tudo parecia tão distante.

— Conheço ele, sim, mas faz anos que não nos vemos.

— Vamos visitá-lo, Hugo. Ele com certeza ficará feliz em reencontrar um conhecido dos velhos tempos.

Displicentes, os dedos de Hugo poliam os óculos com um lenço. Será que Zweig se lembraria dele? A essa altura, tornara-se uma celebridade mundial, cada movimento seu era noticiado pela imprensa. Eu não sou ninguém aqui, ponderou, Hugo Simon nem sequer existe.

— Pode ser que ele nem se lembre de mim.

— Bobagem! Como ele não se lembraria de você? Além do mais, diz aqui no jornal que havia poucas pessoas para recepcioná-lo. Aposto que ele não é tão famoso assim a ponto de se privar da companhia de dois fantasmas do passado.

Feder fitava Hugo com expectativa, como uma criança pedindo permissão da mãe para ir brincar. Era a primeira vez que demonstrava tanto entusiasmo desde que chegara no Rio de Janeiro, um mês antes.

— Você quer mesmo conhecê-lo, Ernst?

— Claro que quero. Já li vários livros dele. Pode até ser que eu já tenha resenhado algum... nem me lembro mais.

— Diz aí onde ele está hospedado?

— Onde se hospedam todos os exilados de bom-tom, ora.

A verdade era que Hugo também queria ir ao encontro dele. Seu ímpeto de fazê-lo fora imediato. Só precisava achar uma maneira de justificar a decisão para si mesmo. Não era momento de mostrar a cara na rua, logo agora que se via obrigado a se esconder de novo. Mas, pensando bem, ele precisava mesmo dar uma passada naquela pensão da rua Buarque de Macedo, para buscar seus pertences. Ficava perto do Hotel Central — bem no caminho, aliás —, e seria bom ter a companhia de Feder quando fosse acertar as contas lá, como apoio moral.

— Você sabe que não é uma boa ideia eu me mostrar num local tão público.

— A gente entra e sai bem rápido. Discrição máxima.

— Você me ajuda a coletar minhas bagagens, na volta?

— Evidente que sim.

— Então está resolvido. Iremos logo depois do café da manhã.

A cúpula do Hotel Central pairava acima das outras casas na praia do Flamengo, erguendo-se mais alta até do que as palmeiras que pontuavam o lado interno da calçada. O dia estava quente e ensolarado. Um grupo de banhistas jovens brincava à beira-mar, embora nominalmente fosse inverno. Sempre havia gente na praia, independentemente da época do ano. No primeiro domingo depois da chegada de Feder e Erna, foram os quatro passear pelo calçadão de Copacabana. Gertrud reparara na vitalidade dos homens morenos e musculosos a jogarem peteca. "Tantos corpos saudáveis", entusiasmara-se, "parece até Berlim no verão." "Só que aqui estão mais vestidos", zombara Feder. Toda a Zona Sul parecia estar permanentemente de férias, esquecida da obrigação aborrecida de trabalhar que ocupava os senhores de terno branco no centro da cidade.

Sentados no frescor do hotel, sob as colunas altas do saguão, aguardavam a volta do mensageiro que fora entregar o bilhete de Hugo para Zweig.

— Este lugar deve ter sido belíssimo em seus tempos de glória.

O comentário de Feder, proferido apenas com o intuito de preencher o vazio da espera, não exigia resposta. Hugo assentiu com a cabeça, enquanto contemplava o Pão de Açúcar à distância. Fazia quase seis meses que vira pela primeira vez aquela rocha imperiosa, e sua plasticidade extraordinária continuava a fasciná-lo. Ele e Gertrud haviam decidido não acompanhar Ursula e Annette no dia em que levaram Roger para andar de bondinho até o alto do morro. Obedeciam ao conselho de não serem vistos juntos em público. Nunca se sabia quem estava vigiando quem, e circulavam muitos rumores no meio dos refugiados. Ultimamente, a visita do sr. Corrêa, da Delegacia dos Estrangeiros, confirmara a sabedoria de tais precauções. Demeter era favorável a deixar o Rio de Janeiro de vez e seguir para São Paulo ou até mais ao sul, talvez Buenos Aires. Caso esse plano se concretizasse, será que conseguiria rever algum dia suas filhas e seu neto? A voz de Feder o salvou desse raciocínio penoso.

— Agora está meio decadente, mas deve ter sido um balneário magnífico há vinte, trinta anos.

A figura magra de Zweig despontou do outro lado do saguão. Seus ombros estavam curvados para a frente, e a cabeça pendia levemente para um lado e para baixo, na atitude de alguém que tenta se disfarçar da vista alheia. Procurava de rosto em rosto, nervoso. Assim que reconheceu Hugo, atravessou o cômodo às pressas. Os dois homens se tomaram pelos antebraços numa espécie de abraço truncado, mãos de um quase nos cotovelos do outro.

— Hugo Simon! É você mesmo?

— Meu caro Stefan Zweig!

Miraram-se nos olhos por vários segundos, compartilhando a alegria incrédula que só os amantes e os exilados têm no reencontro. Feder remexia-se visivelmente na poltrona, sem disfarçar a impaciência.

— Stefan Zweig, deixe-me apresentar Ernst Feder, amigo e jornalista. Você talvez se lembre dele, da *Berliner Tageblatt*?

— Sim, claro. É um prazer conhecê-lo, Herr Feder.

— O prazer é todo meu, Herr Zweig. Sou um grande admirador do seu trabalho, há anos. Desde *Amok*, para ser exato.

— *Amok*. Isso faz muito tempo mesmo. Você me faz sentir tão velho quanto sou.

— Bobagem. Um escritor é tão novo quanto seu último livro.

Zweig estava mesmo envelhecido. Hugo examinou o rosto cavado dele, as rugas em torno dos olhos, a melancolia que domara o olhar antes destemido. Bem, fazia uma década ou mais que não se viam. Ele próprio devia parecer um caco do que fora um dia.

— Lotte, minha esposa, pede desculpas. Está indisposta e não pode descer.

— Nada sério, espero.

— Não, uma indisposição menor. Bronquite recorrente. Vai passar.

— Sei como é. Gertrud também é propensa a bronquites. O clima aqui as agrava, e ela ainda não encontrou um bom médico.

— Frau Simon também está aqui?

Zweig foi se acomodando na poltrona vizinha. Hugo hesitou, cogitando que o saguão do hotel não era o lugar ideal; mas para onde poderiam ir? Perturbar Lotte no quarto estava fora de questão, e uma mesa de bar seria igualmente indiscreta. Mais valia ficarem por ali. De todo modo, era provável que não passasse de excesso de precaução da sua parte.

Trocaram histórias de emigração. Os reveses e reviravoltas de fugas incríveis, com direito a embates quase fatais com o inimigo, faziam parte de qualquer encontro entre refugiados. Conduziam, quase sempre, à troca de informações sobre amigos em comum dispersos pelo mundo na nova diáspora de intelectuais errantes. Como Zweig vinha dos Estados Unidos, trazia notícias frescas de conhecidos cujo destino Hugo perdera de vista após deixar Marselha. Thomas e Katia Mann continuavam em Princeton, onde Albert Einstein já montara residência. Heinrich Mann chegara aos Estados Unidos, mas não se sabia ao certo seu paradeiro por lá. Bertolt Brecht encontrava-se na Califórnia, acompanhado por Helene Weigel e Ruth Berlau. Alfred Döblin também estava lá, assim como o casal Feuchtwanger, Franz Werfel e Alma Mahler, Arnold Schönberg, Max Reinhardt. Com tantos escritores e artistas exilados, Los Angeles corria risco de se tornar a nova Sanary-sur-Mer. Hugo, por sua vez, pôde confirmar que Willi Münzenberg tinha morrido e que Theodor Wolff estava desaparecido, presumivelmente internado num campo. Trocaram impressões sobre a prisão de Breitscheid e Hilferding. Feder, que viera da França por último, acreditava que Hilferding já tivesse morrido.

Zweig contava-se entre os afortunados. Deixara a Áustria em 1934 e tinha ido diretamente para a Inglaterra. Dotado de documentos e acesso a suas contas bancárias, recheadas de royalties, conseguia viajar entre Londres e Nova York com uma facilidade única entre os refugiados alemães. Mesmo assim, à medida que a situação foi piorando, desistira de reaver sua casa em Bath e sua biblioteca preciosa. O Atlântico transformara-se em campo de batalhas submarinas, e os ataques aéreos da Luftwaffe tornavam desaconselhável qualquer tentativa de retornar para a Inglaterra. Zweig estava convencido de que era questão de tempo até que a Grã-Bretanha capitulasse também. Ao admitir isso, ficou taciturno. Hugo atribuiu o fato à exaustão. Fazia mais de hora que conversavam, e Zweig não tivera tempo ainda para se refazer da viagem. Intuía, no entanto, que algo a mais pesava sobre a consciência do escritor. Feder deve ter sentido o mesmo, pois fez a pergunta que Hugo evitava por delicadeza.

— Por que o senhor decidiu largar Nova York, Herr Zweig? Aqui, estamos todos tentando encontrar um jeito de ir para lá, e o senhor resolve vir na direção contrária.

Zweig suspirou profundamente antes de responder.

— Os Estados Unidos não são o que as pessoas costumam imaginar. Fui muito bem acolhido, me deram condições de trabalho excelentes, mas não tenho vontade nenhuma de continuar a viver por lá.

Ele pronunciou essas palavras com cautela, como se desse uma entrevista para o jornal. Diante de sua reticência, Feder recuou do assunto. Agora que a caixinha estava aberta, porém, Hugo não resistiu à tentação de ir mais fundo na questão.

— Por que não, Stefan? Como assim, não são como as pessoas costumam imaginar?

— Não é um lugar para gente como nós, quero dizer, os que se opõem à guerra por questão de princípio. Estou convencido de que os Estados Unidos entrarão na guerra mais cedo ou mais tarde. Nem que seja para ganhar dinheiro.

— Eu, por mim, espero que entrem mesmo.

— É exatamente a isso que me refiro, Herr Feder. O senhor e todo mundo. E, por ótimos motivos, devo dizer. A maioria de nossos amigos que se encontram lá, como refugiados fugindo dos horrores da Europa, passou a advogar a ampliação do esforço guerreiro. O ódio nazista nos impeliu para um círculo vicioso do qual é quase impossível escaparmos. Mesmo que a Alemanha seja derrotada, o que me parece improvável, perderemos algo precioso, que não pode ser recuperado. Tornamo-nos iguais aos nossos inimigos a fim de derrotá-los.

Os três homens ponderavam a lógica das palavras de Zweig. A fala do escritor vinha confirmar os sentimentos de Hugo sobre o assunto. Tinham sua origem no ideal compartilhado pela geração que vivera a Grande Guerra e ousara sonhar um mundo sem conflitos. Seguindo os passos de Tolstói e Romain Rolland, homens como Zweig, Einstein, Ernst Toller haviam obrado durante décadas para promover a paz e a harmonia entre nações como mais do que um princípio retórico. O pacifismo era um dos pilares de sua identidade. Não podiam removê-lo simplesmente, senão o edifício inteiro ruía junto. Feder começava a ficar impaciente. Hugo sabia que suas reiteradas tentativas recentes de ingressar nos Estados Unidos ainda eram uma ferida aberta.

— Mas qual o sentido de vir para o Brasil, Herr Zweig? Se a Europa se afunda no caos, será melhor aqui do que nos Estados Unidos?

— Aqui é diferente, Herr Feder. Viajei muito para escrever meu livro sobre o Brasil e observei coisas que me deixaram bastante impressionado. Existe algo no temperamento brasileiro que refreia as paixões mais perigosas… uma alegria e doçura inatas. Ou uma solidariedade natural, se preferir chamar assim. Não se vê violência aqui, nem demonstrações explícitas de intolerância. Talvez seja resultado da mistura de raças. É o único país do mundo em que as diferentes raças convivem sem conflitos.

Esse ponto despertou a desconfiança de Hugo, por fazê-lo lembrar de um artigo abertamente antissemita no *Diário de Notícias*. A ditadura de Vargas tampouco parecia gostar de judeus. Havia deportado Olga Benário para a Alemanha, mesmo grávida do marido brasileiro, o líder do partido comunista local. O chefe da polícia do Rio de Janeiro era sabidamente um simpatizante nazista e conhecido de Himmler. E, conforme ele descobrira a duras penas, acabava de entrar em vigor uma lei que barrava imigrantes "indesejáveis" de permanecerem no país. D. Keller o informara que se negava a entrada atualmente a refugiados que chegavam com os mesmos vistos diplomáticos que eles haviam usado. Hugo e Gertrud tinham conseguido ingressar no Brasil quando a porteira já se fechava. Por outro lado, Feder entrara depois sob seu nome verdadeiro. Talvez ainda houvesse esperança.

— Ainda não tivemos ocasião de ler seu livro, Herr Zweig. Nenhum de nós dois dá conta de lê-lo em português, e é impossível encontrá-lo em alemão.

— Sim, mas foi noticiado em todos os jornais aqui.

Hugo fez esse comentário com o propósito de animá-lo, mas o efeito foi o contrário. Zweig entregou-se a um acesso súbito de fúria, bufando e esfregando o rosto. Sua resposta, quando veio, saiu em tom e altura inteiramente descompensados.

— Ah, sim, eu vi os recortes. Koogan mostrou-os para mim ontem. Essa gente não entendeu nada do que escrevi. De que modo um livro chamado *Brasil, país do futuro* pode ser interpretado como um ataque ao Brasil? Me expliquem isso, por favor. Estão insinuando que fui pago pelo governo para escrevê-lo, que é uma peça de propaganda oficial. Vocês conseguem entender o que isso significa para mim? Toda minha reputação está em jogo!

Zweig ficava mais agitado com cada frase. Seu ultraje ameaçava romper os limites da discrição necessária. Hugo apressou-se em acalmar o amigo.

— Meu caro Stefan, peço que você não se deixe abater com isso. Você sabe como são os jornalistas. Um pouco de polêmica vende mais jornais. Não passa disso. Não é mesmo, Ernst?

Feder hesitou em reagir à deixa de Hugo. Quando respondeu, afinal, sua afirmação saiu menos do que convicta.

— Sim, claro. Tenho certeza de que o livro será um sucesso digno de sua grande reputação internacional.

Zweig sacou um lenço do bolso e secou a testa e as faces. Ao retomar a palavra, já havia recuado do precipício histérico.

— Caros amigos, peço desculpas pela explosão. Tenho andado sob muita pressão ultimamente, e às vezes a coisa estoura de forma imprevisível.

— Não há nada a desculpar, Stefan. São tempos difíceis para todos nós, e ninguém está imune ao acesso ocasional de raiva. Mas, por favor, peço que você fique tranquilo com relação ao livro. Tenho certeza de que será muito bem acolhido pelo público.

Hugo deu uma olhada ao redor, em busca de um garçom a quem pudesse pedir um copo d'água para Zweig. Foi aí que percebeu dois homens conversando do outro lado do saguão. Um deles era moreno, bem brasileiro de aparência; o outro, europeu, possivelmente alemão. O rosto dele não lhe era estranho. Seu olhar cruzou o de Hugo, e ele fez sinal de cumprimento com a cabeça. Hugo tentou situá-lo entre seus poucos conhecidos locais. Talvez fosse alguém que conhecesse da Europa? Devolveu o cumprimento, reconhecendo a presença do estranho, puramente por educação. Na mesma hora, o homem pediu licença ao seu companheiro e atravessou o salão até onde estavam sentados.

— Vejo que o senhor não se recorda de mim, Herr Studenic.

A menção de seu *nom de guerre* foi suficiente para reavivar a memória por inteiro. Hugo gelou. Era o alemão do navio. Como era mesmo seu nome?

— Sim, estou lembrado. Nos conhecemos a bordo do *Cabo de Hornos*. Herr... Herr?

— Hartmann. Rudolf Hartmann. A seu dispor.

Ele repetiu o passinho de autômato, curvando a cabeça e batendo os calcanhares, que tanto intimidara Hugo da primeira vez.

— O senhor está apreciando sua estadia no Brasil?

— Naturalmente. É um país fantástico. E o senhor? Como andam os negócios?

— Muito bem, Herr Studenic. Os negócios vão de vento em popa.

O homem espreitava Zweig e Feder com interesse visível, como quem espera ser apresentado. Ambos permaneceram imóveis, numa postura de desconforto, divididos entre as exigências das boas maneiras e a desconfiança natural aos refugiados. Espreitavam Hugo e aguardavam que ele desse o tom. Hugo demorou-se num silêncio hostil. O recém-chegado ignorou o incômodo geral e prosseguiu com sua missão.

— Perdoe-me pela indiscrição, mas o senhor não é Stefan Zweig?

— Sou, sim.

— É um prazer conhecê-lo pessoalmente. Sou leitor dos seus livros, Herr Zweig.

O tom melífluo da última frase continha uma nota sinistra. A escolha da palavra leitor, em vez de admirador, foi sublinhada por uma pausa perceptível. Todos sabiam que os livros de Zweig estavam proibidos atualmente na Alemanha. O escritor limitou sua resposta a um curto meneio da cabeça. Feder fingia ignorar a conversa, alinhado com a frieza reinante. Seguiu-se outro silêncio constrangedor, durante o qual Herr Hartmann fez questão de manter um sorriso incongruente estampado no rosto.

— Muito bem, senhores. Peço sua licença para retornar ao meu associado brasileiro. Ele é pessoa importante demais no governo para ficar esperando muito tempo.

A fala foi proferida num sussurro teatral, acompanhado de uma piscadela, como quem revela um segredo a correligionários. Voltando ao seu tom normal, Hartmann passou às despedidas com um excesso de cortesia que beirava a afetação.

— Herr Studenic, espero ter a ocasião de encontrá-lo novamente, talvez sob condições menos fortuitas. Ofereço-lhe meu cartão.

Retirou um cartão de visitas de um pequeno estojo no bolso do colete e estendeu-o para Hugo, que permaneceu impassível, olhando o horizonte, desviando a atenção da mão à sua frente. Fazia de tudo para disfarçar o medo que lhe amarrava as entranhas. Nunca devia ter concordado com a sugestão de Feder para que fossem ali. Um erro infantil, sob as circunstâncias atuais, quase equivalente a entrar na delegacia e se entregar à polícia. Finalmente pegou o cartão e examinou-o com displicência fingida.

— Bom dia, Herr Hoffmann.

— Hartmann.

— Ah, sim. Minhas desculpas.

O sorriso permaneceu intacto, duro e ameaçador. Voltando-se para Zweig e Feder, Herr Hartmann despediu-se deles com o mesmo balé mecânico que anunciara sua chegada e ainda um cumprimento da cabeça para cada um.

— Herr Zweig, uma honra. *Mein Herr*, bom dia.

Voltou sem pressa para o outro lado do saguão, onde sussurrou algo no ouvido do associado, apontando-os com o queixo. O brasileiro inspecionou-os detidamente, sem o menor esforço para disfarçar seu escrutínio. Pelo jeito truculento, devia ser policial. Ao cruzar novamente o olhar de Hugo, Herr Hartmann levantou o braço e acenou com amabilidade indecente. Hugo sentiu seu estômago embrulhar-se em mais um nó.

— Quem era esse homem horrível? E que história é essa de Herr Studenic?

A alma vienense de Zweig ansiava por ser inteirada das intrigas. Feder pinçou o cartão dentre os dedos de Hugo e leu em voz alta.

— Rudolf Hartmann. Gerente de exportação. I. G. Farben Industrie.

— Conheci-o no navio, a caminho do Brasil. Quanto ao resto, é uma longa história...

— Pode começar a contá-la, então. Temos tempo de sobra, não é mesmo?

— No meu caso, Stefan, lamento dizer que não.

Hugo tinha consciência de quão murcha soava sua voz. Mesmo assim, ficou comovido com a expressão de compadecimento no rosto de Zweig. Teria que lhe contar logo a verdade toda. Talvez não houvesse outra oportunidade.

— Eu e Gertrud precisamos sair do Rio de Janeiro.

— Por quê? O que diabos está acontecendo?

— Nos deram quinze dias para deixar o país. Decidiram que somos imigrantes indesejáveis.

— Quinze dias! Quando foi que decidiram isso?

— Já faz umas três semanas. Eles são meio lentos com relação à aplicação dessas determinações. Mas recebi a visita de um oficial há poucos dias.

— O que ele queria?

— Dinheiro, claro. É possível comprar tempo, mas custa bem caro.

Zweig olhou para Hugo e para Feder, como se buscasse confirmação, e depois novamente para Hugo. Ele via seu próprio terror refletido nos olhos do escritor.

— Você não devia ter vindo aqui me ver. Você se expôs ao perigo.

— Um pouco, mas também não é assim.

— O que você vai fazer?

— Pretendemos sair do Rio, talvez ir para o interior. Ernst está me ajudando a negociar um projeto com uma empresa suíça de plantas medicinais.

Zweig não reagiu com contrariedade, muito menos revolta. Sua perplexidade inicial logo deu lugar a um ar distanciado que Hugo conhecia bem. Já se resignara aos fatos. O exílio os adestrara a aceitar o inaceitável. Não tinha sentido gastar energia debatendo como as coisas deveriam ser, ou não. Só existiam as coisas como eram, e o que podia ser feito de prático para se adequar a elas.

— Você já pensou em Buenos Aires?

— Dizem que é pior ainda por lá. Ouvi dizer que há suásticas nas vitrines do comércio. Além do mais, seria difícil conseguirmos vistos com nossos documentos. Estamos vivendo com passaportes tchecos aqui.

— Por isso aquele homem o chamou de Studenic?

— A seu dispor. Cidadão de mentira de um país inexistente.

Zweig olhou novamente para Feder, que sacudia a cabeça como testemunha cansada dos fatos. Todos sabiam que nada podiam.

— Posso sondar algumas pessoas. Tenho contatos no Ministério das Relações Exteriores. Quem sabe, Koogan, meu editor, possa fazer algo? E há sempre o PEN Club. Talvez possam ajudar...

Zweig estava se agarrando a esperanças quiméricas. Era compreensível, mas ele não podia se deixar levar por essas fantasias. Prometera a Gertrud que não o faria. Fora isso que derrubara Breitscheid e Hilferding, no final das contas. Confiaram nas promessas de amigos bem-postos e acabaram sucumbindo à traição das autoridades francesas. O governo aqui não era melhor que o de Vichy. O ministro da Justiça, que redigira pessoalmente a nova lei de imigração, era um ideólogo fascista. O presidente, por sua parte, vivia se equilibrando entre Berlim e Washington, tentando extrair vantagens de ambos.

— É tarde demais para isso, Stefan. A menos que você tenha

acesso a Getúlio Vargas em pessoa. Não é mais seguro ficarmos aqui. Já passamos do prazo. A única solução é desaparecer por um tempo. E você? Pretende ficar no Rio?

— É possível, mas estou pensando em procurar um pouso no interior também. O Rio não é bom para escrever, muito calor e barulho. Preciso de um lugar tranquilo, onde possa ficar a sós e me concentrar no trabalho.

Zweig parecia abatido. Era tarde, e eles ainda precisavam passar na pousada. Despediram-se discretamente, antes mesmo de se levantarem. Ao sair do hotel, Hugo evitou olhar para trás. Temia que Herr Hartmann acenasse para ele, mais uma vez.

No bonde, subindo a avenida Beira-Mar, Hugo preparava-se para sua visita ao consulado dos Estados Unidos. Seria a terceira vez que passava embaixo daquele grande selo de bronze ostentando a águia agarrada ao galho de oliva e às treze setas, treze estrelas e treze listras. Já dedicara horas a estudar esse brasão, tentando desvendar quais segredos poderia encerrar; mas, até agora, não encontrara nenhuma chave cabalística para abrir os corações dos funcionários americanos. Mister William C. Burdett, do Tennessee, o cônsul-geral, tinha quase a mesma idade de Hugo, mas sua aparência era bem mais jovial. Mister Philip P. Williams, o vice-cônsul, era um jovem bastante simpático, porém despreparado para lidar com a complexidade do caso deles. Possuíam vistos de não imigrante para os Estados Unidos, sob seus nomes verdadeiros, mas não podiam comprar passagens porque as companhias de navegação haviam sido instruídas por Washington a vendê-las apenas para pessoas que possuíssem visto de imigrante. Não tinham como pedir novos vistos porque os únicos passaportes que possuíam eram os falsos, sob outros nomes. Precisariam ou de documentos de salvo-conduto emitidos em substituição temporária a passaportes, ou de permissão especial para comprar passagens com seus vistos atuais. O cônsul explicara que não tinha poderes para conceder nem um nem o outro sem autorização expressa do Departamento de Estado.

Enquanto Hugo aguardava na sala de espera, tentava adivinhar se o *marine* postado como guarda era o mesmo da visita anterior. Eles todos se pareciam. Cogitou se seria possível criar esses tipos parrudos em fazendas, conforme se dizia que os nazistas estavam tentando fazer. Será que a população do futuro consistiria de uma raça superior composta por jovens musculosos e desmiolados? Talvez passassem os dias participando de eventos esportivos em massa, sem entender por que seus antepassados davam qualquer importância a livros e filosofia. Zweig estava convencido de que uma nova civilização latina surgiria na América do Sul. Quanto a isso, Hugo tinha suas dúvidas. Os brasileiros haviam herdado o apego romano à autoridade e ao elitismo, mas sem as qualidades de arrojo e dever cívico que eram seu contrapeso necessário. Eram romanos da decadência, descendentes indiretos do império em ruínas, e não restauradores da república e suas virtudes. Prestavam-se ainda menos a esse papel do que os fascistas italianos que emulavam.

O pensamento de Hugo voltou-se para a última sala de espera em que tomara um chá de cadeira, havia menos de um mês — a Delegacia de Estrangeiros, uma repartição pequena e obscura da Polícia Civil, subordinada ao Ministério da Justiça e Negócios Interiores, escondida na miscelânea da rua da Relação. Sobreveio-lhe a lembrança do gesto deliberado com o qual o oficial de registro alisara a folha sobre o balcão para que ele assinasse. Não se recordava do rosto, apenas das mãos compridas e bem-feitas. "Declaro, para os devidos fins, estar ciente da intimação para deixar o território nacional dentro do prazo de quinze dias consecutivos, contados a partir da data presente, ficando sujeito às penalidades previstas pelo Decreto-Lei tal e tal, no caso do não cumprimento dessa ordem", ou algo que se assemelhasse. Fora obrigado a assinar o papel, junto com outro pobre-diabo intimado para o mesmo fim: um tal Felix Bullaty, tímido estudante de matemática e originário autêntico de Praga. Ficaram juntos naquela sala de espera durante quase uma hora, trocando impressões em português claudicante misturado com frases ocasionais em francês. O estudante teve a delicadeza de não se dirigir a ele uma única vez em tcheco. Ao final, desceram juntos a escada e ainda demoraram um momento na calçada, avessos a romper o laço do destino que os unia como indesejáveis, oficialmente declarados. Bullaty perguntara para onde iria. Na incompreensão provocada pela falta de um idioma em comum, Hugo entendera a pergunta no seu sentido amplo. Para onde, afinal, poderiam seguir? Buenos Aires, São Paulo, o sertão do Brasil? No final das contas, a indagação do estudante possuía finalidade bem mais pragmática: queria apenas saber se embarcariam juntos no bonde para a praça Onze. Hugo desejou-lhe *adieu* e *bonne chance*. O estudante retrucou com *zol zayn mit mazel*, iídiche para boa sorte. Hugo admirara-se ao descobrir que ainda entendia a frase, depois de tantos anos.

O grande selo dos Estados Unidos teimava em não entregar nenhum segredo, as coxas torneadas da águia começavam a lhe provocar fome. Já passava das 14h40, ainda não tinha almoçado. Uma moça finalmente apareceu à porta. Mister Williams estava pronto para recebê-lo. Hugo seguiu-a até uma sala de entrevistas, as paredes forradas de madeira, no espaço mal cabiam uma mesa, quatro cadeiras e uma bandeira de tamanho desproporcional. Mister Williams recebeu-o com o entusiasmo ingênuo que parecia prevalecer entre esses americanos.

— Mister Simon, como vai? E Mrs. Simon, passa bem?

Sempre o desconcentrava ouvir seu nome em inglês, com

som de S soprado e o I pronunciado como "ai", em contraposição à pronúncia alemã: "zimon".

— Mrs. Simon está doente, infelizmente, e não pôde me acompanhar hoje. Ela mandou saudações.

A obrigação de se comunicar em inglês era um obstáculo. Hugo falava o suficiente para se fazer entender, mas não tão bem que pudesse usar a língua a seu favor. Não havia a menor hipótese de convencer os oficiais consulares com argumentos sutis. Gertrud tentara persuadi-los com lágrimas, mas tampouco adiantara. Vieram a entender, aos poucos, que não se tratava de uma questão de boa vontade da parte deles, mas de diretrizes e regulamentos que os oficiais não controlavam. Mister Williams ficou lá a sorrir para ele com o mesmo ar afável que os adultos dedicam normalmente às crianças.

— Então, como posso lhe ajudar hoje?

— Eu tinha um horário marcado com mister Burdett, às duas e quinze.

Mister Williams remexeu na pasta à sua frente, com cara de constrangimento. Um rubor incipiente tomava conta de suas faces e pescoço, homogeneizando a diferença de tons entre sua pele clara e as sardas cor de ferrugem.

— Mister Burdett teve que viajar esta semana para cuidar de negócios consulares. O senhor poderia me dizer qual era o assunto a ser tratado?

— O senhor deve se lembrar de que eu e minha esposa submetemos pedidos ao Departamento de Estado, em abril, requerendo permissão para viajar aos Estados Unidos com nossos vistos atuais.

— Sim, sim, claro. Quer dizer que ainda não foi concedida?

Continuava a vasculhar a pasta minguada, como se esperasse encontrar ali algum papel esquecido. Hugo manteve a pose de humildade e paciência. Não havia o menor sentido em antagonizar mister Williams. Isso só serviria para predispô-lo a lavar as mãos para o assunto.

— Não, não foi. O outro pedido foi concedido, aquele que enviamos para o Departamento do Tesouro, requerendo o desbloqueio de minhas contas bancárias em Nova York. Isso foi da outra vez que estivemos aqui, em junho, e mister Burdett disse para eu voltar dali a sessenta dias para ver se tinha saído algum resultado do Departamento de Estado.

Mister Williams ergueu a vista da pasta. A máscara de camaradagem fácil dera lugar a um sorriso nervoso, reconfortante porquanto verdadeiro.

— O senhor me daria licença por um momento, mister Simon? Vou ver se recebemos algum telegrama que ainda não foi colocado na sua pasta.

A sós na saleta sem janela, Hugo começou a sentir certa claustrofobia. Não haveria telegrama nenhum do Departamento de Estado, isso era óbvio. Cinco meses tinham se passado, sem resposta. O tempo se esgotava. Os vistos que possuíam expiravam em 27 de setembro, dali a menos de um mês. Se deixassem o Rio de Janeiro e fossem para o interior, não seria mais tão simples vir ao consulado ou mesmo comprar passagens de navio. Seu olhar repousou sobre a bandeira americana. Estava tão perto que podia tocá-la. Mister Williams voltou, cerrando a pasta ao peito, contrito.

— Mister Simon, sinto informar que ainda não recebemos resposta do Departamento de Estado.

— Sei.

— Para ser bem sincero, Washington está a maior confusão, com essa história de guerra na Europa. Por que o senhor não volta daqui a um mês? Prometo avisá-lo pessoalmente, caso chegue algo antes disso.

— Não há mais tempo para esperar, mister Williams. As

autoridades brasileiras nos deram quinze dias para deixar o país. Decidiram que somos imigrantes indesejáveis.

— Quinze dias! Quando foi que isso aconteceu?

— Já faz quase um mês. Essa entrevista de hoje era nossa última esperança.

Uma expressão de pena invadiu os olhos de mister Williams. Era o rosto de alguém que se resigna ao destino cruel da humanidade, como um médico obrigado a desenganar o paciente. Hugo sabia que não adiantava mais apelo algum.

— Existe algum endereço onde possamos alcançá-lo, na eventualidade de boas notícias?

— O senhor pode sempre se comunicar comigo por intermédio do Mosteiro de São Bento. É só mandar uma carta aos cuidados do abade, d. Thomas Keller. Ele fará com que chegue até mim.

Hugo preparou-se para partir. Mister Williams levantou-se também e ofereceu a mão.

— Mister Simon, lamento muito mesmo que não pudemos ajudá-lo mais.

— Não há nada que o senhor possa fazer por conta própria.

— Mande meus cumprimentos para Mrs. Simon. Desejo melhoras para ela.

Hugo desceu a escada até a rua. Era um alívio estar novamente ao ar livre. De todos os lados, assaltava seus ouvidos a discórdia barulhenta da cidade tropical: motores roncando, buzinas soando, um martelo batucando seu ritmo repetitivo sobre um ponteiro, passarinhos cantando na árvore acima de sua cabeça e, ao longe, a nota sustentada e triste de um amolador de facas. Fez um balanço mental dos assuntos que ainda o prendiam ao Rio de Janeiro. Olhou o relógio. Precisava se apressar. O tempo o alcançava mais uma vez, mordiscando seus calcanhares, deixando entrever as escoras que sustentavam o cenário deslumbrante. Faltava um último salto para deixar o palco da civilização e sumir nos bastidores — na dispersão geral dos dias. Por mais estranho que parecesse, uma parte dele ansiava por isso. Ele sentia falta do mundo narcótico sem calendários ou relógios que os monges lhe proporcionaram em seu retiro monástico. Era possível que Dante tivesse se equivocado. Abandonar todas as esperanças não era a entrada do inferno, mas da felicidade. Ou, talvez, o século XX fosse uma época tão torta que já não existia mais distinção entre céu e inferno.

Setembro de 1941

Monsieur Rendu não queria dar o braço a torcer. Demeter sabia que ele era o chefe do comitê local das Forças Francesas Livres. Todo mundo sabia — até mesmo a polícia brasileira, que o interrogara havia poucas semanas sobre suas atividades clandestinas. Foi necessário que o consulado britânico interviesse para que ele fosse libertado, mas não antes que a notícia se espalhasse pelo telefone sem fio dos refugiados. Os distintos representantes de Vichy, na embaixada francesa, sabiam tudo a seu respeito. Era mais do que provável que tivessem sido eles a dedurá-lo para a polícia. Era de se presumir, portanto, que os gentis integrantes da Quinta-Coluna — lá no Clube Germânia, da outra ponta da praia do Flamengo — também soubessem. Enfim, seu segredo não podia ser mais mal guardado. Mesmo assim, monsieur Rendu fazia questão de se fazer de desentendido. Demeter dera todas as dicas possíveis. Citara incidentes; chegara mesmo a mencionar nomes (não os verdadeiros, mas alguns dos codinomes mais divulgados). De nada adiantara. Ou monsieur Rendu era habilidoso ao extremo em esconder o que sabia, ou de fato não sabia nada do que estava acontecendo na França. Isso era uma possibilidade. Segundo seu próprio relato, Rendu estava no Brasil desde 1931. Era provável que só tivesse contato com a liderança francesa livre em Londres. O movimento era pouco organizado, e era difícil se manter a par dos acontecimentos à distância. Com as comunicações oficiais sujeitas a censores e apagões, e as extraoficiais minguando por conta da navegação comercial cada vez mais reduzida, os núcleos iam sendo empurrados para a clandestinidade total. Os nazistas, ao contrário, sempre conseguiam se manter bem informados. Era um mérito inegável deles.

Demeter recostou-se na cadeira e examinou a figura ligeiramente embriagada de monsieur Rendu. Haviam começado a beber às sete, e já se aproximava das dez da noite. A cerveja para comemorar o último dia de trabalho havia se transformado rapidamente em duas. O calor era intenso, e a cerveja gelada e aguada descia, bem, como água gelada. Uma porção de bolinhos de bacalhau para apaziguar a fome, e duas cervejas multiplicaram-se em três, quatro e agora cinco. O garçom gorducho de jaqueta branca colocou mais duas caldeiretas na mesa e fez duas marcas na toalha de papel, completando o segundo quadradinho com uma diagonal ao meio. Demeter continuava a observar monsieur Rendu. Ele era o perfeito ex-combatente, *mutilé de guerre*, e sabia manter a compostura mesmo sob o fogo cruzado dos copos e o bombardeio de bolinhos de bacalhau. Gabava-se de ter ganhado a Légion d'Honneur na Grande Guerra, e Demeter não via motivo para duvidar disso. Era provável que tivesse sido como soldado exatamente o que era como engenheiro — sólido e confiável, mesmo em seu atual estado líquido. A remuneração que prometera a Demeter por seus serviços como desenhista de projeto era menos do que generosa, mas nem por isso lhe queria mal. Ergueu seu copo cheio.

— Um brinde.

— *Vive la France!*

— *La France.*

Tilintaram os copos. Pelo menos contratara-o para o serviço, já era alguma coisa. Devia saber que seus documentos eram falsos. De jeito nenhum Demeter aparentava cinquenta, especialmente agora, restaurado ao pleno vigor de seus trinta e cinco anos. Se a data de nascimento era falsa, presumia-se que outros dados, como nome e nacionalidade, poderiam ser forjados também. O mais suspeito era o sotaque, ele sabia. Uma coisa era se passar por francês entre brasileiros; mas Auguste Rendu era um expatriado-padrão, mais brioso do idioma e da origem do que qualquer cidadão em seu próprio país. Por menor que fosse, aquele rastro indelével de pronúncia alemã não passaria despercebido de monsieur Rendu, mesmo que nunca tivesse se dignado a mencioná-lo.

Havia um último recurso a tentar — a verdade. Confissões geram intimidade e, se ele colocasse sua própria segurança em jogo, talvez fosse o suficiente para persuadir o engenheiro a pôr de lado sua reticência habitual. Era um risco, mas ele calculou que monsieur Rendu não teria nada a ganhar com a traição. Além do mais, a perspectiva de compartilhar seu segredo era levemente inebriante. Fazia quase nove meses que vivia como André Denis e, até aquele momento, não contara nada para ninguém. Decidiu que Rendu era digno de confiança, apesar do derrotismo de seu nome. Malou havia caçoado dele sem piedade quando lhe revelou esse detalhe. "Rendu? O nome do chefe da Resistência local é *sr. Rendido*? É melhor desistirmos logo de resistir." Virou uma espécie de piada pronta entre eles. Buscavam sempre oportunidades para encaixar a palavra "rendu" na conversa, um desafiando o outro a rir primeiro. Até Renée pegara, sem querer, o vício. Numa noite de muito calor e cansaço, anunciara que estava completamente rendida. Ambos rebentaram num acesso de riso, deixando-a perplexa.

— Monsieur Rendu, tenho uma confissão a fazer.

O veterano ergueu o rosto alcoolizado e limpou com a manga a espuma dos lábios. Endireitou-se na cadeira bamba, a expectativa varrendo a sonolência de seu olhar embaçado.

— Não sou de Calais.

— Isso você nem precisava dizer, *mon petit*. Eu percebi no instante em que você abriu a boca para falar.

Demeter principiara devagar, a fim de tomar coragem, mas decidiu que era melhor desembuchar logo de uma vez.

— Para dizer a verdade, não sou nem francês. Sou um exilado alemão, um *apatride*.

— Hum, hum. Isso é tudo?

— Meu nome não é André Denis. Os documentos franceses foram fornecidos por companheiros em Montauban que me ajudaram a escapar dos nazistas.

A expressão de Rendu tornou-se grave. Procurou o cachimbo no bolso do paletó, mas não se pôs logo a enchê-lo. Reteve-o um momento na mão, enquanto esfregava a outra sobre a boca com força inquietante.

— Qual é seu nome verdadeiro, então?

— É Wolf Demeter.

— Devo passar a lhe chamar de Wolf Demeter, então?

Sua tentativa de pronunciar o nome alemão foi tão desastrada que Demeter teve vontade de rir, mas conseguiu manter o ar de seriedade.

— Não, você pode continuar a me chamar de André. É meu nome agora, e quanto antes eu esquecer o outro, melhor.

Rendu apanhara seu estojo de tabaco e preparava o cachimbo com uma falta de perícia nada habitual. No lugar dos movimentos precisos e cuidadosos que Demeter observara em tantas ocasiões ao longo dos dois últimos meses, os dedos do engenheiro puxavam e separavam, enfiavam e apertavam em quase espasmos.

— Então, André, por que você resolveu me contar tudo isso agora? Compulsão para confessar? Tenho cara de padre, de repente?

— Estou lhe contando isso porque sei quem você é, e queria que você soubesse quem eu sou. Achei que, talvez, eu pudesse ajudar.

Ele terminou de encher o cachimbo e acendeu-o com um floreio ágil da mão, riscando e apagando o fósforo num único movimento. Após a primeira baforada, parecia refeito. Encarou Demeter com um ar sabido.

— Ah, eu sei muito bem quem você é.

— É mesmo?

— Sei, *mon petit*. Fiquei ao seu lado mais de uma vez, observando como você trabalha. Quem já esteve nas trincheiras, como eu, sabe ajuizar se um camarada é de confiança ou não. Tenho orgulho de dizer que nunca perdi esse talento.

Demeter ouvira esse tipo de conversa de outros veteranos da Grande Guerra. Quase sempre, era o preâmbulo para as decisões mais desastradas. Nessa instância, como parecia operar a seu favor, ele deixou passar.

— No seu caso, já me perguntei, vez ou outra, se meus instintos não estariam falhando. Agora vejo que não. Você é um homem de confiança, conforme sempre intuí. Apesar de seus documentos duvidosos e seu sotaque *Boche*.

A provocação de monsieur Rendu veio acompanhada de um sorriso malicioso. A jogada dera certo. O primeiro obstáculo estava vencido. Demeter refreou seu ímpeto de responder e deu espaço para que o velho combatente desenvolvesse o raciocínio.

— Aconselho você a não sair por aí espalhando essa história

para mais ninguém. O Rio de Janeiro está cheio de espiões alemães.

— É mesmo? Eu sabia que havia simpatizantes nazistas na comunidade alemã, mas espiões mesmo?

— Sim, claro! Dezenas e dezenas. O adido naval na embaixada alemã é da ss. Tenho isso de fonte segura.

Demeter bebeu um gole de sua cerveja e arregalou os olhos para fingir surpresa. Era mais para encorajar monsieur Rendu a prosseguir com o relato. Pareceu-lhe evidente, no entanto, que qualquer oficial alemão ligado à embaixada estaria envolvido em atividades de inteligência militar.

— Ah, e aí tem o sr. Engels, engenheiro chefe da AEG. Estou de olho nele.

— Você acha que ele é espião?

— Tenho certeza disso. Eles montaram um belo de um transmissor de rádio em Santa Teresa, com canal direto para Berlim.

— Não me diga.

Rendu foi ficando animado, cochichando alto entre o cachimbo erguido em sua mão e o copo metade vazio de cerveja à sua frente.

— *Bah, oui!* As autoridades brasileiras dão carta branca para eles. Você não vê nenhum membro do partido nazista sendo detido e interrogado.

— Existe um partido nazista aqui?

— Você não sabia, *mon petit*? O Führer brasileiro trabalha como adido cultural na embaixada alemã. O nome dele é sr. von Cossel. Até o ano passado, eles tinham seu próprio jornal. Continuaram mesmo depois dos partidos políticos serem proscritos, mas tiveram que entrar para a clandestinidade, que nem nós.

Dessa vez, a surpresa de Demeter foi genuína. Ele ouvira falar da proibição do Partido Comunista e do Partido Integralista, mas ignorava a existência de uma seção do partido nazista — com um Führer brasileiro e tudo! E, pior, as autoridades brasileiras eram coniventes, segundo Rendu. Vai ver seu sogro tinha mesmo motivos para ser paranoico. Por falar nisso, se esquecera de passar na casa de Feder para saber notícias deles, conforme prometera a Ursula. Bem, agora era tarde demais para ir até Laranjeiras. Amanhã faria isso. Maldição! Renée! Não Ursula! Quando começava a confundir os nomes era porque estava mesmo nervoso.

Ficaram algum tempo sem falar nada, processando as revelações mútuas. Demeter esvaziou seu copo, enquanto Rendu, ponderado, fumava seu cachimbo.

— O que você acha da Argentina?

Demeter não entendeu, de início, o sentido da pergunta. O que ele queria? Uma avaliação da conjuntura política? Ou será que era amante de tango? Ficou olhando para Rendu, perplexo.

— Argentina?

— Sim, você disse que queria ajudar...

Ah, Argentina! Ele precisava prestar mais atenção às nuances da voz do engenheiro. A cumplicidade entre eles era recente demais para um convite explícito. Não se tratava de um baile.

— Não tenho nada contra a Argentina. Por quê?

— Pode ser que precisemos de alguém para levar uma encomenda para Buenos Aires daqui a algumas semanas. Você tem experiência com esse tipo de coisa?

— Tenho, sim. Que tipo de carga que é?

— Algo bem leve. Quase invisível, na verdade. Fácil de esconder na bagagem ou no corpo, mas difícil de enviar por correio.

— Informação?

Monsieur Rendu confirmou com a cabeça. Demeter considerou a proposta. Não era má ideia, ir para a Argentina. O clima era melhor lá, e ouvira dizer que era mais fácil para um estrangeiro conseguir trabalho. Chegara a pensar antes na possibilidade, mas faltara-lhe um incentivo forte para enfrentar novamente a complicação de vistos e fronteiras. Talvez fosse essa a oportunidade. O dinheiro deles estava no fim, e não havia nenhuma perspectiva por ali. Agora que seus sogros haviam partido, nada lhes prendia ao Rio de Janeiro. Seria bom tomar distância do governo Vargas, com suas propensões nazistas que pareciam maiores do que ele tinha imaginado.

— Você viu meu passaporte francês. Acha que consigo cruzar a fronteira com ele?

— Primeiro, você tenta conseguir um visto do consulado argentino aqui. Se lhe concederem o visto, não haverá problema na fronteira. Só não se sabe se as autoridades brasileiras irão permitir que você volte. De modo geral deixam, mas não tem como garantir.

— Não posso correr o risco de me separar da minha família. Seria um problema se fôssemos todos juntos e ficássemos por lá?

— Para nossos propósitos, seria ideal. Quanto mais pessoas no grupo, mais bagagens para espalhar o material. E uma família tende a despertar menos desconfiança do que um homem viajando sozinho.

Monsieur Rendu hesitou um segundo, acrescentando em seguida:

— Se fosse o caso, poderíamos dar um jeito de cobrir as despesas de viagem da sua família também.

Esboçava-se um plano na mente de Demeter. Fazia tempo que ele não pensava no futuro, para além das demandas imediatas da sobrevivência. Um horizonte se apresentava, por obra do destino. Sempre lhe agradara a ideia de conhecer a Argentina, desde que lera aquele livro de Luc Durtain. Patagônia, pampas, a terra do gaúcho e do laço; mas, também, um país onde as indústrias prosperavam e as pessoas discutiam reforma universitária. O livro descrevera os argentinos como centauros de casaca. Demeter gostava dessa imagem. Sentiu brotar em sua alma a vontade de viajar. Podia ser a próxima aventura, o lugar onde respiraria livre de novo, talvez até conseguisse retomar seu trabalho artístico.

— Buenos Aires é uma cidade fascinante. Nosso movimento é forte lá, ainda mais do que aqui. Posso lhe dar uma carta de recomendação para nosso encarregado, Guérin. Ele é industrial, um *parfumier*, e membro da Légion d'Honneur. Um ótimo sujeito.

— Fico tentado a aceitar de imediato, mas antes preciso conversar com minha mulher. Posso lhe dar uma resposta daqui a alguns dias?

— Claro, não tem pressa. Converse com sua esposa e venha me ver quando tiver decidido.

O frescor da noite estava uma delícia quando saíram do bar para a praça ampla. Era chamada de Cinelândia, em homenagem aos muitos cinemas que ocupavam os térreos dos edifícios altos, na parte interna, afastados um pouco da movimentada avenida Rio Branco. Era ainda mais linda à luz elétrica dos postes, as marquises iluminadas em neon a reluzir misteriosas, carregadas com o dinamismo da novidade tão sedutora por aqui. Demeter perscrutou o mosaico de pedras pretas e brancas que compunham o calçamento. Essa parte da cidade parecia-lhe um cenário construído especialmente para seu deleite civilizado. Sentia-se tentado a desaparecer por um dos becos laterais e embrenhar-se na noite. Era uma caminhada de poucos minutos até a Lapa, onde poderia explorar os mistérios e prazeres do Rio, escondidos de dia pelas fachadas esquálidas dos sobrados.

— A *Noite*, doutor?

Um menino negro de onze, doze anos puxava a manga do seu paletó. Era menor do que Roger, mas com um olhar duro que lhe fazia parecer maior e mais velho. Debaixo do braço, carregava os dois últimos exemplares do jornal vespertino que ainda procurava vender àquela hora avançada. Demeter divertiu--se com a poesia da situação: esse pequeno anjo da escuridão a lhe oferecer A Noite. Arregimentou seu melhor português para responder à altura.

— Menino, você já devia estar na cama.

— O senhor é gringo?

— Sou da França.

— França! Aposto que fica bem longe.

— Mais longe do que você imagina.

— Mais longe do que Buenos Aires?

— Bem mais longe.

— Mais longe que os Estados Unidos?

— Sim.

— Mais longe do que a China?

— Quase.

Curioso, ele mencionar Buenos Aires. Talvez fosse um sinal. Demeter observou enquanto o menino assimilava a lição de geografia. Ele calçava sandálias de couro com sola gasta de borracha, vestia calça bege de algodão surrada e uma camisa de manga curta, puída mas bem passada. Sua aparência indigente lembrava os dias terríveis da inflação em Berlim. Não era novidade para ele ver criança pedindo dinheiro na rua; porém, era peculiarmente perverso encontrar isso aqui, em meio a prosperidade e paz do Brasil. Como um país tão abastado — onde os ricos eram nababescamente ricos — podia tolerar que seu povo vivesse na miséria e na ignorância?

— Moço, compra meu jornal. Se eu vender mais um, posso ir para casa.

O tom pedinte de sua voz era irritante. Seria bom se ele aprendesse a ter mais dignidade, pensou, se passasse a depender da admiração das pessoas e não de sua pena. Talvez ajudasse se ele conversasse com o menino como gente, em vez de enxotá-lo como uma mosca chata.

— Qual é o seu nome?

— Tião.

— Onde você mora, Tião?

— Morro de Santo Antônio. Logo ali.

O menino apontou o bracinho magro na direção da águia dourada pousada, hiperbólica, sobre o Teatro Municipal. Esforçava-se para conter um acesso de riso.

— Do que você está rindo? Qual é a graça?

— O jeito que o senhor falou meu nome. "Ti-am! Ti-am!"

Ele papagaiava a pronúncia de Demeter, apertando a cara num biquinho afetado.

— Como é que se fala, então?

— Ti-ão!

A voz dele baixou uma oitava para enfatizar a segunda sílaba com um grunhido másculo. Bem, era um começo. Demeter não se incomodava de bancar o gringo palhaço se isso levasse o menino a parar de se queixar e começar a se defender. Ele repetiu o nome várias vezes, errando de propósito. A cada tentativa frustrada, o menino delirava de rir e dizia seu nome ainda mais alto. Ao final, estava quase aos berros, até ficar satisfeito com a pronúncia de Demeter.

— Então, o senhor vai comprar meu jornal ou não?

— Vamos fazer uma aposta, Tião. Se tiver algo sobre Leningrado na primeira página, eu compro. Senão, não compro.

Era bem provável que tivesse alguma notícia sobre Leningrado. O assunto era manchete todos os dias desde que os alemães cercaram a cidade, duas semanas antes. Hitler estava tentando subjugar os russos com uma combinação de fome e bombardeios. O mundo inteiro assistia impotente enquanto centenas de civis morriam por dia. Era o tipo de tragédia folhetinesca que vendia jornais. Monsieur Rendu estava revoltado com os americanos, que nem por isso se motivavam a entrar na guerra. Ele não aprendera com a queda da Espanha, da Tchecoslováquia, dos Países Baixos e, finalmente, da França, que nenhum governo estava disposto a arriscar seus próprios interesses por ninguém. Os americanos pouco se importavam com Leningrado. Era possível até que comemorassem a morte de tantos comunistas.

— Leningrado? O que é isso?

— É uma cidade, na União Soviética. Está sendo atacada pelos alemães. Me diz aí, você não lê os jornais que vende?

— Eu não sei ler.

A alegria sumiu da voz de Tião, e ele ficou ali emburrado. Demeter estendeu a mão e pediu para ver um dos jornais. Uma busca rápida na primeira página rendeu o resultado esperado, no canto esquerdo: PROSSEGUE O CERCO DE LENINGRADO; MILHARES DE MORTOS. Ele apontou para uma foto de soldados em marcha, para ver se animava o menino.

— Olhe só. Está vendo?

O menino examinou a imagem. Parecia ser a primeira vez que olhava a página do jornal.

— Esses aí são os russos.

— São.

— Por que não falou logo? Em vez dessa história de Leningardo?

— Leningrado. É por ela que os russos estão lutando.

— Meu pai diz que eles são os bons.

— Ah, é?

— Claro. Ele diz que na Rússia não tem pobre nem rico. Que é todo mundo igual.

— O que o seu pai faz da vida?

— Trabalha nas docas. Ele é estivador.

Tião pronunciou a palavra com gosto e evidente apreço por sua sonoridade.

— Moço, ganhei a aposta. Agora o senhor tem que comprar meu jornal.

Catou uma moeda do bolso e estendeu-a para o menino.

— Pode ficar com o troco.

— Poxa, obrigado!

Demeter atravessou a praça sob as árvores baixas, sua mente gravitando entre Leningrado e Lapa. Deparou com uma multidão de gente saindo do cinema Pathé. Ainda estava passando *Fantasia*. Haviam prometido levar Roger, mas os ingressos estavam sempre esgotados. O filme fora lançado havia poucas semanas com uma fanfarra publicitária imensa. O próprio Walt Disney viera ao Brasil e assistira à estreia ao lado do presidente Vargas, ambos acompanhados das esposas, como qualquer par de casais de classe média que decide assistir a um desenho animado numa quinta-feira — trajados a rigor, naturalmente. Demeter não estivera presente à noite de gala, mas viu a fotografia no jornal no dia seguinte. Vargas, sereno, mão no queixo, pensando no quanto era astucioso por se deixar fotografar ao lado do pai de Mickey Mouse. Com uma propaganda dessas, o público compareceu em massa para ver o filme; e a companhia de distribuição teve a esperteza de abri-lo em apenas dois cinemas em todo o país, o que garantia casa lotada em todas as sessões. Demeter parou para observar o letreiro berrante com seus diabos, dinossauros e notas musicais dançantes. Um musical animado para animar as massas. Era só o que faltava.

— Esse seu jornal é de hoje?

A dona da voz era uma jovem, vinte e muitos anos, cabelos castanho-escuros, pele morena clara, olhos castanhos imensos, um metro e sessenta de altura. Sorria para ele, coquete. Lançou seu olhar para baixo, fingindo-se de modesta, e depois voltou a fixar seus olhos com ousadia. Seus lábios eram carnudos e os dentes muito brancos e pequenos. Via-se a borda das gengivas quando ela sorria.

— O jornal? É de hoje, sim. *A Noite*. Você gostaria de vê-lo?

— Sim, por favor.

Ela folheou o jornal com decisão, como quem sabe exatamente o que procura. Não parecia ser Leningrado. Meneou a cabeça positivamente, indicando que achara o que queria, dobrou o jornal e devolveu-o para Demeter. Suas unhas estavam bem-feitas e ela se vestia de maneira provocadora, com saltos muito altos, uma saia com a barra na altura dos joelhos, combinando com uma blusa de mangas bufantes nos ombros. Sem casaco nem chapéu.

— Você não é brasileiro, é?

— Não, sou francês.

— Ai, eu adoro o francês. É uma língua tão bonita. Queria muito aprender, mas minha mãe diz que inglês é a língua do futuro.

— Contanto que não seja alemão.

Ela riu excessivamente da piada. Nem era tão engraçada, a não ser que você soubesse que Demeter era um alemão fingindo ser francês, o que aumentava a ironia. Que espécie de conjunção cósmica estranha estava levando as pessoas a abordarem-no e puxar conversa? O menino Tião, ainda dava para entender. Era impossível caminhar cem metros no Rio de Janeiro sem que alguém viesse pedir dinheiro ou tentasse vender algo. Não era nada normal, no entanto, uma moça atraente como aquela se exibir assim. Ao contrário, Demeter observara que as mulheres no Rio costumavam se esquivar das atenções masculinas, talvez porque os homens eram sempre tão abusados. Podia ser que ela fosse prostituta, mas aqui na Cinelândia? Não fazia muito sentido. Por que outro motivo, então, ela ficaria sozinha, no meio da praça, no meio da noite?

— Você está esperando alguém?

— Sim. Estou esperando uns amigos que foram ver *Fantasia*. Eles já deviam ter saído.

— Você não quis acompanhá-los?

— Ah, eu já vi esse filme.

Seria mais ou menos o momento certo para perguntar se eram amigos ou somente amigas. Não era namorado. O português dele já era suficiente para pescar esses detalhes. Demeter sorriu misteriosamente para a mulher, flertando com a possibilidade de uma aventura. Ele era uma espécie de Charles Boyer nessas latitudes, e sabia tirar proveito máximo de seu charme francês presumido. Ela manteve os olhos fixos nos dele e devolveu o sorriso. Ainda não passara o efeito das cinco cervejas, e ele se sentia especialmente leve. A ideia era tentadora. Mesmo com seu português menos do que perfeito, não seria difícil manter a conversa até a chegada dos amigos dela. Depois, era só seguir o movimento deles, ou então sugerir que tomassem algo no Túnel da Lapa, todos juntos. Esse bar lhe fora recomendado por monsieur Perroy, o dono da empreiteira que contratara Rendu. Monsieur Perroy lhe parecia um homem de bom gosto.

— Você gostou?

— É bom. Gostei da parte com os dinossauros, mas não sou fã do Mickey Mouse. Prefiro o Patolino.

— Patolino?

— Claro! Você conhece, com certeza. O nome dele em inglês é Daffy Duck.

Demeter continuava a sorrir. Seus pensamentos passaram de Patolino para Roger e, de lá, para Renée e Malou, que o aguardavam no Hotel Payssandú. Logo começariam a se preocupar. Se ele ficasse a noite toda fora, seria motivo para histeria.

As duas já viviam a maior parte do tempo à beira do desespero. Ele não podia fazer isso com elas. Eram inteiramente dependentes dele.

— E você? Gostou do filme?

— Não o vi ainda. Prometi ao meu filho que o levaria.

— Seu filho?

— Sim, Roger. Ele tem dez anos.

— Então você é casado?

— Sou.

A decepção nos olhos dela serviu de ligeiro consolo. Era provável que ele sonhasse com esses olhos por algumas noites, talvez uma semana. Admirou uma última vez os lábios carnudos dela, demorando-se na vontade de ficar. Foi agraciado com um sorriso simpático, que revelou mais uma vez as gengivas em torno dos dentes pequenos.

— Como é seu nome?

— Aurora.

— O meu é André. Foi um prazer conhecê-la, Aurora. Preciso pegar meu bonde.

Demeter desvencilhou-se e seguiu em direção ao Palácio Monroe, onde passava o bonde que descia a praia do Flamengo. Ao contornar a multidão, vislumbrou a figura do menino Tião, agora munido de uma pilha de revistas *Cinearte* que vendia às pessoas que saíam do cinema. Fez um rolo com o jornal e bateu de leve na cabeça do menino.

— Menino! Você não disse que ia para casa depois de me vender este jornal?

Tião abriu um sorriso capeta e exultou:

— Você não devia acreditar em tudo que as pessoas dizem, seu Gringo.

Em seguida, saiu correndo em disparada.

Dezembro de 1941

Deitada na cama, Ursula assistia à chuva pela janela. Nunca na vida vira uma tempestade assim. Caía em cascatas tão intensas e contínuas que parecia menos com chuva e mais com estar debaixo d'água. A casa era um cubinho de espaço seco protegido da aquosidade circundante — algo como um aquário ao reverso — e ela era o peixe solitário que o habitava. Para completar a analogia, ela teria que ser o oposto de um peixe, ou seja, algum bicho que morresse em contato com a água. O que seria o oposto de um peixe? Um pássaro? Talvez ela fosse um passarinho na gaiola. Não, ela não se sentia assim. Além do mais, os pássaros não morriam só de caírem na água. Que importava? Que se danasse a maldita analogia. Ela tinha questões mais prementes a resolver, como sair da cama. O barulho da chuva batendo no telhado aumentava — mais e mais alto, impossivelmente alto, inconcebivelmente alto. Nenhuma gota normal poderia provocar um estrondo assim. Não era um tamborilar, não era uma pancada qualquer, muito menos um banho de chuva, mas água jorrada sob pressão, como que esguichada por uma mangueira dos bombeiros. E o vento! Como uivava, ameaçando arrancar as telhas. Pior de tudo eram as trovoadas, estourando, rebentando, ribombando nas proximidades. Será que alguém conseguia dormir em meio a esse estrépito todo? Sorte que a chuva costumava vir ao final da tarde, quando a maioria das pessoas já não estava mais na cama. Como ela queria ter se levantado hoje. Como ela invejava a maioria das pessoas.

Quem sabe, se ela lesse um pouco, para se distrair da chuva... Ursula examinou a mesa de cabeceira. Uma moringa d'água, um copo, seus comprimidos para dor de cabeça, a lâmpada, o livro da Agatha Christie. Gostava de Agatha Christie, mas não hoje. Este, ainda por cima, ela já lera. Uma vez que você sabia quem era o culpado, o livro perdia toda a graça. Normalmente, ela nem pensaria em relê-lo, mas era praticamente o único livro da casa. Dessa casa maldita, nesse país maldito. Era melhor no Brasil, pensou. Pelo menos o Rio de Janeiro era uma metrópole, onde ela conseguia livros. Livros de verdade, em francês e inglês e, às vezes, até em alemão. Recordou-se da alegria com que descobrira a livraria de Max Laidler, na rua Buenos Aires, que emprestava livros em alemão. Pensando bem, aquele exemplar do romance de Joseph Roth ainda estava em algum lugar. Na partida apressada do Rio, ela se esquecera de devolvê-lo. Onde havia metido o livro? Talvez devesse levantar e procurá-lo. Mas estava calor demais para se mover.

Rua Buenos Aires. À época, não imaginava que algum dia acabariam na Argentina. A decisão de Wolf de partir do Rio de Janeiro pegou todo mundo de surpresa. Um dia, do nada, anunciou que iria para Buenos Aires e perguntou quem queria acompanhá-lo. Annette apoiou a ideia de imediato, claro. Mais do que previsível. Ela se lembrava com clareza da cena. Roger brincava no chão, ao lado do pai e da tia. Ambos se voltaram para Ursula, aguardando a resposta dela. O menino também olhava para ela, preocupado, implorando com os olhos. Ela chegou a pensar em se opor, em pegá-lo e ir para a casa dos pais, mas sabia no fundo que era impossível. Não podia fazer isso com Roger, depois de tudo que ele já sofrera. Era evidente que ele se sentia mais próximo do pai do que dela, e da tia também, por que não admitir? Annette conseguira roubá-lo dela, com suas brincadeiras infantis e historinhas na hora de deitar. Sua irmã nunca deixou de ser criança — metade mulher, metade criança, perigosíssima —, indefesa demais para se virar sozinha, ardilosa demais para se ter dentro de casa. Quisera deter o poder de despachar Annette para o Paraguai, ou para a Ilha de Páscoa, ou para a Tasmânia; ou mesmo ter a frieza para abandoná-la no Rio de Janeiro. Mas sua irmãzinha era esperta demais para isso, colocara-se rapidamente na posição onde Ursula era a que ficava de fora, como sempre.

Aliás, onde estavam eles, que não voltavam? Fazia quase oito horas que tinham saído. Ursula arrependia-se de não ter aceitado o convite para ir a Buenos Aires. Ela gostava da cidade, com seus cafés, livrarias, cinemas e grandes avenidas. Normalmente, teria topado no ato, mas havia adotado a tática equivocada de tentar prender Wolf em casa. Não estava se sentindo bem, dissera. Propôs que fossem sem ela. Que não se preocupassem com ela, ela ficaria bem. E o pior é que foram mesmo. Ele lhe tascou um beijo na testa e foi-se embora com Roger e Annette para Buenos Aires, simples assim. Wolf não a amava mais. Depois de doze anos de casamento, cansara-se dela. Era evidente, isso. E por que não haveria de se cansar? Ela já não era mais a mulher de antes — jovem, fresca, envolvente. Completara trinta anos... *une femme de trente ans*, como em Balzac. Sacrificara sua independência para casar com Wolf, apostando todas as fichas na carreira dele como artista. Agora que isso se fora, o que sobrava? Ela nada mais era do que uma princesinha que perdera o posto — antiga postulante à rainha de uma festa da qual foi expulsa sem misericórdia pelo destino.

A chuva não parava. Por quanto tempo era possível que continuasse assim? Em breve, a cidade inteira ficaria alagada. Como eles fariam para voltar para casa? Podiam ficar presos em Buenos Aires, obrigados a pernoitar por lá. Vai ver era isso que queriam. Talvez hoje fosse a noite em que... não, não, era inconcebível. Wolf a conhecia desde que ela tinha doze anos de idade. Ele não faria uma coisa dessas. E nem Annette ousaria. Essa sua paixão juvenil pelo cunhado não passava de mais um sintoma de sua personalidade histérica. Era um caso clássico de desenvolvimento retardado, devido à combinação peculiar de sua fragilidade psíquica e as circunstâncias que a impediram de completar a transição normal para a fase adulta. Mas será que era tão inconcebível assim? As pessoas normais tinham pulsões sexuais, que precisavam ser aliviadas, e era certo que Wolf não a procurava mais para isso. Só alguém muito iludido acharia que um homem de trinta e cinco anos iria abrir mão de relações sexuais, ainda mais um homem como o seu Wolf. Será que ele era mesmo dela? Ela nutria uma esperança vaga de que ele encontrasse outra mulher para aliviar suas necessidades — qualquer uma, menos Annette. Ela estaria disposta a dividi-lo. Não era nenhuma puritana. Como eles poderiam ser felizes juntos se Wolf estivesse infeliz ao seu lado? O casamento era uma convenção burguesa. Ursula sempre se orgulhara de ser uma mulher moderna; e ela não era nem um pouco egoísta, ao contrário das acusações de sua irmã.

Sua irmã a acusava igualmente de ser rasa, de não possuir uma compreensão verdadeira de arte e literatura. Annette sempre fora a sensível, a poetisa, a que tinha inclinações artísticas. Bem, estava mais do que na hora de mostrar quem era quem. Para princípio de conversa, ela terminaria de ler o livro de Joseph Roth. O primeiro passo era levantar e encontrá-lo. Ursula pensou em sair da cama. Sempre lhe parecera tão fácil. Era só afastar as cobertas, sentar na beirada, colocar os pés no chão e ficar em pé. Agora, ela não sabia por onde começar. Não havia coberta nenhuma para tirar, não com esse calor. Sentar-se era um desafio quase irrealizável, pressupunha se erguer antes até uma posição intermediária, e, antes desta, até a metade da metade; e a metade da metade da metade, e assim por diante. Era o paradoxo de Zeno. Como ela poderia completar um movimento que se subdividia em infinitas partes intermediárias? Será que a chuva estava diminuindo? Ela achou que ouviu o barulho de um automóvel lá fora na rua. Talvez fosse uma alucinação auditiva. Ursula ficou olhando para o teto, no qual identificou três pequenos mosquitos que esperavam o momento certo para descer até ela e chupar seu sangue. Como ela detestava essas criaturas. Wolf prometera comprar tela de mosquiteiro. Será que se lembraria? Toda noite, antes de dormir, repetiam o ritual de caçar mosquitos no quarto, usando uma toalha para chicoteá-los. Poucas horas depois, invariavelmente, acordava coberta de suor e picadas. Eles ficavam mais lentos quando empanturrados de sangue, e a parede estava coberta de manchas escuras nos lugares onde um dos monstrinhos havia sido esmagado em meio ao fluido que extraíra das veias deles. Ela não suportava a coceira. Era a pior parte.

A chuva estava arrefecendo, sim. Graças a Deus. Pelo menos esses temporais não duravam muito. Ela não tinha certeza de quanto tempo tinha passado. Olhando para o relógio, só agora descobriu que estava parado. Os ponteiros indicavam doze minutos depois das cinco, o mesmo que da última vez que o consultara. Ela precisava dar corda nele com mais frequência. O segredo do tempo era dar tempo ao tempo. Qual era mesmo a data? Dia 19, dia 20? Ela sabia que era sexta-feira. Logo, logo, seria Natal. Sempre fizera a vontade de Wolf, permitindo que o menino celebrasse o Natal. Ele próprio fora criado católico, dissera, e não havia mal algum em preservar algumas tradições e rituais. Por que Roger devia se sentir diferente das outras crianças? Então eles sempre providenciavam uma árvore de Natal e presentes para colocar embaixo dela no Dia de Reis. Isso nunca a incomodara na França. Que mal havia em colocar um pinheiro dentro de casa, fora catar as agulhas que caíam pelo chão? De todo modo, Roger adorava o Natal. Ficava fora de si de felicidade decorando a árvore, e sempre dedicava muitos cuidados às cartas que escrevia para *Père Noël*, as quais ilustrava com desenhos invariavelmente precoces para sua idade. O menino herdara o talento do pai, e Ursula se orgulhava das cartinhas dele, que ela costumava encaminhar para mamãe e papai para que pudessem apreciar também. Este ano, no entanto, não tivera coragem de mostrar o que ele escreveu:

Caro Papai Noel,
Peço desculpas pelo atraso em enviar esta carta. Já consegui alguns pequenos itens de Maman, Papa e Malou. Meus desejos, que tentei reduzir ao mínimo, são:
1) passar meu aniversário numa terra que seja nossa;
2) um relógio de pulso;
3) um motor trifásico;
4) um jogo de Mecano, modelo NEO;
5) uma cuia para beber chimarrão, formato pera, cor preta;
6) um pote de mel La Martona;
7) um pote de doce de leite La Martona.

Adeus, Papai Noel querido, até o ano que vem.

Roger

Ursula tentou conter as lágrimas, mas não conseguiu. O aniversário do menino era em menos de três meses... menos de dois, aliás, se decidissem comemorar na data que constava de seus documentos novos, em vez da data verdadeira. De um jeito ou de outro, era pouquíssimo provável que tivessem casa própria até então. Ela decorara o texto da carta e chorava a cada vez que o repassava na memória. Nem precisava mais olhar para o papel em si, que mantinha bem guardado, longe da vista. No fundo, ela tinha era medo de revê-lo. A presença da carta na gaveta da mesa de cabeceira tornara-se, aos poucos, uma barreira poderosa que a impedia de sair da cama. Ela sabia que, caso levantasse, estaria em posição de abrir a gaveta e que, encontrando-se nessa posição, acabaria não resistindo à tentação de reler a carta. Tinha certeza, além do mais, que morreria caso a relesse. Era simples assim, e ela não queria morrer. Até mesmo o prazer que derivava de imaginar o quanto Wolf se sentiria culpado, caso ela morresse, esvaía-se ao se dar conta de que sua morte seria um alívio para ele. Ela recusava-se terminantemente a sair da vida apenas para abrir caminho para que ele e Annette ficassem juntos. Se fosse assim, o caso assumiria um viés romântico quase purificador: o viúvo tão abalado com a morte da esposa que se casa com a irmã dela. Não, isso ela não faria. Se era egoísmo, então pronto. Ela preferia ser egoísta.

Ursula cogitou se seria possível levantar sem se voltar automaticamente para a gaveta e a morte. A carta de Roger era um ímã moral, e ela precisaria de outro ímã moral igualmente poderoso para puxá-la na direção oposta e livrá-la do seu poder de atração. O livro de Joseph Roth, claro! Por que não pensara nisso antes? Era um objeto que ela surrupiara — de modo acidental, claro —, e que a prendia a uma dívida moral. Ela traíra a confiança da livraria Max Laidler, na rua Buenos Aires, e o mínimo que podia fazer era devolver o livro pelo correio. Como era mesmo o aviso grudado na contracapa dos livros que emprestavam? "Leitor, cuide deste livro. Ele pertence à nossa comunidade, e também a você." A frase iluminou sua mente, em letras góticas, como um mandamento oriundo da fonte mais primordial de sua criação germânica. *Es gehört unserer Gemeinschaft* — Isso pertence a nossa comunidade. Ela pertencia a uma comunidade. Mesmo que fosse apenas uma comunidade de leitores, sócios de uma livraria de aluguel, ela tinha obrigação de zelar por esse elo sagrado. Ao fazê-lo, ela salvaria a si mesma. Ursula comandou seus pés a descerem da cama, mas eles não lhe obedeciam. Sentia-se paralisada. Por mais que tentasse, os músculos não faziam a vontade do cérebro.

Com o pavor mais absoluto, ela observou um dos mosquitos se desprender do teto e iniciar sua descida lenta pelos ares. Ela assistiu ao seu corpo negro se avultar contra o fundo branco do teto que recuava, recuava, até que o mosquito desapareceu de vista, perdido no contraste com a claridade que entrava pela janela. A localização exata do mosquito era agora um mistério. Podia estar em qualquer ponto do quarto. Ela prendeu a respiração e fixou os olhos no vazio, sem ousar ao menos piscar, na esperança de captar algum sinal da criatura maldita. Percebeu, mais que de repente, que a chuva parara. Um estranho silêncio impregnou o ambiente. Ela sentiu que a morte pairava invisível na umidade do ar, aguardando o momento exato para se precipitar sobre ela e arrebatá-la. Seria o mosquito um anjo da morte? Precisava manter os olhos bem abertos. Fitava o vazio com tanta fixidez que passou a enxergar as partículas de poeira suspensas nos feixes de luz. Experimentou contá-las. Elas eram as metades, e metades de metades, e metades de metades de metades, do tecido microscópico que compunha seu corpo. Talvez a morte não viesse num instante. Talvez ela permanecesse assim transfixada até que o sangue e os fluidos fossem todos sugados do seu corpo, e a pele, os cabelos, os ossos descamassem em poeira e cinzas. Quando Wolf e Annette voltassem, afinal — caso voltassem um dia —, descobririam que ela tinha desaparecido por completo. Ursula quedou inteiramente imóvel, sentindo as partículas escamarem da superfície de seu corpo e atravessarem a fronteira invisível que a separava do universo ao redor.

O zumbido de um mosquito em seu ouvido despertou-a do torpor. Uma injeção de adrenalina atravessou seu corpo, e ela conseguiu canalizá-la para um movimento que começou na ponta do pé, subiu pelos tornozelos, transpôs canelas e joelhos, fazendo afinal com que sentasse na cama e plantasse os pés no chão. Com rapidez felina, atravessou o cômodo e ganhou o corredor, onde revirou o armário até achar o volume amarelo de capa dura que procurava. Abriu-o na folha de rosto: *Radetzkymarsch*, de Joseph Roth. Verificou a contracapa: "Livraria de Aluguel Max Laidler — Rua Buenos Aires, 50, 2º — Telefone 23-1232". Estava ali — nossa comunidade — o lar ao qual precisava ser devolvido. Ursula levou o livro de volta para o quarto, sentou na beirada da cama e retomou a leitura onde havia parado, não sabia mais há quanto tempo. O marcador estava na página 89. Já não recordava o enredo nem os nomes dos personagens. Não tinha mais certeza qual von Trotta era qual. Mesmo assim, continuou a ler com avidez, obsessivamente, como quem pratica um ritual mágico para desviar o final dos tempos. Depois de algumas páginas, a narrativa voltou a se encadear. As palavras juntavam-se para formar um sentido maior do que sua mera concatenação. Possuíam, aliás, um ritmo que Ursula antes não percebera. As letras impressas eram as notas de uma música que nunca ouvira. Era a música do silêncio, que preenchia o vazio com sua presença ininterrupta. Esse Roth era um escritor e tanto. Ursula observou estupefata quando o mosquito pousou sobre a página direita do livro aberto. Durante um momento de suspense que pareceu infinito, ele permaneceu ali, seu corpinho preto jogando uma sombra minúscula sobre a margem branca do papel. O sangue pulsava forte nas suas têmporas e veias. Era agora ou nunca. Fechou o livro com uma contração rápida e violenta dos músculos do antebraço. Abruptamente, a música parou. Quando ela o abriu de novo, adornava a página 96 um borrão vermelho de exoesqueleto esmagado, ressaltado lindamente da mancha tipográfica, abstrato e lírico na calma perfeita do cômodo. Ursula pôs de lado o livro, apanhou o relógio e começou a dar corda nele. Já não era sem tempo.

Janeiro de 1942

Era difícil compreender esse Toivo Uuskallio. Seria fácil demais tratá-lo de charlatão e repudiá-lo. Os colonos o consideravam um profeta. Algumas centenas deles o seguiram para o Brasil, em 1929, entregando nas mãos dele suas vidas e economias, acrescidas das doações substanciais com que seus correligionários na Finlândia haviam contribuído para fundar uma comunidade utópica — naturista, vegetariana e livre do álcool. Diziam-se luteranos, mas não se pareciam em nada com os membros da Igreja Evangélica que Hugo conhecia da Alemanha. Havia algo de inspirador nele, sem dúvida. O modo sonhador com que seus olhos perscrutavam o interlocutor contrastava com a austeridade do rosto e a circunspecção do terno branco vestido sobre uma camisa branca abotoada até em cima, sem gravata. Hugo sentiu um ímpeto inexplicável de copiar seu figurino, como se já estivesse sob o domínio da personalidade de Uuskallio. Ele sabia, contudo, que viera como conquistador, e não como seguidor.

O dinheiro dos colonos finlandeses foi empregado para

comprar três mil e quinhentos hectares de terra em Penedo, uma fazenda abandonada perto da cidade de Resende, cerca de quatro horas ao sul do Rio de Janeiro. Depois de doze anos de altas e baixas — e, segundo sr. Duarte, da má administração de Uuskallio —, a colônia estava afundada em dívidas que não podia pagar. Os finlandeses resolveram vender três quartos da terra para a companhia farmacêutica Geigy, que pretendia montar uma empresa para produzir extratos de plantas medicinais no Brasil. Hugo iria supervisionar a parte agrícola do projeto, aplicando os conhecimentos de administração de fazendas que acumulara em Seelow. Ele chegara a um acordo de princípios com monsieur Emil Jules Frey, que representava os acionistas suíços, mas ainda faltava acertar uma série de detalhes administrativos. Eles precisavam de um sócio brasileiro para presidir a empresa, por exemplo, já que as leis locais restringiam severamente o capital de origem estrangeira. O que interessava a Hugo, no entanto, era a terra. Viera para conversar sobre plantio com os finlandeses, e isso ele estava mais do que disposto a fazer.

— Foi um prazer conhecê-lo, sr. Studenic. Vou deixar que acerte os detalhes com meu amigo Toivo Suni. Eu sou o Toivo número um, e ele é o Toivo número dois. O que vocês resolverem, eu apoio.

Uuskallio acenou para um sujeito robusto, de cerca de quarenta anos, no grupo de finlandeses congregados em torno da entrada do casarão. A expressão sisuda no rosto de Toivo Suni era de desconfiança. Apesar da chamada de Uuskallio, ele manteve distância e não respondeu nada. Hugo não sabia se esse mau humor era direcionado a ele ou ao profeta finlandês. Uma mulher encantadora, com olhar vivaz e inteligente, postava-se ao lado dele. Diante da inação do marido, ela veio até ele e estendeu-lhe a mão.

— Eu sou Laura Suni. Como vai?

Hugo gostou dela de imediato. Houve uma afinidade muda quando seus olhares se encontraram e um registrou a presença do outro. Ele precisava de um aliado entre os colonos, e sua intuição dizia que podia ser ela. Uuskallio afastou-se pelo caminho de terra sombreado, acompanhado por sua mulher, Liisa, e seguido por dois jovens. Quatro dos finlandeses ficaram para a reunião — Toivo e Laura Suni, outro sujeito também de nome Toivo e mais um, Timo. Pelo menos não se chamavam todos Toivo.

O casarão era imenso. Hugo ficou deslumbrado com a altura do pé-direito — cinco metros tranquilamente, talvez mais. Se fosse uma construção em padrões alemães, daria para colocar três ou até quatro pisos, em vez de dois. D. Keller dissera que fora outrora a sede de uma fazenda de gado, falida depois da Abolição. Como os proprietários não tinham herdeiros, acabou nas mãos da Igreja e ficou parada durante décadas, até que os finlandeses vieram e compraram. O escrevente em Resende dissera que o casarão era mal-assombrado. Rira ao fazer o comentário, mas via-se pelo tique nervoso no seu rosto que, no fundo, ele acreditava nisso. Subiram uma escadaria elegante até um salão no segundo andar, cuja imponência era diminuída apenas pelas rachaduras no reboco e uma ou outra ripa podre no forro. Ambos os lados da peça ostentavam grandes janelas, voltadas para a cadeia de montanhas, do lado norte, e o rio Paraíba, do lado sul. Hugo fez um cálculo mental de quantas pessoas a casa poderia abrigar. Já existia uma lista de candidatos para os cargos de gerência, e a maioria era de refugiados em busca de um lar.

— Alguém mora nesta casa?

— Há dez anos que é usada como casa de hospedagem, mas não tem tido muitos hóspedes ultimamente.

Laura abriu um sorriso tranquilizador. À medida que caminhavam, o ranger das tábuas corridas ecoava no vazio do salão.

Sentaram-se em torno de uma mesa comprida, os finlandeses de um lado, Hugo e seus dois companheiros do outro. Sentia-se apoiado pela presença de Hans Klinghoffer, à sua esquerda. Klinghoffer também era refugiado — um judeu vienense e doutor em ciências políticas e jurídicas —, com qualificações bem acima da função que exercia como secretário, mas estava feliz por ter conseguido o emprego. Ernst Feder o recomendara, e Hugo não tinha dúvida quanto à sua confiabilidade. Arlindo Duarte, à sua direita, eram outros quinhentos. Era escorregadio, ambicioso e obviamente suspeito. Fazia parte do pacote, por ser o despachante que intermediou a compra e venda do imóvel, assim como os infindáveis trâmites burocráticos que giravam em torno da legalização da empresa e dos contratos. Era também fiel católico, ex-aluno do colégio que os monges dirigiam no Mosteiro de São Bento, e fora indicado por ninguém menos do que d. Keller, o que tornava impossível recusá-lo. Hugo torcia para que os finlandeses, do outro lado da mesa, possuíssem discernimento para avaliar quem era quem. O que ele menos queria era ficar atrelado ao sr. Duarte.

— Agora que Toivo Uuskallio resolveu vender a terra para vocês, podem nos dizer exatamente o que pretendem fazer com ela?

O tom desgostoso com que Toivo Suni disparou a pergunta causou incômodo aos seus companheiros. O outro Toivo cravou os olhos nele, tenso, e Timo, constrangido, ficou olhando a mesa. Laura Suni sorria apreensiva e tentava apaziguar os ânimos. A decisão fora tudo menos unânime, pelo visto. Hugo resolveu responder de modo afável, confiante de que era a melhor maneira de demonstrar autoridade na situação atual.

— Vamos cultivar plantas medicinais para fazer extratos e exportá-los. Eucalipto, menta, papoula, digitális, píretro, datura, cânabis, beladona, patchuli, entre outras. Com a guerra na Europa, os extratos de plantas estão em falta, e os preços atingiram valor recorde. Acreditamos que as plantações vão prosperar no clima propício daqui. Disseram-nos que a terra é boa. Verdade?

— A terra é ótima.

Toivo Suni mantinha o olhar fixo nele, fazendo esforço patente para ostentar uma postura cética. Mas ele era fazendeiro, não ator. Hugo viu que a ideia lhes impressionara de imediato. E por que não, afinal? A decisão da companhia Geigy de produzir extratos medicinais no Brasil era uma tacada de gênio empresarial.

— Não estão esperando que a gente trabalhe para vocês, né?

— Não estou esperando nada. Vamos trazer muitos técnicos: na maioria, europeus que estão aqui por conta da guerra. O projeto é grande. Vamos ter que construir instalações e moradias, importar equipamentos, montar infraestrutura de processamento e transportes. Vamos precisar de toda a mão de obra disponível, mas não pretendemos constranger ninguém a trabalhar para nós.

Hugo irradiava serenidade e simpatia, as mãos dobradas sobre a mesa. Não havia a menor necessidade de exagerar sua posição. Ele queria que eles se oferecessem por conta própria. Klinghoffer secretariava, ao seu lado. Duarte olhava para os finlandeses com uma expressão de sarcasmo. O de nome Timo aproximou-se dos outros e cochichou algo no ouvido deles. Toivo Suni tentou cortá-lo, com ar irritado. Sucedeu-se um diálogo rápido em finlandês. Afinal, o outro Toivo colocou a questão.

— Mas, então, vocês teriam condição de contratar pessoas... aqueles dentre nós que *quisessem* trabalhar para sua empresa.

Terminada a fala, ele lançou um olhar de desafio para Toivo Suni.

— Eu diria que é mais do que provável. Vamos precisar de gente para o trabalho da lavoura, propriamente dito: plantar, capinar, podar, colher, manejar as árvores e assim por diante. É bem possível que precisemos de gerentes para os departamentos agrícolas, e seria uma vantagem se eles já possuíssem conhecimento do lugar e da terra.

A perspectiva parecia agradá-los. Hugo sabia que precisavam ganhar a vida. Sr. Duarte lhe narrara o declínio e a queda da fortuna dos finlandeses. Muitos dos colonos originais retornaram à Finlândia antes mesmo da guerra, cansados das duras condições de vida em Penedo. Não havia dinheiro suficiente para reembolsar o investimento original das pessoas. Uuskallio pegara emprestado o que podia, e já não restava mais nada. Algumas pessoas haviam abandonado o Brasil na penúria; outras ficavam porque não conseguiam nem o dinheiro para a passagem de volta.

— O senhor é o dono, sr. Studenic?

— Não, os donos são a companhia farmacêutica Geigy, na Suíça. Eu estou entrando apenas com meus conhecimentos técnicos.

— O senhor tem experiência com agricultura? Se me permite dizer, o senhor não tem cara de fazendeiro.

Havia um tom provocador na constatação de Laura Suni. Ela era muito segura e autoconfiante. Hugo ficou imaginando se todas as finlandesas eram assim.

— Não, não sou fazendeiro. Mas administrei um grande estabelecimento agrícola na Europa, antes da guerra.

— É mesmo? Em que lugar da Europa?

— No sul da França.

De rabo de olho, Hugo detectou um sutil despertar de interesse da parte do sr. Duarte, o qual passou a prestar ainda mais atenção. Esta última informação era novidade para ele, e Hugo adivinhou que ele a analisava para ver se podia extrair alguma vantagem dela. Incomodava-o fazer revelações sobre seu passado, mesmo que fossem falsas. Deixava-o numa posição em que se sentia exposto. Teve vontade de mudar a conversa para o alemão, onde estaria protegido da bisbilhotice do sr. Duarte, mas isso era impossível. Estava preso no papel que interpretava, tal qual um agente secreto num romance de espionagem.

Laura Suni estendeu-lhe a travessa com uma pilha de folhas de repolho recheadas. Hugo pegou mais uma, para demonstrar apreço. Ele não gostava muito de repolho recheado, lembrava sua infância. Klinghoffer atacava-as com todo o apetite do refugiado esfomeado, enquanto sr. Duarte cutucava com repugnância visível os restos de um charutinho rompido; o único brasileiro à mesa, ele era o menos acostumado a comer sem carne. Todos estavam com fome depois da atividade intensa do dia. Haviam percorrido a fazenda a pé, subindo a estrada que levava ao parque nacional vizinho, até a segunda cascata. A mata era como nenhuma outra que Hugo vira na vida — de uma beleza serena e um verde profundo e escuro, perfumada com o cheiro de eucalipto a cada curva. Melhor de tudo, a temperatura era fresca nas altitudes mais elevadas, mesmo no meio do verão. Ele compreendia bem por que os finlandeses haviam escolhido morar naquele lugar. Era como um sonho bom da Europa.

Comiam em silêncio, mas não havia nenhum rancor no ar. As tensões do primeiro dia tinham se dissipado. Até mesmo Toivo Suni já se referia ao projeto na primeira pessoa do plural, falando de tudo aquilo que "nós" iríamos fazer. Hugo cumprira sua missão mais rapidamente do que antecipara. Ajudava, claro, que eles precisassem dele tanto quanto ele precisava deles; mas ele creditava a rapidez de seu progresso à aliança tácita com Laura Suni. Ao longo dos últimos dias, ela azeitara caminhos e preenchera brechas com tanto tato e delicadeza que Hugo se decidira a engajá-la como sua assistente. Não tinha o menor sentido manter Klinghoffer em posição secretarial. Ele deveria ser promovido a gerente assim que a empresa entrasse em funcionamento. Hugo sentia satisfação de estar novamente incumbido desse tipo de decisão. Talvez a mudança do Rio de Janeiro acabasse sendo uma boa coisa para eles. Ainda o preocupava como Gertrud se adaptaria à vida rural. Os fins de semana em Seelow eram quase urbanos comparados àquele lugar: sem eletricidade, cozinha com fogão à lenha, roupas lavadas no ribeirão.

Só a presença de Toivo Uuskallio explicava o silêncio dos finlandeses. Hugo percebera como os homens se comportavam de modo diferente quando ele estava por perto — respeitosos como crianças diante do pai austero — e, no entanto, Uuskallio possuía um ar bonachão. Ele passara os dois últimos dias num retiro espiritual, num barraco no meio do mato, comendo só bananas. Pela calma com que mastigava sua pequena porção de arroz integral, nem parecia estar com fome.

— Laura, você se lembrou de acender o fogo da sauna?

Ela fez sinal positivo em resposta à pergunta de Uuskallio.

— Os senhores vão tomar banho de sauna conosco? É um costume finlandês.

Hugo e Klinghoffer entreolharam-se e menearam a cabeça apontando que sim, mas um olhar consternado atravessou o rosto do sr. Duarte.

— Lamento dizer que não trouxe meu calção de banho.

— O senhor não vai precisar dele. Ficamos pelados na sauna.

A expressão de Arlindo Duarte passou então do susto para o pânico total. Ele arregalou os olhos e deixou cair o garfo, que atingiu o prato com um fragor espalhafatoso.

— Pelados?

Hugo achou que detectava um sorriso dos mais leves debaixo do bigode de Uuskallio, que fixou um olhar severo sobre o despachante apavorado.

— Não há pecado no corpo humano, sr. Duarte, mesmo que tenham lhe ensinado o contrário na Igreja católica.

A cena era mais do que divertida, especialmente considerando que Uuskallio era uma espécie de fanático religioso, mas Hugo conseguiu conter seu ímpeto de rir alto. Duarte dava sinais de falta de ar.

— Homens e mulheres juntos?

Uuskallio observava-o, impassível, mastigando um pedaço de palmito.

— De modo geral, deixamos as mulheres usarem a sauna primeiro. Depois, quando está bem quente, entramos nós, homens. Então, o senhor se junta a nós, ou não?

Duarte recuperou o fôlego e começou a dar desculpas.

— Eu, eu... melhor não. Estou exausto, e acho que vou direto para a cama.

Uuskallio desviou o olhar dele, desdenhosamente.

— Os senhores também?

— Um banho de sauna me parece uma ótima ideia. O que você diz, Klinghoffer?

— Com prazer. Vamos lá.

Ao atravessarem o pasto molhado que levava para a beira do riacho, uma nuvem de pirilampos realçou a escuridão que os envolvia. Hugo nunca vira tantos de uma vez. Eram milhares, seu piscar lento e alternado marcando distâncias e dimensões como um céu estrelado. A euforia desse momento mágico o remeteu ao convés do *Cabo de Hornos*. Ao longo dos dez últimos meses no Rio, perdera de vista aquela primeira visão do Brasil. Agora ela parecia perto, bem ao seu alcance. Agarrá-la era tão fácil quanto seria pegar na mão um desses vaga-lumes; porém retê-la seria apagar sua luz. A mágica existia apenas em suspensão, como as vozes das mulheres que ele ouvia, mas não enxergava, enquanto subiam o caminho de volta da sauna.

Alguns momentos depois, encontrava-se com Hans Klinghoffer, os três Toivos, Timo e outros homens cujos nomes desconhecia, todos nus, em torno da pilha de pedras aquecidas no centro da casinha de madeira. Prevalecia entre eles um espírito de comunhão. Jogavam conversa fora, metade em finlandês, metade em português. Era a primeira vez que Hugo os via tão alegres e descontraídos. Surpreendeu-se ao reparar que até os mais jovens falavam abertamente com Toivo Uuskallio, chamando-o pelo prenome. No dia a dia evitavam se dirigir a ele, preferindo a intermediação de Liisa Uuskallio. Parecia que as regras usuais de comportamento não se aplicavam ali, e Hugo ficou ainda mais contente por ter aceitado o convite para a sauna. A certa altura, um dos jovens que ele não conhecia começou a caçoar do sr. Duarte por ter se negado a acompanhá-los. Foi cortado imediatamente por Uuskallio.

— Nilo, não vou tolerar esse tipo de coisa aqui. Você sabe que não é aceitável falar mal de um hóspede, ainda mais quando ele não está presente.

À medida que o calor foi envolvendo seus corpos, sobreveio o silêncio. Hugo observou o suor escorrendo em bicas pela cabeça e tronco de Uuskallio. Ele estava com os olhos fechados, e os cabelos mantinham o penteado perfeito. Seu corpo magro e elástico era de idade indefinível. Os braços e o peito não ostentavam as marcas de bronzeado que eram tão comuns entre homens que passavam seus dias ao sol tropical em camisas e chapéus. Será que ele andava nu quando não havia visitantes? Lembrava uma espécie de Diefenbach dos tempos atuais — um proponente da sociedade alternativa, daqueles que se via em Müggelsee, transplantado para os trópicos. Um enigma e tanto, esse homem. Hugo respirou fundo e extraiu prazer do ar quente queimando a borda de suas narinas. O cheiro do eucalipto o acalmava, e sua mente começou a divagar.

Decidiu que Toivo Suni era a pessoa certa para cuidar do plantio de eucaliptos. Ao menos, ele demonstrara bastante intimidade com a floresta; e, apesar da ranzinzice, parecia ser quem mantinha a fazenda em operação. Mesmo assim, precisariam de mais técnicos. Ele repassou a lista mentalmente. O médico tcheco Jan Kabelik era indispensável, já que era o único que tinha experiência prática com destilação de essências. Monsieur Frey já o contratara. Ainda não haviam encontrado alguém para supervisionar os trabalhos de construção civil. Hugo decidiu que tentaria convencer seu genro a vir trabalhar com eles, pois ele possuía alguns conhecimentos de arquitetura, além de agricultura. Os desafios da guerra e da emigração haviam mudado Demeter para melhor. Ele se tornara mais duro e mais confiável, embora continuasse a ser um tanto temerário demais. Além disso, seria alguém de sua inteira confiança, e isso era importante numa operação daquele tamanho. O ponto que mais pesava a seu favor era o efeito que isso teria sobre Gertrud. Ela ficaria feliz se pudessem estar todos juntos de novo, mesmo que fossem obrigados a fingir que não eram uma família.

O calor amolecia os músculos do seu pescoço e dos ombros. A atenção de Hugo foi se focando no murmúrio do riacho próximo. Som e sentidos transportaram-no de volta a lugares distantes: aqueles banhos térmicos no Allgäu, onde ficara uma vez e sempre pretendera revisitar; a casinha no lago de Constança, em que costumavam passar as férias quando as meninas eram pequenas; finalmente, seus pensamentos foram parar em Seelow. Vistas e rostos desfilavam por sua memória de forma desconexa, assumindo nitidez momentânea e logo em seguida recuando para uma névoa, onde se desmanchavam. Ele descobriu que já não conseguia se recordar de certos detalhes: o ponto preciso onde o caminho bifurcava depois dos pomares, o nome da filha menor da caseira, o número de janelas na fachada da casa e uma profusão de outros fragmentos. Os destroços do passado espalhavam-se à sua frente como uma ruína, e causou-lhe sofrimento a consciência de que nenhum esforço seria capaz de reconstruí-lo. Ele cerrou os olhos com mais força ainda, na esperança de vivificar as imagens por meio do puro esforço muscular.

Timidamente, de início, e depois com confiança crescente, uma voz pôs-se a cantar. Era Timo, e outras logo se juntaram à dele. Cantavam em finlandês, uma espécie de música folclórica, um correspondendo ao outro em harmonias de chamada e resposta. A melodia era um lamento, e a estranheza do idioma tornava a canção especialmente etérea. Mesmo sem entender uma palavra, Hugo sabia que cantavam a respeito de algo muito triste. Ele olhou para Toivo Uuskallio, que ouvia de olhos fechados. Quando os abriu, fixavam Hugo com tamanha intensidade que ele se sentiu imobilizado.

— Estão cantando sobre a terra de origem.

Parecia que as palavras haviam sido pronunciadas em alemão, mas foi rápido demais para que Hugo tivesse qualquer certeza. Voltou-se para Hans Klinghoffer, buscando confirmação, mas seu companheiro estava entregue a seus próprios pensamentos, o olhar perdido sobre o teto. Ao voltar sua atenção para Uuskallio, descobriu o rosto dele completamente pacato, olhos fechados, como se dormisse há horas. Hugo ficou na dúvida se o olhar e a fala do profeta foram uma alucinação. O calor começava a ficar insuportável. Ao terminarem a canção, os finlandeses saíram correndo da sauna e pularam na água fria do riacho. Hugo e Klinghoffer seguiram-nos. Somente Uuskallio permaneceu na sauna, os olhos cerrados e o rosto plácido, aparentemente imune às demandas da carne.

Março de 1942

Teria que esconder a revista. Gertrud segurava o novo número da *Careta*, seu dedo marcando a página com o artigo sobre o enterro de Stefan Zweig, e estudava a sala em busca de um lugar onde não chamasse a atenção. Fazia duas semanas que Hugo andava ressabiado com o assunto, e a última coisa que precisava era que fosse lembrado disso — logo agora, que emergia da fase mais aguda do luto. Cada artigo que saía na imprensa lhe causava amargura. Estavam trivializando a história, reclamava. Era verdade que a tragédia se transformara em fofoca — na *Careta*, por exemplo, estava enfiada entre uma página dupla sobre as últimas modas no Petrópolis Tênis Clube e um artigo sobre as estripulias do diretor de cinema Orson Welles no Carnaval. Hugo ficaria aborrecido, com certeza. Ela já o imaginava a ralhar: "Por que você lê uma revista que só tem anúncios de inseticida e remédios para verminoses?". O problema não era a cobertura frívola, é claro. O que o incomodaria mesmo seriam as fotos do enterro, cheias de gente que mal conhecia o casal

Zweig (até padre católico tinha), enquanto eles mesmos não puderam comparecer à despedida.

Seria mais simples jogá-la fora. Hugo alegava que nem gostava da *Careta*, que só comprava a revista por conta dela, mas acabava pegando para ler se a visse jogada por aí. Várias vezes o observara enquanto ele se debruçava sobre as charges, tentando decifrar o humor brasileiro. Adorava o jeito que seu semblante se acendia quando ele entendia a piada, a tristeza amolecida pelo mesmo sorriso desajeitado que ela às vezes flagrava sobre o rosto do neto. Era nesses momentos que mais se sentia próxima dele. Os outros podiam considerá-lo um homem de negócios astuto, mas ela ainda era capaz de discernir o fundo de ingenuidade que o prendia às suas origens. Não, ele daria falta da revista caso ela sumisse por completo. E se ela recortasse a página? Mesmo que ele notasse, poderia achar que era algum erro da gráfica. Gertrud correu até o banheiro e pegou uma lâmina de barbear velha do estojo de Hugo. Usando uma régua como guia, decepou cirurgicamente o papel, cortando o mais rente possível à dobra, sem soltar a página correspondente do outro lado. Foi necessário sacrificar os "Fatos da Semana" no verso, mas ele nem iria perceber, ela esperava. Agora, as modas do Tênis Clube seguiam direto para o "Domingo Esportivo". Entre o Petrópolis Tênis Clube e o Tijuca Tênis Clube, era bem capaz que ele pulasse a seção toda. Deitou a página incômoda no fogo que ardia no fogão à lenha, e ela queimou como uma pequena pira fúnebre em homenagem a Stefan e Lotte, aos quais Gertrud dedicou uma oração muda. Tomara que eles lhe perdoassem a indelicadeza de se despedir assim, na cozinha. A chama começava a se recolher para a brasa quando escutou Hugo à porta dos fundos.

— Você anda queimando alguma coisa aqui dentro?

Ele farejava o ar, os braços cheios de compras e o chapéu ainda na cabeça. Gertrud vasculhou sua mente em busca de uma desculpa plausível. A tarefa era dificultada pelo esforço necessário para manter a cara séria.

— É só a lenha do fogão.

— Você não estava fumando, estava?

— Desde quando eu fumo? Francamente!

— Você anda cheia de surpresas nos últimos tempos.

Ela pegou a bolsa de compras, cujo bojo de palha de milho trançada rangia sob o peso de laranjas, mamão, bananas, mangas, uma melancia pequena. Um embrulho envolto em papel rosa grosseiro e amarrado com barbante estava assentado sobre as frutas.

— Você conseguiu pão fresco?

— Não, esse é da quitanda. Vamos ter que esquentá-lo.

Gertrud desamarrou o embrulho e colocou os pãezinhos duros no forno. Ao lado da sacola, o *Correio da Manhã* do dia. Ela passou as manchetes em revista, lendo enquanto guardava as frutas. PRESOS, EM REPRESÁLIA, OS MEMBROS DA MISSÃO DIPLOMÁTICA E OS AGENTES CONSULARES DO JAPÃO NO BRASIL. Bananas. EM SITUAÇÃO VEXATÓRIA OS DIPLOMATAS BRASILEIROS NO JAPÃO. Mamão. A SITUAÇÃO EM JAVA É CONSIDERADA VIRTUALMENTE MALOGRADA PARA AS FORÇAS HOLANDESAS. Mangas. BERLIM ADMITE O CERCO DE MUITAS UNIDADES NA FRENTE ORIENTAL. Laranjas. OS ALEMÃES CHORAM LÁGRIMAS DE CROCODILO... E TÊM A AUDÁCIA DE QUERER EXPLORAR, EM BENEFÍCIO DA PROPAGANDA NAZISTA, AS VÍTIMAS DE PARIS. A melancia. Um saco de maçãs jazia ao fundo da sacola. Que bela surpresa. Só Hugo para gastar dinheiro com mercadoria tão preciosa e depois abandoná-la sob o peso de laranjas e melancia. Deviam estar todas machucadas àquela altura. Era tão difícil conseguir maçãs boas no Brasil. A tirar pela aparência, eram farinhentas. Não importava; eram maçãs. Na pior das hipóteses, ela faria uma compota com canela e noz-moscada. Uma manchete menor chamou sua atenção: MURMÚRIOS E DESCONTENTAMENTO EM BERLIM. IRRITAM-SE OS BERLI-

NENSES COM OS SACRIFÍCIOS QUE LHES SÃO IMPOSTOS. Ela deixou as maçãs de lado e acomodou-se para ler.

— O que é tão interessante?

— Estão dizendo que há falta de alimentos em Berlim.

Gertrud espreitou Hugo para sentir sua reação. Ele parecia mais irritado do que interessado. Vai ver porque ela começara a ler o jornal antes que se sentassem juntos à mesa. Ela resgatou o saco de maçãs e abriu lugar para elas na fruteira cheia. Hugo catou o jornal abandonado e passou a ler do ponto em que ela havia parado.

— Isso é muito bom: diz aqui que as pessoas estão trocando salsichas por ingressos de ópera.

Era sua vez de ficar irritada. Mediu duas colheres de café e encheu a panela com água.

— Que tipo de salsichas?

— Sei lá. Aqui diz chouriço, mas deve ser uma tradução ruim de *Wurst*.

— Aposto que é presunto defumado.

Ela misturou o pó com a água e colocou a panela no fogo, mexendo sempre, tomando cuidado para não deixar ferver.

— Por que você acha que seria presunto defumado?

— Bem, ninguém trocaria ingressos de ópera por algo comum, tipo *Bratwurst*. Teria que ser um embutido de melhor qualidade.

Hugo a fitava com ar indignado, o jornal suspenso à sua frente, fazendo questão de mostrar sua desaprovação tácita. Ela sabia o quanto ele odiava um *non sequitur*. Estava fazendo de propósito. Ele merecia por ter surrupiado o jornal.

— Não acho mesmo que seja essa a questão.

— Não, claro que não. A questão é que eles ainda têm uma ópera para frequentar, então as coisas não estão tão ruins assim.

Assim que a espuma subiu na panela, ela retirou o café do

fogo e despejou-o no coador. O líquido quente impregnou o pano amarelo, tornando-o mais escuro e lustroso, e a cozinha se encheu do aroma do café passando para o bule.

Hugo colocou o jornal de lado e começou a pôr a mesa. Logo estavam diante de um belo desjejum, com café bem quente e pão requentado, um bom queijo minas e manteiga fresca, o último pote da geleia de ameixa caseira e um mamão maduro, cuja polpa amarelada reluzia molhada em contraste com as sementes pretas.

— Quase tão bom quanto em Paris, hein? Se bem que eu gostaria de um croissant parisiense, em vez desse pão de sal dormido.

— Eu preferiria uma seleção de *Brötchen* a um croissant.

— Mas é claro. O pão alemão é o melhor do mundo.

Hugo passou o segundo caderno do jornal para ela, guardando para si o primeiro. Gertrud abriu logo na seção de cinema de domingo. Ela gostava de ler o jornal de trás para a frente, trocando cadernos com Hugo quando ele chegasse aos pequenos anúncios e ela, aos editoriais. O filme novo de Bette Davis estava passando no Rio. *Pérfida*. Como ela odiava esses títulos em português. Ou entregavam mais do que deviam, ou erravam completamente o sentido. Parecia promissor, este: uma produção de Samuel Goldwyn, dirigido por William Wyler, baseado numa peça de Lillian Hellman, autora que ela admirava. Haviam assistido a uma de suas peças em Paris. Até Hugo a apreciara, embora depois o negasse, quando descobriu que Hellman assinara uma carta em apoio aos Processos de Moscou. O que ele esperava da pobre mulher? Se era difícil, para quem estava na Europa, se manter a par de todas as traições e reviravoltas, que dirá em Hollywood? Agora que Trótski e Bukharin estavam mortos, era fácil tomar partido, retroativamente.

Gertrud folheou mais algumas páginas, pinçando notícias

aqui e ali, até que outra chamou sua atenção: A GESTAPO NA POLÔNIA. Isso, ela precisava ler. Talvez fosse a continuação da reportagem do dia anterior sobre trabalho escravo. Os nazistas estavam assolando a Polônia, aterrorizando e escravizando a população, caçando e matando os judeus. Pareciam odiar os poloneses quase tanto quanto os judeus. O assunto exercia um estranho fascínio sobre ela. Hugo lhe admoestara a não se martirizar com algo que ela não podia controlar, mas o ímpeto era forte demais. Ela precisava saber. Essa era uma reportagem bem peculiar. O jornal dizia que um pai alemão, residente em Varsóvia, entregara seu filho pró-polonês por ouvir a BBC. O filho e os amigos foram presos e enviados para um campo de concentração. Gertrud ficou imaginando se seria verdade. Como um pai poderia ser tão fanático a ponto de entregar o próprio filho? O contrário era fácil de conceber. Do jeito que os nazistas estavam doutrinando as crianças, seria simples um filho entregar o pai. Mas um pai entregar o próprio filho para a Gestapo, será que haviam chegado a esse ponto ou isso era apenas uma peça de propaganda? Ela pensou em pedir a opinião de Hugo, mas recuou por medo de levar bronca por conta de sua obsessão pela Polônia e suas histórias de horror.

— Você já acabou com essa parte?

Hugo dobrou o primeiro caderno do jornal e estendeu-o para ela. Estava impaciente, ao que tudo indicava, para ler os editoriais. Gertrud ainda não tinha terminado sua seção do jornal, mas poderia voltar a ela depois. Trocaram. Ele deve ter reparado na expressão de resignação dela, porque passou a oferecer desculpas esfarrapadas.

— Tem algo aí no primeiro caderno que você vai gostar. Vão encenar um espetáculo de valsas vienenses no Cassino da Urca.

Gertrud fingiu interesse nesse pretexto esfarrapado para a troca. Desde quando ela gostava de valsas vienenses? Mesmo que gostasse, qual era a probabilidade de ela conseguir ir para o Rio de Janeiro? Estavam ilhados em Penedo, por tempo indeterminado, especialmente agora que a compra da fazenda ficara acertada. Bem, ela, pelo menos, estava presa ali. Hugo ainda conseguia ir ao Rio de tempos em tempos, tratar dos negócios. O lado positivo era que a nova Companhia Plamed decidira reformar o casarão. Ela olhou em volta e observou a cozinha dilapidada, imaginando como ficaria depois de arrumada, pintada e cheia de flores. Talvez Ursula, Annette e Roger pudessem mesmo vir morar com eles. Não havia motivo para continuarem longe, agora que a aventura argentina de seu genro chegara ao seu fim inglório. Ela tinha até medo de criar essa expectativa e depois se decepcionar.

Voltou sua atenção para a primeira página do jornal. ATIVIDADES SUBMARINAS PRÓXIMAS AO CANAL DO PANAMÁ. O mundo todo estava em guerra. A América Latina era a última região do planeta livre dos combates; mas parecia questão de tempo até que a atingissem, agora que os Estados Unidos haviam entrado no conflito. Depois do ataque a Pearl Harbor, os ministros das Relações Exteriores das nações americanas se encontraram no Rio de Janeiro com o propósito de discutirem ações conjuntas. Washington exercia enorme pressão sobre Brasil, Argentina e Chile para impedir que se alinhassem com o Eixo. Hitler comandava a Europa inteira, do Canal da Mancha até os portões de Moscou, da Noruega à Sicília. Logo, logo, teria o norte da África também. Os soviéticos já haviam perdido milhões de homens, e ninguém sabia por quanto tempo o Exército Vermelho ainda conseguiria resistir. Os japoneses estavam prestes a conquistar Java nos próximos dias. A DESPEDIDA DO RÁDIO DE JAVA — a manchete devolveu sua atenção ao jornal. A última transmissão tinha sido emitida no dia anterior. A mensagem final: "Vamos desligar de uma vez a nossa estação. Adeus para todos, e até melhores tempos.

Viva a Rainha!". Ela sentiu seus olhos encherem de lágrimas, sem saber bem por quem estava chorando.

Finalmente, uma carta de Susanne! O dedo de Gertrud já estava prestes a rasgar a ponta do envelope quando ela se reteve. Será que devia esperar Hugo chegar em casa para lerem juntos? Susanne era filha de seu finado irmão, Dagobert, e portanto parente de sangue dele. Por outro lado, a carta só chegara porque ela se havia se dado ao trabalho de escrever para os parentes dele em Nova York, dando o endereço no Brasil. Hugo sempre deixava com ela a responsabilidade pela correspondência familiar, no máximo acrescentando uma ou duas linhas ao final. O resultado era que, aos poucos, ela se tornara mais próxima da família de Hugo do que ele próprio. Antes da guerra, correspondia-se com Hedwig, a viúva de Dagobert: votos de aniversário e, eventualmente, um relato mais extenso de suas vidas à parte. As meninas ainda eram muito novas àquela época e nem pensavam em escrever mais do que um cartão-postal, vez ou outra, para os tios em Paris. Eva regulava com Ursula; então devia ter vinte e quatro anos quando foram todos para os Estados Unidos. Susanne tinha um ou dois anos a menos, e a pequena Gabrielle era três anos mais nova do que Annette. Ambas eram apenas colegiais quando deixaram Berlim. As trocas de cartas haviam cessado nos dois últimos anos de fuga, mas agora conseguiram reatar o contato.

O envelope estava endereçado a "Sr. & Sra. Hubert Studenic", então ela tinha direito de abri-lo, em princípio. Hugo fora para o Rio e só voltaria à noite. De jeito nenhum ela aguentaria esperar até lá. Rasgou o envelope. Com as mãos trêmulas, ajustou os óculos no rosto e sentou-se para ler.

22 de fevereiro de 1942

Caros Garina e Hubert,

Foi um prazer indescritível receber sua carta! Ficamos todos tão aliviados de saber que vocês estão sãos e salvos. Eu e mamãe relemos a carta um monte de vezes, rindo e chorando, quase sem acreditar. E pensar que vocês estão no Brasil! Como deve ser exótico. Mal consigo acreditar. Lamento dizer que só conheço do Brasil Carmen Miranda e a Floresta Amazônica. É difícil conseguir notícias da América do Sul por aqui, especialmente agora que todas as notícias são sobre a guerra.

Apesar de os Estados Unidos estarem em guerra, nossa vida não mudou muito. Estamos bem mais enraizados do que da última vez que lhe escrevi. Lá se vão dois anos, não? Inacreditável! Acho que mencionei que casei com Frank Herz (o sobrinho de Paul Levi, de Berlim). Frank veio para a América um pouco antes de nós. Como todos os homens, ele foi obrigado a se alistar no Exército, mas ainda não foi convocado porque é cidadão alemão (diferente de mim, que já sou cidadã americana oficialmente). Frank quer lutar contra os nazistas e provar que é um bom americano, mas eu tenho esperanças de que o deixem ficar aqui conosco. Eva está bem e casada, como você deve se lembrar. Contei para ela sobre sua carta, e ela está louca para conseguir o endereço de Ursula. Você sabe como elas sempre foram próximas. Mande para mim, por favor, ou peça para Ursula escrever diretamente para ela. Gabrielle foi embora para Chicago, para fazer faculdade de história. Ela sempre foi a intelectual da família, e esperamos que ela faça coisas importantes na América.

Lamento informar que mamãe não está bem de saúde. Ela vem declinando, pouco a pouco, e seu estado está cada vez pior. Tio Alfred, que é médico, diz que o problema é o fígado dela, mas eu acho que ela nunca se refez da morte de papai (faz onze anos hoje, você acredita?) e, depois, da fuga de Berlim sob circunstâncias tão terríveis. Ela piora com cada notícia da Europa. Por falar nisso, não sei bem como lhe contar, mas acho que você tem direito de saber. Você se lembra do nosso primo Moritz Badt, de Beuthen O/S? (Ele é o filho mais velho da tia Pinchen, tia de papai.) Mamãe recebeu uma carta dele. Dois de seus três filhos foram presos e enviados para campos de concentração — Günther, que é organista, e Anneliese, que trabalhava como secretária antes da guerra. Só o mais velho, Heinz, conseguiu escapar. É uma tragédia. Ele perdeu dois irmãos na Grande Guerra, e agora vai ficar sem os filhos. Temos a esperança de que consigam sobreviver, mas os rumores que se ouvem são assustadores. Parece que as condições de vida nos campos são péssimas, sem comida suficiente, roupas quentes ou tratamento médico. Não sei como os nazistas esperam que as pessoas trabalhem se não as alimentam. Frank diz que eles não precisam dos judeus para trabalhar, que já têm os poloneses, tchecos e ucranianos para isso, e que pretendem deixar os judeus morrerem de frio e de fome. Eu não consigo acreditar. É monstruoso demais, até para eles. A carta de Moritz diz que mais dois primos do lado Jablonski, Max e Karl Beer, também foram enviados para campos. Como eu não conheço ninguém desse lado da família, não sei o que pensar disso. Sinto muito ser a portadora de más notícias, mas achei que você precisava ficar sabendo.

Minha querida Garina, queríamos tanto rever vocês, mas sabemos que isso não é possível agora. Esperemos que essa guerra acabe logo, agora que os Estados Unidos entraram na briga. Aí vocês podem vir nos visitar em Nova York. Ansiamos por esse dia com todo o coração. Mande nosso amor para Hubert, e volte a escrever logo, por favor. Mamãe manda todo seu afeto.

Sua Susanne

P. S. — Você tem notícias de tia Frida ou tio Leo?

Gertrud leu e releu a carta, uma segunda e terceira vez, para ter certeza de que captara todas as nuances do texto. Que bom que Susanne seguira as recomendações dela: de escrever em inglês, em vez de alemão; de chamá-los de Hubert e Garina; de não fazer menção explícita ao fato de serem tia e tio dela. Tudo isso era essencial para burlar a censura e mantê-los em segurança. Ela sabia que podia contar com Susanne, ela era uma moça inteligente. Só depois que se assegurou de que não havia perdido nada nas entrelinhas começou a assimilar as notícias. Campos de concentração. O termo assumiu nova vividez. Fazia tempo que o ouvia, claro. Chegara a conhecer, em Paris, algumas pessoas que haviam passado por Sachsenhausen antes da guerra. Os relatos que contavam eram invariavelmente medonhos. A ss administrava esses campos com uma mistura peculiar de sadismo e eficiência, o que fazia com que as pessoas preferissem o suicídio a acabar num deles. Era comum torturarem e até executarem prisioneiros políticos, e ela soube pelos jornais que haviam começado a prender pessoas comuns, sem qualquer atividade política, e a interná-las apenas por serem judeus, eslavos ou indesejáveis por qualquer motivo. Conseguira, até agora, manter esses fatos separados em sua mente. Avultaram-lhe os olhos do pobre Moritz Badt, um comerciante tão acanhado que optara por morar na Alta Silésia para fugir da vida agitada de Berlim. E sua esposa, tão quieta, como era mesmo o nome dela? Rosa, Rosa Sternberg. Que espécie de perigo essas pessoas apresentavam para o poderoso Reich alemão?

E os Beers, também. Esse ramo da família descendia da tia Jenny, de Hugo, que se casara com Julius Beer, um banqueiro de Viena. Recordava-se bem de Max e Irma Beer, e Eugen e Paula Beer, dois casais com quem haviam convivido bastante durante aquele verão em Rapallo... Devia ser 1921 ou 1922. Ela não se lembrava de Karl Beer, no entanto. Uma família muito distinta — judeus vienenses finíssimos, com modos impecáveis. Sempre nutrira a intenção de buscar uma maior aproximação com eles, mas o tempo e a distância conspiraram contra esse desígnio. A impressão que guardava deles era de pessoas inteiramente avessas à política, a ponto da ingenuidade. Houve até algum desentendimento com Eugen a respeito do envolvimento de Hugo com partidos políticos, se ela estava bem lembrada. Não dava para recordar os detalhes, mais de duas décadas depois. Talvez Hugo soubesse.

Hugo! Como ele reagiria quando lesse a carta? Gertrud temeu que pudesse ser a gota d'água. Primeiro, a morte de Zweig, e agora descobrir que quatro de seus primos estavam em campos de concentração. Seria melhor esconder a carta também e esperar um momento melhor para mostrá-la. Por outro lado, era possível que nunca chegasse o momento propício, e como justificaria o fato de não ter lhe contado? Conforme escrevera Susanne, eles tinham o direito de saber. Se fosse a situação contrária, ela iria querer saber de tudo. Quem dera conhecesse o paradeiro de seus próprios parentes. Sabia que sua irmã mais nova, Cäcilie, estava na Suécia com o marido, Kurt Heinig. O filho deles, Peter, se casara com uma moça chamada Ode e eles tinham um filhinho, Per, que ela não chegou a conhecer. Sua outra irmã, Olga, emigrara para a Palestina com o marido, Alexander Bloch, e ela não tinha mais notícia deles desde Paris. Ela pensou no pequeno Charles Bloch, que era tão ligado a Hugo. Que idade ele devia ter? Mais de vinte, com certeza. Da última vez que o viram, tinha treze apenas. Perderam toda a adolescência dele. Quanto ao resto da família Oswald, a essa altura estariam dispersos pelos quatro cantos do planeta, ou então internados em campos também.

Continuava a remoer a ideia da Polônia. Nos velhos tempos, nunca lhe passara pela cabeça que ela ou Hugo tivessem qualquer relação com o país. Ambos tinham nascido na Alemanha imperial, falando alemão e sendo criados para valorizar a cultura alemã como sua, até mais do que seus compatriotas na Baviera ou em Württemberg, os quais nutriam uma birra contra a Prússia, que lhes era estranha. À época em que partiram para Berlim, ela não tinha dúvida alguma de que se mudavam da província para a capital, e não para outro país. Uma recordação, das mais remotas, da praça antiga de Posen atravessou-lhe a lembrança. Uma fileira de casas coloridas erguendo-se estreitas e tortas acima de uma arcada, um chafariz e ruas calçadas de pedras. Ela tremeu de leve — um eco do frisson que sentira quando criança diante da grande sinagoga, cuja imagem ela não conseguia evocar agora, de jeito nenhum. Depois de 1918, com a Polônia ressurgida das cinzas da história, Posen virou Poznán, seu nome polonês. Os lugares onde haviam passado a infância deixaram de ser Alemanha. Nunca haviam retornado depois disso, embora tivessem parentes distantes que se considerassem poloneses. Atualmente, Posen voltara a ser Alemanha. Porém, os nazistas diziam aos judeus nascidos lá que eles nunca haviam sido alemães. O que seriam, então? Estranhos numa terra estranha. As ruas e as casas permaneciam as mesmas, mas o sentido do lugar mudava com o espírito dos tempos.

O barulho da porta anunciou a chegada de Hugo. Ele voltara cedo, ou o dia tinha passado tão rápido? Gertrud guardou a carta no envelope e enfiou-a debaixo da revista *Careta*. Teria que lhe participar a notícia devagar, aos poucos. Não agora, no calor da hora. Talvez nem hoje. Antes de mais nada, sondaria o humor dele. Sem pressa. Não havia mesmo nada que pudessem fazer; não era isso que ele sempre dizia?

— O que houve? Por que você voltou mais cedo?

A expressão abatida do rosto de Hugo não deixava dúvida de que a decisão de não lhe mostrar a carta era acertada. Ele lançou um olhar perdido pela casa e resmungou algumas palavras desconexas, algo sobre problemas com o registro de imóveis. De novo, a burocracia. Cada vez que ele ia ao Rio, surgia algum novo obstáculo. Pelo pouco que entendera, o último empecilho era que não podiam arrolá-lo como sócio da empresa, por conta da ordem de expulsão contra ele. Hugo propusera seu genro como testa de ferro. Vai ver isso estava gerando novas dificuldades. Mas o que tudo isso tinha a ver com o registro de imóveis? Essa questão da terra não havia sido resolvida pelo nefasto sr. Duarte?

— Você tem certeza de que está bem, meu querido? Você está com uma cara esquisita.

— Não é nada. Apenas cansaço. Vou dar uma deitada.

Gertrud olhou o relógio: nem quatro horas da tarde. Estranhíssimo Hugo ficar de cama no meio do dia.

— Devo chamar um médico para examinar você?

— Não, de jeito nenhum. Estou bem.

— Você quer que eu prepare algo para você comer?

— Sim, isso seria ótimo. Me chame quando estiver pronto, por favor.

Gertrud observou enquanto ele se afastava pelo corredor. Deu-se conta, de repente, de como estavam ambos envelhecidos. Quanto ainda conseguiriam suportar? Hugo não tinha mais vitalidade e força para bancar o empreendedor. E se ele morresse primeiro? O que seria dela? A ideia provocou nela um calafrio na espinha. Eles eram velhos demais para começar tudo de novo. Na idade deles, deviam estar cuidando dos netos. Ela queria tanto apertar Roger em seus braços. Ele era a última esperança, o único elo que possuíam com o futuro.

Voltou para a cozinha e procurou o que poderia aprontar para o almoço. Talvez uma omelete? Resolveu dar uma saidinha e ver se Laura Suni tinha algum legume para ceder. Quem sabe uma abóbora para fazer sopa, ou um pouco de quiabo? Ela não era lá muito amiga do tal de quiabo, mas Hugo gostava. Ele vinha se tornando cada vez mais brasileiro em matéria de paladar. Noutro dia, perguntara se ela sabia fazer farofa. Farinha de mandioca, francamente! Se sua finada avó os visse, diria que estavam virando selvagens. O próximo passo seria comerem banana-da-terra fervida, como Toivo Uuskallio, de café da manhã. Gertrud vestiu seu chapéu e sapatos e saiu para o calor da tarde. A vastidão verde dos campos refletia o sol com uma intensidade que ameaçou desequilibrá-la. Nunca tinha vivido tão perto de montanhas. Um fragor de trovão ameaçava à distância. Veio à sua lembrança a história que sua avó contava sobre os hebreus impelidos para o deserto. Deu apenas uns poucos passos antes que a falta de ar apertasse subitamente sua garganta. Ela relutou por alguns segundos, arfando e tossindo, tossindo até sentir que a campainha ia se soltar de dentro da goela. A tosse sacudia tanto seu corpo que chegou a temer nunca mais conseguir respirar. Buscou se apoiar contra uma árvore. Lágrimas enchiam seus olhos, esbugalhados de tanto tossir. Quando achava que ia sucumbir de vez, o ataque começou a passar. Seu corpo todo tremia. Ela se sentia debilitada. Estava fraca demais para caminhar até a casa dos Suni. Virou-se e voltou para dentro. Faria uma omelete, mesmo.

FORCES FRANÇAISES LIBRES
LE DÉLÉGUÉ AU BRÉSIL

CAIXA POSTAL 1577
RIO DE JANEIRO
BRAZIL

Rio-de-Janeiro, 5 Novembre 1941

Monsieur Albert GUERIN
BUENOS AYRES

25 B/

Cher Monsieur,

Je vous présente, par cette lettre, Monsieur André DENIS qui s'est inscrit à notre Mouvement au Mois de Septembre dernier et qui, se rendant en Argentine, sera très heureux de faire votre connaissance.

Je vous prie d'agréer, Cher Monsieur, l'assurance de mes sentiments les meilleurs.

Le Délégué :

POUR LA FRANCE LIBRE!

Carta do representante das Forças Francesas Livres no Brasil introduzindo André Denis ao representante em Buenos Aires, 5 de novembro de 1941.

Interlúdio (3)

Recebi uma carta da minha mãe, que se mudara para Curitiba pouco depois do falecimento do meu pai. Ela adora escrever cartas e tem o dom de se expressar pela caligrafia, fazendo uso pródigo de maiúsculas, sublinhados, pontos de exclamação em profusão. Logo percebi pela letra agitada que o assunto era importante. Havia sido contatada por uma professora da Alemanha, ela relatava, que realizava uma pesquisa sobre meu bisavô. Elas já haviam trocado correspondências anteriores, fiquei sabendo, e minha mãe contara o pouco que sabia sobre Hugo Simon, que ela nunca chegou a conhecer. A professora vinha para o Brasil e estava disposta a ir a Curitiba para entrevistá-la. Minha mãe não estava nada feliz com essa possibilidade e pedia para que eu assumisse a incumbência.

No final das contas, a pessoa não era alemã, nem professora. Seu nome era Izabela Maria Furtado Kestler, e tratava-se de uma então doutoranda a terminar uma tese sobre exilados de língua alemã no Brasil. Brasileira por nascimento e criação — o Kestler era do marido —, morava na Alemanha havia quase uma década.

Izabela me ministrou algumas das primeiras lições que recebi sobre a sociedade alemã no pós-guerra, assunto que eu então ignorava quase por completo. Ela me ensinou vários fatos que até hoje me servem bem, dentre os quais que a história do meu bisavô detinha importância histórica. Nunca tive ocasião para agradecê-la devidamente por tudo que fez, pois ela faleceu na queda trágica do voo da Air France sobre o Atlântico em junho de 2009.

Izabela apareceu na minha porta em julho de 1991. Havíamos combinado que ela passaria lá em casa para ver as caixas de materiais de Interlagos, as quais desci do alto do armário no meu quarto. No fundo, eu estava encantado com essa nova posição de provedor de documentos históricos. À época, terminava meu mestrado em história da arte e engatinhava no aprendizado da pesquisa acadêmica. Embora já possuísse o devido respeito pelos arquivos alheios, ainda não havia estendido a mesma consideração aos documentos da minha própria família. Sem a menor cerimônia, espalhei as pastas desorganizadas e as caixas carcomidas pelo chão mesmo, já que não tinha uma mesa grande o suficiente para todas elas.

O rosto de Izabela era dominado por um sorriso largo e olhos protuberantes. Às vezes parecia que estava assustada, mesmo que não estivesse. Sentada no chão da minha sala, folheando a papelada, achei que os olhos dela fossem saltar para fora das órbitas. Hoje consigo dimensionar a emoção que foi para ela encontrar um fundo de fontes completamente desconhecidas, já quase ao final do seu doutorado. Caso ela tivesse descoberto esses materiais um ou dois anos antes, poderia ter mudado todo o percurso de sua pesquisa. Fiz questão de não demonstrar muito interesse no que ela fazia. Ainda entregue à arrogância juvenil, gostava de me iludir, pensando que essa coisa de fuxicar em arquivos era para gente menos ambiciosa. A minha carreira imaginária seria dedicada a abstrações perfeitas e pensamentos rarefeitos. Deixei-a sozinha, portanto, se ocupando da papelada velha, e fui para a cozinha ponderar o grande problema filosófico de lavar louça.

Várias horas depois, Izabela continuava lá. Comecei a rondar o local onde estava sentada, no meio do chão da sala, com papéis distribuídos à sua volta, organizados em pequenas pilhas. Estava tão envolvida com seu trabalho que nem reparou na minha impaciência. Despenquei na rede perto da janela, a poucos metros dela, e fingi ler uma revista. Finalmente, ela esticou os músculos cansados de ficar tanto tempo na mesma posição e ergueu os olhos para mim. A expressão no seu rosto era de alguém que desperta de um sonho distante. Seu olhar retomou devagar o foco. Seus lábios meio sorriam, meio tremiam, aparentemente incapazes de verbalizar o que se passava em sua mente. A primeira palavra que saiu foi um "Rapaaaaaz!" prolongado, a segunda sílaba desdobrando-se no som quase visível de pontos de exclamação, "Isso aqui é uma coleção e tanto".

A fala de Izabela possuía um ritmo sincopado bem peculiar, como se falasse português com uma entonação prussiana. Podia parecer que ela estava dando ordens, ou uma palestra, mesmo que não fosse nada disso. "Você sabe ler alemão?" Sacudi a cabeça, constrangido com essa deficiência pela primeira vez na vida. "Então você não sabe o que está escrito nestes papéis?" De novo sacudi a cabeça. Ela principiou a explicar com paciência cada uma das diversas pilhas, separadas por assunto e importância. Uma continha cartas pedindo a restituição de imóveis que haviam pertencido a meu bisavô em Berlim e arredores. Outra se referia a uma grande propriedade agrícola — uma *Mustergut*, era a palavra que ela usou — que ele criou e manteve em Seelow. Ela traduzia com deleite evidente uma das folhas datilografadas, contendo uma descrição dos bens pertencentes à propriedade perdida. Um inventário que lembrava a enciclopédia chinesa de Jorge Luis Borges: tantos gansos, tantos pomares de maçãs, uma estufa com setenta e três metros de comprimento, uma tapeçaria Aubusson, um serviço de chá para vinte e quatro pessoas em prata de lei, um retrato por Frans Hals, um apiário completo equipado e assim por diante. A terceira pilha continha pedidos relativos à coleção de arte do meu bisavô. Isso despertou meu interesse. Que coleção de arte? Diante da ingenuidade da minha pergunta, Izabela sorriu compadecida, um sorriso não desprovido de sofrimento, e acomodou-se numa poltrona — uma que eu havia resgatado de Interlagos —, buscando uma posição mais confortável para o curso intensivo que estava prestes a ministrar.

Izabela me ensinou que Hugo Simon havia sido um grande colecionador de arte, um dos primeiros da Alemanha a comprar os trabalhos de contemporâneos como Klee, Kokoschka, Pechstein, Feininger. Ela não deu muita atenção a esse aspecto, visto que não era sua especialidade. Explicou ainda que meu bisavô havia sido uma figura influente na política da República de Weimar, chegando a servir como ministro das Finanças da Prússia durante um breve período. Esse fato não me era de todo desconhecido. Havia sido revelado para mim, alguns anos antes, na adolescência, mas eu passara a duvidar dele na idade adulta, já que nunca encontrava o nome de Hugo Simon nos índices de livros sobre história alemã. Ela confirmou que ele havia sido, de fato, muito rico e influente, sócio do banco Bett, Simon & Co., em Berlim, e depois de outra casa bancária em Paris. Ela sacou, dentre a massa de papéis, um pequeno retângulo apertado com tipografia gótica alemã, nada mais do que um emaranhado denso e cinzento de letras, para meus olhos leigos. "Isto é um recorte do *Reichs- und Staatsanzeiger*, o diário oficial da Alemanha, mandando confiscar as propriedades do seu bisavô e declarando-

-o inimigo de Estado." Ela checou a data e anunciou solene: 9 de outubro de 1933.

Meus parcos conhecimentos de história europeia, adquiridos na escola e na faculdade, não me habilitavam a ordenar a enxurrada de fatos e datas que se derramavam com fluência da boca de Izabela. Nomes como Walther Rathenau, Friedrich Ebert, Hugo Haase, Karl Liebknecht, Rosa Luxemburg às vezes despertavam um reconhecimento vago, mas as complexas ligações entre eles ficavam muito além do meu alcance. Mais difícil ainda era acreditar que essa aula de história emanava não de um livro, mas das lembranças de família que acumulavam poeira no meu armário, entre uma mala cheia de roupas de inverno que eu nunca usava e a caixa com os jogos e brinquedos de Interlagos. Em Paris, prosseguiu Izabela, meu bisavô havia se tornado ativo na luta antinazista — financiando um jornal de exilados, angariando fundos para um comitê de refugiados dedicado a tirar alemães ameaçados da Tchecoslováquia, organizando uma coalizão chamada Bund Neues Deutschland, juntamente com outros exilados notáveis como Heinrich Mann e Lion Feuchtwanger. Quando as autoridades francesas começaram a prender cidadãos alemães em campos de internação como estrangeiros inimigos, meus bisavôs foram poupados por conta de seu status privilegiado como refugiados políticos. "Está vendo", ela disse, "está escrito aqui na carteira de identidade francesa dele: *refugié politique groupe n. 1.*"

Levei quase um quarto de século para absorver completamente os ensinamentos daquela tarde. É possível que eu não tenha sido o aluno mais brilhante; mas, no final das contas, não tinha pressa alguma para aprender. Como na história do guardião da porta de entrada da Lei, contada pelo padre para Josef K., aquele portal existia somente para mim. Ele me admite quando entro e me soltará quando eu sair. Considera-se, normalmente, a famosa passagem de O *processo*, de Kafka — sobre o homem do campo que busca acesso à Lei e se vê impedido de ingressar por uma porta destinada exclusivamente a ele — como uma parábola sobre o absurdo da vida moderna. É o tipo de situação paradoxal que passamos a descrever, desde então, como kafkiana. Vale lembrar, no entanto, que o personagem de Kafka introduz a história dizendo se tratar de uma lição sobre a atitude de enganar a si mesmo. Por não esperar encontrar obstáculos e por temor da autoridade aparente do guardião, o homem do campo nunca tenta ingressar pela porta aberta. Em vez disso, ele gasta sua vida a espreitá-la e a aguardar permissão. Os documentos que continham as respostas que eu procurava passaram quatro anos juntando poeira no alto do armário do meu quarto. Nunca, nesse tempo, me dei ao trabalho de retirá-los de lá e examiná-los. Se não fosse por Izabela, talvez tivessem ficado ali, esquecidos, para sempre.

PARTE IV

Eles se entocam e somem

Dezembro de 1942

Então iam começar tudo de novo. Pela terceira vez. Annette voltou o pensamento para Montauban, dois anos antes. Wolf tinha coletado todos os documentos deles para entregar aos seus amigos no *maquis* em troca dos novos. Hoje rompemos com o passado, ele tinha anunciado. Daqui para a frente, iniciamos uma vida nova, com nomes novos. Cortamos todos os laços. Nada de olhar para trás. Ela o apoiara, de corpo e alma; entregou-se completamente, como fazia sempre que ele exigia qualquer coisa dela. Desceram para Marselha, cruzaram os Pireneus para a Espanha, atravessaram o oceano até o Rio de Janeiro. Meses de aflição, correria, ranger de dentes. Manteve-se firme, porque sabia que ele precisava dela. Tinha que ser forte, para o bem dele e de Roger. Depois veio a Argentina, o passo em falso que os levara a errar de cidade em cidade, de vila em vila, de fazenda em fazenda, fuçando a terra como cães esfomeados. Poucos meses depois, cruzaram de volta a fronteira para o Brasil, mais pobres e miseráveis, porém com carimbos novos nos passaportes. Foi quando Hugo os chamou para Penedo. Seus negócios com a

Companhia Agrícola Plamed significavam um emprego para Wolf, como sócio minoritário da firma e seu representante nos bastidores. No começo, Wolf ficara todo entusiasmado. Monsieur Frey era um grande empresário, um homem de visão, dissera; e, com a companhia Geigy por trás do projeto, logo ficariam todos ricos. Os extratos de plantas estavam em falta por causa da guerra, e este era o lugar perfeito para produzi-los. Menos de nove meses depois, preparavam-se novamente para partir. O desentendimento de papai com sr. Duarte mudava tudo. Além do mais, surgira uma oportunidade fantástica para eles no Sul.

Annette secou as lágrimas e respirou fundo o ar perfumado. Como ela adorava esse aroma! Tinham terminado de construir a destilaria na semana passada e iniciado os primeiros testes com destilação de essências. A fazenda inteira cheirava a eucalipto. Ela ficou tentando imaginar até onde o vento levaria o cheiro. Será que daria para senti-lo em Resende?

— Ei, Malou, cheira isso. Vê se você consegue identificar.

Era Paavo. Por que ele não parava de amolá-la? O menino não lhe dava cinco minutos de descanso. Wolf diria se tratar de um duplo exagero; era verdade que ele não a procurava de cinco em cinco minutos, literalmente, mas estava sempre inventando pretextos para falar com ela, e também era verdade que não era nenhum menino. Vinte e quatro anos de idade — um a menos do que ela —, alto e forte como todos os colonos finlandeses. Para Annette, no entanto, ele era apenas um camponês apaixonado que inexplicavelmente resolvera voltar suas atenções rústicas para ela. Como ela poderia se interessar por um desses finlandeses — nascidos e criados no meio do mato, fincados na terra com suas saunas, vegetarianismo e religião maluca? Era uma gente esquisita, e ela sentia vontade de rir alto toda vez que abriam a boca para falar. Wolf imitava tão bem o sotaque deles que não tinha como deixar de considerá-los ridículos. Ele era um comediante nato, o Wolf.

Desconfiada, moveu seu rosto em direção à mão estendida de Paavo e cheirou. Era algo forte e meio cítrico. Destacava-se do aroma de eucalipto por um instante e depois misturava-se a ele, abafado pela oleosidade do odor dominante. Ela não conseguia identificá-lo. Annette examinou as folhas que despontavam dentre os dedos de Paavo. Eram compridas e escuras, alguma espécie de capim. Seu nariz estava tão próximo do punho cerrado que ele devia sentir a respiração dela sobre sua pele. Ela percebeu a mão tremer ligeiramente e os dedos relaxarem, revelando mais alguns milímetros de verde. Manteve a cabeça parada, respirou fundo e tentou captar o perfume fugidio. De repente a mão abriu, deixando cair as folhas, e se moveu em direção ao rosto dela numa tentativa de carícia. Ela recuou antes e se afastou.

— É o quê?

— Capim-limão. Não é uma gostosura?

"Gostosura" — será que era a palavra mais poética que ele conhecia? Não era nenhum Baudelaire.

— Ah, tá, capim-limão.

— Tem um canteiro inteiro dele. Quer vir dar uma olhada comigo?

Annette até tinha uma leve curiosidade de ver as plantinhas novas, mas jamais se meteria sozinha num campo aromático com Paavo.

— Não, Paavo, obrigada. Estou muito ocupada com esses pedidos de sementes. Está vendo essa pilha aqui? Tenho que processar tudo até o final do dia. É melhor você ir embora e me deixar trabalhar.

Não precisava adotar um tom tão duro. O rapaz balbuciou uma resposta qualquer e recolheu-se à sua derrota. Paavo era tímido, coitado, o oposto do descarado do sr. Duarte, que só faltava agarrá-la à força se ela desse a menor brecha. Um homem casado, ainda por cima. Se ele entrasse no escritório quando ela estava sozinha, ela saía imediatamente pela porta lateral. Logo estaria livre de ambos: o enamorado do Paavo e o nefasto sr. Duarte. Seria um alívio, sem dúvida. Mas precisavam mesmo ir para Curitiba? Como seria isso? Ela não fazia a menor ideia; era apenas um nome no mapa. Wolf apontara-lhe a cidade no atlas, arrolando dados sobre altitude, clima, geografia. Era a terra da araucária, explicara, e tentara lhe ensinar a pronunciar essa palavra impossível. Por mais que repetisse, ela não conseguia separar os sons do A e do U. Saía tudo embolado: "au", em vez de "aú". Eles riram tanto. Wolf falava direitinho. Ele era muito musical. Só isso explicava por que seu português era tão melhor do que o dela e de Renée. Segundo Wolf, Curitiba ficava fora da zona tropical, uns quatrocentos quilômetros ao sul do Trópico de Capricórnio. Combinado com a altitude de quase mil metros, isso resultava num clima temperado, mais condizente com padrões europeus do que o calor e a umidade insuportáveis dali. Seria um alívio. Era até possível que ela melhorasse das alergias. Mesmo assim, a perspectiva de se deslocarem mais uma vez era menos do que animadora. Curitiba ficava longe de Barbacena, para onde seus pais se mudariam.

Annette tinha a impressão de se perder mais e mais no labirinto do exílio. O clima em Curitiba podia até ser melhor, mas não o suficiente para compensar o isolamento que aumentava a cada nova guinada. Por que Wolf tinha que ser tão irrequieto? Ela admirava a vitalidade dele, claro, e sua disposição em enfrentar desafios e assumir riscos. Não havia dúvida de que era arrojado. Nos últimos anos, revelara-se tão mais dinâmico e corajoso do que nos tempos antes da guerra. Às vezes, no entanto, ela desconfiava que ele estava ficando um pouco afoito demais. Por que havia de abandonar tudo aqui, logo agora que se aproximava o momento de colher os frutos de tanto trabalho? Sr. Duarte não podia nada contra ele, ou podia? Wolf era sócio da empresa. Será que ele sabia que os papéis de Wolf também eram falsos? Que, na verdade, Wolf era genro de papai e todos, da mesma família? Eles tentavam esconder os fatos na medida do possível, mas era de imaginar que alguém do alto escalão soubesse a verdade. Certamente papai teria revelado sua condição a monsieur Frey e aos acionistas suíços.

Essa história com os Duarte era sórdida. Todo mundo sabia que o sr. Duarte vivia tramando para roubar o lugar de papai como gerente-geral. O que não se sabia era como a sra. Duarte descobrira que usavam nomes falsos e enfrentavam uma ordem de expulsão. Agora ela ameaçava denunciá-los. "É só eu estalar os dedos e boto essa judeuzada toda para correr de Penedo", ela se gabara. Laura Suni contou para mamãe, e mamãe ficou histérica, apavorada. A primeira reação de papai foi querer ficar e brigar. Ele transformara o lugar do nada, supervisionara o longo e árduo processo de montar instalações e contratar pessoal. Já havia mais de cem funcionários, e os campos foram plantados em tempo recorde. Em breve estariam prontos para as primeiras colheitas e o início do processamento em grande escala. Nessas últimas semanas, porém, o confronto com os Duarte chegara ao ápice. Hugo teve que admitir que não conseguia mais seguir em frente. Os diretores suíços não ousavam demitir o sr. Duarte, visto que o tio dele era presidente da empresa.

Wolf resolveu que iria embora também. Mais uma vez, zarpava rumo ao desconhecido, arrastando toda a família na sua esteira. Era simples para ele e até mesmo para ela — ela era jovem e forte —, mas o pobre Roger estava ficando confuso com as mudanças constantes. O menino começava a se enrolar com tantas línguas. Primeiro fizera a transição do francês para o português, complicada pela proibição de falar alemão. Quando começava a se adaptar ao idioma novo, foram parar na Argentina. Ele ainda confundia algumas palavras. Não chegava a ser surpresa em meio à babel da Fazenda Penedo, onde o português competia com o finlandês pelo predomínio, mas era comum ouvirem também polonês, francês, italiano, holandês, húngaro e tcheco. Para piorar a situação, Renée adoecera de novo e não conseguiu nem se levantar da cama, por semanas e meses a fio, por causa das enxaquecas. Isso significava que ela, Annette, era obrigada a cuidar de Roger, além das responsabilidades que lhe haviam atribuído no escritório da Plamed. Estavam exigindo demais dela. E, agora, Wolf resolvera partir e começar tudo de novo. Mais uma vez! Era demais para ela!

Annette olhou pela janela e abafou o choro. O que mais lhe preocupava era que Wolf parecia ter perdido o rumo como artista. Quanto tempo fazia que ele não se propunha a criar algo? Em vez disso, dedicava todas suas energias e seu imenso talento a construir barracões e estufas. Ele era como Rimbaud na Abissínia, traficando armas e confraternizando com os nativos, esquecido de que era poeta; e ela temia que isso o matasse, assim como matara Rimbaud. Esse tal de André Denis havia engolido seu Wolf e, a cada dia que passava, o transformava mais e mais numa espécie de aventureiro. Competia a ela não permitir que ele abandonasse sua arte. Ela permaneceria ao seu lado, o encorajaria, o apoiaria, para que ele não perdesse de vista quem era de verdade. Para isso, teria que reunir todas as suas forças e segui-lo até Curitiba. A pior coisa era criticá-lo e contrariá-lo, como Renée fazia. Ela precisava lhe dar o que sua mulher era incapaz de oferecer: devoção abnegada.

Quase quatro horas da tarde. Annette secou as lágrimas e tomou o rumo da cantina. Era a hora da pausa e era bem capaz de Wolf estar por lá. Ela seguiu o caminho de terra e passou ao largo de um grupo de trabalhadores finlandeses que a espreitavam enquanto conversavam em sua língua estranha. Será que estavam falando dela? Talvez estivessem comentando sua relação com Paavo. Sabe-se lá o que ele contava para seus amigos camponeses. Mas que diferença fazia? Deu-lhes boa-tarde educadamente e eles devolveram o cumprimento em português, antes de voltarem para o finlandês. O sol andava alto no céu, e o calor estava insuportável — bem acima dos trinta e cinco graus, sem nem sinal de brisa. Wolf estava do lado de fora da cantina, na sombra, fumando um cigarro. Estava lindo; o relevo liso do seu peito a despontar por baixo da gola aberta da camisa, as mangas curtas apertando e realçando os braços musculosos, uns cachos louros rebeldes dependurados sobre a testa. Uma camada fina de suor tornava sua pele lustrosa. A cabeça inclinou-se em cumprimento mudo, e um sorriso furtivo sumiu por trás da cortina de fumaça exalada de sua boca.

— Você já tomou café?

— Está muito quente para tomar café.

— Bem, vamos entrar e sentar, pelo menos.

— Está muito quente para entrar e sentar.

Ele era impossível. Nunca acatava qualquer sugestão dela, por menor que fosse, e sempre conseguia que ela fizesse a vontade dele, por mais que isso lhe custasse. Ela era uma criança em sua presença. Amava-o mais e mais a cada dia, e o fato de que talvez nunca o possuísse não diminuía esse sentimento em nada. Estava em paz consigo mesma desde que admitira esses fatos. Ela o amara desde o primeiro dia em que deitara o olhar sobre ele, aos onze anos de idade, mas vivera a negá-lo desde então. Quanta energia gasta nesse combate fadado à derrota. Era de estarrecer. Pudera que ela tivesse passado tanto tempo adoecida. Ao longo do último ano, reconciliara-se com seu coração. Era seu destino estar ao lado dele, do jeito que fosse, para o que desse e viesse. Um amor tão profundo quanto era casto — por mais ridículo e antigo que isso soasse.

— Vamos dar uma volta.

Ele foi se afastando a passadas largas, e ela apertou o passo para acompanhá-lo. Caminhavam à sombra dos eucaliptos. Ele acendeu outro cigarro e o passou para ela. Annette sofreu com a consciência de que este momento seria o auge do seu dia.

— Sabe, o interventor Manoel Ribas é um grande sujeito.

— Você o viu de novo?

— Não, ele voltou ontem mesmo para Curitiba. Só deram uma parada aqui, na volta do Rio, para ver o que estamos construindo.

Agora era esse Manoel Ribas o grande homem. Mas como isso era possível? Se ele era o interventor do Paraná, queria dizer que fora nomeado diretamente por Getúlio Vargas. Aliás, Wolf admitira que o sr. Ribas era muito próximo do presidente; e papai sempre dizia que Vargas era um ditador, pouco melhor do que Hitler ou Mussolini.

— Você sabia que quando ele assumiu o governo do Paraná, em 1932, havia mais de dois milhões e meio de alqueires nas mãos de grandes latifundiários que se apossaram ilegalmente da terra?

— Como foi que eles conseguiram isso?

— Forjaram escrituras e foram tomando conta. Eles chamam isso de "grilagem", em português.

— E ele os expulsou?

— Está expulsando, mas não é fácil. O Paraná é muito grande, cinco vezes o tamanho da Suíça, e tem poucas estradas. É quase tudo floresta. Para piorar, a Justiça aqui é incrivelmente lenta e muitas vezes, corrupta.

Annette caminhava em silêncio. Expulsar latifundiários inescrupulosos era bom, mas o que isso tinha a ver com eles?

Além do mais, Wolf estava apenas repetindo o que o próprio interventor lhe contara. Quem sabia se era verdade ou não? Wolf também tinha achado o sr. Duarte um ótimo sujeito, até que ficou claro que ele queria expulsar papai do negócio.

— Ele quer assentar a terra com pequenos proprietários, mas o povo lá é muito ignorante. A maioria não sabe ler nem escrever. Precisam de instrução agrícola, e também de educação geral. Por isso, o sr. Ribas vai montar uma rede de escolas rurais. E é para isso que ele quer gente como nós. Ele precisa de pessoas qualificadas para ajudarem a planejar a rede, montar o currículo, projetar e construir as escolas.

Seus olhos faiscavam com aquela energia especial. Dava para ver que já estava decidido. O entusiasmo de Wolf era contagiante, porém assustador também. A última vez que o ouvira falar assim foi quando decidiram vir para Penedo e, antes disso, quando resolveram partir para Buenos Aires. Mais cedo ou mais tarde, esse pico de intensidade seria seguido por um vale de desânimo. Mas com que armas ela poderia resistir a ele? Qual motivo apontaria para querer ficar por ali? Não existia nem escola para Roger. Isso, ao menos, era um atrativo em Curitiba.

— Nós? Ele quer gente como *nós*?

— Sim, nós. Eu e você. O sr. Ribas quer que você trabalhe para a Secretaria de Agricultura também.

— Eu? O que eu poderia fazer lá?

— Eles precisam de gente para traduzir manuais técnicos. Quando eu disse a ele que você fala francês, inglês e alemão, ele falou que com certeza conseguem aproveitar você.

Isso era uma surpresa. Annette cogitou se seus conhecimentos de português seriam suficientes para fazer traduções. Bem, eram apenas manuais de agricultura, não literatura ou filosofia. Não devia ser tão difícil assim.

— Só eu, ou Renée também?

— Bem, se ela estiver mais disposta até lá, ela poderia fazer umas traduções. Mas você sabe que não dá para contar com ela, do jeito que está agora. Primeiro, ela precisa ficar boa.

A animação de Wolf diminuiu visivelmente ao falar de sua mulher. Annette ficou feliz de ver que ele pautava seus planos neles dois e só se lembrava de Renée como adendo. Seria tão bom se não precisassem mais pensar nela. Quem sabe ela piorava e... A velha sensação de culpa a impediu de completar a frase, mesmo em pensamento. De todo modo, não passava de uma divagação tola. Renée não estava doente de verdade, apenas tentava chamar a atenção de Wolf. Ela estacou o passo e olhou fixamente para ele, com um ar significativo, a fim de acrescentar um pouco de melodrama ao momento.

— André, preste atenção. Eu não sei nada a respeito do sr. Ribas, ou do Paraná, ou sobre traduzir manuais técnicos para fazendeiros. Mas o apoiarei no que você decidir fazer, seja lá o que for.

— Eu sei que posso contar com você, minha amada Malou. Não se preocupe. Você vai ser minha assistente, e juntos faremos grandes coisas.

Ele envolveu-a com os braços e puxou-a para si. Por um instante delirante, ela achou que fosse beijá-la, mas tratava-se apenas de um abraço. Não importava. O importante é que ele a tinha chamado de "sua amada". Pena que usara o nome Malou, em vez de Annette. Teria sido ainda mais especial se ele tivesse quebrado o protocolo. Afinal, eles estavam completamente a sós. Mas ela sabia que Wolf nunca faria isso. Ele era duro e disciplinado demais. Nada disso importava; ele a chamara de "amada".

Renée estava sentada à mesa da cozinha, fumando um cigarro e contemplando um copo pela metade de mate gelado.

Roger brincava do lado de fora, no jardim. Annette abriu a geladeira e deu uma olhada. Estava vazia, a não ser pela jarra de mate, um vidro de mostarda, dois ovos, um pedaço de mamão ressequido e a garrafa de vermute. O ar fresco fez com que ela se detivesse diante da porta aberta. Dava vontade de entrar na geladeira e dormir lá, se não fossem as riscas pretas de mofo que brotavam dos cantos e dos encaixes das prateleiras. Era nojento. Será que Renée não era capaz de fazer uma faxina de vez em quando, já que passava o dia todo em casa? Ela manteve a porta bem aberta, deixando arejar um pouco o cheiro de bolor.

— Não deixe a porta da geladeira aberta tanto tempo. Você está gastando luz.

Por que Renée se preocupava com a luz? Não era ela quem pagava a conta. Sua irmã gastadeira vinha se transformando em sovina. Annette manteve a porta aberta por mais alguns segundos, o suficiente para provocar Renée, mas não para que ela perdesse de vez as estribeiras. Quando sentiu que a irmã estava prestes a estourar, alcançou a garrafa de vermute e uma bandeja de gelo e fechou a porta.

— Você quer um pouco de vermute?

— Você sabe que não bebo essa porcaria.

— Você que sabe.

A bandeja estava tão congelada que era impossível mover a alavanca de metal. Annette foi até a pia e passou-a debaixo da água, que saía quente da torneira. O crepitar do gelo a soltar do metal propiciou-lhe um prazer maldoso, já que ela sabia o quanto Renée detestava esse som. Ela jogou duas pedras de gelo no copo, com força suficiente para que tilintassem, e regou-as com uma dose generosa de vermute.

— Você sabe que anda bebendo demais, não sabe?

— Você deu para controlar o quanto eu bebo?

— Alguém tem que controlar você, já que você não se controla.

Annette pensou em jogar a bebida na cara da irmã, mas isso seria um desperdício. Ela precisava fazer a garrafa render até o final do mês. Talvez estivesse bebendo demais, de fato.

— Até parece que você tem moral para falar de mim. Passa o dia inteiro em casa e dorme até o meio da tarde. Pelo menos podia fazer uma faxina, de vez em quando.

— Eu queria que você ficasse doente como eu! Aí você veria o que estou passando. Se você sofresse, por um dia, o que eu sofro... você ia calar essa boca!

Estava aos gritos. Ótimo. Annette preferia não ser a primeira a se entregar à histeria. O barulho da porta precipitou o fim da briga. Wolf chegara em casa. Annette foi até a janela e fingiu que olhava as árvores.

— O que é essa gritaria toda?

Ele olhou para ela e depois para Renée, que deu de ombros e ficou tentando pescar outro cigarro do maço.

— Onde está Roger?

A pergunta veio como um lampejo. Onde estava Roger, precisamente? De modo geral, o menino antecipava a chegada do pai com agudeza canina e já o aguardava no caminho antes que ele se aproximasse da casa. Annette botou a cabeça para fora da janela e espiou o jardim. Nenhum sinal dele. De repente, num único ímpeto compartilhado de terror, os três descambaram porta afora. À distância, junto ao riacho, à beira do mato, avistaram a figura do menino, sentado ereto como uma estátua. Annette o chamou, mas não houve resposta. Renée gritou seu nome mais alto ainda. O menino manteve-se parado, duro. Wolf saiu disparado e correu até lá.

A cinco metros de distância, deu para identificar o vulto da cobra. Era grossa e marrom, com triângulos escuros ao longo do corpo. Enrolada em posição de ataque, a cabeça triangular pairava um pouco acima do chão. Uma listra escura se estendia do olho para a parte posterior da cabeça, como uma máscara. O bicho estava a não mais do que trinta centímetros da cabeça do menino, uma distância fácil de percorrer num único bote. Annette congelou. Ela ouviu um soluço abafado escapulir da garganta da irmã. Todo o resto era silêncio, a não ser o burburinho do riacho. André esticou o braço e barrou o avanço das duas. Ergueu o indicador aos lábios e fixou-as severo, intimando-as a não se moverem. Avançou a passos pequenos em direção ao menino. A língua da cobra testava o ar, ameaçadora. Devagar, postou-se atrás do menino e debruçou-se até tê-lo ao alcance de suas mãos. Com um único movimento ágil, suspendeu Roger do chão e girou seu corpo num salto lateral. A cobra deu o bote e errou o alvo por menos de um centímetro. André cerrou o menino ao peito e saiu correndo na direção oposta. Assim que chegou ao final do bote, a cobra se enroscou de novo e voltou a assumir a posição de ataque. Mas eles já estavam fora de seu raio de ação. Ela ficou parada um momento ainda e, em seguida, se arrastou em direção ao matagal.

Wolf entregou o filho à mãe, a qual se rendeu ao pranto e desespero até então sustados. Depois de vários minutos prendendo a respiração, Roger aproveitava para recuperar o fôlego, ainda apavorado. Wolf ajoelhou-se e agarrou-se a ambos, protegendo sua pequena família num abraço apertado. Annette continuava inerte, inteiramente sem reação. Qual era o lugar dela em tudo isso? Ela queria correr até eles e participar do abraço, mas constatou que suas pernas eram incapazes de se mover. Sentiu seus joelhos tremendo, e um calafrio atravessou seu corpo de cima a baixo. Renée beijava o rosto e a cabeça do menino de modo quase aleatório. Seus lábios atingiam ora suas bochechas, ora seus cabelos, ora seus olhos, ora seu queixo. A certa altura, resvalaram na cabeça do filho e foram ao encontro do rosto e da boca do marido. Ela beijou Wolf com gratidão, com devoção, da maneira que Annette recordava que se beijavam no início. Ele devolveu o beijo, com ternura, com amor. As lágrimas escorriam pelas faces de ambos. De repente, Annette começou a ficar tonta, como se o sangue afluísse...

Quando deu por si, a primeira coisa que sentiu foi o chão molhado sobre o qual estava deitada. Em seguida, uma ardência nas bochechas, onde Renée lhe infligia repetidos tapas. André pairava sobre elas, recortado gigantesco contra o céu azul e branco. Sobre seus ombros estava Roger, agarrado como um macaquinho. Ela fechou os olhos e apertou-os forte. Quando os abriu de novo, viu a mão da irmã erguida no ar, prestes a desferir mais um golpe.

— Pode parar de bater nela. Ela já está acordada.

— Quem disse que eu quero parar?

Não dava para não rir. Era engraçado demais. Annette soltou uma gargalhada histérica. Ela ria e ria, tanto que começou a chorar.

— Malou, você está bem? Malou?

— Acho que ela enlouqueceu de vez. Você lida com ela. Vou levar Roger para dentro.

Renée ergueu-se, desprendeu o menino das costas do pai e conduziu-o pela mão em direção à casa. Annette ficou no chão, rindo. Não conseguia parar.

— Malou, você está bem?

Wolf se curvou e estendeu-lhe as mãos. Ela as agarrou, rindo sempre. Ele tentou erguê-la, mas ela escorregou na terra molhada e caiu de novo, quase puxando-o junto para cima dela. Isso fez com que risse ainda mais alto, incontrolavelmente.

— Vamos, chega. Vamos entrar.

Annette apoiou-se num cotovelo, rindo e chorando ao mesmo tempo. André ficou parado ali, perplexo. Fez menção de tentar erguê-la outra vez, mas desistiu no meio, inseguro. Ele estava tão engraçado com essa cara. Ela tentou dizer seu nome, mas não conseguia se lembrar se era Wolf ou André. Aos poucos sua respiração foi ficando ofegante e, de repente, ela começou a tossir. A tosse acabou se sobrepondo ao riso. Finalmente sentiu algo subir do seu estômago. Inclinou a cabeça e vomitou — um pouquinho de vômito seguido por bílis verde. O gosto era amargo em sua boca. Wolf ajoelhou-se ao seu lado e alisou seus cabelos.

— Já passou — ele dizia —, já passou.

Janeiro de 1943

Toda Curitiba era um canteiro de obras. De cada esquina brotava um novo edifício, içado acima das modestas casas térreas como bambus em um campo de margaridas. A impressão que dava era que tinham pressa para transformar a cidade; pouco importava em quê, contanto que ela fosse diferente. Demeter subiu a alameda Doutor Muricy em direção ao lugar chamado São Francisco. A recepcionista do hotel dissera-lhe que não era longe, dez a quinze minutos de caminhada. Um pouco à frente, ocupava o quarteirão inteiro um grande prédio rosa, encimado por duas cúpulas pretas e pontudas. Uma geração atrás, devia ter sido uma das residências mais nobres da cidade; agora, possuía um aspecto estragado e decadente. Este era um lugar onde as coisas mudavam depressa. Demeter pressentiu que a história de Curitiba estava ainda no seu começo. No tempo de vida de um homem, dava para realizar algo importante ali. Ele estava chegando na hora certa. O trabalho árduo de preparar o terreno fora feito por outros; tinha chegado a hora de construir.

Sobe a ladeira até em cima, depois dobra à esquerda. Já

dava para enxergar as árvores ao longe. Os prédios foram ficando menores e mais modestos à medida que ele se afastava do miolinho do centro. Chegou a uma praça bonita, plantada com araucárias e cercada de casas coloridas. O que sobrou da velha Curitiba, adivinhou. Não era muito. À esquerda, havia uma mansão imponente com um portão de pedra, em estilo neoclássico porém com cara de nova, como se tivesse sido construída recentemente. Seria este o palácio de governo? Ele viu um homem na praça com uma máquina-caixote montada sobre um tripé, um vendedor de fotografias lambe-lambe. Demeter resolveu perguntar para ele. Não, ali era a Sociedade Garibaldi, onde os italianos ricos se reuniam. O palácio do governador ficava a uns cem metros, subindo pela rua Kellers. Já que estava adiantado, Demeter aproveitou para indagar sobre lojas de fotografia, de entusiasta para entusiasta. Tinha a intenção de comprar uma Leica nova, assim que juntasse algum dinheiro. O homem nunca ouvira falar em Leica e demonstrou pouco interesse por fotografia. Herdara a câmera e o comércio do seu tio, um imigrante libanês como ele, que subira na vida e se tornara gerente de um armarinho na praça Tiradentes. Estava no Brasil havia dez meses apenas, e seu português era pior do que o de Demeter. Parecia que todo mundo em Curitiba era ou imigrante ou brasileiro de primeira geração.

Encontrou, afinal, o Palácio São Francisco — um edifício grande, cinza e indiferente, desprovido de simetria ou qualquer detalhe agradável. Pelo menos tinha a aparência sólida de uma boa casa burguesa. Era possível que continuasse de pé dali a uma década. Demeter passou direto pelo guarda postado ao portão e ingressou à direita no vestíbulo. Atrás do balcão, um rapaz espinhento, com cara de não ter idade para o serviço, anotou seu nome no livro de visitantes. Ficou nervoso, visivelmente, quando ele anunciou que tinha horário marcado com o sr. Manoel Ribas.

O interventor em pessoa. Um funcionário mais velho, sentado um pouco mais ao fundo, esticou o pescoço para registrar a fisionomia do visitante ilustre. A portaria lembrava a Demeter a casa do seu sogro em Berlim — forro de madeira almofadada no teto, janelas guilhotina e piso de tábuas corridas em madeira clara e escura, alternadas como listras. Deixou-se conduzir escada acima até uma antessala decorada com retratos sofríveis de dignitários esquecidos. Uma secretária ofereceu-lhe café e água e deixou-o sozinho aguardando. Ele folheou a *Gazeta do Povo*, tentando entender o noticiário local. Após vinte minutos, ela retornou.

— O sr. Martins está pronto para recebê-lo.

— Sr. Martins?

— Sim, o assistente do interventor.

Ela o levou até uma sala grande e arredondada, onde um jovem estava sentado a uma mesa empilhada com livros e pastas até quase a altura da cabeça, caneta na mão, revisando um texto. Ele parecia ter não mais do que vinte e cinco anos, era magro e bem-apessoado, e estava tão mergulhado no serviço que nem deu sinal de reparar na chegada deles. A secretária tossiu de leve. Sem desgrudar os olhos da página à sua frente, o sr. Martins esticou a mão esquerda num comando para aguardar. Finalmente pousou a caneta na mesa, recostou-se na cadeira e abriu um sorriso afável. A boca cheia de dentes ecoava o olhar brincalhão com que avaliava Demeter, como um comprador admira um cavalo puro-sangue. Após alguma demora, pôs-se de pé e estendeu a mão para o visitante. Sua voz era sonora e acolhedora, como um locutor de rádio.

— Então, o senhor é André Denis, o francês especialista em horticultura, paisagismo, arquitetura e tudo o mais. Estava muito curioso para conhecê-lo. *Enchanté, monsieur.*

Sua pronúncia francesa era razoável, mas havia um quê de sarcástico no modo com que carregava nas referências à suposta nacionalidade de Demeter. Era evidente que o sr. Ribas havia partilhado com seu jovem assistente certo assunto delicado que lhe fora confidenciado no mais estrito sigilo. Demeter sabia que nenhum político era capaz de guardar segredo por muito tempo. O porquê exato de ter confiado no interventor ainda lhe escapava. O fato era que decidira fazê-lo quase sem titubear, depois de pouco mais de uma hora em sua companhia. Agira por intuição e, agora, ia receber a recompensa ou pagar o preço.

— Vamos ao encontro do sr. Ribas?

— O interventor foi convocado para uma reunião urgente, infelizmente. Ele me pediu para cuidar do assunto. Vamos ver como conseguimos agregar o senhor à nossa equipe o quanto antes. Sente-se, por favor...

Ele indicou uma poltrona estofada. Demeter examinou o semblante sorridente do rapaz. Havia qualquer coisa de infantil nele, por baixo dos cabelos engomados e do nó impecável da gravata. Era possível que tivesse até menos de vinte e cinco — um menino se esforçando para parecer um homem —, mas seus olhos eram vivos e inteligentes. Demeter ponderou se mais alguém sabia a verdade sobre ele. Chegou a pensar em perguntar, mas resolveu aguardar o momento propício. A menção a "agregá-lo à equipe" era promessa suficiente de que não pretendiam denunciá-lo.

— O que o senhor quer dizer, cuidar do assunto?

— Bem, precisamos de uma papelada danada para nomear o senhor como consultor técnico. Trouxe seu passaporte?

— Sim, claro.

Ele entregou o passaporte para o sr. Martins. O jovem examinou-o com um preciosismo irritante, revirando o livreto marrom entre os dedos, folheando-o com toda a delicadeza de um bibliófilo a examinar um livro raro. Ele ia e voltava entre as páginas de vistos, à procura de algo que não estava lá.

— A última prorrogação expirou em 24 de outubro. Não está mais na validade.

— Estou vendo. O interventor me inteirou do seu caso.

— Folgo em saber.

O jovem sr. Martins olhou para ele e sorriu. Demeter resolvera jogar o jogo dele dali em diante. O que mais podia fazer?

— Suponho que o senhor saiba que está em situação muito delicada.

— É por isso que apelei para a ajuda do sr. Ribas.

— Sim, claro. O interventor conversou comigo sobre o assunto. Ele considera que é melhor mantermos tudo em nível estadual, onde conseguiremos controlar melhor as coisas.

O sr. Martins fixou um olhar significativo sobre ele, numa tentativa desajeitada de travar uma relação de confiança. O único desejo de Demeter, a essa altura, era que ele falasse logo o que tinha a dizer. Não havia motivo para segredinhos. Seu destino estava nas mãos deles. Eles sabiam disso, e ele sabia que eles sabiam.

— Como assim?

— Veja bem, o registro de estrangeiros é responsabilidade das autoridades no Rio de Janeiro: Polícia Civil, Ministério da Justiça e assim por diante. Tem toda uma burocracia complicada, como tudo no Brasil.

— Já tive alguns contatos com ela.

— Suponho que sim. Teríamos que passar por todas essas instâncias a fim de restabelecer sua identidade verdadeira. Na opinião do interventor, não é o melhor momento para isso.

Demeter fitou-o pensativo e meneou a cabeça de leve, instigando-o a prosseguir.

— Não é um bom momento para ser alemão no Brasil, sr. Denis. As pessoas estão apavoradas com essa história de Quinta-Coluna. Os jornais em alemão foram proibidos, bem como as escolas alemãs. Súditos do Eixo não podem realizar reuniões públicas ou viajar sem autorização policial. A última medida, aqui no Paraná, foi evacuar todos os alemães, italianos e japoneses num raio de sessenta quilômetros do litoral. A pior coisa que o senhor poderia fazer, nesse momento, seria passar da condição de francês para a de alemão.

Ele tinha razão. A situação não estava nada boa para os alemães no Brasil, mesmo os que não eram nazistas. Demeter aprendera na França o quão rapidamente tais distinções ficavam borradas em tempos de guerra. Um estrangeiro inimigo era um estrangeiro inimigo e raramente ganhava a oportunidade de provar o contrário. Tudo havia piorado desde o torpedeamento do *Baependy*, em agosto, e a declaração subsequente de guerra contra o Eixo. Lojas e restaurantes alemães foram atacados no Rio de Janeiro e em todo o país. No Rio Grande do Sul e em Santa Catarina, houve até tentativas de linchar alemães. Agora o governo federal estava montando campos de internação para "súditos do Eixo". Era aconselhável, realmente, que continuassem a se passar por franceses, pelo menos até os ânimos se acalmarem. O problema é que não dava mais para renovar os passaportes franceses falsos, muito menos pedir verdadeiros.

— Sr. Martins, não há dúvida que o senhor tem razão. Mas como vamos viver sem documentos? Eu, minha esposa, meu filho, minha cunhada, não temos nada a não ser esses passaportes.

— Eu sei. Esse é o problema principal que precisamos resolver. Não podemos nem contratá-lo sem algum documento válido.

— O que o senhor propõe, então?

— A opinião do interventor é que o senhor e sua família devem obter carteiras de estrangeiro sob os nomes franceses. Elas podem ser emitidas aqui mesmo em Curitiba, sem depender de autorizações do Rio de Janeiro.

Demeter ponderou. De fato, isso resolveria seus problemas imediatos. Com carteiras de estrangeiro válidas, poderiam abrir conta no banco, alugar uma casa, matricular Roger na escola. Elas não serviriam para sair do Brasil, mas eles não tinham mesmo para onde ir. Estavam ilhados ali pelo menos até o fim da guerra. De todo modo, era bem melhor do que a situação atual, sem documento nenhum.

— Não tivemos coragem nem de tentar pedir carteiras de estrangeiro até agora, porque nos disseram que não seriam concedidas com base na documentação que temos. O senhor acha mesmo que seria possível consegui-las?

— Vou falar com alguns amigos da repartição. As pessoas são muito prestativas quando se trata de fazer um favor para o interventor.

Então valera a pena confiar no sr. Ribas. O velho estava se saindo um sujeito leal, independentemente de sua coloração política. Demeter ficou aliviado ao notar que sua intuição fora acertada. O único aspecto que ainda lhe causava preocupação era o fato de que esse fedelho, sentado à sua frente, tinha conhecimento do seu segredo. Atrás da mesa gigante, o sr. Martins lembrava um colegial sentado na cadeira do professor por pirraça. Demeter não sabia até que ponto podia confiar nele, mas ele não tinha escolha. Vinha vivendo no limite desde que saltara daquele trem em Bayonne. Sem tempo para segundas opiniões, plano B ou retaguarda. Sua vida se tornara uma grande corrida despenhadeiro abaixo, e o máximo que podia fazer era desviar dos obstáculos. Pensar demais só atrapalhava os reflexos.

— Ótima notícia. Quando posso começar a trabalhar?

— O senhor não vai nem perguntar quanto é o salário?

— Para quê? O que o senhor decidir me pagar é o que vou receber. Não estou em posição para barganhar, sr. Martins.

Uma expressão de admiração cobriu o rosto do jovem.

— É uma atitude e tanto. Estou vendo por que o interventor quer tanto ter o senhor na equipe. Venha me ver na segunda--feira pela manhã, e iremos juntos à Secretaria de Agricultura. Vou apresentar o senhor por lá, e colocaremos as engrenagens em movimento. Caso lhe interesse, o salário inicial é de mil e quinhentos cruzeiros.

A secretária o acompanhou até a portaria. Seu nome era Fátima. Era bonita e morena, de olhos pretos e fartos cabelos pretos amarrados num coque. Demeter flertou com ela um pouco. Estava exultante. Saiu praticamente saltitando do palácio modorrento para a rua ensolarada.

Do outro lado da rua Kellers, chamou sua atenção um pavilhão azul e branco em estilo art nouveau, situado no meio do parque. Como não reparara nele antes? Era uma estruturazinha fantasiosa, bem ousada, com imensos óculos em volta das janelas, portas assimétricas e remates de estuque sinuosos na parte superior da fachada. Um chalé suíço tresloucado. A varanda, de duas cumeeiras, ostentava uma estranhíssima galhada de madeira que se projetava contra o céu como um para-raios de araque. Com seu estilo apavonado, o prédio parecia inteiramente deslocado naquela terra rude. Como arquitetura, violava todos os seus pressupostos estéticos, mas Demeter sentiu-se inexplicavelmente atraído. Subiu os degraus de pedra que levavam até a entrada. O portão estava fechado. Ali perto, à sua direita, reparou nas ruínas de uma antiga muralha de pedra. Caminhou até lá para examiná--las. O que teria sido ali? Uma igreja? Uma fortaleza? Deu-se conta de que nem tudo ali era tão recente e mutável quanto presumira. Mesmo Curitiba possuía seus caprichos e relíquias. Voltou-se novamente para o pavilhão e pôs-se a examinar a parte posterior. Enquadrado pelas araucárias e ressaltado contra o azul do céu, não era de todo desagradável. Possuía certa graça nostálgica, uma harmonia indefinível. Ficou parado em silêncio, mirando o prédio, pondo ordem em seus pensamentos.

— É lindo, não é?

Demeter virou assustado. Um senhor de cabelos brancos e terno branco de linho segurava um terrier branco que se esganava contra a coleira, arfando e abanando o rabo diminuto. As bordas do seu corpo pareciam tremeluzir ao sol intenso, como se fosse uma aparição.

— Desculpe se lhe assustei. Vimos o senhor a admirar o belvedere.

— Vimos?

— Eu e Whisky.

O homem tinha cerca de setenta anos, estava vestido impecavelmente e apresentava uma autoridade calma nos olhos.

— O senhor sabe dizer o que é essa estrutura?

— Eles usam como observatório meteorológico, mas foi construída para ser belvedere, por volta de 1915. Naquele tempo, antes de subirem os prédios do outro lado da rua, dava para enxergar até o Batel num dia bonito como o de hoje.

— Faz tempo que o senhor mora por aqui?

— Minha vida toda. Logo ali.

O velho ergueu as sobrancelhas e inclinou a cabeça em direção ao largo da Ordem. Demeter fez um cálculo mental rápido. Ele devia ter nascido na década de 1870. Tentou imaginar como teria sido Curitiba no século XIX.

— E o senhor está de visita ao nosso belo estado?

— Acabo de me mudar para cá, do Rio de Janeiro.

— Mas o senhor não é brasileiro, é?

— Não, sou francês.

— *Ah, un français! Soyez le bienvenu. Vous avez pris une belle décision, monsieur. Ici, c'est un pays des blancs, pas comme Rio.*

As palavras foram pronunciadas em francês fluente, com um

mínimo de sotaque. Um país de brancos. Demeter reparou que o tom moreno da pele do velho não seria considerado branco na França, muito menos na Alemanha. Pois sim! Parecia não existir limite para a capacidade dos seres humanos de desprezarem seus semelhantes. Ele recordou os ingleses que conhecera na Argentina, reclamando da preguiça dos empregados argentinos que eles exploravam desavergonhadamente em seus clubes de críquete. Até mesmo o neurastênico magricela do Hitler não hesitava em se elencar como líder da raça mestre. A ideia era desprezível. Por que as pessoas presumiam que Demeter compartilharia de sua visão de mundo estreita, tão somente porque era louro e de olhos azuis? Um dos aspectos do Brasil que mais o agradava era a variedade de cores, formas e aparências de sua gente. Ele contemplou a possibilidade de dar uma resposta irônica ao velho, mas decidiu que não valia a pena. Viva e deixe viver. A história se ocuparia de varrer os trastes.

Demeter ficou observando o velho se afastar pelo parque, puxado pelo cachorrinho. Homens como ele e o sr. Ribas iam forjar um mundo novo, onde não haveria espaço para os preconceitos senis do passado. Esse fantasma de branco era tão ruína quanto o monte de pedras às suas costas. Por falar nisso, se esquecera de perguntar sobre a muralha. Não importava. Não faltaria ocasião para descobrir sua história. Precisava voltar para o hotel e contar as boas notícias para Renée e Malou. Um emprego e documentos novos. Elas ficariam fora de si de felicidade. Talvez fosse o caso de tentar conseguir uma garrafa de champanhe. Será que existia champanhe para comprar no comércio da rua Quinze? Mesmo que encontrasse uma garrafa, era pouco provável que tivesse dinheiro suficiente para pagá-la. Mil e quinhentos cruzeiros por mês não era muito. Melhor comprar umas garrafas de cerveja. Não era tão ruim a cerveja brasileira, contanto que muito bem gelada.

Fevereiro de 1943

Fazia quase seis semanas que não chovia. Segundo a gente do lugar, não era época para uma seca dessas. Hugo torcia para que tivessem razão. Pela aparência da paisagem, qualquer investimento em agricultura estava fadado ao fracasso. Os pastos marrons eram mau presságio, assim como os enormes cupinzeiros que irrompiam da terra vermelha como lesões irritadas. Ele observou uma vaca solitária esticando o pescoço pela cerca na tentativa de alcançar um chumaço de capim do outro lado. As estranhas raças indianas de gado — zebu, nelore, gir, guzerate — ainda o desconcertavam, pareciam tão deslocadas em Minas Gerais quanto ele, com suas corcovas de camelo e orelhas pendentes, membros transplantados de uma raça estrangeira. Foram trazidas para o Brasil no século XIX, segundo tinha lido, e se adaptaram rapidamente ao clima tropical. Hugo duvidava que suas chances de sobrevivência fossem tão boas quanto as do gado. Porém, se não se mudassem para lá, para onde iriam? Não podiam ficar em Penedo; isso era certo. Com os Duarte ameaçando denunciá-los, o destino não só deles como de todos os refugiados escondidos na Fazenda Plamed estava em perigo. O sr. Duarte tinha a lei do seu lado, assim como a falta de escrúpulos para voltá-la contra pessoas sem a menor condição de se defenderem. Não havia nada que pudessem fazer, a não ser que se dispusessem a matá-lo.

A carroça descia devagar a estrada em direção à Colônia Rodrigo Silva, onde ficava o instituto de sericicultura. A colônia tinha sido fundada em 1888, trazendo imigrantes italianos como parte da campanha para substituir a mão de obra escrava por lavradores europeus. Por volta de 1906, o diretor, Amilcar Savassi, começou a montar uma fábrica para produzir seda e importou as primeiras máquinas e matrizes de bichos-da-seda. A experiência foi tão bem-sucedida que, em 1912, a fábrica foi encampada pelo governo federal e transformada em Estação Sericícola de Barbacena, Savassi como administrador. Foram votados subsídios e leis para promover a criação de bichos-da-seda e o plantio de amoreiras. O instituto ficou incumbido de oferecer orientação técnica gratuita para os agricultores da região e distribuir sementes, mudas e folhas. Recomprava ainda os excedentes de ovos de bicho-da-seda, que seriam usados para promover iniciativas semelhantes em outras partes do país. Na década de 1920, o Brasil já se tornara um grande produtor mundial de seda, com as atividades centradas principalmente no entorno de Barbacena. Tudo isso Hugo aprendera com a nona edição de A sericicultura no Brasil, de autoria de ninguém menos do que o referido Amilcar Savassi.

Tudo parecia incrivelmente generoso e promissor, inclusive o fato de que ele ganhara um exemplar gratuito do livro apenas por manifestar interesse em se estabelecer como criador de bicho-da-seda. O único senão era que a última edição datava de 1932, e ninguém fora capaz de lhe oferecer um relato detalhado do que ocorrera na última década. Ouvira dizer que o instituto estava emaranhado em disputas de poder internas do Ministério da Agricultura. A produção estava em declínio em Minas Gerais, enquanto um grande conglomerado de Campinas, em São Paulo, conseguia benefícios cada vez maiores dos governos estadual e federal. Hugo dedicara bom tempo a decifrar uma frase críptica no prefácio do livro, em que Savassi apontava o dedo para "quem, patrocinado por circunstâncias que não vêm ao caso citar, tinha em vista o interesse particular antes que o coletivo", por atrapalharem o desenvolvimento da indústria da seda no Brasil. Soava preocupante. Decidira vir a Barbacena para ver com seus próprios olhos.

— Fica muito longe ainda?

— *Niente*. É logo ali.

Seu Vicenzo esticou o beiço e jogou a cabeça para trás, de leve, o típico gesto mineiro para indicar distância. Hugo sabia que isso podia significar dois minutos ou duas horas. As pessoas por ali pareciam ainda menos preocupadas com a passagem do tempo do que no Rio de Janeiro. Seu Vicenzo era uma mistura curiosa. Sua fisionomia era de um típico camponês do norte da Itália. Os olhos azuis aguados fulguravam com uma claridade quase cega em contraste com a pele curtida, morena por anos de trabalho ao sol. Seu porte e suas vestes eram os mesmos de qualquer roceiro dessas montanhas, mas sua fala era uma mistura de italiano e português. Hugo achava mais fácil compreendê-la do que a pronúncia mineira, com suas vogais moles e Rs enrolados. Sua idade era indefinível, algo entre quarenta e cinco e sessenta anos, e mantivera-se calado durante o curto trajeto desde Barbacena. A pergunta de Hugo despertou-o do silêncio.

— Me diz, signor Huberto, o senhor é alemão?

— Não, sou tcheco.

— O que é isso? Fica no Império Austro-Húngaro?

— Ficava, antigamente.

— O senhor sabe falar alemão, então?

— Sei.

— *Ecco!*

Hugo achou divertidíssimo esse raciocínio. Precisava repeti-lo depois para Trude. Nesse lugar, longe das crises e calamidades da política europeia dos últimos cinquenta anos, todas as complexas divisões étnicas eram como espuma a ser soprada antes de beber a cerveja. Para seu Vicenzo, quem falava alemão era alemão, e pronto. Não existiam para ele tchecos, eslovacos, eslovenos, romenos, bósnios, croatas, sérvios. Era tudo parte de um Império Austro-Húngaro que já deixara de existir havia muito. A estabilidade de seu mundo em nada fora abalada pelos tremores distantes da Grande Guerra e da Revolução Russa. Hugo sentiu inveja do agricultor.

— E o senhor? Nasceu aqui?

— Nasci no Veneto, mas vim para a colônia com um ano de idade.

— E vive lá até hoje?

— *Grazie a Dio!*

Que país curioso. O camponês presumido agradecia ao seu Deus por morar no Brasil, embora falasse português com sotaque italiano. Vai ver Zweig estava certo. O Brasil podia vir a ser a terra onde as velhas divisões entre povos e credos seriam superadas. Um país do futuro, ele o chamara em seu livro. Ao avançarem pela estrada de interior, no entanto, Hugo tinha a sensação inexorável de estar voltando no tempo. Um pouco adiante, à direita, um casebre branco se escondia em meio a palmeiras e bananeiras. As paredes eram feitas do mesmo pau a pique usado por milênios pela humanidade, antes da descoberta de tijolo e cal. Hugo tentou adivinhar a idade da casa, examinando as paredes desbotadas, atentando para a geometria simples da porta e das janelas. Era impossível de determinar. O casebre poderia ter um século ou ter sido construído no ano anterior. Ele existia fora do tempo, tão avesso ao avanço da história quanto o Império Austro--Húngaro para seu Vicenzo. Seria isso, então, o futuro? Um lugar onde a história perderia seu sentido? Os brasileiros eram obsedados pela noção de "progresso" — tanto que inscreveram a palavra em sua bandeira —, mas, ali, na vasta solidão das montanhas, o ciclo frenético de botar abaixo e construir, que imperava no Rio de Janeiro, parecia desprovido de sentido. Tudo que erguiam era derrubado em seguida, tão permanente quanto os cupinzeiros nos campos.

— É verdade que tem muitas amoreiras na colônia?

Seu Vicenzo emitiu um sopro e balançou a cabeça de lado a lado, como quem diz *mezzo, mezzo.*

— Tem, sim, mas não como há dez ou quinze anos.

— É mesmo? Ouvi dizer que o instituto está passando por tempos difíceis.

— Quem lhe disse isso?

A pergunta do italiano foi feita num tom quase ríspido de acusação.

— Ninguém em particular. É o que dizem as pessoas.

— O senhor não deve dar atenção ao que se diz em Barbacena. Essa gente fala demais.

Hugo recolheu-se ao silêncio. Havia tocado numa ferida. Colocou-se em posição de ouvir, na esperança de que seu Vicenzo revelasse mais.

— Sabe, signor Huberto, o problema dos brasileiros é que só pensam em política. Um tempo atrás, o prefeito visitou a colônia com Benedito Valadares. Fizeram discursos e beberam vinho com os *oriundi* e abraçaram Amilcar Savassi. Foi bonito, *molto bello.* E sabe o que aconteceu depois? Nada! *Niente!* É isso que eu penso de Benedito Valadares...

Seu Vicenzo raspou as unhas contra a barba malfeita debai-

396

xo do queixo, com força, lançando Benedito Valadares para as profundezas. Hugo não tinha certeza de quem se tratava.

— Benedito Valadares é o interventor, não é?

— Sim, o *canaglia* do interventor que deixou os paulistas roubarem nossa indústria de seda, na nossa cara. Foi a Colônia Rodrigo Silva que começou a produção de seda no Brasil. Fomos nós, os italianos, não os *maledetto* japoneses em São Paulo!

Lá se foi a tolerância racial, pensou Hugo. Mesmo num país de tamanho continental, como o Brasil, as velhas divisões se reafirmariam assim que a competição econômica entrasse em jogo. A visão de Zweig era muito otimista. A índole meiga que ele identificara como característica do temperamento brasileiro acabaria por sucumbir aos ditames do capital. Era questão de tempo, agora que os velhos costumes estavam sendo varridos pela imigração e pela indústria.

— Isso não é novidade. Desde os tempos de Afonso Pena: o mineiro tem a ideia, o paulista rouba e leva para São Paulo, e o governo no Rio de Janeiro arranca imposto de todo mundo até acabar com o negócio. Agora são os gaúchos no poder... *vedremo.*

Essas rivalidades nada significavam para Hugo. Ele não podia se dar ao luxo de tomar partido. Apenas precisava achar um lugar para viver, mais esquecido do que Penedo. E precisava começar a ganhar dinheiro. Simples assim. O livro de Amilcar Savassi dizia que seda era a "indústria do pobre" por excelência. Qualquer um que dispusesse de um cubículo podia criar bichos-da-seda; e, com um lote de mil metros quadrados, dava para plantar amoreiras para alimentá-los. Savassi calculara que, a partir de trinta gramas de ovos, era possível produzir até sessenta quilos de casulos num único ciclo, com até seis ciclos por ano. Desde que Hugo lera sobre o instituto de sericicultura, seu antigo interesse no assunto fora reavivado. Um pequeno anúncio no *Correio da Manhã* chamara sua atenção como um farol, quase um sinal divino. Se ele acreditasse em algum deus ou deusa, certamente seria Si Ling Chi, a mítica dama da seda. Rezava a lenda que essa imperatriz chinesa descobrira a seda sem querer, milênios atrás, quando um casulo caiu na sua taça de chá e o fio começou a se desenrolar em contato com o líquido quente. Talvez fosse ela a guia oculta que lhe fizera atentar para o jornal naquele dia.

Hugo chegara a considerar, tempos atrás, a possibilidade de produzir seda em Seelow, mas o inverno rigoroso da Prússia não favorecia a atividade. Mesmo assim, ficou fascinado pelo assunto e leu tudo o que podia a seu respeito. O bicho-da-seda é a larva de *Bombyx mori*, espécie de mariposa domesticada, inteiramente dependente do cultivo humano para sua existência, pois não ocorre na natureza. Assim que descobrira esse fato, Hugo sentira um estranho parentesco com essas criaturas. Eram, como ele, produtos de uma cultura artificial — o extremo oposto da ideia romântica de natureza que embasava a ideologia de sangue, solo e raça. Embora fossem muito feios, os bichinhos produziam algo de valor e beleza incomensuráveis, um artigo precioso como ouro e feérico como a asa da borboleta. A seda era uma das mercadorias mais requisitadas do mundo antigo. A Rota da Seda, aberta cerca de cento e trinta anos antes da era cristã, foi o primeiro grande eixo comercial da história, alcançando da costa leste da China até o Mediterrâneo. A história da seda era a própria história da civilização, desde suas origens por volta de 2500 a.C. até o século XIX, quando Pasteur descobriu a base de sua teoria dos micróbios ao tentar debelar a praga de pebrina que praticamente dizimou a indústria francesa da seda na década de 1860.

Agora que voltara a ler sobre o assunto, Hugo passara a se identificar ainda mais com o humilde inseto. Em sua fase adulta, *Bombyx mori* é uma mariposa gorda, peluda e esbranquiçada, com quatro asas membranosas. A fêmea, maior que o macho, põe entre trezentos e quinhentos ovos, dos quais nascem larvas de alguns poucos milímetros em cerca de dez dias. Elas devoram uma dieta de folhas da amoreira — gênero *Morus*, do qual a espécie deriva o distintivo *mori*. Sua variedade preferida é a amoreira-branca, *Morus alba*, mas os bichinhos podem se alimentar igualmente de *Morus nigra* e outras espécies. As larvas comem dia e noite, passando por quatro mutações, até atingirem um comprimento de oito a nove centímetros, o que ocorre em cerca de trinta dias. A essa altura, começam a adquirir aspecto amarelado. No sétimo dia da quinta fase do ciclo de vida, a larva para de comer e começa a expelir o filamento de seda de uma glândula localizada abaixo de sua boca. Ela fia a seda em torno do próprio corpo num movimento geométrico, como se desenhasse um oito. Demora cerca de três dias para que secrete toda a seda, que acaba por formar um casulo oval, geralmente branco, medindo de dois a três centímetros. O bicho-da-seda ingressa, então, na fase da pupa. Se não for perturbada, a pupa metamorfoseia em crisálida e finalmente em mariposa, rompendo o casulo para viver uma breve existência cujo único propósito é se reproduzir. Essa última etapa deve ser evitada a fim de se obter seda de boa qualidade. O casulo é colocado em água fervente, que dissolve o adesivo natural, e o fio da seda é desfiado com toda paciência. Pode-se extrair de um único casulo um fio de até mil e duzentos metros. Em certas culturas, notadamente na China, come-se a pupa.

Com crescente convicção, Hugo enxergava o ciclo de *Bombyx mori* como uma metáfora para sua própria existência. Aos sessenta e dois anos, ele estava no sétimo dia da quinta fase, por assim dizer, e pronto para fiar os dias que lhe restavam num oito, o símbolo matemático do infinito. Tendo devorado um mundo de riquezas em fases mais larvais de sua existência, estava pronto para se metamorfosear em ser livre, capaz de alçar voos mais altos. O presente era a fase da pupa. Competia-lhe aguardar pacientemente o momento certo para romper o casulo e cumprir seu destino. Havia o risco de ser arrancado antes da hora e ser comido, naturalmente. A tirar pelo calor do dia e os percalços dos últimos meses, não era difícil se imaginar dentro de uma panela metafórica de água fervente. Porém, era preciso evitar a autocomiseração. A morte vinha para todos, e ninguém que possuísse consciência desse fato podia ficar imune ao sofrimento. Esta era nossa sina terrestre: contorcer-se e alimentar-se como bichos, dentre os milhões de bichos que nos cercam, cada um em busca da transcendência que é reservada para alguns poucos e que, mesmo para os que a atingem, é transitória. Qualquer promessa de redenção coletiva era inimiga da verdadeira realização do ser. Nietzsche tinha razão quando apontou para a essência interior como foco; a meta era reinventar-se por meio do eterno conflito com a natureza. Cada indivíduo que conseguisse se transmudar contribuía, a seu modo, para o equilíbrio de todo o universo. Era necessário o doloroso processo de fiar seu próprio casulo e se retirar do mundo — morrer um pouco, a fim de renascer em estágio superior. Tratava-se da conquista maior da vontade humana e, por conseguinte, de algo belo e radiante. O voo da mariposa redime o rastejo da larva.

— *Ecco!*

A voz de seu Vicenzo despertou-o de sua vã filosofia. Adiante, à esquerda, via-se um conjunto grande de prédios brancos com janelas e portas azuis, bem projetados e construídos, com telhados de mansarda coroando a parte central de cada um. Só podia ser o instituto de sericicultura. Era maior do que imaginara. Os prédios estavam situados na beira de uma encosta, uns cinco metros acima do nível da estrada, protegidos da visão por uma murada imponente. Hugo conseguia divisar, na distância, apenas as copas das árvores — amoreiras, adivinhou.

* * *

— A maior dificuldade é a poda.

O técnico que o ciceroneava tinha cerca de trinta anos, cabelos pretos oleosos e uma postura lapidada de indiferença. Seu nome era Cornélio, e seus olhos baços espelhavam a falta de ambição de um funcionário público contando os dias até a aposentadoria. Estudara na escola agrícola de Barbacena; mas, segundo seu Vicenzo, que os apresentara, só servia mesmo para vagabundagem e para tocar violão.

— Não importa o quanto tentamos ensinar a eles. Essa italianada é teimosa. Só querem fazer do jeito que sempre fizeram. Por isso a colheita é menor do que deveria.

A poda era o menor dos problemas, na opinião de Hugo. As sirgarias estavam úmidas; as camas de criação, mofadas; e havia pouca gente para cuidar de uma operação desse porte. Dava a impressão de que o instituto já vivera tempos melhores. Cornélio disse que podiam lhe fornecer quantos ovos quisesse e folhas de amoreira a preços tabelados. O Ministério da Agricultura recompraria qualquer excedente de ovos, caso ele conseguisse implantar efetivamente sua criação. Hugo calculava quanto teria que investir. O livro de Savassi alardeava que a sericicultura era uma "indústria pouco dispendiosa e altamente lucrativa". Um exemplar surrado do manual estava jogado sobre a mesa de Cornélio, e Hugo mirava sua capa ilustrada enquanto pensava. Um casulo luzia dourado no canto do desenho colorido. Seu olhar divagou pelo escritório, atentando para as manchas e rachaduras na parede, a poeira cobrindo as caixas de arquivo que pesavam sobre as estantes empenadas, a gola rota e o botão faltante do jaleco de Cornélio. Ele sabia muito bem que os casulos eram brancos, não dourados. Mas que outra opção ele tinha? A dama da seda o guiara até ali.

* * *

— O senhor já viu alguma guerra, dr. José?

O médico contemplava Hugo através do cálice de licor de jenipapo. Esvaziou seu conteúdo escuro e doce antes de responder.

— Infelizmente, sim, seu Hubert. Estive em Resende, em 1932, como médico voluntário.

— Foi uma guerra civil, não é mesmo?

— Foi. A Revolução Constitucionalista.

Os dois homens guardaram um silêncio respeitoso, cada um contando seus mortos. A tarde era cinzenta, e uma chuvinha fina serenava o calor dos dias anteriores. Pela porta fechada, ouvia-se a algazarra de vozes infantis. Hugo afundou-se na poltrona, aproveitando o aconchego da casa. Não que fosse sua; por enquanto, eles estavam alojados no Grande Hotel. A casa em questão pertencia à família Delamare, e era um daqueles ambientes domésticos no qual cada quadro torto e cada mancha no tapete possuía uma história que datava de gerações. Há quanto tempo ele não fruía de um domingo sossegado assim? Hugo percorreu com a memória o passado recente e nem tão recente assim, os últimos meses em Penedo e, antes disso, no Rio de Janeiro; a fuga de Marselha e Montauban, sempre acordando no meio da noite banhado em suor e angústia; os anos em Paris, entregues às conspirações e à agitação; os tempos de glória em Berlim, quando os compromissos sociais e de trabalho comprimiam sua agenda num tumulto contínuo de atividade. Quantos anos fazia que não deixava uma tarde inteira transcorrer solta assim, sem ansiedade ou ambição para perturbar? Sobreveio-lhe uma imagem mental de si, sentado em seu gabinete em Seelow, folheando seu álbum predileto de gravuras de Daumier. Mesmo essa recordação lhe pareceu inventada. Naqueles tempos, não vivia lamentando que os compromissos de trabalho o impediam de ir a Seelow com a frequência que desejava? E, quando estava lá, as meninas não reclamavam que ele se ocupava demais com os negócios da fazenda?

— Foi uma coisa terrível, uma guerra que lançou irmão contra irmão.

Hugo não assimilou direito o comentário de dr. José. Não era fácil encontrar o caminho de volta do rio Oder, para onde viajara em pensamento.

— *Pardon?*

A palavra escapuliu em francês, o que era menos mal, visto que teria sido igualmente capaz de pronunciá-la em alemão, no estado distraído em que se encontrava. Dr. José não deu atenção ao deslize linguístico. De todo modo, o francês era o idioma de reserva deles, para os momentos em que faltava a Hugo alguma palavra em português.

— Creio que suas ideias estão bem longe da Constitucionalista, seu Hubert.

— Sim, é verdade, lamento. Me diga, doutor, de que lado o senhor lutou?

O médico o fitou com uma expressão cansada.

— Sabe, para um médico, não existe muito essa questão de servir de um lado ou do outro. Estamos ali para aliviar o sofrimento humano, seja lá de qual lado for.

As palavras calaram fundo na consciência de Hugo. Ele reconheceu nelas seu próprio dissabor quando os brasileiros lhe vinham com considerações impossivelmente ingênuas sobre a guerra na Europa. Ali, naquele lugar distante chamado Barbacena, perdido nas brumas das montanhas de Minas Gerais, encontrara uma alma gêmea. Invadiu o coração de Hugo uma profunda ternura pelo dr. José Theodoro Delamare, um homem dos seus.

— Sim, claro, o senhor tem toda a razão. Peço desculpas pela pergunta tão sem sentido.

— Não há o que desculpar. A pergunta faz todo o sentido.

Além do mais, é verdade que muitos aqui em Minas simpatizavam com a causa paulista. Há até quem diga que foi um erro não termos nos juntado a eles.

Hugo compreendeu se tratar de uma expressão velada de preferência pela posição constitucionalista. Os anos de exílio haviam lhe ensinado a atentar para as entrelinhas e o subentendido. Em tempos de ditadura, a sobrevivência dependia, muitas vezes, da distinção sutil entre o dito e o não dito. Como médico, dr. José era obrigado a tratar com equanimidade os feridos de ambos os lados; mas seu coração estava na luta contra Vargas. Hugo cogitou uma resposta à altura — algo que indicasse ao doutor que captara a mensagem cifrada e que gerasse, por conseguinte, uma cumplicidade entre eles.

— Creio que a história teria sido outra, caso isso tivesse acontecido. Juntos, Minas e São Paulo seriam imbatíveis.

— Calculo que sim.

Ele achou que viu o lampejo de um sorriso iluminar os olhos do médico. Naquele exato instante a porta se abriu, admitindo os barulhos da casa carregados pela brisa. Gertrud entrou com dona Lila, a qual conclamava suas filhas pequenas a subirem com seus irmãos para o quarto, deixando os adultos a sós na sala. As duas meninas não queriam se despedir de Gertrud, que fazia o papel de avó com alegria genuína.

— Por favor, dona Garina, conta mais um pouco sobre Isadora Duncan? Por favor, por favor!

— É claro, minhas lindas, prometo que lhes contarei tudo o que há para contar. Mas, antes, vocês precisam obedecer a sua mamãe.

Ela alisou os cabelos das meninas e salpicou um beijo em cada bochecha. As duas saltitaram pelo corredor, fazendo pequenas piruetas com as mãos juntadas acima da cabeça. Dona Lila aproximou-se do marido e lhe acariciou a nuca.

— Meu bem, dona Garina diz que ela poderia dar aulas de francês para as meninas. Caso venham mesmo morar em Barbacena, quer dizer.

— Isso é ótimo, Lilita. Mas não podemos abusar da boa vontade de nossos convidados. Corremos o risco de assustá-los e eles acabarem decidindo não se mudar para cá.

— Não há abuso algum, dr. José. Seria um prazer para mim. Algo para ocupar o tempo de uma velha inútil. Além do mais, suas filhas são encantadoras.

Cumpridas as exigências da boa etiqueta, o médico recolheu rapidamente sua objeção às aulas de francês.

— Mas só as meninas? Por que não os meninos também?

— Os meninos são muito novos ainda. Dona Garina acha que não conseguiriam acompanhar as meninas, e eu também acho. Você sabe que meninas sempre aprendem mais rápido do que meninos.

— Muito bem, vejo que já está tudo decidido. Acho que compete aos homens baixar a cabeça e dizer amém. As mulheres têm sempre razão. Não é mesmo, seu Hubert?

Hugo assentiu, forçando um sorriso jovial. Sentia-se um pouco incomodado com esse rumo da conversa, embora já estivesse mais do que decidido sobre a mudança para Barbacena. Em algum momento, perdera a capacidade de encenar o ritual das boas maneiras. Nunca fora bom nisso. Kessler dizia que sua passagem meteórica pela política se devia à sua falta de paciência para formalidades. À medida que envelhecia, a troca de amenidades o aborrecia cada vez mais. Nas rodas de exilados, viera a ser reputado como um grosso, ele sabia. Felizmente, Gertrud estava sempre por perto para alisar os brios que ele feria.

— Seu Hubert, é verdade que o senhor pretende criar bichos-da-seda?

— Sim, é verdade.

— Não é perigoso? Quer dizer, não existe a possibilidade de os bichos se espalharem para o campo e virarem praga?

— Não fala bobagem, Lilita. Faz anos que as pessoas criam bicho-da-seda por aqui.

— Esse perigo não existe, dona Lila. O bicho-da-seda é inteiramente inofensivo para animais e pessoas. Além disso, eles morrem se forem soltos na natureza. Asseguro-lhe que as lindas flores do seu jardim estão a salvo.

Dona Lila não pareceu se convencer totalmente, mas teve a delicadeza de deixar o assunto morrer. O elogio às suas flores deixou-a radiante. O jardim era muito lindo, de fato, Hugo o espreitara pelo portão.

— É uma pena que esteja chovendo, senão poderíamos sair e vê-las.

— Sim, é uma pena. Meu marido se interessa muito por jardins.

— Vocês terão que vir nos visitar outra vez.

Dona Lila voltou-se animada para o marido.

— Zé! Sabe quem seu Hubert e dona Garina precisam conhecer? Bernanos! Tenho certeza que terão muito em comum.

— Sim, claro. Ótima ideia. Precisamos apresentá-los a Bernanos. Conhecem o trabalho dele?

A mente de Hugo se exasperava ao tentar situar o nome familiar no contexto estranho. Existia um escritor francês chamado Bernanos, se ele não estava enganado, que escrevia romances de temática católica. Gertrud o surpreendeu com a resposta pronta.

— Georges Bernanos, que escreveu *Sous le soleil de Satan* e *Journal d'un curé de campagne*?

— Exato. A senhora já leu os livros dele, dona Garina?

— Li esses dois. Gostei especialmente do segundo.

— Ele também escreveu um livro importante contra Franco,

chamado *Les Grands Cimetières sous la lune*. Tenho um exemplar autografado aqui em casa. Posso lhe emprestar, se quiser.

O médico dirigiu esta última frase a Hugo, como aparte. De imediato, ele compreendeu se tratar de uma tentativa de recomendar o autor como opositor do fascismo. Continuava perplexo, no entanto. Por que Bernanos estaria ali? Logo em Barbacena! O conhecimento insuspeitado de sua obra por Gertrud apenas aprofundava o mistério. Ele não sabia que sua mulher era leitora de romances católicos. Hugo foi tomado por desassossego. Sentia como se estivesse no meio de um daqueles sonhos irritantes, quando se sabe que está sonhando mas não consegue acordar. Recordou-se do seu encontro inesperado com Theodor Wolff em Montauban. Em retrospecto, raciocinou que não havia sido tão improvável assim. Afinal, todos os refugiados seguiam a mesma rota de Paris para Marselha. Era de imaginar que alguns se encontrassem pelo caminho. Mas isso, agora, era implausível ao extremo. O Brasil era muito maior do que a França, e não havia nada em comum entre ele e Bernanos que os conduzisse ao mesmo destino.

— Georges Bernanos? Quer dizer que ele está aqui, em Barbacena?

— O senhor não sabia? Faz dois anos que ele mora aqui, com a família. Eles têm um sítio a poucos quilômetros da cidade, em Cruz das Almas.

— Isso é realmente extraordinário.

— É que o senhor ainda não conhece a história de Barbacena, seu Hubert. É uma cidade extraordinária. É o portal para o interior do Brasil. Todos passam por aqui em algum momento. Antônio de Albuquerque Coelho acampou aqui, em 1711, a caminho do Rio de Janeiro para combater o corsário Duguay-Trouin. Um dos braços cortados do Tiradentes foi exposto aqui em 1789, e seu símbolo figura do brasão da cidade até hoje. O Caminho

Novo real passava por aqui na era colonial, e foi seguido pela Estrada União e Indústria, a primeira estrada pavimentada do Brasil, construída em 1861 por Mariano Procópio, que é filho de Barbacena. Também é o meio da linha da estrada de ferro Central do Brasil que lhes trouxe até aqui... esperamos que como os mais novos moradores de nossa cidade.

A lição de história de dona Lila foi ministrada com todo o orgulho cívico que lhe fora incutido na escola. Teve a vantagem adicional de convencer Hugo de que ele não podia estar sonhando tudo isso. Nunca teria conseguido inventar as datas e nomes brasileiros, muito menos pronunciá-los à perfeição. Lançou um olhar para Gertrud, a fim de checar se ela estava tão perplexa quanto ele, mas sua mulher se contentava em sorrir afável para seus anfitriões.

— Que tal, seu Hubert? Mando avisar a Bernanos que iremos visitá-lo?

— Bem, sim... não vejo por que não.

— Creio que vocês terão muito o que discutir, sendo ambos inimigos de Hitler.

Hugo estremeceu por dentro. O que esse Bernanos conhecia de Hitler? O que qualquer um deles sabia de ter sido alemão e não o ser mais? Ser banido da nacionalidade, do idioma, do nome — este era um exílio que nenhum francês podia entender, muito menos um brasileiro. Somente os judeus da Alemanha podiam conceber tal sofrimento. Era a maior violência que os nazistas lhes haviam perpetrado: a de diferenciá-los novamente como povo, eleito para sofrer em separado do resto da humanidade. Talvez Theodor Wolff tivesse razão. Seriam para sempre judeus — "o eterno judeu", o papel ao qual Goebbels os havia relegado. Dali por diante, estariam condenados a viver à parte, marcados com a mancha de sua perseguição. Mas, não, Hugo não estava disposto ainda a conceder esse ponto primordial. Tântalo, pois sim! Se eles não podiam mais ser alemães, seriam brasileiros. Zweig tinha razão, não Wolff. Precisavam abraçar o Brasil. Seu neto viria a ser um bom brasileiro. Hugo refreou seu ímpeto de contestar a afirmação de dr. José. Em vez disso, buscou dentro de si sua reserva mais profunda de força e vestiu um sorriso dominical.

O lugar se chamava Cruz das Almas, mais que apropriado para o exílio de um escritor católico. Um muxoxo anticlerical soou no interior da mente de Hugo, eco irônico de Voltaire se desdenhando a sujar seus sapatos civilizados na lama inculta dos campos. Contudo, havia algo de solene no pequeno complexo de casas no alto da serra, aninhado em meio a um bosquedo. Elas eram bem aparelhadas em branco e verde, e seus telhados vermelhos de duas águas demarcavam o limite tênue entre a existência contida nelas e o céu, azul e branco. Possuíam certa qualidade espiritual: austeras, porém convidativas; simples, porém cheias de interesse; longe de tudo, porém bastando-se em si mesmas. Venham a nós, pareciam dizer as casinhas, ecoando o "venha a mim" dos Evangelhos cristãos. Atrás delas, esparramava-se por quilômetros até os morros distantes um grande vale, cruzado por caminhos vermelhos de barro e pontuado pelo branco ocasional de uma casa ou pelos pontinhos escuros de bois a pastarem. A composição toda era dominada por verdes, amarelos e harmonias de marrons queimados — algo que teria interessado a Pissarro como pintor.

Hugo já não sabia mais o que esperar de Bernanos. Na noite anterior, depois de deixar os Delamare, lera *Les Grands Cimetières sous la lune*. Tratava-se de um panfleto incendiário contra as atrocidades cometidas pelos nacionalistas na Espanha, acusando não somente os soldados de Franco como também a cumplicidade da Igreja Católica. Este último aspecto surpreendera Hugo. Era corajoso que um católico enfrentasse tão abertamente as falhas de sua Igreja. D. Keller estaria de acordo com a posição do escritor, com toda certeza. Talvez não fosse coincidência que o abade tivesse intermediado seu contato inicial com dr. José. Mas, apesar do livro, ainda se sentia dividido com relação a Bernanos. De um lado, pesava o desprezo por seu tom e suas convicções. Era um típico polemista conservador e nacionalista francês. Do outro, havia a atração por ele como companheiro de exílio. Será que poderiam se tornar confidentes? Hugo sentia falta de conversar com alguém que compartilhasse sua idade e trajetória. Mais do que nunca, ele entendia aquela frase de Heine: seus próprios pensamentos eram exilados no idioma estrangeiro.

Hugo e Gertrud, dr. José e dona Lila estacaram um momento no topo da escarpa para recuperar o fôlego. As cinco crianças correram na frente, anunciando sua chegada aos gritos de alegria. Atendendo a esse chamado, as seis crianças da família Bernanos despencaram-se da casa e correram ao seu encontro. A impressão era do choque de dois pequenos exércitos num campo de batalhas imaginário. Enquanto as crianças se abraçavam e se cumprimentavam, o pai Bernanos emergiu da casa, equilibrando-se sobre duas bengalas. Hugo fora avisado de que ele era manco, ferido num acidente de motocicleta. O contingente de crianças correu até ele e pôs-se a abraçar suas pernas com uma animação que ameaçava derrubar o velho soldado no chão. Quem era esse homem que, mesmo abatido e aleijado, conseguia atrair tamanho afeto infantil? Desceram o caminho que levava até o portão da casa. Bernanos veio ao encontro deles, arrastando as crianças menores no seu séquito. Dr. José cuidou das apresentações, em francês, naturalmente.

— *Enchanté, monsieur, madame.*

— O prazer é nosso. É uma honra conhecer um escritor tão célebre.

— Não sou nenhuma celebridade por aqui. Sou apenas mais um roceiro velho, como dizem nossos amigos brasileiros.

Dr. José teve que explicar o sentido exato da palavra, que o escritor pronunciara errado. Após alguma discussão, chegaram à conclusão de que o equivalente francês mais próximo era *paysan*. A aparência de Bernanos era ainda mais peculiar de perto. Seu rosto, uma caricatura bonachona do francês respeitável: olhos azuis muito vivos cercados por bolsas escuras e sobrancelhas pretas e peludas, como uma máscara. O bigode escuro contrastava com a listra branca ao meio da cabeleira farta. Hugo lembrou-se dos guaxinins que criavam em Seelow.

Uma mulher apareceu na porta, presumivelmente madame Bernanos. Seu marido pediu passagem com um beijinho na bochecha dela e convidou os visitantes a entrarem. O interior da casa era austero. Paredes brancas com uma borda azul pintada junto ao chão de cimento vermelho, sem tapetes. O primeiro cômodo tinha as paredes nuas, a não ser por uma bandeira francesa ornada com a cruz de Lorena, um mínimo de móveis, quase todos de madeira escura, e era desprovido de toques femininos como bordados ou cortinas. A decoração do escritório consistia de algumas fotografias emolduradas, um mapa da Europa e um crucifixo. Hugo tentava adivinhar se esse despojamento todo se devia a ascetismo ou falta de recursos. Bernanos não lhe parecia nem um pouco abstinente; e era curioso que uma casa com seis crianças se assemelhasse a um retiro monástico. Lançou um olhar sobre Jeanne Bernanos, postada reta e um pouco altiva. Devia ser dela que partia tanta ordem e disciplina.

Bernanos falava sem parar. Emendava um assunto no outro, sua mente ativa passando da saúde das crianças para o prefeito de Barbacena e, de lá, para a história da França, a política externa de Roosevelt, o time de futebol de várzea, as Cruzadas, e de volta para o tema que lhe obsedava acima de todos os outros: a guerra na Europa e a capitulação da França. Ao contrário da maioria de seus compatriotas, ele não considerava que a França houvesse sofrido derrota militar, mas antes que fora entregue aos alemães por uma combinação de fraqueza, covardia e traição. A alma francesa estava corrompida, asseverava, e carregava o ar puro do interior com palavras pesadas como "desonra" e "desgraça". Seu corpo debilitado tremia sob o peso dessas afirmações, como se buscasse expiar os pecados do seu povo através do flagelo de sua própria carne.

Esse juízo pareceu severo demais a Hugo. Toda nação tinha seus traidores, seus corruptos e seus canalhas. Também na Alemanha, houve industriais e banqueiros — até mesmo judeus — que entregaram dinheiro livremente para os bandidos nazistas como forma de combater os sindicatos e os comunistas. A burguesia francesa, mais cínica e mundana do que sua equivalente alemã, apenas fizera uma escolha fria entre seus interesses de classe e a retórica nacionalista ululante. "Melhor Hitler do que Blum": mais de uma vez ouvira essa tirada nas altas-rodas de Paris. O que não deixava de chocar — e, nisso, ele tinha que dar razão a Bernanos — era que os militares houvessem dado respaldo a tais sentimentos. Quem teria imaginado que oficiais de alta patente, impregnados do ideal da pátria e revestidos de luto por camaradas mortos na Grande Guerra, iriam colaborar com a entrega do país para o inimigo hereditário? Nem mesmo o anticomunismo explicava uma coisa dessas. Trabalhadores em greve não eram ameaça suficiente para transformar um marechal em traidor. Com todo prazer, o alto-comando militar teria ajudado a polícia a dispersá-los com cassetetes e baionetas. A única explicação para o medo irracional que os levara a se alinhar contra a República era o antissemitismo — o legado de Dreyfus e Rothschild. A crença numa conspiração oculta dos sábios de Sião juntara os generais a aristocratas decadentes e fanáticos de extrema direita para travar uma guerra santa. Esta, acreditava Hugo, era a verdade profunda.

A certa altura, durante uma pausa do escritor, Hugo tentou introduzir essa ideia na conversa. Queria ouvir do próprio Bernanos os motivos de seu rompimento com Charles Maurras e a Action Française. Também começava a se impacientar com o monólogo interminável de seu anfitrião e, por conseguinte, não resistiu à tentação de provocá-lo um pouquinho.

— Como o senhor concilia o que chama de traição da França com o fato de os movimentos monarquista e nacionalista estarem prosperando sob o governo de Vichy? Afinal, a nova divisa nacional é *travail, famille, patrie*, não é mesmo?

Era palpável a tensão das outras pessoas na sala ao ouvirem a pergunta. Todos esperavam que Bernanos explodisse num ataque de fúria contra Pétain, Laval e Maurras, e possivelmente contra Hugo também, por ousar enfiar o dedo na ferida. Surpreendentemente, o escritor se calou. Aproveitou para recuperar o fôlego e levou a mão ao bigode, que passou a alisar num movimento pensativo. Olhou nos olhos de Hugo e respondeu com muita calma.

— É uma pergunta excelente, monsieur. O senhor deve saber que sou monarquista, no fundo. Tenho para mim que a Revolução e a República introduziram uma divisão moral na sociedade francesa que persiste até os dias de hoje. Será possível amar a terra, seu povo, suas tradições e, ao mesmo tempo, abraçar a liberdade individual e a igualdade de direitos para todos, de modo irrestrito, até mesmo a ponto do internacionalismo e da irreligião?

Hugo aguardou que o escritor respondesse à sua própria pergunta. Não havia dúvida de que entendera bem o alcance da questão. Cabia a Bernanos justificar como poderia ser católico e monarquista e, ainda assim, ser contra Vichy.

— Sabe, monsieur Hubert, os nazistas só conseguiram a entrada que têm na França porque souberam explorar divisões preexistentes, assim como a insatisfação profunda com a conjuntura política. A verdade é que o país vinha sendo vendido pelos banqueiros internacionais havia mais de século, e suas negociatas sujas eram mascaradas pela mentira democrática. Os nazistas foram saudados em determinados setores porque ousaram tocar na questão judaica. Existe uma questão judaica, afinal, é preciso admitir. Diga-me, monsieur Hubert, o senhor é judeu, por acaso?

Hugo ficou paralisado. Sentia todos os olhares sobre ele. Admitir que era judeu jogaria uma sombra de dúvida sobre sua identidade presumida. Não eram as circunstâncias ideais para revelar um detalhe tão crucial. Por mais que lhe desse satisfação afirmá-lo, seria prudente negá-lo. Por outro lado, sentia-se tentado a reivindicar sua identidade judaica, até como forma de se insurgir contra o antissemitismo velado da pergunta de Bernanos. Mas, por um terceiro lado ainda, fazia trinta anos que não se posicionava assim. Dizer "sim, sou judeu" exigia um nível de convicção que lhe era inteiramente alheio. Sua hesitação durou o suficiente para que o próprio Bernanos preenchesse o silêncio.

— Para mim, não importa se o senhor é judeu ou não, francamente. Não quero dar a impressão de ser antissemita. Detesto esse uso do antissemitismo como instrumento político. Ao mesmo tempo, é igualmente claro para mim que só ficaremos livres dos nazistas quando compreendermos as causas espirituais profundas que propiciaram sua ascensão.

Hugo se dividia entre um alívio secreto por ter escapado de responder à pergunta incômoda e o remorso por não ter se manifestado. Chegou a pensar em fazer algum pronunciamento tardio, mas dr. José se intrometeu e mudou o assunto, perguntando a opinião de Bernanos sobre o rumo da guerra agora que a Batalha de Stalingrado fora decidida. O tema delicado da religião foi colocado de lado, mas o novo assunto não era muito menos contencioso. A testa do escritor se enrugou; suas sobrancelhas negras carregaram-se como nuvens antes da tempestade; seus lábios derramaram trovão e relâmpagos. Bernanos pregou um sermão de Antigo Testamento, com elogios ao espírito combativo dos russos e acusações aos americanos por serem gananciosos, venais, mercenários, desalmados e mais uma série de outros adjetivos nada abonadores. Sua temida fúria fora desencadeada, e o pobre Roosevelt, obrigado a suportar a ira que se desviara de Hugo. Apesar da graça concedida, Hugo não sentiu sua alma nem um pouco lavada por isso.

Novembro de 1943

Hugo contemplava o mamoeiro solitário, a superfície escamosa do tronco acentuada pelo sol impiedoso da tarde. Que coisa magricela. Nem era uma árvore direito, estava mais para um mato avantajado. As poucas folhas que irradiavam do topo, como uma coroa, mal pareciam capazes de sustentar a penca de frutos verdes intumescentes sob seus galhos finos. Veio-lhe à mente uma xilogravura de Käthe Kollwitz que representava uma mãe esquelética amamentando uma criança. Pensando bem, seria mesmo de Kollwitz essa imagem? Ele não tinha mais certeza. Sua memória para essas coisas, antes renomada, começava a esmaecer. Ao contrário do resto da humanidade que evoluíra da natureza para a arte, seu destino era reverter à condição primitiva. Não que isso tivesse qualquer importância. Que sentido havia, afinal, em ser civilizado? A chamada civilização europeia desmoronara sozinha.

Tudo isso parecia tão distante, quase uma vida passada. As civilizações morriam, e surgiam outras novas. Ele precisava rever seus velhos pressupostos. Repensar tudo. Decidiu que o mamoeiro era uma ótima árvore, no final das contas, bem adaptada ao clima: um sistema perfeito e eficiente para absorver o sol e a água abundantes e transmudá-los em polpa deliciosa e doce. O que será que ela, a árvore, pensava dele? Um pouco baixinho e gordinho, não é mesmo, meu caro homem? E essa pele branca suando no calor tropical, essa ausência de cabelos para proteger a careca do sol. Quem é você para me chamar de feia? Chegara ao ponto de discutir com árvores. E elas retrucavam, e tinham razão. Gertrud diria que ele estava ficando maluco, se soubesse. Melhor tomar o rumo de casa, antes que fosse tarde. Antes, ele tinha uma última incumbência para resolver.

Seu Candinho estava no alto da escada, fechando um buraco na tela que protegia a sirgaria dos passarinhos.

— Como vai o trabalho aí?

— Quero ver o danadinho entrar agora.

Hugo gostava de prestar atenção na fala de seu Candinho. As palavras pareciam cana-de-açúcar na sua boca. Ele até tentava imitar a pronúncia caipira do sócio, mas sua língua não obedecia. Era uma luta inglória amaciar as arestas duras do sotaque alemão.

— O senhor conseguiu ver que tipo de passarinho era?

— Acho que um sabiá-da-mata. É a época deles.

Via-se que seu Candinho andara lendo. Ele começou a se interessar por livros depois que Hugo lhe mostrou o lindo *Catálogo das aves do Brasil*, em dois volumes, que ganhara como presente de aniversário de dr. José e dona Lila. De início, Hugo imaginou que o agricultor quisesse melhorar sua educação por meio da leitura. Emprestou-lhe o romance *Saga*, de Erico Verissimo — de que tinha gostado —, mas seu Candinho não passou das primeiras páginas. Ele só tinha interesse em ler sobre aves.

Enquanto Hugo tendia a enxergar os passarinhos como meros predadores, inimigos mortíferos de seus bichos-da-seda, seu Candinho os amava. Ele sabia o nome de cada espécie nativa, assim como seus hábitos, e passava horas a observá-los. Enxergava nos pássaros o que Hugo não era capaz de ver. Seu interesse pela vida dessas criaturas derivava da mesma fonte profunda da qual extraía seus conhecimentos sobre pragas, o solo e o tempo. Nessas questões, Hugo era sábio o suficiente para se subordinar às opiniões do sócio. Por mais que lesse e estudasse, nunca conseguiria se equiparar a seu Candinho, com seus cinquenta anos de vivência direta nesses campos e matas. Ele começara a trabalhar com Hugo como peão diarista, contratado para ajudá-lo a construir a sirgaria e plantar seu pequeno bosque de amoreiras. De cara, sugerira a Hugo que mudasse o local escolhido, alertando-o para os problemas de drenagem que enfrentaria na época das chuvas. O tempo lhe dera razão. Hugo acabou por lhe propor sociedade, investindo seu trabalho em troca da metade dos lucros. Como sinal de respeito, fazia questão de chamá-lo de "senhor", não de "você". A essa altura, a simbiose entre os dois tornara-se tão completa que Trude só se referia a ele como o jovem Herr Bett, alusão jocosa ao antigo sócio de Hugo no banco.

Gertrud estava lavando a louça. Um cheiro bom de assado enchia a cozinha.

— O que você está cozinhando?

— Frango assado.

— Frango assado?

— Sim. Dona Sebastiana tinha acabado de abater uns frangos, estavam bem em conta.

Hugo olhou para o forno e de volta para Gertrud. Ela vestia um avental quadriculado em verde e branco. Não tinha cara de ser especialmente novo, então era provável que já o possuísse há algum tempo; mas era a primeira vez que reparava nele. Desde quando sua esposa passava as manhãs na cozinha, assando frangos e vestindo avental quadriculado?

— Eu não sabia que você sabia assar um frango.

— Tem muitas coisas a meu respeito que você não sabe.

Gertrud fingiu concentrar sua atenção na tigela que estava lavando. Ele ficava feliz de vê-la assim, relaxada a ponto de caçoar dele. A saúde dela melhorara bastante. Os ataques de bronquite estavam menos frequentes. Ele atribuía essa mudança ao sossego de Barbacena. Começavam a se habituar com a casa. Ele gostava especialmente do jardim, com seu grande sapotizeiro, cujas flores atraíam beija-flores e periquitos verdes.

— Tem uma carta para você na mesa.

— Do Roger?

— Não, não é do Roger.

Ursula e Roger vinham visitá-los em breve, e Hugo estava tão animado que parecia ele o menino ansiando pelas férias. Por intermédio de dr. José, conseguira cavalos e equipagem pertencentes a uma família rica de Barbacena que passava uma temporada na praia. Poderiam montar a cavalo, o passatempo predileto do netinho. A perspectiva de algumas semanas com o menino enchia-o de felicidade.

— De quem é, então?

— A letra parece ser de Ernst Feder. O envelope não diz o endereço do remetente, mas o carimbo é do Rio de Janeiro.

Hugo encontrou um envelope grande sobre a mesa, bastante pesado, contendo papéis, pelo visto. Dentro havia uma carta e um exemplar de uma revista chamada *Freies Deutschland*. Logo abaixo do título: *"Revista antinazi. Antinazi monthly"*, em espanhol e inglês. Não resistiu a folheá-la. Vários nomes familiares chamaram sua atenção: Anna Seghers, Bodo Uhse, Egon Erwin Kisch. Havia até um artigo de Paul Westheim sobre arte mexicana. Que delícia poder lê-lo novamente! Depois de Paris, Hugo perdera Westheim de vista — desde 1938, para ser exato, época em que a Union des Artistes Libres promovera suas exposições de arte alemã livre. Abriu a revista e descobriu que era editada no México, onde todos estavam juntos no exílio. Haviam fundado um Clube Heinrich Heine, em homenagem ao padroeiro do exílio alemão. Uma pontada de nostalgia invadiu sua alma. Essas pessoas ainda viviam uma vida ligada à Alemanha, de uma maneira ou de outra. Faziam parte de uma cultura alemã maior, tal qual os exilados nos Estados Unidos. Ele era exilado até mesmo dessa comunidade nascente de exilados. A essa altura, estaria esquecido por todos, ou então o presumiam morto.

Hugo colocou a revista de lado e voltou sua atenção para a carta de Feder. Iniciava com um pedido de desculpas por ele não escrever com maior regularidade. Estava ocupado com seu novo livro, de relatos de encontros extraordinários entre grandes vultos da história. O último capítulo fora o mais difícil de escrever, dizia. Era a notícia do seu último encontro com Zweig, no dia anterior ao seu suicídio. A perda do amigo em comum ainda era fonte de grande tristeza, mas não só por isso tivera dificuldade. Feder hesitava em incluir um relato em primeira pessoa em meio às narrativas históricas. Parecia-lhe presunçoso se colocar no mesmo palco sobre o qual transitavam seus personagens. Contudo, ponderava, viviam tempos prodigiosos; e homens como ele e Hugo eram testemunhas da grande derrocada. Haviam se aproximado do destino do mundo e foram varejados longe, como insetos carregados por uma ventania violenta. Hugo pesou a analogia. Era um pouco literária para os padrões jornalísticos usuais de Feder, porém verdadeira. A carta prosseguia com a constatação de sua tristeza pelos bombardeios de Berlim. Os bairros de Tiergarten, Charlottenburg e Schöneberg haviam sido duramente atingidos. O número de mortos era colossal. A Ópera nacional fora arrasada no último ataque aéreo. Não encontrava nenhum consolo, escrevia, no fato de os dignitários nazistas não mais poderem fruir de Wagner e Beethoven. Hugo haveria de concordar que a perda era tão grande para eles, que um dia a tinham amado, quanto para os que permaneciam em Berlim. Erna mandava saudações para Gertrud. P.S. — Ele achava que Hugo talvez se interessasse pelo item em anexo.

Hugo mirava pela janela, a carta ainda na mão. Tinha visto referências aos bombardeios no jornal, naturalmente. A Ópera fora arrasada. Será que sua própria casa tinha sido atingida também? Por mais que fosse uma memória distante, depois de uma década longe dela, doía-lhe o pensamento de que viesse a ser destruída. Mas tudo isso era nada em comparação com a tragédia indizível de milhares de mortos por dia. A Grã-Bretanha mudara sua estratégia e passara a bombardear as cidades alemãs indiscriminadamente. Alvos civis, bem como os militares. O comandante inglês, Harris, declarara que os nazistas haviam semeado o vento e colheriam a tempestade. Curioso como essa laia de gente só se lembrava da sabedoria bíblica na hora de justificar sua própria barbárie. A tempestade não ficaria limitada à Alemanha, claro. Sopraria o fogo de sua destruição por todo o mundo. Não haveria como escapar dela. Eles eram insetos, revolvidos nessa tempestade. Os insetos costumam ser amassados, se tiverem azar. Até agora, haviam sido insetos de sorte, embora não tanta quanto aqueles que o vento carregara um pouco mais para o norte. Estes dispunham até de clubes de insetos para se aconchegarem.

Hugo retomou a revista. Estava curioso para ler o artigo de Paul Westheim. Avultaram em sua memória as figuras de Paul Cassirer e Carl Einstein, no tempo em que todos eles descobriam juntos a arte primitiva e incensavam os artistas novos: Kokoschka, Lehmbruck, Pechstein, Nolde, Kirchner, Grosz. Dias de glória, aqueles. Tentou visualizar os desenhos de Grosz que tinha em seu gabinete em Seelow, mas descobriu que não se recordava mais como eram. Estavam perdidos para sempre. O que fizera aqueles bons tempos chegarem ao fim? Os suicídios de Lehmbruck e depois Cassirer despontavam como dois marcos importunos a delimitar o início e fim de uma era rara e delicada. Por algum motivo, não lhes fora possível sustentar aquela visão de mundo. Kokoschka partira para suas viagens. Carl Einstein emigrara para a França. Grosz fundara seu Clube 1926, com Pechstein e Piscator. Houve algum ponto imperceptível em que tudo mudou? Uma virada irreversível? Talvez o esgotamento do grupo deles fosse apenas reflexo do processo maior de decadência.

O pregão de um vendedor de vassouras ecoou forte da rua. Hugo esforçou-se para afastar as reminiscências. Ainda havia muito o que fazer hoje. *Freies Deutschland* teria que esperar até a noite. Prometera a seu Candinho que compraria mais um rolo de tela. Ademais, queria chegar na confeitaria a tempo de tomar café com dr. José. A voz de Gertrud chamava da cozinha, o almoço estava quase pronto. O tempo corria; o mundo girava; e o passado se dissipava em esquecimento. Enquanto isso, lá estava ele, escondido no seu canto, um inseto eriçando as antenas para não ser amassado. Havia dois anos que ele chispava feito um camundongo enxotado por vassouras enérgicas, fugindo de gatos famintos. Os nazistas adoravam comparar judeus a ratos e insetos, e, no seu caso, haviam conseguido reduzi-lo efetivamente a esse nível rastejante. O que ele podia fazer? Estava preso num labirinto de medo e tinha bom senso suficiente para reconhecer o fato, embora lhe faltasse a esperteza para achar uma saída. Talvez porque não houvesse nenhuma.

Encostado no balcão, dr. José trocava impressões com dois outros homens que Hugo só conhecia de vista. O jeito com que inclinavam suas cabeças, para ouvir os sussurros uns dos outros, não deixava dúvidas quanto ao tópico sob discussão. A cidade toda estava ouriçada com o *Manifesto dos Mineiros*, cujas cópias circulavam de mão em mão. Virara o assunto principal das últimas semanas. Até Hugo conseguira lê-lo. O consenso era que representava uma ameaça séria a Vargas. Embora nenhum jornal do país tivesse tido coragem de publicá-lo, por medo de ser fechado, não restava dúvida de que fora lido no Rio de Janeiro também. As represálias do Palácio do Catete foram duras e rápidas: vários signatários foram destituídos de cargos públicos e alguns, ameaçados pela polícia. Havia controvérsia se isso era um sinal da força ou da fraqueza do regime. Em se tratando de Barbacena, o debate logo se transmutou em disputa mesquinha. A rivalidade entre os clãs locais foi atiçada pelo apoio dado por Zezinho Bonifácio ao movimento de oposição e o alinhamento automático de Bias Fortes com Getúlio Vargas. Os bonifacistas, partidários do ex-prefeito, vangloriavam-se do fato de os cinquenta mil exemplares do manifesto terem sido impressos clandestinamente em Barbacena, o que colocava a cidade no centro da política nacional, segundo eles. Os biistas, apoiadores do prefeito atual, rejeitavam essa alegação mais do que perigosa, retorquindo que a cidade ficara reduzida, na verdade, ao papel de mera oficina gráfica, já que o local de publicação citado no manifesto era Belo Horizonte. As brigas sobre esse pequeno detalhe ameaçavam eclipsar a questão maior.

Para Hugo, tanto fazia. Se não fosse pelo entusiasmo de dr. José, era provável que nem tomasse conhecimento do manifesto. Nunca vira seu amigo tão animado. "A maré está virando, seu Hubert, a maré está virando!", as palavras do médico ainda ecoavam em sua lembrança. Hugo mantinha uma postura de ceticismo com relação a toda essa conversa de liberdade. Tentavam vincular o ingresso do Brasil na guerra com a demanda pela volta da democracia. O manifesto era muito bem escrito, sem dúvida, invocando ideais nobres como liberdade de expressão, autodeterminação dos povos, igualdade de oportunidades e bem-estar social para todos. No entanto, eram apenas palavras. Todos os signatários pareciam ser filhos de famílias poderosas de Minas Gerais, os quais se sentiam injustamente afastados da jogatina política na capital. Onde estava o povo em tudo isso? Onde estavam os sindicatos, os trabalhadores, os estudantes, os camponeses? Ao que constava, para Hugo, eles eram unânimes em seu apoio a Vargas. Aplaudiam-no e adoravam-no; chamavam-no de "pai do povo", do mesmo modo que as massas na Europa haviam aderido a Mussolini e Hitler.

Hugo aguardou junto à porta. Ele sabia que interromperia a conversa deles caso se aproximasse. Num lugar onde até brasileiros de outros estados eram tratados com desconfiança, um estrangeiro como ele era francamente suspeito. Dr. José viu-o de relance e fez sinal para que se aproximasse. Os três homens despediram-se com tapinhas nas costas.

— Seu Hubert, que prazer ver o senhor. E como vai dona Garina? E suas filhas, e seu neto?

Era a mesma cerimônia sempre. Por mais que se encontrassem, havia o ritual de perguntar pelos familiares, um por um, todas as vezes. Embora achasse cansativo, Hugo aprendera que tal preâmbulo era obrigatório em toda conversa com um mineiro. Assim, contrariando sua impaciência nativa, mantinha-se informado sobre a saúde e o desenvolvimento de cada um dos rebentos da família Delamare, assumindo ainda a incumbência sagrada de transmitir essas informações para Gertrud, tim-tim por tim-tim. Ela parecia gostar do costume, por algum motivo que lhe escapava. Só depois de atestada a saúde de seu Candinho e até dos bichos-da-seda, podiam avançar para os assuntos do dia.

— Estive conversando com dr. Fagundes, ali, que tem um filho funcionário do Ministério da Fazenda, no Rio de Janeiro; e ele ouviu de um colega no Itamaraty que nosso manifesto chegou à atenção de Washington. Estão dizendo que o próprio Roosevelt teria mandado instruções para o embaixador americano. O homem está sob pressão tremenda...

Dr. José tinha o hábito peculiar de só se referir a Getúlio como "o homem". Os dissidentes mineiros depositavam grandes esperanças em Roosevelt. Atribuíam enorme importância à Carta do Atlântico, citada repetidamente no manifesto, e interpretavam-na como garantia de que os Estados Unidos não tolerariam nenhuma ditadura nas Américas. Hugo tinha suas dúvidas. O próprio Roosevelt não viera em visita ao Brasil e se posicionara como amigo e aliado de Vargas? Depois que o Brasil declarou guerra ao Eixo, então, só se viam sorrisos, apertos de mão e boa vizinhança da parte dos americanos. E, o que era ainda mais importante, vieram os empréstimos para construir a indústria siderúrgica no Brasil. Hugo ainda conhecia o suficiente de política para saber que ninguém em Washington iria colocar em risco uma fonte importante de matérias-primas, assim como uma plataforma estratégica para bases militares, por conta de escrúpulos sobre o fato de Vargas ser pouco democrático. Mesmo assim, ele ouviu com ar grave as elucubrações do médico e fez que concordava com elas.

— Sabe, seu Hubert, devo confessar que estou um pouco decepcionado que Bernanos não tenha se pronunciado a favor do manifesto. Não podiam fazer nada contra ele, se escrevesse algo na sua coluna.

— Podem fechar o jornal.

— É verdade. Mas dava para colocar alguma referência discreta. Nem que fosse um parágrafo sobre a tradição democrática de Minas Gerais, ou até mesmo sobre Tiradentes e a Inconfidência, isso já bastava. As pessoas por aqui captariam o sentido velado. Sabe como é: para bom entendedor, meia palavra basta.

Os brasileiros possuíam ditados maravilhosos para explicar a sinuosidade de suas relações. O não dito era sempre mais importante do que o dito; e confrontos diretos deviam ser evitados a todo custo. Eles dançavam em torno das questões, davam voltas um no outro, com uma habilidade que o político mais despudorado da velha Alemanha teria considerado cinismo, mas que era sincera, a seu modo torto.

— Pode ser, dr. José, mas o senhor não vai querer que ele traia seus amigos biistas... e nem Oswaldo Aranha, por falar nisso.

— Eu quero que ele apoie a democracia. Isso é maior do que Barbacena, seu Hubert. Não preciso dizer isso para o senhor, logo o senhor! Além do mais, ele deve muito a Virgilio de Mello Franco, que foi o primeiro a acolhê-lo aqui e que é um dos signatários do manifesto.

O tom exaltado de dr. José, pouco comum, deixou Hugo preocupado. Não que lhe incomodasse a decepção do médico com Bernanos. Antes, era a frase "logo o senhor!" que o perturbava. Não havia dúvida de que Hugo entendia a importância de colocar a luta pelos direitos democráticos acima de qualquer disputa política menor. Mas por que motivo dr. José teria tanta certeza disso? Será que descobrira algo do passado dele? Será que as pessoas ali sabiam seu segredo? O velho terror começou a borbulhar em suas entranhas. E se tivessem que se mudar novamente? Para onde iriam dessa vez? Hugo relutava contra o pavor que sentia. Medo era o câncer da emigração. Era muito fácil que o menor grão de risco real se transformasse numa pérola graúda de paranoia. Mais de uma vez, em Paris e Marselha, vira exilados disputando entre si quem era o mais perseguido — o cúmulo da vaidade invertida, como hipocondríacos competindo para ver quem é mais doente. Ele precisava se distanciar desse clima de conspiração.

Não conseguia parar de remoer o comentário de dr. José. O que ele quis dizer, no fundo, com "logo o senhor"? Hugo supostamente era tcheco; e, mais do que ninguém, os tchecos tinham motivo para se queixar. Eram vítimas não somente da brutalidade nazista, como também da traição da França e da Inglaterra, que os haviam sacrificado a Hitler. Além disso, a essa altura, dr. José teria uma noção clara do seu alinhamento político. Sabia, sem dúvida, que ele era um antifascista empedernido. Era bem possível, ainda por cima, que desconfiasse que Hugo era judeu. Eram motivos mais do que suficientes para justificar o emprego da frase. Mesmo assim, ela continuava a lhe afligir. Será que ele sabia que Hugo não era apenas mais um refugiado? Quanto da sua identidade ele revelara, sem querer? Referências vagas à sua antiga riqueza e influência, a menção de algum nome célebre, lugares e ocasiões que indicassem seu conhecimento de Paris ou Berlim. Dr. José era discreto demais para fazer perguntas inconvenientes, mas também inteligente demais para não juntar essas pontas de informação.

Hugo foi sendo tomado pelo pânico de que talvez tivesse revelado demais. O segredo era o primeiro princípio da vida clandestina. Em certo nível, contudo, o que mais desejava era ser descoberto. Morria de vontade de confiar seu segredo a dr. José. Mais de uma vez estivera à beira de fazê-lo. Sentia a necessidade crescente de que alguém soubesse quem ele era, até para a eventualidade de ele mesmo vir a esquecer. Ao longo desses últimos nove meses em Barbacena, perdera contato com quase todo mundo que conhecia. Seus filhos estavam Deus sabe onde no Sul do Brasil. A carta de Feder despertara nele um misto de estranheza e nostalgia. Sentia-se totalmente à deriva. A Europa era um pesadelo estrondoso, para o qual os jornais o acordavam todas as manhãs. Suas pernas dobraram sob o peso do desespero. Sua mão agarrou-se à manga do paletó de dr. José. O ímpeto de confessar apossou-se dele com uma violência súbita e irresistível. As palavras vazavam dos seus lábios, sem que ele as pudesse conter:

— Dr. José, preciso lhe contar algo...

Meu Deus! Qual seria a fonte dessa compulsão bizarra? Estaria inebriado com o ar católico de Minas Gerais? Percebeu a preocupação nos olhos de dr. José. Hugo parou no meio da frase, incapaz de prosseguir com a confissão, mas igualmente impossibilitado de recuar para o silêncio. Sua boca não emitia som algum, embora ele tivesse a nítida consciência de que estava aberta. Atentou, de repente, para sua respiração, que lhe faltava. Tentou engolir, mas os músculos da garganta não reagiam ao seu comando. Era como se seu cérebro não controlasse mais o corpo. A mão soltou-se da manga do paletó e, em seguida, agarrou-se a ela com força redobrada. Ele percebeu o rosto do médico assumir uma postura clínica. Um braço forte foi estendido e sustentou o seu.

— O senhor está bem, seu Hubert?

— Preciso lhe dizer...

— Acho que o senhor precisa é sentar. Antônio, traz um copo d'água, por favor.

O pedido do médico foi pronunciado em tom de mandamento. Ele manobrou Hugo até uma cadeira próxima e obrigou-o a se sentar. Um copo d'água apareceu em sua mão. Hugo bebeu, engoliu, respirou. Com o coração disparado, ainda tentava balbuciar:

— Doutor, preciso lhe contar...

— Shhh. Não há nada que o senhor não possa me contar mais tarde.

— Ele está bem, dr. José?

— Sim, sim. Vai ficar bem. Acho que é só o calor.

— Estou começando a achar que não vou conseguir ver essa revista nunca.

Hugo ergueu a vista das páginas da *Freies Deutschland*. Sentia os olhos embaçados, como se os tivesse esfregado com força excessiva. Gertrud estava sentada à sua frente, com o jornal pousado sobre o colo. Há quanto tempo ela o observava?

— O que tem de tão interessante nela, afinal?

— Estou lendo uma reportagem sobre os exilados alemães em Moscou. Eles montaram um tal Comitê Nacional pela Alemanha Livre.

— Quem são eles?

— Ainda não descobri. A reportagem é confusa. Até agora, só sei que Feuchtwanger e Thomas Mann manifestaram apoio ao grupo.

— Thomas Mann?

Hugo detectou uma nota peculiar em sua voz. Tirou os óculos de leitura e buscou o olhar dela. Seu rosto estava com aquela expressão irritante. Ele sabia que ela sabia que ele se sentia excluído. Detestava quando ela devassava assim o interior de sua alma. Ela o fazia sempre, mas normalmente tinha a fineza de disfarçá-lo. Gertrud baixou os olhos para o *Correio da Manhã* e leu em voz alta.

— Ouve só: "Não há mais judeus ricos para serem roubados na Alemanha. Os derradeiros saqueados devem ter morrido ou estão se acabando nos campos de concentração. De maneira que o nazismo, no seu delírio incurável, vem concentrando sua cobiça nos países ocupados e devastados. Principalmente na França, que tem muito a perder".

— Qual a manchete?

— A FRANÇA PILHADA. O que você acha disso?

— Parece que o *Correio da Manhã* está bem informado.

Hugo voltou sua atenção para a revista. Estava prestes a recolocar os óculos quando ela o interpelou novamente.

— Então você acha que eles tinham razão sobre os judeus na Polônia?

— O que foi, meu bem?

Escutara a pergunta. Desde aquela reportagem no *Correio da Manhã* sobre os judeus metralhados no Gueto de Varsóvia, Gertrud vinha catando fragmentos de informação de cada artigo que lia e colando-os com meticulosidade mórbida.

— Eles escreveram que há massacres acontecendo em toda a Polônia, e que já morreram três milhões e meio de civis.

— Creio que esse número corresponda ao total de mortos, inclusive os russos. Você sabe que o maior número de vítimas é na Rússia.

— Mesmo assim, é um número assustador, não?

— Sim, meu bem, é monstruoso.

Hugo moveu-se com desconforto na poltrona. Era um assunto que ele preferia evitar. O que eles podiam fazer a esse respeito? A vida deles já era dura o suficiente sem ter que pensar no que podia estar acontecendo na Polônia. Gertrud, ao contrário, não deixava o assunto morrer. Virara uma obsessão.

— Outro dia, noticiaram que foram construídos vinte e quatro novos campos de concentração.

— Não foi outro dia. Faz meses que saiu essa notícia.

— Tanto faz. Você acha que é verdade?

— Não faço ideia. Eu sei tanto quanto você.

— Você sabe que há boatos, não sabe? Recebi outra carta de Susanne. Em Nova York, as pessoas estão dizendo cada coisa…

Mais uma vez, notícias de sua sobrinha. Hugo chegava quase a lamentar que elas tivessem reatado a correspondência. Fez menção de mudar o assunto.

— Quando Ursula e Roger vão chegar?

— Eles partem de Curitiba amanhã. Devem chegar aqui na quinta-feira, a menos que ela mude de ideia e resolva passar a noite no Rio.

— Quando vamos saber?

— Ela prometeu enviar um telegrama do Rio assim que tiver certeza do horário do trem.

Hugo estava aliviado por ter desviado a conversa para um terreno menos pantanoso; no entanto, ainda não se sentia totalmente seguro. Resolveu aproveitar a pausa para fazer uma retirada estratégica.

— Vou me deitar, então. Estou muito cansado para terminar de ler esse artigo. Você quer a revista?

Ele ofereceu a *Freies Deutschland* para Gertrud. Sua mulher permaneceu muda, olhando durante muito tempo para o canto da sala, sem qualquer expressão no rosto.

— Não, obrigada. Acho que vou me deitar também.

Março de 1945

Uma figura solitária caminhava à beira da estrada. Mesmo à distância, via-se por seu modo de andar que ela não era dali. Os trajes sugeriam alguém da cidade, vestido com elegância para um passeio no campo. O guarda-chuva pendurado no braço confirmava a suspeita. Demeter diminuiu a marcha do Jeep para ver quem era. Mal acreditou na sorte. Seria mesmo Segall? Desde que tinham se mudado para Campos do Jordão, nutria a esperança de um dia dar com ele por acaso. Sabia que a família Klabin tinha uma casa por ali, mas até agora não cruzara com o artista na cidade. Lasar Segall! Demeter sentiu seu coração bater mais forte. Fazia tempo que não admitia, nem para si mesmo, o quanto ansiava por retomar seu trabalho artístico. Se alguém podia ajudá-lo, era Segall. Quando ele era menino ainda, Segall já era um artista conhecido na Alemanha. Demeter recordava ter visto alguns de seus trabalhos em Berlim, por volta de 1925 ou 1926, quando estava começando seus próprios estudos artísticos. Foi a primeira vez, lembrava bem, que considerara a possibilidade de conhecer o Brasil. Comentava-se que Segall havia se casado com uma herdeira judia e se tornado fenomenalmente rico. Naqueles tempos, o nome Brasil evocava em sua mente visões românticas de languidez e sensualidade. Isso parecia bem distante diante do barro vermelho respingando no paralama do carro, espirrado pelos pneus.

Parou o Jeep alguns passos à frente do andarilho e aguardou que ele o alcançasse. Era Segall, sem dúvida. Suas largas feições eslavas eram inconfundíveis — o cabelo engomado para trás, os olhos escuros, a cor dos lábios contrastando com sua pele pálida como se tivessem sido entintados com um rolo. Não estava tão diferente do homem que Demeter vira em Berlim, duas décadas antes: um pouco mais velho, um pouco mais abatido, mas isso era de esperar. Assim que o carro freou, o pintor estacou também sua caminhada, deixando espaço para que se afastasse sem sujá-lo de lama. Quando percebeu que o carro esperava por ele, avançou com cautela.

— Quer uma carona?

— Não, obrigado. Posso caminhar.

Segall examinou-o com desconfiança. Era compreensível, dadas as circunstâncias do encontro. Demeter vestiu seu ar mais insuspeito.

— Tem certeza? Parece que vai chover, e esse guarda-chuva não vai adiantar muito num temporal.

O olhar de Segall perscrutou o céu cinzento, carregado de uma luminosidade ameaçadora. O temporal estava próximo, sem dúvida. Naquele exato instante, uma trovoada reforçou o prenúncio. Demeter ergueu as sobrancelhas e sorriu para o pintor. Este fez sinal de reconhecimento com a cabeça e subiu no Jeep.

— Está indo para a Vila Capivari?

— Estou.

— Voltando para lá, imagino, já que ninguém mora aqui para essas bandas.

— Sim, fui dar uma caminhada.

Demeter olhou de soslaio para o artista, que folheava uma caderneta de desenho e fazia gênero de estar concentrado demais para conversar.

— Vejo que estava desenhando.

— É verdade.

O tom de Segall era educado, mas estava claramente decidido a manter a distância. Desse jeito, não passariam da conversa mais superficial durante o trajeto de meia hora até a cidade. Demeter considerou suas opções. Podia ficar em silêncio também e tentar despertar a curiosidade do outro a seu respeito. Talvez tivesse algum interesse em descobrir o que outro europeu fazia por ali, no meio do nada. Pensando bem, podia ser que não se importasse minimamente. Não era incomum um artista ficar tão mergulhado em seu próprio universo que nem reparasse no entorno. Não, ignorá-lo não seria uma boa estratégia. Poderia tentar a tática oposta, da surpresa, e falar com ele em alemão. Isso chamaria sua atenção, sem dúvida, mas era possível também que o matasse de susto. Um alemão solitário passeando de Jeep pelo mato, numa estrada perdida do interior de São Paulo, era capaz até de ser um espião nazista. Considerando o clima de medo que prevalecia nesses tempos, Demeter concluiu que seria a pior abordagem. Nada de surpresas. Teria que assuntá-lo aos poucos, extraindo a conversa dele, passo a passo. Era o único caminho.

— Desculpe a pergunta, mas o senhor não é Lasar Segall?

— Sou, sim. Por quê? Já nos conhecemos?

Segall voltou-se para ele pela primeira vez e inspecionou seu rosto com curiosidade, mas ainda com cautela evidente.

— Não, não exatamente. Mas frequentamos os mesmos ambientes.

— Em São Paulo?

— Na Europa.

Ele fez questão de dizer Europa, em vez de Alemanha ou Berlim, por considerar que soaria menos amedrontador. Mas agora que o pronunciara, o nome parecia se debater no vento como um pássaro ferido. Onde ficava essa tal de Europa? Será que existia mesmo? Demeter recordou-se do entusiasmo do conde Kessler pela unidade europeia, cartilha que o velho lhe lecionara numa pregação incessante enquanto posava para um busto. Que bom que não vivera para assistir à debacle presente.

— Sei. Qual o seu nome, se me permite perguntar?

Demeter não sabia muito bem como responder a essa pergunta tão simples. Lembrou-se de seu encontro com monsieur Rendu, alguns anos antes. Fora relativamente fácil falar a verdade naquela ocasião, quando ele ainda tinha certeza de que era Wolf Demeter. Já agora, começava a se moldar ao feitio de André Denis. Ouvira o nome repetido tantas vezes nos últimos quatro anos que não hesitava mais em atender por ele. Considerou as vantagens possíveis de revelar sua identidade para Segall. Contar seu segredo poderia desmontar a barreira de cerimônia que os separava e forçar uma situação de cumplicidade. Ou não. Qualquer que fosse o resultado, descobriu-se incapaz de pronunciar o que sempre fora seu nome. Wolf Demeter era uma aparição de outra vida. Evocá-lo seria, de algum modo que apenas intuía, indecente.

— Meu nome é André Denis. Muito prazer.

Segurando o volante com a esquerda, ofereceu a mão para Segall, que a apertou, circunspecto.

— É um nome francês?

— É, sim.

— E quer dizer que frequentávamos os mesmos ambientes na Europa?

— Sim, acho que o senhor conhecia meu sogro, Hugo Simon, em Berlim.

— Hugo Simon? Hugo Simon, o banqueiro?

— Exatamente.

— Nunca o conheci pessoalmente, mas sabia dele. Qual o artista que não o conhecia, pelo menos de nome? Quer dizer que ele é seu sogro?

— Sim. Sou casado com a filha mais velha dele. Temos um filho, de quase quinze anos.

— O que aconteceu com seu sogro? Ele está vivo?

— Está, é... desaparecido. Foi visto pela última vez em 1941, em Marselha.

Doía-lhe um pouco mentir assim, mas sabia que não estava autorizado a revelar o paradeiro do sogro, mesmo para outro exilado ou judeu. O código de silêncio dos refugiados prevalecia sobre todo o resto. Ele já revelara mais do que seria admissível, sob circunstâncias normais. Segall ficou em silêncio, balançando a cabeça. Tirando pela expressão triste, devia estar refletindo sobre todas as pessoas desaparecidas ao longo da última década.

— E o senhor deve conhecer também Aristide Maillol?

— Conheço de nome, claro, mas nunca cruzei com ele. Por quê?

— Trabalhei com ele, por alguns anos, como assistente.

— O senhor é artista?

— Sou escultor. Pelo menos eu era, até vir parar no Brasil.

O Jeep passava por uma parte especialmente esburacada da estrada. Segall cerrou os dentes enquanto seu corpo era sacudido de lado a lado e, depois, para a frente e para trás. Demeter reparou que seu dedo continuava enfiado na caderneta, marcando a página, como se ele estivesse prestes a voltar a ela a qualquer instante. Ponderou se a cara feia que fazia era por conta dos solavancos do carro ou da notícia de que ele era artista.

— O que o traz a Campos do Jordão?

— É mais *quem* do que *o quê*. O senhor conhece monsieur Perroy, dono da Agricobraz?

— Sim, claro, Jacques Perroy. Ele é amigo de Guilherme e Baby de Almeida, não é?

A perplexidade sobre o rosto de Demeter devia ser patente, porque Segall correu para se explicar, em tom de constrangimento:

— Guilherme de Almeida, o poeta.

Demeter fez sinal positivo com a cabeça, fingindo saber de quem se tratava. Ele tinha plena consciência de que estavam longe de frequentar as mesmas rodas no Brasil.

— Bem, monsieur Perroy está construindo um hotel aqui, o Hotel Rancho Alegre. Ele me encarregou de cuidar dos acabamentos e da decoração.

— Ah, então o senhor é arquiteto também?

— Na verdade, não. Mas tenho supervisionado muitas obras nesses últimos anos. Trabalhei para o governo do Paraná, construindo escolas rurais e cuidando do plantio de árvores.

— É um currículo e tanto, sr. Denis. O senhor é um homem múltiplo.

— Por favor, me chame de André. E de "você".

Segall parecia mesmo impressionado. Sua atitude, pelo menos, se tornou menos fria. Tirou o dedo que marcava a página e guardou a caderneta no bolso. Demeter manteve-se em silêncio, dando espaço para o outro. Sentiu uma primeira gota de chuva na testa. Segall deve ter sentido também, porque naquele instante lançou um olhar para o céu plúmbeo.

— Acho que não vamos chegar antes da chuva.

— Parece que não. Tem um abrigo para gado aí na frente. Podemos dar uma parada lá e esperar o temporal passar. Quer dizer, se não estiver com muita pressa.

— Não estou com pressa. Só queria chegar em casa antes da hora do jantar.

— Isso é tranquilo. Esses temporais costumam passar rápido.

Chovia cada vez mais forte. Ao correrem do Jeep para o abrigo, o aguaceiro começou a desabar para valer. O odor entranhado de forragem úmida e capim fermentado era o único vestígio da presença de animais na estrutura abandonada. O cheiro transportou Demeter para sua caminhada pelo Gers. Essa lembrança ainda era forte o suficiente para injetar um pânico latente em seus músculos. Ele escovou as gotas da jaqueta molhada, alcançou o maço de cigarros e ofereceu um para Segall. Os dois homens fumaram enquanto observavam a tempestade descer em cascatas tão grossas que era impossível enxergar a paisagem ao redor. A chuva a tamborilar no telhado sobrepunha-se a qualquer outro som. Durante longos minutos, pareceu que estavam sozinhos no mundo.

— Sabe, eu queria muito voltar a trabalhar como artista.

A frase escapou-lhe tímida, quase uma confissão, inaudível através das trovoadas.

— Como?

Segall colocou a mão atrás da orelha, num gesto teatral, e contorceu o rosto numa expressão quase de dor. Demeter gritou bem alto:

— Quero voltar a ser artista.

O volume da exclamação pegou ambos de surpresa. Segall arregalou os olhos e abriu um sorriso largo. Em seguida retornou ao jeito impassível que lhe era habitual.

— Por que não volta, então?

— Preciso ganhar dinheiro. Tenho que sustentar minha família. Além do mais, não conheço ninguém aqui. No meio artístico, quero dizer.

O pintor meneou a cabeça, compadecido, como quem sugere que já passou pelas mesmas dificuldades. Demeter duvidava que fosse mesmo o caso. A família Klabin, à qual Segall pertencia por casamento, era uma das mais ricas de São Paulo. Judeus russos, de origem, que imigraram para o Brasil no final do século XIX e fizeram fortuna com a indústria de papel. Era de se imaginar que Segall conhecesse muita gente influente. Pelo menos, todo mundo o conhecia. Seu nome aparecia constantemente nos jornais.

— Ninguém me conhece no Brasil. Não tenho nome.

Segall franziu a testa, manifestando estranheza com a afirmação de Demeter.

— Você tinha renome na Europa? Desculpe a franqueza da pergunta, mas quero entender melhor a situação.

— Fiz algumas exposições em galerias... Berlim em 1932, Amsterdam em 1933. Tinha encomendas de trabalhos. Dava para ganhar a vida. Mas eu ainda estava muito no início quando as coisas começaram a piorar.

Segall deu um trago no cigarro e apagou-o contra uma pilastra de madeira, fumado somente até a metade. Não era fumante habitual, pensou Demeter, ou então isso era hábito de fumante muito rico. Ele também deu um trago longo no cigarro e prendeu a fumaça. Uma cinza comprida ia se curvando devagar, a menos de um centímetro do seu dedo, dependurada da ponta acesa, teimando contra a gravidade. Observou-a por um tempo e depois bateu a ponta, precipitando-a na lama. A chuva começava a arrefecer. O pior do temporal já passara.

— Berlim, é? Você lembra o nome da galeria?

— Claro. Era a Ferdinand Moeller. Ficava na Lützow Ufer.

O pintor observava-o carrancudo, com a cautela de quem avalia uma mercadoria usada. A expressão do seu rosto não entregava nada.

— Você tem algum trabalho que poderia me mostrar?

— Pouca coisa. Tenho alguns desenhos, mas nada de escultura.

Demeter tentou imaginar que juízo alguém na posição de Segall faria dele. Que tipo de impressão ele passava, a essa altura da vida? Aos trinta e oito anos, estava longe de ser o jovem arrogante que era quando conhecera Maillol. Naqueles tempos — quinze anos antes —, o velho mestre o aquilatara de modo parecido. A diferença era que o rosto de Maillol nunca traía preocupação. Era uma daquelas almas raras que desconhece o medo. Já Segall parecia acabrunhado por algum temor secreto. Mesmo quando sorria, havia melancolia em seu olhar.

— Por que pergunta?

— Ah, por nada. Pensei que, talvez... se tivesse alguma coisa...

Estava se esquivando da resposta. Alguma possibilidade lhe ocorrera, mas relutava em expô-la, talvez por medo de assumir qualquer compromisso. Demeter fixou um olhar de expectativa sorridente sobre ele e concentrou toda sua energia mental em desenrolar a língua do pintor. O sotaque russo dele foi ficando mais forte. Tropeçava nas palavras, em busca do tom certo e das sílabas fugidias.

— Vai acontecer uma exposição no Rio de Janeiro... uma coletiva. Vou emprestar um quadro para eles...

Novamente, a fala se esgotou no meio. Demeter aguardou. Ele sabia esperar o momento certo; era uma de suas maiores virtudes. Segall respirou fundo e retomou o assunto, do começo.

— Você por acaso conhece Miecio Askanasy?

— Não, não conheço.

— Ele é livreiro. Se diz de Viena, mas acho que ele é polonês. Acabou no Rio de Janeiro por conta da guerra e abriu uma galeria no ano passado, especializada em arte moderna.

— Ele é bom sujeito?

— Não é dos piores... em se tratando de um marchand. Você sabe como eles são.

Segall sorriu, travesso. Pela primeira vez na conversa seus olhos brilhavam, traindo um pouco da alma por trás do semblante reticente. Uma fresta no muro, pensou Demeter. Podia ser o momento certo para trocar para o alemão, mas ainda era arriscado demais. Sentiu-se grato pelo barulho continuado da chuva, que os insulava do mundo exterior. Afetou um sorriso irônico, como se compartilhasse do desdém de Segall pelos marchands.

— O que esse Askanasy tem a ver com a tal exposição?

— Ele que está organizando... na galeria dele, mês que vem. Vai ser uma exposição de "arte condenada pelo Terceiro Reich". Sabe, como as que fizeram em Paris e Londres, antes da guerra.

O pintor conseguiu colocar aspas invisíveis em torno da frase, apenas ao arquear as sobrancelhas e modular a voz.

— Uma demonstração contra a ideia de arte degenerada?

— É isso.

— Que tipo de obras ele vai mostrar?

— É bem misturado. Tem desde Slevogt, Liebermann e Lovis Corinth até artistas mais recentes... Pechstein, Feininger, Nolde, Beckmann... Kollwitz, Kokoschka, Klee, Kandinsky... Erich Heckel, Franz Marc, Otto Dix... Lehmbruck, Meidner... Ele montou uma coleção e tanto. Cheguei a ver uma parte dela quando estive no Rio para minha última exposição.

Os olhos de Segall perscrutavam o céu, distraídos, enquanto ele desfilava os nomes e contabilizava-os com os dedos.

— Isso é fantástico. Onde ele conseguiu trabalhos de todos esses artistas? E como ele conseguiu trazê-los para o Brasil?

— Essa é a pergunta que não quer calar. Suponho que os tenha comprado. Vende-se barato na Europa esse tipo de coisa, no momento.

— Não perguntou para ele?

— Claro que perguntei. Você acha que ele me respondeu?

Os olhos de Segall faiscaram com ironia. Ele levantou ambas as mãos num gesto de exasperação com os marchands do mundo e, logo em seguida, enfiou-as novamente nos bolsos.

— Um conselho que lhe dou é: nunca venda seus trabalhos, se puder evitar. E, se tiver mesmo que vender, venda diretamente para o colecionador, nunca por meio de um marchand ou galeria.

Era fácil para Segall dizer isso. Ele era famoso no Brasil. Era provável que dispusesse de quantos compradores quisesse. Além do mais, era rico. Não dependia de marchands. Mesmo assim, estava envolvido com esse tal de Askanasy. Presumivelmente, pelo aspecto antinazista do projeto. Havia ainda o detalhe de que Askanasy devia ser judeu, pelo nome. Demeter ponderou se Segall partiria do pressuposto de que ele também era judeu, pelo fato de ser casado com a filha de Hugo Simon. Será que devia esclarecer esse ponto? Não, melhor deixar por isso mesmo.

— Mas o que esse Askanasy tem a ver com meu trabalho artístico?

A pergunta despertou o pintor de um devaneio qualquer. Por um instante, ele mirou Demeter com ar perdido.

— Ah, sim... É que pensei se você não teria algo que pudesse ser incluído na exposição... Veja bem, nem sei se ainda é tempo... ou se teria espaço. A galeria é bem pequena...

Era muito decente da parte de Segall fazer uma oferta dessas sem nem ter visto o seu trabalho. Mais do que apenas decente; era uma demonstração de solidariedade humana. Por trás da fachada sóbria, havia alguém disposto a ajudar o próximo. Demeter sabia, contudo, por conta de suas relações antecedentes com pessoas ricas e poderosas, que não podia se fiar demais na oferta. Se demonstrasse gana excessiva em se aproveitar do novo conhecido, a cortina de desconfiança voltaria a se fechar.

— Deixe-me ver… Tenho alguns desenhos satíricos de Hitler. Têm a ver com o tema da exposição.

— É, pode ser. Quem sabe? Mas os trabalhos não precisam ser explicitamente antinazistas. O importante é que o artista tenha sido condenado. É mais uma questão de estilo do que de tema.

Demeter assentiu com a cabeça, manifestando concordância enquanto ponderava o que Segall acharia do seu estilo. Será que ele seria considerado digno de figurar no rol dos condenados? Não era suficiente ser refugiado e antifascista; precisava vestir o personagem também. Bem, isso não competia a ele julgar. Ele tinha juízo suficiente para não engessar o braço em antecipação à fratura.

— Será que eu poderia então lhe mostrar um pouco do meu trabalho? Gostaria muito de sua opinião, independentemente da exposição.

— Sim, claro. Você tem um ateliê aqui?

— Não. Mas posso levar para o seu.

— Pode ser… por que não? Mas só fico em Campos do Jordão até domingo.

— Basta me dizer o lugar e a hora, e estarei lá.

Demeter olhou o céu e decidiu mudar o assunto, por precaução.

— Parece que a chuva está passando. Já podemos voltar a pegar a estrada.

Ele apagou o cigarro e fitou Segall, aguardando confirmação. O pintor ficou parado um momento, uma expressão de ligeiro pesar sobre o rosto, como se não esperasse que a entrevista fosse se encerrar de modo tão abrupto. Deu uma última olhadela pelo abrigo e sorriu, sem graça.

— Sim, é melhor tomarmos rumo.

Demeter achou que era capaz de adivinhar o motivo da hesitação do artista. Para quem está deslocado no mundo, o meio do nada pode ser um lugar de conforto singular.

Abril de 1945

A mão de Hugo tremeu levemente ao aproximar o jornal da janela, por onde entrava o sol fraco da manhã. Não era a primeira vez que ele lia o nome Seelow na capa do *Correio da Manhã*. Isso ocorrera alguns dias antes, e a sensação de irrealidade foi tão poderosa que o levara a esfregar os olhos, como um personagem de desenho animado. Seelow era uma cidadezinha que a maioria dos alemães desconhecia. Agora estava nas primeiras páginas dos jornais do mundo inteiro. Havia inclusive um mapa, mal desenhado mas evocando nomes que pipocavam em sua mente como visões de uma vida passada: Müncheberg, Wriezen, Küstrin. O Exército Vermelho estava posicionado à margem do rio Oder, preparando para atacar as posições alemãs fortificadas nas colinas de Seelow. Onde ficariam essas tais colinas, exatamente? O terreno por ali era predominantemente plano. Devia haver alguma localidade de que estava se esquecendo. Fazia doze anos, afinal, que não botava os pés lá.

FASE FINAL DA GUERRA NA EUROPA, berrava a manchete. Os soviéticos tinham um milhão de homens e três mil tanques para a batalha vindoura, contra cem mil homens e quinhentos tanques do lado alemão. Era impossível que os nazistas resistissem muito tempo ainda, por mais que lutassem. Bernanos tinha razão. Assim que os Aliados cruzaram o Reno, o escritor dera início aos preparativos para seu regresso à Europa. Havia rumores de que De Gaulle lhe ofereceria um cargo no governo provisório. Decidira partir para o Rio para ficar mais próximo dos acontecimentos. Hugo sentia inveja do amigo. Fazia mais de ano que não ia ao Rio. A última vez tinha sido na companhia do escritor, aliás. Recordou o encontro deles com Feder na Confeitaria Brasileira, quando Bernanos fez aquele comentário que tanto o impressionara, na fila do elevador. O resultado da guerra, tinha dito, era que as pessoas se dispunham de bom grado a abrir mão de suas liberdades individuais. A ideia d'*o povo* como uma força em prol da justiça e da liberdade, cunhada por Lamennais, estava superada. Fora substituída pelas massas de Henry Ford, robôs desalmados vendendo seu direito de primogenitura por cinco dólares a mais no salário e o sonho de possuir um automóvel.

Hugo checou o relógio. Não queria perder a hora de encontrar Bernanos. Ia sentir falta das conversas deles depois que o outro partisse. Quem diria, dois anos antes, que viriam a se tornar amigos? De início, achara o francês desprezível, quase ao ponto da repulsa física. Seus discursos inflamados, sua pele oleosa, os vestígios arraigados de reação e monarquismo que se filtravam do seu desdém pela democracia. A primeira impressão fora de um fanático ou um bufão, ainda mais perigoso por ser levado a sério. Aos poucos, no entanto, Hugo amolecera seu juízo. Apesar de esbravejar ainda contra banqueiros judeus — o que o escritor fazia, vez ou outra, talvez para testá-lo —, o muito que tinham em comum acabou por se sobrepor às diferenças. Descobriram que seguiam trajetórias paralelas havia anos, culminando na estranha coincidência de acabarem ambos em Barbacena. Bernanos vivera em Mallorca durante a década de 1930, mais ou menos à época que Hugo flertara com a ideia de montar uma granja por lá. Por pouco seus caminhos não tinham se cruzado na ilha. Compartilhavam ainda a admiração por diversos autores, além do amor pelo campo, embora Hugo desconfiasse que a devoção de seu amigo à vida pastoral fosse mais retórica do que prática.

Uma batida leve à porta alertou-o para a presença de Laura.

— Bom dia. Você já está de pé.

— Sim, achei que podíamos começar mais cedo hoje.

Laura Suni viera de Penedo para ajudá-lo com o livro. Não encontrara ninguém em Barbacena à altura do serviço, em especial porque um dos pré-requisitos era saber o segredo da sua identidade. Para o bem e para o mal, os Suni já conheciam a história; e Laura tinha sido uma secretária tão eficiente durante seus catorze meses à frente da Fazenda Plamed. Hugo admirava seu caráter e confiava no seu juízo. Era a candidata perfeita. Não precisou de muito para convencê-la a vir. Ela estava passando por um período difícil com o marido, ambos precisavam de espaço para respirar, ela dissera. Por sua vez, Toivo Suni ficara menos do que contente com o arranjo. Aparentemente, ele dava crédito ao rumor ridículo de que Laura tinha um envolvimento romântico com Hugo. A ideia era lisonjeadora, mas inteiramente burlesca. Mesmo que não fossem ambos casados, sua idade avançada e circunstâncias presentes o habilitavam mais a interpretar o papel de Argan do que de Don Juan. Hugo não tinha dúvida de que esse boato se originara com a sra. Duarte, como parte de sua campanha bem-sucedida para escorraçá-lo de Penedo. A ironia final era que seu posto como gerente-geral acabou ficando não com o sr. Duarte, mas com Hans Klinghoffer.

— Por onde andará o pobre Hugo hoje? Ou será que ele voltou a ser Hubert?

Laura sorria gentil. Seu rosto era diferente pela manhã, um pouco infantil, algo que ele nunca tinha notado em Penedo, onde só se encontravam no escritório, quando ambos já haviam vestido suas aparências exteriores. Agora que viviam sob o mesmo teto, tinha ocasião de observá-la na intimidade. Ela possuía um ar frágil ao acordar, um tanto vaporoso, como se fosse uma visitante depositada por acidente neste mundo, vinda de outro longínquo e melhor. O olhar era distante e a boca, relaxada, destituída da tensão que a comprimia numa seriedade amuada enquanto trabalhava. Ao atravessar o cômodo para abrir mais as cortinas, o sol acentuou os pelos louros no seu pescoço, abaixo dos cabelos presos. Hugo reparou na macieza de sua pele, incomum para uma mulher acostumada a passar tanto tempo ao ar livre. Demorou para encontrar uma resposta para sua pergunta.

— Estamos de volta em Berlim. Robert e Hugo decidiram romper com os Sociais-Democratas por causa de sua traição a Karl Liebknecht, e estão discutindo a ideia de montar uma comunidade utópica no campo.

— Bem que eu poderia dar uns conselhos para eles a esse respeito, mas não sei se personagens de livros são capazes de aprender com as lições da vida real.

Ela lançou um olhar manhoso por cima do ombro e sorriu. Hugo achou graça. O discernimento dela sempre o impressionava. Havia muito que percebera os paralelos entre suas próprias empreitadas agrícolas e as de Toivo Uuskallio; contudo, não deixava de ser surpreendente a rapidez com que ela captara as ramificações da narrativa que ele tentava construir. Quando tomou a decisão de escrever o livro, determinou para si mesmo que ele seria uma crônica do desencanto de sua geração com as utopias políticas. Os vários partidos haviam falhado em suas promessas. Em vez de fazerem a revolução ou mesmo a reforma, haviam se afundado no lodo da burocracia e, em última instância, contribuído para provocar a guerra. O foco na luta de classes fora um erro, gerando uma separação desnecessária entre os melhores quadros de ambos os lados e concentrando o poder nas mãos dos corruptos e inescrupulosos. A única esperança era outro tipo de utopia, juntando todas as forças progressistas no cultivo meticuloso de gente e natureza. Indivíduos livres agindo em conjunto pelo bem comum — não tão distante da tentativa dos colonos finlandeses de fundar uma sociedade nova no Brasil, ou do empreendimento agrícola-modelo que ele buscara estabelecer em Seelow. Por esse motivo, escolhera como título *Seidenraupen* — Bichos-da-seda. O equilíbrio necessário para extrair o fio precioso dessas criaturas era uma metáfora para a comunhão que precisava existir se a humanidade fosse se redimir da ganância e da destruição. Era também uma referência ao *Torquato Tasso*, de Goethe, detalhe que o encantava — "o destino do verme invejável", dizia a peça, falando do bicho-da-seda.

Laura sentou-se à máquina de escrever e começou a folhear as páginas do manuscrito. Seguindo o modo de trabalho usual deles, ele escrevia à mão de noite e ela organizava o trabalho na manhã seguinte, editando antes de datilografar o texto. Sua função mais importante não era a datilografia propriamente dita, mas a de agrupar os diversos filões e trechos, assegurando que viessem a tomar a forma de capítulos coerentes. Já contabilizavam mais de setecentas páginas, e Hugo pouco se preocupava em escrever em ordem cronológica. Na parte inicial da narrativa, batizara seu protagonista de Hugo; em outros momentos, mudava para Hubert. Às vezes até mesmo ele se confundia e dependia de Laura para manter uma coerência mínima. Vigiou os olhos dela enquanto percorriam as linhas derramadas de sua caneta havia poucas horas. Estavam cheios de expectativa — curiosidade, mesmo, no bom sentido da palavra —, aqueles olhos azuis profundos sorvendo as aventuras e desventuras de Hugo/ Hubert;

seu melhor amigo e alter ego, Robert; seu sócio e contraponto na narrativa, Levy; seu mentor e modelo, dr. Harms. Era essa inquietação com o destino dos personagens que ele ansiava rever a cada manhã. Quando algum trecho não suscitava nela a reação desejada, ele rejeitava o trabalho do dia anterior e se propunha a reescrevê-lo sob outra forma. O que movia as pessoas era a emoção, ele acreditava, não a razão. Por compreenderem esse simples fato, os nazistas arrebanharam o apoio de toda uma nação. Por isso ele havia escolhido escrever sua história como um romance de formação, em vez de um livro de memórias, uma autobiografia ou um tratado acadêmico. A ficção tinha o poder de despertar a empatia e, portanto, de começar a efetuar alguma mudança.

— Estou interrompendo?

Gertrud estava postada ao lado da porta, trajando um vestido longo e escuro com um colar de contas coloridas e mais maquiagem do que conviria em Barbacena, mesmo numa festa de Réveillon.

— Bom dia, Trude.

— Bom dia, Laura. Vou dar um pulo na praça dos Andradas para comprar xarope para tosse. Vocês precisam de algo?

— Sim, por favor. Precisamos de uma fita nova para a máquina de escrever. Esta está tão velha que mal consigo ler o que datilografei.

— E você, meu bem? Mais alguma coisa?

Hugo avaliou o esforço de sua mulher para manter o asseio. Ele sabia que ela não estava bem pelo jeito que suas pálpebras tremulavam. Ela virou a cabeça e cobriu a boca para tossir. A bronquite sempre piorava quando estava nervosa. A essa altura, já teria visto o jornal. Também devia estar perturbada com a súbita importância mundial de Seelow, a batalha iminente e o fim prometido da guerra. O que fariam quando terminasse? Ela ia querer se mudar de Barbacena, muito provavelmente. Talvez até quisesse voltar para a Europa. A perspectiva não agradava tanto a Hugo. Apesar de tudo, considerava que o Brasil era agora seu lugar. Viera a gostar do país — ou, melhor dizendo, ainda não desistira da ideia de Brasil imaginada por Zweig. Sentia um senso torto de pertencimento entre os italianos, finlandeses, judeus e outros deslocados que, como ele, acabaram no país à procura de algo que não existia mais em suas terras de origem. Podia se contentar em ser gringo — deslocado, desajustado, às vezes até ridicularizado —, contanto que fosse deixado em paz para ir se desfazendo no caldo coletivo. Assim como as muitas espécies de plantas importadas — mangas, bananas, palmeiras, jaca, coco — que os brasileiros gostavam de imaginar como típicas do seu país, Hugo nutria a esperança de que seu próprio fruto um dia pudesse vir a ser adotado como nativo.

— Não, meu bem, também vou dar uma saída mais tarde.

Olhou o relógio. Nove horas, já. Ainda tinham um pouco de tempo para trabalhar antes do encontro com Bernanos.

Sempre que atravessava a praça dos Andradas, Hugo refletia sobre como os prédios representavam as relações de poder que governavam a cidade. De um lado ficava o sobrado da família Andradas, uma casa longa e atarracada de doze portas, em estilo colonial, cuja simetria era perturbada pelo capricho de duas das portas térreas terem sido transformadas em janelas. Era a sede de um dos dois clãs poderosos de Barbacena. Seu líder atual era Zezinho Bonifácio, tataraneto de José Bonifácio de Andrada e Silva, patriarca da Independência. Do outro lado da praça, menos comprimida e mais elegante com suas dez portas aparelhadas com umbrais de pedra, estava a Câmara Municipal, foco da malograda Revolução Liberal de 1842 — principal feito de Barbacena nos anais da história do Brasil. Seu atual ocupante era o prefeito Bias Fortes, chefe do clã biista rival, cuja lealdade absoluta a Vargas o elevara ao poder depois do golpe de 1937 e o mantivera firme ali, para desespero dos bonifacistas, seus antigos aliados. Com o fim da guerra, o equilíbrio certamente se alteraria. A pressão pela democracia começava a ganhar força, e essa mudança de ventos era capaz de carregar os Andradas de volta para o outro lado de sua praça e para a reconquista do gabinete de prefeito. Na ponta extrema da praça, a igreja de Nossa Senhora da Piedade — a matriz da cidade, datando do século XVIII — presidia sobre as rixas entre suas primeiras famílias com um ar fajuto de equanimidade.

Bernanos já estava à sua mesa no Café Colonial quando Hugo chegou. Não se levantou para recebê-lo; dava muito trabalho, com as bengalas, e fazia tempo que eles aboliram tais formalidades. O francês se ocupava em escrever, em meio ao vaivém do café, inteiramente alheio ao barulho e à agitação circundante. Hugo nunca deixava de se impressionar com essa sua capacidade. Ele mesmo só conseguia se concentrar à noite, recolhido ao silêncio profundo da madrugada. Mesmo nesses momentos, raramente escrevia mais do que algumas poucas páginas, trabalhando cada frase e parágrafo a duras penas. Bernanos, por sua vez, redigia artigos inteiros em uma sentada. Da primeira vez que testemunhou o feito, Hugo imaginou que o resultado refletiria a desordem do ambiente. Para sua surpresa, e não pouca inveja, o texto do escritor saía sempre com a mesma fluidez. Ele possuía o comando natural da linguagem, assim como a despreocupação que vem de ser fluente em apenas um idioma. Ele acreditava na gramática francesa com a mesma fé que tinha em Deus; não era algo que aprendera em livros, mas um espírito vivente que permeava sua essência.

— Você viu o *Correio da Manhã* de hoje?

— Claro que vi. É o fim, exatamente como previ. Berlim

estará nas mãos dos Aliados em duas semanas. A única dúvida é quem vai chegar primeiro: os americanos ou os russos.

Era evidente para Hugo que o Exército Vermelho chegaria primeiro. Seelow ficava a menos de setenta quilômetros do centro de Berlim, e não havia nenhum obstáculo no caminho — apenas uma baixada livre, que podia ser cruzada em poucas horas. A maior dúvida era como os vencedores repartiriam os espólios. Depois da reunião entre Stálin, Roosevelt e Churchill, na Crimeia, haviam anunciado que a Alemanha seria dividida em quatro zonas de ocupação. A questão de quem ficaria com qual parte podia ser de pouca importância para um americano ou um brasileiro, em vista dos objetivos maiores, mas era vital para ele. Quem ocuparia sua casa em Tiergarten, na hipótese pouco provável de que ela tivesse sobrevivido aos bombardeios? Qual bandeira iria sobrevoar a Galeria Nacional, que podia abrigar ainda parte de sua coleção? Qual governo seria responsável por reparações e restituições? Gertrud quase não falava em outro assunto que não fosse o de recuperar o que era deles por direito. Na opinião de Hugo, era mais uma questão de poder do que de direito. Poderia levar anos, talvez décadas, até que tudo se resolvesse.

Bernanos estava com um bom humor excepcional. Apesar do horário, pediu duas doses duplas de conhaque espanhol e forçou Hugo a acompanhá-lo. Seu rosto estava tomado por um vigor másculo, em contraste com a moleza carnuda que às vezes o fazia parecer uma velha, em especial quando ficava emburrado.

— Vamos beber à vitória, meu bom monsieur Hubert! E ao regresso à pátria.

Brindaram com os copos a transbordar.

— Quer dizer que você vai mesmo voltar para a Europa?

— Assim que arrumar meus negócios por aqui. E você não?

— Não é tão simples para mim.

Hugo lançou um olhar carregado de significado para seu

companheiro de exílio. Embora a verdade plena permanecesse inconfessa entre eles, presumia que Bernanos desconfiava dos fatos. De todo modo, o destino da Tchecoslováquia era quase tão duvidoso quanto o da Alemanha.

— De fato. Temo que a União Soviética aproveite para avançar seus domínios para o oeste. É quase tão trágico para a Europa quanto o reino de terror nazista. Trocar seis por meia dúzia, como dizem por aqui.

— Não existe diferença para você? Ao menos em tese, a meta do comunismo é abolir a pobreza e acabar com as desigualdades.

— Seria a maior tragédia de todas.

A essa altura, Hugo se acostumara aos paradoxos aparentes do raciocínio do escritor. O que mais divertia a Bernanos era provocar seus adversários minando seus pressupostos. Sempre se recusava a debater dentro dos termos propostos e, em vez disso, referia as questões de volta às primeiras causas.

— O que você quer dizer, exatamente?

— Abolir a pobreza seria acabar com a única oportunidade que o homem tem para renunciar ao mal. Se não houver a possibilidade da riqueza, então é impossível escolher ser pobre.

Haviam tido essa discussão muitas vezes, sob diversas formas. Como católico, Bernanos colocava ênfase enorme sobre a questão da responsabilidade pessoal. Redenção por meio da fé e da graça divina, em vez de justiça por meio da liberdade e da igualdade. Para ele, o livre-arbítrio para escolher fazer parte de uma comunidade era mais importante do que os benefícios que podiam decorrer desse pertencimento. Encarava com horror, por conseguinte, a ideia de que o Estado aquinhoasse direitos coletivos. Evidentemente, Hugo era obrigado a bancar o advogado do diabo. No fundo, porém, desconfiava que acabaria levando um calote do seu cliente.

— Dinheiro e poder como os ídolos falsos a que devemos resistir. Mas, se permite perguntar, já que você nunca teve poder ou dinheiro, como sabe que são necessariamente malignos?

— Voltarei sua pergunta contra você. A tirar por nossas conversas passadas, presumo que você *teve* dinheiro e poder. Resultou algum bem disso? Você gostaria de tê-los novamente?

Bernanos buscava enredá-lo numa cilada lógica, como sempre. Se respondesse que sim, estaria afirmando a desigualdade como princípio organizador da sociedade. Se respondesse que não, estaria confirmando a importância do arbítrio pessoal. Afinal, admitir que estava contente com sua condição presente seria uma espécie de renúncia ao passado.

— Não escolhi abrir mão do que eu tinha. Foi-me subtraído à força. Mas, para responder à sua pergunta, acho que consegui efetuar algum bem com os recursos que tinha à minha disposição.

— Acredito piamente que tenha sido o caso. Porém, você não é um monstro implacável como Hitler, monsieur Hubert. Nem como Stálin, devo acrescentar. Tenho certeza de que tudo que você fez, para o bem ou para o mal, foi feito sem perder de vista os rostos das pessoas afetadas por suas ações. É quando os indivíduos são transformados em massa anônima que eu começo a me preocupar.

Hugo reconheceu com um suspiro a validade da argumentação. Vindos de direções inteiramente opostas, haviam chegado a conclusões parecidas. O mundo da produção em massa, dos meios irrestritos e do potencial ilimitado era perigoso ao extremo. Não existia nele lugar para divergir das metas e das cotas. Se algo contrariasse a lógica produtiva, fazia-se necessário esmagá-lo e descartá-lo, por questão de eficiência. A adoção do realismo socialista na União Soviética não deixava dúvida de que os comunistas teriam tão pouca simpatia por divergências das normas prescritas quanto a tiveram os nazistas.

Hugo aqueceu o copo de conhaque entre as mãos. O conhaque era ruim e o vidro do copo, vagabundo. A beirada fina e mal polida machucava seus lábios a cada gole. Existiriam ainda bons copos na Europa, ou teriam sido todos destruídos a essa altura? Como as vitrines de lojas e vitrais de sinagogas quebrados em 1938. Como os buracos nos edifícios bombardeados que apareciam nos cinejornais, escancarados por explosões, qual bocas desdentadas. As velhas imagens de pesadelo afluíram à sua mente: bombas caindo na Kurfürstendamm, fogo chovendo nas cabeças de colegiais e crianças. A violência escalonara para mais violência, o sofrimento para mais sofrimento. Os nazistas não hesitaram em bombardear Varsóvia, Rotterdam, Londres; os britânicos, por sua vez, haviam arrasado Colônia, Hamburgo, Dresden. "Guerra total" era o termo que empregavam, de ambos os lados. Hugo pensou no livro póstumo de Zweig, *O mundo de ontem*, que Feder lhe presenteara por ocasião de seu aniversário. A leitura havia o ajudado a compreender os motivos que levaram seu amigo a se matar. Zweig via o mundo como um cristal fino que fora estilhaçado. Quem saberia consertá-lo? A resposta autorizada, de ambos os lados, era que produziriam copos novos, aos milhões e milhões. Os soviéticos seriam todos iguais, padronizados — um copo grosseiro para cada homem, mulher ou criança. Os americanos fabricariam copos de todos os formatos e estilos possíveis — taças de vinho, taças de champanhe, canecos, tulipas, até mesmo cristais — e encheriam todos com o mesmo refrigerante gaseificado. O velho e raro conhaque seria esquecido tão completamente quanto a língua perdida dos ilírios. Uma frase do livro de Zweig o assombrava: "Somente aquilo que tem força para preservar a si mesmo tem o direito de ser preservado para os outros".

— Gostaria de fazer uma pergunta. Você não tem medo de voltar para a França e descobrir que ela não existe mais?

O escritor arregalou os olhos e contemplou Hugo com um jeito brincalhão de incredulidade.

— Essa é uma pergunta bem estranha. Mas eu estaria mentindo se fingisse que não entendi. Sim, já considerei essa possibilidade, devo admitir.

— E então?

— Cada um tem que fazer o que lhe compete. Não tenho dúvida de que preciso voltar para a França, nem que seja para constatar que acabou.

A singeleza dessa confissão emocionou Hugo. Pela primeira vez o tom do escritor era de deferência, quase humildade. Este era o momento, compreendeu, em que deviam se despedir. O amor verdadeiro de Bernanos era a França, e ele voltaria a ela agora, mesmo que esse amor não fosse recíproco. Hugo ponderou qual seria o seu amor verdadeiro. Tempos atrás, talvez houvesse respondido que era a arte, temendo que no fundo fosse o dinheiro. Agora sabia que não era nem uma, nem o outro. Pensou em Gertrud, em suas filhas e seu neto, em dr. José e dona Lila, em Laura Suni. Eram todos pessoas que amava. Nenhuma delas era o centro de sua existência. Pensou na comunhão que encontrara no passado com mentes que partilhavam as mesmas ideias: Einstein, Cassirer, Kessler, entre tantos outros que lera e admirara, ou ao lado dos quais trabalhara e combatera. Sentiu sua garganta apertada com o choro pelos companheiros que se foram. Tudo isso estava perdido. Seria essa, então, a essência do seu ser? Luto e lamento? Não, claro que não. Ele não saberia dizer qual era seu único amor verdadeiro, o motivo de tudo, a fonte. Talvez não houvesse nenhum. Talvez sua alma já tivesse ido embora, se é que existia tal coisa. Ocorreu-lhe, de repente, a visão de Seelow no verão. Cada vez que se recordava do lugar, os detalhes surgiam mais e mais apagados. Era como uma tela pintada, agora — uma harmonia de cores, impressionista, quase abstrata.

— E você, *mon ami*, o que vai fazer quando tudo terminar?

O que será que ele faria, afinal? Em setembro, completaria sessenta e cinco anos de idade. Em algum lugar de sua memória, uma ventania açulava os galhos dos vidoeiros e anunciava a chegada do outono. Em Minas, logo viria a ser primavera. Tempo de plantar. Ajoelhar-se mais uma vez e aclimatar as mudas tenras ao solo. Cultivar significava o trabalho diário de resguardar a safra e o rebanho acumulados; consertar o que estava velho, construir o novo; preparar o terreno, plantar, capinar, colher, armazenar; e, ao final, recomeçar tudo.

— Ainda estarei trabalhando no meu livro, imagino. Não consigo escrever depressa como você.

— Espero que me mande um exemplar quando ficar pronto.

— Antes, terá que ser traduzido para o francês.

— Ah, com certeza! Você não pode esperar que eu aprenda alemão, a essa altura.

Estava tarde mesmo para ambos. Velhos a se aventurarem num mundo novo, transfigurado até ficar irreconhecível. Hugo sorveu o resto do conhaque e depositou o copo sobre a mesa. Ao se levantar, sentiu-se um pouco zonzo. Não estava mais habituado a beber. Já devia ser hora de ir para casa. Se apenas conseguisse lembrar a direção. Uma confusão momentânea apossou-se dele. Deu uma olhada pelo Café Colonial e não reconheceu nada, embora tudo fosse muito familiar. Os vidros de ovos cor-de-rosa e de cebolas em conserva, em cima do balcão, eram os mesmos de ontem. A imagem de Nossa Senhora da Conceição, no nicho acima da porta, continuava a dirigir seu olhar para o céu, as mãos dobradas em oração. Hugo observara em outras ocasiões como o esplendor de sua coroa dourada contrastava com a lua crescente prateada sobre a qual repousavam seus pés. Pequenas cabeças de anjinhos, sem corpo, flutuavam à sua volta, com asas embaixo dos pescoços como babadores. Ela era estranha, essa vossa senhora, uma mistura de influências cristãs e pagãs. A tonteira piorou.

— Você está bem, monsieur Hubert? Você parece um pouco grogue.

Hubert, era ele. Ou ele era Hugo? Ou será que era ambos, como o protagonista do seu livro? Um homem amputado do seu nome. Que híbrido esquisito se tornara: um judeu sem religião, um banqueiro sem dinheiro, um colecionador sem sua arte, um agricultor sem uma terra. O que restava era o que ele era. Desse remanescente ele voltaria a se erguer. Estendeu a mão e apoiou-se na borda da mesa. Era fria e dura sob o peso da sua mão.

— Sim, estou bem. Ainda de pé, veja só.

Passaporte francês falso para família viajar sob os nomes André Denis, Leonie Renée Denis e Roger Denis, emitido em 7 de novembro de 1940.

Glossário de expressões em língua estrangeira
Listadas pela ordem em que aparecem na narrativa

quelque chose de risqué = Do francês "algo de arriscado"

charmante soirée! = Do francês, "Que noite encantadora!"

Kladderadatsch = Revista satírica popular do início do século xx, publicada em Berlim

ma petite = Do francês, "minha pequena" (*mon petit* = "meu pequeno")

Katakombe = Cabaré em Berlim (literalmente, no alemão, "catacumbas")

mein Schatz = Do alemão, apelido carinhoso: "meu tesouro", literalmente

Berlinisch = Dialeto alemão típico de Berlim

Bund Neues Vaterland = Liga da Nova Pátria

Reichstag = Parlamento alemão

Voss[ische Zeitung], *[Berliner] Tageblatt, Weltbühne, Das Tage-Buch* = Jornais berlinenses da década de 1930

SPD = Sigla para Sozialdemokratische Partei Deutschlands, ou Partido Social-Democrata da Alemanha

Das freie Wort = Em alemão, "a palavra livre"

Kuhle Wampe = Filme de 1932 dirigido por Bertolt Brecht. O título significa, literalmente, "barriga vazia"

Landkreis = Termo usado para referir uma jurisdição territorial da Prússia

Junkers = Velha aristocracia prussiana

Schloss = Do alemão, "castelo"

Landgut = Do alemão, "fazenda"

orangerie = Do francês, "estufa"

Gartenhaus = Do alemão, literalmente, "casa de jardim"

Kulturwerk = Do alemão, "obra cultural"

Esel von Seelow = O burro da propriedade de Seelow

SA = Sigla para Sturmabteilung, a tropa de choque nazista

NSDAP = Sigla para Nationalsozialistische Deutsche Arbeiterpartei, ou Partido Nacional Socialista dos Trabalhadores Alemães, o partido nazista alemão

The Hot-House Gardener, on the General Culture of the Pine-Apple, and Methods of Forcing Early Grapes, Peaches, Nectarines, and other Choice Fruits, Hot-Houses, Fruit-Houses, Hot-Walls, &c. with Directions for Raising Melons and Early Strawberries (inglês) = O título do livro de jardinagem antigo poderia ser traduzido literalmente como "O jardineiro de estufas, ou o cultivo geral do abacaxi, e métodos de forçar uvas precoces, pêssegos, nectarinas e outras frutas seletas, estufas, fruteiras, paredes de calor etc., com instruções para o plantio de melões e morangos precoces"

traînée = Do francês, "vagabunda"

"Cet ailé voyageur qui de l'Homme évite les approches" = Versos do poema "Nevermore", de Verlaine, publicado na coletânea *Poèmes saturniens* (1866). "Aquele viajante alado que evita se aproximar do Homem", em tradução livre

émigré(e) = Do francês, "emigrado(a)"

gare = Do francês, "estação ferroviária"

"Tes douces forces qui dorment/ dans un désir incertain/ développent ces tendres formes/ entre joues et seins" = Verso do poema VIII de *As rosas*, de Rainer Maria Rilke. "Tuas doces forças que dormem/ em um incerto desejo/ produzem essas formas suaves/ entre faces e seios". [Ed. bras.: *As rosas*. Trad. de Janice Caiafa. Rio de Janeiro: 7Letras, 2012]

"Rose, toute ardente et pourtant claire,/ que l'on devrait nommer reliquaire/ de Sainte-Rose ..., rose qui distribue/ cette troublante odeur de sainte nue" = Versos do poema IX de *As rosas*, de Rilke. "Rosa, toda ardente e clara todavia,/ que deveria se chamar relicário/ de Santa Rosa..., rosa que irradia/ esse cheiro perturbador de santa nua". [Ed. bras.: *As rosas*. Trad. de Janice Caiafa. Rio de Janeiro: 7Letras, 2012]

provençale = Nativo de Provence, no sul da França

concierge = Do francês, "zelador(a)"

femme = Do francês, "mulher"

le marathon du baiser = Do francês, "a maratona do beijo"

Baccalauréat = Exame que estudantes franceses prestam ao final do ensino médio para ingressar no ensino superior, como o vestibular no Brasil

"Voilà les calamars qui arrivent!" = "Lá vêm as lulas!"

il capitano = O capitão, personagem da commedia dell'arte, forma de teatro popular de origem italiana

Oberscharführer = Patente paramilitar nazista; "líder superior de esquadra", literalmente

ss = Sigla para Schutzstaffel, a tropa de elite nazista

Mischling = Do alemão, "mestiço"

Reichskulturkammer = Câmara de Cultura do Reich, organização criada pelos nazistas para regulamentar o trabalho artístico

Berliner Schnauze = Do alemão, traduz-se literalmente como "focinho berlinense". Refere-se à postura ríspida que se atribui aos berlinenses

Schadchan = Do iídiche, "casamenteira"

méchant = Do francês, "maldoso", "malandro"

"Ich bin von Kopf bis Fuß auf Liebe eingestellt. Denn das ist meine Welt, und sonst gar nichts. Männer umschwirren mich, wie Motten um das Licht. Und wenn sie verbrennen, ja dafür kann ich nicht." = Trecho de uma canção que é um dos maiores sucessos de Marlene Dietrich. Foi composta para o filme *O anjo azul*, de Josef von Sternberg (1930). Em tradução literal: "Estou predisposta ao amor, da cabeça aos pés. Pois este é meu mundo, e nenhum outro. Os homens me cercam como mariposas à luz. Quando eles se queimam, não há nada que eu possa fazer"

"Es kam ein Mann aus Krotoschin" = Em tradução literal: "Um homem veio de Krotoschin", título de uma série de artigos atacando Hugo Simon, publicados em 1935 no jornal nazista *Der Angriff*

"Qu'ils étaient beaux, les américains!" = Do francês, "Como eram belos os americanos!"

uspd = Sigla para Unabhängige Sozialdemokratische Partei Deutschlands, ou Partido Social-Democrata Independente da Alemanha, dissidência do spd

Onkel = Do alemão, "tio"

Pariser Tageszeitung = Jornal antinazista publicado na França. Literalmente, "Diário de Paris". O título era abreviado pela sigla ptz.

Front Populaire = Nome dado ao governo de coalizão dos partidos de esquerda que governou a França de 1936 a 1938, sob Léon Blum

Caisse Israëlite des Prêts = Caixa Israelita de Empréstimos

Comité d'Assistance aux Réfugiés = Comitê de Assistência aos Refugiados

KPD = Sigla para Kommunistische Partei Deutschlands, ou Partido Comunista da Alemanha

Volksfront = Do alemão, "frente popular"

Quai d'Orsay = Região de Paris, no Sétimo Arrondissement, mencionada aqui em referência ao Ministério das Relações Exteriores da França

Action Française e Croix de Feu = Literalmente, Ação Francesa e Cruz de Fogo, organizações de extrema direita de tendências nacionalista, monarquista e católica, ativas na França no entreguerras

Schutzverband [Deutscher Schriftsteller im Ausland] = Associação para a proteção de escritores alemães no exterior, uma dissidência da Schutzverband Deutscher Schriftsteller, após 1933

Graf = Do alemão, "conde"

Sûreté [Nationale] = Polícia Nacional da França

Wehrmacht = Exército nazista alemão

Midi = Designação para o sul da França

DDP = Sigla para Deutsche Demokratische Partei, ou Partido Democrata Alemão

Königliches = Do alemão, "real"

Berliner Tageblatt = Principal jornal do grupo editorial Mosse e um dos diários mais importantes da Alemanha

tuilerie = Do francês, "olaria"

le four sud = Do francês, "o forno sul"

sale Boche = Do francês, "alemão sujo". "Boche" é um termo pejorativo, empregado nas guerras mundiais

débrouillard = Do francês, "despachado", "engenhoso"

"*Grüß Gott*" = Forma de cumprimento típica da Áustria e da Baviera, que quer dizer literalmente "Cumprimenta Deus". "*Wenn ich ihn sehe*" é uma resposta sarcástica, que quer dizer "Se eu o vir".

"*Je m'en fous*" = Do francês, "Não estou nem aí"

Tante = Do alemão, "tia"

poste restante = Posta-restante, seção dos correios onde são depositadas cartas sem endereço certo

"*Sacré bleu!*" = Do francês, uma interjeição de surpresa

Struwwelpeter = Personagem de um livro infantil do século XIX, de autoria de Heinrich Hoffmann, conhecido por sua aparência desleixada. Muito popular nos países de língua alemã até hoje *auberge* = Do francês, "estalagem"

tarte de cèpes = Do francês, "torta de cogumelos"

gabure = Prato regional feito geralmente com feijão e repolho

vin de pays = Vinho regional, em francês

terroirs = Do francês, propriedades agrícolas, especialmente vinícolas

"*Eh, bien, allez-y*" = Do francês, "Então, bem, vá lá"

cassoulet = Prato regional feito geralmente com feijão-branco e carne de porco

sauf-conduit = Salvo-conduto

les gars = Do francês, "rapazes"

je vous en prie = Do francês, "Faço questão"

dépaysé = Do francês, "deslocado"

Centre Américain de Secours = Centro Americano de Socorro

Bund Neues Deutschland = Liga da Nova Alemanha

gnädige Frau = Do alemão, "senhora graciosa"

pagaille = Do francês, "confusão", "derrocada"; termo amplamente utilizado à época para se referir ao período de derrota da França em junho de 1940

"*Der Vogelfänger bin ich ja. Ein Netz für Mädchen möchte ich; ich fing sie dutzendweis für mich!*" = Letra de uma ária de *A flauta mágica*. Em tradução livre: "O caçador de passarinhos sou eu. Gostaria de ter uma rede para moças; assim, as prenderia às dezenas"

laissez-passer = Do francês, documento para passar fronteiras ou controles militares

livret de famille = Livreto de família usado na França para registrar casamentos, batizados etc.

"*C'est la perversité naturelle des choses, ma petite Malou.*" = É a perversidade natural das coisas, minha pequena Malou.

maison de passe = Do francês, hotel barato, geralmente usado para fins de prostituição

MENE, MENE, TEQUEL, PARSIM = Inscrição que aparece na parede durante o banquete de Belsazar na história bíblica (Daniel 5, 25-28)

idiot utile = "Idiota útil"; em jargão político, alguém que pode ser manipulado para ajudar uma causa que não entende, em especial o comunismo

patron = Do francês, dono (de um hotel ou restaurante)

Carte d'identité d'étranger = Carteira de identidade de estrangeiro

Rathaus = Do alemão, "prefeitura"

Reichsdeutscher = Literalmente, "alemão do reino"; termo usado antes de 1945

para identificar cidadãos alemães. Embora o sentido do termo tenha variado ao longo da história, os nazistas excluíam judeus dessa categoria

"Il y a quelque problème?" = Do francês, "Algum problema?"

"Attendez!" = Do francês, "Esperem!"

"Ach, so" = Do alemão, "Ah, sim"

Luftwaffe = Força Aérea alemã

marine = Integrante de Força Armada americana de elite, traduzido geralmente como fuzileiro naval

bonne chance = Do francês, "boa sorte"

zol zayn mit mazel = Do iídiche, "boa sorte"

Légion d'Honneur = Legião de Honra, sociedade dignitária francesa

"Bah, oui!" = "Claro que sim!", interjeição típica francesa

Radetzkymarsch = *A marcha de Radetzky*, título de romance de Joseph Roth

Wurst = Embutidos e frios, de modo geral

Bratwurst = Salsicha branca típica

Brötchen = Pãezinhos sortidos, muito comuns na Alemanha

maquis = Termo francês usado para referir a luta armada contra os nazistas na França, antes da organização formal da Resistência

"Ah, un français! Soyez le bienvenu. Vous avez pris une belle décision, monsieur. Ici, c'est un pays des blancs, pas comme Rio" = "Ah, um francês! Seja bem-vindo. O senhor tomou uma bela decisão. Aqui é um país de brancos, não é como o Rio"

Ecco! = "Exato!", interjeição característica, com sentidos variáveis incluindo "eis" e "aqui".

Sous le soleil de Satan = "Sob o sol de Satã", título de livro de Georges Bernanos

Journal d'un curé de campagne = *Diário de um vigário de interior*, título de livro de Georges Bernanos

Les Grands Cimetières sous la lune = *Os grandes cemitérios sob a lua*, título de livro de Georges Bernanos

travail, famille, patrie = "Trabalho, família, pátria", lema introduzido por Vichy para substituir "Liberdade, igualdade, fraternidade"

Compêndio de personagens históricos

Abraham Koogan (1912-2000) Editor de origem russa e judia, envolvido em diversas empreitadas editoriais importantes no Brasil, incluindo os selos Koogan-Larousse e Delta-Larousse. Publicou as obras de Stefan Zweig no Brasil.

Albert Einstein (1879-1955) Físico teórico e o mais renomado cientista do século xx. Profundamente engajado nas causas do pacifismo, socialismo e direitos humanos, exerceu papel cívico importante. Como judeu eminente, viu-se impossibilitado de retornar a Berlim em 1933 e emigrou para os Estados Unidos. Casado com Elsa.

Albert Lebrun (1871-1950) Político, ocupou o cargo de presidente da França entre 1932 e 1940. Deposto pelo regime de Vichy.

Alfred Döblin (1878-1957) Escritor, considerado uma das figuras mais importantes do modernismo literário. Exilado da Alemanha depois de 1933, viveu nos Estados Unidos e na França. Sua conversão ao catolicismo gerou estranhamento no meio exilado.

Alfred Kantorowicz (1899-1979) Escritor, foi obrigado a fugir da Alemanha em 1933, por ser judeu e comunista. Regressou em 1947 e se tornou professor de literatura na Humboldt Universität. Fugiu de Berlim Oriental para a Ocidental em 1957.

Alfred Kerr (1867-1948) Crítico teatral e ensaísta, ativo na fundação da revista artística *Pan*, com Paul Cassirer. Partiu para o exílio em 1933 e acabou por se fixar em Londres.

Alma Mahler (1879-1964) Compositora austríaca, casou-se com Gustav Mahler, Walter Gropius e Franz Werfel. Emigrou para os Estados Unidos em 1940, onde se tornou ícone cultural.

Ambroise Vollard (1866-1939) Colecionador e marchand, provavelmente o mais influente galerista parisiense do início do século XX, representou e apoiou Cézanne, Gauguin, Van Gogh, Rouault, Derain, Picasso, entre muitos outros.

Amilcar Savassi (1876-1973) Emigrou da Itália para o Brasil ainda criança, tornou-se administrador da Colônia Rodrigo Silva, fundou e dirigiu o Instituto de Sericicultura de Barbacena e foi prefeito da cidade entre 1959 e 1963.

Anna Seghers (1900-1983) Escritora, obrigada a fugir da Alemanha por ser judia e comunista. Buscou asilo na França e depois no México, onde permaneceu de 1940 a 1947. Depois de seu regresso, tornou-se influente na Alemanha Oriental.

Annette Kolb (1870-1967) Escritora, ativa nos meios pacifistas durante a Primeira Guerra Mundial. Deixou a Alemanha em 1933, partindo para o exílio na França e nos Estados Unidos. Regressou à Europa depois da guerra.

Aristide Maillol (1861-1944) Um dos principais escultores do século XX, renomado por suas figuras femininas. Foi também ativo na gravura, na pintura e nas artes decorativas.

Arminius Hasemann (1888-1979) Escultor e gravador, mais conhecido por seus trabalhos de escultura pública.

Arno Breker (1900-1991) Escultor, famoso por sua colaboração com o Terceiro Reich, do qual se tornou o artista plástico mais destacado. A reabilitação de sua obra, que vem acontecendo desde os anos 1970, ainda gera controvérsias.

Arnold Schönberg (1874-1951) Compositor, principal teórico musical do século XX, exerceu influência duradoura sobre o que veio a ser chamado de música atonal. Emigrou para os Estados Unidos em 1934 e tornou-se cidadão americano em 1941.

Arthur "Bomber" Harris (1892-1984) Marechal-chefe do ar durante boa parte da Segunda Guerra Mudial. Principal responsável pela política britânica de bombardeio por área, que causou incontáveis mortes de civis e destruição.

August Gaul (1869-1921) Escultor, membro fundador da Secessão de Berlim, conhecido especialmente por suas figuras de animais.

August Thalheimer (1884-1948) Ativista político e teórico marxista, fundador do Partido Comunista da Alemanha (KPD), com o qual acabou rompendo. Integrou a equipe original do jornal *Die Rote Fahne*. Exilado na França e, após 1941, em Cuba.

Barão Robert de Rothschild (1911-1978) Diplomata, coordenou vários comitês de assistência a refugiados na França no final dos anos 1930. Ativo na negociação do Tratado de Roma, em 1957, que estabeleceu a Comunidade Europeia.

Bedrich "Fritz" Heine (1904-2002) Funcionário do Partido Social-Democrata da Alemanha (SPD), partiu para o exílio em Praga em 1933 e foi depois para Paris, em 1937. Colaborou com Varian Fry, em Marselha, em 1940 e 1941.

Benedito Valadares (1892-1973) Político, governou o estado de Minas Gerais de 1933 a 1945, como aliado próximo de Getúlio Vargas. Tornou-se deputado e senador e apoiou a ditadura militar após 1964.

Bertolt Brecht (1898-1956) Poeta, dramaturgo e diretor, é um dos maiores nomes do teatro no século XX. Depois do exílio na Escandinávia e nos Estados Unidos, voltou para Berlim Oriental em 1948. Marxista dedicado, relutou com a ortodoxia comunista.

Bodo Uhse (1904-1963) Escritor e ativista político. Serviu nas Brigadas Internacionais durante a Guerra Civil Espanhola. Exilou-se no México entre 1940 e 1948. Regressou à Alemanha Oriental em 1948, onde desenvolveu carreira de sucesso.

Carl Einstein (1885-1940) Escritor e historiador da arte, renomado por seus estudos pioneiros de arte africana. Suas tendências anarquistas o levaram a se engajar em causas políticas, inclusive na Guerra Civil Espanhola. Preso na França, suicidou-se.

Carl Misch (1896-1965) Jornalista, editor executivo do jornal *Vossische Zeitung* de 1921 a 1933 e empregado na redação do *Pariser Tagezeitung* de 1936 a 1939. Ativo nos meios pacifista e antinazista, conseguiu emigrar para os Estados Unidos.

Charles Boyer (1899-1978) Ator de cinema que atingiu o estrelato mundial nos anos 1930. Por fazer sempre papéis de galã, virou o arquétipo do sedutor francês em Hollywood. O personagem de desenho animado Pepé le Pew é em sua homengem.

Charles Maurras (1868-1952) Líder da Action Française, movimento monarquista, católico, antidemocrático e antissemita que se dedicava ao prin-

469

cípio do "integralismo nacional". Influenciou a extrema direita em todos os países latinos.

Claire Waldoff (1884-1957) Cantora, célebre artista de cabaré dos anos 1910 e 1920, famosa por cantar em dialeto berlinense. Embora fosse homossexual assumida, não foi expulsa nem presa pelos nazistas, mas sua carreira definhou após 1936.

Dina Vierny (1919-2009) Colecionadora e marchand, exerceu papel importante na obra tardia de Aristide Maillol como sua modelo e companheira. Abriu uma galeria de arte em 1947 e depois fundou o Museu Maillol, em Paris.

Egon Erwin Kisch (1885-1948) Escritor e jornalista, expulso da Alemanha em 1933 por ser judeu e comunista. Exilado sucessivamente na Espanha, França e México, regressou à sua Praga natal em 1946.

Emil Nolde (1867-1956) Pintor expressionista de primeira hora e membro do grupo Die Brücke [A Ponte]. Apesar de sua simpatia pelos nazistas, sua obra foi declarada "arte degenerada".

Erich Heckel (1883-1970) Pintor e gravador, membro fundador do grupo Die Brücke e ativo no Novembergruppe. Mesmo com seu trabalho declarado "arte degenerada" em 1937 e em boa parte destruído, conseguiu sobreviver à guerra na Alemanha.

Erico Verissimo (1905-1975) Escritor, um dos autores brasileiros mais populares do século XX, especialmente no Rio Grande do Sul, onde serviu como conselheiro para a editora Livraria do Globo.

Ernst Barlach (1870-1938) Escultor e gravador, ligado sucessivamente aos movimentos Jugendstil e expressionista. Conhecido por sua postura pacifista após a Primeira Guerra Mundial, sua obra foi denunciada pelos nazistas como "arte degenerada".

Ernst Feder (1881-1964) Jornalista, exilado sucessivamente na França, até 1941, e depois no Brasil, regressando à Alemanha em 1957. No Brasil, tornou-se próximo de Stefan Zweig. Seus diários inéditos são fonte preciosa. Casado com Erna.

Ernst Ludwig Kirchner (1880-1938) Pintor e gravador, membro fundador do grupo Die Brücke. Condenado como artista "degenerado" pelos nazistas e expulso da Academia de Artes de Berlim, suicidou-se.

Ernst Thälmann (1886-1944) Político, líder do Partido Comunista da Alemanha (KPD) entre 1925 e 1933. Detido pelos nazistas em março de 1933, ficou preso onze anos antes de ser executado.

Ernst Toller (1893-1939) Dramaturgo e revolucionário, grande nome do teatro expressionista. Pacifista convicto, participou da República Soviética da Baviera em 1919 e ficou preso cinco anos. Suicidou-se no exílio.

Erwin Piscator (1893-1966) Diretor eminente no meio teatral alemão antes da era nazista, exilou-se na União Soviética, França e Estados Unidos, antes de regressar à Alemanha em 1951.

Frank Arnau (1894-1976) Escritor e jornalista, exilado da Alemanha em 1933 e residente no Brasil de 1939 a 1955. Envolvido no escândalo do jornal *Pariser Tageblatt* em 1936, em que Poliakov foi acusado de traidor.

Frank Bohn (1878-1975) Líder trabalhista e socialista americano, incumbido pela American Federation of Labor da tarefa de resgatar sindicalistas europeus ilhados em Marselha durante a Segunda Guerra. Colaborou com Varian Fry.

Franz Hessel (1880-1941) Escritor e tradutor, fugiu para a França em 1938. O enredo do filme *Jules e Jim* é inspirado em seu casamento com Helen Grund. Preso no campo de internação de Les Milles, entre 1939 e 1940, morreu pouco tempo depois.

Franz Marc (1880-1916) Pintor, membro fundador do grupo Der Blaue Reiter [O Cavaleiro Azul] e uma das figuras mais destacadas do expressionismo alemão. Morreu na Primeira Guerra Mundial.

Franz Werfel (1890-1945) Escritor e dramaturgo, casado com Alma Mahler, deixou Viena em 1938, após a Anschluss [anexação], emigrou para a França e depois, em 1940, para os Estados Unidos. Passou seus anos finais como roteirista de cinema em Hollywood.

Fritz von Papen (1879-1969) Militar e político, ocupou os cargos de chanceler e vice-chanceler da Alemanha entre 1932 e 1934. Principal responsável por persuadir Hindenburg a nomear Hitler como chanceler.

Fritz Wolff (1897-1946) Editor proprietário do jornal *Pariser Tageszeitung* após a destituição de Poliakov, em 1937.

Georg Bernhard (1875-1944) Jornalista eminente da República de Weimar, editor-chefe do influente jornal *Vossische Zeitung*. Exilado da Alemanha em 1933, tornou-se editor do *Pariser Tageblatt* e do *Pariser Tageszeitung*. Casado com Fritze.

Georg Kolbe (1877-1947) Escultor e gravador, ligado à Secessão de Berlim e a Paul Cassirer. Um dos artistas mais destacados da época, permaneceu na Alemanha durante a guerra e viu seu trabalho ser abraçado pelos nazistas.

Georg Wilhelm Pabst (1885-1967) Um dos cineastas mais importantes do mundo alemão nos anos 1920 e 1930. Envolveu-se em litígio com Bertolt Brecht por conta da adaptação cinematográfica da *Ópera dos três vinténs*.

George Arliss (1868-1946) Ator, fez uma transição bem-sucedida dos palcos britânicos para o estrelato em Hollywood no final dos anos 1920. Conhecido por interpretar personagens históricos como Disraeli (1929) e Alexander Hamilton (1931).

George Grosz (1893-1959) Artista, eminente nos meios berlinenses de Dada e Neue Sachlichkeit [nova objetividade], lembrado sobretudo por suas pinturas e desenhos satíricos. Emigrou para os Estados Unidos em 1933 e regressou a Berlim no final dos anos 1950.

Georges Bernanos (1888-1948) Escritor, católico e monarquista, rompeu com a Action Française, de extrema direita, em 1932. Tornou-se porta-voz do movimento pela França Livre após 1941. Viveu no Brasil entre 1938 e 1945. Casado com Jeanne.

Gerhart Hauptmann (1862-1946) Dramaturgo e romancista, prêmio Nobel de literatura em 1912. Um dos nomes mais célebres da literatura alemã, sua reputação entrou em declínio após 1932. Permaneceu na Alemanha durante a guerra.

Guilherme de Almeida (1890-1969) Poeta, escritor e tradutor, uma das figuras mais destacadas do modernismo paulista dos anos 1920. Participou ativamente da Revolução Constitucionalista de 1932, lutando contra o governo Vargas.

Hans Bellmer (1902-1975) Artista, associado geralmente ao surrealismo. Fugiu da Alemanha em 1938 e passou o resto da vida na França. Ficou preso no campo de internação de Les Milles entre 1939 e 1940.

Hans Henning von Cossel (1899-1997) Adido cultural na embaixada alemã no Rio de Janeiro nos anos 1930 e líder da seção brasileira do partido nazista (NSDAP).

Harry Graf Kessler (1868-1937) Diplomata, editor, mecenas. Um dos personagens culturais mais destacados da República de Weimar. Grande promotor de literatura, teatro, artes plásticas e design. Foi um dos primeiros defensores do princípio de união europeia.

Heinrich Mann (1871-1950) Um dos escritores mais destacados da República de Weimar. Obrigado a fugir em 1933, virou figura de liderança entre os alemães exilados na França. Emigrou para os Estados Unidos em 1940. Casado com Nelly Kröger.

Heinz Pol (1901-1972) Jornalista e escritor, destacou-se como crítico de cinema em Berlim nos anos 1920. Obrigado a fugir em 1933, exilou-se sucessivamente na Tchecoslováquia, França e Estados Unidos, onde acabou se fixando.

Helene Weigel (1900-1971) Talvez a atriz mais aclamada do teatro alemão antes de 1933, casada com Bertolt Brecht de 1930 a 1956. Após a morte dele, tornou-se diretora artística do teatro Berliner Ensemble.

Henri-Jean Jacques Perroy (?-?) Empresário. Chegou ao Brasil durante a guerra e se envolveu em vários empreendimentos. Fixou-se em Campos do Jordão em 1941, onde atuou no ramo imobiliário.

Henry van de Velde (1863-1957) Designer e arquiteto, figura-chave na transição do art nouveau para o modernismo. Fixando-se em Weimar, dirigiu a Escola de Artes e Ofícios e exerceu papel preponderante na Deutscher Werkbund, famosa federação alemã de união entre arte, design e indústria.

Hermann Ullstein (1875-1943) Filho caçula de Leopold Ullstein, magnata de imprensa judeu alemão, um dos diretores do poderoso grupo editorial Ullstein antes de sua "arianização" em 1934. Emigrou para os Estados Unidos em 1939.

Hiram Bingham Jr. (1903-1988) Diplomata, notabilizou-se ao ajudar Varian Fry a salvar refugiados quando servia como vice-cônsul dos Estados Unidos em Marselha, entre 1939 e 1941. Por essa ação humanitária, foi punido por seus superiores.

Isadora Duncan (1877-1927) Dançarina que revolucionou sua arte nas primeiras décadas do século xx, advogando um retorno aos movimentos naturais e aos rituais antigos. Nascida nos Estados Unidos, viveu na Europa e morreu cidadã soviética.

Jacques Goudstikker (1897-1940) Marchand eminente em Amsterdam no entreguerras. Especializado em quadros antigos (Old Masters), reuniu uma coleção considerável, que foi pilhada pelos nazistas.

Jan Kabelik (1891-1979) Professor de medicina tcheco que conduziu pesquisas pioneiras sobre o uso medicinal de cânabis. Viveu no Brasil durante a Segunda Guerra, onde trabalhou na Fazenda Plamed, em Penedo.

Jean Gabin (1904-1976) Ator, provavelmente o astro mais célebre do cinema francês nos anos 1930, alçado à fama internacional por seu trabalho nos filmes *Pépé le Moko* e *A grande ilusão* (ambos de 1937).

José Francisco Bias Fortes (1891-1971) Político, foi prefeito de Barbacena entre 1937e 1945; ministro da Justiça, entre 1950 e 1951; e governador de Minas Gerais, entre 1956 e 1961.

José "Zezinho" Bonifácio Lafayette de Andrada (1904-1968) Político, deputado federal com muitos mandatos e prefeito de Barbacena entre 1930 e 1934. Foi um dos fundadores da União Democrática Nacional (UDN).

Josef Hoffmann (1870-1956) Designer e arquiteto, membro fundador da Secessão de Viena e uma das figuras mais destacadas do movimento Wiener Werkstätte.

Julius Meier-Graefe (1867-1935) Historiador da arte, entre os primeiros proponentes da arte moderna na Alemanha, envolvido com as revistas *Pan*, *Jugendstil* e *Dekorative Kunst*. Tornou-se grande estudioso do impressionismo. Casado com Annemarie.

Karl Liebknecht (1871-1919) Advogado e político, pacifista e socialista, líder da Liga Espartaquista e fundador do KPD. Na Revolução de 1918, proclamou a República Socialista Livre. Assassinado brutalmente pelos Freikorps, grupos paramilitares surgidos na Alemanha depois da Primeira Guerra Mundial.

Karl Wilhelm Diefenbach (1851-1913) Reformador social, pioneiro do movimento alemão Lebensreform de vida alternativa, que pregava vegetarianismo, naturismo e pacifismo, além de rejeitar a moral religiosa tradicional.

Käthe Kollwitz (1867-1945) Gravadora e escultora, ganhou fama nas décadas de 1890 e 1900 por sua obra engajada. Pacifista e socialista convicta, conseguiu permanecer na Alemanha apesar de perseguida pelos nazistas.

Kurt R. Grossmann (1897-1972) Jornalista, serviu como secretário-geral da Liga por Direitos Humanos alemã entre 1926 e 1933. Expulso da Alemanha, fugiu para Praga, Paris e Estados Unidos. Ativo na Jewish Claims Conference depois da guerra.

Kurt Tucholsky (1890-1935) Jornalista e escritor, coeditor da revista *Die Weltbühne*, conhecido na República de Weimar por suas sátiras e engajado como pacifista, socialista e antinazista. Morreu no exílio de overdose de soníferos.

Kurt von Schleicher (1882-1934) Militar e político, chegou ao cargo de chanceler da Alemanha. Suas manobras políticas foram determinantes para assegurar a ascensão de Hitler ao poder. Assassinado no expurgo conhecido como "Noite das facas longas".

Laura Suni (1897-1998) Integrante ativa da comunidade de imigrantes finlandeses fundada em 1929 em Penedo, estado do Rio de Janeiro. Casada com Toivo.

Léon Blum (1872-1950) Político, por três vezes primeiro-ministro da França, lembrado principalmente por liderar o governo do Front Populaire, em 1936 e 1937. Alvo preferencial da extrema direita francesa, por ser judeu e socialista.

Leopold Schwarzschild (1891-1950) Autor e publicista, influente no meio dos exilados alemães nos anos 1930, principalmente por sua revista *Das neue Tage-Buch*.

Lion Feuchtwanger (1884-1958) Um dos romancistas mais eminentes da República de Weimar. Perseguido com afinco pelos nazistas, mudou-se para a França em 1933 e, em 1941, para Los Angeles, onde permaneceu até a morte.

Louis Barthou (1862-1934) Político, serviu como ministro em vários governos franceses durante a Terceira República. Assassinado junto com o rei Alexandre I, da Iugoslávia, durante visita de Estado deste à França.

Ludwig Justi (1876-1957) Historiador da arte, ocupou o cargo de diretor da antiga Galeria Nacional, de Berlim, entre 1909 e 1933.

Ludwig Meidner (1884-1966) Pintor, gravador e escritor, um dos pioneiros do expressionismo alemão. Perseguido por ser judeu, fugiu da Alemanha em 1939 e foi para a Inglaterra, regressando em 1953.

Lyonel Feininger (1871-1956) Artista, lembrado por seu envolvimento com o expressionismo e com a Bauhaus. Sua obra foi decretada "degenerada" pelos nazistas. Voltou para os Estados Unidos (onde tinha nascido e sido criado) em 1936.

Manoel Ribas (1873-1946) Político, governou o Paraná de 1932 a 1945, como aliado próximo de Getúlio Vargas. Exerceu importante papel no sentido de integrar e desenvolver o oeste do Paraná.

Max Beckmann (1884-1950) Um dos pintores mais destacados da República de Weimar, associado ao movimento Neue Sachlichkeit. Perseguido pelos nazistas, deixou a Alemanha em 1937, indo para a Holanda e depois para os Estados Unidos.

Max Ernst (1891-1976) Artista geralmente lembrado por seu envolvimento com os movimentos Dada e surrealista. Continuou a criar e experimentar de modo prolífico até sua morte. Preso no campo de internação de Les Milles em 1939 e 1940.

Max Liebermann (1847-1935) Pintor, principal expoente do impressionismo na Alemanha, fundador da Secessão de Berlim. Perseguido por ser judeu, teve que deixar a presidência da Academia Prussiana em 1933. Casado com Martha.

Max Pechstein (1881-1955) Pintor e gravador, membro do grupo Die

Brücke e figura representativa do expressionismo alemão. Embora sua obra tenha sido declarada "degenerada" em 1937, conseguiu sobreviver à guerra na Alemanha.

Max Reinhardt (1873-1943) Diretor e produtor de teatro, exerceu ampla influência sobre o teatro e o cinema em Berlim, Viena, Hollywood e Nova York. Fundador do Festival de Salzburgo. Emigrou para os Estados Unidos em 1937 e por lá ficou.

Miecio Askanasy (1911-1981) Marchand e promotor musical, emigrou para o Brasil no início dos anos 1940. Manteve uma galeria de arte entre 1944 e 1948. Alcançou sucesso nos anos 1950 exportando música brasileira para a Europa.

Miriam Davenport (1915-1999) Ativista e defensora dos direitos humanos, trabalhou de perto com Varian Fry coordenando o Emergency Rescue Committee, em Marselha, em 1940 e 1941.

Olga Benário (1908-1942) Ativista do Partido Comunista da Alemanha (KPD), famosa por sua participação na fuga de Otto Braun da prisão. Grávida de Luís Carlos Prestes, líder do Partido Comunista Brasileiro, foi deportada para a Alemanha e morta.

Oskar Kokoschka (1886-1980) Pintor, gravador, desenhista, geralmente associado ao expressionismo. Nascido na Áustria, fugiu de Praga em 1938 e foi para a Grã-Bretanha, onde permaneceu até 1947. Viveu o resto da vida na Suíça.

Oswaldo Aranha (1894-1960) Advogado e político, aliado próximo de Getúlio Vargas, ocupou cargos de ministro em seus governos. Mais lembrado como ministro das Relações Exteriores no período entre 1938 e 1944.

Otto Klepper (1888-1957) Político, foi brevemente ministro das Finanças da Prússia. Fugiu da Alemanha em 1933 e foi exilado na Espanha, França, México e Estados Unidos. Regressou em 1947 e ajudou a fundar o jornal *Frankfurter Allgemeine Zeitung*.

Otto Lehmann-Rußbüldt (1873-1964) Pacifista, um dos fundadores da Liga pelos Direitos Humanos e seu secretário-geral entre 1922 e 1926. Expulso da Alemanha em 1933, buscou exílio na Holanda e Grã-Bretanha. Regressou em 1951.

Otto Meyerhof (1884-1951) Médico e bioquímico, prêmio Nobel de medicina em 1922. Fugindo dos nazistas, emigrou para França e Estados Unidos. Preso no campo de internação de Les Milles em 1939 e 1940.

Otto Mueller (1874-1930) Pintor e gravador, membro do grupo Die

Brücke, foi um dos mais destacados expoentes do expressionismo alemão. Sua obra foi declarada "degenerada" pelos nazistas em 1937.

Paul Cassirer (1871-1926) Marchand e editor, um dos responsáveis pela Secessão de Berlim e pelo surgimento do expressionismo na Alemanha, junto de seu irmão, Bruno. Matou-se após se divorciar da atriz Tilla Durieux.

Paul Klee (1879-1940) Pintor, filiado ao grupo Der Blaue Reiter nos anos 1910. Lecionou na Bauhaus entre 1921 e 1931 e veio a se tornar um dos pintores mais célebres do século XX. Viveu na Suíça durante a guerra.

Paul Levi (1883-1930) Advogado e político, figura destacada do Partido Comunista da Alemanha (KPD) em seus primórdios. Expulso do partido em 1921, ingressou no SPD, no qual permaneceu ativo como deputado no Reichstag e conselheiro jurídico.

Paul Reynaud (1878-1966) Político, primeiro-ministro da França deposto pelo regime de Vichy. Antialemão e opositor ferrenho do Acordo de Munique, ficou preso durante a guerra e retornou à vida política após 1946.

Paul Valéry (1871-1945) Poeta, ocupou posição de grande prestígio antes da guerra. Recusou-se a colaborar com o regime de Vichy, o que lhe custou diversos cargos, inclusive a direção do Centro Universitário do Mediterrâneo, em Nice.

Paul Westheim (1886-1963) Historiador da arte e editor da influente revista de arte *Das Kunstblatt*, foi um dos primeiros a escrever sobre Kokoschka, Grosz, Kirchner, Otto Dix. Exilado no México, tornou-se autoridade sobre arte mexicana antiga.

Paulus Gordan (1912-1999) Monge, membro da ordem beneditina, permaneceu no Brasil e no Chile entre 1939 e 1948. Ao regressar para a Alemanha, tornou-se ativo na Comissão Internacional Católica para a Migração.

Pierre Laval (1883-1945) Político, por duas vezes primeiro-ministro da França nos anos 1930, tornou-se o homem forte do regime de Vichy, subordinado apenas a Pétain. Após a libertação da França, foi condenado por traição e executado.

Rainer Maria Rilke (1875-1926) Um dos poetas mais célebres e populares do início do século XX. Muito próximo a Rodin e Cézanne na juventude, escrevia não somente em alemão, mas também em francês.

René Schickele (1883-1940) Escritor, ativo nos meios pacifistas durante a Primeira Guerra Mundial. Alsaciano, promoveu a aproximação entre intelectuais alemães e franceses. Figura destacada da comunidade exilada alemã em Sanary-sur-Mer.

Renée Sintenis (1888-1965) Escultora, renomada por suas figuras de animais e de atletas, a maioria executada em escala menor. Já conhecida antes da guerra, permaneceu na Alemanha e reconquistou notoriedade depois de 1947.

Romain Rolland (1866-1944) Escritor, prêmio Nobel de literatura em 1915. Pacifista por toda a vida, correspondeu-se com Gandhi, Freud, Hermann Hesse e Stefan Zweig, influenciando a obra de todos.

Rosa Luxemburg (1871-1919) Destacada pensadora marxista sobre política e economia. Como líder da Liga Espartaquista e fundadora do KPD, exerceu papel ativo na Revolução de 1918. Assassinada brutalmente pelos Freikorps.

Rudolf Breitscheid (1874-1944) Político, representante destacado do Partido Social-Democrata da Alemanha (SPD). Fugiu da Alemanha em março de 1933 e buscou asilo na França. Foi preso e entregue para a Gestapo em 1940. Morreu em Buchenwald.

Rudolf Hilferding (1877-1941) Político e principal economista do Partido Social-Democrata da Alemanha (SPD) durante a República de Weimar. Exilado em 1933, foi entregue à Gestapo pelo governo de Vichy, torturado e morto.

Rudolf Leonhard (1889-1953) Escritor, pacifista e comunista, participou da Revolução de 1918. Mudou-se para Paris em 1928. Foi ativo na política do exílio. Internado na França durante a maior parte da guerra, regressou para a Alemanha em 1950.

Rudolf Olden (1885-1940) Jornalista e advogado, importante ativista da Liga pelos Direitos Humanos e da luta antinazista nos anos 1930. Exilado em 1933, fixou-se na Grã-Bretanha.

Ruth Berlau (1906-1974) Atriz, fotógrafa e escritora. Envolvida com Bertolt Brecht nos planos profissional e amoroso, seguiu-o no exílio para Suécia, Estados Unidos e de volta para Berlim depois da Segunda Guerra Mundial.

Salomon Grumbach (1884-1952) Político socialista, de origem judaica e alsaciana. Exerceu papel fundamental nas relações entre socialistas franceses (SFIO) e alemães (SPD). Ativo na Resistência francesa durante a guerra.

Samuel Fischer (1859-1934) Editor lendário, fundador da S. Fischer, uma das editoras mais importantes de língua alemã. Entre seus autores, estavam Thomas Mann, Hermann Hesse e Arthur Schnitzler.

Stefan Zweig (1881-1942) Escritor, conhecido por suas biografias e novelas. Pacifista convicto, tornou-se figura de proa no meio exilado após 1934, vivendo sucessivamente na Grã-Bretanha, Estados Unidos e Brasil. Seu suicídio em Petrópolis chocou o mundo. Casado com Lotte.

Theodor Wolff (1868-1943) Jornalista. De 1906 a 1933, foi editor da *Berliner Tageblatt*, um dos diários mais importantes da Alemanha. Exilado em 1933, morreu nas mãos dos nazistas.

Thomas Keller (?-?) Padre católico e monge da Ordem de São Bento (OSB), serviu como abade do Mosteiro de São Bento, no Rio de Janeiro, nos anos 1930 e 1940.

Thomas Mann (1875-1955) Um dos escritores mais célebres do século XX, prêmio Nobel de literatura em 1929. Criticado por sua relutância inicial em denunciar o nazismo, veio a se tornar porta-voz da cultura alemã livre após emigrar para os Estados Unidos em 1939. Casado com Katia.

Tilla Durieux (1880-1971) Talvez a atriz mais célebre nos países de língua alemã nas primeiras décadas do século XX. Trabalhou com Max Reinhardt e Erwin Piscator, entre outros. Deixou a Alemanha em 1933 e regressou em 1952.

Toivo Uuskallio (1891-1969) Líder de um grupo de imigrantes finlandeses que se fixou em Penedo, estado do Rio de Janeiro, em 1929, estabelecendo uma comunidade utópica baseada em princípios naturistas. Casado com Liisa.

Varian Fry (1907-1967) Diretor heroico do Emergency Rescue Committee, entidade que extraiu cerca de 3 mil refugiados, inclusive artistas e escritores, da França de Vichy no período crítico entre 1940 e 1941.

Virgílio de Melo Franco (1897-1948) Político, membro de clã poderoso de Minas Gerais. Apoiou Getúlio Vargas em 1930, mas acabou se voltando contra ele e se tornando líder da oposição udenista após 1943.

Walter Benjamin (1892-1940) Um dos maiores pensadores do século XX, autor de ensaios influentes de filosofia, história, literatura e arte. Exilado da Alemanha em 1933, suicidou-se quando tentava fugir da Europa.

Walter Bondy (1880-1940) Pintor, fotógrafo e colecionador, primo de Paul e Bruno Cassirer. Mudou-se para a França em 1931, foi um dos pioneiros da comunidade de exilados alemães em Sanary-sur-Mer. Casado com Camille Bertron.

Walter Feilchenfeldt (1894-1953) Marchand, iniciou a carreira a serviço de Paul Cassirer. Fugiu da Alemanha em 1933, indo para Amsterdam e depois Zurique, onde fundou uma galeria de prestígio e se tornou autoridade em Cézanne.

Walter Gropius (1883-1969) Arquiteto, um dos pioneiros do modernismo arquitetônico alemão, conhecido principalmente por fundar e dirigir a

Bauhaus. Emigrou para os Estados Unidos em 1937, onde trilhou carreira de grande sucesso.

Walter Hasenclever (1890-1940) Poeta e dramaturgo, alcançou sucesso em Berlim nos anos 1920 e partiu para o exílio na França em 1933. Preso pelos franceses como estrangeiro inimigo, morreu no campo de internação de Les Milles.

Walter Ulbricht (1893-1973) Político, líder da Alemanha Oriental de 1960 a 1973. Obstinado em sua lealdade a Stálin, galgou a liderança do Partido Comunista da Alemanha (KPD) nos anos de exílio. Ergueu o Muro de Berlim.

Walther Rathenau (1867-1922) Industrial e político, ministro das Relações Exteriores à época em que foi assassinado pela extrema direita. Influente por seus escritos sobre política e sociedade. Sua morte causou comoção nacional na Alemanha.

Wilhelm Abegg (1876-1951) Secretário de Estado no Ministério do Interior da Prússia e figura destacada nos meios policiais da República de Weimar. Partiu para o exílio em março de 1933.

Wilhelm Lehmbruck (1881-1919) Um dos mais renomados escultores alemães do início do século XX, apesar da vida breve, terminada por suicídio.

Willi Münzenberg (1889-1940) Ativista político e publicista, maioral da propaganda do Partido Comunista da Alemanha (KPD). Sua relação pessoal com Lênin lhe deu influência na Comintern, até cair em desgraça com Stálin em 1936.

Wladimir Poliakov (1865-1939) Primeiro proprietário do jornal de exilados *Pariser Tageblatt*, acusado de colaborar com os nazistas, o que ele sempre negou. O escândalo subsequente precipitou a mudança do jornal para *Pariser Tageszeitung*.

Yitzhak Hans Klinghoffer (1905-1990) Jurista e político. Exilado na França e no Brasil durante a Segunda Guerra Mundial. Emigrou para Israel em 1953, onde seguiu carreira ilustre na universidade e como deputado no Knesset.

Referências bibliográficas

AGUILAR, Héctor Orestes. "El Taller de Gráfica Popular y el exilio alemán en México, 1937-1945", 2012. Disponível em: <www.hectororestes.com/3.%20 El-Taller-de-Grafica-Popular-y-el-exilio-aleman-en-Mexico.pdf>.

APPIGNANESI, Lisa. *The Cabaret*. Londres: Studio Vista, 1975.

ARINOS FILHO, Afonso. "Bernanos, Virgílio e Afonso". *Revista Brasileira*, fase VII, ano XI, n. 43, pp. 83-91, 2005. Disponível em: <www.academia.org.br/abl/ media/prosa43b.pdf>.

ASMUS, Sylvia; ECKL, Marlen (Orgs.). "*... mehr vorwärts als rückwärts schauen...*": *Das deutschsprachige Exil in Brasilien 1933-1945*. Berlim: Hentrich & Hentrich, 2013.

BACH, Susi Eisenberg. "Escritores alemanes exiliados en el Brasil". *Humboldt*, v. 26, n. 84, pp. 40-3, 1985.

BADIA, Gilbert et al. (Orgs.). *Exilés en France: Souvenirs d'antifascistes allemands émigrés (1933-1945)*. Paris: François Maspero, 1982.

_____. *Les Bannis de Hitler: Accueil et luttes des exilés allemands en France (1933-1939)*. Paris: Presses Universitaires de Vincennes, 1984.

BAHR, Ehrhard. *Weimar on the Pacific: German Exile Culture in Los Angeles and the Crisis of Modernism*. Berkeley: University of California Press, 2007.

BAKER, Nicholson. *Human Smoke: The Beginnings of World War II, the End of Civilization*. Nova York: Simon & Schuster, 2008.

BARRON, Stephanie (com BECKMANN, Sabine) (Orgs.). *Exiles and Emigrés: The Flight of European Artists from Hitler*. Los Angeles: Los Angeles County Museum of Art; Nova York: Harry N. Abrams, 1997.

BECCARI, Vera D'Horta. *Lasar Segall e o modernismo paulista*. São Paulo: Brasiliense, 1984.

BEDFORD, Sybille. *Aldous Huxley: A Biography*. Londres: Chatto & Windus, 1973.

BERNANOS, Georges. *Lettre aux Anglais*. Rio de Janeiro: Atlântica, 1943.

_____. *Essais et écrits de combat*. Paris: Gallimard, 1971 (La Pléiade).

BERR, Hélène. *Journal 1942-1944*. Paris: Tallandier, 2008.

BREMMER, H. P. (Org.). *Charley Toorop: Schilderijen en Teekeningen. Wolf Demeter: Plastiek en Teekeningen*. Amsterdam: J. Goudstikker, 1933.

BRÖHAN, Margrit. *Theodor Wolff: Erlebnisse, Erinnerungen, Gedanken in südfranzösischen Exil*. Boppard am Rhein: Harald Boldt, 1992.

CAESTECKER, Frank; MOORE, Bob (Orgs.). *Refugees from Nazi Germany and the Liberal European States*. Nova York: Berghahn Books, 2010.

CAETANO, Raquel Damasceno Gomes Sigaud. *Barbacena: A cidade e o jogo político nas páginas dos jornais*. Faculdade de Comunicação Social — Universidade Federal de Juiz de Fora, 2008. Trabalho de Conclusão de Curso. Disponível em: <www.ufjf.br/facom/files/2013/04/RaquelDamasceno.pdf>.

CAMPOS, Cynthia Machado. *A política da língua na era Vargas*. São Paulo: Ed. Unicamp, 2006.

CAMPOS DO JORDÃO CULTURA. Disponível em: <www.camposdojordaocultura.com.br>.

CARNEIRO, Maria Luiza Tucci. *O antissemitismo na Era Vargas: fantasmas de uma geração (1930-1945)*. São Paulo: Brasiliense, 1988.

_____. *Brasil, um refúgio nos trópicos: A trajetória dos refugiados do nazifascismo*. São Paulo: Estação Liberdade, 1996.

CARON, Vicki. *Uneasy Asylum: France and the Jewish Refugee Crisis, 1933-1942*. Stanford: Stanford University Press, 1999.

CHAMETZKY, Peter. "Paul Westheim in Mexico: A Cosmopolitan Man Contemplating the Heavens". *Oxford Art Journal*, v. 24, n.1, pp. 23-44, 2001.

CREIGHTON, Nicola; KRAMER, Andreas (Orgs.). *Carl Einstein and the European Avant-Garde*. Berlim: Walter de Gruyter, 2012.

DAVIS, Darién J.; MARSHALL, Oliver (Orgs.). *Stefan and Lotte Zweig's South*

American Letters: New York, Argentina and Brazil, 1940-42. Nova York: Continuum, 2010.

DE WAAL, Edmund. *The Hare with Amber Eyes: A Family's Century of Art and Loss*. Nova York: Farrar, Strauss and Giroux, 2010. [Ed. bras.: *A lebre com olhos de âmbar*. Trad. de Alexandre Barbosa. Rio de Janeiro: Intrínseca, 2011.]

DE WAAL, Elisabeth. *The Exiles Return*. Londres: Persephone Books, 2013.

DEUTSCHE BIBLIOTHEK. *Exil in Brasilien: Die deutschsprachige Emigration 1933-1945*. Leipzig, Frankfurt a.M., Berlim, 1994.

DIEB, Johnny Kahlein. "Toivo Uuskallio: Visionary or Mercenary? The Story of Penedo, Brazil's only Finnish Community". *Finn Times*, 3 jan. 2013. Disponível em: <http://finntimes.com/?p=424>.

DIETRICH, Ana Maria. *Caça às suásticas: O partido nazista em São Paulo sob a mira da polícia política*. São Paulo: Imprensa Oficial; Fapesp, 2007.

DINES, Alberto. *Morte no paraíso: A tragédia de Stefan Zweig*. Rio de Janeiro: Rocco, 2004.

DÖBLIN, Alfred. *Destiny's Journey*. Trad. de Edna McCown. Nova York: Paragon House, 1992.

DOVE, Richard; LAMB, Stephen (Orgs.). *German Writers and Politics 1918-39*. Londres: Macmillan, 1992.

DURTAIN, Luc. *Vers La Ville Kilomètre 3*. Paris: Flammarion, 1933.

EASTON, Laird McLeod. *The Red Count: The Life and Times of Harry Kessler*. Berkeley: University of California Press, 2002.

ECKL, Marlen. *"Das Paradies ist überall verloren": Das Brasilienbild von Flüchtlingen des Nationalsozialismus*. Frankfurt am Main: Vervuert, 2010.

_____. "O exílio no Brasil ou 'a Europa no meio do mato': Desencontros entre Stefan Zweig e Ulrich Becher". *Revista IEB*, n. 33, pp. 127-48, 2011. Disponível em: <www.revistas.usp.br/rieb/article/viewFile/34688/37426>.

_____. "'A flor do exílio': A amizade de Stefan Zweig e Ernst Feder vista a partir do "Diário Brasileiro" de Feder". *WebMosaica: Revista do Instituto Cultural Judaico Marc Chagall*, v. 4, n. 2, 2012. Disponível em: <www.seer.ufrgs.br/webmosaica/article/download/37709/24346 >.

ENDRIES, Carrie Anne. *Exiled in Paradise: Nazi Protesters and the Getúlio Vargas Regime in Brazil, 1933-1945*. Cambridge, MA: Department of History – Harvard University, 2005. Tese.

FAGERLANDE, Sergio Moraes Rego. *A utopia e a formação urbana de Penedo: A criação, em 1929, e o desenvolvimento de uma colônia utópica finlandesa no*

Estado do Rio de Janeiro. Universidade Federal do Rio de Janeiro, 2007. Dissertação. Disponível em: <teses2.ufrj.br/Teses/FAU_M/SergioMoraes RegoFagerlande.pdf>.

FEDER, Ernest. *Diálogos dos grandes do mundo.* Rio de Janeiro: Dois Mundos, 1944.

_____. *Diários e cadernos, 1913-1962.* Leo Baeck Institute, Nova York. Disponível em: <www.lbi.org/digibaeck/results/?qtype=pid&term=999203>.

FELIX, David. *Walther Rathenau and the Weimar Republic: The Politics of Reparations.* Baltimore: The Johns Hopkins Press, 1971.

FEUCHTWANGER, Lion. *Paris Gazette.* Londres: Hutchinson & Co., 1940.

_____. *The Devil in France: My Encounter with him in the Summer of 1940.* Trad. de Elisabeth Abbott. Los Angeles: USC Libraries; Figueroa Press, 2009 [ed. orig. 1941].

FITTKO, Lisa. *Escape through the Pyrenees.* Trad. de David Koblick. Evanston: Northwestern University Press, 1991.

FLAVELL, M. Kay. *George Grosz: A Biography.* New Haven: Yale University Press, 1988.

FOTOS ANTIGAS BARBACENA. Disponível em: <http://fotosantigasbarbacena.blogspot.com.br/>.

FRIEDRICH, Otto. *Before the Deluge: A Portrait of Berlin in the 1920s.* Londres: Michael Joseph, 1974.

FRY, Varian. *Surrender on Demand.* Boulder: Johnson Books; United States Holocaust Memorial Musuem, 1997 [ed. orig. 1945].

FULDA, Bernhard; SOIKA, Aya. *Max Pechstein: The Rise and Fall of Expressionism.* Berlim: De Gruyter, 2012.

FUNDER, Anna. *All that I Am.* Londres: Penguin, 2011.

GAY, Peter. *Weimar Culture: The Outsider as Insider.* Londres: Secker & Warburg, 1968.

GEORGE, Waldemar. *Aristide Maillol.* Londres: Cory, Adams & Mackay, 1965.

GERTZ, René E. "Influência política alemã no Brasil na década de 1930". *EIAL — Estudios Interdisciplinares de America Latina y el Caribe,* v. 7, n. 1, 1996. Disponível em: <www.tau.ac.il/eial/VII_1/gertz.htm#foot61>.

GOEBEL, Eckart; WEIGEL, Sigrid (Orgs.). *"Escape to Life": German Intellectuals in Nova York: A Compendium on Exile after 1933.* Boston: Walter de Gruyter, 2012.

GORDAN, Paul. *Mon Vieil Ami Bernanos.* Trad. de Noël Lucas. Paris: Cerf, 2002.

GRANDJONC, Jacques; GRUNDTNER, Theresia (Orgs.). *Zone d'ombres 1933-1944:*

Exil et internement d'Allemands et d'Autrichiens dans le sud-est de la France. Aix-en-Provence: Alinea, 1990.

GRUNER, Wolf; ALY, Götz et al. (Orgs.). *Die Verfolgung und Ermordung der europäischen Juden durch das nationalsozialistische Deutschland 1933--1945.* Munique: Oldenbourg, 2008.

HAUSER, Jean. "Le Comité de la France Libre du Brésil". *Revue de la France Libre*, n. 126, jun. 1960. Disponível em: <www.france-libre.net/temoignages-documents/temoignages/comite-fl-bresil.php>.

HEILBUT, Anthony. *Exiled in Paradise: German Refugee Artists and Intellectuals in America from the 1930s to the Present.* Berkeley: University of California Press, 1997 [ed. orig. 1983].

HEPP, Michael (Org.). *Die Ausbürgerung deutscher Staatsangehöriger 1933-45 nach den im Reichsanzeiger veröffentlichten Listen.* Munique: K. G. Saur, 1985.

HILDÉN, Eva. *A saga de Penedo: A história da colônia finlandesa no Brasil.* Rio de Janeiro: Fotografia Brasileira, 1989.

HILTON, Stanley E. *Hitler's Secret War in South America, 1939-1945: German Military Espionage and Counterespionage in Brazil.* Baton Rouge: Louisiana State University Press, 1981.

HOFFMEISTER, Barbara. *S. Fischer, der Verleger: Eine Lebensbeschreibung.* Frankfurt am Main: S. Fischer, 2009.

JACKMAN, Jarrell C.; BORDEN, Carla M. (Orgs.). *The Muses Flee Hitler: Cultural Transfer and Adaptation 1930-1945.* Washington, DC: Smithsonian Institution Press, 1983.

JAY, Martin. *Permanent Exiles: Essays on the Intellectual Migration from Germany to America.* Nova York: Columbia University Press, 1985.

JUERS, Evelyn. *House of Exile: The Life and Times of Heinrich Mann and Nelly Kroeger-Mann.* Nova York: Farrar, Straus and Giroux, 2008.

KAES, Anton; JAY, Martin; DIMENDBERG, Edward (Orgs.). *The Weimar Republic Sourcebook.* Berkeley: University of California Press, 1994.

KANTOROWICZ, Alfred. *Exil in Frankreich: Merkwürdigkeiten und Denkwürdigkeiten.* Bremen: Schünemann Universistätsverlag, 1971.

KESSLER, Harry. *In the Twenties: The Diaries of Harry Kessler.* Trad. de Charles Kessler. Nova York: Holt, Rinehart and Winston, 1971.

KESTLER, Izabela Maria Furtado. *Exílio e literatura: Escritores de fala alemã durante a época do nazismo.* São Paulo: Edusp, 2003.

KETTELHAKE, Silke. *Renée Sintenis: Berlin, Boheme und Ringelnatz*. Berlim: Osburg, 2010.

KOCH, Edita. "Hugo Simon/ Hubert Studenic". *Exil 1933-1945*, n. 1, pp. 48-61, 1983.

KOESTLER, Arthur. *Scum of the Earth*. Londres: Hutchinson, 1968 [ed. orig. 1941].

KOIFMAN, Fábio. *Quixote nas trevas: O embaixador Souza Dantas e os refugiados do nazismo*. Rio de Janeiro: Record, 2002.

LAPAQUE, Sébastien. *Sous Le Soleil de l'exil: Georges Bernanos au Brésil 1938--1945*. Paris: Grasset, 2003.

LEPENIES, Wolf. "Exile and Emigration: The Survival of 'German Culture'". *Occasional Papers of the School of Social Science*, Institute for Advanced Study/ Princeton University, n. 7, mar. 2000. Disponível em: <www.sss.ias.edu/files/papers/paperseven.pdf>.

LESSER, Jeffrey. *Welcoming the Undesirables: Brazil and the Jewish Question*. Berkeley: University of California Press, 1995.

MAAS, Lieselotte. *Deutsche Exilpresse in Lateinamerika*. Frankfurt am Main: Buchhändler-Vereinigung, 1978.

MANN, Erika; MANN, Klaus. *Escape to Life*. Cambridge: Riverside Press; Boston: Houghton Mifflin, 1939.

MANN, Golo. *Reminiscences and Reflections: Growing up in Germany*. Londres: Faber and Faber, 1990.

MANN, Klaus. *Der Vulkan: Roman unter Emigranten*. Munique: Büchergilde Gutenberg, 1977 [ed. orig. 1939].

_____. *The Turning Point: An Autobiography*. Londres: Serpent's Tail, 1987 [ed. orig. 1942].

MARINO, Andy. *A Quiet American: The Secret War of Varian Fry*. Nova York: Saint Martin's Press, 1999.

MAUTHNER, Martin. *German Writers in French Exile 1933-1940*. Londres: Vallentine Mitchell, 2007.

MCMEEKIN, Sean. *The Red Millionaire: A Political Biography of Willi Münzenberg, Moscow's Secret Propaganda Tsar in the West*. New Haven: Yale University Press, 2003.

MILNER, Max (Org.). *Exil, errance et marginalité dans l'oeuvre de Georges Bernanos*. Paris: Presses Sorbonne Nouvelle, 2004.

MOELLER, Hans-Bernhard (Org.). *Latin America and the Literature of Exile: A*

Comparative View of the 20th-Century European Refugee Writers in the New World. Heidelberg: Carl Winter Universitätsverlag, 1983.

MORAES, Luís Edmundo de Souza. *Konflikt und Anerkennung: Die Ortsgruppen der NSDAP in Blumenau und Rio de Janeiro*. Berlim: Metropol, 2005.

MORGAN, David W. *The Socialist Left and the German Revolution: A History of the Independent Social Democratic Party, 1917-1922*. Ithaca: Cornell University Press, 1975.

MOWRY, David P. "Cryptologic Aspects of German Intelligence Activities in South America during World War II". Center for Cryptologic History, 2011 [ed. orig. 1989]. Disponível em: <www.nsa.gov/about/_files/cryptologic_heritage/publications/wwii/cryptologic_aspects_of_gi.pdf>.

NÉMIROVSKY, Irène. *Suite française*. Paris: Denoël, 2004.

NOVICK, Peter. *The Holocaust in American Life*. Boston: Houghton Mifflin, 1999.

OLIVEIRA, Maria Cecilia Martins de. "No contexto da realidade educacional brasileira: As escolas rurais paranaenses". *Revista HISTEDBR Online*, n. 31 pp. 41-51, 2008. Disponível em: <www.histedbr.fae.unicamp.br/revista/edicoes/31/art04_31.pdf>.

OTTO, Rainer; Rösler, WALTER. *Kabarettgeschichte: Abriß des deutschsprachigen Kabaretts*. Berlim: Henschelverlag, 1981.

PALMIER, Jean-Michel. *Weimar en exil: Le destin de l'émigration intellectuelle allemande antinazie en Europe et aux États-Unis*. Paris: Payot, 1990.

PARET, Peter. *An Artist against the Third Reich: Ernst Barlach, 1933-1938*. Cambridge: Cambridge University Press, 2003.

PARKER, Stephen. *Bertolt Brecht: A Literary Life*. Londres: Bloomsbury, 2014.

PAULI, Hertha. *Break of Time*. Nova York: Hawthorn Books, 1972.

PERAZZO, Priscila Ferreira. *O perigo alemão e a repressão policial no Estado Novo*. São Paulo: Arquivo do Estado, 1999.

_____. *Prisioneiros da guerra: Os "súditos do Eixo" nos campos de concentração brasileiros*. São Paulo: Imprensa Oficial/ Fapesp, 2009.

PETERSON, Walter Frederick. *The Berlin Liberal Press in Exile: A History of the Pariser Tageblatt — Pariser Tageszeitung 1933-1940*. Tübingen: Max Niemeyer, 1987.

_____. *The German Left-Liberal Press in Exile: Georg Bernhard and the Circle of Emigré Journalists around the Pariser Tageblatt — Pariser Tageszeitung, 1933-1940*. State University of Nova York at Buffalo, 1982. Tese. Disponível em: <ucblibraries.colorado.edu/ebooks/Dissertation–8224002.pdf>.

PORTER, Roger. "Exiles' Return". *Michigan Quarterly Review*, v. 50, n. 2, primavera 2011. Disponível em: <quod.lib.umich.edu/cgi/t/text/text-idx?cc=mqr;c=mqr;c=mqrarchive;idno=act2080.0050.219;rgn=main;view=text;xc=1;g=mqrg>.

PRATER, Donald A. *European of Yesterday: A Biography of Stefan Zweig*. Oxford: Clarendon, 1972.

PROCHNIK, George. *The Impossible Exile: Stefan Zweig at the End of the World*. Nova York: Other, 2014.

PULZER, Peter G. J. *Jews and the German State: The Political History of a Minority 1848-1933*. Oxford: Blackwell, 1992.

REMARQUE, Erich Maria. *The Night in Lisbon*. Londres: Hutchinson, 1964.

RIDING, Alan. *And the Show Went On: Cultural Life in Nazi-Occupied Paris*. Nova York: Knopf, 2010.

ROTH, Joseph. *What I Saw: Reports from Berlin 1920-1933*. Trad. de Michael Hoffmann. Nova York: W. W. Norton, 2003.

SANAHUJA, Vicente. "Cabo de Hornos e Cabo de Buena Esperanza", *Vida Marítima*, 2012. Disponível em: <vidamaritima.com/2012/10/cabo-de-hornos--y-cabo-de-buena-esperanza-2/>.

SARRAZIN, Hubert (Org.). *Bernanos no Brasil*. Petrópolis: Vozes, 1968.

SAUVAGE, Pierre. "Varian Fry in Marseille". Varian Fry Institute, 2007. Disponível em: <udel.edu/~weiher/pdf/Fry.pdf>.

SCHAUFF, Karin. *Ein Sack voll Ananas: Brasilianische Ernte*. Pfullingen: Neske, 1974.

SCHNEIDER, Dieter Marc. "'Ein Land der Zukunft'. Deutschsprachige Emigranten in Brasilien nach 1933". In: GORDAN, Paulus (Org.). *Um der Freiheit willen: Eine Festgabe für und von Johannes und Karin Schauff zum 80. Geburtstag*. Pfullingen: Neske, 1983.

[Schweizerhaus Seelow]. Das Areal Schweizerhaus. Seelow (Oder): Heimatverein "Schweizerhaus Seelow" e.V., [2011].

SCHWERTFEGER, Ruth. *In Transit: Narratives of German Jews in Exile, Flight, and Internment during the "The Dark Years" of France*. Berlim: Frank & Timme, 2012.

SEGHERS, Anna. *Transit*. Trad. de Margot Bettauer Dembo. Nova York: New York Review of Books, 2013.

SEKSIK, Laurent. *Les derniers jours de Stefan Zweig*. Paris: Flammarion, 2010.

SERENY, Gitta. *The German Trauma: Experiences and Reflections 1938-2000*. Londres: Allen Lane; Penguin, 2000.

SHAMIR, Haim (Org.). *France and Germany in an Age of Crisis, 1900-1960: Studies in Memory of Charles Bloch*. Nova York: E. J. Brill, 1990.

SHAPIRO, Paul A.; DEAN, Martin C. (Orgs.). *Confiscation of Jewish Property in Europe 1933-1945: New Sources and Perspectives*. Washington, DC: Center for Advanced Holocaust Studies; United States Holocaust Memorial Museum, 2003. Disponível em: <www.ushmm.org/research/center/publications/occasional/2003-01/paper.pdf>.

SIMON, Hugo. *Seidenraupen*. Manuscrito inédito. Exil Archiv, Deutsche Nationalbibliothek, Frankfurt am Main.

SÖSEMANN, Bernd. *Theodor Wolff: Ein Leben mit der Zeitung*. Stuttgart: Steiner, 2012.

SPALEK, John M.; FEILCHENFELDT, Konrad; HAWRYLCHAK, Sandra H. (Orgs.). *Deutschsprachige Exilliteratur seit 1933*. Berlim: De Gruyter; Saur, 2010.

SULLIVAN, Rosemary. *Villa Air-Bel: World War II, Escape and a House in Marseille*. Nova York: HarperCollins, 2006.

TOLLENDAL, Maria Eugênia. *Uma tríade histórica*. Barbacena: Gráfica Editora Mantiqueira, 1989. (Coleção Treze Ensaios, 2)

TOLLER, Ernst. *I was a German*. Trad. de Edward Crankshaw. Nova York: Paragon House, 1991 [ed. orig. 1934].

TUOMINEN, Pirjo. *Jälkeemme kukkiva maa*. Helsinque: Tammi, 1986.

VON HANFFSTENGEL, Renata; VASCONCELOS, Cecilia Tercero (Orgs.). *México, el exilio bien temperado*. Cidade do México: Instituto de Investigaciones Interculturales Germano-Mexicanas; Instituto Goethe, 1995.

VOSWINCKEL, Ulrike; BERNINGER, Frank (Orgs.). *Exil am Mittelmeer: Deutsche Schriftsteller in Südfrankreich von 1933-1941*. Munique: Allitera, 2005.

WALDMANN, Emil. "Der Bildhauer Wolf Demeter". *Die Kunst für Alle*, n. 47, pp. 292-5, 1931-2.

WEISS, Peter. *The Aesthetics of Resistance*. Trad. de Joachim Neugroschel. Durham: Duke University Press, 2005.

WEISS, Ruth. *A Path through Hard Grass: A Journalist's Memories of Exile and Apartheid*. Basileia: Basler Afrika Bibliographen, 2014.

WIESEL, Elie. *From the Kingdom of Memory: Reminiscences*. Nova York: Summit, 1990.

WOLLSTEINER, Max. *Genealogische Übersicht über einige Zweige der Nachkommenschaft des Rabbi Meïr Katzenellenbogen von Padua*. Berlim: Max Wollsteiner, 1930.

WROBEL, Ronaldo. *Traduzindo Hannah*. Rio de Janeiro: Record, 2011.

ZWEIG, Stefan. *Brasil: País do futuro*. Rio de Janeiro: Guanabara, 1941.

_____. *The World of Yesterday*. Lincoln: University Nebraska Press, 1964.

ARQUIVOS E BIBLIOTECAS

Akademie der Künste — Berlim

Archives de la Préfecture de police — Paris (Le Pré-Saint Gervais)

Archives de Paris — Paris

Archives Diplomatiques du Ministère des Affaires étrangères — Paris (La Courneuve)

Archives du Centre de Documentation Juive Contemporaine/ Memorial de la Shoah — Paris

Archives Nationales — Paris (Pierrefitte-sur-Seine)

Arquivo Nacional — Rio de Janeiro

Bibliothèque Municipale de Toulon

Bundesarchiv — Koblenz e Berlim

Exil Archiv 1933-1945, Deutsche Nationalbibliothek — Frankfurt am Main

Fundação Biblioteca Nacional — Rio de Janeiro

Geheimes Staatsarchiv Preußischer Kulturbesitz — Berlim

Iberoamerikanisches Institut — Berlim

Lion Feuchtwanger Archive, University of Southern California — Los Angeles

Staatsbibliothek zu Berlin — Berlim

Agradecimentos e fontes

Ao longo do processo de pesquisas para escrever este livro, algumas fontes se tornaram companheiras constantes — amigas que me vigiavam a partir do seu lugar cativo na estante. Entre elas, estão os diários do conde Harry Kessler, um tesouro pilhado sem remorso. Outras serviram como inspiração num sentido mais amplo, como *O mundo que eu vi*, de Stefan Zweig, um dos menos lidos dentre os grandes livros do século XX; ou a autobiografia de Ernst Toller, *Eine Jugend in Deutschland* [*I was a German*], que expõe com clareza o porquê de travar a Segunda Guerra Mundial; ou ainda *Scum of the Earth*, de Arthur Koestler, o qual traduz a visão de mundo e o tom da época de maneira única. Dentre trabalhos mais recentes, *A lebre com olhos de âmbar*, de Edmund de Waal, confirmou para mim o sentido de contar minha própria história. Sou profundamente grato a esses e outros autores por tudo que aprendi com suas obras.

Referências completas a todas as fontes consultadas estão disponíveis na bibliografia incluída neste livro, mas compete destacar a importância de algumas em especial, que serviram para embasar partes específicas da narrativa. Os capítulos relativos à vida em Berlim durante a República de Weimar devem muito ao olhar fino e observador de Joseph Roth, sobretudo às crônicas compiladas por Michael Bienert e lindamente traduzidas para o inglês por Michael

Hoffmann no volume *What I Saw*. O livro de memórias de Golo Mann, *Erinnerungen und Gedanken* [*Reminiscences and Reflections*], é outra fonte especialmente rica para compreender a mentalidade da época. Uma reconstituição histórica exaustiva da vida intelectual da República de Weimar é o volume *The Weimar Republic Sourcebook*, organizado por Anton Kaes, Martin Jay e Edward Dimendberg.

A seção sobre o exílio alemão em Paris na década de 1930 — e, mais especificamente, sobre os bastidores políticos do jornal *Pariser Tageszeitung* — sustenta-se sobre a pesquisa impecável conduzida por Walter F. Peterson para seu livro *The Berlin Liberal Press in Exile*, assim como as pesquisas coordenadas por Hélène Roussel e Lutz Winckler. O romance *Exil* [*Paris Gazette*], de Lion Feuchtwanger, forneceu pistas sobre os motivos por trás das maquinações, confirmando que a ficção é capaz de revelar verdades que mesmo os melhores historiadores são obrigados a deixar de lado. O livro de memórias *The Turning Point*, de Klaus Mann, é um depoimento ágil e sensível. Escrito originalmente em inglês por um dos grandes autores da época, oferece uma rara instância de acesso não mediado a esse universo para quem não lê alemão.

Para compor os capítulos que lidam com a derrota da França em 1940-1 e os campos de internação, recorri sobretudo ao livro *Der Teufel in Frankreich* [*The Devil in France*], de Lion Feuchtwanger, assim como aos relatos preciosos colhidos por Gilbert Badia no volume *Exilés en France* — em especial, os escritos autobiográficos de Henry Jacoby e Claude Vernier. Quem quiser se aprofundar no destino dos refugiados de língua alemã no sul da França deve ler *Zone d'ombres*, organizado por Jacques Grandjonc e Theresa Grundtner. O livro de André Fontaine sobre Les Milles também é uma fonte imprescindível. Dentre as narrativas ficcionais, o relato mais extraordinário do colapso e suas decorrências é o romance *Suite française*, de Irène Némirovsky. Para quem quiser se iniciar no tema mais do que complexo da França como rota de fuga da Europa em guerra, o livro *A Quiet American*, de Andy Marino, é um bom começo. Outras narrativas importantes, baseadas em vivências de primeira mão, são: *Surrender on Demand*, de Varian Fry; *Transit*, de Anna Seghers; e *Schicksalreise* [*Destiny's Journey*], de Alfred Döblin. O livro de memórias *Mein Weg über die Pyrenäen* [*Escape through the Pyrenees*], de Lisa Fittko, é o relato comovente de uma vida extraordinária. Os personagens Jean e Lise (seus codinomes verdadeiros), no presente livro, se baseiam nas figuras de Hans e Lisa Fittko, dois dos heróis menos lembrados da resistência antifascista.

Cabe aqui uma palavra sobre *Seidenraupen*, o romance autobiográfico inédito de Hugo Simon, cujo manuscrito se encontra atualmente no Exil Archiv da Biblioteca Nacional da Alemanha. Ao contrário do que se possa imaginar, essa obra não é a base para este livro que o leitor tem em mãos. Devido ao tamanho avantajado do original e meu conhecimento precário da língua alemã, só consegui até hoje ler alguns trechos do relato que meu bisavô deixou de si mesmo. Descobri, pela leitura de outros, que existem coincidências interessantes entre a história contada por seu protagonista e minha tentativa de ressuscitá-lo no presente. Seria uma contribuição valiosa ao campo de estudos do exílio se alguém se propusesse a publicar o livro dele. Os arquivos e estudiosos estão à mão, faltando apenas a editora certa.

No que tange às experiências dos exilados alemães no Brasil, quero enfatizar minha dívida especial com três obras: *Exílio e literatura*, de Izabela Maria Furtado Kestler; *Morte no paraíso*, de Alberto Dines; e *Das Paradies ist überall verloren*, de Marlen Eckl. O catálogo de exposição *Brasil: Um refúgio nos trópicos*, organizado por Maria Luiza Tucci Carneiro, é um ponto de partida excepcional para quem chega ao assunto pela primeira vez. Também bilíngue (alemão/português), o catálogo ... *olhando mais para a frente do que para trás*, organizado por Sylvia Asmus e Marlen Eckl, oferece uma amostra de trabalhos mais recentes sobre o tema. Dentre as fontes não publicadas, os diários de Ernst Feder são o grande manancial, quase inexplorado. Felizmente, estão disponíveis na íntegra no site do Leo Baeck Institute, de Nova York. Sua tradução para o português seria uma contribuição excepcional para os estudos do exílio no Brasil.

Gostaria de agradecer um grupo de pessoas sem as quais não teria sido possível escrever esta história, em especial Michi Strausfeld, por seu apoio e estímulo contínuos a este projeto ao longo dos últimos anos. Luciana Villas-Boas, Raymond Moss e Anna Luiza Cardoso cumpriram papel determinante para a trajetória do livro. A primeira pessoa a se interessar por esse projeto, e também a influência decisiva para sua conclusão, foi Hans Jürgen Balmes. Além de toda a orientação recebida dele como editor, devo a ele o fato de o livro hoje existir. Aliás, a editora S. Fischer desempenhou um papel muito além do usual em se tratando de uma obra em tradução. Dedico profunda gratidão a Monika Schoeller, Jörg Bong, Peter Sillem, Hans Jürgen Balmes e Friederike Schilbach, que abriram lugar para mim naquele templo editorial. E a Luis Ruby, por sua fina tradução da obra para o alemão. Sou gratíssimo também à fundação S. Fischer Stiftung, representada na pessoa de sua diretora, Antje Contius, por apoiar o trabalho de escrita com uma bolsa generosa. Meus agradecimentos, igualmente, a Luiz Schwarcz e Otávio Marques da Costa, na Companhia das Letras, que acreditaram e apostaram neste livro. A edição criteriosa de Otávio fortaleceu em muito o texto final. Minha gratidão também a Peter Mayer, que leu e comentou a primeira versão do manuscrito. Este livro não existiria sem a dedicação incansável dessas pessoas.

A extensa pesquisa que embasa este projeto faz parte de um esforço coletivo. Devo muito a Nina Senger e Jan Maruhn por dividirem comigo seus achados inéditos relativos à vida e à coleção de arte de Hugo Simon. Do mesmo modo, Ines Rotermund-Reynard foi mais do que generosa em me dar acesso ao seu trabalho sobre Paul Westheim. Sou grato a Marlen Eckl por sua ajuda em pesquisar o exílio alemão no Brasil. Agradeço ainda a Sylvia Asmus, do Exil Archiv, por sua dedicação ao legado de Hugo Simon. Espero sinceramente que o presente livro sirva de estímulo à publicação de um ou mais trabalhos acadêmicos que devolvam meu bisavô ao seu devido lugar na história política e cultural da República de Weimar.

Informações pontuais foram fornecidas, gentilmente, pelas seguintes pessoas: Jacqueline Bloch, dom Justino de Almeida Bueno, David S. Herz e Janet Stahl, Eva Karnofksy, Fábio Koifman, Marion Krüger e Bärbel Stellbaum, Ingrid Kusch, Matias Marcier, Mika Peltola, dr. Thomas Schönherr, entre tantos outros. Sou grato pelas referências preciosas e pela permissão para utilizá-las. Várias pessoas me ajudaram a alcançar fontes que eu não teria conseguido acessar sem seu auxílio. Quero expressar minha gratidão a Emmanuelle Polack, que me conduziu pelo arquivo de La Courneuve. Sou grato também a Sarah Guechgache, que franqueou acesso ao arquivo de Walter Bondy na Bibliothèque Municipale de Toulon. Agradeço também a Amy Buono e Joan Weinstein, que se deram ao trabalho de obter materiais de pesquisa para mim, sem nem perguntarem a finalidade. Devo agradecer também a Margit Kern e Anke Finger, que desempenharam papel estratégico para que eu conseguisse ir a Berlim realizar a pesquisa e a escrita, assim como a Anne Lafont, que fez o mesmo em Paris. Esse agradecimento se estende às instituições que me mantiveram devidamente credenciado como pesquisador durante esse processo: Freie Universität Berlin, Institut National d'Histoire de l'Art (Paris) e Universidade do Estado do Rio de Janeiro (Instituto de Artes). Quero agradecer ainda às pessoas que apoiaram este projeto em estágios anteriores, emprestando seus nomes e sua solidariedade: em especial, Caroline Arscott, Richard Macksey e Ivan Junqueira (in memoriam).

Finalmente, quero agradecer os amigos, a família e os conhecidos que, ao longo dos anos, vêm demonstrando entusiasmo para com meu trabalho e me estimulando a me dedicar a ele, mesmo quando as circunstâncias conspiravam contra esse propósito. Minha mãe, Nadya Cardoso Denis, e meu irmão, André Lúcio Cardoso Denis, foram os primeiros a apoiar este livro, muito antes de ele existir. Os demais nomes são tantos que não é possível listá-los aqui, mas eu seria muito ingrato se não mencionasse Amador Perez, Evelyn Kligerman e Roberto Conduru, que acreditaram no projeto desde o começo. O agradecimento final, e o mais amoroso, vai para Patricia Breves, que me acompanhou todos os dias ao longo do duro processo de escrita. Sem você, meu amor, eu não sou ninguém.

ESTA OBRA FOI COMPOSTA EM ELECTRA PELO ESTÚDIO O.L.M./ FLAVIO PERALTA
E IMPRESSA EM OFSETE PELA GEOGRÁFICA SOBRE PAPEL PÓLEN SOFT
DA SUZANO PAPEL E CELULOSE PARA A EDITORA SCHWARCZ EM OUTUBRO DE 2016

A marca FSC® é a garantia de que a madeira utilizada na fabricação do papel deste livro provém de florestas que foram gerenciadas de maneira ambientalmente correta, socialmente justa e economicamente viável, além de outras fontes de origem controlada.